擁有勇氣、信念與夢想的人，才敢狩獵大海！

獵海人

澳中文學交流史

歐陽昱　編著

目次

中編　中國文學在澳大利亞

下編　華裔澳大利亞作家專論

附錄

序言

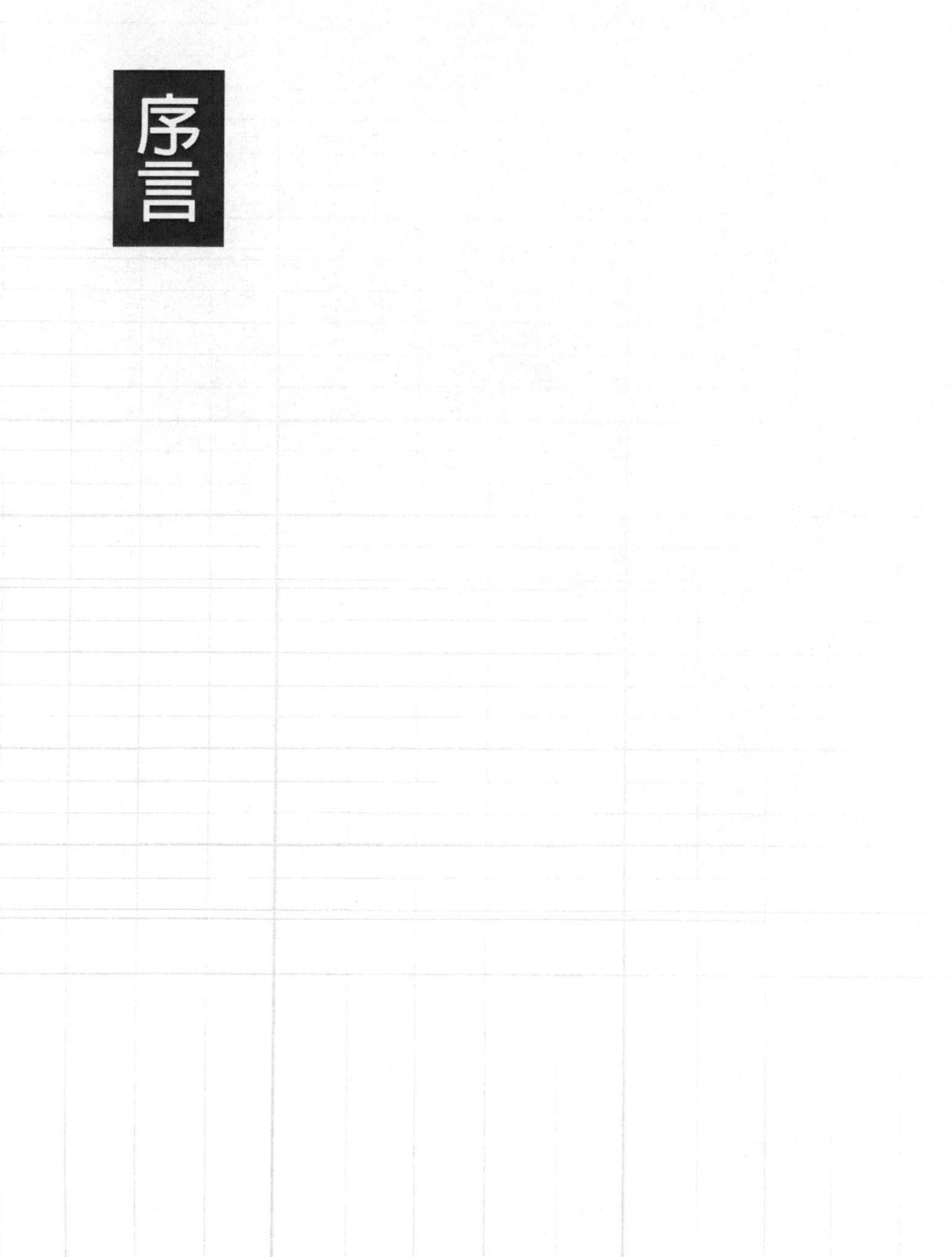

二百多年前，當歐洲人的足跡尚未踏上澳大利亞這座島嶼大陸，土著人已經在這兒生活了五萬多年。根據最新資料，他們也許很久以前來自東南亞，更可能來自中國。土著文化中，彩虹蛇與象徵生殖和豐饒的儀式相關。[1]據說這一象徵物與中國人所崇拜的龍有著一脈相承的淵源，[2]表明中國文化和澳大利亞土著文化之間有著某種實質上的暗合。迄今為止，關於澳大利亞的英文和中文史書極少觸及中文和土著語言之間的聯繫，但在疊詞的運用上，兩者似乎有著某種相似之處。中文普遍而大量使用疊詞，這在土著人的動物名和地名上反映尤為明顯，如指蝴蝶的Bulla Bulla，指羊的Burra Burra，指很多袋鼠的Eurie Eurie，[3]以及諸如Bet Bet，Gol Gol，Wagga Wagga，Woy Woy等地名。有人指出，這種疊詞現象與印尼語和南非語很相近，[4]但從來沒人發現，它其實與漢語疊詞極為切近，其中有些地名如Bong Bong，Doon Doon，Elong Elong，Gan Gan，Gin Gin，Lang Lang，Wal Wal等，簡直就是漢語的再造。而且，這種疊詞現象在以美國印第安人文字為基的地名中極為少見。[5]

盎格魯－薩克遜人的到來，打破了這座大陸的沉寂和與世隔絕狀態，使土著文明遭到了前所未有的破壞。1788年前，澳大利亞大陸的土著總人口為30多萬，塔斯瑪尼亞島約為四至七千之間。[6]由於澳大利亞慘無人道的種族滅絕政策，土著人口兩百年來並無太大增長，2001年土著人口為42萬7千人，約為全澳總人口

1 見「The Rainbow Serpent」（彩虹蛇）一文，http://www.aboriginalartonline.com/culture/rainbow.php

2 見「Serpents Reveal Links Between Myths in Australia, China」（彩虹蛇揭示了中澳神話之間的聯繫）一文，http://arabic.china.org.cn/english/scitech/161204.htm

3 見「Aboriginal bird-and place names」（土著鳥類和地名），http://www.ozbird.com/oz/OzCulture/images/aboriginal/names/default.htm

4 見「Pulling apart Place Names - Double the fun!」（把地名拆開-得到雙倍的樂趣!），http://www.abc.net.au/newengland/stories/s1432394.htm

5 見上。

6 見曼寧・克拉克，《澳大利亞簡史》（上冊）。廣東人民出版社：1973年，第4頁。

的2.2%，[7]而塔斯瑪尼亞島的土著截至1876年已被英國人悉數剿滅，成為全世界「成功滅絕種族」之絕無僅有的例證。[8]

據澳大利亞正史稱，中國人第一次大批來澳約為1855-1856年，[9]但據澳大利亞的英文野史和大眾史書記載，單個中國人抵澳時間早於1829和1830年。[10]出自漢人之手的野史則把這一時間大大提前。香港學者衛聚賢在其專著《中國人發現澳大利亞》中指出，根據歷史文獻，中國人早于西元前592年和西元1492年就往返於澳大利亞大陸和亞洲大陸之間。[11]中國學者所著數種澳大利亞史書基本都持中國人發現澳大利亞論或最早到達澳大利亞論，但多屬推測、推斷或英文材料之援引，並無定論。[12]2002年，英國人加文・孟席斯發表的《1421年：中國發現世界》一書，以極為詳盡的史料，披露了中國人早于庫克船長350年發現澳大利亞，從而改寫了這段歷史，似乎已在中國成為不爭的史實，[13]但在西方史學界尚不為人接受。[14]

---

7 見「Aboriginal Australians」（澳大利亞土著人），http://encarta.msn.com/encyclopedia_761572789/Aboriginal_Australians.html

8 見「Tension in Tasmania over who is an Aborigine」（塔斯瑪尼亞因誰是真正的土著人而造成緊張狀態），原載《悉尼晨鋒報》，2002年10月17日，http://www.smh.com.au/articles/2002/10/16/1034561211169.html

9 見曼寧・克拉克，《澳大利亞簡史》（上冊）。廣東人民出版社：1973年，第207頁。

10 參見莫拉格・羅（Morag Loh）的 *Dinky-Di: The Contribution of Chinese Immigrants and Australians of Chinese Descent to Australia's Defence Forces and War Efforts 1899-1988*（《正直而真誠：中國移民和華裔澳大利亞人對澳大利亞防禦力量和戰爭努力的貢獻 1899-1988》），華人最早來澳的時間是1829年。坎培拉：AGPS出版社，1989年，第4頁。又據海倫娜・鐘海蓮（Helene Chung）的《來自中國的呼喊》（*Shouting from China*）一書，林武德，企鵝出版社，1988年，第57頁，1830年7月9日曾有一名中國人到達澳大利亞的塔斯馬尼亞島。

11 見衛聚賢《中國人發現澳大利亞》，香港，說文社中興叢書，1950年，第184頁。

12 參見黃昆章，《澳大利亞華人華僑史》，廣東高等教育出版社，1998年，第4頁，第5頁；侯敏躍，《中澳關係史》，外語教學與研究出版社，1999年，第1-3頁。該書援引《亞洲殖民地》說，華人結隊抵澳在1823年至1825年間，第3頁；張秋生，《澳大利亞華人華僑史》，外語教學與研究出版社，1998年，第3-5頁。

13 參見加文・孟席斯的 *1421: the Year China Discovered the World*（《1421年：中國發現世界》），Bantam Press: 2002 [2003], pp. 195-215。

14 該書被認為在偽史學範疇受人歡迎。參見《維琪百科》網站「1421假設」詞條，http://en.wikipedia.org/wiki/1421_hypothesis

中國文化在澳大利亞的傳播最早並非雙向，她是以中國人為載體而進入並作為一個被貶為他者和異類群體的附著物而在主流文化壓迫、曲解、醜化、遮蔽和排斥下潛伏、蔓延、生發和嬗變的。前面這一過程在1901年澳大利亞立國，把以驅遣華人為核心的「白澳政策」作為國策時達到白熱，又在其後60多年中，隨著「白澳」在60年代末和70年代初的自滅而逐漸消解。中澳1972年建交和澳大利亞70年代初進入多元文化時期之後，兩國文化交流日趨繁榮，更因1989年的「六四」事件使澳大利亞從中國吸納文藝新血而因「禍」得福，為該國在文學、藝術、音樂、體育、教育等方面帶來了前所未有的改觀。據研究，2006年在澳學習的中國學生有90287人，占所有來澳學習的國際學生的23.5%。這個人數在接下去的五年中，已超過十萬。[15] 2008年，中國超過日本，成為澳大利亞的最大貿易國。[16] 截至2011年，中國已超過英國，成為澳大利亞最大的移民資源國。[17]

相比較而言，澳大利亞作為一個地大人少歷史短的國家，並無指向中國的相同規模的人文交流。這個國家尚處雛形之時，流放犯中曾廣泛流傳一句成語：Beyond the hills lies China（青山那邊是中國）。據澳大利亞作家戈德福雷・查理斯・曼迪（1804-1860）寫於1852年的《我們的對蹠地》一書稱，1781年，悉尼有20名流犯「通過陸路」向中國逃跑，其中僅有數名生還。[18] 目前網上敘述則更加具體。一篇題為《愛爾蘭國內：

---

15 參見Jinjin Li和Megan Short的文章，「Living and Learning: the challenges facing Chinese students in the Australian context」。該文網址在：http://www.auamii.com/proceedings_Phuket_2012/Lu.pdf

16 參見Chris Zappone「China turns trade tables on Japan」一文，發表時間為2008年11月19日，網址在：http://www.theage.com.au/business/china-turns-trade-tables-on-japan-20081119-6b1d.html

17 參見Peter Smith「China biggest source of migrants to Australia」一文，發表時間為2011年8月10日，網址在：http://www.ft.com/cms/s/0/56deaf86-c33f-11e0-9109-00144feabdc0.html#axzz1vVCCajpp

18 參見戈德福雷・查理斯・曼迪，*Our Antipodes*（《我們的對蹠地》）。該書英文全文可在http://setis.library.usyd.edu.au/ozlit/pdf/munoura.pdf 網址查到，用China作關鍵字搜索即可。但其所述年代1781年疑有誤，因英國正式向澳大利亞發配流犯之日應為1788年1

愛爾蘭指南大全》的文章說，1791年11月，二十個男性和一個女性流犯試圖逃往中國。[19]根據另一篇文章介紹，其中那位女性當時懷有身孕，他們逃跑時都以為中國就在悉尼北面某條河的另一邊，他們都想逃到中國去「建立新生活」。[20]

某種意義上，流犯對中國這樣一種幼稚無知的認識，為澳大利亞其後200多年的文學藝術奠定了一種不易察覺的以中國文化為其源泉的烏托邦想像，以致澳大利亞作家阿列克斯・米勒於二十世紀九十年代曾說過一句很奇特的話，讚美「澳大利亞人所具有的中國特性」。[21]中澳建交前的150多年中，澳大利亞文化向中國的流入基本上呈單向性和個人化，包括澳共的交流，在中國文化版圖上並未留下像當年八國聯軍的八國那樣顯著而持續的影響，也從未產生過中日文化那樣強烈而深刻的互動。更多的情況下，它表現為一種潛移默化，一種移花接木，一種跨時空的單向神交。中國和中國人在大量澳大利亞小說、詩歌和戲劇作品中的繁密出現，澳大利亞地名中嵌入的無數「Chinaman」[22]字樣，澳大利亞英語中廣泛運用的中文譯名等，就是一個個明證。

月26日，亦即澳大利亞國慶日。

19 參見「Inside Ireland-Your Guide to All Things Irish」《愛爾蘭內：愛爾蘭指南大全》，http://www.insideireland.com/sample03.htm

20 見「Convict escape attempts」（《流放犯人逃跑的企圖》），http://www.convictcreations.com/history/escapes.htm

21 轉引自羅賓・格斯特「Covering Australia: Foreign Correspondents in Asia」（《報導澳大利亞：駐外記者在亞洲》）一文，原載溫卡・奧門森和黑澤爾・饒莉（合編），*From a Distance: Australian Writers and Cultural Displacement*（《來自遠方：澳大利亞作家及其文化錯位》）。迪金大學出版社：1996年，第117頁。

22 這個字直到今天仍被華人認為帶有貶義，因此需要慎用。2004年1月，美國TNT電視臺解說員Steve Kerr因提到姚明時用了Chinaman（支那人或中國佬）一詞，引起軒然大波，3小時後向傳媒公開道歉。參見英文文章「Yao Ming Called A Chinaxxx」（「姚明被喚作中國×」），網址在：http://www.80-20initiative.net/em040120.html

兩國建交後，文化交流開始在政府行為下呈多樣性地雙向互動起來。繼澳大利亞政府1985年在中國上海資助成立第一家澳大利亞研究中心，截至2012年1月，中國全國已有二十五家以大學為基礎的澳大利亞研究中心並有多所中國大學開設澳大利亞文學、文化課，[23]授予澳大利亞文學博士和碩士學位，相比較而言，澳大利亞的首家中國研究中心卻遲至2005年才在墨爾本的拉特羅布（La Trobe）大學建立。[24]當然，中國的孔子學院現已在澳遍地開花，計有十四所大學建立了孔子學院。[25]

文學交流中有一個悖論，即作為一國文化載體的人，移民到另一國之後，往往成為母國文化的傳承者，而到另一國學習該國文化的人回到母國後，則往往成為該國文化的傳承者。澳大利亞方面的例子有19世紀的梅光達，二十世紀後期的布萊恩・卡斯楚（Brian Castro，其不大為人所知的中文名字是「高博文」），以及來自大陸的畫家關偉、[26]作曲家于京君（Julian Yu）、作家桑曄、詩人歐陽昱等。中國方面有黃源深、【插圖24：歐陽昱當年4月在上海松江與黃源深教授、王光林教授等人合影。】胡文仲、王國富等。當然也有不屬此例的，如澳大利亞的莫理循（G. E. Morrison）、尼古拉斯・周斯、白傑明（Gereme Barme）、費約翰（John Fitzgerald）、陳順妍（Mabel Lee），中國的錢超英等。

中澳文學交流還有一個特徵，即許多較有成就的作家和藝術家並非來自大陸，而是來自港臺、越柬和東南亞一帶的華人或華人後代，如來自香港的電影導演羅卓瑤（Clara Law），來自新加坡的女作家黃貞才（Lilian Ng）和廖秀美（Lau Siew Mei），來自馬來西亞的小說家貝思・葉（Beth Yahp）和小說家兼學者張思

23 參見澳大利亞駐華使館的名單：http://www.china.embassy.gov.au/bjng/Studycenter.html

24 參見《澳大利亞成立首家中國研究中心》一文，網上發表時間為2005-9-20，該文網址在：http://sydney.mofcom.gov.cn/aarticle/jmxw/200509/20050900428562.html

25 參見http://www.kzxy.com.cn/Article/ArticleShow.asp?ArticleID=22021

26 畫家方面當然還有更多，如阿仙、沈嘉蔚、呼鳴、傅紅、周小平，等。

敏（Hsu-Ming Teo），來自印尼、後經由荷蘭轉道澳大利亞的學者洪宜安（Ien Ang，又譯英昂）等。通過他／她們熟練掌握的英文和西方文化知識，把中國文化、特別是中國古代文化不露形跡地移入「收養國」，起到了比翻譯事半功倍的效果和影響。

本書擬從下面幾個方面來揭示兩國文學、文化交流的諸多方面。

第一章 命名

地名

命名殊非易事。孔子說：「名不正則言不順」。以殖民起家的大英帝國把澳大利亞大陸掠為己有，除了使用其他手段，就是從命名開始的。「澳大利亞」（Australia）一詞源自拉丁語Terra Australis Incognita（未知的南方大陸），後相繼被歐洲人稱為「南方大陸」，印尼人稱為「馬雷加」（海參地），到了17世紀中期又被探險的荷蘭人命名為「新荷蘭」。隨著英國的庫克船長1770年第一次登陸植物灣，經過幾十年的歷程，才在1814年由新南威爾士總督麥誇裡把「澳大利亞」正式作為國名確定下來。[1]對全澳的殖民統治，就是緊緊伴隨命名而來的。到目前為止，澳大利亞地名共分三種。除首都坎培拉三字基於土著語，幾乎所有的大都市都使用英國人名命名。中小城鎮及鄉鎮則大部分用英語，小部分用土著語，如Wagga Wagga, Woy Woy等。第三種是江河湖海、山巒平原等的命名，這就要在英語、土著語和帶有中國人意義的地名中平分秋色了。當盎格魯－薩克遜人自以為通過命名方式吞併了澳大利亞大地天空海洋和陸地之時，中國人早已不知不覺地在這

[1] 黃鴻釗、張秋生，《澳大利亞簡史》，臺北：書林出版有限公司，1998[1996]，第2頁。

片土地的山山嶺嶺、溝溝壑壑、江河湖海、灘頭島嶼上留下了極富特色的文化原色。

澳大利亞各大都市的名字，不是根據當年英國的政要人物，就是依照來澳打天下的盎格魯－薩克遜英雄命名的。例如，墨爾本市系新南威爾士總督伯克于1837年為紀念英國首相墨爾本勳爵而命名；[2]悉尼市系亞瑟・菲力浦船長根據英國輝格黨政治家、悉尼建市時任內政大臣的湯瑪斯・湯森・悉尼而命名；[3]西澳首府珀斯系西澳第一任總督詹姆斯·斯特林根據其出生地英國的珀斯郡及他曾在英國下院所擁有的同名席位而命名；[4]南澳首府阿德萊德系根據英國國王威廉四世之妻阿德萊德女王命名；北方區首府達爾文市系根據英國生物學家查理斯·達爾文命名；昆士蘭州首府布里斯班系根據蘇格蘭出生的新南威爾士總督湯瑪斯・麥克杜格爾·布里斯班（任期1821-1825）而命名；塔斯馬尼亞首府霍巴特則是以白金漢郡伯爵（第四）的羅伯特・霍巴特而命名。直到今天，墨爾本市內四條並行的大街依次數過去，就是伊莉莎白女王威廉國王，即伊莉莎白大街，女王大街，威廉大街，國王大街，而以英國地名命名的城市、鄉鎮、街區等比比皆是，不可勝數。

然而，人們有所不知的是，在七百六十多萬平方公里的澳大利亞大地上，有無數地名印證著中國人曾在這片大地上路過、工作、繁衍和生存的痕跡，如星星點點散佈在各處以Chinaman（中國佬）命名的地名：悉尼附近的Chinamans Beach（中國佬海灘）和Chinamans Island（中國佬島）[同名的島在維多利亞省及他處均有]，新南威爾士的Chinaman's Creek（中國佬小溪）、China Creek（中國小溪）[5]和Chinamans Cave and Gully（中國佬洞穴及沖溝），南澳的Chinamans Well（中國佬水井）和Chinamans Bog（中國佬沼澤地），維多利

2 見*The Macquarie Dictionary*（Third Edition）（《麥誇裡詞典》第三版），1997[1981]。
3 同上。
4 參見《維琪百科》James Stirling詞條，該文網址在：http://en.wikipedia.org/wiki/James_Stirling_%28Australian_governor%29
5 見「Chinaman's Creek」（「中國佬小溪」），該文網址在：http://www.chucksballast.com/Chinaman_s_Creek/chinaman_s_creek.html

亞省的Chinaman's Flat（中國佬的灘地），西澳大利亞的Chinamans Gully Walk（中國佬溪穀走道）和Chinamans Gorge（中國佬峽谷），塔斯馬尼亞的Chinamans Bay（中國佬海灣）等。[6]澳大利亞史學家查理斯・普萊斯曾做過一個很形象的比喻，認為澳大利亞民族的國民性正是在中國人和中國文化這塊鐵砧上「慢慢敲打出來的」。[7]正當殖民者利用命名方式把澳大利亞據為己有，在大小城鎮蓋上自己的英名，使整個澳大利亞幾欲成為另一個英國並企圖以「白澳」政策來達到其一「白」遮「十醜」—即包括澳大利亞原住民和中國人在內的所有有色人種—的目的時，十九世紀初及中期從中國來到澳大利亞的大批契約工和淘金工[8]卻以其勤勤懇懇，腳踏實地的堅韌不拔，在殖民的天空下，通過澳人之手，以所有這些原本帶有種族歧視，而現在已成為澳大利亞人文風景不可分割的一部分，從未被歷史學家留意的地名，在這座大陸的風景處處烙下不可磨滅的印記。中國文化以一種見微知著的奇特方式，與澳大利亞文化發生交流並被吸納。

其中許多地名都講述著動人的故事。「中國佬水井」位於南澳庫容國家公園。由於十九世紀中期維多利亞省為淘金熱所席捲，大批中國人進入，招致白人怨恨，當地政府對中國人強征10鎊人頭稅。為了繞開這一帶有歧視性的做法，來自香港的45艘船載著大約兩萬中國礦工從南澳的羅伯（Robe）登陸，長途跋涉400多

6 還有更多這類地名，如Chinamans Pool and Picnic Area（中國佬游泳及野餐區），Chinamans Dam（中國佬水壩），Chinamans Lodge（中國佬客棧），Chinaman's Rock Lookout（中國佬岩石瞭望點），Chinamans Bridge（中國佬橋），以及Chinamans Knob（中國佬圓丘）等。另注，前面註腳中提到的姚明事件發生之後，導致加利福尼亞州莫哈韋沙漠歐文堡使用的一幅陸軍軍用地圖刪去了上面一個標有Chinaman's Hat（中國佬帽子）的地名。參見英文文章「Yao Ming Called A Chinaxx」（「姚明被喚作中國×」），網址在：http://www.80-20initiative.net/em040120.html

7 轉引自歐陽昱，《表現他者：澳大利亞小說中的中國人》。北京：新華出版社，2000，第4頁。

8 關於來澳的契約工，可參見張秋生著《澳大利亞華僑華人史》第三章「華工赴澳緣起與早期赴澳華工」和第四章「19世紀中期至20世紀初的澳大利亞華人」中的第一節和第二節。北京：外語教學與研究出版社，1998。

公里，跨越陸路進入維多利亞淘金地，[9]在庫容逗留期間曾挖過一眼水井，其造型「精緻」，因此留名，成為一個著名的風景點。[10]「中國佬灘地」位於維省的馬里伯勒和帝汶之間，之所以得名，是因為十九世紀五十年代早期，曾有數百名中國礦工在此安營紮寨，破土掘金，不久，這兒出現淘金熱，鼎盛期淘金者曾一度達到三萬，蓋起了38家旅店。[11]

人名

文化交流最直接的反映就是姓名。2002年筆者為寫一部英文長篇去雲南實地考察，對所「下榻」飯店或賓館服務員不用中文姓名，而用英文單名掛牌，一致對外的現象頗感驚訝。畢竟住店的旅客絕大多數還是不懂英文或粗通英文的國內客戶呀。用得著如此大肆張揚自己的西化特徵嗎？細想之下不禁釋然。中國自二十世紀七十年代末改革開放，經過西方文化三十年的洗禮，那條奔騰了五千年的河流如今也三十年「河西」，主動讓西方人的名字來暫時取代自己那世世代代、祖祖輩輩使用的1466個姓氏，[12]而且越年輕，就越是行「要」更名，坐「要」改姓。

這種現象，在澳大利亞也有發生。著名電影攝影記者杜可風曾拍攝了多部電影，如《東邪西毒》

9 見「The Chinese Trek to Gold」（「中國人長途跋涉到金礦地」），該文網址在：http://www.heritageaustralia.com.au/pdfs/Heritage1209_Chinese%20Gold.pdf

10 見「SOUTH AUSTRALIA - Coorong National Park」（「南澳-庫容國家公園」），該文網址在：http://www.ciaodarling.com/australiannationalparks/southaustralia/coorong/default.htm

11 見「Person sheet」（「人物單」），該文網址在：http://harryprosser.customer.netspace.net.au/PS01/PS01_181.htm

12 此資料引自《中國姓氏辭典》。北京：北京出版社，1995年，「前言」第1頁。

（1993），《春光乍瀉》（1997），《花樣年華》（2000）和《2046》（2004），但可能很少有人知道，他其實是澳大利亞人，名叫Christopher Doyle（克裡斯托夫・多伊爾）。他有一句名言，說：「我是一個患了皮膚病的中國人。」（「I am Chinese with a skin disease」）。[13]與中國文化結下不解之緣，為自己起中國名字的澳大利亞文人也有不少，還都是文人，如小說家周思（Nicholas Jose [尼古拉斯・周思]），學者白傑明（Geremy Barme [傑瑞米・巴爾梅]），劇作家兼前駐華文化參贊甘德瑞（Carillo Gantner [卡裡羅・甘特勒]，前駐華大使郜若素（Ross Garnaut [羅斯・嘎諾]），2011年卸任的駐華大使芮捷瑞（Geoff Raby [傑夫・瑞比]），歷史學家伊懋可（Mark Elvin [馬克・埃爾文]），外交家何睿斯（Stuart Harris [司徒亞特・哈裡斯]），[14]中文教授家博（Bruce Jacobs [布魯斯・雅各斯]），亞洲問題研究專家費約翰（John Fitzgerald [約翰・費茨傑拉德]），等。偶爾還會碰到以改姓中國姓而驕傲的澳大利亞人。筆者幾年前在坎培拉參加一個學術會議，曾碰到一位女學者，很興奮地告訴我，她最近改姓Tan（譚或談或陳[15]），永久地拋棄了她自認為很「沒勁」的英文姓氏。

1817年，當第一個中國人登陸澳大利亞時，不知何故被人起了一個半中半洋的名字：Mark O Pong（馬克・奧・龐）。到1823年時，他已改名為John Sheying（約翰・賽英）。[16]據後人考證，他的中文原名為麥世英，但儘管他的後代繁衍不息，有關麥世英的身世，至今已無可考。[17]

---

13 原話見於澳大利亞ABC國家電視臺2006年4月25日晚9點20分「駐外記者」節目中關於在華澳人的特別節目。

14 郜、伊、何資料來自塗成林《澳大利亞觀察》。廣州：廣東人民出版社，2002。

15 英文中的Tan姓，有時指「陳」，因其發音受廣東福建一帶口音影響。

16 參見Eric Rolls（埃裡克・羅爾斯）*Sojourners: the epic story of China's centuries-old relationship with Australia*（《旅居者：關於中澳幾個世紀關係的英雄史般的故事》）。昆士蘭大學出版社：1992年，第32頁。Sheying這個名字似有誤，英文網站上用的都是Shying，即John Shying。後同，不另注。

17 參見蕭蔚，「尋根追祖的依據」，原載《大公網》，http://www.takungpao.com/news/2005-7-20/TK-429819.htm

麥世英是千千萬萬中國人出海之後，被陰錯陽差更名改姓的一個典型例子。這是一種文化的失落，更是一種文化的增益。繼麥世英登陸之後，又有許多中國人陸續抵岸，到達這座南方大陸。他們的名字千奇百怪，有1827年在悉尼做細木工的兩位，一位叫Queng，一位叫Tchiou，給他們起名的是老闆約翰・丹摩爾・郎牧師，後者把他們的名錯弄成姓了。還有分別於1836和1838年抵達墨爾本的John Acqu（約翰・阿曲）和John Afoo（約翰・阿福），以及1840年從英格蘭來到悉尼的John Watt（約翰・瓦特）。[18]還有一些人根本就沒有完整的姓名，如1844年從毛里求斯轉道塔斯馬尼亞的三位中國流放犯Ahong、Dvel和Dreil。[19]很多中國人進入澳大利亞後，除了從英文的姓上還依稀可辨其漢族特性之外，名字已經完全盎格魯－薩克遜化，最典型的是「約翰」一名。儘管無證可考，但據筆者推測，「約翰」一字來歷或可起源于英文中的貶義詞「John Chinaman」（「約翰・中國佬」），很可能因為盎格魯－薩克遜在「張」字上發音不清，覺得「張」姓聽上去很像英文的「John」，而且中文姓在前，名在後，「張」字先入為主，就想當然地稱中國人為「John」了。這或許就是早期為何那麼多中國人被叫做「約翰」的原因之一。

中國人的英文姓許多都帶有「阿」字，顯系受到廣東福建一帶人名影響。人名前加個「阿」字，帶有許多親切。[20]前面曾提到John Acqu，John Afoo和Ahong，很有意思的是，在2006年長達1968頁，專門登載城市居民電話位址的墨爾本《白頁》上還可找到類似的姓，如Ah Chee，Ahchee，Ahchong，Ah Chong，Ahchow，Ah Chow，Ahfa，Ah Fat，Ah-Kee，Ah Lam，Ah Sang，Ah Yen，等。[21]在命名問題上，虛實相交，真假莫辨。

18 參見埃裡克・羅爾斯，《旅居者：關於中澳幾個世紀關係的英雄史般的故事》）。昆士蘭大學出版社：1992年，第33頁。
19 同上，第33-34頁。
20 參見一篇關於蘇里南中國移民姓名考的網上英文文章，「[History] Chinese Names」（「[歷史]中國人的姓名」），http://www.suriname.nu/302ges/arch141.html
21 注意，以上所選均為姓，而非名-筆者注。

例如，十九世紀的澳大利亞小說中，中國人被視為「他者」，為白人所不齒，不僅是異類，而且是罪人，因此，不少中國人一出場，就被命名為Ah Sin（阿罪，諧音「阿新」）。[22]從理論上看，很容易輕易地下結論認為，這是「東方主義」導致的惡果，但實際上，的確有以Ah Sin命名的華人。根據2005-06的墨爾本《白頁》，墨爾本目前至少有一個人姓Ahsin。

19世紀下半葉，很多來澳後因各種原因而身陷囹圄的中國人直到現在其監獄記錄的名字都帶有「Ah」字，如James Ah Qun，Ah Choey，Ah Chee，Ah Toy，Ah Cheong，Ah Ling，Ah Chuck，Ah Sing Jong，Ah Keong，甚至這些華人娶的白人老婆也被「漢洋化」了，如Ah Leen，等。[23]如果收有1400多中國人名的《中國姓氏辭典》沒有一個洋化漢名，而遠夠不上辭典標準的墨爾本《白頁》[24]卻有如此之多的漢化洋名，這說明中華文化一定具有某種穿透力和生命力，通過活生生的人體保存下來，進入澳大利亞的文化，成為其不可分割的一個部分。

根據澳大利亞維多利亞省公共紀錄辦公室網站介紹，中國人在澳登陸之日，往往就是陰差陽錯、更名改姓之時。不是因為澳大利亞入境登記人員聽不懂漢語，也沒有漢語姓在前、名在後，與英制完全相反的知識，就是因為他們漫不經心，鬼畫桃符，隨手寫個名字完事，甚至把漢人名字主觀地盎格魯－薩克遜化，如本來姓Yeung（楊）的，給他寫成Young，本來姓Wah（華）的，給他寫成Waugh。[25]延續千年的漢姓就這樣在一種未經任何隆重儀式的不經意的殖民化過程中，被隨心所欲地消解掉了。墨爾本大學前校長Kwong

22 歐陽昱，《表現他者：澳大利亞小說中的中國人》。北京：新華出版社，2000，第32頁。

23 參見「Names」（「姓名」），http://www.prov.vic.gov.au/forgottenfaces/names.asp

24 本人參照的是「White Pages: Residential, 125th anniversary edition：Melbourne 2005〉06」（《第125版居民白頁》：墨爾本 2005-06）。

25 參見「Names」（「姓名」），http://www.prov.vic.gov.au/forgottenfaces/names.asp

Lee Dow就是一個很有意思的例子。在一次採訪中，他只知道祖先來自廣東，但來自廣東何處，則「完全不知」。[26]關於他自己的名字究竟姓Dow，還是姓Lee，他也不太清楚，只知道中間的Lee字可能是「祖父從中國帶過來的」，因為「可能祖父名Dow姓Lee」。[27]因此，直到今天，他的中文名字始終沒有完全一致的，以李光照或李光昭而知名，甚至還有人稱他匡立道（Kwong Lee Dow），但他對此並不在意。[28]

文化交流聽起來很高雅，其實內裡深藏著辛酸和痛苦。澳大利亞本迪戈市大金山金龍博物館的華人館長雷揚名的英文名字是Russell Jack。其姓Jack實際上是其父雷哲（Jack Louey）1899年入境時硬被澳大利亞移民官錯將Jack當其姓而成。[29]Mabel Lee教授是澳大利亞著名的翻譯家，因翻譯諾貝爾文學獎得主高行健而知名，但很少有人知道，她的中文名字是陳順妍，更少有人知道，她父親二十世紀初抵澳時，因移民官輕率敷衍的態度而被正式改名為Harry Hin Hunt（哈裡・辛・亨特），從而失去了他的原姓和原名：Chan Hun，因為移民官武斷地認為，Hun在Chan後，因此應該是他的姓，[30]而如果用Hun，就與Hunt很接近，何不叫Hunt更方便？於是輕而易舉就把他姓名中的文化與傳統抽了筋。[31]陳順妍通過電子郵件告訴我：

我父親在這兒出生，但還是嬰兒時就回到村裡去了。大約1919年再度返回時，移民代理（我想是吧）

---

26 雨軒，《遠行者的腳印-記墨爾本大學副校長Kwong Lee Dow教授》，原載《墨爾本：華人的故事》（下）。北京：中國文聯出版社，2001，第276頁。

27 同上，第276-277頁。

28 同上，第281頁。

29 黃玉液，《雷揚名籌建華人歷史博物館》，網上文章，1999年發表在：http://wwwcdn.com.tw/daily/1999/03/05/text/880305h3.htm

30 一個常識，中國人姓在前，而英國人姓在最後。

31 參見J・V・德克魯茲對陳順妍的訪談錄，「Mabel Lee」，原載「Overland」（《跨越大陸》）英文雜誌，2005年179期，第66頁。

送了他一個姓，叫「亨特」，因為聽起來像他的名字。這是那時候對來澳大利亞的人的通常做法。我母親直到1939年才來澳大利亞，這時候已經不這麼做了。我母親姓Liang，也就是「房梁」的梁。[32]

相比較而言，一些來自殖民史更長的國家如印度的移民，在文化交流過程中所遭受的文化殖民打擊則更沉重。J.V. D'Cruz是來自馬來西亞，原籍印度的澳大利亞知名學者教授。據他講，由於葡萄牙殖民主義者認為他曾祖父的姓「基督教味」不夠濃，決定給他「賜姓」，叫他「德克魯茲」。從此，他家祖祖輩輩姓「德克魯茲」，到如今已完全不知道自己原來姓什麼了。文化交流中的殖民化命名，就是這樣野蠻地剔除了他者文化中包含著家族、歷史、姻親等一系列文化因素的姓氏的「骨頭」，而萬劫不復地化解了被殖民者。[33]

澳中文化交流的重要特徵之一，就是中國人名在澳大利亞文化中的進入、紮根、盎格魯－薩克遜化、變異並產生新的變體。由於最早入澳的中國人絕大多數來自廣東、福建沿海一帶，他們的名字受廣東話、福建話和客家話的影響，演變成英文後已經不是當今拼音的形態，如姓「吳」的共有五種寫法：Wu，Woo，Ng，Ang和Eng，姓梅的有四種：Bui，Mei，Moy和Mui，而姓歐陽的則有九種：Auyeung，Au-Yeung，Auyong，Au-Yong，Au Yong，Auyung，Ou Yang，Au-Yong和Ow-Yang。[34]更有意思的是，這種文化聯姻還誕生了很多中國文化中原來沒有的雙姓，如Ah Chong，Ah-Chow，Ah-Moy，Ah Wong，Baichoo，Baoxiong，

---

32 根據歐陽昱2006年5月1日星期一與Mabel Lee的電子郵件。中文譯文為歐陽昱所譯。Mabel Lee的英文附後：My father was born here but went back to the village as a baby. When he came back about 1919, he was given the surname Hunt by immigration agents（I think）, because it sounded something like his given name. This was common practice with people who came to Australia at that time. My mother did not come to Australia until 1939, and this was no longer done. My mother's surname is Liang, the character for "roof beam".

33 2006年5月1日星期一下午根據與J・V・德克魯茲的電話談話內容。

34 參見網上「Alphabetical Index of Chinese Surnames」（《中國姓的字母索引》）一文，http://www.geocities.com/Tokyo/3919/atoz.html

Bianchin，Cao-Kien，Cchotu，Chaiwan，Chan-Chia，Cheemeng，Cheng-Chang，甚至三字母姓，如Auyungkong或Auyung-Kong。還有不少與其他民族交融的佳例，如Ah Park（與英文「派克」一姓黏合而成），Chinchay-Lopez（與西班牙「洛佩茲」一姓搭配而成），等。[35]隨著1989年六四後大批中國學生進入澳大利亞，百家姓的前四名「趙錢孫李」都能在《白頁》中批量找到。根據筆者一個粗略統計，僅墨爾本一市，「Zhao」姓約有190名，「Qian」姓約有40名，「Sun」姓約有200名，而「Li」這個大姓則有千名左右。[36]這還不包括「趙」姓的其他變體，如Chao、Chau、Chow，「錢」姓的其他變體，如Chien、Chian等，也不包括澳大利亞其他各省市登錄的名字。這種華姓的繁榮、葳蕤，恐怕不是在華澳人所能比擬。

這種中澳姓名的「混血」，在以《論不會說中文》（*On Not Speaking Chinese*）[37]一書而著稱的澳大利亞華人教授Ien Ang的名字上表現得尤為顯著。她的論文譯成中文後，常常冠以一個奇怪的音譯名：英昂。還有其他多種不正確的譯法，如伊安昂或洪宜安。她在解釋自己名字時與筆者交流的一次電子郵件中說：

> 我的全名是Ang May Ien，這是父母根據我粗通中文的祖父的願望，給我起的印尼華人名字。因此，據我母親說，她不太瞭解中文，這不可避免地成了一個十分「雜種」的名字……至於說到Ang字，東南亞還有一種拚法，叫做Hong。我不知道這個字該用哪個漢字……我可以問一下我的母親。對不起，我實在太無知了！[38]

---

35 見「White Pages: Residential, 125th anniversary edition：Melbourne 2005〉06」（《第125版居民白頁》：墨爾本 2005-06）。

36 同上。

37 參見Ien Ang的*On Not Speaking Chinese: living between Asia and the West*（《論不會說中文：在亞洲和西方之間生活》）。Routledge，2001。

38 根據歐陽昱2006年4月8日與Ien Ang的電子郵件。中文譯文為歐陽昱所譯。

洪宜安教授十分謙虛，因為她在附件中用的那個漢字很對，就是「洪」字，這也是姓Ang的華人的真實姓氏，因為「洪」的廣東話拼音是「Hong」或「Hung」，而福建話或臺灣話的拼音則是「Ang」。[39]其實，Ien Ang的真實中文姓名是「洪美恩」。[40]

那麼，目前澳大利亞究竟有多少華人或華裔呢？根據2011年人口普查結果，華裔人口達866,208名。[41]按目前澳大利亞即將突破2300萬的總人口計算，[42]華人雖僅86萬多，但其穿透力由人名可見一斑。即使在地名上，也出現了新的命名趨勢，即以華人人名來命名地名。Harry Chan（陳天福）1967年被選為澳大利亞北領地達爾文市市長，成為澳大利亞首任亞裔市長。[43]該市市政會現在坐落的地方，就是以其命名的Harry Chan Avenue（哈利・陳大道，又名陳天福大道），[44]這在澳大利亞歷史上是前無古人的一件大事，說明華人從第一個中國人Mark O Pong（麥世英）於1823年抵岸，經過144年的歷程，已逐漸通過命名或被命名的方式，成為澳大利亞國土上一個不可分割的部分。世界著名心臟外科醫生Victor Chang（張任謙）[45]1936年生於上海，1953[46]年17歲抵澳，後因其高超的醫術，成為澳大利亞最著名的心臟外科醫生，被譽為「澳大利亞

---

39 參見網上英文文章「Re: History of the surname Ang」（「關於Ang姓的歷史」），http://www.ziplink.net/~rey/ch/queries/messages/7761.html

40 這一點就連自詡己「當面請教本人」的唐維敏先生似乎也有所不察。見其文章《文化研究：網路轉載與翻譯》，在「文化中國」網站，http://www.okuc.net/Article/HTML/3258.html

41 參見「澳大利亞新聞小屋」文章：http://www.oznewsroom.com/2012/06/8757.html

42 資料根據《大紀元》網址在: http://www.epochtimes.com/gb/13/2/15/n3801579.htm（截止時間為2013年2月15日）

43 資料根據*Wikipedia, the free encyclopedia*「1967 in Australia」（「澳大利亞1967年」）詞條，網址在: http://en.wikipedia.org/wiki/1967_in_Australia

44 資料來源，「Council Overview」（「達爾文市總覽」），網址在：http://www.darcity.nt.gov.au/aboutcouncil/council_overview/overview.htm

45 其英文全名為Victor Chang Yam Him。參見網上「Dr Victor Chang」一文，http://www.victorchang.com.au/public/DrVictorChang.cfm?cid=59

46 資料根據*Wikipedia, the free encyclopedia*「Victor Chang」（「張任謙」）詞條，網址在: http://en.wikipedia.org/wiki/Victor_Chang 另一說張

心臟病人的救世主」。[47]1986年獲得Companion of the Order of Australia，八十年代被評為傑出的「澳大利亞年度人物」。1999年在悉尼的「人民選擇獎」（People's Choice Awards）中，被評為「世紀澳大利亞人」（The Australian of the Century）。[48]繼他1991年被謀殺之後，在政府資助下，1994年專門成立了一家以他名字命名的研究所：Victor Chang Cardiac Research Institute（張任謙心臟研究所）。[49]

在較小規模的民間層面上，華人的命名意識也初露端倪。遠的不說，就說墨爾本，查查厚達886頁的Melway城市地圖冊，這座面積為7,694平方公里[50]城市的大街小巷無不盡收其中。仔細流覽，就會發現在眾多以英為基的地名中，不斷雜有英化漢字面孔，如Wang Crescent（王姓新月形街），Shah Crescent（沙姓新月形街），Lim Crescent（林姓新月形街），Lan Avenue（蘭姓大道），Dai Crescent（戴姓新月形街），等。[51]雖然不多，但作為一種文化現象，頗為值得注意。九十年代末，在墨爾本的Doncaster（唐卡斯特）區，有一個華人地產商興建了一個住宅社區，其中一條新月形街被命名為Jising（音似漢語「吉星」）。我對開發這個社區的「澳大利亞巨星」公司總裁徐成憲先生進行了簡短的電話採訪後，才得知這的確是他以公司名稱「巨星」命名的，但因登記處的澳大利亞官員不會發中文拼音的「Ju Xing」，而改成近似的「Jising」。[52]中國文化就這樣強行與澳大利亞文化進行嫁接，在這片大地上打下了不可磨滅的印記。

抵澳時間是1952年。參見《世界華人精英傳略：大洋洲與非洲卷》。南昌：百花洲文藝出版社，1995年，第127頁。

47 《世界華人精英傳略：大洋洲與非洲卷》。南昌：百花洲文藝出版社，1995年，第130頁。

48 參見Rachel Mealey英文文章「Victor Chang named Australian of the Century」（「張任謙被命名為世紀澳大利亞人」），網址在：http://www.abc.net.au/am/stories/s67484.htm

49 資料根據*Wikipedia, the free encyclopedia*「Victor Chang」（「張任謙」）詞條，網址在: http://en.wikipedia.org/wiki/Victor_Chang

50 資料根據*Wikipedia, the free encyclopedia*「Melbourne」（「墨爾本」）詞條，網址在: http://en.wikipedia.org/wiki/Melbourne

51 參見*Melway: Greater Melbourne Street Direction*（Edition 29, 2002）（《墨爾道：大墨爾本街道指南》，2002年第29版）。

52 根據筆者2006年5月4日星期四中午在墨爾本與徐先生電話談話記錄。

「頂金」：一個個案研究

澳中文化不僅通過地名和人名，還通過兩國文字進行交流。澳大利亞羊毛甲天下，在中國婦孺皆知，故中文有「澳毛」之稱。除此之外，還有表示澳大利亞龍蝦的「澳龍」，根據opal（蛋白石）譯音的「澳寶」，廣受歡迎的「澳鮑」和「澳礦」等。由於十九世紀五十年代大批華人湧入澳大利亞淘金，鼎盛時在維省曾達到4萬多人，有以廣東話發音進入英語並成為「最具澳大利亞風味的一個詞」。[53]這就是dinkum一詞，據說是廣東話「頂」和「金」的譯音合成。當廣東籍的淘金工發現黃金時，他們就會驚喜地大喊：「頂金」，「頂金」。[54]在白人耳朵中聽來，就好像是din kum or dinkum一樣。久而久之，dinkum一詞成了澳大利亞英語的常用詞，表示「純粹的」，「道地的」，「貨真價實的」之意。如形容某人是個道地的「澳仔」，就會說他是個dinkum Aussie。

白人學者堅稱，這個詞並非由中國人傳入，而是地道的英文字。澳大利亞資深記者兼專欄作家弗蘭克·德崴因（Frank Devine）曾引用一個中國人的話說，用普通話發音，「金」應該發成「ching」才是，[55]足見

53 參見香港大學藝術學院院長兼教授，澳大利亞華人Kam Louie（雷金慶）的英文文章，「The changing face of the Chinese in Australia」（「澳大利亞華人正在變化中的面貌」），原載*Access China*雜誌，1993年12月第12期，第23頁。

54 參見英文文章「What are the origins of the phrase『fair dinkum』and how did it come to mean what it does?」（「『fair dinkum』一詞源於何處並如何具有了當今的意思？」）中Catherine Le Breton和Garry Tipping二人的解釋，網址在：http://www.smh.com.au/news/Big-Questions/What-are-the-origins-of-the-phrase-fair-dinkum-and-how-did-it-come-to-mean-what-it-does/2005/01/21/1106110931932.html

55 轉引自Kam Louie（雷金慶），「The changing face of the Chinese in Australia」（「澳大利亞華人正在變化中的面貌」），原載*Access China*雜誌，1993年12月第12期，第23頁。

其缺乏基本的漢語知識，以訛傳訛。香港大學澳籍華人教授Kam Louie（雷金慶）指出，當年來澳大利亞淘金的華工，幾乎沒有來自北方說Mandarin（普通話）的，不可能發出那麼奇怪的「金」音。[56]再說，普通話的發音即便用韋氏音標，也是「chin」，而不是「ching」。[57]

另據Michael Quinion（邁克爾・奎寧）稱，約瑟夫・賴特所編的《英格蘭方言詞典》（1896-1905）曾搜集了在英格蘭各地使用dinkum一詞的例證，表明這個詞英國早已有之，意指「工作」。[58]澳大利亞作家羅爾夫・博爾雷德伍德的長篇小說《武裝搶劫》1888年出版時，曾用過dinkum一詞，也是指「幹活」的意思。但是，賴特字典比James Rowntree（詹姆士・朗特裡）船長1839年回憶錄中出現的「dinkum」一字要晚55年，該字出現時的意思與現在相同，即「貨真價實」，「地道」，等。[59]這印證了筆者關於dinkum一詞可能最早用於澳大利亞的推測。儘管這時淘金尚未開始，但很有可能它後來以某種方式與中國淘金工人使用的「頂金」二字融合在一起了。除非死人能夠開口，否則我們今天是無法取證的。

還有一篇未署名的英文文章更斷言，澳大利亞英語除了華人輸送的一個絕無僅有的賭博用詞「pakapoo」（白鴿票）之外，「從未向中文借用一個詞。」[60]這當然是無稽之談。眾所周知，淘金之後，

---

56 同前。

57 參見「Mandarin Chinese Romanization: Comparing Wade-Giles to Pīnyīn and Yale」（「中文拼音法：威妥瑪式拼音法與拼音和耶魯拼音法之比較」）一文，網址在：http://www.chinese-outpost.com/language/pronunciation/mandarin-romanization-comparing-wade-giles-to-pinyin-and-yale.asp

58 參見「World Wide Words: Michael Quinion writes about international English from a British viewpoint」（「文字遍世界：邁克爾・奎寧以英國人的觀點撰寫國際英語方面的問題」），網址在：http://www.worldwidewords.org/qa/qa-fai3.htm

59 參見「How and when to use 『fair dinkum'」（「何時以及如何使用『fair dinkum』一詞」）一文，網址在：http://www.stonedcrow.com/stonedzone/ZONE3level/FAIR%20DINKUM.htm

60 參見F.L.發表于1998年的英文文章「The dinkum oil on dinkum: where does it come from?」（「關於『dinkum』的真實消息：這個字來自何處？」），網址在：http://www.anu.edu.au/andc/ozwords/November_98/7._dinkum.htm

大批華人轉入其他行業，主要是飲食業和菜園子業，給澳大利亞英文輸送了無數借詞，集中在與「吃」有關的詞彙上，如yum cha（飲茶），dim sim（點心）[不同於大陸人所吃的點心，而是「飲茶」中的各種小吃]，以及直接音譯的菜名：bok choy（白菜），choy sum（菜心），yau choy（油菜），gai laan（蓋蘭），wonga bok或wong nga baak（俗稱黃芽白，學名中國捲心菜）。所有這些已經不是漫不經意的借詞，而是以廣東話為基礎的澳大利亞老百姓日常交流用語並通過政府行為固定為常用詞彙。[61]

這些詞中還包括一個聽起來很像中文的詞：dingo。這是澳大利亞的一種野狗，通譯「澳大利亞野狗」，也有音譯為「丁狗」的。據雷金慶教授說，該字發音與廣東話的「癲狗」（din geo）極為相似，應該是漢語通過廣東話與英語的一種嫁接。[62]

除了上述語言交流、融合現象之外，更有一點值得注意。澳大利亞英語的發音既不像英國女王英語那樣純正，也不像美國英語那樣厚重，而是像澳大利亞國家廣播電臺著名播音員Margaret Throsby（瑪格麗特•斯洛斯比）那樣，帶有吟唱般的音調，尾音上翹而拖長。據《英語的故事》，「最近的一個現象是所謂的『升調』，已經偷偷溜進了澳大利亞言語模式中（而且，在較輕的程度上溜進了美國青少年講的話中，西海岸尤其如此。）『升調』在婦女和青少年中特別普遍，就是這樣一種習慣，即回答問題時特愛用提問時用的

---

61 參見程浩《澳大利亞為亞洲蔬菜按粵語發音統一英文名字》一文，網址在：http://news.xinhuanet.com/overseas/2005-11/09/content_375566.htm 除上述詞彙外，還有小棠菜（baby pak choy），芥菜（gai choy），莧菜（en choy），通菜（kang kong），節瓜（chi qua），絲瓜（sin qua），無毛瓜（seng qua）等。

62 2006年5月5日星期五與Kam Louie教授電子郵件通信內容。另外可參考兩篇文章，一篇是朱大可的「中國與澳大利亞的遠古親緣」，網址在：http://www.clczq.com/magazine/articles/57/20040517/440.html 另一篇是雲門的「『袋鼠』與『丁狗』--兼與朱大可先生商榷」，網址在：http://www.xys.org/xys/magazine/GB/2001/articles/010609.txt

（升）調。」[63]但該書有一個缺失，即儘管它討論了澳大利亞英語中的種種語言現象，卻絲毫也未觸及漢語（主要是廣東話及福建話）在借詞和音調方面對澳大利亞英語的影響。《可怕的澳大利亞人》（1911年）一書作者瓦萊莉・德斯蒙就注意到了華人對澳大利亞英語的這種sing（吟唱）現象。她說：

我在墨爾本逗留期間，有天晚上在小博克街一家中國人開的菜館吃飯，立刻就感到，中國侍者說話的音調與陪我的那些有教養的澳大利亞人的音調有著某種相似之處。[64]

63 羅伯特・麥克拉姆等著，歐陽昱譯，《英語的故事》。天津：百花文藝出版社，2005年，第468頁。

64 參見Valerie Desmond（瓦萊莉・德斯蒙），*The Awful Australian*（《可怕的澳大利亞人》），1911年，轉引自「The musical accent: the Chinese influence?」（「音樂般的口音：受中國人的影響？」）一文，網址在：http://www.convictcreations.com/culture/strine.htm#mcc

第二章 混血

文化交流說到底，是一種文化交媾。作為承載兩種文化載體的有血有肉的人通過交流和交媾結成姻親，產生下一代，經由混血達到兩種文化的水乳交融和精血交融。歷史沒有忘記，第一個登陸澳大利亞（1817年）的中國人Mark O Pong（麥世英）抵達不幾年，就與悉尼帕拉馬打（Parramatta）一位名叫薩拉・簡・湯姆遜（Sarah Jane Thompson）的英國女性結婚並把自己改名為John Shying（約翰・世英），隨後生了四個孩子。第一任妻子因病去世後，他四十四歲時續弦，娶了一位愛爾蘭老婆。[1]電腦第一次鍵入時，把「世英」錯打成「適應」，也許不是一種巧合，而更像某種天成，暗示著中國文化隨著第一位入澳男性而潛入、遷入和嵌入，以改名換姓、娶妻生子的方式來逐漸適應另一種完全不同的語言和文化。約翰・世英入鄉隨俗，艱苦創業，成為在澳大利亞第一位與白人通婚和第一位擁有地產的中國人。[2]他以Shying[3]為姓的四個兒子在澳繁衍生息，已經形成一個很大的家族。[4]

1 參見Eric Rolls（埃裡克・羅爾斯）*Sojourners: the epic story of China's centuries-old relationship with Australia*（《旅居者：關於中澳幾個世紀關係的英雄史般的故事》）。昆士蘭大學出版社：1992年，第32頁。

2 同上。

3 是英文形容詞shy（羞怯）的動名詞形式，與away連用，有「回避」之意-作者注。

4 據「星島環球網」一篇作者未署名的文章，「麥世英開創華人悉尼移民史」，網址是：http://www.singtaonet.com/city/story/

麥世英抵澳時，距第一次鴉片戰爭（1840）23年，距澳大利亞淘金熱（1851）34年。從1788年白人首次抵達澳大利亞，到1851年的63年中，澳大利亞經歷了「罪犯和移民」時代，「麥誇裡時代」和「移民和牧地借用人」的時代，[5]逐漸從英國流放地過渡到一個接納自由移民的移民地。從1825年到1851年，約有25萬移民來到澳大利亞。[6]這其中不乏來自中國的契約勞工。據一部中國史書稱，至1850年，在澳華人約為一萬五千人，約占當時全澳總人口405,356人[7]的3%強。這些早期來澳的中國人幾乎無一例外地都是男性，沒有結婚，也不帶家眷。早期人們談論從中國「輸入婦女」，以便在植物灣產生「象徵社交親善」的一代人[8]這種理想似乎從來都沒有實現過。據澳大利亞民俗學家埃裡克・羅爾斯說，繼麥世英之後，約有數百名中國男性與當地的愛爾蘭女性結婚[9]。澳大利亞著名淘金地本迪戈大金山金龍博物館現任館長華人雷揚名的妻子就是一位愛爾蘭女性。筆者多年前到訪該館，曾親耳聆聽到他妻子憤憤不平地對種族歧視發表的一段議論，至今記憶猶新，大意是說白種人厭惡黃種人，認為他們膚色晦暗，但事實上來自南歐如義大利的很多人要比中國人的皮膚黑得多。1851年，維多利亞州出現淘金熱，全世界各地淘金客蜂擁而至，人口劇增。1853年7月至1854年8月間，共有4200中國人抵達維州。[10]但到1855年5月，這個人數陡增至17,000之眾，1857年年中，則到了35,000人。[11]

---

t20051130_79828.html發表時間為：2005-11-30。筆者曾在墨爾本親自為一個姓Shying的華人經濟師翻譯，據瞭解，他的祖上就是麥世英。

5 曼寧・克拉克，《澳大利亞簡史》（上冊），廣東人民出版社，1973年，第1頁。

6 倪衛紅，沈江帆（編著），《澳大利亞歷史：1788-1942》（一），北京出版社，1992年，第182頁。

7 侯敏躍，《中澳關係史》，外語教學與研究出版社，1999年，第6頁。

8 曼寧・克拉克，《澳大利亞簡史》（上冊），廣東人民出版社，1973年，第117頁。

9 Eric Rolls（埃裡克・羅爾斯）*Sojourners: the epic story of China's centuries-old relationship with Australia*（《旅居者：關於中澳幾個世紀關係的英雄史般的故事》）。昆士蘭大學出版社：1992年，第32頁。

10 David Day（大衛・達伊），*Claiming a Continent*（《強佔一座大陸》）。悉尼：Harper Perennial，2005[1996]，127-128頁。

11 同上。

淘金高潮的24年間（1851-1875），抵澳華工總人口達到五萬五千多人。[12]這個人數與不到一百年後的1989年六・四前後抵達澳大利亞的四萬中國學生形成了有趣的對比。

在僅有六名中國女性的情況下，當年如此眾多的男性華人如何與當地白人或土著女性結成姻親已幾乎無案可查，更無統計資料可尋。雖然根據史料，澳大利亞白人反對中國人的主要原因之一是因為他們不帶女性，很有可能會與白種男性爭奪「數目極為有限的白種婦女」，[13]造成道德淪喪的「雜交問題」。[14]但從一鱗半爪的史料中，還是可以看到這種交流的發生。1857年7月4日，約有120名白人礦工糾集成烏合之眾，襲擊巴克蘭河的中國礦工住地，打傷了一位中國礦工Ah Leen的白人妻子。出庭取證時，Ah Leen之妻的話無人相信，因為白人辯護律師認為中國人生性狡詐，話不可信，「任何願意嫁給中國人的白種婦女都表現出道德敗壞的特徵，其證據完全不足為憑。」[15]1861年6月發生在新南威爾士州的蘭濱灘暴動中，3000多白人礦工沖了中國礦工的淘金地，揪住一位名叫Simon Sanling（賽門・三林）的中國翻譯的白人妻子頭髮，把她連同三個孩子從帳篷裡拽出來，其中有個孩子還是睡在搖窩裡的嬰兒。幾個礦工企圖強姦她，隨後將帳篷與搖窩一把火燒掉了。[16]

1998年11月，澳大拉西亞和太平洋島嶼華人及其後裔研究協會（ASCDAPI）暨奥塔戈大學歷史系在新西蘭的達尼丁召開了一次會議。會上提交的兩篇論文從家系學的角度觸及到了中西混血問題，予人以鼓舞和希

12 張秋生，《澳大利亞華人華僑史》。北京：外語教學與研究出版社，1998年，第69頁。

13 David Day（大衛・達伊），*Claiming a Continent*（《強佔一座大陸》）。悉尼：Harper Perennial，2005[1996]，130頁。

14 歐陽昱，《表現他者：澳大利亞小說中的中國人》。北京：新華出版社，2000，第40頁。

15 Eric Rolls（埃裡克・羅爾斯）*Sojourners: the epic story of China's centuries-old relationship with Australia*（《旅居者：關於中澳幾個世紀關係的英雄史般的故事》）。昆士蘭大學出版社：1992年，第143-144頁。引文為筆者所翻譯。

16 Eric Rolls（埃裡克・羅爾斯）*Sojourners: the epic story of China's centuries-old relationship with Australia*（《旅居者：關於中澳幾個世紀關係的英雄史般的故事》）。昆士蘭大學出版社：1992年，第169頁。

望。據華裔學者Jenny Alloo（詹妮・阿魯）介紹，她的祖先John Alloo（約翰・阿魯）來自廣東，於1856年9月11號與來自蘇格蘭的Margaret Peacock（瑪格麗特・皮科克）在教堂結婚。其後約翰・阿魯開過餐館和旅館，當過翻譯和警探，與瑪格麗特共育四女二男，後轉道新西蘭，當上了正式的地區員警。他的子孫中有數人在新西蘭最高法院擔任代理律師和辯護律師，事業相當有成。[17]

另一位元成功的範例是1848年抵達維多利亞州的廣東人Pan Ah Shin（潘阿辛）。1857年他25歲那年，與來自愛爾蘭的Catherine Martin（凱薩林・馬丁）在教堂結婚。據資料統計，1855-1859年這段時間，中國人與歐洲人聯姻不大常見，維多利亞州計約五十對華歐婚姻。潘阿辛與凱薩林婚後很幸福，育有四女一男。淘金之後，潘阿辛在維州的國王河谷（King River Valley）定居，開始擁有地產，種植煙葉和蛇麻草，與其他華人一起，為當地煙草業發展做出了貢獻。截至1998年，潘阿辛與凱薩林家族的後代遍及維州和其他各地，已達1800多人。據傳其後代保持著喜吃中國菜，樂善好施，孝敬老人的優良傳統，其中不少還在第二次世界大戰中參軍打仗，為國效力。[18]

縱觀澳大利亞200來年的歷史，這個國家最有名望的華人幾乎全都有著這種混血經歷，如Quong Tart（[鄺・塔特]梅光達），William Ah Ket（[威廉・阿・克特]麥錫祥），William Liu（[威廉・劉]劉光福），Bill O'Chee（[比爾・奧奇]劉威廉），Trevor O'Hoy，以及Brian Castro（[布萊恩・卡斯楚]高博文），等。梅光達

---

[17] Jenny Alloo（詹妮・阿魯），「Dispersing Obscurity: The Alloo Family From Australia to New Zealand from 1868」（《默默無聞地流散：阿魯家庭自1868年起從澳大利亞向新西蘭的遷移》），發表日期1998，網址：http://www.stevenyoung.co.nz/chinesevoice/ChinConf/S5.html#5.1%20Dispersing%20Obscurity:%20The%20Alloo%20Family%20From%20Australia%20to%20New%20Zealand%20from%201868.

[18] Jocelyn Groom（喬瑟琳・格魯姆），「How the Family of Pan Thomas Ah Shin Became Settlers Rather than Sojourners」（《潘阿辛一家如何成為拓居者而不是旅居者的？》）發表日期1998，網址：http://www.stevenyoung.co.nz/chinesevoice/ChinConf/S5.html#5.2%20How%20the%20Family%20of%20Pan%20Thomas%20Ah%20Shin%20Became%20Settlers%20Rather%20than%20Sojourners

1850年生於廣東臺山，9歲赴澳淘金，被一家蘇格蘭人家收養為子，成年後娶英格蘭女子Margaret Scarlett（瑪格麗特・斯卡勒特[後隨父姓瑪格麗特・塔特]）為妻，成為悉尼名重一時的茶葉富商，因其為中澳文化交流作出的貢獻，被當時的清廷授予「五品軍功銜，並賞戴藍翎」，並成為中國駐澳的事實上的領事。[19]史稱他喜愛蘇格蘭文化，穿蘇格蘭花格裙，唱蘇格蘭民歌《友誼地久天長》，隨口引用蘇格蘭大詩人彭斯的詩。[20]其對後世影響之著，僅從2001年底在悉尼成立梅光達（1850-1903）逝世一百周年紀念委員會（QTCCC），以及該委員會把2003-2004年命名為「梅光達年」，[21]又於2004年7月2日至8月15日在悉尼新當代人博物館舉辦No Ordinary Person（殊非常人）展覽[22]並召開了一次以「光達及其時代」為題的國際學術討論會即可見一斑。[23]

澳大利亞正史對出身華人的最高法院大律師麥錫祥（William Ah Ket）（1876-1936）從未提及，但隨著「白澳」解體，多元文化繁榮，對華人日益關注，以及口述歷史的興起，一些過去不受注意的人逐漸浮出水面。據麥錫祥女兒Toylaan Ah Ket（托伊蘭・阿・克特）介紹，其父1876年生於維多利亞州，祖父是19世紀50年代來澳淘金的。麥錫祥聰敏過人，學習出眾，1904年成為澳大利亞第一位華人大律師，35歲時與一位年

19 梅偉強，《梅光達和他的中國情結》，轉引自《華聲報》2004年7月13日，網址：http://www.china.org.cn/chinese/ChineseCommunity/608681.htm

20 參見Eric Rolls（埃裡克・羅爾斯）*Sojourners: the epic story of China's centuries-old relationship with Australia*（《旅居者：關於中澳幾個世紀關係的英雄史般的故事》）。昆士蘭大學出版社：1992年，第232頁。另見「No Ordinary Man. Sydney's Quong Tart: Citizen, Merchant & Philanthropist」（《殊非常人：悉尼的光達：公民，商人及慈善家》）一文，網址在：http://www.migrationheritage.nsw.gov.au/e107/content.php?article.42

21 見有關英文消息：http://www.hermes.net.au/cahs/Past%20events.htm

22 見關於該展覽的英文消息：http://www.cityofsydney.nsw.gov.au/history/QuongTart/NoOrdinaryMan.html

23 見提及該會的英文文章：http://www.uidaho.edu/special-collections/papers/babbler.htm

輕的澳大利亞女性Gertrude Bullock（格特魯德・布洛克）結婚，育有二子二女。由於麥錫祥反對吸食鴉片，反對「白澳」及其「聽寫測試」等歧視華人的政策和做法，以及他與中國割捨不斷的情結，他分別於1913-1914和1917年被北京政府指定為中國駐澳代理領事。在1933年第二屆莫理循演講中，他作了一次題為「調和東西方的思維方式，特別是孔子的思維方式」的講話。[24]

劉光福（William Liu）祖籍廣東臺山，父親是中國人，母親是英格蘭人。他本人接受中澳兩國教育，會中英文和粵語，曾任中國駐澳總領館中文書記、中澳船行總經理及悉尼華人商會副會長，頗受澳大利亞華人和白人敬重，享有「Uncle Bill」（比爾大叔）的美譽。曾獲英女皇頒授的大英帝國勳章（ORDER OF THE BRISISH EMPIRE，簡稱O.B.E.）勳銜，為澳大利亞華人獲此殊榮第一人。1989年去世時，澳中友協在訃告中昭示：「劉光福O.B.E.遐齡碩德，美譽嘉猷，平生熱心公益，致力社會，功在國族，造福僑群」。[25]據羅爾斯援引王賡武的話說，劉光福與悉尼一家富商女兒Mabel Quoy結婚後，發現自己「既是中國人，又是澳大利亞人，正是這一點決定了他畢生的工作，那就是在澳大利亞人和中國人之間架一座橋樑，甚至如有可能，在中澳兩國之間架一座橋樑。」[26]

在種族主義大行其道的19世紀下半葉，華人與愛爾蘭人的聯姻曾在澳大利亞廣遭非議。澳大利亞民族主義情緒強烈的《公報》（The Bulletin）雜誌曾連篇累牘地刊載反華漫畫和文章，其中最惡毒者莫過於愛德

---

24 參見Toylaan Ah Ket（托伊蘭・阿・克特），「William Ah Ket - Building Bridges between Occident and Orient in Australia, 1900-1936」（《威廉・阿・克特：在澳大利亞的東西方之間搭橋》）一文，原載「華人對澳大利亞聯邦的貢獻」（Chinese Heritage of Australian Federation）網站：http://www.chaf.lib.latrobe.edu.au/wahket.htm

25 鄭嘉銳，《澳大利亞愛國華僑劉光福》，原發表日期：1989年4月，網上發佈日期：2006年3月6日，網址：http://www.gdzszx.gov.cn/showcontent.asp?id=547064

26 王賡武，轉引自Eric Rolls（埃裡克・羅爾斯）*Citizens: Flowers and the Wide Sea*（《公民：鮮花與大海》）。昆士蘭大學出版社：1996年，第264頁。

華・戴森的《罪肥夫婦》這篇短篇小說，寫一位華人妓院老闆與愛爾蘭妓女結合之後，企圖誘姦其女而被愛爾蘭妻所殺的無聊故事。其中不僅華人，連嫁給華人的愛爾蘭妻子也遭作者詆毀。[27]現實中的情況是，很多出色的澳大利亞華裔政治家，就是華男與愛爾蘭女的優秀結晶，如1913年當選聯邦政府上議院議員的朱俊英（Thomas Jerome Kingston Bakhap）[28]和20世紀80年代末成為昆士蘭省聯邦參議員的劉威廉（Bill O'Chee）。[29]兩位政治家的生母都是愛爾蘭人。朱俊英對澳大利亞不應歧視華人提出了獨到的見解，認為「在澳大利亞的中國人，其言行、生活均與澳大利亞人無異，因而不應再受到歧視。」[30]他具有過人的膽識和先見之明，是最早提出種族大融合對澳大利亞文化有利的人。他在26歲時撰寫的一篇英文小冊子中說，「讓人類的一部分種族或所有的種族都進來吧。讓我們大家都融合吧。人類只有融合才有意義……。因此，把我看作是一個支持融合澳大利亞或雜種澳大利亞的人吧。」[31]

特別讓人感動的是Trevor O'Hoy的事蹟。從他的姓名上看不出任何中國文化的痕跡，因為O'Hoy是一個道

---

27 見Edward Dyson（愛德華・戴森）「Mr and Mrs Sin Fat」（《罪肥夫婦》），網址：http://whitewolf.newcastle.edu.au/words/authors/D/DysonEdward/prose/belowontop/belowontop17.html

28 他的姓還有一些其他拼法，如Bakhup、Bak Hup、Bak Hap等，但一般以Bakhap為准。

29 見鄭嘉銳，《華裔青年劉威廉當選澳大利亞聯邦參議員》，撰寫於1990年，發佈日期：2006年3月3日，網址：http://www.zsnews.cn/zt/zszx/showcontent.asp?id=546785

30 轉引自「江門新聞網---第十三章第六節積極參政議政」，網址在：http://bjch.jmrb.com/c/2004/09/29/16/c_398433.shtml

31 Thomas Jerome Kingston Bakhap（湯瑪斯・傑羅米・金斯頓・巴克哈普[朱俊英]）原話，轉引自Richard Ely（理查・埃裡），關於「Inglis Clark's 1888『Memorandum』on Chinese Immigration」（《英格利斯・克拉克的華人移民備忘錄》）的「Introduction and Commentary」（《介紹及評注》），第97頁，網址：http://www.utas.edu.au/clark/pdfs/Chinese.pdf另據Adrienne Petty-Gao（阿德麗安・貝蒂-高），朱俊英很可能不是純種華人，但由於在華人家長大（其父是Gee Sin Ge Bakhap），受中華文化影響很深。他所寫的文章標題是，「The Chinese Question-impartially analysed by a Chinese-Australian」（《中國問題：一個澳大利亞華人的公正分析》）。他去世後，墓碑記載了他屬於中澳兩國文化的碑文。參見Adrienne Petty-Gao的英文文章，「Thomas Jerome Kingston Bakhap」，網址：http://www.abc.net.au/rn/talks/perspective/stories/s1479805.htm

地的愛爾蘭姓。但當特雷弗・奧霍伊（Trevor O'Hoy）2004年48歲，成為澳大利亞年收益逾90億澳元的富仕達啤酒集團CEO時，人們才發現，他是一位土生混血華人。據報載，他的先祖於19世紀50年代來澳淘金，父親來自香港，母親有一半日本人血統。特雷弗一得知這喜訊，便立即打電話給母親，母親聞訊號啕大哭，說第二天就去墓地告訴他已故的父親。[32]據一篇中文網上文章，特雷弗・奧霍伊本姓「雷」，但因淘金祖先的語言問題，把它改成了愛爾蘭的大姓O'Hoy。[33]特雷弗・奧霍伊2005年在對澳大利亞-以色列商會的一次講話中指出，由於他的「中日混血因素」，他「從小就因自己與眾不同而受到挑戰」。[34]筆者以為，正是這樣一種與眾不同的混血氣質使他歷經磨難而終獲成功。

布萊恩・卡斯楚（Brian Castro）是澳大利亞著名長篇小說家，身上流動著中、英、西、葡四國血液。他有一個不為人知的中文名字：高博文（廣東話拼音為Go Bok Mun）。[35]他早年從香港來澳求學，定居澳大利亞後把人生目標定位在用英文進行文學創作上，走了一條十分艱險而極少華人願意選擇的道路。儘管他有多國血液，不會說中文，但他創作中的基本走向似以黃色為主，雜以黑白二色，這與他生在香港，長在香港，耳濡目染地受中國文化影響是分不開的。他的處女作《漂泊的鳥》（*Birds of Passage*）即以淘金為題，[36]著力

---

32 參見Simon Evans（賽門・埃文斯）的英文文章「His ancestors came in search of gold in the 1850s and Trevor O'Hoy has found it」（《祖先于19世紀50年代來此淘金，特雷弗・奧霍伊現在找到了金子》），原載*Australian Financial Review*（《澳大利亞財經評論》），2004年3月4號，第15頁。

33 《華聲報》訊，「澳大利亞上市公司誕生首位土生華人老總」，網上發表日期2005年1月18日，網址：http://news.xinhuanet.com/overseas/2005-01/18/content_2475707.htm

34 見特雷弗・奧霍伊題為「What's the point of being different?」（《與眾不同有何意義？》）的英文講話，網址在：http://www.fosters.com.au/mediacentre/docs/CEOAddressAustIsraelChambofComm.pdf

35 根據筆者2006年5月27日星期六與他電子郵件通信。

36 該書於1991年在中國由吉林人民出版社出版中譯本，譯者是李堯。據譯者說，該書將於2014年由上海99文化出版公司出版再版。

地刻畫了一個ABC（Australian-born Chinese），即「澳大利亞土生華人」的形象。他自1983年發表第一部長篇小說（即《漂泊的鳥》）以來，到目前為止已出版九部長篇，其中《波墨羅伊》（1990）、《中國之後》（1992）、《上海舞蹈》（2003）和《花園書》（2005）均與中國有關，占60%強。我不想借此說明中國文化如何強大，在海外無論混血多少代依然能夠保持旺盛的活力。[37]而只想說明，卡斯楚的中國已經不再是純粹意義上的中國，而是進行混血交流後的中國。例如，他《上海舞蹈》中對「上海」一詞的理解和闡釋，就是從英文切入，始終離不開英文對其所作的動詞定義，即「拐騙、脅迫」，[38]其筆下人物多以雙重人格或混血兒為主，包括土著人。

談起土著，有一個更「正確」的詞彙，即「原住民」。根據史書，中國人與澳大利亞原住民的關係往往顯得毛骨悚然，經常提到來澳淘金的華人被原住民生吞活剝的食人生番現象，如張秋生在《中國國民黨澳大利亞發展實況》中，所援引關於澳大利亞土著擒殺捕食華人的資料；[39]黃昆章在其書中，[40]援引譚仕沛（Taam Sze Pui）的《閱歷遺訓》數處提及「野人……剽食」時，華人成為「土著腹中的犧牲品」的事；[41]埃立克・羅爾斯談到十九世紀七十年代華人在澳大利亞北部淘金時為土著所食的情況。[42]但無論中澳的正史野史，對華人與原住民的結合都極少觸及，這是一種很不正常的現象。作為在澳大利亞大陸生活了數萬年的原

37 事實上，我2012年4、5月間去泰國的經歷向我證明，正是華人與泰國人的成功混血，才有泰國華人在泰國高度成功的範例，如在28屆泰國總理中，有20屆總理都有華人血統。參見Wikipedia的「Thai Chinese」詞條：http://en.wikipedia.org/wiki/Thai_Chinese

38 見《新英漢詞典》，1978年版，「shanghai」詞條。

39 張秋生，《澳大利亞華僑華人史》。外語教育和研究出版社：1998，第73頁。

40 黃昆章，《澳大利亞華僑華人史》。廣東高等教育出版社：1998，第73頁。

41 譚仕沛，《閱歷遺訓》，轉引自黃昆章，《澳大利亞華僑華人史》。廣東高等教育出版社：1998，第73頁。

42 參見Eric Rolls（埃裡克・羅爾斯）*Sojourners: the epic story of China's centuries-old relationship with Australia*（《旅居者：關於中澳幾個世紀關係的英雄史般的故事》）。昆士蘭大學出版社：1992年，第205頁。

住民，土地被白人強佔，生活流離失所，成為自己家園中的永久難民，至今絕大多數生活在暗無天日之中，是人類歷史上一大慘劇。華人來澳後，儘管有上述艱難險阻，但通過與土著通婚，產生了一種迥異于黃白結合的「黃-土」文化，即黃種人與土著人結合的混血文化。我們在澳大利亞作家Xavier Herbert（紮維爾・赫伯特）的長篇小說《卡普里柯尼亞》，[43]以及他的獲獎長篇《我的祖國，可憐的傢伙》等書中，可以看到大量黑黃結合的人物。[44]據Peta Stephenson（佩塔・斯蒂芬森）的研究，殖民時期，聯邦政府及各州政府制定各項法規和政策，以保護原住民為由，嚴禁原住民與亞洲人（包括中國人）互相接觸。[45]

儘管如此，我們還是能夠看到一些華人與原住民結合的成功藝術範例，如兼有日本人、中國人、土著人和菲律賓人血統的Gary Lee（加利・李）和兼有日本人、土著人、蘇格蘭人和中國人血統的Jimmy Chi（吉米・奇），以及兼有中國人和白人血統的Alexis Wright（阿列克西絲・賴特）。加利・李尚不太知名，但他和不少華人作家一樣，喜歡以中國菜作為兩國文化的交流手段，其近作《鐵鍋食譜》（Wok Recipes）就是一例。吉米・奇是澳大利亞北部著名劇作家。他早年曾攻讀工程學，但因文化錯位而患精神病，後改行學音樂而斐然有成，擁有自己的樂隊，名為「Knuckles」（指關節），還創作了一部十分叫響的音樂劇《嶄新的一天》（Bran Nue Dae），被譽為「澳大利亞戲劇史上的一座里程碑」。[46]1990年在西澳珀斯首演後，即

---

43 該書由歐陽昱翻譯，重慶出版社2004年出版。

44 關於赫伯特重黑白結合而輕黑黃結合產物，可參見歐陽昱的有關分析和批評，《表現他者：澳大利亞小說中的中國人》。北京：新華出版社，2000，第102-110頁。

45 參見Peta Stephenson（佩塔・斯蒂芬森），「New Cultural Scripts: Exploring the Dialogue Between Indigenous and『Asian』Australians」（《新文化手稿：原住民與澳大利亞亞洲人之間對話之探討》），發表網址：www.api-network.com/cgi-bin/page?archives/jas77-stephenson

46 見網上英文文章，「Jimmy Chi and Kuckles, *Bran Nue Dae*」（《吉米・奇與指關節樂隊：嶄新的一天》），網址在：http://social.chass.ncsu.edu/wyrick/DEBCLASS/bran.htm 另注，該文標題中的「Kuckles」疑有誤，應為Knuckles-筆者注。

獲得悉尼·瑪雅表演藝術傑出成就獎。該劇雜糅了多種藝術表演方式，包括鄉村音樂、西部片、雷蓋舞、布魯斯，以及部落吟誦等手段，其語言是英語和土著語以及亞洲語言的一種混血，如筆者注意到的一個現象，即在劇中，英語的「he」可用來指男他和女她，很像漢語指稱兩者用「ta」時男女不分的現象。[47]遺憾的是，目前關於吉米·奇的中文介紹很少，說明文化的交流不僅費時良久，而且與文化生發者的地位有關。當現在不少中國史書仍漫不經意地把澳大利亞原住民貶稱為「黑人」之時，大國沙文主義的中國文化是不會去注意與原住民結合的華人藝術的。[48]阿列克西絲·賴特是澳大利亞著名的土著女作家，她身上有華人血統，其祖父19世紀下半葉來到澳大利亞。據她說，她小時候從具有二分之一血統的祖母那兒繼承了講故事的傳統。[49]2007年，她的長篇小說《卡彭塔里亞灣》獲得澳大利亞最高文學獎邁爾斯·佛蘭克林獎，該作又於2012年在中國出版中文版。【插圖18：當年3月在京舉行的澳大利亞作家周上，莫言為李堯翻譯的阿列克西斯的長篇譯本《卡彭塔里亞灣》發表首發式講話。】

澳中混血文化交流中的一個特殊現象就是，中國文化不管是血濃於水還是水濃於血，總是自始至終似有若無地不絕如縷，在一定的時候就會自我伸張。舉澳大利亞體育明星Cathy Freeman（凱茜·弗裡曼）為例。這是一位原住民選手，曾在2000年悉尼奧運會上點燃主火炬並奪得400米金牌。2001年她就表示全力支持北京奧運，其主要原因是她與中國的聯繫，因其高祖是到北昆士蘭蔗田工作過的華人勞工。[50]當被問及中國的

47 見上文。

48 例如，張天1996年由社會科學文獻出版社出版的《澳大利亞史》中，凡提到澳大利亞原住民，均用「黑人」一字。見第1-39頁。這就好像提到中國人用「黃人」時一樣，會有消極的含義。

49 參見李堯《譯者前言》，原載李堯（譯），阿列克西絲·賴特（著），《卡彭塔利亞灣》。北京：人民文學出版社，2012年，第2頁。

50 見英文文章「Golden support: Olympic champion Cathy Freeman stands up for Beijing」（《金色的支持：奧林匹克冠軍凱茜·弗裡曼站在北

人權問題時，她說，「當然，人權是一個問題，一個全球範圍的問題。我只能拿中國和澳大利亞進行比較。你看看我們的人權吧。我們對待我土著人祖先的記錄簡直恐怖至極。」[51]

混血，就是最直接和最親密的文化交流。根據邱少燕博士所作的一項調查報告，澳大利亞第二代和第三代的華人大多會逸出本族和本文化的範圍，而與他族通婚，其比例高於美國，「與歐裔旗鼓相當」。[52]另據Siew-Ean Khoo（音：顧少燕[53]）和David Lucas（大衛・盧卡斯），澳大利亞異族通婚比例正在迅速上升。[54]1986年，稱其祖先為中國人的澳大利亞人人數占第10位，為201,331人，僅比土著人高一位，但到了2001年，這個數字就上升到了第5位，為556,554人。[55]從一個側面說明了新血的加入。另一方面，各民族之間的大換血也帶來了一個新的變化，即傳統意義上那種「對著太陽光眯縫起藍眼睛的飽經風霜」的典型澳大利亞臉，現在已經變得嘴闊膚滑，融合了各民族的特徵。[56]最近的一個例子是，就連有華人背景的澳大利亞人也變得不再易於辨認，放棄了諸如姓氏之類的識別標記，如身為聯邦眾議員的Michael Johnson（邁克爾・強生），實際上，他是第二代混血華人。[57]

京一邊》），發表時間2001年6月25日，網址：http://sportsillustrated.cnn.com/olympics/news/2001/06/25/freeman_beijing/

51 凱茜・弗裡曼原話，轉引自上文，中文為歐陽昱所譯。

52 毅然，《澳大利亞華人後代異族通婚率高》，發表時間為2004年7月13日，發表網站是「美國之音中文網」，網址在：http://www.voanews.com/chinese/archive/2004-07/a-2004-07-13-12-1.cfm

53 疑為上文邱少燕的英文名字，但尚未得到確認-筆者注。

54 參見《悉尼晨鋒報》網站英文文章，「Mix and Match」（《混合與配對》），發表時間為2004年6月14號，網址：http://www.smh.com.au/articles/2004/06/13/1087065033123.html

55 同上。

56 參見網上英文文章，「Face it, we』ve changed」（《正面面對這個問題吧：我們已經變了》），發表時間為2006年1月7號，網址在：http://www.smh.com.au/news/national/the-new-aussie-face/2006/01/06/1136387628008.html

57 參見網上文章，「聯邦參議員Michael Johnson的賀詞」，網址在：http://www.chinatown.com.au/aucn30/detail.asp?id=339

第三章
淘金

澳大利亞歷史中，淘金佔有重要地位。以往的中國華人史，視覺總是膠著在華人如何千辛萬苦來澳淘金，如何受到白人種族主義的反華迫害，又如何因不公正的「白澳」政策而被迫回到中國。幾乎無人注意到一個再明顯不過的事實，即從文化交流角度看，華人在澳淘金，客觀上起到了人們始料未及的文化交流作用。其表現有三個方面。首先，淘金使中華文化以血肉之軀第一次大規模地、長時間地、廣泛地進入一個異國文化，使後者得到了難以磨滅的直觀印象並產生了意識形態上的深刻變化。其次，淘金時代的華人在地，成為白人恃強淩弱的肉體暴力文化和語言暴力文化之濫觴，為「白澳」政策打下了堅強的基石並從此演化成一種一以貫之的文化「活性炭」，作為白人的「防毒面具」，每隔一段時間就會被用來過濾被視為「瘟疫」[1]的黃種人。最後，淘金使中國人和中國文化以一種基本消極的方式進入澳大利亞文學和繪畫，特別是澳大利亞的大眾文學和漫畫，成為其中一個「死結」，時至今日依然難以解開。

1　英文是pest。參見Jerome Small（傑羅姆・斯摩爾）的網上英文文章，「Reconsidering White Australia: Class and racism in the 1873 Clunes Riot」（《關於白澳的反思：1873年克隆勒斯暴亂中的階級和種族主義》），網址在：http://www.anu.edu.au/polsci/marx/interventions/raceriots.htm

始於1851年[2]的淘金「運動」—如果淘金可以稱之為運動、可以稱之為「經濟運動」的話—持續了半個世紀，使澳大利亞這座大陸第一次全面、廣泛、持久、深入地接觸到了中國人和中國文化，以及中國人的價值觀和一系列與「白」不同的生活方式、工作方式、語言方式及習俗。[3]某種程度上可以說，沒有當年中國人來參與淘金運動，這個國家的歷史應該是另一種樣子。我們不妨簡單回顧一下當年全澳淘金的情景。1851年2月12號，英裔澳大利亞人愛德蒙・哈蒙德・哈格裡夫斯（Edward Hammond Hargraves）在新南威爾士州的巴瑟斯特（Bathurst）發現黃金，[4]從而引發淘金熱。1851-1861年的十年間，淘金熱席捲了新南威爾士和維多利亞二州。19世紀60年代末，又在昆士蘭發現金礦。[5]七十年代至八十年代，北澳出現淘金熱。[6]最後，1882-1900年間，又在西澳發現金礦[7]。在地理形態上以逆時針旋轉[8]的五十年淘金運動期間，澳大利亞不僅人口大增，從1850年的20萬，到1881年的77.7萬，[9]而且從一個不能算作主權國家的英殖民地，一個大英

---

2 張秋生著《澳大利亞華人華僑史》（外語教學與研究出版社，1998年）中說淘金時代持續了50年，但他說這個時代始於「澳大利亞聯邦建立」，這是肯定有誤的，因為澳大利亞聯邦建立是1901年，而不是1851年。見該書第72頁。

3 當然也接觸到來自其他亞洲國家的文化，如印度、阿富汗、日本、馬來亞、太平洋島嶼等。

4 參見Wikipedia（《維琪百科》）中的「Edward Hargraves」詞條，網址在：http://en.wikipedia.org/wiki/Edward_Hargraves

5 參見張天《澳大利亞史》。北京：社會科學文獻出版社出版，第170-179頁。

6 參見Eric Rolls（埃裡克・羅爾斯）*Sojourners: the epic story of China's centuries-old relationship with Australia*（《旅居者：關於中澳幾個世紀關係的英雄史般的故事》）中的第四章。昆士蘭大學出版社：1992年，第253-298頁。

7 參見張天《澳大利亞史》。北京：社會科學文獻出版社出版，第179頁。

8 佈雷尼語，見Geoffrey Blainey（傑佛瑞・佈雷尼），*The Rush that Never Ended*（《永無止境的淘金熱》）。墨爾本大學出版社：2003（第五版）[1963]，第89頁。

9 參見Janis Wilton（雅妮絲・威爾頓），*Golden Threads: The Chinese in Regional New South Wales 1850-1950*（《紅線：新南威爾士州鄉村地區的中國人：1850-1950》）。新英格蘭地區藝術博物館，2004，第11頁。

帝國的組成部分，[10]一躍而為一個「民族國家」，[11]把各時各地始終在人數上超過白人、最多時達到四萬多的中國人[12]逐漸排除，在很大程度上借重了中國人的反作用力。「反作用力」一詞是我的說法，它借用了澳大利亞史學家查理斯・普萊斯的一句名言，「年輕的[澳大利亞]新社會正是借助中國人這塊鐵砧把自己的國民性慢慢敲打出來的。」[13]也就是說，無論有意還是無意，中國人的在地本身，讓來自世界各地、主要是歐洲各地的白種移民、特別是以盎格魯－薩克遜人為核心的白種移民看到了他們的對立面，逐漸認清了一個對白人來說至關重要的真理，即只有剷除異類，趕走與白種民族水火不相容的黃種中國人，以及包括印度人、太平洋島民和澳大利亞的原住民等其他有色人種，才能形成一個統一的、清一色的、抱成一團的白人國家。這就是澳大利亞建國國策「白澳」政策的根本思想。從這個意義上講，中國人以其意想不到的反作用力，犧牲了自己，卻為澳大利亞聯邦立下了開國之功，使其在短短五十年間就從罪犯流放地和英帝國殖民地搖身一變，成為英聯邦中一個舉足輕重的國家。在澳大利亞這個國家的黃白黑三原色中，[14]原住民（土著黑人）給了白人土地，成為無家可歸的人。黃人給了白人國家，成為「白澳」趕盡「堵」絕的對象。因此，中國人作為澳大利亞民族國家奠基石的貢獻再怎樣強調也不為過。

關於淘金時期引起澳大利亞白種人和黃種人之間不和的主要原因，中國歷史學家歷來說法不一，大致

10 參見Wikipedia（《維琪百科》）中「Australia」詞條下的「History」一節，網址在：http://en.wikipedia.org/wiki/Australia

11 張天語，見其《澳大利亞史》（北京：社會科學文獻出版社出版）第五章，第167-223頁。

12 參見Geoffrey Blainey（傑佛瑞・佈雷尼），*The Rush that Never Ended*（《永無止境的淘金熱》）。墨爾本大學出版社：2003（第五版）[1963]，第88頁。例如，據佈雷尼說，十九世紀六十年代初，新南威爾士州的中國人與白人之比是12,000對8000。見其書第88頁。

13 轉引自雅伍德（A. T. Yarwood）和諾林（M. J. Knowling）的《澳大利亞種族關係史》（*Race Relations in Australia: A History*）。新南威爾士，美修恩，1982年，第187頁。

14 黑黃白三色的說法，在張秋生《澳大利亞華人華僑史》（外語教學與研究出版社，1998年）中有提到（第63-64頁，但我的提法則完全不同，這是值得注意的。

有十種，即經濟原因，白人至上主義，文化傳統差異，宗教信仰不同，擔心中國侵略澳大利亞，生活習俗差異，國防安全原因，[15]「種族偏見和種族歧視」，[16]受美國影響，[17]華人生活墮落，[18]等。澳大利亞白人歷史學家列舉的原因除以上之外，還有一些別的原因，如華人樣子很「醜」，「不結婚」，不肯在澳長期逗留，骯髒；[19]華人自來澳後，隨著人數增多，對其他礦工越來越「傲慢無理」並產生越來越大的「敵意」；[20]華人淘金方式、特別是淘金用水方式絕然不同；[21]華人招惹白人厭惡和害怕不是因其缺點，而是因其優點，如勤勞肯幹、做事澈底、心靈手巧和勤儉節約；[22]華澳之間語言交流困難；[23]華人人多勢眾，[24]令人恐懼，給人一種「全中國的人都要來了」[25]的感覺，等。最近一位澳大利亞歷史學家更提出了一種新的

15 參見黃昆章，《澳大利亞華人華僑史》，廣東高等教育出版社，1998年，第54-62頁。

16 倪衛紅和沈江帆（編著），《澳大利亞歷史：1788-1942》（一），北京出版社，1992年，第184頁。

17 同上，第186頁。

18 侯敏躍，《中澳關係史》，外語教學與研究出版社，1999年，第8頁。

19 均轉引自《悉尼晨鋒報》1858年6月22日、1861年8月2日及1866年8月20日的文章，見John Hirst（約翰・赫斯特）（編選），*The Chinese on the Australian Goldfields*（《澳大利亞金礦地的中國人》）。拉特羅布大學歷史系1991年出版，第29-30頁。

20 John Hirst（約翰・赫斯特）（編選），*The Chinese on the Australian Goldfields*（《澳大利亞金礦地的中國人》）。拉特羅布大學歷史系1991年出版，第2頁。

21 同上，第9頁。另據Jean Gittins（吉恩・格廷斯）稱，中國礦工的用水方式最遭人憎惡。見其著作*The Diggers from China: the Story of Chinese on the Goldfields*（《來自中國的淘金工：金礦地的中國故事》）。墨爾本：誇忒特出版社，1981，第74頁。

22 見Jean Gittins（吉恩・格廷斯）*The Diggers from China: the Story of Chinese on the Goldfields*（《來自中國的淘金工：金礦地的中國故事》）。墨爾本：誇忒特出版社，1981，第76頁。

23 同上，第77頁。

24 參見Eric Rolls（埃裡克・羅爾斯）*Sojourners: the epic story of China's centuries-old relationship with Australia*（《旅居者：關於中澳幾個世紀關係的英雄史般的故事》）。昆士蘭大學出版社：1992年，第125頁。

25 見Jean Gittins（吉恩・格廷斯）*The Diggers from China: the Story of Chinese on the Goldfields*（《來自中國的淘金工：金礦地的中國故事》）。墨爾本：誇忒特出版社，1981，第77頁。

理論，認為當年澳大利亞白人害怕華人的主要原因是因為華人可能會「dispossess」[26]他們。「dispossess」一詞的意思是「剝奪他人財物」。使用這樣的措辭描繪中國淘金工和移民，顯然有失公正。首先，淘金時期，淘金工人來自世界各地，如美國黑人、波蘭的猶太人、法國人、比利時人、希臘人、德國人、義大利人、西班牙人、俄國人、奧地利人、愛爾蘭人、毛利人、瑞典人、丹麥人、毛里求斯人、挪威人、以色列人，等。[27]1851年後的10年中，僅不列顛群島就有50萬人到澳大利亞淘金。[28]如果真如澳大利亞史學家曼寧・克拉克所說，淘金「運動」（筆者語）產生了一種「極端的平民主義」，[29]這些來自世界各地的淘金工人就不可能是一種互相「剝奪財產」的關係。從白人把整座澳大利亞大陸從原住民手裡掠奪的這一事實看，「剝奪財產」用在白人、尤其是盎格魯－薩克遜人身上遠比用在中國人身上合適。更何況淘金期間，曾多次發生針對中國淘金工的暴亂，導致把中國人從淘金地趕走，強佔礦藏豐富的金礦地，這說明剝奪他人財產者不是別人，正是白種殖民主義者。某種意義上，中國人的進入，就是中澳文化衝突的開端，奠定了澳大利亞文化中針對亞洲人、特別是中國人的種族主義肉體暴力和語言暴力的傳統基礎。

澳大利亞史書有一個奇特之處，即無論其引證材料如何翔實，索引內容如何面面俱到，但有些關鍵細節，往往在索引中是找不到的，令人疑心是否有意為之。例如，淘金時期白人針對華人屢屢征討，給後者造成巨大的身體傷害和心理傷害，但像「riot」（暴動）這樣一個詞，卻在一些重要史書的索引中隻字不

---

26 其原話是「the fear of dispossession」（「害怕被[中國人]剝奪財產」），見David Day（大衛・達伊），*Claiming a Continent*（《強佔一座大陸》）。悉尼：Harper Perennial，2005[1996]，126頁。

27 參見Eric Rolls（埃裡克・羅爾斯）*Sojourners: the epic story of China's centuries-old relationship with Australia*（《旅居者：關於中澳幾個世紀關係的英雄史般的故事》）。昆士蘭大學出版社：1992年，第78頁。

28 Geoffrey Blainey（傑佛瑞・佈雷尼），*The Rush that Never Ended*（《永無止境的淘金熱》）。墨爾本大學出版社：2003（第五版）[1963]，第38頁。

29 見曼寧・克拉克，《澳大利亞簡史》（上冊）。廣東人民出版社：1973年，第201頁。

提。[30]根據筆者搜集的材料，除去淘金地經常發生的小摩擦之外，[31]白人在各地對華人的大型武裝暴動至少有四次，即1857年5月的格蘭扁山脈（the Grampians）暴動；1857年7月的巴克蘭河（Buckland River）暴動；1861年6月的藍濱灘（Lambing Flat）暴動；以及1873年12月的克魯尼斯（Clunes）暴動。[32]所有這些暴動中，白人無一例外地以燒殺劫掠方式把中國人從金礦地趕走，然後佔領其金礦。中國人無一例外地不做抵抗，一觸即潰，紛紛逃命。[33]1861年6月30號，3000多白人在蒂帕雷裡溪谷集合，扛著英國國旗、美國星條旗和愛爾蘭三色旗，高呼「Roll-up, Roll-up, No Chinese」（卷鋪蓋滾蛋，卷鋪蓋滾蛋，趕走中國人呀！）的口號。領頭的是一支德國樂隊，演奏亨德爾的樂曲，其大意是：「看啊，英勇的征服者來了／為他高唱凱歌吧」。同時，礦工們高唱著《大不列顛一統天下》的歌子：

大不列顛，一統天下！
大不列顛，全球水域統霸！
新南威爾士州

30 上述羅爾斯一書索引沒有，佈雷尼一書索引沒有，達伊一書的索引也沒有，時間越近，似乎越有掩飾之嫌。倒是80年代初出版的格廷斯的一書有，使人能夠通過索引立刻找到相關史料。見其著作*The Diggers from China: the Story of Chinese on the Goldfields*（《來自中國的淘金工：金礦地的中國故事》）。墨爾本：誇忒特出版社，1981，第148頁。

31 參見Eric Rolls（埃裡克•羅爾斯）*Sojourners: the epic story of China's centuries-old relationship with Australia*（《旅居者：關於中澳幾個世紀關係的英雄史般的故事》）。昆士蘭大學出版社：1992年，第141-143、146、150、178-179、192-193、198、473等頁。

32 參見Jean Gittins（吉恩•格廷斯），*The Diggers from China: the Story of Chinese on the Goldfields*（《來自中國的淘金工：金礦地的中國故事》）。墨爾本：誇忒特出版社，1981，第98、99、105等頁。

33 除了一次小小的反擊之外。見Eric Rolls（埃裡克•羅爾斯）*Sojourners: the epic story of China's centuries-old relationship with Australia*（《旅居者：關於中澳幾個世紀關係的英雄史般的故事》）。昆士蘭大學出版社：1992年，第181頁。

再也不能把中國佬容納！[34]

趕走中國人後，有一個白人把他割斷的17根中國人的辮子作為戰利品別在腰間，到處招搖炫耀。[35]澳大利亞女詩人Mary Gilmore（馬麗・吉爾莫）寫了一首詩，生動地描述了該暴亂中死難的中國人，題為《十四人》，全詩筆者翻譯如下：

十四人
人人倒掛
從頭到腳
直如木椿

十四人
都是中國佬
用辮子系著
在樹上倒掛

34 見Eric Rolls（埃裡克・羅爾斯）*Sojourners: the epic story of China's centuries-old relationship with Australia*（《旅居者：關於中澳幾個世紀關係的英雄史般的故事》）。昆士蘭大學出版社：1992年，第168頁。

35 同上，第171頁。

這都是老實的窮人啊
但淘金工大聲吼叫著說：不行！
於是，在一個晴朗的夏日
他們把他們在樹上倒掛

我們的車路過那兒時
他們在那兒倒掛
大人坐在車前
我坐在車後

那就是從前的藍濱灘
直到現在我還能看見
他們每一個人都直挺挺地
在樹上倒掛[36]

儘管吉爾莫生於1865年，該慘案發生時並未親歷，但她以孩童聽大人講故事的方式記載了這一詩的真實，某種意義上比歷史更真。

---

[36] Mary Gilmore（馬麗·吉爾莫）（歐陽昱譯），轉引自Noel Rowe（諾爾·饒爾）和Vivian Smith（衛維恩·史密斯）（合編），*Windchimes: Asia in Australian Poetry*（《風鈴：澳大利亞詩歌中的亞洲》）。坎培拉：露兜樹出版社，2006年，第51頁。

從淘金運動開始到結束，澳大利亞各殖民地白人對中國人能實行暴力打擊，就實行暴力[37]打擊，否則就通過政策加以排斥。人頭稅（poll tax）就是澳大利亞為排斥中國人而強加的一種禁令。維多利亞州率先於1855年對中國淘金工徵收10鎊人頭稅，逼使中國人在南澳登陸，從陸路進入維州。南澳則于1857年強征人頭稅，中國礦工則從新南威爾士州進入。1861年蘭濱灘暴動之後，新南威爾士州政府猶豫良久，也採取了徵收人頭稅辦法。[38]關於徵收人頭稅問題，澳大利亞史書一向語焉不詳，從不將其作為與當今有關的重大歷史事件指出。例如，指出澳大利亞昆士蘭州1877年徵收人頭稅，其他各州紛紛效仿的，竟是新西蘭政府網站發表的一篇文章。[39]新西蘭於1881年頒佈「中國移民法」，在所有移民中僅對中國移民強征人頭稅，每人10鎊，1896年增至每人100鎊，相當於一個普通中國人六年多的收入。該人頭稅於1944年正式被取締。[40]

不過，除澳大利亞之外，很多國家都為人頭稅而向該國華人道歉。新西蘭總理海倫・克拉克（Helen Clark）2002年2月12日中國新年之際向新西蘭華人社區為人頭稅公開道歉。[41]加拿大於1885年對進入該國的中國人徵收人頭稅，1923年取消，這一年的七月一日即加國國慶日，加拿大通過了排斥華人的中國移民法。[42]早在1882年，加拿大的總理約翰A・麥當勞（John A Macdonald）就把中國人貶為異類，說：中國人是

37 參見Geoffrey Blainey（傑佛瑞・佈雷尼），*The Rush that Never Ended*（《永無止境的淘金熱》）。墨爾本大學出版社：2003（第五版）[1963]，第89頁。

38 參見John Hirst（約翰・赫斯特）（編選），*The Chinese on the Australian Goldfields*（《澳大利亞金礦地的中國人》）。拉特羅布大學歷史系1991年出版，第1頁。

39 參見英文文章，「Poll tax frequently asked questions」（《有關人頭稅經常問到的問題》），發表於新西蘭民族事務辦公室網站，網址是：http://www.dia.govt.nz/oeawebsite.nsf/wpg_URL/What-We-Do-Consultations-Poll-Tax-FAQs?OpenDocument

40 同上。

41 見Chinese in New Zealand（新西蘭華人）網站「The Poll Tax Apology/The Prime Ministerial Apology for the Chinese Poll-tax」（《為人頭稅道歉/總理為中國人頭稅道歉》）一文，網址在：http://www.stevenyoung.co.nz/chinesevoice/polltax/Manyingpolltax.htm

42 見「四邑家族派系」網站「人頭稅」一文，網址在：http://www.legacy1.net/ht_headtax.html

「一個半野獸的、低劣的種族……。加拿大人不能與這種機器人競爭。」[43]據維琪百科網上詞典，加拿大的人頭稅做法是從澳大利亞學來的，[44]而且與新西蘭一樣，在亞洲移民中僅僅針對中國人徵收。截至1923年的強征總額約合1988年的12億加元。由於加拿大華人團體的積極活動，加拿大政府最終迫不得已通過總理斯蒂芬・哈珀（Stephen Harper）於2006年6月22日向華人公開致歉並向當年支付人頭稅的倖存者或其遺孀賠款兩萬加元。[45]

美國雖未大規模徵收人頭稅，但於1862年在三藩市徵收了「員警稅」、1864年在華盛頓州徵收了人頭稅、最後又於1882年頒佈了「排華法案」。[46]2009年，加利福尼亞也步新西蘭、加拿大之後塵，向華人道歉。該州政府發佈了一紙聲明，就「加利福尼亞歷史上對美國華人有種族歧視的法律」，向美國華人道歉。[47]2011年，根據《洛杉磯時報》報導，該年10月7日，「美國參議院已批准一項決議，就美國過去針對中國移民的歧視性法律，如《1882年排華法案》道歉。」[48]

澳、新、加、美四國當中，尤以澳大利亞排華為烈，以犧牲華人為代價，形成了既定的國策和統一的國家。[49]正如曾兩度身為新南威爾士州州長的傑克・朗（Jack Lang）所指出，白澳政策是「澳大利亞的大

43 見「Social Studies」（《社會學》）網站「Saying Sorry: Canadian Head Tax on Chinese」（《說聲對不起：加拿大對中國人徵收的人頭稅》），網址在：http://www.tki.org.nz/r/socialscience/curriculum/SSOL/sorry/canada_e.php

44 見「Head Tax（Canada）」（《人頭稅（加拿大）》）詞條，網址在：http://en.wikipedia.org/wiki/Head_tax_（Canada）

45 同上。據資料，2006年倖存者約有20來人。

46 見CAPAA（The State of Washington Commission on Asian Pacific American Affairs[華盛頓州美國亞太事務委員會]）網站「Selected Dates and Events of Asian Pacific American History」（《美國亞太史日期和大事一覽表》）一文，網址在：http://www.capaa.wa.gov/about.html

47 參見該新聞的網站：http://likeawhisper.wordpress.com/2009/07/22/california-apologizes-for-racist-policies-against-chinese-americans/

48 參見該新聞的網站：http://latimesblogs.latimes.com/nationnow/2011/10/us-senate-apologizes-for-mistreatment-of-chinese-immigrants.html

49 迄今為止（2013年8月2日星期五），澳大利亞仍未向華人道歉。我作為詩人，曾經寫過一篇要求澳大利亞政府道歉的文章，發表在墨爾本的《聯合時報》上，細節如下：《強烈要求澳大利亞政府為人頭稅向華人道歉》，《聯合時報》，23/8/2012, pp. 26-27。

憲章。沒有這個政策，這個國家早就完蛋了。早就被亞洲洪流吞沒了。」[50]另一位史學家在提到這個政策時用了一個很有意思的詞，「owed much」，即白澳政策的產生在很大程度上歸功於中國人。[51]一語道破天機。套用「沒有共產黨就沒有新中國」這句話，不妨說「沒有中國人，就沒有澳大利亞」。就連一位當代中國網上寫手也從反面證明了這個從眾人眼皮之下溜掉了的真理，即「如果澳大利亞不採取歧視中國人的政策，……。將不可能阻止華人源源不斷地湧入澳大利亞，……最終中國人靠數量的優勢在澳大利亞戰勝了其他人中，……於是，今天的澳大利亞90%的人口將是華人，澳大利亞成為世界第一大的政治和經濟強國。」[52]

結束本章之前，可以回顧一下南澳的第一家英文報紙《登記報》（The Register）（為時1836-1931）1857年關於中國人所發表的一番言論（中文為筆者所譯）：

> 當然是時候了，應該停止過度移入這些不適合當殖民者的人。我們離開我們先祖的國家，在世界的這個部分建立了一個國家……。除非有效阻止引入（中國）份子，因為他們很快就會把社會搞亂，把地

---

[50] 見傑克・朗「White Australia Saved Australia」（《白澳拯救了澳大利亞》）一文，原載其著作*I Remember*（《我還記得》）第六章「White Australia Saved Australia」（《白澳拯救了澳大利亞》），1956年第一版。此文網址在：http://members.ozemail.com.au/~nationfo/lang-wa.htm

[51] 見Fletch Heinemann（弗萊徹・海涅曼）「Australian gold rush sparks customs chaos」（《澳大利亞淘金熱令海關陷入混亂》）一文，網址在：http://www.customs.gov.au/webdata/miniSites/nov2000/html/p22.htm

[52] 見老黃的fans文，《歧視（九）——中國人生產的家具》，發表於2004-8-30，網址在：http://www.tdrblog.com/index.asp?classid=6&page=11

球表面最為腐敗墮落的國家的生活方式、習俗和邪惡的制度帶進來，否則，我們的希望將受挫，我們的期望將遭打擊，我們對收養的這片土地之愛將被澆滅。[53]

在中澳文化交流史上，中國人通過被歧視、被打壓、被排除、被另類化而立下了開國之功，功不可沒。

[53] 原載《登記報》（*The Register*）1857年5月14日第3頁，轉引自網上文章「The Chinese in the South East」（《東南（澳）的中國人》），網址在：http://www.slsa.sa.gov.au/manning/sa/immigra/asian.htm

第四章 全書佈局

本書主要討論文學交流，前面所談文化交流，只是一個鋪墊。本書的撰寫，也存在著一個命名問題。一直以來，我都稱之為《中澳文學交流史》，但改到第三稿時，才意識到應該把它易名為《澳中文學交流史》，這個意義不言自明。首先，我從國籍上講是澳大利亞人。其次，全書的編選、編撰、撰寫等過程，都是在墨爾本我居住的金斯伯雷發生、發展和完成的，其間只有一次去中國開會，也就是2007年年底那次。只是在澳大利亞這個思想和感情再生之地，我才有可能鼓起勇氣和精神，把這個項目進行到底。

本書共分上中下三編。由於前述原因，即本書主要編者兼作者我本人國籍為澳大利亞籍，站位於澳大利亞，立足於澳大利亞，因此決定在結構上先澳後中，先書寫澳大利亞文學在中國的情況，再書寫中國文學在澳大利亞的情況，最後書寫的三章，分別討論三個澳大利亞華裔作家的作品。關於澳大利亞文學在中國的情況，我在1994年曾有一個不成熟的論斷，認為1898至1949年的半個世紀中，沒有一部澳大利亞作品被介紹到中國。[1]

1 參見歐陽昱「Australian Literature in China: On the Ascendancy and On the Edge---some thoughts on the problems with the Chinese reception and perception of Australian literature」（《中國的澳大利亞文學：崛起之中，靠近邊緣---關於中國如何接受看待澳大利亞文學的一些想法》）一文，原載*Notes and Furphies*, No. 32, April, 1994, pp. 3-6. 另見胡文仲「A Survey of Chinese Translation of Australian Literature」，原載《澳大利亞文學論集》。外語教學與研究出版社：1994，第174-181頁。

隨著時間的推移和研究的加深，更重要的是偶然發現，[2]我對過去的瞭解也伸展得越發遙遠，這就好像歷史患有遠視眼，越近越看不清，時間拉得越開，反而看得越遠，也越清楚一樣。我於2011年在美國Antipodes雜誌上發表的英文論文表明，從1906年開始，就有澳大利亞文學被譯成中文發表，只是作者國籍被錯誤地標定為美籍。[3]這篇文字以英文寫成，由梁余晶譯成中文，其中全面論述了澳大利亞文學在中國自1906年開始，截至2006年的100年中，如何走過了從解放前的「弱小民族」文學，到解放初直至文革前的社會主義陣營文學，到1970年代至2008年的三十多年間，通過澳大利亞研究中心在全國推廣和介紹，直到當今多元並存，全面鋪開的全過程。

第二章由錢超英執筆，把澳大利亞的華人文學，作為中澳文學關係的一個領域來考察，對其進行了既可看做澳大利亞文學的一個部分，也可視為中國文學的一種延伸，詳盡地分析了澳華移民與澳華文學概況，澳華文學特色及其與中國大陸文學的關係，以及澳華文學與澳大利亞主流英語世界的關係，等，並批評了澳華作家的自戀和自閉，英語世界對澳華文學譯介方面存在的偏狹性問題，以及對華人文學的「東方主義化」傾向。第三章以詩人筆法寫史，不求囊括一切，只求去蕪存菁，留下最值得記憶的，把這個文學的歷史進行了一個詩意的勾勒，向前推進到1867年的Jong Ah Sing和可能是最早的兩位澳華詩人劉自光和謝棠，同時更深入地探討了澳大利亞華文文學的生存發展狀態並對其現狀做出了並不樂觀的結論。

第四章對國內幾乎從未涉足的一個領域，做了全面介紹，即澳大利亞文學中華人的英文寫作，這包括小說、非小說、戲劇和短篇小說等體裁。該章探討了澳大利亞英語文學中的華人寫作，全面介紹並評論了來自

2 第一卷第一章中有詳細介紹，此處不另。

3 即布斯比，根據楊凱《中國近代報刊中的翻譯小說研究》（華東師範大學未發表的中文博士論文，2006年提交）中提出，蓋伊・布斯比是「美國人」，22頁。

世界各地，在澳大利亞匯聚，並以英文從事文學創作的華裔、華人作家的作品。據該文作者研究發現，華人有發表的英文創作，遲至1971年，至今也不過四十來年，其原因是多方面的，主要是來澳華人受教育低，從文者少，與「白澳」政策打壓也有直接關係。時至今日，受白人市場青睞的華人作品，主要還是華裔女作家的自傳性作品和比較符合白人對華族審美趣味的作品。

第五章作者是澳大利亞作家、批評家尼古拉斯‧周思，從他的個人角度，闡述了自七十年代以來，澳大利亞文學在中國的交流推廣過程，展示了中澳兩國在語言、文化、文學、民族、身分等方面錯綜複雜的關係，介紹了澳大利亞文學在新時期的發展狀況，詳細談到了澳大利亞和中國的文學互動關係。

第六章作者馬麗莉曾在澳大利亞詹姆斯‧庫克大學獲得澳大利亞文學博士，對澳大利亞文學作品中關於中國女性的描寫，在70年代至90年代這三十年中所發生的變化，進行了細緻的勾勒，為中澳文學史的多元書寫，提供了另一種視覺。

本書中編主要談及中國文學在澳大利亞譯介和接受等情況。第一章作者系香港大學藝術學院院長，澳籍華人雷金慶教授，以英文書寫，梁余晶翻譯，全面、深入、廣泛地介紹了澳大利亞對中國文學的譯介情況。雷金慶指出，「在過去20多年間，澳大利亞學者逐漸改變了他們研究亞洲文學的方式，不再單純地閱讀和翻譯孤立的作品，而是越來越廣泛地與新的人文學科的學術研究相結合，」認為澳大利亞在漢學（包括中國文學）研究方面，遠遠超過歐美等國，因為該國因「有來自亞洲、美洲和歐洲的『外來者』加入其亞洲研究系而獲益匪淺。在過去二十多年裡，來自中國的作家數目已有了急劇增長，非常明顯地增強了文壇力量。受益于此的並不僅僅是文學研究領域，還包括與中國研究有關的所有其他學科。我們與中國相鄰以及中國對地區文化影響的不斷擴大對澳大利亞具有持久的重要性。」

第二章到第六章均由歐陽昱主筆，從中國文學在澳大利亞的起源，到澳大利亞文學節對中國文學的推介，到澳大利亞出版的中國文學作品，澳大利亞雜誌中推出的中國文學，特別是澳大利亞文學史中對中國文學和華人作家的評價，都進行了細緻入微地探討。

第二章專門討論中國文學在澳大利亞的起源、生發、流布和影響。作者認為，「中國文學在澳大利亞的起源、生發和影響，有人、文、地三個關鍵因素，也依這三個關鍵因素而生成三大類受影響的作家，」並舉例引證這方面的作家。作者還發現，中國文學的影響，還通過偽託和改寫等方式，潤物細無聲地影響著澳大利亞文學，如達爾・斯蒂文斯（Dal Stivens），周思，約翰・特蘭特（John Tranter），克裡斯託福・克倫（Christopher Kelen）等作家的作品所顯示的那樣。澳大利亞土著女詩人烏傑魯・努那卡爾（Oodgeroo Noonuccal），就曾在1984年去中國後，在之前六年不寫詩的情況下，一口氣寫下了一組16首的組詩。

第三章結合譯者的親身經歷，具體入微地介紹了當代中國詩歌如何進入澳大利亞，以及在進入過程之中所發生的文化衝突和融合的詳細案列。

第四章的主要著眼點是澳大利亞的文學節，這是澳大利亞對內進行文化藝術推廣，對外進行國際文藝交流的一個重要視窗，中國文學，包括澳大利亞海外的華人文學，就是通過這個視窗進入澳大利亞的。該章對澳大利亞的三大文學節，即阿德萊德文學節，墨爾本作家節和悉尼作家節，從1960年開始的發生、發展狀況，進行了全面梳理和逐一介紹，分析了大陸作家和／或華人作家受邀或不受邀的原因，以及深藏其中的文化、政治等因素。

第五章探討了從1788年到2007年這220年來，中國文學，包括中國古典文學，如何通過英文進入澳大利亞的情況，第一次引入了「空白期」概念，即中國文學進入澳大利亞，有一個長時期的空白時期，在這一段時間內，找不到中國文字進入英文的片言隻語，儘管關於中國和中國人的描寫，在澳大利亞作家筆下比比皆是，這種局面只是到了1944年，因澳大利亞人白雲天（Bo Yün-tien），在《南風》雜誌第一期發表了七首王維英譯詩而打破。此後出版的英譯中國文學作品，基本都有這樣幾個特點：有評論，無譯本；沒有中國大陸的經費資助，主要依靠臺灣、韓國或日本等國等地贊助；由非文學專業人士從事，而少有文學專業人士參與；中國文學的政治化，如白傑明的譯作所證明，因為只有這樣，才能獲得經費，等。

第六章中，作者對澳大利亞自1961至2011年半個世紀以來，所出版的7部文學史，對中國文學、中國作家，以及華人華裔作家的評論，進行了分析和評論，發現第一部文學史沒有亞裔、中國、中國人等詞條的狀況，直到1988年才有所突破，還發現澳大利亞的文學史，走過了從單人獨著的「獨裁者」寫史方式，走到了當今國際化的多人合著，一人或多人合編的民主化方式，給當前中國的狹隘寫史方式，提供了一種很好的借鑒。正如一部合編澳大利亞文學史的兩個美國人所說：「澳學專家的文學批評，再也不意味著僅僅是澳大利亞人的文學批評了。」

最後一章即第七章，專門探討了澳大利亞文學雜誌中的中國，對《詩歌澳大利亞》，《南風》和《米安津》等三大雜誌，從發軔期一直到二十世紀的半個多世紀歷程，進行了全面梳理。據作者分析，《詩歌澳大利亞》雜誌雖然自詡國際性，但卻因「主編族性、編輯傾向、中國文學，特別是中國詩歌在澳大利亞的不顯眼地位，以及澳大利亞作為英國文化附庸國對其文學藝術產品的依賴……也與澳大利亞國族意識淡薄，始終向『母親祖國』（Mother Country）英國看齊，拾其牙慧有關。」當然，中國被視為「共產黨中國」，「是一個遙遠、敵視而又神祕的國家」，也是一個重要原因。根據對《南風》雜誌的編刊史進行考察，筆者發現，該雜誌1939年就節選登載過英國翻譯家亞瑟・韋利所節譯的《金瓶梅》，但只是進入1990年代，才對中國文學的興趣逐漸加強。按其主編布魯克斯的話說，他們對中國的瞭解和興趣，還處在「賽珍珠」時代。與此同時，《米安津》雜誌也走過了同樣從封閉到開放的路程，只是最後的打開，主要的朝向還是以英文寫作或被英譯的澳華作家，自2000年後，重心才開始向中國稍有轉移。

下編系對單個作家或數部有特色的作品進行討論，共分六章，分別涉及了兩位澳大利亞華裔作家，即高博文和張思敏，三位澳大利亞作家，即尼古拉斯・周思、克莉絲蒂娜・斯台德和阿列克斯・米勒和三部澳華作家的長篇小說。高博文這一章的作者是上海對外經貿大學外語學院的王光林教授。他在談及高博文時指出，他不願滿足西方白人的心理期待，拒絕讓「華」字成為自己創作的絆腳石，主動選擇了局外人、陌生人的身分，創作出不同凡響，具有後現代遊戲、對身分進行挑戰、雜具多聲重唱等風格特徵。第二章作者也是王光林，他全面敘述了華裔女作家張思敏的作品，認為這個被視為澳大利亞譚恩美的作家，其「創作並非一般意義上的探索，而是從更深層次上對散居華裔的文化和生存狀況進行文化意義上的探索。」第三章作者是翻譯家李堯。他從譯者的角度，詳細論述了周思的文學創作和中國文化、文學之間的深刻紐帶。第四章作者是李建軍先生，他詳細分析了克莉絲蒂娜・斯台德筆下的華人形象。第五章作者是馬麗莉教授，她借用薩義德關於放逐的理論，深入探討了米勒作品中的流放主題。第六章作者是歐陽昱，他通過對三部澳華長篇小說的分析，揭示了澳大利亞「多元文化」所面臨的當代窘境。

為了方便讀者從多元角度認識中澳文化交流史的方方面面，本書還提供了一個附錄，中含六篇訪談錄，分別採訪了長期從事澳大利亞文學教學和研究的黃源深教授，高行健的譯者陳順妍，居澳二十年，從事短篇小說創作，但已返華十年，改行從事戲劇創作和表演的趙川，以及曾被推選為澳大利亞最值得收藏的五十名畫家之一的華裔畫家關偉。經由編委會商定，從本書中除去關於主編的一篇評論文字，改為兩篇分別就其中文創作和英文創作的訪談，收在附錄內。由於華人作家，特別是在海外生長的華人作家，包括長期與中國文化打交道的澳大利亞作家，一般都有中英文雙語姓名，附錄還提供了一份中澳文學大事記，一份參考書目，以及一份中英人名對照表和插圖。

上編
澳大利亞文學在中國

第一章 澳大利亞文學在中國100年的歷史[1]

二十世紀三十年代初，澳大利亞文學第一次來到中國，起先和英美文學不加區分地混在一起，後來又被看作「弱小民族文學」的一部分；五六十年代，共產主義與無產階級文學日益受到關注，澳大利亞文學也隨之興起；從1976年文化革命結束開始，各種體裁的澳大利亞文學都得以廣泛傳播，一直持續至今，出現了前所未有的繁榮景象。本文通過介紹以上各個時期的歷史背景，試圖探討1906至2008年間澳大利亞文學在中國的傳播、接受和理解情況。

最早到達中國的澳大利亞文學（1906-1907）

尼古拉斯・周思在澳大利亞文學研究會（ASAL）會議論文中指出，早在1921年，澳大利亞文學就到達

1 本文原為英文，系筆者歐陽昱參與的澳大利亞研究理事會（ARC）項目「全球化的澳大利亞文學」中的一部分，由臥龍崗大學溫卡・奧門森（Wenche Ommundsen）教授主持。在本文寫作過程中，她曾提過一些有價值的意見。本文英文標題為，「A century of Oz Lit in China: A critical overview」（1906-2008），發表在美國文學批評雜誌*Antipodes*, Vol. 25, No. 1, June 2011, pp. 65-71.［本文譯者為梁余晶，在翻譯過程中曾得到作者歐陽昱先生的幫助，在此特表感謝。］

了中國。當時茅盾選譯了瑪麗・吉爾摩（Mary Gilmore），休・麥克雷（Hugh McCrae）和羅德里克・奎因（Roderic Quinn）所寫的四首詩歌，發表在一家中國雜誌上。[2]不過，本人最近的發現卻把這一時間向前推進了15年。「我們第一位成功的小說家」[3]蓋伊・紐厄爾・布斯比（Guy Newell Boothby）很可能就是第一個被介紹到中國的犯罪小說家。當時偵探小說風靡中國大陸，[4]從1906年11月1日到1907年3月28日，[5]布斯比有五個短篇發表在《月月小說》上，總題為《巴黎五大奇案》，[6]儘管他被錯誤地標成「美國偵探小說家」。[7]幾乎就在同一時間，當時另一位成功的澳大利亞小說家、《雙輪馬車之謎》（*Mystery of a Hansom Cab*）[8]的作者弗格斯福爾斯・休姆（Fergus Hume）也被翻譯成了中文。他的小說《紫絨冠》[9]於1907年5

---

2 參見周思《澳大利亞文學的內與外：在巴里・安德魯斯紀念會上的致辭》（「Australian Literature Inside and Out: Barry Andrews Memorial Address」）：http://www.nla.gov.au/openpublish/index.php/jasal/issue/current（2009-10-4）

3 參見AustLit網站：http://www.austlit.edu.au/run?ex=ShowAgent&agentId=A%23x%2c（2009-6-5），其中參考資料提到，H・A・琳賽（H. A. Lindsay）在1960年為《公報》（*The Bulletin*）寫了一篇關於布斯比的文章，題為《我們第一位成功的小說家》（「Our First Successful Novelist」）。

4 楊凱，《中國近代報刊中的翻譯小說研究》，華東師範大學未發表的中文博士論文，2006年提交，第22頁。作者在該頁上提到，當時幾乎所有譯者都翻譯海外偵探小說。

5 楊凱，同上，第30頁。

6 包括《盜馬》（疑為「The Great Derby Swindle」），《珠宮會》（疑為「A Royal Affair」），《雙屍記》（疑為「Till Death Do Us Part」），《斷袖》和《情姬》（疑為「For Love of Her」）。參見楊凱《中國近代報刊中的翻譯小說研究》，華東師範大學未發表的中文博士論文，2006年提交。

7 趙健，《晚清翻譯小說文體新變及其影響》，復旦大學未發表的博士論文，2007年，第34頁。楊凱的論文同樣提到蓋伊・布斯比是「美國人」，第22頁。

8 這本書的中譯本標題是《雙輪馬車的祕密》，由新星出版社于2006年出版。

9 在Austlit網站上沒找到相應的英文標題。作者注。

月12日[10]第一次發表在了一家小說月刊《新新小說》上。同樣，他也被錯標成了「英國人」。[11]這種情況直到1988年還有出現，如歐陽昱翻譯的澳大利亞詩人加里・卡塔拉羅（Gary Catalano）的一首詩，《河流》（「The River」），在長春的《中外文學》發表時，該刊就把他錯誤地打上了「美國」標籤。[12]

有趣的是，休姆的小說是由兩人合譯的，由蘭言口述，巢人筆頭整理，[13]這也是當時的一種通行做法。在譯本中，譯者甚至還插入了對英國法律的注釋，並將其與中國法律相比較。例如，「況英國為立憲之國，在律法上犯罪者非有真實語氣，不能以疑似之間即行拘捕，不比東方老大專制帝國，可用政府之權力，將無罪平民，置之囹圄。」[14]

澳大利亞文學：「弱小民族」文學的一部分（20年代與30年代）

除了周思論文中提及，1921年被翻譯成中文的三位澳大利亞詩人之外，另一位元作品到達中國的詩人是亞當・琳賽・戈登（Adam Lindsay Gordon）。郁達夫在1927年8月18日的日記中談到了這一點。[15]2003年在中國提交的一篇中文博士論文中提到，「弱小民族」一詞第一次出現，是在1934年的《矛盾月刊》（第三卷，合刊第三、四期，1934年6月1日）。當時，澳大利亞文學與祕魯、波蘭、丹麥、捷克斯洛伐

10 楊凱，《中國近代報刊中的翻譯小說研究》，華東師範大學未發表的中文博士論文，2006年提交，第34頁。
11 在楊凱（第34頁）和趙健（第29頁）的論文裡都出現過。
12 參見《中外文學》1988年第1期。
13 參見楊凱，第34頁。
14 轉引自楊凱，第34頁。
15 歐陽昱，《淘書淘到中國去》（「Book-digging to China」），澳大利亞《南風》（*Southerly*）雜誌，2007年第3期，163-169頁。

克、匈牙利、立陶宛、羅馬尼亞、馬來西亞、芬蘭、保加利亞、朝鮮、西班牙、葡萄牙，以及愛沙尼亞文學一起，組成了一期所謂的《弱小民族文學專號》。[16]

該論文作者宋炳輝頗為有趣地研究了「弱小民族文學」與「強勢民族文學」的對立（即通常所稱的西方或歐洲文學），[17]並給「弱小民族」下了定義，認為這一概念來自于陳獨秀在1921年的提議，而該提議的依據又是陳本人在1904年所作的一個區分，即把世界劃分為「被外國欺負」的國家與列強國家兩大類。這一概念表明，中國在自覺建設本民族的過程中，應該把弱小民族文學視為同類。[18]澳大利亞在地理上與世隔絕，本質上屬於「被壓抑」和「被遮蔽」[19]狀態，因而澳大利亞文學不知不覺就與其他弱小民族一起結為了同盟。

的確，澳大利亞本身的邊緣化，澳大利亞文學的邊緣化，這兩種邊緣化相混合，再加上大洋洲和非洲，這一主題或許本身就是一個有趣的研究命題。這種邊緣化可在以下刊物和書籍中找到證據：安徽大學大洋洲文學研究所（1979年創立）主辦的《大洋洲文學叢書》，[20]這是一家專發澳大利亞與大洋洲作品的文學刊物；《非洲澳大利亞神話故事》；[21]《世界華人精英傳略：大洋洲與非洲卷》；[22]《世界文學名著導讀：第

16 宋炳輝，《弱小民族文學的譯介與20世紀中國文學的民族意識》，復旦大學未發表的中文博士論文，2004年提交。據作者說，該期雜誌裡包含了16個國家共24篇作品（第32頁）；該論文沒有提到任何一部具體的澳大利亞作品，「澳大利亞」這個詞也只出現過兩次（第24頁和第32頁）。

17 同上，第3頁。

18 同上，第8頁。

19 同上，第3頁。

20 這家刊物更名多次，一開始叫《大洋洲文學叢書》（1982年第1期），後來又叫《大洋洲文學從刊》（1984年第2期），最終定名為《大洋洲文學》（1999年），但其命名方式讓人有些費解，因為1985年第1期依然叫做《大洋洲文學叢書》。

21 參見寒易、傅立編《非洲澳大利亞神話故事》，西安：陝西師範大學出版社，1992年。

22 參見王蒼柏、黃靜等著《世界華人精英傳略：大洋洲與非洲卷》。南昌：百花洲文藝出版社，1995年。

二卷》，該書中澳大利亞文學與拉美文學處於同等地位；[23]《國家地理百科》，該書把澳大利亞與非洲諸國放在相同的幾個頁面上。[24]

新中國的革命嘗試（1953-1976）

在新中國，有些澳大利亞作品是通過俄國進入中文世界的，這類作品同時具有政治性和文學性，或本身就是政治文學。本人手中就有一本《澳大利亞聯邦》，作者是俄國作家C. A. 托卡列夫（C. A. ToKapeB），1953年在中國出版。[25]其中有一章（65-71頁）專講澳大利亞文學，提到了許多作家，如亨利・克拉倫斯・肯德爾（Henry Clarence Kendall）、亞當・琳賽・戈登（Adam Lindsay Gordon）、馬庫斯・安德魯・克拉克（Marcus Andrew Clarke）、湯姆・柯林斯（Tom Collins）、亨利・勞森（Henry Lawson）、安德魯・巴頓・佩特森（Andrew Barton Paterson）、伯納德・奧多德（Bernard O'Dowd）、克里斯多夫・布倫南（Christopher Brennan）、巴納德・埃爾德肖（Barnard Eldershaw）（Marjorie Barnard與Flora Eldershaw，即馬喬裡・巴納德

23 參見方洲主編《世界文學名著導讀：德國、奧地利、西班牙、義大利、捷克、丹麥、挪威、澳大利亞、拉丁美洲、亞洲及其他歐洲地區》，臺北縣：華文網公司第三出版事業部，2000年。

24 李金龍主編，《國家地理百科：肯雅、剛果（布）、剛果（金）、尚比亞、辛巴威、馬達加斯加、南非、塞舌耳、非洲其他國家、澳大利亞、巴布亞新磯內亞》，呼和浩特：遠方出版社，2005年。

25 這一時期還有其他一些政治書籍出版了中譯本，如魯珀特・洛克伍德（Rupert Lockwood）的《美國入侵澳大利亞》（*America Invades Australia*），杜江譯，北京：世界知識出版社，1955年；《澳大利亞共產黨反華言論》（譯者未標出），北京：世界知識出版社，1965年；以及戈登・格林伍德（Gordon Greenwood）的《澳大利亞社會政治史》（*Australia: a Social and Political History*），北京編譯社翻譯，北京：商務印書館，1960年。（請注意，最後這本被標為「內部讀物」，根據Angus and Robertson出版社1955年出版的英文本譯出。）

與芙蘿拉・埃爾德肖合名）、路易士・貝克（Louis Becke）、伊妮絲・岡恩（Aeneas Gunn）、芭芭拉・貝因頓（Barbara Baynton）、紮維爾・赫伯特（Xavier Herbert）、布萊恩・彭頓（Brian Penton）、萬斯・帕爾默（Vance Palmer）、亨利・漢德爾・理查森（Henry Handel Richardson）、斯蒂爾・拉德（Steele Rudd）（又名Arthur Hoe Davis，即亞瑟・霍・大衛斯）以及凱薩琳・蘇珊娜・普理恰德（Katherine Susanna Prichard）。[26]有些評論讓人印象深刻，如「起初，澳大利亞文學只是英國文學病態的模仿」（第65頁），湯姆・柯林斯的《如此人生》（*Such is Life*）「以現實主義的手法反映了澳大利亞的現實」（第66頁），「大文豪」是亨利・勞森（第66頁），A・B・佩特森是「私有制的、反動澳大利亞的御用詩人」（第67頁），克里斯多夫・布倫南是「頹廢情緒的歌詠者」（第67頁），亨利・漢德爾・理查森的缺點，是「自然主義者所特有的錯誤觀念：把主人公的命運歸結為遺傳性的結果」（第69頁），以及「澳大利亞現代最出色的現實主義女作家」是凱薩琳・蘇珊娜・普理恰德（第70頁），等。[27]

可以說，這種最初的、由俄國而來的介紹，為之後對澳大利亞左翼進步作品的關注與興趣鋪平了道路。此外，中國本身也是一個新建立的共產主義政權，急於從全世界與其本性相似的作家那裡吸收精神原料，來塑造自己的身分。1951年到1965年間被翻譯成中文的作家名錄裡，包含了大量來自蘇聯、保加利亞、朝鮮、巴西、匈牙利、羅馬尼亞、日本、印度、捷克斯洛伐克、波蘭、越南、義大利、丹麥、非洲、墨西哥、洪都拉斯、加拿大、阿爾及利亞和阿爾巴尼亞的作家。[28]他們作品的重要性均超過了英美以及西歐諸國。

26 參見C. A. 托卡列夫《澳大利亞聯邦》，黨鳳德、丁文安、羅婉華譯，北京：人民出版社，1953年。（請注意，該書是從俄文譯成中文的。）

27 同上。該書出版後，緊接著在1956年，又有一本中文書出版，標題與其一模一樣，但那本書沒有關於澳大利亞文學的部分。參見嚴欽尚編著《澳大利亞聯邦》，北京：中國青年出版社，1956年。

28 參見《中國翻譯外國文學作品：1951-1965》：http://blog.sina.com.cn/s/blog_4189a61b0100cc4h.html（2009-2-17）

一眼就能發現，從1953年到1976年，被翻譯過的澳大利亞作家包含了詹姆斯・阿爾德里奇（James Aldridge）（1953年，1955年，1958年，1959年兩本）、弗蘭克・哈代（Frank Hardy）（1954年，1957年和1962年）、威爾弗雷德・C・布契特（Wilfred C. Burchett）（1956年）、[29]羅素・布拉頓（Russell Braddon）（1956年）、丁芙娜・庫薩克（Dymphna Cusack）（1957年）、摩納・布蘭德（Mona Brand）（1957年）、[30]拉爾夫・德・布瓦西埃（Ralph De Boissiere）（1958年和1964年）、傑克・琳賽（Jack Lindsay）（1958年）、凱薩琳・蘇珊娜・普理恰德（1959年）、朱達・沃頓（Judah Waten）（1959年）和亨利・勞森（1960年）。[31]

彼得・帕格斯利（Peter Pugsley）聲稱，「從五十年代到七十年代末，中國關於澳大利亞文學的相關（評論）文本數量非常有限」。[32]恰恰相反，「相關文本」從一開始就存在，只不過它們的存在形式非常不同，如「譯後記」這種中國文學翻譯所獨有的藝術評論形式。舉例來說，在摩納・布蘭德的劇本《寧可拴著磨石》（*Better a Millstone*）的譯後記中，譯者用評論方式舉出大量事實，說明她是一個「澳大利亞進步作家」；她的劇本《世界一隅》（*Here under Heaven*）及其他作品都是關於「種族偏見」，「深為觀眾所推崇」；她的劇本《外來的陌生人》（*Strangers in the Land*）曾在倫敦、澳大利亞、蘇聯、民主德國、捷克斯洛

29 又名貝卻敵，是著名的澳大利亞親共記者，在澳大利亞文學地位不高。

30 直至今日，她仍然被列為「英國」作家，詳見：www.dushu.com/book/10656759（2009-2-20）

31 參見帕格斯利的論文《製造經典：中國文學想像中的澳大利亞》（「Manufacturing the Canon: Australia in the Chinese Literature Imagination」），第90頁，網上可查（2009-2-16），布蘭德的劇本與庫薩克是本人加上的。

32 同上，第92頁，網上可查（2009-2-16）。甚至在中華人民共和國建國後，外國文學的翻譯工作仍在進行，被翻譯的作家包括康拉德（Conrad）（1951年）、傑克・倫敦（Jack London）（1951年）、巴爾扎克（Balzac）（1951年）、湯瑪斯・哈代（Thomas Hardy）（1954年）、馬克・吐溫（Mark Twain）（1955年），以及一群來自蘇聯、保加利亞、朝鮮和巴西的作家。參見《中國翻譯外國文學作品：1951-1965》：http://blog.sina.com.cn/s/blog_4189a61b0100cc4h.html（2009-2-17）

伐克、匈牙利和印度上演；她的《寧可拴著磨石》曾在悉尼上演，「頗受觀眾歡迎」。[33]

澳研中心時期（1979-2008）

1979年，中國第一家澳大利亞研究中心在安徽大學成立，命名為「大洋洲文學研究室」。很明顯，為了顯得有價值，不得不把澳大利亞歸入一個更能給人留下印象的頭銜下，把它和別的國家放在一起，如新西蘭、科克群島、斐濟、所羅門群島（1982年第2期）、薩摩亞（1983年第2期）、巴布亞新磯內亞、瓦努阿圖、密克羅尼西亞、西薩摩亞和湯加（1985年第1期）。[34]

他們介紹過各種各樣的作家和各類體裁的作品，包括朱達・沃頓、蘇珊娜・普理查德、詹姆斯・塔克（James Tack）、凱絲・沃克（Kath Walker）、邁克爾・懷爾丁（Michael Wilding）、裘蒂・弗塞斯（Judy Forsyth）、萬斯・帕爾默、路易・埃森（Louis Essen）、芭芭拉・貝因頓、A・D・霍普（A. D. Hope）、柯林・詹森（Collin Johnson）、莫里斯・斯特蘭加德（Maurice Strandgaard）、[35]瑪格麗特・T・騷斯（Margaret T. South）（1982年第2期）、斯蒂爾・拉德、弗蘭克・哈代、曼寧・克拉克（Manning Clark）（兩個短篇）、約翰・莫里森（John Morrison）、巴里・歐克利（Barry Oakley）、B・汪嘎（B. Wongar）（1984年第2期）、查理斯・哈珀（Charles Harpur）、亞當・琳賽・戈登、瑪麗・吉爾摩、肯尼士・斯萊塞（Kenneth Slessor）、大衛・坎貝爾（David Campbell）、南茜・卡托（Nancy Cato）、詹姆斯・麥考利

33 參見馮金辛（譯者）《譯後記》。摩納・布蘭德：《寧可拴著磨石》，北京：中國戲劇出版社，1957年，第92頁。

34 都出現在前面提過的那家文學翻譯刊物，刊名經常變化，但基本上是《大洋洲文學雜誌》。

35 很可惜，到今天為止（2009-2-17），Austlit網站上還沒有他。

（James McAuley）、伊恩·坦普曼（Ian Templeman）、邁克爾·杜根（Michael Dugan）、邁克爾·德蘭斯菲爾德（Michael Dransfield）、朱利安·克羅夫特（Julian Croft）、希德·哈瑞克斯（Syd Harrex）（1985年第1期）、達爾·斯蒂芬斯（Dal Stivens）、亨利·勞森、伊莉莎白·喬利（Elizabeth Jolley）、彼得·凱裡（Peter Carey）與彼得·高爾斯華綏（Peter Goldsworthy）。其中，斯特蘭加德的一封譯成中文的信頗為有趣。他在信裡先提到《時代報》（*The Age*）「最近」的一次訪談，又說到這家報紙後來發表了「一大批中產階級學者寫的詩」，以至於「像我這種工人階級窮人」所寫的詩「幾乎從沒給過你們」。[36]顯然，中國學者們並未無視一個被壓抑的移民詩人的聲音。

隨著全國各地澳研中心的建立，以及澳中理事會（Australia-China Council）[37]不斷提供「種子錢」，[38]澳大利亞文學的情況比過去有所好轉。到目前為止，中國共有約28家澳研中心。[39]許多擁有澳研中心的大學，如安徽大學（1979年）、北京外國語大學（1983年）、[40]華東師範大學（1985年）、蘇州大學（1991年）、中山大學（1994年）和武漢大學（2005年），都開始把澳大利亞文學當作一門課程來教授。[41]本人曾於1989年在上海華東師大拿到碩士學位，畢業論文是關於克莉絲蒂娜·斯台德（Christina Stead）的《熱愛孩

---

36 斯特蘭加德，《致馬祖毅副教授的信》，《大洋洲文學叢書》，1982年第2期，第323頁。

37 比方說，《大洋洲文學》1998年第1期就寫明瞭獲得澳中理事會資助。

38 這是我早年認識的一位元中國教授說的一句嘲笑話，因為「種子」太小，沒有太大意義。

39 請參考一份用中文寫成的關於中國澳研中心的pdf格式名單：http://seis.bfsu.edu.cn/aomeeting/CASA/%E5%90%84%E4%B8%AD%E5%9B%BD%E6%BE%B3%E5%A4%A7%E5%88%A9%E4%BA%9A%E7%A0%94%E7%A9%B6%E4%B8%AD%E5%BF%83.doc（2009-2-17）。請注意，這份名單還有一些遺漏，比如武漢大學外國語言文學學院英文系的澳研中心（2005年）以及四川西華大學的澳研中心。

40 儘管他們宣稱自己是中國「第一所」。參見：http://www.bfsu.edu.cn/rsch/10_q.htm（2009-2-18）

41 此處資訊來自于黃丹和歐陽昱在2006至2009年間合寫的一篇論文，尚未發表。題為《澳大利亞研究中心在中國的形成、發展和現狀》。

子的男人》（*The Man Who Loved Children*）。[42]【插圖01：1999年12月9日，在澳大利亞大使館舉行歐陽昱翻譯，中國文學出版社出版的克莉絲蒂娜・斯台德《熱愛孩子的男人》中譯本發佈會上，歐陽昱與時任澳大利亞駐華文化參贊Andrew Taylor在一起。】倪衛紅曾於1994年在北京外國語大學提交博士論文，這很可能是中國最早的一篇澳大利亞文學博士論文。[43]我本人曾創建武漢大學澳研中心，給學生上過「英文創作」和「海外華人寫作」[44]兩門課，並指導學生成功提交了兩篇與澳大利亞相關的碩士論文。[45]

中國的「白」產業與「麥」產業

「白」指派翠克・懷特（Patrick White），因其姓白（white），那「麥」又是誰呢？她即是Colleen McCullough，其姓譯成中文叫「麥卡洛」，而「麥」的意思是wheat。自1973年懷特獲諾貝爾文學獎以來，對他的翻譯和研究在中國就變得理所當然，彷彿諾貝爾獎就是唯一的理由。照黃源深的話說，自從懷特得了諾貝爾獎，「外國文學評論家對澳大利亞文學刮目相看」，[46]而從六十年代到1990年懷特去世的這段時間可以

42 最終本人翻譯了這篇論文，並於1998年在中國發表。

43 參見倪衛紅《偶然的稻草：論懷特和他的小說》（「The Circumstantial Straw: on Patrick White and his fiction」），北京外國語大學英語語言文學與澳大利亞研究博士論文，1994年提交。

44 該課程上介紹過的作家包括布萊恩・卡斯楚、歐陽昱、方向曙、李存信、貝思・葉、黃貞才、丁小琦、趙川和陳順妍。

45 參見王睿用英文寫成的碩士論文《詩歌翻譯中的自譯：卞之琳與歐陽昱自譯個案研究》（「Self-Translation in Poetry Translation—Case Studies on the Self-Translation of Bian Zhilin and Ouyang Yu」），把歐陽昱和卞之琳的自譯作了比較，於2007年在武漢大學英文系提交；以及黃丹《兩條河流之旅：〈等待〉與〈東坡紀事〉比較研究》（「A Voyage of Two Rivers: A Comparative Study of *Waiting* and *The Eastern Slope Chronicle*」），比較了哈金的《等待》與歐陽昱的《東坡紀事》。

46 參見黃源深《澳大利亞文學史》，上海：上海外語教育出版社，1997年，第274頁。

被稱為「懷特時代」。[47]至少，這一說法很值得商榷。[48]儘管如此，我們暫時還是保留「懷特時代」這個頗為可疑的名稱。自1986年懷特的《風暴眼》（*The Eye of the Storm*）第一次被譯成中文出版以來，[49]中國確實經歷了一個「懷特時代」，充滿了對諾貝爾文學獎的幻想。[50]這個「懷特時代」從1976年文革結束開始，一直到2008年，全國共有12篇專門研究懷特的學位論文出版，包括4篇博士論文和8篇碩士論文，博士論文中有3篇都是在華東師大完成的；88篇學術期刊文章；[51]6部翻譯著作，[52]其中有2部出版了兩次，即《探險家沃斯》（*Voss*）（1991年和2000年）和《樹葉裙》（*A Fringe of Leaves*）（1994年和1997年）；一本懷特傳記（2000年）以及不計其數的報紙文章和大眾雜誌文章。這一切讓懷特遙遙領先於其他任何澳大利亞作家，除了一人之外，即麥卡洛。

一個有趣的現象是，除了在學術領域，考琳・麥卡洛在其他任何方面都打敗了懷特。她比懷特早三年來到中國：早在1983年，便出版了《荊棘鳥》（*The Thorn Birds*）的第一個中譯本。她還有5部小說出版，其中2006年一年內就出版了3本；[53]2篇碩士論文；24篇學術期刊文章。她最有影響的唯一一本書是《荊棘鳥》，

47 參見黃源深《澳大利亞文學論》，重慶：重慶出版社，1995年，第50頁。

48 這就好像說，自2012年莫言獲得諾貝爾文學獎，中國就進入了「莫言」時代一樣。

49 參見朱炯強、徐人望等譯《風暴眼》，桂林：漓江出版社，1986年。

50 這裡我們得回憶一下，懷特是怎樣拒絕前往斯德哥爾摩領獎，薩特（Sartre）又是怎樣拒絕了該獎的。我們得記住懷特自己在給胡文仲的信中說過的話：「有些人誤以為諾貝爾獎得主身上有某種魔力。」引自胡文仲《我所瞭解的懷特》，《澳大利亞文學論集》，北京：外語教學與研究出版社，1994年，第142頁。

51 根據中國知網（CNKI）「主題」小欄目中文搜索，該網站是中國最大的論文資料庫之一。英文搜索得到了44個條目。

52 即《風暴眼》（1986年）、《人樹》（*The Tree of Man*）（1990年）、《乘戰車的人》（*Riders in the Chariot*）（1997年）、《探險家沃斯》（1991年和2000年）、《樹葉裙》（1997年）和《鏡中瑕疵》（*Flaws in the Glass*）（1998年）。

53 即《荊棘鳥》（1983年）、《特洛伊之歌》（*The Song of Troy*）（2000年）、《呼喚》（*The Touch*）（2006年）、《摩根的旅程》（*Morgan's Run*）（2006年）和《愷撒大傳：十月馬》（*Julius Caesar*）（2006年）。

此書在1983年印了195,000冊，在封面上還被比作《飄》（*Gone with the Wind*）。1990年，另一個版本又印了30,000冊，該版本在1997年再次印了10,000冊。該書的英文原版還被加上注釋出版，作為中國學生學習英語的教材。[54]《荊棘鳥》僅一本書便招來250篇已發表的學術文章。更有甚者，最近還出了個《荊棘鳥》的「典藏版」。[55]如果我們只看市場情況，那就不能不把這個時代叫作「麥卡洛時代」了。

新的趨勢與發展（21世紀）

在全球化的新時期，中國比以往任何時候都更加需要引進各種各樣的澳大利亞文學，而不僅僅是「白」和「麥」。確實，中國在21世紀出現了大量澳大利亞文學作品譯作，數量越來越多，主要可分三類：兒童文學、多元文化寫作（包括土著寫作）和移民寫作，以及大眾文學（包括言情小說、驚悚小說和人物傳記）。

兒童文學

澳大利亞兒童文學在中國最早的例子，是諸如柯林・梯爾（Colin Thiele）的《風暴男孩》（*Storm Boy*）這樣的書，中譯成《小風雨》，1979年在中國出版。據該書譯者喜雨亭說，他1978年訪澳期間，一位澳大利亞朋友把這本書送給他，書中描寫的那些「勤勞、勇敢、無私、正直、純樸、善良」的人們給他留下了深刻印象。此外，這本書自1963年第一次出版以來，到1976年，總共再版了12次。[56]接著，1983年，大衛・馬丁

54 參見侯勇注釋，科林・麥卡洛：《荊棘鳥》，北京：外語教學與研究出版社，1994年。（作為教材的英文版）

55 考琳・麥卡洛，《荊棘鳥》（十周年典藏紀念版），曾胡譯，南京：譯林出版社，2008年。

56 喜雨亭，《前言》。柯林・梯勒，《小風雨》，北京：人民文學出版社，1979年，第1-2頁。

（David Martin）的《淘金淚》（*The Chinese Boy*）中譯本出版。1985年，艾倫・馬歇爾（Alan Marshall）的《我能跳過水窪》（*I Can Jump Puddles*）也出版了中譯本。[57]在中文的作者生平簡介中，馬丁被介紹成一個「對中國人民懷有友好的感情，反對西方某些人對中國人的謬誤看法」的人，「一位嚴肅的現實主義作家，他的作品值得介紹給中國讀者」。[58]艾倫・馬歇爾則被譯者形容為「獨樹一幟」，因為「正當西方小說充斥著『畸形的人物』和『扭曲的心靈』，正當現代主義作家熱衷於刻畫所謂『人的空虛、絕望和無能為力』時」，他卻「以挖掘人的心靈深處的美德、歌頌人的力量和勇氣為己任」。[59]

1996年，艾瑟爾・特納（Ethel Turner）的《七個澳大利亞小孩》（*Seven Little Australians*），作為《澳大利亞名著叢書》中的一本，出版了中譯本並獲得澳中理事會的資助。該書沒有任何譯者序或譯後記，[60]但有趣的是，書後的封套內邊上有一段話，強調了此書的傑出資料：自從「1893年」第一次出版以來，[61]已經「再版50次」，賣出「兩百多萬冊」，還被譯成十餘種外語。[62]同樣有趣的是，原書名中的「澳大利亞人」（Australians）從譯本書名中消失，標題變成了《七個小淘氣》。顯然，一國的身分在另一國眼中與其毫不相干。

57 該書出版了兩次：1985年，江蘇少年兒童出版社；2004年，人民文學出版社。

58 作者不詳，《作者生平簡介》。大衛・馬丁，《淘金淚》，李志良譯。北京：中國文聯出版社，1984年，無頁碼。

59 黃源深、陳士龍，《前言》。艾倫・馬歇爾，《我能跳過水窪》，黃源深、陳士龍譯。北京：人民文學出版社，2004年，第2頁。

60 這種譯後記傳統在翻譯嚴肅文學作品時仍然盛行。比如，本人出版傑梅茵・格里爾的《女太監》（*The Female Eunuch*）和《完整的女人》（*The Whole Woman*），【插圖36：歐陽昱中譯格里爾《完整的女人》封面。】以及大衛・馬婁夫《飛去吧，彼得》（*Fly Away, Peter*）的中譯本時，在前言中表達了自己對這些作品的看法，並討論了一些與翻譯相關的問題。

61 實際出版時間是1894年。

62 參見李軼群譯，特納，《七個小淘氣》。北京：中國文學出版社，1996年，書後封套內邊。

多元文化文學

從最初到達中國時開始，澳大利亞文學在文化上就是多元的，本質上是移民文學，只不過沒有這麼叫罷了。只要稍微一想，頭腦中就會出現許多名字：1831年從倫敦移民來的羅爾夫・博爾德伍德（Rolf Bolderwood）；1863年來自倫敦的馬庫斯・克拉克，其父是挪威人，母親是澳大利亞人；1978年第一次被介紹到中國，出版了一本短篇小說集的亨利・勞森；出生于倫敦，父母均為澳大利亞人的派翠克・懷特；米拉・阿卜杜拉（Mena Abdullah）；E・A・戈爾舍夫斯基（E. A. Gollschevsky）；[63]父母都是波蘭猶太人的莫里斯・盧裡（Morris Lurie）；來自特立尼達和多巴哥的拉爾夫・德・布瓦西埃；原籍匈牙利的大衛・馬丁；父母是俄國猶太人的朱達・沃頓；蘇格蘭人後裔，後嫁了日本人的伊莉莎白・香田（Elizabeth Kata）；父親是阿爾巴尼亞人，母親是澳大利亞人的亞歷山大・布佐（Alexander Buzo）；「父親是黎巴嫩基督徒，母親是英國猶太人、葡萄牙後裔」的大衛・馬婁夫（David Malouf），[64]以及1952年左右從倫敦移民來澳的阿列克斯・米勒（Alex Miller）。【插圖23：歐陽昱2013年2月在澳洲的Castlemaine與Alex Miller在他家門口合影。自1987年以來，歐陽和Alex的友情，一直持續了26年。】

從20世紀90年代開始，亞裔或混血亞裔的澳大利亞作家被介紹到中國，其中包括布萊恩・卡斯楚的《候鳥》（*Birds of Passage*）、《中國之後》（*After China*）以及張思敏的《愛之眩暈》（*Love and Vertigo*）（2003年

63 阿卜杜拉與戈爾舍夫斯基兩人引自胡文仲《澳大利亞文學論集》。北京：外語教學與研究出版社，1994年，第175頁，但該書並未給出兩人中譯本的出版日期。在Austlit網站上至今仍找不到戈爾舍夫斯基（2009-2-20）。

64 參見維琪百科（Wikipedia）詞條：http://en.wikipedia.org/wiki/David_Malouf（2009-2-20）

在中國出版）。

在中國，澳大利亞土著文學處於邊緣地位，但也在發展之中。最早譯成中文的書中有一本斯瑞登・博澤奇（Sreten Bozic，即B・汪嘎）和艾倫・馬歇爾的合著，名為《澳大利亞神話與傳說》。實際上，這個書名是錯誤的，因為原書英文標題是《土著神話》（*Aboriginal Myths*），這一改動表明，中國人對土著特性缺乏瞭解。[65]不久之後，土著作家凱絲・沃克（又名Oodgeroo Noonuccal，即烏吉魯・奴納柯爾）的一本中英對照的雙語詩集《凱絲・沃克在中國》（*Kath Walker in China*）於1988年在中國出版。[66]

澳大利亞大眾文學

從世紀之交開始，中國已經成了澳大利亞暢銷言情小說、驚悚小說、自傳和人物傳記的最大消費國之一。只需提一下書名、作者和出版年份便可見一斑：考琳・麥卡洛的《特洛伊之歌》（*The Song of Troy*）（2000年）；馬修・雷利（Matthew Reilly）的《冰站》（*Ice Station*）（2001年）；馬克斯・朱薩克（Markus Zusak）的《傳信人》（*I Am the Messenger*）（2008年）；還有李存信（Li Cunxin）的《毛的最後一個舞者》（*Mao's Last Dancer*）（2007年）。在中國讀者面前，雷利的《冰站》被介紹成「在閱讀中你總是不能罷手，彷彿書上有膠水一般將你粘住……也暴露出了一些可愛的小錯誤」，[67]而李存信的書則被換了一個中文標題，成了《舞遍全球：從鄉村少年到芭蕾巨星的傳奇》。[68]

65 參見博澤奇、馬歇爾著，《澳大利亞神話與傳說》，李更新譯。北京：北京語言學院出版社，1987年。（請注意，相對應的英文書名是*Aboriginal Myths*）。

66 由國際文化出版公司（北京）與Jacaranda出版社聯合出版。

67 參見林明《冰天雪地裡的生死較量》。雷利，《冰站》，吳南松、劉曉麗、金兵譯。南京：譯林出版社，2001年，第1-5頁。

68 參見李存信，《舞遍全球：從鄉村少年到芭蕾巨星的傳奇》，王曉雨譯。上海：文匯出版社，2007年，封面。

最有意思的是，有家中國出版社為了提高一部澳大利亞作品的吸引力，就照著《達・芬奇密碼》的標題，把該書中文書名改成了《畢卡索密碼》。這本書便是《很久前夢到的故事》（*A Story Dreamt Long Ago*）（2008年），作者是菲莉絲・麥克達夫（Phyllis McDuff），一位澳大利亞流行作家。[69]

也許在普及澳大利亞文學方面所做過的最成功的嘗試，是把一本不錯的讀物縮寫成簡寫本，供青少年讀者閱讀，這便是孫紹振所做的工作。他編了一個《荊棘鳥》的編輯本，改動如此之大，以至於該書看起來更像課本，而不像小說。此書目錄被安排成「人物」、「景物」、「對話」和「議論」，確實很符合這一叢書的總標題，即「世界百部文學名著速讀」。[70]

詩歌緩慢抵達（20世紀90年代與21世紀頭10年）

澳大利亞詩歌在中國並不多見，儘管也有少量詩集出版，主要集中在上世紀90年代，包括《澳大利亞名詩一百首》（1992年）、《澳大利亞抒情詩選》（1992年）、《澳新當代詩選》（1993年）以及《羅伯特・格雷詩選》（2004年），最後這本也許是唯獨的一本詩人單本集。21世紀頭10年只有唯一一本漢譯澳大利亞詩集出版，即約翰・金塞拉（John Kinsella）與歐陽昱合編，歐陽昱單譯成漢語的《當代澳大利亞詩歌選》。還有一些其他的澳大利亞詩歌散見於各種選集與雜誌，因為數量太多，恕不在此一一列舉。

69 參見麥克達夫，《畢卡索密碼》，周鷹譯。汕頭：汕頭大學出版社，2008年。
70 孫紹振主編，《世界百部文學名著速讀：荊棘鳥》。福州：海峽文藝出版社，2002年。

結語

一個世紀過去了，如今我們已走完整整一圈，從布斯比到麥卡洛，從最初四位詩人到最近選集中的100位詩人。在中國，澳大利亞文學的發展超過了以往任何時期，形勢越來越好，可說是出現了一種「百花齊放」的局面。而且，許多邁爾斯・佛蘭克林獎（MFA）獲獎作品已被譯成中文出版，其規模前所未有，如《祖先遊戲》（*The Ancestor Game*）（1995年）、【插圖35：歐陽昱中譯米勒長篇小說《祖先遊戲》（1996年臺灣出版）封面。】《蘿拉》（*Tirra Lirra by the River*）（1996年）、《奧斯卡與露辛達》（*Oscar and Lucinda*）（1998年）、《心中的明天》（*Benang from the Heart*）（2003年）、《桉樹》（*Eucalyptus*）（2006年）和《安娜貝爾和博》（*Journey to the Stone Country*）（2007年）。迄今為止，在澳大利亞大眾文學湧入中國市場所形成的競爭中，尚不用擔心有任何好作品缺席。事實上，上海對外貿易學院（現已改名為上海對外經貿大學）已於2007年啟動「澳大利亞文學名著翻譯項目」，獲得澳大利亞方面的資助並將以下作品譯成中文出版：[71]

作者	作品	英文出版年份
湯瑪斯・基尼利（Thomas Keneally）	《三呼聖靈》（*Three Cheers for the Paraclete*）	1968年（2010在中國出版）
蒂姆・溫頓（Tim Winton）	《淺灘》（*Shallows*）	1984年（2010在中國出版）

71 這一項目中文名稱為「澳大利亞文學名著翻譯項目」。參見以下網站上的中文報導與圖片：http://www.shift.edu.cn/home/siftasc/documents/translationworks.html

阿爾奇·韋勒（Archie Weller）	《狗的風光日子》（*The Day of the Dog*）	1984年（2010中國出版）
伊莉莎白·喬利（Elizabeth Jolley）	《井》（*The Well*）	1986年（2010中國出版）
大衛·馬婁夫（David Malouf）	《偉大的世界》（*The Great World*）	1990年（2010中國出版）
克里斯多夫·科克（Christopher Koch）	《通往戰爭的公路》（*Highways to a War*）	1996年（2010中國出版）
彼得·凱裡（Peter Carey）	《傑克·麥格斯》（*Jack Maggs*）	1997年（2010中國出版）
西婭·阿斯特利（Thea Astley）	《旱土》（*Drylands*）	1999年（2010中國出版）
弗蘭克·莫爾豪斯（Frank Moorhouse）	《黑暗的宮殿》（*Dark Palace*）	2000年（2010中國出版）
布賴恩·卡斯楚（Brian Castro）	《上海舞》（*Shanghai Dancing*）	2003年（2010中國出版）

[72]

中國人也開始給澳大利亞作家頒獎。2009年，阿列克斯·米勒成為第一個獲中國文學獎的澳大利亞作家，他的小說《別了，那道風景》（*The Landscape of Farewell*）在北京獲得了「21世紀年度最佳外國小說

[72] 關於這是本書在中國出版的最新資料，是歐陽昱在梁余晶翻譯之後添加的，特此注明。由此表一覽可知，澳大利亞嚴肅文學書籍在中國的出版，最長間隔32年，最短也間隔7年。

獎」。[73]有篇中文報導談到，該書是一部「主題凝重、充滿哲思」的作品。[74]米勒獲得該獎，幾乎等於沒花澳大利亞的錢便贏得了中國。[75]也許，在不遠的將來，羊毛、鐵礦石和澳大利亞文學會成為澳大利亞出口中國的三大主要產品，誰知道呢？

73 參見博客：http://www.boomerangbooks.com.au/blog/tag/oe-kenzaburo（2009-2-24）

74 參見孫小甯，《「21世紀年度最佳外國小說獎」擴充新語種》，2009年1月21日發表（2009-2-24）。

75 請別忘記，2007年，這一中國獎項授予了法國作家勒・克萊齊奧（Jean-Marie Le Clezio），此人隨後便獲得了諾貝爾文學獎。參見博客：http://www.boomerangbooks.com.au/blog/tag/oe-kenzaburo（2009-2-24）

第二章　澳華文學與中澳文學關係[1]

本章把近年崛起的澳大利亞的華人華文學作為中澳文學關係的一個領域來考察。它首先遭遇、並將在下面的考察過程中始終伴隨的一個基本問題，就是如何定位這種文學。它是澳大利亞文學的一部分嗎——從其寫作主體的空間存在、主要的經驗題材的選擇，以及所在國澳大利亞接納「多元文化寫作」的開放標準來看，這毫無疑問；還是，它僅僅是中國文學的延伸——從其主要使用中文並深度依賴于中國文學界的傳播、編選和評價來看，這也並非無據；或者，它兩者都不是？沒有一方能夠完全把它看作是自己文學中熟悉的主流的一部分，然而又沒有一方認為它與己無關，沒有任何一方否認它包含著有助於擴展自身文學版圖和豐富其文學成就的藝術潛能。

因而，這一問題本身便使澳華文學成為觀察兩國文學關係新變化的一個奇異的視點。它對兩國文學主流傳統的文學主題、藝術特色的吸收和差異可能是各不對等的。甚至，假如寫作主體的空間寄屬、經驗題材或者語種運用等多種要素都難以單獨地或共同地決定它的屬性，它還可能屬於「第三種」東西，通過構築它和前兩者的並非必然平行的差異關係，它也成為中澳兩方的一個特定角度的折射？無論如何，成長中的澳華文

[1] 本文作者為深圳大學中文系教授錢超英。

學，在很大程度上就是以它對兩國文學理解的「純粹性」的必然「拖累」，和對兩國文學關係的簡化理解的抗拒，而獲得獨特意義的。

澳華移民與澳華文學概況

1848年，即中英鴉片戰爭後的第8年，第一批有明確文獻記載的中國人以契約勞工的身分被用輪船運抵澳大利亞。據西方歷史資料記載，早期到達澳大利亞的「這類苦力是從中國農民的低下階層中招來的；他們體力不佳，品質低劣」。[2]他們大部分來自廣東凋敝中的農村地區。隨著1851年澳大利亞發現金礦，更多省份的中國勞工被各種開發公司和勞務公司招往「新金山」（區別于稍早於澳大利亞發現金礦的北美「三藩市」）從事淘金其他城鄉基建開發。這個「淘金時代」抵達澳大利亞的華人人數最多時達到4至5萬人。

與此同時，不同來源國的移民和勞工因資源爭奪和文化矛盾，引起了排華運動。澳大利亞各殖民區相繼通過了限制中國人入境的法例，這與北美的情況如出一轍：加拿大殖民當局曾向入境的中國移民開徵歧視性的人頭稅，[3]美國19世紀後期六個最大的商業公司所引進過的「中國苦力」成為白人發洩社會不滿的目標，並促使美國政府於1884年通過了一項廣泛禁止中國人移居美國的法案。史景遷（Jonathan Spence）說：「這是美國歷史上第一次以立法的形式做不利於其他人民的事。」[4]同樣的評價幾乎可以一字不易地移用到澳大

2 C・Y・蔡《中國人在澳大利亞的移植和定居》，悉尼大學出版社，1975年，中文譯文參見《華工出國史料彙編》（第八輯「大洋洲華工」）商務印書館，北京，1984年，第5頁。

3 法新社消息《加總理反對就人頭稅向華人賠償》，《參考消息》，北京，2006年4月20日第8版。

4 [美]史景遷（Jonathan D. Spence）《文化類同與文化利用——世界文化總體中對話中的中國形象（北大講演錄）》，北京大學出版社，1990年

利亞的早期政治史上。澳大利亞聯邦幾乎是在立國的同時開始執行「白澳政策」（White Australia Policy），利用過境稅、英語測試等手法限制外來人民的進入，首先針對的就是被白人輿論視為「半人半獸的東西，匍匐在地的可憐蟲，浸透了鴉片，腐化墮落，愚昧無知而且迷信」、「連觸摸一下都會污染一個自由而進步的種族的女兒」的華人，[5]這一政策導致澳大利亞境內華人很快大批離散，幾近絕跡。華人移民的進入在二戰之後才逐步恢復，到20世紀1970年代「白澳政策」廢止後，才形成一定的常態規模。20世紀八、九十年代之交開始出現的一個新變化是湧現了來自中國大陸城市的較高學歷的移民，他們先以「留學生」（攻讀大專院校或語言學校）的臨時身分來澳，經過了歷時8至10年，即涵蓋澳大利亞三屆政府（鮑勃・霍克、保羅・基廷和約翰・霍華德分任總理）治下的漫長時期爭取居留運動的身分動盪，才終於完成在澳定居，成為「淘金時代以來最大的一波」當代華人移民潮，這一波移民潮其後又引領了更多中國大陸的親屬和商務、投資移民進入澳大利亞，從而大大更新了澳華移民的背景地圖。在這種背景下，華人社區的文化資源在90年代以來獲得了明顯的豐富，促成了華人文學繁盛一時的局面。可以說，華人移民成份的轉變對澳華文學在全球華語世界的崛起，產生了決定性的影響。

悉尼大學華裔學者陳順妍（Mable Lee）教授，在1997年8月向第15屆國際比較文學大會提交的論文《華人作家：崛起于澳大利亞文學的新聲》中指出，與這批中國大陸的新來者相較，來自香港、臺灣和其他地區的華人移民在澳大利亞的存在，更多體現在生意的成功上，而「沒有如此高度集中的學術性、新聞性和想像性的作者群」。[6]澳華文學迄今已和北美等其他地區一併成為華文世界的重要「板塊」。直至上世紀90年

---

[5] 轉引自[澳]歐陽昱《澳大利亞文學中的華人形象》，語出當年作為澳大利亞「民族文學」標誌的《公報》雜誌。見《大世界》月刊，悉尼，1992年第7期，第9頁。

[6] Mabel Lee,「Chinese Writers in Australia」, *Meanjin*, Vol. 57, No, 3, 1998, p. 579.

代，我國大陸內外出版的海外文學史著、概觀和論集中，有關澳華文學的內容很少甚至基本闕如，但這種情況現今已澈底改觀。不僅已有大量澳華寫作的綜合性選本、個人結集、長篇單行本、叢書和研究資料集在澳、中（大陸和港臺地區）以及世界其他區域出版、流傳，而且此領域的碩博士論文（中文和英文）也時有出現。[7] 澳華文學及其批評已經成為全球華語世界不可忽略的重要現象。

儘管澳大利亞的華人移民史和今日幾個作為主要華人移居地的新興西方國家的華人史有同等的世界背景和歷史時程，但澳大利亞華人文學在20世紀80年代以前卻相當薄弱，也沒有成為中澳任何一方重視的現象。我國有研究者記載，早期赴澳華工在其勞作居停之處留下了一些刻在石壁上的詩文，表達的是「萬里河山棄雙親」，「對月吟哦事可憐」的情感，和他日可以離棄這「可恨的蠻邦異族」、回歸故里的盼望。[8] 近代革命時期，梁啟超曾往澳大利亞主要城市宣傳革命和募集經費，受到華人社區的歡迎，但收穫極為有限，由此激發的文化表達也不多。20世紀中後期，華文媒體先後出現過一些出自大陸解放前後延至六、七十年代從港臺地區移居澳國的學者、商業世家的史述、回憶錄、舊體詩等，如劉渭平的華人移民文章、李承基對上海先施公司演變和個人從商的回憶，從越南轉居澳國的華人趙大鈍的詩詞，以及其他在澳國安定居住有年的移民後代的散文等。從80年代開始，原先作為印度支那地區難民移居墨爾本的華文作家心水開始用多部（篇）華文小說作品記錄了那段「怒海驚魂」的悲劇。就從華文文學角度而言，八、九十年代之交以前的澳華寫作雖有一些特色作品，但更多的原非想像性的藝術創構，或者出自比較古雅的體式，文風一般也比較散淡，與當

7 已知者包括：錢超英《「詩人」之「死」：一個時代的隱喻——1988至1998年間澳大利亞新華人文學中的身分焦慮》中國社會科學出版社，2000年版。（另有配套資料集《澳大利亞新華人文學及文化研究資料選》中國美術學院出版社2002年）。莊偉傑在福建完成了另一部有關澳華文學的博士學位論著《尋夢與鏡像——多元語境中澳大利亞華文文學當代性解說》，福建師範大學，2003年；劉熙讓：*Chinese-Australian Fiction: A Hybrid Narrative of the Chinese Diaspora in Australia*⊠澳大利亞塔斯馬尼亞大學，2006年。

8 賴伯疆，《海外華文文學概觀》。花城出版社，1991年，第286頁。

代文學的主題關切和風格探索較為疏遠，在世界華人華文世界的影響相對有限。這一情況直至20世紀80年代末「新華人」群體的大批抵達才顯著改觀。

1988年初，來自北京的留學生李瑋所寫的《留學生日記》在悉尼連載，成為新華人文化表達活動開端的一個顯著標誌。雖然它那報導式筆法比較平實，但由於首次集中記載大陸「留學生」在澳早期生活、工作的切身體驗，激起了華人讀者延續數月的強烈反響，其中的不少感受、觀點（如大陸精英心態）引起了其他背景華人移民的批評，由此激起了不同移民群體的對辯，成為大陸「留學生」和傳統移民、非大陸華人移民經歷迥異、文化身分有別和觀感方式不同的早期例證。

1991年，在澳大利亞留學打工數年複又返回中國的作家劉觀德創作的中篇小說《我的財富在澳洲》由上海文藝出版社出版了單行本，此前及此後，它已被中外多家報刊轉載，這是第一本風格突出、敘述技巧講究、有較高藝術性的澳華長篇，中國大陸評論界視之為新時期的海外知青「洋插隊」代表作，而就其主題思想國內和海外評價則頗為分歧，這使該作品成為新時期「新華人」（或「新移民」）題材最早為漢語文學界所廣泛知悉的作品。

1993年10月8日，著名詩人顧城在澳大利亞南鄰新西蘭的激流島（威赫克島）以斧頭擊殺妻子並自縊身亡，這一消息，連同後來在大陸出版的顧城遺作《英兒》，在澳大利亞新華人的文學想像和文化表達中喚起廣泛的感應；另一方面，小說故事的一個主角原型人物後來又移居澳大利亞悉尼並參與當地文學活動，持續引起爭論。

1994年初，赴澳前曾任上海《文匯報》「筆會」副刊編輯的女作家施國英一篇關於性和婚姻問題的隨筆，因含有從中國男人中獲得的性滿足不如西人的文字，而在澳大利亞內外的華洋輿論界激起軒然大波，引發了持續數年的舌戰和筆戰，並吸引過包括法新社、澳聯社、香港、臺灣和新加坡等地傳媒的報導，並在美國華人中引起討論。施國英幾乎同時發表的中篇小說《錯愛》也頗有影響。

1995年12月，八位男性「留學生」作者聯合出版了題為《悉尼八怪》的雜文集，曾任駐華使館文化參贊的澳大利亞作家和漢學家尼古拉斯·周思為之寫序作評，稱這些雜文為「一系列跨越文化的實際活動的快照」，「向世界展示了一個獨特的難以捉摸的微笑——一個中國人在困境中所能展示的微笑，它隱藏著更為複雜的情感：順從、苦楚、懷舊、玩世不恭與憤世嫉俗」。[9]

1996年1月28日，一項國際性的文學活動——「悉尼作家節」，為《紙上的腳印－澳大利亞中英文雙語詩歌散文集》一書舉行了首發式，這本書選編譯介了30位元華洋作者的作品，以中英文雙語對照合印，其中約10名作者屬於來自中國大陸的「新華人」。此後的多屆「悉尼作家節」都特備有關中國作家和在澳華人作家的內容。

1994年下半年，居於墨爾本的歐陽昱博士等創辦了純文學雜誌《原鄉》（*Otherland*），【插圖28：《原鄉》第一期封面。】【插圖29：《原鄉》第一期封底。】這份極具主編者兼主要作者個人風格的雜誌存續至今。由於其跨語種（中英文）的編排方式和涉及到中國、澳大利亞和其他國家的的稿源範圍，以及其「後現代」的風格取向，它對華人文學的傳播起了相當的樞紐作用，歐陽昱也有大量作品用英語出版，如約三千行的英文長詩《最後一個中國詩人的歌》（*The Songs of the Last Chinese Poet*）以尖銳的自嘲與嘲人相結合的手法探索了「新華人」在西方社會中文化身分的高度混亂，揭示了國際移民運動在其文化心理上的代價，有的英文評論視之為澳大利亞文學中具有「《荒原》」品質的作品。[10]

---

9 [澳]尼古拉斯·周思：《序》。見《悉尼八怪》（大陸、阿忠、高甯、袁瑋、釣鼇客、超一[趙川]、楚雷、蓮花一詠著），墨盈創作室，悉尼，1995年，第3頁。

10 John Mclaren,「Introduction」to Ouyang Yu's *Songs of the Last Chinese Poet*, Wild Peony, 1997.

1996年，桑曄的長篇紀實作品《龍來的這一年》（*The Year the Dragon Came*）由昆士蘭大學出版社用英語出版，這位曾經在中國改革開放的新時期與張辛欣合作過紀實小說《北京人》的作家，因著力記述「新華人」湧入澳大利亞後呈現的嚴酷複雜的生態和激烈動盪的心態，而在澳大利亞主流社會文學界讀者中享有聲譽。

1998年，九位「留學生」女小說家的作品合集《她們沒有愛情》在悉尼出版，悉尼大學亞洲研究中心的蕭虹博士（Lily Xiao Hong Lee）在該書序文中認為，它顯示了新華人的創作「在短短的時間內就飛躍過」了中國當代文學在改革開放後受西方思潮影響形成的多個階段，反映了直接處身於西方社會下當代中國青年艱難的、衝突的文化選擇。[11]

90年代後期和新世紀之交，隨著作為「新華人」的原留學生群體定居，在澳國社會生活面的實際開拓，爭取居留時期精神激蕩的文學經驗在結出文學果實的同時面臨沉澱和調整，一系列以悉尼為基地的原創報刊停辦或易手，華文創作的核心平臺一度從人口聚居最多的東南中心城市悉尼轉移到南部另一中心墨爾本，有影響的華人華文新作力作仍時有出現。進入新世紀後，悉尼華人何與懷（原廣州外語大學教師，新西蘭文學博士，曾有著作在美國出版）通過主編《澳大利亞新報》的「澳華新文苑」副刊和澳華新文苑叢書，為澳國、新西蘭華文學提供了新的傳播平臺，他的相容並包的編輯方針也反映了不同背景的華人移民經驗的融合，何與懷本人的批評寫作及其在中澳兩地頻繁的文化活動，也促進了華澳文學的雙向交流，成為澳華文學進入新階段的標誌。目前澳華文學的創作和傳播活動中心呈現為悉尼、墨爾本雙城並駕齊驅之勢，而首都區坎培拉、東部布里斯班、南澳阿德萊德、西部帕斯等城市也有華人文學現象。澳華寫作與新西蘭的華人文學活動互有呼應，在作者身分和媒介平臺等方面交相滲透和密切影響，而以澳大利亞的成果為豐。

11　［澳］蕭虹：《序》，見《她們沒有愛情——悉尼華文女作家小說集》（千波、小雨、王世彥、西貝、林達、施國英、莫夢、淩之、畢熙燕著），墨盈創作室，悉尼，1998年，第2頁。

另一方面，90年代形成的這一新階段也在批評界和學術研究界有所反映。錢超英的《「詩人」之「死」：一個時代的隱喻——澳大利亞新華人文學中的身分焦慮》是首部出版的這一方面的研究論著，結合了文化研究和後現代批評的視野，使澳華文學成為了其眼中的「全球流散文學」研究的一個重要案例；其後另有從澳大利亞返回中國的莊偉傑於2003年在福建完成了另一部有關澳華文學的博士學位論著《尋夢與鏡像——多元語境中澳大利亞華文文學當代性解說》，而澳大利亞塔斯馬尼亞大學的文學博士、本身就是澳華長篇小說作者的墨爾本作家劉熙讓（劉奧）也完成了研究澳華小說文化混雜性的博士論文（*Chinese-Australian Fiction: A Hybrid Narrative of the Chinese Diaspora in Australia*），這些有待完整出版的著述正在章節整理而成的論文方式在學界流傳。此外，獲得悉尼理工大學博士學位的朱大可轉赴上海同濟大學文化研究所任職該所所長後，以其在澳完成並據以取得悉尼科技大學中國學博士學位的論文為基礎，改編出版了《流氓的盛宴》等著作，延伸了他在赴澳期間持續進行的「流氓」研究和社會文化批判；歐陽昱則一度在武漢大學英語系作為客座教授（2005-2008）任教，也以新的方式參與了中澳文學包括澳華文學的學術交流。

澳華文學的特色及其與中國大陸文學的關係

從上所述，澳華文學自上世紀八、九十年代之交隨著中國大陸背景移民的抵達而驟然繁盛，而且這個背景的新移民在寫作者群體占很大比例，又加上澳華文學大部分屬於漢語寫作，因此毫不奇怪，新近的澳華文學有很強的中國大陸大學的「底色」，在主題、題材、敘述手法、語言風格、象徵意象等方面與中國大陸文學的影響息息相關，甚至很多作者的作品或者同時在澳大利亞和中港臺漢語區發表，或者最先在中國發表才被澳大利亞讀者後知（如劉觀德的《我的財富在澳洲》等），而中國大陸的文學研究學科體制也使不少研究、批評把包括澳大利亞在內的「海外華文文學」當作「中國現當代文學」項下的一個分支來處理。然而，把澳華文學看作中國當代文學的直接延伸和簡單複製並不確切。這種看法容易導致忽略澳華文學的一個重要基礎——華人移民在澳大利亞特殊社會文化環境下的經驗壓力和創造需求。一方面，這種經驗壓力和創造需求使澳華文學呈現出主題上、風格上的特點，另一方面，中國大陸文學（連同其吸收、轉運的西方影響）的很多元素則被澳華文學作了有特色的借用和混合，這使澳華文學形成了某種自己的特色。

特色之一：對身分焦慮的突出表達。

澳華新移民在八、九十年代的爭取居留運動延續了8至10年，這些年份覆蓋了澳大利亞三屆政府（工黨的霍克政府、基廷政府、和自由黨的霍華德政府）的執政時期，這使當代澳華新移民群體在生成時期就持續面對一種身分漂泊的危機處境，這構成了他們身分認知的重要基礎。這一時期又是世界產業轉型、各國政治經濟風雲激蕩、文化思潮混雜激變的時期，新移民隨時面對澳國政府對其簽證失效和非法工作的追捕，又必須為償付所欠大陸親友的「留學債務」和所在國高昂的生活開支而掙扎于底層勞工的生存競爭，這使許多在中國原屬於大中專學生、甚至是屬於已有某種社會地位的知識份子階層的新移民體驗到一個非主流世界的外來移民，在西方「多元文化」社會裡作為一個邊緣化群體的處境。對他們許多人來說，那一段動盪、焦慮、懸隔、錯置，必須隱姓埋名，保密國籍，忘卻自尊，掙扎求存，比「二等公民」還等而下之的「黑民」歲月構成了他們「集體記憶」深處長久不滅的灼痛，構成了他們面對理想與現實恒久疑難的經驗背景，構成了深刻改變他們的世界認知和文化態度並影響其身分意識的重要基礎。從劉觀德的「吃不著苦的苦比吃苦的苦還要的苦」的「五苦論」（《我的財富在澳洲》）開始，澳華文學便以各種題材（如有關打工的、居留的、賭博的、性和種族關係的）故事，述說一個或隱或顯的「身分」主題，而這一主題常常表達出對身分危機、身分轉換、身分碎片化和文化混雜的不安經驗。這種經驗，假如向近現代中國文學追溯的話，人們會發現和現代時早期的海外留學故事（如《苦學生》等）有一定的類似性和繼承性，但它又顯然無法脫離新移民的澳大利亞經驗——區別於現代史早期以海外之苦來反證回歸指向的表達傳統，現代澳華文學更多承擔的是「無家可歸」的心理經驗，由此選擇導致的疏離、混淆、無可如何的文化身分處境作為澳華文學的隱秘基礎，被如此表達在墨爾本文學雜誌《原鄉》一篇對話體文章裡：

問：你覺得他們（來到澳大利亞的大陸中國人）還是中國人嗎？

答：他們很難定性，他們既非中國人，亦非澳大利亞人，他們是一種真空人，一種夾縫人，一種哪兒都不屬於的人，一種什麼都是又什麼都不是的人，一種澳中兩國都可以收歸國有又都可以棄之如敝屣的人，一種類似奸細的人，一種沒有歸屬感的人、被歷史掛起來的人，一種為哪方做事都有叛徒感覺，難以忠心耿耿的人，一種罵別人是種族主義者，自己也是種族主義者的人，一種連自己同種同族的人都無法容忍的人。

問：你覺得他們還有救嗎？

答：沒有。他們以為錢和性是他們的救星，其實那不是的。他們以為一個強大起來的中國會是他們的救星，那也不是的。我不知道還有什麼可以救他們。

問：也許文學會吧？

答：我不知道。[12]

12 雷切，《談詩對話錄》，《原鄉》文學雜誌，墨爾本，第2期，1996年，第171頁。

這個問題在這些新移民的學術論說家家中產生了一系列概念化的努力（有時通過理論表述，有時結合藝術形象），比如畢業于悉尼麥覺裡大學社會行為心理學專業的蒲瀟提出了「精神難民」（「生命目的意義上的失落」群體）的概念。[13]而著名評論家朱大可則使用（歷史文化意義上的）「流氓」概念來描述永久在「地上」流散的「失鄉－獲鄉者」。在詩歌中，它強烈地表達于歐陽昱約三千行的英文長詩《最後一個中國詩人的歌》：在一個個片段的場景中，這個「中國詩人」驕傲、自卑、激昂、沮喪、憤恨、幽默、反叛、退守，自我慶倖又自我哀憐，回顧和展望都惟餘茫茫。在一個「廢墟化」的意義世界，他的存在和身分歷險製造了更大的精神廢墟，最終只能憤然發出「西——方——將——會——勝——出」（The West Will Win）的黑色幽默式的吶喊。這首長詩在描述了傳統的、有固定身分的人的消失的同時，也同時宣告了這個「中國詩人」作為主體的終結。此外，歐陽昱的其他短詩，很多借用了中國古典詩歌的意象，但把它們編織進澳大利亞的經驗中，創造了一個怪異的時空錯亂、身分錯置的表達。

當我們考察澳華文學中的身分焦慮和荒誕主題的時候，不可否認，其之所以在大陸新移民作家那裡獲得了較尖銳和充分的表達，除了他們所得的澳大利亞經驗的直接壓力之外，中國大陸文學接受西方現代和後現代主義文學影響之後產生的感知方式和文學觀念在澳華新移民的文學創造中也留下了深重的痕跡。這個澳華文學集團的成員大部分在中國時即已開始文學寫作，有些還是中國當代文學變革浪潮中的重要成員（如曾居停澳國並與該國文學批評界和翻譯界有重要聯繫的顧城、楊煉等），有些則早已以文學批評寫作知名於中國大陸（如朱大可），更多的則原來至少是中國當代文學新潮的邊際成員，如歐陽昱、莊偉傑等和澳華生活有著實質聯繫的新移民詩人，他們在90年代初赴澳大利亞之前，就接受過從中國古詩到新時期朦朧詩的薰陶。

[13] [澳]蒲瀟，《我們的欲望－對我們這群人的另一種反醒》，《中國文摘》（悉尼），1992年5、6期合刊，11頁。另見錢超英編《澳大利亞新華人文學及文化研究資料選》，中國美術學院出版社，2002年，第118-121頁。

在澳華新移民作家的文學想像世界裡，澳大利亞經驗和他們作為中國知識精英對世界文化思潮的體驗相互融合。如果沒有中國大陸社會文化變遷的背景，則其澳大利亞寫作便無法獲得充分說明。他們中的有些人甚至是把澳大利亞經驗作為一個開放中的中國所面臨的身分問題來處理的，比如首次以博士論著來處理這個問題的錢超英，就力圖通過澳大利亞華人作家的身分問題，來體現「中國人面對當代世界的無限憂思」，並竭力「在海外華人文學和我們（中國人）的當下生活之間構築有力的對話關係」。[14]而朱大可的寫作則僅僅把澳大利亞新移民的經驗作為其中國－世界當代文化「流氓性」的一個相對更隱晦和間接的案例，[15]服務於其以中國為主要語境的批評實踐。

特色之二，對某些文學母題的開發和發展。

這裡的「文學母題」是指某種社會－文學共同經驗基礎上生成、對寫作想像有連帶影響或可作相互補充解釋的創構模型，具體可表現為某些選材傾向、表達模型和敘事元素等。某種文學是否形成有特色的母題是其是否發展到一定高度的指標，而不同的作家能否對這些母題不斷加入個人的創造性內涵，而又不為其所局限造成雷同，則是這種文學是否有發展活力的標誌。

在這方面，澳華文學可說是成果和問題並存。若暫且拋下其發展中面臨的問題，則人們首先不難發現某些頗有特色的母題。茲舉幾種：

14 錢超英《「詩人」之「死」：一個時代的隱喻——1988至1998年間澳大利亞新華人文學中的身分焦慮》中國社會科學出版社，2000年版封面「作品簡介」。

15 合參：朱大可《流氓的盛宴》，新星出版社2006年版；朱大可《我的流氓生涯》，見《中國留學生文學大系》（當代小說－日本大洋洲卷），上海文藝出版社2000年版。

有關居留的母題。由於前述爭取居留運動的長期影響，居留－漂泊是許多華人的痛切經驗，對澳華寫作具有巨大的激發、驅動和控制作用，因此成為非常普遍的取材源泉和故事框架，如劉奧《雲斷澳洲路》、《蹦極澳洲》、畢熙燕《綠卡夢》等。從一定角度上看，顧城和「雷米」合著的《英兒》也隱藏著這一母題；

有關賭博的母題。由於不少華人有參與賭場博彩這種在澳大利亞是合法的活動經驗，文學寫作中用賭博的情節來借喻人性迷失、人生無常的母題可見於各種風格迥異的作品，如李瑋《迷失的人性》，抗凝－林達的《最後一局》——這篇小說把賭博的母題轉換為一場棋局。

有關同性戀的母題。當代澳大利亞西人社會有濃烈的同性戀風氣，悉尼更是西方世界的「同性戀之都」之一。在此環境下的澳華創作中也逐漸產生了不少這種在中國大陸文學中相對罕見的故事，華人之間或華洋之間的同性戀成為部分澳華作家著意探索的一個新領域，如王世彥《哭泣的歌》、西貝《愛的迷惘》、沈志敏《蘭花手指》、歐陽昱《白鸚鵡花》、抗凝（林達）《女人的天空》等，都把澳華移民的經驗注入多少具有同性戀色彩的情節框架中加以展現。

有關「死亡」的母題。這個母題值得作特別的探討。「死亡」，因已被個別研究者所系統探析（錢超英《「詩人」之「死」：一個時代的隱喻》）而引人注意。事實上，如同前述各母題之間的關係那樣，死亡這個母題是緊密結合著其他母題而出現的。這裡試作一具體辨析。

張勁帆的短篇小說《西行》把這個母題和爭取在澳永久居留的主題結合在一起：女主角在一連串的申請、等待之後，收到的卻是移民局的無情裁決：因為她被發現患上了不治之症，所以不能被批准留在澳國。她開始了法律上訴。這是一個漫長、曲折和令人身心疲憊的過程。故事描寫了她貧困的生活，絕望的愛情，和她在病床上對移民局「好消息」的苦苦期盼。諷刺地，這彷彿已經成為她能夠戰勝疾病、生存下去的唯一支柱，似乎一旦她被獲准居留，全部生活就有了轉機和重生的意義。故事沒有說移民局給了她怎樣的答覆，因為她最後已不再需要那種看來遙不可及的恩准了……作品寫道，時間的拖延使她自動完成了在這塊土地上的「永久居留」：在夢幻中病故了。

另一位作者聞濤寫有一篇散文《接近死亡》，可以看作是張勁帆《西行》這類故事模式的參證：它想像「我」拋入到大海永不及岸的情境，除了求助於遙不可及的「上帝之手」的搭救以外，只能發現「死是那麼的安詳，就象活著一樣。……我終於明白了，什麼叫做世界的棄兒」。另一方面，歐陽昱在他的英文長詩《最後一個中國詩人的歌》中，則使用了鯨魚撲岸、垂死掙扎於海水的象徵來觸及同樣的母題，他並且這樣描述他所感應的移民生活，就是「不死地生活在一種死亡之中」（to be deathless while living a death）。而朱大可則借助對於顧城悲劇的闡釋，指出對於他所理解的華人「流走」命運而言，顧城提供了一個因缺乏超驗價值而毀棄於宿命的「死亡的寓言」。

就敘事類作品而言，把移民文學的死亡母題挖掘得最深刻的澳華作品是抗凝（林達）的中篇小說《天黑之前回家》。這篇小說和抗凝的其他作品一樣致力於探索「徹頭徹尾的外鄉人結構上的悲劇」。突出的是其死亡母題內在地貫穿於整個作品，和主人公為什麼要在澳大利亞居留下來的人生意義疑難緊張地攪纏在一起。這篇小說有一個奇異的情節：「我」這個留學生在中國的母親是一個法醫。她每天盡責地在解剖室檢驗每一具屍體的特徵，作出身分認定，考證有關它們死亡的錯綜複雜的原因和過程並編成與「事實」一一對應的檔案。「母親」醉心于這種研究，並且成果累累。如斯過了大半生之後，「母親」在一次解剖中，無意間把兩具同性別同年齡屍體上的標籤張冠李戴。母親的錯誤「使兩具千辛萬苦之後才被驗明正身的屍體再次失去身分。」這個錯誤忽然使母親感到這「如同把猴子的標籤貼在馬身上一樣有趣」，「母親」由此發現：

一個虛假的過去完全可以理直氣壯地代替一個真實的過去，一具毫無生命的屍體，叫什麼名字有什麼關係？既然死亡的事實不重要，結論會有多少重要性？[16]

於是，這個法醫界的模範工作者，就此開始經常性地故意把屍體的名字互相對換。這一個帶著陰森快意的文學玩笑，是作家提供的一個關於「身分錯置」的獨特象徵。死人之不能為自己說明身分，隱喻了所有活著的人的生存故事最終都將由別人任意注解而無緣自辯的可悲結局。這對一切試圖弄清人類當下生活經歷確切意義的「真理」探究進行了殘酷的嘲弄。這樣，作品中與之並行的另一條線索：這個母親的後代，一個中國留學生尋求在澳大利亞定居的種種奔走，就成為了一種茫然奔突的「偶然宿命」：「人通常要把程式全部走完才會死心」。而抗凝故事的哲學主題就是關於這種移民生活及其追求「喧嘩與騷動」背後的意義困惑。人的經歷之所以充滿混亂是因為其中的意義缺乏有效的解釋，缺乏解釋將進一步導致經歷的混亂。正是在這樣的意義上，她對那些「屍體」意象的反復呈示，才令有關「死亡」的問題具有了極度的嚴重性：無法為自己作出滿意解釋的人就是處在無名屍體那樣隨人搬弄、失去身分、任憑誤讀的狀態。這個嚴厲的象徵，構成了對一切活著並正在逝去的人生是否真有意義的重大質疑。於此，抗凝找到了一種藝術象徵的方式，去面對和力圖化解澳大利亞新移民生活的意義矛盾、文化混亂、身分焦慮帶來的沉重壓力。同時，這也豐富和深化了澳華文學中的死亡母題。

通過上面的敘述可見，上述諸種文學母題並不是完全分離和獨立的，它們作為單個母題類型的絕然抽象的存在只能出現在分析性的理論批評語境下，而在澳華文學生產的大批想像性作品中則常常是複雜地扭結、

[16] 此句引文作者沒有出處。我查了一下，是抗凝的《天黑之前回家》一文。見抗凝，《女人天空》。中國文聯出版社，2004年，第71頁，其中只有一句話與這段引文類似，即「一具沒有生命的屍體叫什麼又有什麼關係。」歐陽昱注。

絞纏在一起，而且對這些母題處理的成功程度也因人而異。但是指出這一點仍然是有意義的，即澳華寫作，如同其他文學的寫作一樣，不僅可以從獨創性的角度，而且也可以從彼此聯結的關聯結構的角度去闡釋，以探討是否有某種類似「傳統」的共同性正在其內部孕育延綿，或者它就是來自另一個更大的傳統，又或者，更大的可能是，它是對自身經驗的挖掘與對中外文學既有傳統、既有寫作成果的借鑒這兩者的混合。從這個角度看，澳華寫作在過去不到20年的繁盛期中形成的文學母題現象顯示：這種文學基於當代澳華生活經驗的創造性活力之餘，也累積著寫作傳統、「慣例」的生長潛勢，並為其與中外文學傳統之間的關係考察提供了空間。就前述的居留–漂泊母題而言，它深度植根于澳大利亞華人新移民爭取定居過程的痛切經驗，因而經常淪於寫實。然而在這方面具有超越性營構的成功作品儘管不占多數，但也非絕無僅有。雖然同一時期也是國際文學界流散文學興起的重要階段，但澳華新移民因其處於底層生態，反而無暇消化這種世界文學新質營養。另一方面，澳華文學的居留–漂泊母題倒是和這一時期西方各國中國留學生的居留–漂泊書寫關係更為密切。至於賭博和同性戀等母題，中國本土現當代文學可以提供的借鑒資源也並不多，對同性戀的正面描寫更多是來自當地西方社會對同性戀現象比較正面接受的社會風尚和文化態度。然而，死亡的母題則和中國本土文學的現代嬗變具有深度的、內在的聯繫：死亡的母題本來就是中國現代文學一個有普遍意義的象徵，儘管不同作家所賦予其中的觀念和處理風格有所不同（如郭沫若通過鳳凰涅槃的象徵引入有關死亡–再生的樂觀主義和浪漫主義，而魯迅則通過黑暗、幽閉、窒悶、吞噬–吃食–「吃人」、清醒或麻木迷信的顛狂、墳塋孤旅等意象，發展了這個母題中絕望–希望的辯證領悟。

特色之三，在文學手法、語言藝術和風格上的創新。

澳華文學的當代成果，非僅限於題材的採擇、主題的闡揚和對經驗情感的抒寫和營構，而且也體現作為語言藝術的風格化的創造上。這可以通過幾方面來看取。

首先，澳華文學創造了一批較有特色的文學形象和象徵。施國英筆下的孤獨無依，不相信任何永恆價值、永恆愛情而又不斷用密集的性愛來體驗生命存在之無常的漂泊者，抗凝（林達）筆下作為其主題反面對照的那種不解或不顧生活荒誕性的偏執追求者、歐陽昱筆下在身分衝突中作困獸之鬥的憤怒者、朱大可筆下隨時流喧嘩聚散、蠅營狗苟而寡廉鮮恥的「流氓」等，都是借某種經驗敘述浮現的人生影像。這裡還值得注意的是某些作為敘述副題或象徵工具的意象創造，如前所論，抗凝（林達）使用了被隨意標注名字和事件的「屍體」來象徵一種失去或錯置身分、任人隨意解釋的處境，就相當獨特；沈志敏則使用了一個在荒原路上與袋鼠搏擊的奇遇，來象徵性地處理了有關澳大利亞的移民孤獨而不失勇毅的心理經驗（《與袋鼠搏擊》這篇小說似乎再次啟動了類似美國作家海明威《老人與海》式的靈感）。在一個命名為Cads Music Australia的新移民歌唱組合（由詩人和歌唱楚客、沈小岑、朱大可等參與）所創的歌詞中，澳華移民的精神處境則通過「鱷魚」來具體化了一種孤獨、倔強的邊緣形象：

鱷魚不是魚，也不是人的同類
鱷魚住在地球，卻無家可歸
荒野上生長象一棵枯樹
縱有春風也得不到安慰

鱷魚也傷悲
鱷魚也流淚

懷念遠古的家園
不知道自己是誰

皮膚堅硬好比是一層誤會
相貌雖然醜陋卻並不虛偽
童年的回憶啊多麼寶貴
從前的世界咱沒有罪

鱷魚也傷悲
鱷魚也流淚
懷念遠古的家園
不知道自己是誰

與歐陽昱在英文長詩《最後一個中國詩人的歌》中創造的「鯨魚撲向（西方）海岸集體自殺」的激烈意象比較，這個「鱷魚」的形象相對靜態而內蘊，包含著承擔與堅忍的意味。可以說，這樣大量特色的形象、象徵的書寫，既標示了澳華文學世界的想像力和創造力，也豐富、充實和更新了海外文學的意象庫存。

其次，澳華文學還形成了色彩多樣的個人風格併發展出較為成熟的語言藝術手段。劉觀德《我的財富在澳洲》充滿苦澀的文化反諷，一番大陸知識份子充當澳國勞工引起的荒誕體驗和智性笑談，首現新移民有別于傳統移民的文學風貌。施國英在個體情欲白描中透出存在主義色彩的冷峻與精審。80年代抵澳的王世彥和新生代的蘇玲同受《紅樓夢》、張愛玲等經典的影響而形成了各自不同的感性細膩的敘說（「蘇玲」作為筆名各取了蘇青、張愛玲首尾一字而成）。田地、袁瑋則以潑皮、刻意犯俗的故事和議論取勝。張奧列從大陸文壇評論界轉到澳大利亞後發展了一種節制、寫實、明達和洗練的敘述風度。劉奧的第一個長篇《雲斷澳洲路》是一部悽楚的經歷報導，其後的《蹦極澳洲》和《澳洲黃金路》則出現了時而滑稽、時而悲壯的調子。趙川深摯委曲的文筆不僅享譽澳華小說、雜文界，而且也吸引了中國大陸《讀書》的讀者。朱大可用在中國大陸早已風格化的「朱體」話語敘說「流氓」文化，其涉及澳華生態和顧城命運的故事膾炙人口而耐人尋味。抗凝（林達）奠定了一種在不同的敘事時空之間從容跳躍、敘述人在故事中自由進出夾敘夾議，懸念和哲理都引人入勝的獨特風格，她的幾個作品是澳華世界最成熟的中短篇敘事文本。

此外，考察澳華文學語言創新還必須提到其混雜性和自由變體，它常常是對語言（包括漢語和英語）「純正性」的有意違反。斯圖亞特・霍爾認為，移民的流散經驗和流散身分要求一種與之相適應的美感創造，通過雜取各種因素並加以混雜使用，有可能出現一種「流散美感」（或移民美學－審美觀 diaspora aesthetic）。霍爾借分析加勒比地區黑人移民藝術時提到「跨越「、「混合」、「切分－拌合」等符號策略：肢解既定符號，使用混合語、方言、變種英語，對讀音進行「策略性變調」、對主流語言進行去中心、非穩定化和狂歡化等手段實行表達上的創新。這在某種程度上也可見于澳華文學。劉放在中篇小說《布羅尼亞派克的春天》雜用了澳大利亞老人院的風景、類似但丁《神曲・地域篇》鬼魂世界的描寫和中國古詩的意象來處理留學生打工的「異域」感受。評論家蒲瀟有感于部分新移民借用「難民」制度尋求居留的現象，發明了本來在現實的難民制度中並不存在的「精神難民」一語，來描述部分新移民在生命目的意義上無所依歸的身分危機。朱大可則通過「流氓」與「流亡」概念的刻意誤讀來改寫「流氓」的意涵，使其撇除了簡單的道德判斷而成為移民流散文化的一個能指。當然這方面最突出的例子是英漢雙語寫作的歐陽昱，在為其主創的文學雜誌命名時，他選擇了把祖國（motherland）一詞去掉首字母，生造出otherland一詞，意指別的地方、他者之地、異鄉，而其中文刊名卻以「原鄉」為名，以此構成反諷，以便體現「原鄉之於異鄉，正如異鄉之于原鄉」，「流放如歸家，錯置即正位」的異常／正常之間的矛盾、挑戰；而他的詩句往往雜糅中文、英語的意象和變音，刻意追求混雜效果。如《墨爾本上空的月亮》【插圖34：歐陽昱第一本英文詩集《墨爾本上空的月亮及其他詩》（1995）封面。】就故意讓望月懷鄉的古詩意蘊和澳大利亞風物反諷式嵌套在一起，讓李白、蘇軾的月亮和西方城市上空的、「空調的」月亮互相解構，在帶出時空錯置的荒誕感的同時既複歸又背離了傳統的思鄉情調。他的詩往往是中英口語、粗話、結結巴巴的移民口音攪拌在一起（如《對昱的訪談》），來體驗新移民激蕩、興奮、尷尬而「憤怒」的生態和心態。歐陽昱還特別喜歡把肆無忌憚、挑戰權威的語言遊戲安排在關於歷史意義的「宏大敘述」的背景下玩。有一首詩寫「我」應邀到雪梨參加一個反種族主義三日會議，第一天看到的是會場裡虛張聲勢下的無聊作態，於是不得不把第二天和第三天花到英皇十字街（悉尼一個新產業發達的街區）去身體力行了一番「多元文化主義」。《操你，澳大利亞》（Fuck you, Australia）借一個在澳大利亞輸光了錢的中國賭徒登上CAAC返國班機時的一番詛咒，為某種民族主義激情賦予了十分滑稽的背景：「我說我要忘了你／此刻我扣緊我的安全帶，我的屎帶〔seatbelt/shitbelt〕／記起我還沒有操過誰／我說我總有一天要回來帶走一個澳大利亞姑娘／做我第十個小妾」。這些詩實質上既無關乎澳大利亞也無關乎中國或亞洲或種族主義，真正的旨趣是把莊嚴和可笑混合起來，把「宏大敘述」變成怪談式的的能指喜劇，意在激起讀者無端的憤怒、僵硬的困惑或會心的嬉笑。在詩歌語言的日常化、口語化方面，歐陽昱的寫作已經匯入了漢語詩界「第三代詩歌」及其後續發展的脈絡，而在發掘詞語組合彈性的實驗上則可見出從西方的T・S・艾略特到中國臺灣的餘光中等的影響，但少了後者的典雅，這與其刻意反浪漫、反抒情，決意寫出「不象詩的詩」的追求有關。

澳華文學與澳大利亞主流英語世界的關係

儘管實行了30多年的「多元文化主義」種族政策在今日的澳大利亞飽受爭議，但是隨著國內和國際社會處境轉變而帶來多元文化現實，卻仍然支持著澳大利亞文學界對非英語文化興趣的發展。這種興趣尤其可以從對於「中國」和「中國人」面目的熱烈探尋中獲得大量例證：張戎的《鴻》雖然出現在英國，但它在澳大利亞的傳播同樣成功（如果不是最為成功的話）；高行健在獲獎之前數月，唯一出現的英文小說譯本《靈山》（*Soul Mountain*）就是由悉尼大學亞洲研究中心主任陳順妍教授翻譯的，她並且還是楊煉詩歌在英語世界的主要譯者和出版者。高行健和楊煉的文學活動都和澳大利亞有密切的聯繫。在澳大利亞的圖書館，大部分館藏華人作家資料索引都把類此這樣和澳大利亞有某種聯繫的國際性華人作家的身世、作品和評論的資料目錄和大批定居於澳大利亞當地的新老華人作者編在一起，推介給澳國讀者。指出這一點是為了說明，下面所考察的澳大利亞新華人文學在英語世界中的存在，在此背景下其實並不是值得特別驚奇的現象。為了使問題相對地集中，本章的考察範圍，將主要涉及在那些相對固定地居留于澳大利亞的華人作者及其作品。

屬於澳大利亞「新華人」的文學作品較早進入英語世界的事件之一，是方浪舟的詩。方于1964年出生在福建一個道士之家，童年居於福建山區，後來成為文學教師，從中國赴澳後居於墨爾本，曾在塑膠廠做工人。90年代初他的短詩陸續見於澳大利亞中文報端。其中很少容納這個時代中國詩人所多見的激動，也沒有透露出大陸80年代新詩潮的明顯影響，而是在中國新詩相對守成的形式中透出對自然事物的寧靜感動。1993年他以辛苦打工積聚的錢作為出版資金，通過悉尼雙語教育出版社（Bilingual Education Press）出版了自己的詩集《鷹的誕生》（*The Birth of An Eagle*, 1993），這本薄薄的詩集以中英文對照的版式印製，英語譯者為張立中（Zhang Lizhong）。這件事雖然波瀾不驚，但卻是新華人作品第一次以較完整的詩人形象進入英語世界。根據曾任「新州華文作家協會」副主席的作家趙川（Leslie Zhao）發表在「澳大利亞詩人協會」一本詩刊上的文章憶述，在澳國社會較為濃烈的詩朗誦風氣下，方浪舟的「這本雙語詩集，不但成了他的身分證明，而且為雪梨的一些詩歌朗讀場所，添加了一幅有趣風景。這幅風景是由方浪舟、他的《鷹的誕生》和詩人協會的大衛凱利組成。——由於詩人協會和一些熱心人士的推介，方浪舟不時獲邀出席一些朗誦會。當時小方的英語不行，他只（朗）讀中文，由大衛凱利幫他讀英文翻譯。在臺上，小方總是很拘謹嚴肅，而大衛總是輕鬆幽默，不時插進一兩句笑話。他倆往那兒一站，那樣子，就已經像一齣喜劇小品。」[17]方浪舟介入英語世界的詩歌朗誦，其後果之一，是帶動了悉尼其他新華人作家日後參與這類直接面對英語文學受眾的活動。

人們無法確切證明是不是方浪舟的「道家」詩風，使他那些並不前衛也不盡成熟的作品一時間竟被推到華人寫作面對英語世界的前臺。但他的例子顯示了，無論多元文化主義推動的多語言教育擴展到了何種規模，英語的翻譯（無論是書面的或口頭的）對非英語文學的傳播都是至關重要的。在方浪舟之後，由楊舜和王一燕（Robyn Ianssen & Yiyan Wang）所編輯的《紙上的腳印——澳大利亞中英文雙語詩歌散文集》（*Footprints on Paper: An Anthology of Australian Writing in English and Chinese*, 1996）出版。這是一個更具雄心的雙語傳播嘗試，由於該書彙集了澳國30位英語和漢語作者各一個作品，每一種原文都被對譯成另一種語言（中文部分並且加上了簡體和繁體的對照），所以成了一次具有更廣泛影響的實驗，也成為新華人文學的一次小小的檢閱：書中所選作者的半數，即15位華人，其中就有9位屬於我所定義的大陸背景「新華人」的範圍。他們是方浪舟、馮海山（Feng Haishan）、西貝（Siby Jia）、李明晏（Li Mingyan）、歐陽昱、桑曄（Sang Ye）、

17 *Five Bells*, Sydney, January, 2000.

施國英（Shi Guoying）、曾仁軍（Dominic Zeng）和趙川。這一比例顯示了另一個方面的事實：新華人文學正在為為一般意義的華人文學注入前所未見的文化交流的壓力和動量。

在那些直接面對英語讀者的文學選本中，這一點甚至更為明顯。例如，由Peter Skrzynecki所編的一本多民族作者的小說選集《影響——澳大利亞的聲音》（*Influence: Australian Voices*, 1997），目的是通過展示在澳大利亞人口中有代表性的「少數民族」作家創作，推介給主流社會英語讀者，以促進「多元文化閱讀」。其所選譯的作品中，包括了來自中國大陸的丁小琦（Ding Xiaoqi）的《玻璃人》（「The Glass Man」）、歐陽昱的《白鸚鵡花》（「The White Cockatoo Flowers」）和趙川的《醒夢》（「Waking Up in the Morning」）三個短篇小說，這使得新華人在入選作者的比例上遠大於其他民族背景人士。其中，《白鸚鵡花》寫了一個中國人移民家庭中父親對其成長中的孩子日漸發展的同性戀傾向所感到的焦慮，而《醒夢》則描寫了「中國留學生」在淩晨早起打工的夢游般的心理狀態。它們為英語讀者瞭解新華人在澳所經受的文化衝擊和生活轉變打開了一扇視窗。

某些學術性的研究也支持了人們對新華人文學迅速崛起的觀感。1994年前後，澳大利亞政府委託臥龍岡大學（Wollongong University）進行了一次關於少數民族傳媒的研究，從各民族有影響的報刊抽取有代表性的樣本，根據其發表各類稿件所佔用的版面面積統計其內容構成。根據錢超英利用這些資料所作的對比，結果顯示，中文報刊有關「文學和藝術類」的內容所佔用的篇幅明顯高於所有非英語民族報刊的平均值，而中文報刊在文學藝術篇幅的比例又主要是由那些以大陸「留學生」為主要目標讀者的出版物推高的。[18]這一點，

---

[18] 相關統計結果可以簡化為下表：

報刊樣本	「文學藝術類」內容所占篇幅比例
「華聯時報」（大陸新華人當時的代表性媒介，悉尼）	7.32%

和1997年8月陳順妍教授向在比利時雷登大學（Leiden University）召開的第15界比較文學大會提交的論文《華人作家：崛起于澳大利亞文學的新聲》（*Chinese Writers: Emergence of New Voices in Australian Literature*）所作的觀察相一致，因而可以互相印證。陳順妍比較了來自大陸與來自香港、臺灣和其他地區的華人移民，認為後者在澳大利亞的存在，更多地體現在生意的成功上，而「沒有（如前者般）那麼高度集中的學術性、新聞性和想像性的作者群」。[19]

上述兩方面的事實（即新華人文學主要作為一種漢語創作的崛起，和它依靠英語的譯介被主流社會所察知），在提示一種交流態勢的同時，也包含了一種普遍存在于海外華人文學處境中的緊張，即英語世界究竟能夠在多大程度上把握新華人文學的想像世界，或者，新華人文學究竟能夠從中獲得怎樣的證明？

如果說以上所提到的還僅僅涉及一些形制相對短小的作品翻譯，而其展示的文學物件又顯得比較零碎的話，那麼，1995年蒙納殊大學（Monash University）亞洲研究所出版《苦桃李》（*Bitter Peaches and Plums,*

「華聲報」（由臺灣人主辦，主要職員由大陸新華人擔任，悉尼）	4.48%
「新海潮報」（大陸新華人主辦，墨爾本）	4.07%
「星島日報」（香港背景，以非大陸移民為目標讀者，悉尼）	1.61%
「新報」（香港背景，主要以非大陸移民為目標讀者，悉尼）	0.08%
「布里斯本華人社區報」（以非大陸移民為目標讀者）	0.57%
6份中文報刊樣本合計平均值	3.02%
中文以外其他非英語民族報刊平均值	2.93%
英語類日報平均值（未考慮英語的專門文學刊物）	0.85%

資料來源：Rogelia Pe-pua & Michael Morrissey, *Content Analysis of Australian Non-English Newspapers, (Stage 1)*, Centre for Multiculture Studies , University of Wollongong, 1994, p. 45.

19 一個改寫的版本見Mabel Lee,「Chinese Writers in Australia」, *Meanjin*, Vol. 57, No, 3, 1998, p. 579.

1995）一書，【插圖33：歐陽昱與家博合譯《苦桃李》封面。】則在對新華人作品的譯介上，算得上是一個具有突破意義的發展。通過兩個較為大型的作品——劉觀德的著名長篇《我的財富在澳洲》和皇甫君的中篇小說《澳洲，美麗的謊言》的完整英譯，這本書使英語讀者有可能深入詳盡地瞭解「中國學生」——一個來自當代中國的知識份子集團，對其早期在澳大利亞謀生的困苦經驗的理解和想像方式。由於書中合編的這兩部作品都以名義上的「留學」生活為主題，而又著眼於對「底層苦難」的把握（劉觀德有一句名言「吃不著苦的苦比吃得著苦的苦還要苦」），該書便題名為「苦桃李」，似乎是借用了漢語中用「桃李」比喻「學生」的說法，這樣，當代的「苦桃李」命運，和我國本世紀初出現過的《苦學生》之類的作品，就產生了一種不期而遇、引人注目的呼應。

值得注意的是譯者對這兩部小說的介紹和分析。它通過兩部小說中的描寫提示了：新華人的赴澳留學，與其說是出於對澳大利亞社會和自己將可能得到的社會定位的明確認識，不如說是出於面對「西方」的不顧一切的出國衝動，「出國熱」（「澳大利亞熱」）的背後包含著中國社會歷史轉型期所產生的深刻而複雜的社會文化問題。這一點可以說在認識新華人文學的價值上提供了極有潛力的啟示。我認為，正是和當代中國社會歷史文化衝突的有機聯繫，才使新華人文學具有深刻的當代意義上的「中國性」，而大大區別于早年海外勞工的「懷鄉」與「還鄉」傾向。然而，這篇譯介的重點並不在於研究中國問題或全球化帶來文化效應問題，所以並沒有在這方面作理論上的深入。它的重點轉向了探討澳大利亞政府對「中國學生」的行政失誤：80年代澳國政府把中國當作其「教育出口」（即廣招海外留學生以牟利）政策的市場，才造成了雙向的「痛苦」：既使澳大利亞因為數萬中國學生的滯留而導致了久拖不決、引人注目的社會矛盾，也使中國人陷於進退兩難的窘境。我們看到，該書的翻譯旨趣是為探討澳大利亞的政治問題提供一個社會學意義上的文學例證，然而，這種「重心偏置」的推介，事實上又促進了澳大利亞讀者對新華人文學的深入一步的接觸。

《苦桃李》（Bitter Peaches and Plums）是由蒙納殊大學的亞洲語言教授家博和一位異常活躍的雙語作家歐陽昱合作翻譯的。對歐陽昱來說，《苦桃李》的翻譯僅僅是他為新華人文學進入英語世界所作出的貢獻的一小部分。他本人1955年生於湖北，在中國即受過較完備的英語文學教育並受到中國當代文壇變革的影響。區別于大部分以「留學」之名赴澳卻不得不長年打工為生的同胞，歐陽昱在墨爾本的拉特羅布大學（La Trobe University）修得了澳大利亞文學博士學位，但沒有在大學任教。憑藉良好的雙語能力，他幾乎是不間斷地把中文作品和英語作品做對向的翻譯，在兩種語言世界的文學交流中起了有力的樞紐作用。由他自1996年起主辦的《原鄉》文學雜誌延續至今，發展為一本中文為主、有時中英混排的先鋒風格讀物。它和其他英文文學雜誌一道，被寫入了劍橋出版社《劍橋澳大利亞文學指南》2000年版。同時他本人的作品（主要是詩作）也獲得了相當的成功，這種成功在英語文學界甚至比在漢語文學界更為突出。他的第一本英文詩集《墨爾本上空的月亮和其他詩》（*Moon over Melbourne and other Poems*, 1995）由Papyrus出版社印行，通過似乎是不經意的口語、粗話和自發的節奏對英語的「文學性「進行了大膽的蹂躪；他的放肆粗礪、自嘲又嘲人的多變姿態，賦予了新華人文化身分的內在焦慮和精神心理的紊亂、崩潰，以一種奇特的外觀，引起了英語文學界的注意。前已提及，他的英文長詩《最後一個中國詩人的歌》（*Songs of the Last Chinese Poet*, 1997）由陳順妍主持的Wild Peony出版社出版，同樣在主流英語文學界產生了較大的影響。

如《最後一個中國詩人的歌》結局所啟示的，假如「中國詩人」們原有身分（包括其「華人」身分）可能消逝，一種無以名狀的新身分可能誕生，它將是什麼呢？對澳華文學和英語世界的關係又意味著什麼？換句話說，如果澳華文學在英語世界的某種成功，反襯出僅僅用中文寫作就無法擺脫邊緣狀態因而不具有自足、完整和穩定的性質的話，那麼大面積主要以漢語為標誌的新華人文學會否將面對自己的意義危機？事實上，新華人作者中已經有人選擇了直接用英語寫作的艱苦道路（儘管他們可能並不都具備很好的英語素養），如吳建國（Wu jianguo）寫出了半自傳性的英文長篇小說《蜿蜒的小溪》（*The Meandering Stream*），主要憶述經歷過文革、上山下鄉的一代人的故事；方向曙（Fang Xiangshu）則基於自己從中國赴澳歷程用英語寫成長篇小說《東風，西風》（*East Wind⊠West Wind*）。如果說歐陽昱主要是以新華人的文化心理衝突的力度取得了成功，這些直接出自他們手筆的英語長篇，顯然是以其紀實風格，即以其「言說著的主體」的經驗「可信性」的部分，滿足了英語世界對「中國人究竟是怎麼回事」的求知衝動，因而受到了相當的重視。另一方面，這也說明了新華人區別于傳統華人移民的教育背景，能夠為他們在一個充滿挑戰的境地爭取表達的空間提供多麼大的潛力。但是，迄今為止，走上這條路的人尚屬少數。

談到這一方面，桑曄也許是一個更重要也更罕見的現象。他可能是迄今為止的澳大利亞華人作家在英語世界中影響最為廣泛的一個，桑曄作品的傳播幾乎完全由英語界包辦，他本人已甚少和華人和華文界聯繫。從某種意義上看，他的成功有點像是張戎《鴻》的故事的澳大利亞版（當然這並不是指他們作品在具體內容和風格上有什麼類似）。桑曄1955年生於北京，1986曾和張辛欣合作發表了大型紀實性系列作品《北京人》（次年出版的英文譯本為《中國人生：關於當代中國的口述歷史》（*Chinese Lives: An Oral History of Contemporary China*, 1997）。桑曄受到西方口述歷史作家斯圖德司・特凱爾（Studs Terkel）影響而形成的紀實式寫作，使急於具體瞭解文化大革命後中國和中國人基層真實生活細節的澳大利亞文學界深感興趣。他很快獲澳中委員會的邀請赴澳訪問寫作，並在走訪坎培拉時認識了後來成為其妻子的Sue Trevaskes，一個祖先有部分華人血統的第6代澳大利亞人，桑曄因此在日後和英語文學界的交往中獲得了至為重要的幫助。他們曾回到中國生活了一段短時間，在1989年7月（即六四風波發生後）重返澳大利亞，此後便主要以昆士蘭大學（University of Queensland）為工作基地。1994年，桑曄夫婦和作家、漢學家尼古拉斯・周思合作寫成英文紀實作品《最後一行：騎單車穿行中國和澳大利亞的長征》（*The Finish Line: A Long March by Bicycle through China and Australia*，1994），其內容主要是記述他當年騎自行車沿中國的黃河流域以及在澳大利亞各地考察，與各階層人士訪談，發掘平民「小歷史」（相對於官方記述的「大歷史」）的經過，這可以看作是桑曄的紀實創作從中國延伸到澳大利亞的新發展，這個作品把兩國人民生活混合記載，在體例形式上構成了兩國不同文化共存於一個世界空間存在的微妙張力；由於主要來自桑曄的素材著眼于平凡逼真的普通人，它也顯示了跨越文化、政治疆界的人性關懷。

兩年後，桑曄又在賈佩琳（Linda Jaivin）等英語文學界人士的協助下完成了一本紀實系列《龍來的這一年》（*The Year the Dragon Came*，1996），由昆士蘭大學出版社出版。它仍然以口述歷史（直接記錄被訪人物的談話）的方式，通過十多位元滯留在澳的中國人的處境和命運，提供了一幅流散不定的冒險人生的長軸畫卷：他們中有的是被迫賣淫還學債的絕望空心人，有的是在中國炒書號暴富後又到澳通過假結婚成為「華僑外商」的國際冒險家，有的上在打工生涯中見夠了社會黑幕的憤世嫉俗者……一張張無恥或無奈的嘴臉，一個個變幻的場景組成了中國人如受傷巨龍般在歷史大潮中奪路狂奔而又方向莫明、泥沙俱下的碎片拼圖。它保持並發展了桑曄那種不顧顏面，直擊血淋林的底層社會、對欲望人生刻寫精微的文學風格，以一種發生在澳大利亞本土的題材揭示了全球化浪潮擊打在芸芸眾生中的命運印跡。這也再次印證了還在此書出現之前尼古拉斯・周思對桑曄寫作的讚譽：它體現出一種「銳化了的敏感性」，使那些被「官式話語」所抹殺和否認的人和事得以發出了自己野性、民間性的音響和色彩。根據尼古拉斯・周思的轉述，桑曄認為他從小所接觸的中國歷史作品缺少對真正的「人」的注視，尤其是凡人瑣事。帝皇將相及其僕從佔據了歷史話語的前臺，並美化了對歷史的理解，而尤其所造成的荒謬和瘋狂卻要百姓承受離亂淒迷、分合跌宕的無言之痛，嚴肅的寫家面對這破碎的歷史是無能為力的，除了一一記下嚴酷的實況，不論它多麼令人難堪：「歷史不允許每一件事都成為一首詩……用蘸血的筆書寫的，只能是血。」[20]從這種表白，我們可以發見當代中國文學思潮的波瀾軌跡（如從傷痕文學的人道主義憂憤，發展到直觀世態的新寫實主義，或是後現代的非判斷態度），如何被新華人文學「拖帶」到海外場景中加以延伸變化。這一點也可以提示一個比較文學「影響研究」的新角度：海外華人文學寫作觀念和中國當代文學思潮之間如何牽連互動，而表現出異同。

尼古拉斯・周思本人是一位畢業于牛津的文化批評家、漢學家和作家，曾任過澳大利亞駐華大使館的文化參贊，在向澳大利亞社會推介華人作家、藝術家方面不遺餘力。他的文集《中國碎語》（*Chinese Whispers*, 1995）中收有一篇題為《「古董商」桑曄》（「Sang Ye: Curio Merchant」）的短文，具體回顧了桑曄貫通中澳的寫作道路。周思借用桑曄家族前輩有人從事古舊物品收集翻新的行業，以及桑曄本人對當代歷史物品有收集興趣（據說桑曄曾把他在中國收集的一批文革物品送給了澳大利亞國家圖書館）這些事實作為比喻，說作家桑曄是一個用文字收集過往的人和事的文學「古董商」。這個說法在周思那裡完全是正面的，他認為桑曄的天才在於，他總是能「以古董當鋪估價人那樣銳利的眼光和熱誠的心靈，在人們的棄置物品中有所發現，並使之成為某種有價值的東西。」[21]

但是，正是桑曄這種在英語世界的成功使我們再次回到本文前面提出的問題：如何理解澳華文學進入英語世界表達空間的意義？

澳大利亞英語界曾對桑曄有過不少評論。有的評論在肯定了桑曄的《龍來的這一年》的寫作成就的同時，也提出了這樣一種質疑：根據桑曄的自述，他曾採訪了數量多於其書中所記的人物，這也意味著他的這本「口述歷史」其實是有選擇的，並非對全部素材全文照錄，那麼，他是否有必要說明他根據何種標準去

---

20 Nicholas Jose,「Sang Ye: Curio Merchant」in *Chinese Whispers*. Wakefield Press, 1995, p. 100.

21 同上。

「記錄」一些人和事而不寫出另一些人和事，以保證「口述歷史」的可靠性？這類質疑往往是一筆帶過的，但卻和我上述關於新華人文學的意義問題發生了耐人尋味的關聯。

首先，這種疑問涉及我們在思考諸如「現實主義」、「自然主義」這樣的文學命題時多次遭遇的疑難：有沒有一種與表現手法無關的真實（假定「真實」肯定是文學的一種價值，哪怕不是全部價值）？我們所認知的「歷史」和「現實」是特定程式的媒介作用的結果，其中包含了一定社會文化結構下操作的權力、觀點和手段的作用，不管它顯得多麼「客觀」和「不偏不倚」。也正是這一點使這個世界需要多種聲音的參照。那麼，第二步的問題就是，在英語世界中，華人的聲音是否足夠多樣到使人能從不同的面相認識自己及其文化？當華人（如澳華作家）的聲音通過英語這種媒介傳達時，它在多大程度上能保持其「主體的」立場而免於英語所象徵的文化權力的「改寫」？新華人文學作為一種可能帶來「異樣的聲音」的文學，如何處理英語世界的文化偏見？語言，在一定社會關係被使用（說和聽）的語言，從來不是一種消極形式或機械的「容器」，可以毫不變質地容納相同的東西。比如，當我們看到周思描述桑曄對中國生活的評價：

> 當我問他怎麼看中國的時候，桑曄回答說：「中國就是一個大怪物。」（「China is just a great big freak」）自從他來到澳大利亞他一直密切留意中國在澳大利亞人中，特別是那些在大學、政府和友好社團對這頭怪物有專業興趣（或利益）的澳大利亞人中間的影響。這是物以類聚嗎？這個怪物會返照出怎樣的鏡像？這兩個國家的人民怎麼互相對待？[22]

22 Nicholas Jose,「Sang Ye: Curio Merchant」in *Chinese Whispers*. Wakefield Press, 1995, p.97.

周思沒有明確地回答那些他自己針對桑曄的說法提出的有點曖昧的問題。人們有理由相信桑曄的話包含了一種他對中國生活的極端複雜性的領悟。但也有理由質疑任何一個作家有獨佔判斷「真實」之尺度的資格，而桑曄作為「歷史紀實」作者的身分顯然很容易在英語世界中形成這樣的獨佔（不管他是否自覺到這一點）。再者，英語世界的讀者和漢語世界的讀者對這種關於中國的總體性、概約性的描述會有不同的理解基礎。就英語讀者來說，他們所能從中收穫的「真實」資訊，和他們聽到另一個說法——比如「中國是一個地上天堂」——時所收穫的「真實」資訊一樣貧乏。但是，英語讀者中也許確有些人更樂於承認前一種「真實」，這不僅是因為可能的偏見，而且是因為這種選擇更不費力，更容易因證明流行價值而獲得滿足感。而文學的真實的力量，可能正在于動搖讀者那種自以為是的、媚俗的認同。

這樣，澳華文學在對英語世界介入的同時，也將面臨英語世界對這種文學自身可能擁有、或可能發展出來的「邊緣」對於「中心」的批判力量，進行不知不覺的過濾、「淨化」和同質化的威脅。

根據周思另一篇文章的轉述，桑曄的紀實作品《最後一行：騎單車穿行中國和澳大利亞的長征》中還寫過這麼一篇：在昆明以外有一個彝族山村，保持著以樹為崇拜物件的古老傳統。本世紀初，一個外國人曾來到彝族人中傳播基督教，曆30年而逝。他在那裡建了診所、學校，講授神學和其他課程，並為這些彝族人發明了他們使用至今的書寫文字，紅軍長征路過該地時他還代表彝人和紅軍談判使他們得以安全通過。他死後，彝人為了對他的尊崇，砍倒了他們一直作為圖騰崇拜的大樹，為他造了棺木（樹崇拜傳統從此改變），並為他舉行了隆重的葬禮，1949年至文革前後，「聖墓」遭到破壞，但在村民的心中，由這位傳教者播下的對神的崇拜的信念之火沒有熄滅，對其本人的懷念也沒有消逝。直到1992年，一個新的陵墓得以重建，雖然村民們始終不知道他的姓名，其遺骨也已不知所終，但墓碑上刻上了彝族教徒的紀念：「這個帶來太陽的人，1904年來到此地，1944年歸於主，此碑之下無其遺骨，但立碑人已存續其教」。這個人，據考，可能是一個名叫約翰・威廉斯的澳大利亞人。

不難想像，不管這個作品的史實基礎如何，對相當多的西方讀者來說，這類「文明」征服（或者說開化）「野蠻」的故事，夾雜著中國內陸地區少數民族神祕風俗的渲染，具有令相當部分主流英語讀者喜聞樂見的品質，何況作品中還寫了作為採訪者的敘述人如何歷經艱險前往該地，卻被鄉幹部加以阻撓（有一個幹部看起來是故意地向這位來訪者隱瞞、扭曲這段歷史）。這使作品包含了幾乎所有符合西方讀者對中國理解的基本元素。桑曄現在是一位基督徒，這樣的作品在其生活的澳大利亞社會背景中產生是不難理解的。

在進入澳大利亞英語界以後，桑曄寫的中國故事，相當篇章是循著近現代史上進入中國的澳大利亞人（如袁世凱的政治顧問莫里遜、在雲南少數民族地區傳教數十年的約翰・威廉斯等）的足跡走訪而形成的「實錄」，這可能已經顯示了英語世界對桑曄題材選擇和構思框架的影響。移民（包括移民的作家）最終會和所在國的文化發生深入的關係，這一點並不值得特別驚奇，人們有理由從桑曄（或其他作家）那裡看到兩種文化交往的歷史真相：它對一個人類關係日益緊密聯結的世界的貢獻，以及它所曾經帶來的代價。[23]畢竟，各種形式的殖民主義不僅僅可以存在於歷史，也可以是一種社會的或文化的現實。正如英語作為一種強勢語言不僅可以是增進交流的現成工具，也可以是一種不合理的歷史所形成的權力標記一樣。考慮到那些進

23 作為比較，這裡有一個例子。臺灣作家柏揚在探討「義和拳」（「義和團」）問題時寫到：除了當時清廷的愚昧錯誤以外，早期中國人和洋人的衝突有更複雜的原因，「外國傳教士的傳教熱情是可佩的，但來到中國的傳教士中，卻擁有一些癟三無賴之輩，對他們落後的地區（事實上也確實如此），驕傲侮慢，不可一世，有時侯還做他們本國政府的暗探。而一些中國教徒，不再祭拜祖先，恁令祖先的墳墓荒蕪，都使他們的親族和鄰居怒氣衝天。而且分子複雜，有些更利用傳教士洋人的力量，橫行鄉里，為非作歹。傳教士袒護傳教士，地方官員畏懼洋人，袒護傳教士，傳教士遂往往成為地方上的惡霸，使鄉民的怨恨更與日俱增。中國人對教會所辦的慈善事業，如育嬰室、醫院，無法瞭解，就繪影繪聲的歷歷指控教士修女都挖兒童的心肝，吃死人的眼睛。」（《中國人史綱》下冊，據時代文藝出版社，長春，1987年版，959頁）這裡並沒有把歷史上的傳教士活動簡單理解為一種「進步的拯救」。順便一提，柏揚寫出過《醜陋的中國人》這一事實至少免除了他可能是一個狹隘的民族主義者的質疑。

入英語世界的華人作家所面對的文學市場，考慮到大部分英語讀者對中國題材的興趣不是出於感同身受的經歷而是因為對它的陌生，[24]以及隨這種陌生而來的某些不確切的想像，某種「東方主義」的風情筆法確乎有著頑強的誘惑力，但它也是可供有創造性的作家發動挑戰的物件。

可見，從新華人文學和英語世界的關係來考察這種文學是一種有效的角度，而且可以引發出一些對文化傳播、比較文學和海外華人華文文學研究都有意義的問題。要而言之，澳大利亞的新華人文學在如下幾個方面介入了英語世界，並證實了自己的存在：第一，原以中文為表達媒介的作品已有相當部分被譯為英語；第二，湧現了一些以英語為主要工作語言，或者其作品主要以英語傳播的作家；第三，在英語世界引發了接受性反應（推介、批評和研究）的同時，英語世界中也出現了以澳華作家作品（無論出以中文或英語的作品）為關注物件的批評家或研究者。一些大學的文學教育部門，還出現了以此為選題的博士論文。

但是這種文學關係並非是雙向和均等的，比如，正如本章較早前所述，澳華作家表現出相當的自戀，很少從澳大利亞文學的英語作品和其他非華語作品中吸取母題並接受藝術影響，而他們用華語來處理的澳大利亞題材也在很大程度上局限于新移民直接相關的社會表層，對屬於澳大利亞社會的文化和政治議題很少涉及）

另外，澳華文學在獲得了澳大利亞文學界部分傳播和學術理解上的支撐的同時，也帶來了一些問題。首先，和總量甚大並普遍以漢語媒介的新華人文學現象相比，英語世界已經察知和探索的華人作家作品數量極少。在那些最富於才能並提供了深度的藝術審美價值或文化分析價值的作家作品中，有不少並沒有進入英語世界的視野。例如，朱大可的文化批評，隨著他于90年代初從中國延伸到澳大利亞，他的那些涉及到唐人街文化、顧城之死和「中國流氓精神」等命題的文化散文，以感應的銳利和表達風格的隱喻力量而引人注目；

24 這種情況的一個小例證是，尼古拉斯・周思曾經用整整十多行文字向他的讀者解釋Peking和Beijing就是一個地方，一個名字，而不是中國的首都換了地方，也不是中國的首都改了名字（Nicholas Jose,「Preface」, *Chinese Whispers.* Wakefield Press, 1995, p.x.）

而來自來自廣州的女小說家林達的中短篇小說，其對人類生活的哲理領悟和高度風格化的語言藝術的完美結合，在澳大利亞華人作品中是罕見的，她的作品除了在悉尼中文報紙連載外，也在《收穫》雜誌接連發表。這些新華人文學中最具創意的部分文本，尚無法在英語世界找到任何傳播的痕跡。

隨之，第二，如前所述，英語世界對澳華文學文學的譯介和注意，其選擇具有明顯的偏狹性，它有時著意於為某些和華人有關的社會問題尋找文學例證，有時著意於為多元文化主義社會的調研而描繪一些由少數族群文學現象來構築的文化風景，有時僅僅出於翻譯者或研究者個人的偶然興趣。從總的社會文化格局來說，華人文學，乃至一般意義的「少數族群文學」，無論它們包含了多少可以豐富人類精神生態的奧秘，可能都難以改變其邊緣性的處境。深入地說，這可以視作第三世界背景的文化在世界文化總格局中一般處境的反映。

第三，亦如前所述，在和英語世界的關係中，華人文學存在著被作「東方主義化」處理的傾向。這除了表現在前述那種鼓勵對中國或華人進行奇異化定型的可能以鞏固文化偏見外，也表現在這一點上，即英語世界通常不對華人（華人作者或其作品中的華人形象、華人精神）作背景上和性質上的過細區分。「華人文學」其實包含了相當混雜的內容，在老一代移民的樸素綿長的口述體表達，和當代港臺移民文學較為飄逸寫意的品格，以及新華人文學的沉重而不安、猛烈和繁富的文采之間，有著不同社會時代不同移民經歷和不同現實處境的差異，英語世界在歷史理解的層面上並非對這些「族群斷層」毫無意識，但通常難以或不去深入這種差異和各種文學表現之間的關係，無形中對「華人文學」維持一種普泛化總體鳥瞰的言說姿態。

最後，華人文學在英語主流社會中被接受、傳播的過程，同時也是經受主流文化選擇、過濾和重新模塑的複雜過程。那些成功地穿越了英語這種「介質」的作品，連同那些被鼓勵直接用英語寫出的華人作品，最終在英語受眾那裡創造了一個關於華人文學想像世界不無特色的欣賞、理解空間。通過一系列文化代理機構和文學代理人的居間調停，華人文學在經驗和表達上的陌生性，經過審慎的提煉和「熟化」，開始以比較受落的樣態端上了多元文化共處、繁花似錦的文藝盛宴（連同來自其他語言的其他經過類似處理的少數族裔作品一起），以滿足萬方會聚的社會想像，雖然這種滿足——作為「藝術的」代價——不時會被辛辣的諷刺和反抗的嚎叫所驚動。但是這並不能改變其「帶刺的美食」的地位。另一方面，大面積地沉默於英語「介質」以外的「原生的」華人文學想像活動已經被區別了開來，作為比前者次一等級並且更為邊緣的存在。在這種默然而成的文學傳播秩序中，有一種權力，控制著屬於它「自己的」少數民族文學（包括華人文學）的生產和再生產。公正地說，這並不是一個絕對封閉的機制，而是一個不斷遭遇和吸納外部挑戰的過程。以前面陳述的情況為例，如果說，桑曄已經不是英語文學的「外人」，那麼桑曄的寫作除了有能力滿足大部分他的讀者的「東方主義」想像，他也有能力挑戰這種想像，而歐陽昱的挑戰意圖常常更為外露。這樣的挑戰，甚至常常成為一些已經進入英語世界的少數民族作家的寫作主題。然而只要仍然發生這種傳播秩序的語境下，這種挑戰就不會根本動搖這種控制性的權力，甚至這種挑戰就是這種權力的證明——它使控制和逾越成為動態的風景。

本章結論

澳華文學（澳大利亞華人華文文學）作為一種以漢語書寫為主的文學現象，和中國本土文學有深度的、筋脈相連的關係，大部分作家沒有直接地從澳國主流英語文學界吸收影響，因而與之形成彼此隔膜的狀態，但是通過當代中國文學界所吸收、轉運的西方文學因素則明顯可察。這是新近的澳華文學呈現出很大的當代色彩的一個重要原因，也是它與傳統的華人文學的明顯差異。通過這種當代色彩，澳華文學更新了澳國和西方華人世界的文學地圖。然而，它又不能簡單理解為中國當代文學狀況的直接延伸和海外複製，其獨特的基礎是華人移民在澳大利亞特殊社會文化環境下的經驗壓力和創造需求。另一方面，澳大利亞的主流英語世界正在積極吸收和「消化」這種文學的成果，然而又表現出著很強的過濾機制，使這種吸收消化呈現出很大局限。一個較好的理解是：把澳華文學看作為中國當代文學和澳大利亞文學之間的一個有著相對獨立意義的仲介現象。這種情況為我們全面理解中澳兩國文學關係的當代演變、理解今日世界文學的多元格局提供了一定的啟示。

第三章
澳大利亞華文文學的緣起、發展及其與當代中國文學的互動關係[1]

澳華文學可能從命名之日起，就帶有某種尷尬的色彩，某種非此即彼，非此非彼，即此即彼，地位貧寒，遭人白眼，難以立足，容易推翻的特徵。這個文學既不是中國文學，也不是澳大利亞文學，它從兩個文學中各取一字，儼然兼收並蓄，其實一樣沒有。它生長在兩個文學的夾縫之中，彷彿兩個巨大板塊之間鑽出的一枝野花，不知來自何處，不知去向何方，長得其貌不揚，又頗具特色，偶爾會有驚豔的一閃，但旋即就被人遺忘。爬藤遍地，野花飄香，無人理會，少有欣賞，頗像澳大利亞空曠草坪上繁星點點的小黃花，多得分不清面目，轉眼之間就被刈除，很快又露出倔強的頭來，便宜得幾乎讓人瞧不起，卻自顧自地在那兒一味狂歡，頗有點自輕自賤，自虐自棄，又自強不息的味道。

這個文學，需要從命名談起。

[1] 此文作者系歐陽昱，發表在《華文文學》2011年第2期，第13-19頁。收入本書時，有所修改。

命名

一種文學，一旦成了「什麼」華文學，如「美華文學」、「英華文學」、「法華文學」、「德華文學」、「新華文學」、「泰華文學」、「馬華文學」、「東華文學」、「越華文學」、「日華文學」，或「澳華文學」，就明顯少了一樣東西，它還是漢語文學，華文文學，但它已經不是中國文學了。前面冠以的「澳」字，幾乎一勞永逸地去掉了「中國」二字。這個文學的命名之日，就是它去中國化過程開始之時。

奇怪的是，在澳大利亞英語界，幾乎從來沒有聽說過「澳越文學」、「澳英文學」、「澳日文學」、「澳希文學」、「澳阿（拉伯）文學」，以及諸如此類冠以「澳」字的國別文學：若按來到澳大利亞的199個國家算，應該有199個「澳+國別文學」了。儘管上述那些國家在澳的移民作家也不少，如越裔的Nam Le, Anh Do, Khoa Do, Hoa Pham，Tony Le-Nguyen，等，英裔的Rodney Hall, Alex Miller, Elizabeth Jolley，Kris Hemensley,等，日裔的Keiko Tamura，阿拉伯裔的Randa Abdel-Fattah，希臘裔的II O，Dimitris Tsaloumas，Christos Tsiolkas，等，但只要用英語寫作，這些人就不再是族裔作家，而是澳大利亞作家了。從這個意義上講，「澳華文學」這個稱謂，從去中國化的那一刻起，就陷入了十分尷尬，左右為難，兩面不是「文」的地步。說它是澳大利亞文學，它卻是用漢語或華文寫的。說它是中國文學，它又戴了一頂「澳」帽子（形同綠帽子）。有點二像，又有點二不像。

錢超英曾把這個文學起了一個好聽的名字，美其名曰「澳大利亞新華人文學」。惜乎難以概括全部，因為澳華文學——我們姑且以此名之——實在已經很不新、也很不新鮮了，早已始於1920年代。「華人文學」的涵蓋範圍就更廣，也更不新了，因為有很多華人本來就是用英文寫作的，而前述「澳大利亞新華人文學」

中，除了一個用英文寫作的歐陽昱外，沒有包括任何其他用英語寫作的華人。這方面的華人其實相當眾多，隨便甩出來就是一大串：高博文，陳順妍，廖秀美，黃貞才，洪宜安（洪美恩），張思敏，楊威廉（William Yang），洪振玉（Ang Chin Geok），Tom Cho（曹勵善），方佳佳（Alice Pung），羅旭能（Benjamin Law），陳志勇（Shaun Tan），王興霜（Gabrielle Wang），[2]蓮・霍爾（Leanne Hall），[3]以及兩個來自大陸的作家，即寫小說和劇本的吳建國和寫詩的李蓓爾（Bella Li），等，都是「澳華文學」從不提及的名字，彷彿一用英文寫作，就再也與「華」不相干，就要把他們從「華人文學」的小圈子裡悉數驅逐出去一樣。

看來，與其用「澳大利亞新華人文學」，不如用「澳大利亞新華語文學」更恰當，因為這其中，是不應該含有用外語（如英語）寫作的人的。

以其歷史之久，以其範圍之廣，以其寫作者身分、出身、語言之龐雜，無論「澳華文學」，還是「澳大利亞新華人文學」，似乎都難以涵蓋「澳」和「華」所代表的內容。正如這一寫作群體的大多數人早已轉換身分，成為澳大利亞公民，他們手中打造出來的文學也隨之帶上了這個國家的特徵，似乎應該在命名上再來一個飛躍，一舉成為澳大利亞華文文學或澳大利亞華人文學，如果我們也把那些用英語寫作的作者兼併進來的話。

也許，還是「澳華文學」來得簡單，如果在對該詞進一步定義時，說明它的涵蓋，是指擁有澳大利亞公民身分或永久居民身分者所創作的中英文文學作品的話。

2 王興霜是澳大利亞華裔女兒童作家，一些作品譯成中文，在中國出版，但用的是譯名，即加布里爾・王。本書均用王興霜。

3 據她今天來信（2013年8月6日星期），很遺憾沒有中文姓名。

溯源

其實，澳華文學不是從1989年六四後幾萬中國留學生橫掃澳大利亞，也不是從越柬華人難民1970年代後期登陸澳大利亞時開始。這個文學的發端，可能要上溯到1925年。這一年，有一位在澳華文學中不見經傳的人寫了一本書，名叫《閱歷遺訓》（英文是My Life and Work）。該作者名叫譚仕沛（Taam Sze Pui），1855年生於廣東南海，1877年21歲抵達昆士蘭，1925年71歲時用中文寫了這本60來頁的自傳，詳細地記述了他從中國到澳大利亞淘金的經歷，其中細節頗為感人。初敘其抵澳之失望：

> 光緒二年十二月出五日由鄉祖道，初九日在港揚帆，十二年廿低埠（時已為1877年）頓失所望，據悉傳聞失實，誤聽偽言，金既難求，且也水土不合，因而致病者比比然也。沿途所見華人，鵠形菜色，非貧則病，愁歎之聲不絕於耳。先進者不歌來暮，反切去思，後進者能不聆心憂。然既已來此，姑往探之。

次敘其行路之難：

> 三年正月初四日，結侶入山，魚貫而行。比到十六米（即英哩、下同）時，夕陽西下，因而止息。露宿風餐，其苦可知。越二日戒途，淩晨遄征，人步亦步，人趨亦趨。既不敢離群而索居，亦不敢獨行踽踽，恐失援而為野人所算，剽食堪虞。所以載馳載驅，汗流氣喘而不敢自由止息者，我是之故也。

後敘其淘金之徒勞：

> 及至一百米，已越三月。乃拾淘沙，絕不見金，戚然憂之。適郭良兄道出其間，不吝指教，始曉開採，而所采又屬無多，每日不過一二分金，僅足糊口而已。[4]

也許有人會說，該文是他個人口述，請人代筆，不算文學。但文學發展到今天，定義已經不再那麼狹隘狹窄，足以算作口頭文學。

其實，這個文學的源頭，還可再往前推，推到1867-1872年間。據原籍中國武漢，澳大利亞國立大學博士沈園芳（音）考證，1867年7月16日，一個名叫Jong Ah Sing的澳大利亞華人因殺人犯罪而坐牢，不久患上精神病，在獄中自殺未遂，割去自己的睪丸，後留下一本短至63頁的日記，記述了自己的身世。[5]

這本日記用的文字是英語，若按現今「澳華文學」的觀點，可能認為不足取，但有意思的是，它用的是中文說法。不知大家是否有這種經驗，在初學英語時，常受中文文法和說法的影響，說英語時會不自覺地流露出來，如說到「七七八八」時，會來個什麼seven seven eight eight。說到「給你點顏色看看」時，就乾脆硬著頭皮來個give you some colour to see see。你聽不聽得懂是你的事，跟我沒關係。以至到了我手裡，索性把這個直譯特點當成藝術品，直接交流過去了。On third thoughts（三思），in two minds and three hearts（三心二意）和wind wind fire fire（風風火火）等例即是。

當年的Jong Ah Sing雖是犯人兼精神病患者，卻比現在的人還超前，還後現代，他早已開始了中文英寫的

4 參見：http://zhidao.baidu.com/question/153427908

5 參見Shen Yuanfang, *Dragon Seeds in the Antipodes*. Melbourne University Press, 2001, p.21.

後現代實驗。現舉一例如下：

My 1 road crawl go up tent my body 1 road stream blood。[6]

據沈翻譯，這句話的意思是：「我一路爬回帳篷我的身體一路淌血」。好玩的是，他用的這種「1 road」簡直後現代得讓人毛骨悚然！我2004年出的《限度》詩集中，這種「數夾字」現象比比皆是，如「管它3-7-21」（p. 5），「不1而足」（p. 64），「而不該有個g8」（p. 96），「換成1張寫滿黑字的紙」（p. 118），「我的客戶5花8門」（p. 162），等，不1而足。[7]

跟著，他又來了一句：

my care my brother cursing my [p. 22]

據沈講，這個意思是「我擔心我的兄弟罵我」。這本日記就以這種獨特、創新的語言和方式，詳細地敘述了殺人事件的起因，以及後來判刑的不公正。據沈認為，Jong Ah Sing的風格與其說是英文，不如說是中文。（p. 23）我則覺得，Ah Sing為後世不諳英語或英語程度不夠高者樹立了一個光輝榜樣：寫吧，英語是否足夠好並不重要，重要的是，只要下筆，就是歷史，只要妥善保管，終有一天會得到後世關注。

---

6 同上，22頁。

7 歐陽昱，《限度》。原鄉出版社，2004。

還有一位名叫劉自光的華人，所寫自傳也很值得注意。這篇署名為《一個新西蘭老華僑的回憶》共26頁，敘述他從1881年15歲抵澳，在澳生活多年後去新西蘭，最後於82歲高齡，在1948年返回中國的經歷。現在無從知道該文寫於何時。推算起來，他若能活到100歲，即1966年的話，此文無論如何也是寫於之前而非之後，儘管發表時間是2001年。[8]

這篇自傳中，談到當年在澳遭受種族歧視，參加華僑自衛團一事時敘述甚詳，頗有可讀性。澳大利亞白人文學中，華人形象是不堪一擊的膽小鬼，被白人辱罵毆打之後，敢怒而不敢言。漫畫中的華人，總是被白人或黑人打得像雁兒飛，四下奔逃。劉自光的回憶錄中，情況並非如此。他寫道：「有的說，華人出世習慣奴性，無爭性質，實難團結。鐘強先生說，事在人為，現在華僑肉在砧板上，雖死都要淨腳……[還]有的說，數年受欺受辱，無能復仇。更加祖國敗過一條死蟲，無能對付交涉，我們實無能解決此大仇，只望兩間武館的英雄出首或者可以收功。」（p. 182）

隨後，華人與「排華分子」在墨爾本唐人街交手，打了一場勝仗，有證如下：

> 初時排華分子見我們走避不敢再出接戰，趾高氣揚。我們在街外吹哨一聲，棍棒直進打得排華分子七零八落，各個臥地，有氣無聲。員警巡到方知其事，員警報于十字救傷團，來到將傷者盡數車去醫院。後有暗查到華人街，查問華人是否于該夜打架一事，華人說夜深不知。明早報紙報導，有30余排華分子在唐人街被打死三名，全數受傷。（p. 183）

---

8 廣東省政協文史資料研究研究委員會編《新西蘭華僑史》。2001年：廣東人民出版社，180-206頁。

我不知道在劉自光之前，澳大利亞華人是否有寫詩的，我想應該是有，但在紙上留下痕跡的，可能劉自光是第一個。他在新西蘭時，為當時咩利笨埠（即墨爾本市）的華人報紙《愛國報》寫「論說、小說、詼諧」，等，還在這段敘述文字中，留下了一首詩，全文如下：

西風美雨掃吾東，
與新除舊滅清蟲。
四千年餘無更改，
換過江山萬年雄。（p. 193）

不僅如此，他在回憶錄中談到反擊排華分子時還引用了一首詩（並未說明是他自己寫的，但可以假定是他自己寫的）說：「僑胞無故別人磨，弱國無救奈若何。集群尚武強退匪，還望臥龍爭山河」。（p. 183）

還有一位留下詩跡的人，是《旅居澳大利亞四十年》、1941年來澳的作者謝棠（Graham Tsetong）。該書於1978-1980年間開始寫作，1983年出版。謝棠是當海員時來的澳大利亞。當時「為了增加一點收入，答應船上幾位乘客給他們洗衣。」（p. 11）每洗一條褲子一先令六便士，其他一先令，但因客人投訴價格太貴，船上硬性規定統一價為一先令。謝棠一怒之下，「在櫃面上寫了一首打油詩以示不平」：

我想洗番衣，
怎知冇生意，
人計一先令，

我計六使士，
諸君同鑒察，
仰各宜周知。（p. 12）

憤怒出詩人，謝棠乃為「澳華」文學之先聲。

譚仕沛、Jong Ah Sing、劉自光和謝棠等，堪稱「澳華文學」之鼻祖。他們雖然教育水準和文學素養都不高，使用了日記、（口述）自傳、回憶錄和舊體詩或打油詩這種體裁，但有一點與現在的不少「澳華文學」作品相通，那就是對自身原材料的直接取用，幾乎很少加以藝術的發揮和想像。處於發端期和草創期的文學，大抵就是如此。文學性雖然不高，但也是文學初發期的草創作品所難以避免，也不能苛求而得。

遺忘

「走過去的不輝煌，留下來的是遺忘」，（我本人的）這兩句詩，很能說明「澳華文學」的生態環境。「澳華文學」是個很奇怪的東西，有些名字被記住了，而且一而再、再而三地被記住、被提起、每次被記住被提起的時候同時又被忘記，這，當然不在我應該記住之列。與此同時，另一些似乎應該記住的人，卻蓄意不被提起、蓄意被人擱置、蓄意被人用筆槍斃，彷彿不提起他們，他們真地就會被忘記。這反而從反面證明了什麼是文學，就是那種不被提及，發表之後便從公眾視野中消失，但卻像黃金一樣埋在地下，要到現在那些不再提及它們的人都死光的時候，才有可能重新大放光明的東西。在一切都是過眼雲煙，轉瞬就是垃圾的時代，不被提及，很快就讓人遺忘，很可能是一件好事。

我對逐個評說作家已經很不感興趣，只想開列一張我看過的幾部直到現在還記得的作品的單子：汪紅的長篇小說《極樂鸚鵡》，趙川的短篇小說集《鴛鴦蝴蝶》，袁瑋的中篇小說《不雪的地方和零零碎碎》，沈志敏的中篇小說《變色湖》。

汪紅比較有意思。來澳後又離澳，2002年發表了《極樂鸚鵡》這部很率性、很詩意的長篇後，就剃度出家，不食人間煙火了。在網上有她出家之後一張照片的下面，摘抄了該小說中的一段文字：

> 從春到夏，從秋到冬。別的葡萄園的葡萄已經成幹，已釀出新酒，莫納利最後一季的葡萄還沒有摘完。白鸚鵡、水紅鸚鵡一群群壓過葡萄園的上空，陽光下的巨影，俯衝、突變其方向，高唱著傾斜向上，聚合又分離，忽喇喇覆蓋了葡萄園邊緣的桉樹林，令地面上的狗、袋鼠、撐起腰背的摘葡萄工人、車房窗內的貓仰首眺望，張嘴發不出聲音。天空無盡，上千隻鸚鵡的翅膀煽動空氣，歌聲拾級而上，每一個空隙有百十種不同的伴聲。它們反反復複唱著一個詞：「極樂！」「極樂！」「極樂！」[9]

趙川沒有出家，他只是回家了，從悉尼的新家，回到了上海的老家。一走就是10年，完全沒有捲土重來的意思，甚至連開始寫得很好的小說也放棄了，正兒八經地搞起了戲劇，把一個完全不以賺錢為目的的草台班辦得有聲有色，名聲遠播。[10]他在臺灣出的《鴛鴦蝴蝶》中短篇小說集，寫得很不錯。

袁瑋多年沒有聽說，但他那部中篇《不雪的地方和零零碎碎》中那個老是便秘，坐在廁所一邊拉屎，一邊觀察周圍世界的小說人物直到現在還有印象。

9 參見：http://tanksolo.blogbus.com/logs/81478251.html

10 關於趙川創建草台班的情況，詳見歐陽昱《趙川訪談錄》，原載《華文文學》，2012年第5期，第65-68頁。

沈志敏一般提得很多了，再提多了，就容易被忘記，但當年我看《變色湖》，還是覺得很好，真有一塵不染的感覺，只有性情中人和性格純樸之人才寫得出。我之所以提這個，也是因為這部作品如今也沒有多少人提起了。

除此之外，寫短篇的盛躍華（John Sheng），一定是不會有人知道的，但當年他那個短篇《愛之茫》，[11]的確寫得很好，直到現在我譯成英文，依然覺得不錯，寫一個中國男人，夾在一個菲律賓女人和上海女人之間那種複雜的感情，以及對菲律賓農村的觀察，來得十分自然和真實。如果和他接觸，就會發現他很有思想，也很有口才。一餐飯下來，只有聽他說的，幾乎沒有別人插得上嘴的。他與別人不同之處還在於，儘管他也是澳大利亞人，儘管他也喜歡澳大利亞這個地方，但他不寫澳大利亞，只寫中國人和中國事。這有點像愛爾蘭的James Joyce（詹姆斯・喬伊絲），出國在外，從來不寫外國，只寫他的愛爾蘭。我喜歡這種廢話少說，絕不參與的勇氣。

詩人，是所謂的「澳華文學」中最不被人提起，也最容易被忘記的。我以為，當年最好的幾個詩人都在墨爾本，如施小軍（Simon Cee）、張又公（Joseph Zhang）、馬世聚（Mark Ma），等。儘管他們最後集體罷詩，他們留下的詩行，正因為被忘記，反而具有了價值。他們曾集體（包括我）出現在大陸的詩刊上，施和張又通過我的英譯，在墨爾本的The Age報上發表，我英譯的施詩還在ABC電臺的詩歌節目上播出。施小軍的詩大膽幽默，至今讀來仍然有味、仍然好玩，如這首：

---

11 該文於1997年首發于《原鄉》，第3期，pp. 45-57。歐陽昱將其譯成英文後，發表在2012年7月的*Quarterly Literary Review of Singapore*（《新加坡文學季刊》，網刊）上：http://www.qlrs.com/story.asp?id=941 盛躍華的短篇小說集《城市之戀》先於2010年發表于《原鄉》（第12期），繼而又由中國的花城出版社於2012年出版。

《Melbourne Cup》

在Melbourne Cup期間
這裡正在進行著一場有關馬的辯論
一種說，黃馬是好馬
雖然幾巴小了點　但畢竟跑了幾千年
並且仍不停蹄
另一種說，白馬是好馬
不僅幾巴大　而且搞起來花樣多
一匹白馬　能抵好幾匹黃馬
但真正大幾巴的黑馬卻站在一邊
踢著石子　把身邊的草啃爛

Simon say
其實，它們都是bloody animal！[12]

還有一個詩人，叫陳樂陵，來澳後寫了一首長詩，題為《闖蕩澳大利亞》。關於這個詩人，網上只能找到零

[12] 夏陽，《Melbourne Cup》，原載《原鄉》，1999年第五期，14頁。

星點滴的資訊，如四川詩人何小竹的文章中提到了他。[13]何小竹關於陳，有一段這樣的文字：

> 陳樂陵在教育局工作，自身的專業是繪畫，卻熱衷於寫詩。朱亞寧看見我書櫃裡的那些藏書，挑出一大半，陰沉著臉說，這些垃圾，可以燒了。我就問，那我該讀什麼？他看見了我擺在桌上的《外國現代派作品選》，就拿起來翻了一下，說，就按上面選的這些作家讀，並特別提到了卡夫卡。他說到卡夫卡的時候，那語氣，不像是在說自己的偶像，輕描淡寫的，就像說的是身邊的某個熟人。而陳樂陵，又是另一種風格。他毫不掩飾自己對卡夫卡的崇拜，不僅嘴上滔滔不絕，還利用自己的繪畫才能，臨摹了一幅卡夫卡的肖像，掛在自己的房間裡。他也將自己寫卡夫卡的一首詩念給我聽。詩的標題就叫《卡夫卡像》（「我見過潦倒在煙囪下的／瀕於死亡的陌生人，／我見過石頭壘成的村舍旁／腹部急劇抽搐的老馬……」）。對於老樂（朋友們對陳樂陵的昵稱）溢於言表的卡夫卡情結，朱亞寧總是表現得不以為然。但我是以為然的。[14]

陳樂陵的長詩寫得大氣湯湯，淋漓酣暢，網上的介紹稱：「長詩〈闖蕩澳大利亞〉含括了上個世紀80年代末90年代初中國赴澳留學生的艱難困境和心路歷程，作者陳樂陵（居墨爾本）就是當時四萬多留學生中的一名，當年他的詩發表於《時代報》，在華人尤其是中國留學生圈中引起極大的反響和震動。」[15]特摘首段如下：

---

13 何小竹，《聽他們說：重溫八十年代的閱讀》：http://msn.china.ynet.com/viewjsp?oid=45774826&pageno=2

14 何小竹，《影響我人生和寫作的閱讀》：http://blog.sina.com.cn/s/blog_53f6598701008cgu.html

15 參見：http://www.ozstudynet.com/html/liuaozhilu/xinqinggushi/2004/0624/1987.html

我們是各色各樣的人
是知識份子、是工農商學兵、是十八極以下的幹部、是無業者
我們是自己的監護人，卻看不住自己
我們好高騖遠、浮想連翩、夜不能眠
我們不安分，我們冒險、也危險
我們易燃、易爆、易碎
卻要倒置自己、擠壓自己
總之，我們不召而至、殊途同歸，向這塊新大陸衝刺了
我們沒用錦帛煙酒請土族做嚮導
我們獨立登陸，然後擱淺，盲目地流很多血
我們象幹魚那樣張開腮吸氧、振作精神
我們穿越叢林、進入城市
我們要讀書、要淘金、要實現五光十色的夢想
其實，我們首先要還債
我們把自己送進學校註冊、把自己押進教室、展開書本
我們把書本豎成掩體，躲在後面打瞌睡，儲蓄精力
太陽淹進海裡了，我們就從掩體裡爬出來
沖向這天堂的每一個角落[16]

16 陳樂陵，《闖蕩澳大利亞》全詩在此：http://www.ozstudynet.com/html/liuaozhilu/xinqingushi/2004/0624/1987.html

注意，當年的華人話語中，頗愛稱澳大利亞為「天堂」，如丁小琦的話劇《天堂之門》和陳的這首詩，等。這種不假思索，僅以物質作對比，就得出的膚淺結論多麼可怕，想必新一代的八零後和九零後來澳者，可能不會做如是觀。本人就沒有，曾一度稱其為「hell」（地獄）。已經扯得很遠了，但像陳樂陵這樣的詩人，可能早已被人遺忘，不知飄落到這個「天堂」的哪一個角落。

倖存

在華人已經有了大房、二房、三房乃至多房的時代，澳大利亞的這個「華人文學」卻在迅速地沉淪、迅速地貧窮下去，其狀態已經不是生活，而是生存、倖存。沒有思想、少有思想、甚至連錢都沒有或很少有。一個文人寫東西，既無人看，也無錢付（指稿費），更無人買，那這個文人還寫東西幹嘛？純粹寫給自己看？為了崇高的文學事業?!好了吧，你。

我們都生活在澳大利亞，不是已經入了澳大利亞國籍，就是至少拿到了PR（永久居留身分）。應該大致知道一下，澳大利亞文學刊物和報紙的付酬狀況。一般的雜誌，如悉尼的《南風》（*Southerly*），稿費詩歌是100元（注：一澳元最低時相當於4元多人民幣，最高時可達7元以上），小說150元到200元不等。其他稍差的也至少是60元一首。悉尼的*Quadrant*雜誌一個英文短篇是300元，另加10%的GST（消費稅），即330澳元。當年鄙人翻譯一個華人作家的短篇，收進一部澳大利亞短篇小說集中，作者和譯者各領到了500澳元的稿費。現在網上雜誌多起來了，雖然稿酬不豐，但明碼實價，照樣付錢，如《火藥》（*Cordite*）雜誌，就開列了一張稿費清單，網上一目了然（其網站在此：http://www.cordite.org.au/submissions鼓勵大家去投稿）：

POETRY（詩歌）：$60

REVIEWS（書評）：$50

FEATURES（特寫）：$50-$100

AUDIO（音訊材料）：$50

IMAGES（圖片）：$20

墨爾本的*The Age*報，發表一首小詩，稿酬100澳元，另加10%的GST。如果發表的是譯詩，稿酬則是200元，另加20元的GST，意思是翻譯和原作者各得一半。這個還不算高。《澳大利亞人報》每首詩歌125澳幣（加GST）。

詩歌稿酬最高的是布里斯班的《格里菲斯評論》（*Griffith Review*），一首詩200元。鄙人曾發詩四首，另加GST，共880澳元。

文章方面稿酬最高的是《澳大利亞人報》（*The Australian*）的一個副刊，叫*The Australian Review of Books*，曾經高到一字一澳元的地步。鄙人曾受該報約稿，寫一篇3000字的文章，多寫了500字，並非有意，卻照樣一字一元地付了3500澳幣。這是當年，現在不知道是否還付這麼多錢，但有一點是肯定的，他付這個錢，你肯定得盡心盡力，這是自不待言的。

文學要想倖存下來，首先人得活下來。有一個澳大利亞作家說得好：不給錢，我絕對不給他寫！給低了還不行！想一想吧，一個畫畫的人價值何在？畫了半天，一粒米沒換來，或者不過換來了幾粒米，那是什麼樣的一種感覺？都期望畫家像梵古那樣把耳朵割了，等到下一個世紀把畫拍賣出幾千萬來嗎？一個寫作的人是同樣的。不僅要給錢，而且要給得像樣，否則，那是看不起人，也連帶著看不起文！

不說澳大利亞，就是中國大陸，也早就不是對文人說大話使小錢了。記得2002年前後，我曾為廣州某家報紙副刊寫專欄，每期800字，稿費在300-500元內。按大陸的標準，這雖然不是最高，但應該還是不錯的。不能折算成澳幣算，因為從購買力的角度講，在大陸花300元買東西，和在澳大利亞花300澳元買東西是差不多的。至於臺灣，就更不用說了。很早就是一首詩歌60美金。

時至今日，「澳華文學」只能說還處在苦打苦熬的狀態之中。在大量的空間中撒出等量的文字，最後收回的是一點微薄的稿酬。這種狀況不僅愧對後人，就是對洋人—與我們為鄰的白人—也是難於啟齒，無法下筆的。你怎麼好意思告訴人家實情？你又怎敢對公眾開出一張菲薄的稿酬單?!

不能說金錢就是一切，但又想鬻文為生，又想不為五斗米折腰，倖存中的這個風雨飄搖的文學要想不先貧窮下去，又後富不起來，看來是很有可能的了。

狂歡及其他

「澳華文學」沒有狂歡，只有狂罵（順便建議，今後要狂罵的可以，但不能給以稿費支援，哪怕稿費很小也不給，同時在狂罵專欄處登上一個永久提示：各位盡可暢所欲言，但一旦觸犯法律，文責須由自負）。它既沒有小（精微之作），也沒有大（長篇巨制），它沒有引領潮流的先鋒之作，卻遍地都是難以卒讀的螞蟻文字。

關於「狂歡及其他」，因為沒有，提它則甚？倒是想從最近剛剛譯完的羅伯特・休斯的《澳大利亞流犯流放史》一書中，引用一段關於澳大利亞早期文藝發展窘境的描述，[17]作為本文的結語：

[17] 參見Robert Hughes, *The Fatal Shore*. Vintage, 2003, p. 338。譯者為歐陽昱，南京大學出版社即出。

殖民時期早期的悉尼不是一個很有文化的城鎮。甚至就連窮詩人邁克爾・馬西・羅賓遜在對這個城市進行沉思時，都迫不得已使用嬰兒期和初生太陽這種隱喻。悉尼社會高層階級的文化生活處於一種幼蟲狀態，偶爾舉辦一次詩歌朗誦會或水彩畫展覽。來訪者和居民大多感到，這個城市枯燥乏味，土裡土氣。巴倫・菲爾德法官。[18]這個名字起得不錯，他1816年來到澳大利亞，接替傑佛瑞・本特的工作。他抱怨說：這是一塊「沒有古跡的土地」。對菲爾德來說，這地方實在過於原始，除了袋鼠之類的幾種怪物之外，沒有明顯可見的文化痕跡：

……在這兒，大自然平淡乏味，
風景不如畫，聲音無樂感，在這兒
反映藝術的大自然尚未誕生；——
我們什麼都沒有，只有企望，
這（我承認）也比完全自私要好。
但卻又過於自負—過於美國化。
這兒沒有過去時，當前的一切都是無知。

他覺得，悉尼是一個「褻瀆神靈、沒有脊樑骨的城市」。眼前唯一能讓人產生聯想的是一條船：

[18] 英文是Barron Field，很接近barren field（貧瘠的土地），故有此說，譯注。

……那對我來說就像是詩，
我衷心相信，不要多久，
它的翅膀就會載著我離開這片平淡無奇的土地。[19]

當今的悉尼早已不是那樣，但此刻的「澳華文學」，說它是一塊「平淡無奇的土地」，也是絲毫不為過的。

19 參見：巴倫・菲爾德，《論讀到拜倫先生和博爾斯先生之間論爭的感想》，原載布萊恩・伊利奧特和埃德里安・米切爾（編著），《荒野裡的吟游詩人：截至1920年的澳大利亞殖民時期詩歌》，18頁。

第四章 澳大利亞英語文學中的華人寫作[1]

我們通常所說的澳大利亞文學，是指以英文為母語，作者身為澳大利亞國籍，在澳大利亞國內或國外所發表的任何一個類別的文學作品，含非小說和虛構小說兩大類，以及詩歌、戲劇、電影文學作品等。有一大批來自中國大陸、香港、臺灣、東南亞和世界其他地方的華裔作家，儘管已有澳大利亞國籍，但因只以中文書寫和發表作品，已在前面專章討論，故在本章不再討論。[2]本章所涉及的，主要是來自世界各地，隸屬華裔、華人，包括在澳大利亞出生和長大的作家，用英文寫作和發表的非小說類和小說類的作品，其中也含少量詩歌和劇作。沒有華裔、華人血統的，當然不在討論之列。本人的英文作品，也不屬此列。[3]

如前所述，澳大利亞華人以英文寫作的歷史，可以一直上溯到1867年的華人精神病患者Jong Ah Sing，其以英文寫作的63頁日記雖未發表，但給後世觀照檢查這一歷史，留下了寶貴的財富。[4]自那時以來，在相

1 本文作者系歐陽昱。

2 我的這個做法，與瑞士學者黛博拉・馬森的做法相似，即只談用英文寫作的亞裔澳大利亞作家，含華人作家。參見馬森，原載Nicholas Birns and Rebecca McNeer（eds）, *A Companion to Australian Literature since 1900*. New York: Camden House, 2007, p. 106.

3 關於本人的作品，可參見下面一章梁余晶所撰章節。

4 參見沈園芳（Shen Yuanfang），*Dragon Seeds in the Antipodes*. Melbourne University Press, 2001，21。遺憾的是，該書的英文索引中，找不到John Ah Sing的名字，因此無從知道該日記寫作的具體日期。

當長的一段歷史時期內，都一直是一個空白，直至1970年代初，才有一個名叫Tina Chin的華人女詩人在《詩歌澳大利亞》（*Poetry Australia*）雜誌上發表了一首英文詩。[5]據我分析，華人之所以用英文發表很少，有幾個原因，一是來澳的華人大多屬受教育程度較低者，即便有受教育者，也都主要是學科技的，從文者相對極少。其次，「白澳政策」對華人的滅殺和貶抑也是一個重要原因。[6]對華人的態度，可從1857年7月16號的《巴拉納特之星》報的一段文字中看出，該文說：「至少在我們這個時代，……[華人]別想給我們寫任何書、編任何雜誌、為科學和藝術添加任何內容、在法院參加陪審團，也別想加入任何立法會。」[7]

隨著身具數國血統—葡裔、華裔、西班牙裔、英裔—的高博文（布萊恩·阿爾伯特·卡斯楚）於1983年出版第一部長篇小說《漂泊的鳥》，這個情況才有根本改觀。高博文生於1950年，1961年抵達澳大利亞，1973年發表第一篇短篇小說《埃斯特裡亞》（「Estrellita」）。其實，截止1983年，也就是他23歲至33歲的十年之間，他已發表11篇英文短篇小說。從1983年發表第一部長篇小說起，截至2011年，他共出版9部長篇小說，其中除《漂泊》（*Drift*）和《斯苔珀》（*Stepper*）兩部之外，均與中國有不同程度的關係，而且幾乎部部都獲各州大獎並兩度入圍澳大利亞最高文學獎邁爾斯·佛蘭克林獎。儘管評論界對高博文褒貶不一，認為其作品相當晦澀，沒有市場，他的後期作品每部出手，都很難找到出版社願意出版，如他的長篇小說《上海舞》（*Shanghai Dancing*），被原來出版他的大出版社退稿，最後由一家剛成立的小出版社出版，但一經出版，就獲得巨大成功，一舉奪得2003年新南威爾士總督文學獎的最佳作品獎。評委認為，該書「延展了（自傳這種）文學形式，針對普遍的人類經驗發聲，在身分焦點變得狹隘的時候，這是一部極為重要的作

5 即該刊1971年第39期。關於Tina Chin，現已無可考，但很可能是澳大利亞最早以英文寫作的華人詩人之一。

6 參見Ouyang Yu，*Chinese in Australian Fiction: 1888-1988*. Cambria: 2008, p. 352.

7 該話英文轉引自Kathryn Cronin, *Colonial Attitudes: Chinese in Early Victoria*. Melbourne: Melbourne University Press, 1982, p. 67.

品。」[8]

這之後，高博文又連續出版了兩部長篇，如《花園書》（*The Garden Book*）和《巴斯賦格》（*The Bath Fugues*）。他的所有作品都有這樣幾個特點，故事性散碎，結構呈複調，時間跨度大，人物零碎化，身分多元化，互文性極強，思想上持多元價值觀，特別強調對亞洲文化、尤其是中國文化的吸收、包容和融匯，藝術上始終堅持刻意求新、求變、從難、從嚴，採用後現代的碎裂發散性手法，多方位、多角度、多視野地敘寫當代澳大利亞語境下主要是知識份子，特別是有著亞裔背景的知識份子的孤獨、隔膜和壓抑的生存狀態，從多方面對以盎格魯-撒克遜為主流的澳大利亞白人文化和白人價值觀形成對立和衝擊，作品通常從重大歷史事件如淘金（《候鳥》）、為人熟知的精神病個案如佛洛德的「狼人」（《雙狼》）、歷史上鮮為人知的英國實驗作家B.S. Johnson（《漂泊》）、中國古代性史（《中國之後》）、個人家族史（《上海舞》）、法國作家蒙田的故事（《巴斯賦格》）等取材，打造成了他所特有的那個晦澀難懂、撲朔迷離的文學世界。如果作為作家他有什麼立場的話，那他一貫堅持的就是「局外人」的立場。正如他所說：「在我青年時期的某一階段，我記得當時曾做出一個清醒的決定，要把自己從（澳大利亞）這個文化……的桎梏中解脫出來。」[9]其實，時至今日，他的藝術取向也一直是這樣的。據他認為，文學不是「進行投票的節日」，而是一種「擦滅的過程」，這與它不得不面向公眾的這一特點構成了緊張關係，從而導致「與失落的世界發生聯繫」。[10]

長篇小說方面，澳大利亞文學中以英語寫作的華人、華裔作家，以質、量、得獎數目計，首屈一指的

---

8 Malcolm Knox,「Shanghai surprise」, *SMH*, 18/5/2004, at: http://www.smh.com.au/articles/2004/05/17/1084783452324.html

9 參見Brian Castro, *Looking for Estrellita*. St Lucia: University of Queensland, 1999, p. 52.

10 同上，p. 101.

應該是高博文，中國大陸的除歐陽昱、吳建國和生於1983年的女詩人李蓓爾外，基本上都是女作家，如黃貞才、廖秀美、貝思・葉、張思敏、洪振玉、阿琳・蔡（Arlene Chai）和阿列克西絲・賴特（Alexis Wright），等。除了廖秀美和阿列克西絲・賴特外，這些女作家都有一個共同特點，即她們的作品多帶有自傳性，故事性很強，講述各自從原籍地來到澳大利亞的經歷，主人公也都是華人，基本沒有或很少有白人形象，不僅如此，她們筆下的主人翁幾乎無一例外的都是女性，頗像澳大利亞華人女畫家呼鳴，[11]其所用英語也多熔鑄了以中國東南沿海一帶音調為基的漢語特色。

吳建國（Jianguo Wu）應該是「六四」後從中國來澳，在澳大利亞發表英文長篇小說的第一人。他的《潺潺的小溪》（*The Meandering Stream*）於1997年首次出版，該書手稿於1996年被提名參選HarperCollins Fiction Prize（哈珀・科林斯小說獎）。這部小說具有自傳色彩，描寫了一組文革時期下鄉知青的生活。一書評稱該書講述了一個「強大有力的故事」。[12]吳建國還發表了若干英文短篇小說，但他的主要精力還是放在戲劇創作上，這將在後面談到。

李蓓爾於1986年3歲時，從中國大陸隨父母移民到澳大利亞，在墨爾本大學讀了文學和法律雙學位，後又回到墨爾本大學攻讀創作學的博士學位，截至2013年下半年，雖僅發表一部小詩集，但在澳大利亞各大文學雜誌發表了很多介乎詩歌和散文之間的作品。[13]

黃貞才原籍新加坡，後去英國學醫，1970年代中期抵澳，在澳行醫二十年後，大約在2005年前後回到新加坡。此前，她出版了兩部長篇小說，《銀姐》（*Silver Sister*）（1994）和《雲吞》（*Swallowing Clouds*）

11　呼鳴畫筆下的所有人物均為女性，可參見其網站：http://www1.hu-ming.com/

12　參見Marielu Winter的英文書評：http://www.papyrus.com.au/review_stream.html

13　詳見PIW網站：http://www.poetryinternationalweb.net/pi/site/poet/item/22862

（1997）。《銀姐》以她在倫敦離異之後，家裡請的阿媽為藍本，[14]發掘了福建沿海一帶梳頭女的歷史題材，講述了一個梳頭女終身不嫁，流離顛沛，輾轉來到澳大利亞定居的故事。該書出版後，當年兩次再版，1995年和1996年又各再版一次並於1995年獲得人權獎。據黃貞才自陳，她在用英文寫作時，往往是先用中文思維，再在大腦中轉譯成英文。她覺得，「也許正因如此，有時候我的文本，我的英文作品寫出來時有點兒怪。」[15]這種情況在華人的英語寫作中，是一個值得注意的現象，惜乎在澳大利亞這個以英文為主的世界裡，還極少有人關注這個奇特的語言現象。

黃貞才的《雲吞》，是一部反映八九「六四」題材的長篇小說。值得注意的是，這樣的題材，在「六四」過去了二十多年後的2011年，在中國大陸仍屬禁區，不可能看到任何關於此類題材的作品，但在海外作家手中，特別是華人作家筆下，這個禁區並不存在。虹影旅居英國時，曾寫過一部關於「六四」的長篇小說《背叛的夏天》（*Summer of Betrayal*）（1992年在臺灣出版，後譯成英文）。永居倫敦的馬建也寫過「六四」，這就是他於2009年出版的長篇小說《北京植物人》（*Beijing Coma*）（以中文寫成，後由其妻譯成英文）。該書出版後，在西方世界引起巨大反響，造成的客觀效果就是，他一家六口悉數被拒簽，2011年年中回國未果。[16]

---

14 參見「Interview with Lillian Ng」by Ouyang Yu, 原載*Bastard Moon: Essays on Chinese-Australian Writing*, ed. by Wenche Ommundsen, *Otherland*, No. 7, 2001, p. 112。澳大利亞文學門戶網站上關於黃貞才的詞條有誤，說她曾在澳大利亞霍巴特和悉尼醫院當銀姐（又稱阿媽）即護士的經歷。http://www.austlit.edu.au/run?ex=ShowAgent&agentId=A%23Xh

15 參見「Interview with Lillian Ng」by Ouyang Yu, 原載*Bastard Moon: Essays on Chinese-Australian Writing*, ed. by Wenche Ommundsen, *Otherland*, No. 7, 2001, p. 113。

16 據BBC2011年8月3日電，「旅英華裔作家馬建近日準備回中國看望88歲的老母親時，被中國政府拒發入境簽證。已經加入英國籍的馬建在接受BBC中文網的採訪時說，他和太太以及4個從2歲到7歲的孩子本準備在8月2日乘飛機回北京，但由於他本人被拒簽，所以只好全家放棄回鄉之行……。據馬建猜測，他這次被拒入境的原因，一是6月12日在《南華早報》英文版的採訪中談了天安門事件，黃貞才與大陸背景的虹影和馬建不同之處在於，她不處於英語世界政治文化中心之一的倫敦，而身在天涯海角的澳大利亞悉尼，她對「六四」的著眼點，不是其政治意義，而是某個因「六四」而來到澳大利亞的中國女生的經歷，對她的關注，也不是「民運」，而是「身分」，即她如何通過與悉尼一位肉店的華人老闆發生肉體關係，最後拿到永居身分的故事。因此，書中涉性頗多，用筆也相當暴露，導致其書背語因東南亞立法查禁色情圖書而被換掉。[17]該書出版後，遭到不少澳大利亞女書評者的微詞，如Anna King Murdoch和Terri Ann White，等。[18]黃貞才是否因此而洗手不「寫」，重返新加坡，筆者不得而知，但筆者2005年在新加坡與黃不期而遇時，【插圖09：歐陽昱參加2005年新加坡國際作家節上的講話小影。】她告訴我：還是新加坡生活比較舒服。

貝思・葉屬60後，生於1964年，原籍馬來西亞，父親是華人，母親是泰英混血，長篇處女作《憤怒的鱷魚》系她28歲那年即1992年，她來澳8年後出版，次年即獲得新南威爾士總督獎和維多利亞總督獎雙獎。儘管她否認該書有自傳性質，但她也承認，其中含有「自己的胚芽」。[19]而且，該書故事背景不在澳大利亞，不在馬來西亞，也不在新加坡，而在馬來西亞她出生長大的地方，顯然與她的個人經歷有很大關係。該書講述的從祖母到母親，再到女兒的三代女性故事，不僅頗符合澳大利亞華人女作家關注女性多於男性的新傳

二是他描述六四事件的小說《北京植物人》去年在香港和臺灣都出了中文版。」該訊息源于與馬建電子郵件通信。

17 參見「Interview with Lillian Ng」 by Ouyang Yu, 原載*Bastard Moon: Essays on Chinese-Australian Writing*, ed. by Wenche Ommundsen, *Otherland*, No. 7, 2001, p. 113.

18 參見Tseen Khoo,「Selling sexotica: Oriental Grunge and Suburbia in Lillian Ng's *Swallowing Clouds*」, 原載*Diaspora: Negotiating Asian-Australian*, eds. by Helen Gilbert, Tseen Khoo and Jacqueline Lo, St Lucia: UQP and API Network, 2000, p. 167.

19 參見Shanthini Pillai,「Occidental echoes: Beth Yahp's ambivalent Malaya」, at: http://www.biomedsearch.com/article/Occidental-echoes-Beth-Yahps-ambivalent/168737196.html

統，也與自張戎的《鴻》（*Wild Swans*）（1991）發表以來，在全球引起巨大轟動而可能造成的影響有關。《鴻》這本書有個副標題，即《中國的三個女兒》（*Three Daughters of China*）。《憤怒的鱷魚》中經由祖母，講出許多神神怪怪的故事，摻雜了馬來西亞華族的神話、鬼怪和荒誕不經的文化因素，這又不能不讓人感到，它可能還受到美國華裔作家湯亭亭（Maxine Hong Kingston），特別是她那本題為《女勇士：鬼魂中的少女時期回憶錄》（*The Woman Warrior: Memoirs of a Girlhood among Ghosts*）的書的影響。此前，貝思・葉發表過一些短篇，此後，她也出過一兩本非小說的文集，但後來離開澳大利亞，前去其他國家居住，這種一本書主義或兩本書主義，以後移居他國，不再與澳大利亞發生關係，也是澳大利亞華裔、華人女作家的一個典型特徵。

廖秀美生於1968年，原籍新加坡，來澳後於2000年發表長篇小說《扮演毛夫人》（*Playing Madame Mao*）。她與前面幾位華人女作家不同之處在於，她的第一部長篇除了故事發生在新加坡之外，與她本人經歷幾乎沒有什麼關係，儘管其所關注的物件還是以女性為主。她同澳大利亞華裔女作家和美國華裔女作家不同之處還在於，她這部作品屬於政治諷喻，一上手就對自家身世不感興趣，不肯對關切華人家世題材的西方書市屈膝投降，而利用在新加坡扮演江青的演員生活來借「今」諷今，借中國諷新加坡，比較深刻地批判了毛澤東和李光耀這兩位歷史人物。[20]也可能正是因為她的起點較高，不落俗套，導致該作僅入圍多項文學大獎，而最終無果無功空手返，從反面說明澳大利亞文學獎的偏見和局限性。

澳大利亞文學界常有這樣一種情況，如果投合西方人獵奇的口味，寫些神神鬼鬼的故事和華人家世傳奇，一般來說很容易上路得道，如果獨闢蹊徑，獨樹一幟，往往會走投無路，無人理會。高博文越走越窄，一書既成，無人收購，一書既出，得獎無數這種怪異的文學道路，就充分說明了這一點。廖秀美屬女中異

[20] 美國有一華人作家閔安琪與之相似，也寫過一部長篇，標題是《成為毛夫人》（Becoming Madame Mao）。Houghton Mifflin Harcourt, 2001。

數，她出手不凡，但命途多舛，第二部長篇小說《驅憂者》（*The Dispeller of Worries*）早就聽說要由悉尼的Brandl & Schlesinger出版社出版，網上也早就打出了2007年出版的日期，但後來音信全無，直到2009年，才在馬來西亞的吉隆玻出版。[21]可見有才氣的華裔作家，不是在澳大利亞被逼得走投無路，如高博文，就是被逐出國外尋求出路，如廖秀美即是。

張思敏屬70後，生於1970年，原籍馬來西亞，7歲來澳，1998年在悉尼大學獲得文學博士學位，現在麥誇裡大學現代歷史系工作。她的第一部長篇小說《愛的暈眩》（*Love and Vertigo*）於她30歲那年，即2000年出版，該書尚未出版前，就以手稿形式於1999年獲得《澳大利亞人報》暨福格爾國家文學獎（The Australian/Vogel National Literary Award）。她這部作品自傳性很強，故事發生在她祖籍所在地馬來西亞，講的是一個華人家庭在馬來西亞遭受種族主義歧視之後，又輾轉來到澳大利亞的辛酸故事。小說出版後，已經譯成中文，[22]是除高博文之外，作品被譯成中文的少有的澳大利亞華人作家之一。

繼《愛的暈眩》之後，張思敏又於2005年推出第二部英文長篇《月亮的背後》（*Behind the Moon*），故事地點發生轉移，設在了澳大利亞悉尼，人物也從第一部小說主要關注的女性轉到了全男性，即三位年輕人，一位華裔，一位越裔，一位盎格魯-撒克遜裔，大約有點想脫離慣常所見的女性只寫女性的窠臼的意思，只是該書立意雖好，但不免有過濃的主題先行、政治正確色彩。由於張在大學有正式工作，寫小說似屬順帶，不太有暇苦心經營。兩部書後至今未有後繼，暗合我前面提到的澳大利亞華裔女性作家的「二部書主義」。

---

21 據Katherine England評論：「廖秀美可與高博文相提並論」。另據《新加坡時報》雲：「把廖秀美比作瑪律克斯也許過譽其詞，但她在各方面都值得褒獎。」二語均參見：http://www.amazon.com/Dispeller-Worries-Lau-Siew-Mei/dp/9673035237/ref=sr_1_1?ie=UTF8&qid=1317531212&sr=8-1

22 2003年由群眾出版社出版。

洪振玉1942年生於新加坡，22歲移居澳大利亞，2011年獲得昆士蘭大學創作學博士學位，至今僅出版一部自傳性的英文長篇小說《風水》（*Wind and Water*）。該書講述了Ong Hock一家從中國到新加坡，又從新加坡到澳大利亞的經過，但顯而易見，作者的焦點仍放在三代女性身上，與前述幾位華人女作家一脈相承，這當然不是弱點，而是一個很值得研究的現象。這本書與其他幾本迥異之處在于，作者對其在澳大利亞遭受的種族主義歧視決不諱言，通過主人公Lettie的口說：「我也是一個二等公民。在我們住過的那些小鎮，有一種無人挑戰的觀點，認為『清客』能被允許進入這個幸運的國度，就已經夠幸運了。」[23]她在申請工作時，居然被人告知，她「生錯了膚色」。[24]這與那些有意避開澳大利亞黑暗社會現實的作家相比，頗見其反抗的一面。還有一個有意思的地方是，該書華人女主人公嫁了白人老公後，身體經常得病，甚至只要想到馬上就要跟老公或老公家人見面，就會感到緊張，身體出現很多反常現象，如斑疹等。後來這個婚姻無疾而終，據她說，從身體上很早就出現了徵兆。這真是中華文化與西方文化互相衝突，水土不服的一個絕妙注腳。[25]

阿琳・蔡1955年生於菲律賓的馬尼拉，全家1982年移民澳大利亞，共出版四部長篇小說，《上次我見到母親》（*The Last Time I Saw Mother*）（1995），《食火飲水》（*Eating Fire and Drinking Water*）（1996），《在神女石上》（*On the Goddess Rock*）（1998）和《黑心》（*Black Hearts*）（2000），每部均有濃厚的自傳色彩，第二部尤為明顯，據作者自言，這是關於她父親故鄉鼓浪嶼的，她從小長大，總是聽到祖父母和父親充滿「感情和渴望」地提到這個地方。[26]在所有澳大利亞華人小說家裡，據說阿琳・蔡的作品最為暢銷。

---

23 參見Ang Chin Geok, *Wind and Water*. Milsons Point, NSW: Minerva, 1997, p. 222.

24 同上，p. 223.

25 參見Ang Chin Geok, *Wind and Water*. Random House, 1997, p. 222.

26 參見Arlene Chai, *On the Goddess Rock*. Milsons Point, NSW: Random House, 1998,「Author's Note」.

小說方面提到的最後一位作家是阿列克西絲・賴特。一般而言，無論在澳大利亞評論界還是華人作家圈子裡，從來都不把阿列克西絲・賴特看做亞裔作家，而視她為土著作家，這其實很不公平，顯然是一個嚴重的疏忽。她生於1950年，兼有土著和華人血統，到目前為止，共出版兩部長篇小說，《許諾的原野》（*Plains of Promise*，1997）和《卡彭塔利亞灣》（*Carpentaria*，2006），後者獲得2007年澳大利亞最高文學獎邁爾斯・佛蘭克林獎。有意思的是，儘管她言談中常提到來自廣東的華人曾祖父的情況，但筆下從不涉及華人和中華文化，至少從目前發表的兩部長篇中看不出來。這也是研究用英文創作的海外華人作家作品的一個很特殊的現象。一位元作家不是說身上有華裔血統，作品就一定涉及華人或中華文化，阿列克西絲・賴特是一個顯例，[27]另一個例子則是剛出道的女作家Leanne Hall，也具有華裔血統，1977年生於墨爾本，但她2010年出版的處女長篇小說《這是夏埃尼斯》（*This is Shyness*），就不見絲毫華人痕跡。從這個意義上來講，文學中以種族身分、血親關係等來進行劃分的血統論看來可以休矣。[28]有血統而不涉中華文化的作家，與無血統但大寫特寫中華文化的作家相比，後者似更應納入這個討論的範疇，姑且在此提出這個不成熟的理論，就教於有識者。

黃金蓮（Alison Wong）[29]1960年生於新西蘭的黑斯汀，長居新西蘭，曾去過中國，初寫詩，後寫小說。第一部長篇小說《大地變為銀色的時候》（*As the Earth Turns Silver*）於2009年在新西蘭出版，此後不久便移居澳大利亞，該書隨後在澳新兩國都獲得兩項大獎入圍獎，其中一項為澳大利亞總理文學獎。這部長篇主要寫

---

27 我曾在2011年9月，在悉尼參加一次中澳文學高峰會議，聽過賴特的講話並向她提到這個問題。她提到了祖父種菜園子的事，但對是否寫此類題材沒有深究。

28 趙毅衡曾有一篇文章，以「血統」論華人作家，在我看來頗成問題。該文標題是《一個迫使我們注視的世界現象——中國血統作家用外語寫作》，參見該文網址：http://www.literature.org.cn/article.aspx?id=26832

29 她婚後還有另一個名字，叫黃黎。

1920年代一家華人從中國到新西蘭的生活。黃金蓮也提供了一個很有趣的個案：來自另一個國家的作家，能否在短期移民澳大利亞之後，就順理成章地算作澳大利亞作家並寫進澳大利亞文學史。

短篇小說方面，上述諸人都有創作，包括高博文、貝思・葉等，但有專集出版，而且主要經營短篇小說的華人作家有二，即關嘉祥（Andy Quan）和曹勵善，另外還有一位莫妮・萊・斯托茲（Moni Lai Storz）。

關嘉祥1969年生於加拿大溫哥華，1999年移居澳大利亞。他寫詩，寫短篇小說，編過詩集，還是歌手，創作歌詞。他出版過兩部短篇小說集，《日曆男孩》（*Calendar Boy*, 2001）和《六種體位》（*Six Positions*, 2005）。關嘉祥的作品主題涉及同性戀、移民、身分、青春期，等，第一部短篇集主要以加拿大為背景。第二部短篇也在加拿大出版，被出版社定位為「男同性戀／性愛小說」，對探討研究華人同性戀問題，應該是很好的材料。

曹勵善（Tom Cho）原名納塔霞・曹（Natasha Cho），原為女，後為男，1974年生於墨爾本，寫詩，後轉向短篇小說寫作。第一部短篇小說集《瞧，誰在變異》（*Look Who's Morphing*）2009年出版，收集了18個短篇，探討變形、身分政治、波普文化、多元文化中的語言等問題。出版後評論界反應不一。有的認為其基本風格屬「犯規」，不是展示，而是「講述」。[30]還有人認為，無論對作者和讀者來說，穿越這部集子的「想像之旅」，既「漫長、又艱難，而且令人作嘔，但最終還是對雙方有益」。[31]更有人認為，該書中「最弱的短篇讀起來有時就像在看後解構主義的文學理論，加上一點喬裝名人和下流旁白的發酵劑」。[32]

莫妮・萊・斯托茲生於1944年，原籍馬來西亞，寫詩、小說和中篇小說，曾於1997年出版一部中篇小說

30 參見一英文評論：http://www.benjaminsolah.com/blog/?p=1652
31 參見Cyril Wong關於該書的評論：http://www.mascarareview.com/article/134/Cyril_Wong_reviews__Look_Who's_Morphing__by_Tom_Cho/
32 參見James Halford關於該書的評論：http://reviews.media-culture.org.au/modules.php?name=News&file=article&sid=3442

《老天有眼》（*Heaven Has Eyes*）。[33]該書從另一個方面說明，從世界各地到澳大利亞定居的華人，其文學世界所關注和虛構的世界，並不一定都是澳大利亞。《老天有眼》這部中篇小說，通過一個名叫Hock Chia的華人私生子苦學成才，最後與生父團聚的故事，生動地描述了馬來西亞華人生活的多個方面。有一點值得注意的是，書中從不提「中國」二字，而是用「in the land of long ago」（在很久以前的那片土地上）[34]或「in the land of our ancestors」（在我們先祖的那片土地上），[35]既帶有深情，又保持距離。

下面來談華人英語非小說的創作。這個群體可分三類，一類來自大陸，一類來自東南亞，一類來自澳大利亞土生土長的華裔華人。桑曄來自大陸，但因其作品均以中文寫成，譯成英文發表，所以不在討論之列。大陸這一撥有方向曙，李春英（Li Chun-Ying），[36]王玲（Ling Wang），[37]王曉菁（Lucy Wang）和李存信。東南亞這一撥用中文寫作的多，用英文寫作的少，僅有一人，即方佳佳。澳大利亞土生土長族的也不多，僅三人，即鐘海蓮（Helene Chung），羅旭能和簡・哈欽（Jane Hutcheon），當然也有一些寫自傳的，如澳大利亞華人Stanley Hunt的《從石歧到悉尼》（*From Shekki to Sydney*）（2009）和大陸華人周華的《從自行車到本特利》（*From Bicycles to Bentleys*）（2008），就不專門敘述了。

中國大陸自1970年代末和1980年代初改革開放以來，已逾三十餘年了，大批人員出國，其中有不少最後通過各種方式在海外滯留、居留，乃至永居並成為居住國的國民，定居之後改用英文創作，通過回憶錄、自

33 還有一位華人畫家兼作家，即陳志勇（Shaun Tan），曾有以繪畫為主的無字書，如《抵達》（The Arrival），影響很大，也獲得諸項大獎，但因屬於很不同的創作類別，故略去。

34 參見Moni Lai Storz, *Heaven Has Eyes*. Monash Asia Institute, p. 36.

35 同上，p. 45.

36 其中文姓名只是音譯，並未也無法與作者本人核對。

37 其中文姓名只是音譯，並未也無法與作者本人核對。

傳等文體，講述自己的親身經歷或家庭舊事，成為非文學中的一大景觀。這方面影響較大的有英國張戎（Jung Chang）的《鴻：中國的三個女兒》（*Wild Swans: Three Daughters of China*, 1991），薛欣然（Xinran）的《中國的好女人：隱藏的聲音》（*The Good Women of China: Hidden Voices*, 2003），美國鄭念（Nien Cheng）的《上海生死記》（*Life and Death in Shanghai*, 1987）和巫寧坤的《一滴清淚》（*A Single Tear*, 1993），以及香港馬嚴君玲的《葉落歸根》（*Falling Leaves*, 1997），等。同一時期，澳大利亞也有一些類似的非小說作品發表，以下逐個論述。

方向曙1953年生於上海，1984年作為學術交換老師來墨爾本學習，後於1987年「叛逃」留澳至今。[38]他分別於1992年和1997年，在墨爾本出版了兩本書，一本是《東風，西風》（*East Wind, West Wind*）和《墨冰》（*Black Ice*），均與澳大利亞人特雷佛•海伊（Trevor Hay）合著。前一本書屬自傳，分別講述了他和海伊各自的經歷，方向曙的內容大大多於海伊，對他自己的「叛逃」經歷有較詳細的記述。這本書的主要特點是二人「合著」，但給人印象好像是借這一手段，主講一個中國人的故事。[39]《黑冰》一書則是方向曙和海伊為其母所合寫的傳記，但該書否認這是傳記，書背語說：該書「既非回憶錄，亦非傳記，而是一部長篇小說」。[40]《東風，西風》在澳大利亞尚無才出自大陸作家之手的此類英文作品的當年，曾受到一定關注。

王玲的自傳《草命》（*Grass Fortune*）和李春英的自傳《玉眼：一個中國農村男孩的生活》（*Jade Eye: the life of a Chinese peasant boy*）先後於2002年和2003年出版，在澳大利亞市場曇花一現，很快就從人們視野中消失不見，現在都已絕版，無跡可尋。王玲屬50後，來澳前曾在中國當過法官，以《草命》一書敘述了她在中國

---

38 澳大利亞文學門戶網站關於方的介紹，採用的就是「叛逃」（defected）一字，見：http://www.austlit.edu.au/run?ex=ShowAgent&agentId=A%2bV

39 記得該書出版時，我曾問過其合作者Trevor Hay，這樣一來，一個作者可以隨便在街上抓一個人合作，寫一本書，但據Hay說，還是要看是否能夠合作得來。

40 Trevor Hay and Fang Xiangshu, *Black Ice: A Story of Modern China*. North Victoria: Indra Publishing, 1997.

不自由而且歧視女性的生活。[41]李春英的《玉眼：一個中國農村男孩的生活》，是一本長達496頁，用英文寫成的自傳，講述了1941年出生的作者，截至1968年之前的鄉村生活。從有過中國生活經歷，包括農村生活經驗的筆者角度來講，讀後並未留下深刻印象。還是屬於那種為西方讀者提供獵奇素材的文字。例如，其中有一節詳細描述了中國農村因貧窮而造就了眾多吝嗇鬼的現象。[42]另有一本王曉菁的《血債》（*Blood Price*）於1996年出版，情況也是如此，但因王的男友約翰・紐曼是新南威爾士的國會議員，遭到暗殺，該書曾一度受到較高關注。

李存信的自傳作品《毛的最後一個舞者》（*Mao's Last Dancer*），[43]則是來自大陸的所有華人作家中最受歡迎，賣得最好，再版率和改編率最高，[44]甚至被寫入文學史的作品，[45]儘管就其文學價值來看，「這不是文學」。[46]該書講述了作者如何從一個遠在山村的少年，被極為偶然地選為芭蕾舞演員進京培訓，打造成一個優秀的舞蹈演員，後被派往波士頓進修深造，旋即叛逃，最後與芭蕾舞同事結婚，轉道澳大利亞，成為股票市場經紀人的傳奇故事。該書受歡迎的一個重要原因，與其兩面討好有很大關係，既不批評中國，也不詆毀西方。與之相比，方向曙和特雷佛・海伊的《東風，西風》則對中澳雙方都頗有微詞。

方佳佳原籍柬埔寨，在澳大利亞長大，職業為律師，但寫自家身世的處女作《璞玉未琢》（*Unpolished*

41 參見關於該書的介紹：http://www.goodreads.com/book/show/2754972-grass-fortune
42 見該書，2003年由New Holland（Australia）Publishers Pty Ltd出版，p. 282。
43 中譯本書名為《舞遍全球：從鄉村少年到芭蕾巨星的傳奇》。
44 後來還被好萊塢拍成電影，也叫《毛的最後一個舞者》，2009年出品。
45 參見Peter Pierce（ed），*The Cambridge History of Australian Literature*. Cambridge, UK: Cambridge University Press, 2009，該書索引中有李存信的名字。
46 據一位知名不具的澳大利亞著名作家對本人親口所言。

Gem）2006年出版時，在澳大利亞大受歡迎，曾獲七項大獎提名，並獲一項大獎，即澳大利亞圖書產業獎。該書後出美國版，但很快就被圖書業逼入俗套，把書名改成了《璞玉未琢：我母親、我祖母和我》（*Unpolished Gem: My Mother, My Grandmother, and Me, 2009*），這正是我前面提到的那個問題，即華裔、華人女作家如寫自己或自家身世，必欲進入母女三代之圈套，才能投西方之所好。方佳佳2011年又出版了一部自傳性的非小說作品，《她父親的女兒》（*Her Father's Daughter*），頗受好評。有評論者認為，它「充滿了……強有力的形象」，「幽默雋永」，[47]但卻有個問題，與另一本書重名了，即美國作家Gene Stratton-Porter于1921年出版的同名小說。[48]方佳佳還編撰了一本亞裔（包括華裔）作家的英文非小說文集，即《作為亞裔在澳大利亞長大》（*Growing up Asian in Australia*）（2008年出版），這是為數不多的一本亞裔作家文集，值得引起注意。

澳大利亞出生長大的華裔作家有鐘海蓮，羅旭能和簡・哈欽。鐘海蓮屬第四代華裔，生於1945年，曾任澳大利亞國家廣播電臺駐華記者，有兩部自傳作品出版，即《從中國傳來的喊聲》（*Shouting from China*，1988）和《清窮中國女》（*Ching Chong China Girl*，2008），第二部作品寫她一家在塔斯馬尼亞的生活，但兩部作品鮮有影響。簡・哈欽有華人血統，在香港長大，曾任澳大利亞國家廣播電臺駐華記者，會說廣東話和中文，其處女作《從稻米到富豪：穿越變化中國的個人之旅》（*From Rice to Riches: A Personal Journey through a Changing China*）於2003年出版，真實記錄了她祖先與中國的姻親，以及她在中國各地采寫報導的生活。

羅旭能屬80後，1982年生於澳大利亞布里斯班，是自由作家，2011年出版處女作《羅家》（*The Family*

---

[47] 參見Karen Lee Thompson關於該書的書評：http://anzlitlovers.wordpress.com/2011/08/14/her-fathers-daughter-by-alice-pung-guest-review-by-karen-lee-thompson/

[48] 參見：http://www.goodreads.com/book/show/1170416.Her_Father_s_Daughter

Law），以散碎的散文方式，記述了他及他家方方面面的生活，風格頗似美國希臘裔散文作家大衛・塞達裡斯（David Sedaris），都是以不連貫而單獨成篇的散文，從各個角度來敘述家庭的故事。該書出版後很受歡迎，很快就出版了第二版，同時獲得三項大獎的入圍獎，作品的特色是無所顧忌，對通常應該避諱的東西也不避諱，大談母親的生殖器和他本人的同性戀傾向。[49]

用英文創作劇本的華人少之又少，僅有土著華裔作家吉米・奇和來自中國大陸的吳建國。吉米・齊生於1948年，母親有土著和蘇格蘭人血統，父親有華人和日本人血統。音樂劇《新時代》（*Bran Nue Dae*，1991）獲得四項大獎和五項入圍獎，後來還拍成電影。不過，該劇與華人或中華文化並無關係，而講述了一位土著青年離家出走，逃離白人宗教，但最後又回到土著家鄉的歷程。

吳建國創作的英文劇本主要有《天安門外》（*Beyond the Gate of Heavenly Peace*）（與John Ashton合著）和《斷線的風箏》（*Kites of Broken Strings*）（與John Ashton合著），前面一部講了四個中國青年於天安門事件之後，為了尋找一個更美好的未來，而共同來到澳大利亞，曾在墨爾本的La Mama劇院正式上演並於2011年在紐約的La MaMa E.T.C.朗誦，[50]後一部講的也是三個中國青年於天安門事件後來到澳大利亞的故事，獲得2005年R. E. Ross Trust Playwrights Script Development Award（R・E・羅斯劇本發展獎）。[51]

以英文進行文學批評或文化評論的方面，有幾本影響較大的書，作者均為女性，如洪宜安（Ien Ang）（洪美恩）討論文化身分、語言身分的《論不會說中文》（*On not Speaking English*，2001），沈園方根據博士論文改編，探討澳大利亞早年華人自傳的《對蹠地的龍種》（*Dragon Seeds in the Antipodes*，2001），邱琴玲

49 羅後來又出版了一部遊記作品，標題是《歡亞：酷兒東方冒險記》（*Gaysia: Adventures in the Queer East*）。墨爾本Black Inc出版，2013年。

50 詳情見此網站：http://www.doollee.com/PlaywrightsW/wu-jianguo.html

51 詳情在此：http://trove.nla.gov.au/work/27424796

（Tseen Khoo）對亞澳文學和亞加文學進行對比研究的《彎香蕉：亞澳文學和亞加文學》（*Banana Bending: Asian-Australian and Asian-Canadian Literatures*，2003），以及洪宜安等人合著的《改變／亞人：藝術、媒體和大眾文化中的亞澳身分》（*Alter/Asians: Asian-Australian Identities in Art, Media and Popular Culture*，2000）論文集。雖然此處不擬細談，但從上面這些書的發表年代看，均於2000年後，說明這一領域之興起，也不過近十年的事，尚待更大的發展。

總之，澳大利亞文學中的華人英語寫作正方興未艾，開始有長足的進步，但如前所說，它不可避免地會通過市場設置的陷阱而落入近二十年來形成的俗套，或不顧一切追求賣點而玩弄噱頭或自曝家醜。不過，相信通過近三十年的積累，輔之以逐漸趨向成熟的批評，澳大利亞文學中的這一個部分應該會有更大的發展，近年來在澳大利亞多次舉行的關於亞澳文學的會議就充分說明了這一事實。[52]

---

[52] 如2011年9月23-24日在臥龍崗大學舉行的「Asian-Australian Writing Workshop」和墨爾本大學舉行的「第四屆亞澳學研究網路大會」（10-11, November 2011）[其網址在：http://asianaustralianidentities.org/]。之前還有很多，此處不再一一列舉。

第五章 澳大利亞文學的內與外[1]

1982年，我在威尼斯與已故的伯納德·希基（Bernard Hickey）見面之後，為《年代報每月評論》（*The Age Monthly Review*）寫了一篇文章，對澳大利亞文學在歐洲的傳播狀況深感困惑。當時澳大利亞文學研究會（ASAL）的主席布萊恩·基爾南（Brian Kiernan）發了封電報，作為回應：

> 上個月（1982年5月9日至15日），澳大利亞文學研究會在阿德萊德召開了年會。來自澳大利亞全國高校的一百多位教師與澳大利亞文學研究者參加了會議……。國外對澳大利亞文學有嚴肅的興趣，但在（本國）媒體中卻被很不嚴肅地對待之，對這種現象，這次大會表現出失望，而且不止一點惱火。有種看法認為，澳大利亞文學在海外，特別是在文化氣氛濃厚，教養很高的歐洲，可以激起開明人士的興趣，但又有種印象，覺得這種看法有幾分可疑，甚至有點滑稽，我作為研究會現任主席，受命給《年代報每月評論》寫信，希望能糾正這種錯誤印象。[2]

1 尼古拉斯·周思（文），原文標題是《澳大利亞文學的內與外：在巴里·安德魯斯紀念會上的致辭》。梁余晶（譯）。

2 《布萊恩·基爾南與尼古拉斯·周思致編輯的信》（「Letters to the editor from Brian Kiernan and Nicholas Jose」），《年代報每月評論》（*The Age Monthly Review*），vol. 1, no. 13, June 1982, 第2頁。

那時的澳大利亞文學研究會正滿懷傳教熱情，儘管帶著他們慣有的鬧劇色彩。作為一個去過義大利的二十來歲的新人，我說話小心翼翼，天知道結果會怎樣。我回信說：

> 在澳大利亞（文學）研究熱情擴張的過程中，我們不妨承認有種自然產生的文化現象，如果說這一現象值得鼓勵，那它也引起了人們的好奇與思考……甚至有可能，困惑與虔誠同樣有價值。有時我們會被人誤解，有時我們會共同造就這些誤解，但我們會從這些誤解中學到一些東西。[3]

我之所以偶然發現自己是個澳大利亞民族主義者，是因為我熱愛澳大利亞的一切，還因為我在海外的思鄉之情。作為20世紀70年代澳大利亞國立大學的本科生，我羨慕那些上過桃樂西・格林（Dorothy Green）澳大利亞文學課的朋友，但那門課卻沒被推薦給像我這樣正式的英語學生。那是枚禁果。1984年，我被要求在墨爾本舉行的《代達羅斯》（*Daedalus*）澳大利亞主題會議上提交一篇論文。我引用了弗蘭克・莫爾豪斯的話，把文章命名為《文化身分：「我覺得我是另類」》。[4]然後，1986年，我去了中國，給北京外國語大學和上海華東師範大學的一群聰明學生教了我第一堂澳大利亞文學課，胡文仲教授和黃源深教授分別在兩校建立了中國最早的澳研中心。胡教授和黃教授是曾在悉尼大學學習澳大利亞文學的「九人幫」成員，七十年代末文化革命結束後，他們獲得了出國深造的機會。也是在1986年，外交部聘用巴里・安德魯斯為海外澳大利亞研究的支持工作擔任顧問，使其在各方面都迅速發展起來。巴里熟練地與外交官、學者和旅行作家打交

---

3 同上，第2頁。

4 參見尼古拉斯・周思（Nicholas Jose），《文化身分：「我覺得我是另類」》（「Cultural Identity: 『I Think I'm Something Else』 Australia: Terra Incognita?」），《代達羅斯》（*Daedalus*），114.1 Winter（1985），第311-343頁。

道，並讓人把《米安津》（*Meanjin*）與《澳大利亞書評》（*Australian Book Review*）等出版物定期寄往澳大利亞各大使館；那些日子裡，他那見識廣博，始終帶有幽默感的熱情成為澳大利亞文學在坎培拉地區推廣情況的縮影。在巴里去世前的最後時刻，外交部文化關係主任艾倫・迪肯（Allen Deacon）在1987年四月／五月的《便條與謠言》（*Notes & Furphies*）上寫道：

> 巴里・安德魯斯是第一位在外交部文化關係部門工作的學者。在1985/86年，外交部回顧了其文化關係政策，這些政策和其他因素一起，使得各種資源集中投入到亞洲項目。外交部新政策的一個重要元素便是增加對亞洲地區澳大利亞研究的支援力度。（這是在霍克／基廷掌政時期）……巴里很快就獨特地覺察到了外交部開展文化關係活動的特殊背景。他在所有事務與問題上給出的建議總是簡明直接，具有建設性，切實可行。[5]

巴里出現在那一期《便條與謠言》的封面上，穿著白板球服，一手拿著球棒，一手托著酒杯，看起來很放鬆。在某些方面，他彷彿是個朝中弄臣，帶著當時的教育部長蘇珊・萊恩（Susan Ryan）與當時的大使羅斯・加羅（Ross Garnaut）的一紙命令，要求推動澳大利亞研究在中國的發展，為我本人1987年被任命為澳大利亞駐北京大使館文化參贊鋪平了道路。

中國第一次澳大利亞研究會於1988年在北京舉行，由澳大利亞理事會主席唐納德・霍恩（Donald Horne）致開幕詞。當中國翻譯稱他為「堅硬的／好色的」（Horny）教授時，唐納德愉快地眨了眨眼。2008

5 艾倫・迪肯（Allen Deacon），《便條與謠言》（*Notes & Furphies*），April/May，1987年，第3頁。

年，北京的奧運年，第二十屆會議又回到了北京外國語大學舉行。早期形成的聯繫網路依然在堅持，有些衍生出了分支，有些則消磨殆盡。二十年間已發生了巨大的變化，在亞洲的某些地區更是如此，特別是中國。

在八十年代，優先考慮的是資助中國學者參加澳大利亞文學研究會。翻譯過派翠克・懷特《風暴眼》的朱炯強和長期擔任安徽大學《大洋洲文學》主編的陳正發參加了1989年在莫納什舉行的澳大利亞文學研究會會議，那是中國社會出現斷裂的一年。[6]曾為一本中文的《世界名詩鑒賞詞典》（北京大學出版社，1990）編過澳大利亞詩歌的楊國斌，一位來自北京的研究生，參加了1990年在格里菲斯舉行的澳大利亞文學研究會會議。在其論文中，他談到中國著名作家茅盾于1921年為一家雜誌選了四首澳大利亞詩歌，認為這「也許是澳大利亞文學第一次被介紹到中國」。茅盾已經注意到，「在這些詩裡（瑪麗・吉爾摩、休・麥克雷和羅德里克・奎因）既無高傲也無自卑，既無疲勞也無緊張，即沒有沉溺於虛無也沒有誇張的美，也沒有任何驚恐，或對於作品環境的醜陋與困難而產生困惑」。[7]這些話中隱含著一種與中國的對比，茅盾也許感覺到作家與知識份子的能量經常被誤導，或被不合理地傳播。他從一個中國視角來解讀澳大利亞詩歌，並使之應用到中國，正如中國習語所說：西體中用。在這一情形中，澳大利亞的例子成了戰鬥的號令。

後來出現了作家和學者歐陽昱，在那衝動的年代，命運將他從中國帶到了澳大利亞，帶到了澳大利亞文學研究會，對澳大利亞文學進行了堅決的質詢。歐陽對中國與澳大利亞的文學交流作出了原創與博學的貢

6 朱炯強翻譯的《風暴眼》（桂林：灕江出版社，1986年）是一套著名的諾貝爾獎得主作品叢書中的一本，在出版時得到高度讚揚，特別是其對語言的創新運用。

7 楊國斌，《中國意識裡的澳大利亞詩歌：譯者筆記》（「Australian Poetry in Chinese Consciousness: A Translator's Note」），《使條與謠言》（*Notes and Furphies*），1990-1991，第9頁。請注意，此段引文系譯者從英文回譯而來，並非茅盾原話。譯者曾求教過周思，該引文是他轉引自楊國斌論文，而楊的論文是英文寫成，同樣沒有原文。後聯繫楊，回復說原文是他80年代在國圖1921年《小說月報》上看到的。譯者隨後查過國圖民國期刊資料庫，並未找到《小說月報》。因原文難找，只得作罷。如需原文者可上北京國圖查找1921年《小說月報》，但不一定找得到。

獻，十倍償還了他得到的任何資助。他翻譯了許多重要的澳大利亞小說，包括克莉絲蒂娜・斯台德的《熱愛孩子的男人》（*The Man Who Loved Children*）、潔西嘉・安德森的《蘿拉》（*Tirra Lirra by the River*）和阿列克斯・米勒的《祖先遊戲》（*The Ancestor Game*）。他用中英雙語出版了澳大利亞小說中的中國人形象研究。在他自己的詩歌與小說中，他形成了一套生動的個人美學，將優雅與天然、觀察與情感合為一體，使他能在澳大利亞姿態與中國視角之間驚人地前進。[8]比如，在一篇題為《淘書淘到中國去，走向某種起源》的文章中，歐陽注意到茅盾同時代另一位作家郁達夫在1927年8月18日的日記裡寫到：「在虹口日本菜館吃早飯後，又上法租界的舊書鋪去買了兩本書，一本是Somerset Maugham's *The Moon and Sixpence*，一本是*Poems*, by Adam Lindsay Gordon。」[9]郁達夫以其充滿情色、自我折磨的自傳小說為人稱道。1942年新加坡淪陷之後，他去了蘇門答臘，1945年在那裡被日本軍警處死。他的趣味極其廣泛。也許他在自殺的戈登身上感到了熱情的共鳴，視其為一個行動的人，一個高貴的邊緣人，一個值得效仿的澳大利亞人。歐陽的發現，為中澳閱讀這段基本未曾書寫的歷史提供了另一條線索，為郁達夫的影響增加了新的維度，才氣驚人的郁達夫影響了歐陽自己才氣驚人的澳大利亞寫作。

正因為這個原因，不同文化文本產生了不同的文本閱讀，同樣都具有價值。比如，20世紀50年代後的中國，澳大利亞文學經典是社會主義現實主義，部分來自澳大利亞社會主義和民族主義傳統，部分來自中國自

---

8 歐陽昱，《表現他者：澳大利亞小說中的中國人（1888-1988）》（北京：新華出版社，2000年）；該書英文版名為《澳大利亞小說中的中國人（1888-1988）》（*Chinese in Australian Fiction: 1888-1988*, Amherst, New York: Cambria, 2008）。歐陽昱著作目錄網址：http://www.ouyangyu.com.au/ 同時參見尼古拉斯・周思《評歐陽昱〈新詩選〉》（A review of *New and Selected Poems* by Ouyang Yu, *Life Writing*, Vol 2, No 1, 2005, pp. 147-54）

9 歐陽昱，《淘書淘到中國去，走向某種起源》（「Book-digging to China, to a Kind of Origin」），澳大利亞《南風》（*Southerly*）雜誌，2007年第3期，第163-69頁。郁達夫這則日記出自其書《郁達夫日記集》，浙江文藝出版社，1985，p. 109.

己的社會主義文化建構。[10]不過，自90年代以來，受愛德華・賽義德東方主義分析影響的後現代與後殖民理論已經急衝衝地取代了前者。如今，澳大利亞寫作對中國的表現已成了人們感興趣的主題，反映出更多的自信和自我關注。

無疑，中國的情況是特殊的，帶有「中國特色」，就像中華人民共和國版的社會主義，但同樣，它與其他文化背景一起，加入了閱讀澳大利亞文學的行列——與印度、義大利、美國、英國等一起——反對，肯定並最終擴展了對這一領域的理解。澳大利亞文學自身的前進也同樣如此，容我暫時離題，這種前進牽涉到一個更加宏觀的問題，即新來者是如何取代或融入原有的一切的。在塑造現代澳大利亞——包括現代澳大利亞文學——的過程中，現在是怎樣與某種我們也許只想忘記、通常視作血腥與盲目的過去發生聯繫的？這種遺忘的代價又是什麼？如果我們願意重返過去，那麼，是帶著復原的精神，懷舊的精神，衛道士的精神，與過去重新發生嚙合的精神，還是重新發明的精神重返過去呢？近年來公眾討論中浮現出對澳大利亞文學的焦慮，並伴隨著一種懷疑，懷疑過去對現在與未來有什麼樣的價值和意義。人們害怕失去將書籍、故事、我們自己的記錄傳送給後來者的能力，並害怕失去這一能力可能造成的後果。這種害怕並不全是非理性的，但有時卻過於誇張，根深蒂固，就像對蛇的恐懼。正如芙蘿拉・埃爾德肖（Flora Eldershaw）所指出，「過去便是我們所能確切知道的一切未來。過去預示著未來」。[11]人們擔心澳大利亞文學難以為繼，這種謹慎態度變得更加嚴重，到了這樣一種程度，覺得澳大利亞文學只是一項未竟之業，一種自己動手就能操辦而又不太穩

---

10 更詳細的討論，參見彼得・C・帕格斯利《製造經典：中國文學想像中的澳大利亞》（Peter C. Pugsley,「Manufacturing the Canon: Australia in the Chinese Literature Imagination」, *Journal of Australian Studies*, No. 83, 2004）。

11 芙蘿拉・埃爾德肖（Flora Eldershaw），《澳大利亞文學的未來》（「The Future of Australian Literature」），《澳大利亞作家年鑒》（*Australian Writers' Annual*）. Ed. Flora Eldershaw. Sydney: FAW, 1936, p. 4. [Quoted by: Dever, Maryanne.「Introduction」. Ed. M. Barnard Eldershaw. *Plaque with Laurel, Essays, Reviews & Correspondence*. St Lucia, Queensland: U of Queensland P, 1995.

定的現象。亨利・勞森（Henry Lawson）的《趕羊人的妻子》（『The Drover's Wife』）中，便設想了這種情況：家裡有一條蛇，立刻產生了警覺感，但一旦狗弄死了那條蛇，故事也就不復存在了。

在這樣一個年份，默里・貝爾（Murray Bail）、彼得・凱裡（Peter Carey）、J・M・庫切（J. M. Coetzee）、蜜雪兒・德・克勒斯特（Michele de Krester）、海倫・加納（Helen Garner）、蓋爾・鐘斯（Gail Jones）、瓊・倫敦（Joan London）、大衛・馬婁夫（David Malouf）和蒂姆・溫頓（Tim Winton）等人都在國際上出版了新作，並獲得好評，進入獲獎名單；同時《倫敦書評》（*London Review of Books*）刊載了對阿列克西斯・賴特（Alexis Wright）《卡彭塔利亞灣》（*Carpentaria*）的長篇鑒賞文章；在影響巨大的英國書展上，理查和裘蒂選擇了詹姆斯・布蘭得利（James Bradley）的《竊屍者》（*The Resurrectionist*）（2006）——這僅僅是些亮點——我們可以辯稱，期待已久的黃金時代已經到來，至少對澳大利亞小說是這樣。的確，閱讀澳大利亞文學的人數比以往任何時候都要多。多年來澳大利亞納稅人的支持推動了這些成功，也最終如願以償。不過，澳大利亞文學在當代的這種繁榮，也可被視作與深藏二手書店和檔案館角落裡的澳大利亞文學的過去發生脫節。在《我們所花的時間》（*The Time We Have Taken*）（2007）獲得2008年邁爾斯・佛蘭克林獎之後，斯蒂芬・卡羅爾（Steven Carroll）曾說，該獎「與整個文學傳統的莊嚴一同到來……你幾乎可以立馬感受到這一重量」，[12]彷彿那是一筆不可轉讓的財富。我曾與一群榮譽學生討論過澳大利亞文學，他們說，他們覺得澳大利亞文學很「蕭條」。之所以如此，是因為他們覺得澳大利亞的過去同樣「蕭條」。

也許，「寫作」變成「文學」，是由於它被消費過多次，不止一個人讀過，就像那塊神奇的布丁，被消化、討論、反芻、再造，然後才被人視作讀物。各類作家對過去的寫作加以變形，變成自己的作品，使其循

[12] 參見斯蒂芬・卡羅爾（Steven Carroll），《彼得・梅爾斯訪談》（「Interview with Peter Mares」），*The Book Show*. Radio National. 20 June，2008年。

環傳播。在這一過程中，作家是代理商，當然讀者也是。其中包含的一類重要人物便是那些寫作物件即「寫作」本身的人——評論家、學者和教師。過去的文學間接地活在當代的閱讀和寫作中，它在我們身上留下的痕跡並不總是明顯可見的。弗蘭克・莫爾豪斯曾描述，他自己作為一個澳大利亞作家，是怎樣與前輩發生聯繫的：六年級時，他讀了勞森《叼炸藥的狗》（「The Loaded Dog」），笑得滿地打滾，後來又因《理查・馬尼的命運》（*The Fortunes of Richard Mahony*）而流淚，並尊崇馬喬裡・巴納德（Marjorie Barnard）與派翠克・懷特（Patrick White）。莫爾豪斯的讀者如果願意，會辨認出一些連接點，一條傳承線，從勞森、理查森、巴納德與懷特直到莫爾豪斯自己。為了把這定義為一種文學傳統，同時又使其保持開放、多樣和始終變化，莫爾豪斯認為，只有「真誠、持續、密切」的閱讀狀態，才能使之成為可能並連成一體。[13]我喜歡這一短語，也認可這種統一體的概念。作為一個追隨莫爾豪斯步伐的更年輕的作家，比如《寶貝啊，美國佬》（*The Americans, Baby*），我承認自己的作品與莫爾豪斯有某種聯繫。傳統不見得是限制或具有紀念碑似的意義；它可以賦予某種東西，並保持流動狀態。它同樣可以被限制，被打破或被反抗。也有可能重新開始，建立一種新的傳統，使得更大程度上的連續性只有在回顧中才顯現出來。哪怕在人們熱烈討論當代澳大利亞文本之時，我也懷疑某些對澳大利亞文學的抵制和對我們所經歷的這一政治時刻的抵制是一體的。澳大利亞文學作為一種制度是有風險的，它可能會被人拉攏利用，以符合某種強制性的議事日程，把決裂當成一種手段：與不體面的過去完全決裂。當前，人們將過去視作一個圖示，代表了「附著的」——即狹隘的、種族化的、帶著必勝信念的——因而也是非常「蕭條」的澳大利亞故事。於是，這一裂口的創造者便成了非澳大利亞人，成了世界主義者，成了更加複雜的澳大利亞人，通常是混血，並挑戰文學規範。

13 弗蘭克・莫爾豪斯（Frank Moorhouse），《論在澳大利亞當作家》（「On Being a Writer in Australia」），《澳大利亞作者》（*Australian Author*），April（2007），第9頁。

我問那些認為澳大利亞文學蕭條的學生，一篇作品怎樣才能被貼上澳大利亞的標籤，並被認為值得收入重要的澳大利亞作品選。大家一致同意，澳大利亞未經美化的版本應當與過去的成就一起出現，過去成就應被看作成形期與「經典」：《來自雪河的人》（「The Man from Snowy River」）與派翠克・懷特應有一席之地，一同入選的還有「偷走的一代」敘事作品。我散發了一組名為《澳大利亞》的同題詩，作者分別是伯納德・奧多德（1903）、A・D・霍普（1943）、阿尼婭・瓦爾維茨（Ania Walwicz）（1981）、彼得・高爾斯華綏（2004）和阿裡・阿裡紮德（2006），每首詩都對其幻想中的澳大利亞表達了雙重情感。奧多德詩中「被『時間與空間』水手挖出的最後一件海洋之物」，將會變成隱藏在其表面下的「千年伊甸」，[14]到了霍普這裡，成了「最後的土地……一個廣闊的寄生強盜的國家」，但卻有可能長出「野蠻與猩紅」預言的心靈荒漠。[15]阿尼婭・瓦爾維茨則模仿了飽受污蔑的亞洲語言，「你又大又醜。你空無一物。你逃亡，帶著你的一無所有」，變成了「你自己的白癡集中地」。[16]彼得・高爾斯華綏從空間透視的角度思考澳大利亞，把它想像成一塊餡餅，「我們這烤好的、帶沙礫的／表皮，加了點水，灑了點灰／頗具諷刺地長著些桉樹……味道太鹹」。[17]阿裡・阿裡紮德則從一種歷史角度建構澳大利亞，這一歷史在當代投下了一道奇異的社會心理陰影：作為被拒絕和被排斥的對象，澳大利亞人想通過參觀他人的同樣命運來進行復仇：

---

14 伯納德・奧多德（Bernard O'Dowd），《澳大利亞》（「Australia」），《澳大利亞詩集》（*A Book of Australasian Verse*），Ed. Walter Murdoch. London: Oxford UP，1918年，第116頁。

15 A・D・霍普（A. D. Hope），《澳大利亞》（「Australia」），《1930-1970年詩集》（*Collected Poems 1930-1970*），Sydney: Angus and Robertson，1972年，第13頁。

16 阿尼婭・瓦爾維茨（Ania Walwicz），《澳大利亞》（「Australia」），Ken Goodwin & Alan Lawson eds，《麥克米蘭澳大利亞文學選》（*The Macmillan Anthology of Australian Literature*），South Melbourne: Macmillan，1990年，第305-306頁。

17 彼得・高爾斯華綏（Peter Goldsworthy），《澳大利亞》（「Australia」），*Quadrant* 48. 7-8. July-August（2004），第45頁。

亞洲與穆斯林
尋找避難所的人必須償還
你們父輩在囚犯船上
遭受的淩辱。土著人
將會被趕出他們的土地，因為
你們被趕出了你們的土地……[18]

阿裡紮德這首非澳大利亞的「澳大利亞」詩被很多學生投票入圍。這首詩承擔了雙重任務，即和過去算帳，為了干預當代，同時破壞和激勵著書寫國家主題的行為。阿裡紮德1976年出生於伊朗，15歲移民澳大利亞。他在墨爾本居住並進行創作。像阿裡紮德這樣的新作家與澳大利亞傳統的關係是機會主義和干涉主義的，而不是為了守望傳統。他是最近「非法侵入的黑天鵝」——用厄恩・馬利（Urn Malley）的話說——這片水域對他來說既陌生又熟悉。

我得提一下兩隻更近的黑天鵝，這次是小說作品：蓋爾・鐘斯《夢想說話》（*Dreams of Speaking*）（2006）和阿列克西斯・賴特的《卡彭塔利亞灣》（2006）。《夢想說話》故事發生在巴黎、日本和西澳。內容是關於在當代時間與空間裡，一個人的存在、精神與身體，依附或無依附狀態：文化研究和肉體追求之間的一次

---

18 阿裡・阿裡紮德（Ali Alizadeh），《澳大利亞》（「Australia」），《戰爭時代的眼睛》（*Eyes in Times of War*），Cambridge, UK: Salt，2006年，第44頁。

舞蹈。[19]它在允許澳大利亞小說做什麼和要求讀者去哪裡等方面跨境越界。與此同時，它不僅延續了鐘斯的早期小說，而且還延續了西澳文學傳統，將詩歌和政治與充滿激情的敘事熔於一爐，特別體現在凱薩琳・蘇珊娜・普裡恰德（Katherine Susannah Prichard）和桃樂西・休伊特（Dorothy Hewett）的作品中。在不局限鐘斯作品的前提下，我們可以展示，它如何以更加豐富的方式走完一圈，回到原點。[20]阿列克西斯・賴特的《卡彭塔利亞灣》顯著地提升了一個地名，這種方式令人想起紮維爾・赫伯特給《卡普里柯尼亞》的命名，該小說大量提及澳大利亞北部，講述了從古至今的一系列土著故事。賴特新穎而更加宏大的敘事在神話、政治及文學方面極具破壞力，而該敘事在破壞的同時也不斷被破壞，被一種新創造的、具有創造力的聲音所承載，這種聲音同樣也允許其他更加古老的故事講述者的聲音存在，並與之重疊，正如我們聽到的那樣。賴特說她的形式是一種「當代本土講故事的方式……是由我們在澳大利亞的種族離散狀態造成的。分離的線索形成螺旋狀，永遠在移動，把所有故事纏繞其中，宛若一隻琴鳥，能夠同時唱出若干調子。」[21]阿列克西斯・賴特的小說把澳大利亞小說轉向了旁側。她的蛇無法被殺死，而且隨處可見，時有時無。「他們說，它的存在具有滲透力，能穿透任何東西，在周圍空氣裡，像皮一樣，附在河邊居民的生活裡。」[22]沒有一條狗能抓住它。

2007年11月，在臥龍崗大學舉行的題為「亞洲／澳大利亞價值觀：澳大利亞文學的新方向」的研討會上，人們討論了澳大利亞寫作中關於改變和變形的思維方式。有人把這比喻成波浪，代表了不同文化、聲

---

19 參見蓋爾・鐘斯（Gail Jones），《夢想說話》（*Dreams of Speaking*），Sydney: Random House Australia，2006年。

20 羅伯特・迪克森在《機器中的幽靈：蓋爾・鐘斯〈夢想說話〉中的現代性與非現代》一文裡有過相關討論。（Robert Dixon,「Ghosts in the Machine: Modernity and the Unmodern in Gail Jones's *Dreams of Speaking*」, *Journal of the Association for the Study of Australian Literature*, vol. 8, 2000）此文探討了該小說主人公的「現代性計畫」中的「非現代堅持」。（121，134）

21 阿列克西斯・賴特（Alexis Wright），《關於寫作〈卡彭塔利亞灣〉》，（「On writing *Carpentaria*」），*HEAT* 13，2007年，第84頁。

22 阿列克西斯・賴特（Alexis Wright），《卡彭塔利亞灣》（*Carpentaria*），Sydney: Giramondo，2006年，第2頁。

音、語言和文學形式的持續流動，抵達海岸，撞擊防浪堤，然後湧入內地，與之融為一體。另外一種比喻是樹，從樹幹向外向上長出分枝，不斷形成更大的一個整體。我自己的比喻是黑天鵝、入侵以及越界——參考了韓弗理・麥昆（Humphrey McQueen）[23]和唐・安德森的觀點，[24]同時兼帶德里達的意味，後者認為，剛抵達的陌生者會同時定義和超越主人所能提供和接受的限度。[25]具體到澳大利亞文學，那些陌生者便是我們所有想阻止它穩定下來、使它保持前進、開放、具有破壞力，始終處於動態的人。要想明確說出這點，可能需要某種我們或許還沒有的文學史：除了當前其他事物之外，還需要一種文學史，能夠在澳大利亞文學文化中囊括亞洲／澳大利亞寫作這一令人振奮的題名，包括戰略上的內與外。

讓我回憶一下1999年至2005年間擔任加拿大總督，身為作家和記者的愛德麗安・克拉克森（Adrienne Clarkson，中文名伍冰枝），她的回憶錄《境由心生：伍冰枝回憶錄》（*Heart Matters*）〔又名《心事》〕，于2006年成為暢銷書。克拉克森從香港去加拿大時還是個孩子，其祖父19世紀從中國南部移民澳大利亞，其父又從澳大利亞去了香港。「我的父親，」克拉克森寫道：

> 在一個名叫奇爾特恩（Chiltern）的小村裡長大，在那兒學會了不用馬鞍騎馬……為了那陣淘金熱，我的祖父來到澳大利亞，但卻發現淘金熱已經結束……那個地區幾乎沒有中國人，但人們互相都

---

23 參見韓弗理・麥昆（Humphrey McQueen），《越界的黑天鵝》（*The Black Swan of Trespass*），Sydney: Alternative Publishing Cooperative Ltd，1979年。

24 參見唐・安德森主編（Don Anderson），《越界：當代澳大利亞寫作》（*Transgressions: Australian Writing Now*），Ringwood, Vic: Penguin Australia，1986年。

25 參見Jacques Derrida. *Given Time: I Counterfeit Money*. Trans. Peggy Kamuf. Chicago: U of Chicago P, 1992.和 *Of Hospitality: Anne Dufourmantelle invites Jacques Derrida to respond*. Trans. Rachel Bowlby. Stanford: Stanford University Press, 2000.

認識。祖母活了九十八歲，她嫁給祖父時才十六，她總是跟我父親和他的兄弟姊妹講，說她記得她父親在她出嫁時收了十塊金元。她父親是中國人，母親是愛爾蘭人，據出生證明記載，名叫瑪麗•鐘斯。瑪麗•鐘斯一生下兩個孩子便消失不見，音信全無。兩個孩子之一便是我祖母。

在那部關於殖民地人物的偉大的澳大利亞小說《理查•馬尼的命運》中，一個愛爾蘭女人提醒說，中國淘金者很危險。這女人「穿著條緊巴巴的綠襯裙，肩上搭著一條猩紅色披肩，幾束邋遢的紅頭髮從她腦袋四周垂下來……她的手臂在空中畫著圈，就像風車葉片，高聲叫喊著：「喬，夥計們！——喬，喬，喬伊！」

「只有那些在洗尾礦的中國佬仍然沒動。其中一個便是發警報的那女人的主人，他抬頭朝她喊了一句中文，她就立刻服從，消失得無影無蹤。」

當我讀到這一頁的時候（理查森這本傑作的第一頁），有種觸電的念頭一閃而過：這應該就是我的曾祖母。[26]

不久，克拉克森的父親，威廉•坡伊（William Poy，中文名伍英才）十一歲時，被送到悉尼的親戚家，在家族產業工作。他「從未受過任何正式教育」，但「十六歲時去了墨爾本，（並）學習文秘課程」。他還「參加了演講課，據他說，這花掉了他每個月半星期的工資。結果是他丟掉了澳式鼻音……一輩子說英語都帶英國腔。當然，他也沒學過中文，因為他母親不會說中文。他一直渴望能用英語寫作……。」他的親戚是墨爾本賽馬會的成員。十九歲時，他決定回中國，回到他從未見過的祖輩村子裡去，後來又從那裡去了香港，當了

[26] 愛德麗安•克拉克森（Adrienne Clarkson），《境由心生》（*Heart Matters*），Toronto: Penguin Canada，2006年，第41-42頁。

一名成功的賽馬騎師，又做了公務員，與加拿大人一起工作。這時戰爭爆發，不久後他便二度移民出境。[27]

克拉克森的半澳半加故事，超越了人們通常面臨的歸屬、身分、口音和語言的窘境，尤其是她從一部澳大利亞文學的重要作品中找到了屬於自己的部分。亨利・漢德爾・理查森也在維多利亞省的奇爾特恩，即克拉克森的中國家庭居住地生活過。歐陽昱注意到，「中國人的形象」在那個時期，「完全處於澳大利亞人的對立面」，[28]但克拉克森重讀《理查・馬尼的命運》時，將其視為發現了一個愛爾蘭曾祖母形象的途徑，這個人物在金礦區與一個中國人形成了某種夥伴關係。她突出了這些週邊人物，給予他們創造故事的能力，而他們在一百年前幾乎沒有這種能力。完成這一週期是一種變形的方式。

要把愛德麗安・克拉克森的自傳說成是亞洲／澳大利亞寫作，需要中間這一「短斜線」，來正視移民歷史與地理，該符號意味著不斷對範疇加以質詢，進行一種持續的反省。在《定位亞裔澳大利亞文化》（*Locating Asian Australian Cultures*）一書的前言中，邱琴玲寫道：

> 人文與社會科學各學科間可以互相滲透，這是當代學術環境一個可以預料的特點；這裡更有趣的也許是，各領域的邊界正出現裂口，變得模糊……亞裔澳大利亞研究不變的特徵之一，便是對其自身定義、邊界和目的的思考。我們始終都要牢記，澳大利亞研究在其體制化後的三十多年裡，依然面臨著反復的資金危機，而且難以被定義……人們反復地討論，是否應將這一領域加以集中或擴散。[29]

27 同上，第43-44頁。

28 歐陽昱（Ouyang Yu），《所有下層社會的人：1888-1988年間澳大利亞文學對中國廚師、商品菜農及其他下層人民的表現》（「All the Lower Orders: Representations of the Chinese Cooks, Market Gardeners and Other Lower-Class People in Australian Literature from 1888-1988」），*Kunapipi* 15. 111，1993年，第21頁。

29 邱琴玲，《前言：定位亞裔澳大利亞文化》（「Introduction: Locating Asian Australian Cultures」），*Special Issue: Locating Asian Australian*

邱琴玲關注的是亞裔澳大利亞藝術家的作品，這些人「除了別的以外……還審問現有的標準表現手法，對亞裔人士較少介入澳大利亞文化領域這一現象提出質疑」。這些干預不僅發生在澳大利亞文化內部，而且同時在澳大利亞文化之外具有其他結構、背景和聯繫。用邱琴玲的話來說：「雖然在社會階層文化政治批評和恢復歷史方面還有大量工作要做，但亞裔澳大利亞研究卻隨著亞洲移民對話的引入而獲益，該對話正是敏銳的當代研究在這些領域中的特點。」當關注點從一個空間和一種形態不停地轉到另一個空間和另一種形態的時候，這種戰略上的本質主義就需要敏銳性與政治頭腦了。[30]

這一點也從不斷更新、始終處於不穩定狀態的術語上反映出來：Austral/Asian（澳／亞）；Australasian（澳大拉／西亞）；Asian-Australia（亞／澳）；Asia Australia（亞洲澳大利亞）；Alter/Asians（變／亞）；the 4As（複數的4A），等等；同樣，它也通過溫和或刺耳的官方語言反映出來：新澳大利亞人（New Australian）、少數民族（ethnic）、多元文化（multicultural）、公民（citizen）、非澳大利亞人（unAustralian），等。如果「澳大利亞」這一術語的邊界有爭議，「亞洲」這個術語也同樣如此。例如，亞洲寫作是一個新的市場類別，一般被理解為亞洲英文作品，要麼直接用英文寫成，要麼通過翻譯，時而跨國或離散，時而又不是。頗帶諷刺意味的是，「亞洲」這一術語最開始是一個來自外界，來自西方的術語，後來為了一種通常並不穩定的團結而被內部採用。亞洲人並不總是認同這一標籤，因它將一些相關文化平面化了，如中國、韓國和日本，更不用說那些文化更多樣的國家，如印度和印尼。

在國際上，亞洲寫作——在某些著名的例子裡，它從書店的邊緣進入了中心，如阿拉文德・阿迪加（Aravind Adiga）的布克獎獲獎作品《白老虎》（2008）——包含了一群各種各樣的作家，跨越好幾代人

Cultures, Journal of Intercultural Studies. 27. 1-2 February-May，2006年，第1-2頁。

30 同上，第6-7頁。

——有被翻譯的、用英文寫作的、流動的、全球的、本地的、宅在家裡，不愛出門的。這種新亞洲文學與特定的團體和歷史相關，這些團體和歷史的特點通常是政治動盪，但這一文學也表現了變化和運動，展現出人與人、人與自然以及人與上帝的關係處於一種嶄新而又複雜的和諧狀態。片刻的創作機遇催生出了新一代的作家和能夠接納作品的讀者。當亞洲寫作的地圖覆蓋了澳大利亞寫作之時，情形同樣如此。

然而，我們把這些新的文化構成進行概念化時，所用語言仍然很笨拙。澳大利亞在亞洲內外的語言，無論是否屬於這一地區或與之分離，無論是否亞洲化，都被框在澳大利亞所熱衷推銷的一種地理政治學建構中。邁克爾・衛斯理（Michael Wesley）在《格里菲斯評論》（*Griffith Review*）的《在鄰邦》（*In the Neighbourhood*）專號中撰文指出，「20世紀80年代，出現了一個混血術語『亞-太』（Asia-Pacific），使得澳大利亞得以調和原本分裂的忠誠」。他的意思不僅是指亞洲貿易關係和美國外交政策部署的吸引力，而且也指東方與西方這種地理歷史上古老而模糊的二元對立所投下的陰影。「泛亞主義的誘惑與澳大利亞的太平洋承諾之間的張力，煩擾澳大利亞外交政策已達半個多世紀了，」衛斯理寫道。這一張力同樣在週邊煩擾著澳大利亞的文化實踐。衛斯理注意到，澳大利亞對區域聯盟的熱衷，反映出其渴望歸屬於某個所謂的中等勢力，用一句驚人之語來說，即是以此達到以弱勝強之目的。「對於歸屬的焦慮已使澳大利亞外交政策沉湎於交際，」衛斯理寫道。他補充說，在亞洲：

> 地方主義競爭……升級的環境下，澳大利亞將有能力緩解其緊張至崩潰邊緣的制度承諾——採取做大家好友這一走鋼絲的行為；一個在超級大國翻來覆去的時候，不需要選邊站隊，便可達到自身目的的中強勢力……[31]

31 邁克爾・衛斯理（Michael Wesley），《定位、定位、定位》（「Location, location, location」），《格里菲斯評論：在鄰邦》（*In the*

不論好壞與否，亞洲都被銘刻在澳大利亞過去、現在和未來對自身的定義裡。亞洲構成了澳大利亞想像，成為（從歷史上說）一個種族化的社會。儘管常遭無視，它卻在本土與非本土澳大利亞間的爭論中扮演了協力廠商角色。[32]一旦涉及種族與寫作，便會浮現出一個問題，即如何確立並表現作家的種族或民族立場。這是否是個關於相貌或聲音，膚色或口音的問題？如果不能得以表現，那又會怎樣？這些都是很複雜的問題。不過，文學有其自然的流動，我們看看那貼著亞澳標籤的盒子，就會發現這點。這終究是個雙重標籤，也許貼上這標籤的人無法被歸入任何一個不穩定的名稱下，無論亞洲或澳大利亞，都無法歸入。至少，在寫作上，這種兩種想像重疊——兩種可能俱存——變成了一個新的具有創造力的空間。我們在這裡發現了阿迪伯・可汗（Adib Khan）、布萊恩・卡斯楚、歐陽昱、貝思・葉、亞當・艾特肯（Adam Aitken）、蜜雪兒・德・克勒斯特、梅劍青、梅琳達・波比斯（Merlinda Bobis）、Chi Vu（音：支武）、曹勵善、Hoa Pham（音：華范）、黎南（Nam Le）、蜜雪兒・卡希爾（Michelle Cahill）、方佳佳等人的作品。其中有些人被收錄進方佳佳主編的集子《作為亞裔在澳大利亞長大》（*Growing Up Asian in Australia*）（2008）。[33]在他們的作品裡，我們發現了雙重性、反射、顯現與抹消、憤怒與冷漠、對文化的翻譯與重譯、自我與他人，這些都在澳大利亞寫作中建立了一套新的策略和新的敏感。[34]

Neighbourhood, Griffith Review）18，2007年，第22頁及第43頁。

32 參見，例如，Penny Edwards & Shen Yuanfang. *Lost in the Whitewash*. ANU: Humanities Research Centre, 2003, 10; Regina Ganter. *Mixed Relations*. Crawley, WA: U of Western Australia P, 2006, vi.

33 參見方佳佳主編，《作為亞裔在澳大利亞長大》（*Growing Up Asian in Australia*），Melbourne: Black Inc.，2008年。

34 黛博拉・L・馬森（Deborah L. Madsen）在其關於亞洲-澳大利亞文學極具開創性的批評研究中，討論了其中某些作家和許多其他作家。參見Madsen, Deborah L.「Asian-Australian Literature」，*A Companion to Australian Literature since 1900*. Eds. Nicholas Birns and Rebecca McNeer. Rochester, New York: Camden House, 2007. 105-25.

例如，在曹勵善小說《匹諾曹》（「Pinocchio」）中，敘述者女友說他鼻子開始變長的時候，敘述者便跑進了浴室：

去看鏡子裡的自己……我悲傷地盯著自己。有好一會兒，我都說不出話來。我只是看著自己……彷彿我已變成了匹諾曹——一個不那麼真實的男孩，滿口謊言，極易犯錯。我再次轉身朝向了鏡子。[35]

而歐陽昱在他的詩《看雙》（「Seeing Double」）中寫道：

沒辦法你只好
反復多次重譯
……成倍遞增[36]

在蜜雪兒・德・克勒斯特的小說《漢密爾頓案》（*The Hamilton Case*）中，有個矛盾的主人公，他「沒有任何跡象表明，他理解自己的生活是一連串的替換」。[37] 關於語言能導致怎樣的轉變，德・克勒斯特寫道：

東西方關係和妓院一樣，起作用的是一種古老的本能，可將難以忍受之事變得別有風味。於是，某種

35 曹勵善，《匹諾曹》（「Pinocchio」），*HEAT* 14，2007年，第82頁。
36 歐陽昱，《看雙》（「Seeing double」），《墨爾本上空的月亮及其他詩》（*Moon over Melbourne and other poems*），Melbourne: Papyrus Publishing，1995年，第36頁。
37 蜜雪兒・德・克雷澤（Michelle De Kretser），《漢密爾頓案》（*The Hamilton Case*），Milsons Point, NSW: Knopf，2003年，第181頁。

骯髒的東西得以一邊被人忍受，一邊又被人帶著某種類似鎮定的態度來觀察。[38]

這些作家同樣也是琴鳥，就像阿列克西斯・賴特，能同時唱出若干個調子。

亞／澳標記現已隨處可見。為了舉個另類的例子，我想借助于澳大利亞最有名的一匹馬。它的名字是個學醫的華裔學生起的，此人曾在蘭德威克賽馬場住過。他的父親19世紀從中國南部移民過來，大概是廣西，並懂一些當地語言。他提議用壯族語言裡的「閃電」一詞，給這匹非同尋常的馬命名，法・拉普（Phar Lap）。想到法・拉普，我又想起了巴里・安德魯斯，這次是想到了他為這位賽馬冠軍寫的一篇滑稽傳記：

> 法・拉普（1926-32），體育名人，適度投機者的商業夥伴，民族英雄……早在1930年，拉普便旅行到了北美，在那裡鞏固了他的利益；（他的生意夥伴）特爾福德不喜歡旅行，派克則有很多問題要處理，便都留在了國內。拉普高大瘦長，被人親切稱作「鮑比」、「紅色恐怖」，有時也喊他「你個雜種」。他於1932年4月5日在加州亞瑟頓去世，死因不明，葬於加利福尼亞、墨爾本、坎培拉和惠靈頓。作為一位語言學家兼商人，他使「喂飽了」這一短語廣為流行，儘管由於年輕時一次不幸事故，他沒有留下孩子。[39]

謝謝你，巴里。

38 同上，第187頁。

39 參見巴里・G・安德魯斯（B. G. Andrews），《澳大利亞體育傳記辭典》（「Australian Dictionary of Sporting Biography」），*Australian Society for Sports History Bulletin* 4, October, 1986.

第六章 澳大利亞文學中的中國女性文化身分[1]

澳大利亞是一個多元文化國家，有將近四分之一人口出生在本土之外。除了其中有一大部分英國後裔以外，現有一大部分亞裔人口。因此，澳大利亞文學之內涵包括許多來自不同種族背景的作家，它具有多元性和作家身分的多重性這樣的特點。其中有許多作家和中國有著千絲萬縷的聯繫：或去過中國，或有中國血統，或有曾生活在澳大利亞和中國兩個國家的經歷。這樣的作家包括：尼古拉斯・周思，阿列克斯・米勒，貝絲・葉，洪振玉，布萊恩・卡斯楚和電影導演羅卓瑤等。

無論從歷史還是文學角度，澳大利亞的中國都是一個複雜的概念。澳大利亞文學中對中國及中國婦女的表像更是經歷了漫長不同、甚至多層面的階段。近幾年來，我國探討澳大利亞文學的作品陸續出現，除了歐陽昱的專著《表現他者：澳大利亞小說中的中國人1888-1988》外，還有一系列論文。有的曾論述某個作家的身分、思想和創作；[2]也有的集中探討某部作品中的中國文化；[3]或者研究澳大利亞旅亞小說。[4]但有關

1 本文作者是河北師範大學外語學院教授馬麗莉。該文發表於《當代外國文學》2007年第2期，112-118頁。

2 王光林，《「異位移植」—論華裔澳大利亞作家對布萊恩・卡斯楚的思想與創作》，《當代外國文學》，No. 2，2005，p. 56。另見王光林，《擺脫「身分」，關注社會—華裔澳大利亞作家布萊恩・卡斯楚訪談錄》，《譯林》，2004，4，p. 210。

3 張金良，《神祕化、扭曲與誤讀—解讀〈紅線〉中的中國文化》，原載《當代外國文學》，No. 2，2005，p. 116。

4 王臘寶，《當代澳大利亞旅亞小說》，原載《外國文學研究》，2003年第5期，第149頁。

中國女性在澳大利亞文學中的表像，則尚無專文論述。因此本文旨在分析歸納二十世紀八十年代以來，澳大利亞文學中的中國女性形象的描述，集中探討中國女性的文化身分，指出：在一些明智的澳大利亞作家筆下，中國女性形象是複雜多面的，她們非但不再是被壓迫的『他者』形象，反而可以成為兩性文化乃至東西方文化的重要載體。她們對於兩性的文化和諧和東西方文化的契合，都有積極的貢獻。

七十年代以前：女性身分二元化

二十世紀七十年代對於澳大利亞文壇來說可說是個分水嶺。因為澳大利亞政府直到該年才承認中華人民共和國，並於1973年10月，澳總理惠特拉姆對中國進行正式訪問，周恩來總理主持會談，毛澤東主席和鄧小平副總理分別會見。澳大利亞與中國的建交，以及尼克森的訪華，在整個西方掀起了一股「中國熱」。這種政治上的轉變在澳大利亞文學上也有所體現。所以，在此以兩部小說為例，先對七十年代以前的澳大利亞文學中的中國女性形象做個簡單回顧。

查理斯．庫帕（Charles Cooper）的小說《韋斯特在東方》，是二十世紀四十年代關於東方題材的澳大利亞小說中，少見的沒有那麼多偏見以及西方優越感的小說之一。小說中的女主角寶蓮在書中優越於西方的靚女們，是中國文化的化身，對於幼稚的男主角西方來說，她有著中國式的教養和智慧，在書中眾多族裔的女性中脫穎而出。因為她的高不可攀，從而令韋斯特（West，也有「西方」之意）更加難以忘懷。書中，韋斯特的幼稚衝動與寶蓮的成熟理性形成對比。庫帕在書中對於中國的歷史、地理、哲學都有涉及，並且他明確地提倡：西方人應該多走出來看看，這樣他們的視野才會變得開闊，才更加能容忍不同的種族和不同的觀點。他們應該把自己放低那麼一點點，放下產生無知和偏見的優越感。[5]

埃裡克・蘭伯特（Eric Lambert）的《黑暗的叢林》中的中國女性劉迅，是一個典型的「他者」形象。她是遊擊隊員，缺乏女性特徵。澳大利亞情報官員托尼愛上她後，試圖把她帶回澳大利亞，但是遭到劉迅的拒絕。雖然劉迅是男性壓迫和種族歧視的雙重物件，但她並非傳統意義上的沉默服從的女性。她被分為身體和精神：在她身上，二者不可統一；她的身體和精神分別被瓜分，自己似乎什麼都沒有。事實上，劉迅處於兩難境地：因為若想成為托尼的戀人，劉迅必須放棄自己的愛國事業，放掉自己的強壯性格，棄絕所有托尼認為不女性的特徵。也就是說，為了滿足托尼之男性的要求，她得放棄原本女性的自我。如若不然，她則被視為不可理喻，不值同情的。而任何一種情況下，托尼則被刻畫為無辜的，理性的，熱愛和平，反對戰爭的。

總之，二十世紀七十年代之前的澳大利亞小說特點通常是，澳大利亞男主人公來到中國，與中國婦女，通常是漂亮、性感、有異國風情的女郎相遇，結果是前者既為後者著迷，又從內心排斥後者，從而對她們產生一種既嚮往又恐懼（fear and desire）的心態；一般在選擇與對比之後，澳大利亞男性會回到自己同類的（即白人）女性夥伴身邊。這種西方男性在東西方女性之間之游離，表明了他們內心的衝突和面對異域的無所適從。這個時期的中國女性形象，在澳大利亞語境下，其聲音不是缺席，就是被刻畫為「他者」。她們的身分被簡單二分化：這種二分既不統一於女性自身，亦不為其自身佔有。對於與之相遇的澳大利亞男性而言，她們一直是深不可測、沒有文化身分印記的。

---

5 Charles Cooper, *West in the East*. South Melbourne, Popular Publications, 1941, p. 99.

八十年代：女性力量的被書寫和重構

進入八十年代，女性主義思潮的發展使得澳大利亞語境下的重構中國女性變得可能。這一時期，澳大利亞文學中的女性形象發生變化。如愛麗森・布諾伊諾斯季（Alison Broinowski）所言：「在亞洲冒險區，由於現代年輕女性的介入並成為主角，原有的衝突如頭腦和心靈，異域和本地，種族和階級之間的，開始被染上女性主義的色彩」。[6]事實上，不僅書中人物發生變化，相應的中國文化也被更多地理解和消化。這驗證了尼古拉斯・周思的論斷，「部分中國文化變成澳大利亞文化的一部分，不僅作為暫時的裝飾和附加，而是永久的對於原有的文化的轉換，創造生成一種新的東西」。[7]總的來說，這一時期的作品在書寫和重寫中發現和強調中國女性的力量。仍然以兩部作品為例：《龜灘》（*Turtle Beach*，1981）和《長安大街》（*Avenue of Eternal Peace*, 1989）。

法籍作家布朗切・達普杰（Blanche d'Alpuget）所寫《龜灘》，講述一個有中國血統的女性米諾成功地利用自身性別和種族身分特點，來拯救自己和同胞的故事。與之平行的角色也是故事的敘述者，是一個不太成功的澳大利亞女記者裘蒂絲。這部小說已拍成電影，由陳沖主演。它涉及的論題宏大，其中包括文化衝突、性別差異、亞洲內部和外部的文化和宗教，等。作者達普杰有意賦予女性和第三世界聲音，她的筆下，種族問題與性別衝突不斷錯綜交叉，而作者本人一直推崇的是陰陽平衡和文化和諧。她似乎強調：缺乏這種平衡

6 Alison Broinowski，*The Yellow Lady: Australian Impressions of Asia*. 1992. Melbourne: Oxford University Press, 1996, p. 201. 引文為筆者翻譯。本文譯文除非特別注釋，均為筆者翻譯。

7 Nicholas Jose，「Mixed Doubles: Chinese Writing Australia,」 *Australian Book Review*, 183, August 1996, p. 37.

及和諧則是人（類）的疾病和痛苦之所在。

有評論者認為，這部小說是關於婦女運動的。也有的認為，它的主題是文化衝突。使用賽義德東方主義理論，批評本書中所體現的西方人對於東方的偏見的更是大有人在。[8]在種種聲音中，我比較贊同海倫・蒂芬的觀點。她指出，「這部小說是想體現一系列的不同立場，而非文化平列。達普杰是認可『他者』聲音並且意識到跨文化所產生的問題的」。[9]我認為，作者達普杰的認知，不但限於跨文化層面，在兩性和諧上，更有其獨到之處。作者似乎一直在說：兩性和東西文化的交匯，不應該是二元對立或者不一定是並肩平列的；而應該可以是一種互相補充、和諧的態勢。這種觀點可以從書中幾個主要人物身上得到印證。

首先是女主角米諾。具有中國血統的米諾年輕貌美，其丈夫霍布岱是澳大利亞駐馬來西亞首都吉隆玻的高級專員。1979的馬來西亞由於中國難民的不斷湧入，種族問題非常尖銳。當地居民時常與難民發生械鬥。最終，米諾為了使失去理智的、暴怒的村民安靜下來，為了阻止他們殺戮自己的同胞，毅然自溺身亡。在她死後，她的丈夫罹患半身不遂。

與具有如此非凡力量的米諾相對的，是她的好友裘蒂絲。面臨婚姻危機、事業受阻的女記者裘蒂絲，雖然深受女性主義觀點影響，卻在異域的記者生涯中顯得有些無所適從。她與當地人柯南的曖昧情感，最終解決不了她婚姻的難題；而她與英國記者短暫的私情，則令她愧疚不已。在她身上流露出太多的欲望和衝突，

---

[8] Gaik Cheng Khoo, 「Multivocality, Orientalism and New Age Philosophy in Turtle Beach,」 *Hecate* 22, 2, 1996, pp. 31-48. And also see Koh Tai Ann, 「『Crossing that Little Bridge into Asia, with the Ghost of Empire About Us』: Australian fiction set in Southeast Asia,」 *Westerly* 38, 4, 1993, pp. 20-32.

[9] Helen Tiffin, 「Voice and Form,」 *Australian/ Canadian Literatures in English: Comparative Perspectives*, eds. Russell McDougall and Gillian Whitlock. North Ryde, NSW: Methuen Australia, 1987, p. 130, in which Tiffin writes, 「d'Alpuget acknowledges the 『voice』 of the Other and the problems of cross-cultural judgment」.

因此她身上缺乏一種內心的平靜和平衡。她對米諾的執著的犧牲，雖然不能全然理解。然而，在米諾那裡，裘蒂絲深受啟迪。那就是：無論身處何地，心靈的安寧和諧，才是最最重要的。

不僅如此，與女主人公對應的男性主要人物在此書中也被賦予積極的、具備雌雄同體（hermaphrodite）的特點。馬來西亞人柯南之所以可愛，是因為他身上所流露的女性特質。霍布岱後來的半身不遂，也說明沒有女性的世界是多麼的可怕，而陰陽平衡是多麼的重要。總之，本書中，女性的力量被提升，被賦予積極、主動的力量；並且成為維持陰陽平衡、文化和諧不可或缺的力量。

外部的力量固然不可忽視，然而，真正左右我們個體生命的是我們的內心，是我們與我們的信仰、我們所處的宇宙合二為一的力量。書中不斷提到和諧：馬來西亞人柯南身上的女性特質、他的印度教信仰造就了他的和諧；米諾有目標的生活、她的來源於她的阿嫲的精神食糧，造就了她年輕的生命短暫的和諧。另一方面，西方男性女性身上欲望和心靈的衝突，沒有目的地生活，才是心靈疾病的根源所在（91）。

某種意義上說，正由於西方文化和哲學不能提供這種和諧，才有了無數個西方人來到中國尋求的故事。尼古拉斯・周思的作品《長安大街》就是一例。它「在對於一個複雜的民族的認知和反認知之間達成和解，並且形成一種認知，這種認知的高度是一個時代之前絕不可能形成的」。[10] 書中的女主角金鵲，畢業於外國語學院，因為出身不好而喪失好的工作機會，現任中學英語教師。她是一個頑強的女性，諳熟英語，知性成熟。故事的男主人公、澳大利亞人沃利，喪妻後來到中國，滿懷空虛感和負疚感，到中國尋找醫學和精神上的雙重良藥。與金鵲相識後，沃利認為她在中國不能人盡其才，應該出國深造，並且願意為此提供幫助。但是金鵲拒絕了他，認為自己的出路在中國。

---

[10] 王雷泉，「東西方聖賢的心與理—解釋三種禪學與西方思想對話之進路」，載於《佛教與基督教對話》，吳言生、賴品超、王曉朝主編，中華書局，北京：2005，31-34頁。

這個故事中，澳大利亞男性沃利來到中國尋找良藥，這個形象正如周思曾經指出的那樣，「在從前的澳大利亞歷史上，甚至在更廣闊的西方文明進化中，東方通常被視為可以獲得靈感，重生，釋放甚至（諷刺般地顛倒了從前傳教士的角色的）拯救的地方」。[11]他似乎更需要中國女性金鵲：需要後者為他解讀中國；也需要她替代他失去妻子的失落和空虛。中國女性金鵲現代、成熟、有主見、有毅力。她與智慧的中國老者形象從一定程度上代表了周思的某種觀點：雖然這些人暫居山林，如同古代的隱士，但也不是普通的隱者，只圖『避世』而『欲潔其身』。[12]他們對於失落的、失去精神寄託的西方人，或許可以提供精神上的良藥秘方。

毋庸置疑，周思筆下的中國是多面化的。從周思的作品裡，可以看到中國哲學和西方哲學（宗教）的交匯。周思在寫《長安大街》時，明顯受到中國文化和哲學的影響。比如，小說的第三章題目就叫作「道」，顯然是來自有名的中國經典巨著《道德經》。而書中人物胡教授的隱居于小鎮之生活，他對待名利之態度正是道家觀點的體現。周思筆下的中國女性，不但被賦予知識和力量，更肩負著民族文化傳承的重任。似乎她們不是缺乏之的，而是給與的那一方。她們肩負的兩性和文化和諧使命是不可低估的。

九十年代：雙重視角下的女性複數身分

進入九十年代的澳大利亞文學，陸續出現以女性為中心敘述者這樣的作品。不僅使得中國女性的聲音在

11 Brian Castro,「Writing Asia」, *Australian Humanities Review*, 2004, pp. 3-4. 參見《身分與創造力：解讀布來恩・卡斯特的 中國之後 》，馬麗莉，原載《外國文學研究》，Vol, 28, No. 4, August 2006, 97頁。

12 《中國哲學簡史》，馮友蘭著，塗又光譯，北京大學出版社，北京：1996，54頁。

文學的層面上被聆聽，她們的力量被建構，而且從她們身上可以更明顯地看到中國文化的承載和傳承。中國女性不僅僅被賦予力量，更成為民族文化的傳承者。這些身上有著東西方雙重印記的女性，一方面從代表傳統或本土文化的古老的中國汲取力量，另一方面又從她們所面臨的新的或西方文化中汲取營養，她們自身成為文化交融之地，從而成為產生新的有「混雜」（hybridity）性的文化特徵的新女性。

這一時期可以分為兩個部分。一部分小說包括（外）祖母的故事，她們是講述和建構自己故事的女人。特點是女性主人公自己敘事，講述從其（外）祖母時期流傳下來的家族故事。在這種講述中，女性人物被賦予力量，她們被置於中心地位，她們的聲音得以被聽到。同時，西方殖民主義被質疑，中國文化的部分包括宗教（佛教）、傳統文化等得以被正視。以貝絲・葉之《鱷魚的憤怒》（*Crocodile Fury*, 1992），以及洪振玉的《風水》（*Wind and Water*, 1997）兩部小說為代表。

在《鱷魚的憤怒》以及《風水》這兩部女性小說中，東西方兩種文化在碰撞中生存並互為補充，中國女性身分變得更為複雜：如果說她們的祖輩是傳統的男權和殖民霸權的壓迫者，她們本人則更是文化和種族的傳承和貢獻者。她們通過講述自身的故事得以完成內在的釋放、自我的實現以及民族文化的傳承。她們的身分由此變得複雜—即從單一變成多元：既有性別的、家庭的，更有文化的、種族的，等等。

亞洲的哲學宗教諸如道教、印度教、佛教與基督教在某種程度上被視為平列而非對立，東西方在精神的層次可以交匯。正如復旦大學哲學系教授、宗教研究所所長王雷泉所指出：「從東西方學術界共許的邏輯思辨角度，透過表層的文化事相，深入到東西方思想的「心」與「理」層次，各自原具有彼此會同的潛流，遂使思想對話成為可能」。[13]

---

13 王雷泉，《東西方聖賢的心與理—解釋三種禪學與西方思想對話之進路》，原載《佛教與基督教對話》，吳言生，賴品超，王曉朝主編，中華書局，北京：2005，31-34頁。

值得注意的是，這兩部作品裡，多次刻畫中國老者形象，包括（外）祖母和祖父形象，諸如《龜灘》中的阿媽以及《鱷魚的憤怒》中的祖母，《長安大街》中的老教授等等。這些老者形象通常是有見識、諳熟中國哲學和有智慧的化身。中國文化從他們這裡衍生、傳承，他們所代表的是中國文化的堅韌、博大、適應力強等特點。這一點被他們儲存積蓄並傳給了下一代的女性，從而使後者肩負起承載和傳承中國文化的重任。

另一部分主要探討九十年代雙重視角下的澳大利亞文學（電影）。重點介紹布萊恩・卡斯楚的小說《中國之後》（*After China*，1992），阿列克斯・米勒的小說《祖先遊戲》（*The Ancestor Game*，1992）以及羅卓瑤的電影《浮生》（*Floating Life*，1996）。這部分的作家（導演）都曾經到過中國或與中國關係密切，而羅卓瑤更生於澳門，長於香港後移民至澳大利亞，拍過許多部大膽而女性的電影（諸如導演了《誘僧》和《春月》）。這部分的文學特點在於：幾個作家（導演）都不約而同地提到過「距離效應」（distance effect）或「雙重視角」（insider-outsider perspective）」這樣的概念。他們認為：一個人只有離開故土，才會對它的文化有更廣泛更深刻更客觀的認識；而只有從一個雙面的角度去看待它，評判它，這樣的認識才會昇華。

布萊恩・卡斯楚是六部小說的作者。其中四部獲獎。他出生於一個多民族家庭（父親為葡萄牙裔，母親為華裔），他曾在巴黎、香港以及悉尼郊外的藍山居住。《中國之後》是卡斯楚的有關亞洲和中國的系列小說之一。此小說曾獲澳大利亞邁爾斯・佛蘭克林提名獎。卡斯楚運用後現代的多層敘述及故事重疊法，解構和顛覆了傳統的東方和西方、男性和女性形象。他筆下的中國女性，似乎全部是曾經處於二元對立中的邊緣人物：中國古代的官妓，風流才子的伴侶，姑媽婆姨等等。在小說中，官妓們在音樂，繪畫，文學乃至政治等領域都具有極高修養。與傳統男女性別角色不同的是：她們與之交往的男人從她們身上吸取詩歌乃至政治上的靈感。風流才子唐寅的妻子林林，後來則以同性戀的身分出現。

總之，卡斯楚筆下的女性，不但被他賦予了文化指認，而且被其有意地顛覆並賦予了新的性別身分。她們的身分被如此解構重建後，產生了新的意義及源源不斷的創造力。另一方面，書中身患絕症的澳大利亞女作家形象是否在暗示：西方文化已經病入膏肓，行將滅亡？而在古老的東方，在文革之後的中國，會有著充足的創造力、甚至精神的崛起？卡斯楚似乎一直在暗示：東方文明的靈丹妙藥在一個隱喻的層面可以拯救奄奄一息的西方文化。[14]而這種文化的靈感提供者和創造者是中國古代的女性。

阿列克斯・米勒的小說《祖先遊戲》，在連接和斷開之間，過去和現在之間，移民和移置之間，都達到和解。小說中的女性試圖在新的環境下發現自我，確立身分，但並不完全與過去隔絕。新的環境不僅帶給她們移置（dislocation），更能使她們產生新的「混雜」身分。女性角色既重現祖先的歷史，又變為後輩的祖先。她們在創造歷史上的重要性是不可忽視的。

不難看出，對於生活在雙重文化之中，米勒的觀點是積極樂觀的。他認為，這種「二態」性的生活，是一種神聖的禮物，而非生活的障礙，「對有些人而言，流放是唯一可以忍受的境地。對他們來說，流放即歸家。」[15]這與賽義德的觀點不謀而合，賽義德也認為這種「雙重凝視」是優勢。他說，「流放的知識份子不必遵循傳統的邏輯，他們可以大膽甚或魯莽，因為他們要變化，要前進，而非固守陳窠」。[16]法裔作家蘇菲・麥森也把移民生活視為祝福，她說，「移民完全可以堅定大膽地讓現實進入他們的生活，但要有所質疑，在瞭解之後進行選擇」。[17]

移民生活以及移民心態，在羅卓瑤的電影《浮生》中有更好的表現。電影從一個「局內人-局外人」的

---

14 Brian Castro,「Writing Asia」, *Australian Humanities Review*, 2004，pp. 3-4. 參見《「身分與創造力：解讀布萊恩・卡斯特的〈中國之後〉》，馬麗莉，發表于《外國文學研究》，Vol. 28, No. 4, August 2006, 97頁。

15 Alex Miller, *The Ancestor Game*. Ringwood, Vic: Penguin, 1992, p. 264。

16 Edward W Said, *Representations of the Intellectual: the 1993 Reith Lectures*. London: Vintage, 1994，p. 47.

17 Sophie Masson.「Where are you from really?」*Australian Book Review*, 143, August 1992, pp. 4-5.

角度，為移民生活提供了一個積極的方面。影片中流散的華人經過艱難的移置過程，經歷對本土和異域文化的選擇，最終接受了一種文化複數的形態。在這部影片中，中國人不僅是傳統文化的繼承者，而且對不同文化有著極強的適應和包容能力。不同文化可以並存，它們通過衝突和契合，可以達到新的融合。這也是對於史碧娃克（Gayatri Chakravorty Spivak）觀點的再印證，那就是，兩種或多種文化可以並存，互相作用，而不失去彼此的原有活力。[18]

影片中的中國女性，雖然身居異國，對於移置的反應是不同的。但總的來說，可以用異質（heterogeneous）這個詞來形容：她們所處的時代給了她們更多的選擇性，但也使她們同時面臨更大的挑戰。她們所面臨的生存問題比起她們的長輩婦女們，更為複雜和現實，也因此，她們在其女性身分的確立上，走過艱難而又複雜的路程。她們在新文化語境下的生存和發展，不應該以摒棄自己的民族文化為代價；她們會越來越多地在兩種文化之間遊刃有餘，兼收並蓄。在電影中的女性身上，人們可以看到一個積極的出路。

結語

當代澳大利亞文學在經歷了從幼稚到成熟，從民族到國際，從單一到多元的過程。而中國女性形象經歷了從七十年代以前的缺席或「他者」形象，到八十年代的女性身分的二元化，到女性力量的被書寫和重構，到九十年代女性通過講述故事來傳承中國文化以及多元文化下的女性複數身分形象。她們形象的建構具有複雜性、變化性和偶然性等特徵。總的來說，達普杰關於東方的全面細緻的描寫，卡斯楚對於東方文化可以產

---

[18] Gayatri Chakravorty Spivak,「Strategy, Identity, Writing,」in *The Post-colonial Critic: Interviews, Strategies, Dialogues.* Ed. Sarah Harasym. New York: Routledge, 1990, Pp. 35-49.

生創造力的展望，米勒為移民生活提供的積極選擇，都是對澳大利亞、乃至世界多元文化的積極貢獻。中國女性的種族的、個人的身分，都在澳大利亞的語境下，在兩種文化的衝突與和解中得到表現與肯定。這種種變化說明：在明智的澳大利亞作家筆下，中國女性是中國文化的載體，她們對於男性，可以是創造性的源泉。她們對於民族的乃至世界的和諧文化，都有積極的、不可或缺的貢獻。

中編

中國文學在澳大利亞

第一章 澳大利亞的中國文學研究[1]

早在19世紀，就有喬治・厄內斯特・莫理循（George Ernest Morrison，又稱Chinese Morrison，中國莫理循）等澳大利亞人在寫關於中國的新聞報導，產生了很大影響，但這樣的文字本身並不被看作文學。就文學自身而言，大約在19、20世紀之交時，有些詩人、打油詩人和小說家，如伊妮絲・岡恩夫人（Mrs. Aeneas Gunn）和亨利・勞森（Henry Lawson），便把早期旅澳的中國人當成了描寫對象。他們的描繪有時帶著同情，但在當時出產的文學作品中，中國人更多時候只是被滑稽模仿的對象。而且，對中國人的描繪，不論是在中國還是在澳大利亞，在1950年以前都無人作過認真的學術分析。因此，嚴格地說，並不存在「澳大利亞」的中國文學「研究」這樣的東西。作為一個相對年輕的國家，澳大利亞不像歐洲國家那樣有漢學傳統，有研究部門和協會。澳大利亞的大學沒有專門的中國文學系，甚至沒有這方面的專家。即使有了專家，圖書館裡也沒有中文書籍能為研究者提供資料。

直到20世紀50年代，這一令人沮喪的局面才發生改變。改變始於1953年，這時，澳大利亞國立大學設立

1 本文原為英文，作者是雷金慶（Kam Louie）教授，原由劉霓翻譯並發表，部分句子有刪節。後作者作了修改，修改部分由梁余晶翻譯，原譯者刪節部分也一併譯出，回歸原貌。翻譯過程中曾得到了雷金慶教授、歐陽昱教授和劉婷博士的幫助，在此一併表示感謝。

了第一個中文教授職位。其後，悉尼大學和墨爾本大學分別於1955年和1960年設立了中文教授職位。從這些教授職位的確立開始，澳大利亞的中國文學研究日益多樣化，並以其創新性而贏得了國際聲譽。此後的數十年中，一些成立於60年代和70年代的新大學也設立了中文或亞洲研究的教授職位，使這一此前「神祕」的研究領域在這些學校中得以規範化。數十年間，在澳大利亞獨特的文化基礎上，逐漸形成了一種澳大利亞視角。澳大利亞多元文化的交融以及最近以來發展中澳關係的熱情（這種熱情拒絕對中國文化進行東方主義理解），這一切都有助於加強澳大利亞在這一研究領域的實力和新奇感。

50年代和60年代，有關中國文學的學術研究幾乎完全部集中於古典文學、語文學和語言學。相應地，澳大利亞第一批中國文學教授也全部由中國歷史專家組成。大部分人對新中國一無所知，也不感興趣。澳大利亞國立大學任命的第一位中文教授是一位歷史學家，即來自瑞典的畢漢思（Hans Bielenstein）。他在澳大利亞僅工作了幾年。短暫的任期限制了他對正在形成中的領域的影響。瑞典語言學家馬悅然（Göran Malmqvist）是畢漢思的繼任者，同樣也只在澳大利亞旅居了幾年時間。馬悅然在他的祖國繼續其學術事業，目前是瑞典皇家學院惟一的一位中國學研究專家。2000年，高行健（Gao Xingjian）成為第一個獲諾貝爾獎的華人作家，這和馬悅然不無關係。在馬悅然之後，隨著1966年對第三任中文教授、接受過正統教育的學者柳存仁（Liu Ts』un-yan）的任命，這種學術帶頭人快速更替的局面才得以結束。柳存仁在澳大利亞國立大學工作了近30年。

柳存仁曾在北京大學學習，在英國完成了他的研究生課程。他的主要研究興趣是傳統文學，他的專長在小說領域，而不是詩歌。他最為關注的是清朝（1644-1911年），而不是其他更早的朝代。在進入國立大學之前，柳存仁已完成了以下研究工作，即有關佛教和道教對中國小說超自然現象的影響。在國立大學期間，柳存仁繼續從事教學、研究和翻譯傳統小說的工作。在他的輔導下，一些澳大利亞學者陸續成為他們各自領域中的傑出研究人員。例如，在文學領域，馬克林（Colin Mackerras）于1974年成為格里菲斯大學的首位亞洲研究教授，撰寫了多部有關中國社會各方面的著作。他早期有關京劇的論著在當時是首創性的，在今天仍具有影響。

同時，在悉尼大學，來自英國的教師A・R・大衛思（A. R. Davis，既是中文詩詞的翻譯者也是日文詩歌的翻譯者）從1955年開始擔任東方學教授，直到1983年去世。1956年大衛思創建了澳大利亞東方學會，顯示了他在這一領域中的領導地位。在這之後的25年中，柳存仁和A・R・大衛思共同左右了中國文學研究的思路和方向。A・R・大衛思對古典作品最感興趣，儘管他個人的中國經驗非常有限——他從未在中國生活過，僅作過一次隨團旅遊。另一方面，柳存仁出生於中國，早年接受過古漢語教育。大衛思接受的是徹頭徹尾的英國教育，他的著作大多是對古代著名詩人（如杜甫和陶淵明）作品的翻譯和注釋。正像當時歐洲的許多中文教授一樣，A・R・大衛思得到了華裔同事的幫助，例如劉渭平博士（Liu Weiping）。劉渭平接受的是中文教育，在進入悉尼大學之前曾供職於中國外交部門，他也從事中國古詩詞研究。他還是最早涉足華人在澳歷史的作家之一——這預示著半個世紀之後出現的那些關於海外中國人的作品。

在澳大利亞開展中國文學研究的前25年，多數學者關注的是「傳統」文化諸方面，而不是當今時代的文學和藝術作品。的確，他們各自系別的名稱貼切地反映了他們本身和他們同代人的興趣和視角。他們所信奉的是按照傳統規範進行翻譯，他們對輝煌的歷史文化充滿熱情，而對這一文化當今的表現形式卻毫無興趣，就此而言，這一代中國文學專家是一些東方學家。他們的工作仿效老派的中國學者，專注于注釋和翻譯經典篇章或完成這些經典作者的傳記。在一定程度上，這一東方學方法論的生生不息源自於這樣一個事實，即從20世紀50年代中期到70年代中期，中國是對外隔絕的，對於中國以外的學者來說，很難與中國同行接觸。因而，早期澳大利亞的中國文學研究涉及到的那些文本，描寫的是一個「在時間上凝固」的社會。這一限制到

1976年毛澤東去世才被打破，從那時起，澳大利亞的學者很難再將中國的作家及其作品作為東方的產物來對待。當代的作家和作品迅速成為學術研究的物件。

這一環境的變化對第二代澳大利亞中國學學者的影響不可低估。在對當代中國文學的探索中，在嚴肅地思考中國式的社會主義現實主義對創造性文學和宣傳手段之間的關係帶來的挑戰中，新一代學者瓦解了東方學有關中國和中國文學的基本原則。東方學的思想體系以及傳統規範的優勢在新的時代改變了性質，哲學上的「百花齊放」還反映在開展中國文學研究的各個系的名稱上。在70年代中期，這些系還有著諸如「東方學」之類的頭銜，到了70年代末期和80年代，它們紛紛更名為「亞洲研究」或「中國研究」。這一認同當代亞洲文化價值的新趨勢在1976年澳大利亞亞洲研究協會（ASAA）的成立上也得以體現。這一專業協會主要由澳大利亞首都特區與墨爾本的學者領軍。悉尼人出於對創始人A・R・大衛思的忠誠，仍然堅守著東方學會。儘管如此，遠離「東方」頭銜的趨勢也是無法避免的。此外，由於澳大利亞越來越重視中國，學生們也需要更多能夠向他們傳授有關中國文化和語言的課程。自60年代開始，學習中文的學生人數一直都在穩步增長，而這一領域學者的人數也在相應增多。到1987年，中國學學者的數量已足以保證澳大利亞中國研究協會（CSAA）的成立。悉尼大學教師、現代文學專家陳順妍當選為協會首任主席。此後不久，陳順妍作為諾貝爾文學獎得主高行健的譯者，獲得了國際聲譽。

自20世紀70年代以來，澳大利亞的中國學研究開始發生轉變，其速度要比歐洲相應的學術發展快得多。即使在今天，歐洲對「東方人」這一專有名詞還戀戀不捨。例如在2003年5月13日，一位斯德哥爾摩大學的研究生發給H-ASIA[2]一封電子郵件，提到他所在的系像許多其他系一樣，正在考慮將東方語言系更名為亞

2 H-ASIA成立於1994年，是通過電子手段開展討論的國際性學者團體，主要目的是使歷史學家和其他亞洲學者就他們當前的研究和教學興趣進行方便的溝通，探討新的論文、書籍、方法和分析手段，嘗試新的想法並分享對有關教學的評論和指點。——劉霓注

洲語言系，他將系裡就此開展的討論劃分為兩個陣營，支持改名的人包括年輕人、亞裔、低級別的教職人員和研究生，反對的人則包括年長者、白人、教授或副教授。

這則短信在全世界引起廣泛的反響。不出所料，一些回應者指出，大量傑出和原創性的研究一直在東方學系中開展，名字只是小事一樁，根據這一邏輯，更名純屬多餘。另一些人認為，整個「東方」的概念已經過時，在大眾心目中它不過是旨在推銷具有「異國情調」的商品的一個名稱。討論還牽涉到亞洲研究作為替代名稱是否合適和有效的問題。對此，一些人認為，「亞洲」也是一個過於含糊的概念，根據使用它的人而表現出不同的意識形態含義。在英國，亞洲人通常被理解為來自南亞，而在北美和澳大利亞，「亞洲人」則指來自東亞的人們。直到5月18日，這場爭論才告一段落。編輯宣佈說：「這一趨勢還處在發展之中，（因此）我建議我們暫時將這個問題放在一邊。」直到今天，該系仍在使用東方語言系這一名稱。

在澳大利亞，儘管改變院系名稱沒有引起此類公開的爭論，但向現代研究的過渡同樣遇到了類似的意識形態和政治論辯。1972年澳大利亞與中華人民共和國建交，作為結果之一，新一代中國研究學者湧現出來。越來越多的青年漢學家在澳大利亞大學中接受培訓。還有相當數量的青年學者抓住新出現的機會前往中國國內學習，他們回到澳大利亞時，帶回了新的有關「中國」和「中國文化」的觀念，而這些觀念與與他們年長的教授們所珍視的觀念截然不同。70年代末，官方的學生交流計畫開始運作，越來越多的澳大利亞學生到中國生活、研究。當時中國的知識份子正處於實驗期，一些新潮作品紛紛問世。當雷金慶和白傑明等年輕學者對這一新的寫作潮流進行翻譯和分析時，資深的澳大利亞國內外學者對這些新作品是否值得學術分析或翻譯卻持保留態度。

不久，漸趨完美的文學和藝術作品迅速在中國出現，吸引了一些資深學者的注意，如A・R・大衛思的學生、後來留校從事研究的杜博妮（Bonnie McDougall）。因為其家庭與共產主義運動有關聯，杜博妮有著非同一般的經歷。50年代她作為青年學生曾在中國學習過，之後，她在悉尼大學接受了大學教育。她第一次回到澳大利亞生活時，正值中國被普遍視為危險的共產主義威脅的時期。雖然她的第一部出版物是將西方的文學理論介紹給中國，但她後來的著述則對當代中國文學給予了更多關注。她也是最早向西方介紹後毛澤東時代新湧現出的作家的學者之一。通過她大量的翻譯和評論文章，人們更多地瞭解了詩人北島、小說家阿城（Ah Cheng）和王安憶，以及電影導演陳凱歌等人。杜博妮擔任愛丁堡大學中文教授之後，她和雷金慶（1993–2002年任昆士蘭大學中文教授，後任澳大利亞國立大學教授，2005年至今任香港大學文學院院長）合作撰寫了《20世紀的中國文學》（*The Literature of China in the Twentieth Century*）。[3]這部書贏得了國際聲譽，被視為自20世紀60年代夏志清（C. T. Hsia）的經典史書出版以來的一部最恰當的綜合性歷史著作。陳順妍是大衛思的學生，她最初的中國文學研究物件是20世紀前20年的中國作家，例如魯迅（她的學生張釗貽[Chiu-yee Cheung]仍然在研究這位卓越的現代作家，張釗貽曾在昆士蘭大學任教，現任教於新加坡南洋理工大學），然而在翻譯了高行健的《靈山》（*Soul Mountain*）之後，她愈加關注當代文學。

這些研究者之所以重要，是因為他們是第一代完全由澳大利亞培養的從事中國文學研究的學者，澳大利亞終於開始在這一領域中取得自己的學術成就。在新西蘭，這一領域的本土化也開始出現。康浩（Paul Clark）是第一位出生于新西蘭的中文教授，1993年開始任職于奧克蘭大學，其前任一直是英國出身的學者——道格拉斯・蘭卡希雷（Douglas Lancashire）和約翰・閔福德（John Minford）。閔福德對漢學最重要的貢獻是翻譯了清朝文學名著《石頭記》（*Story of the Stone*）的後半部，此外，他還翻譯了許多當代作家的作品。在擔任中文教授期間，他把顧城等詩人帶到了新西蘭。繼雷金慶之後，閔福德擔任了澳大利亞國立大學

[3] 該書出版細節為：New York: Columbia University Press; London: C. Hurst, 1997. vii, 504 pp.

的中文教授，此前他曾在此獲得博士學位。自2011年起，他在香港中文大學任教。

數十年間，來自美國、歐洲和亞洲的學者陸續在澳大利亞擔任教職，無疑豐富了這一地區的中國文學研究。例如，在墨爾本大學，美國出生的賀大衛（David Holm）為研究具有共產主義文藝思想的作品注入了新的見解；而在新南威爾士大學，美國出生的寇志明（Jon Eugene Von Kowallis）將他的古漢語知識和現代漢語知識結合起來，形成了現代文學的新的解讀方法；在莫納什大學，另一位美國學者家博與中國出生的歐陽昱一起翻譯在澳華裔作家的作品，推進了中文作品在澳大利亞文學界中「正統化」的進程。一些地區性小型大學中的研究者也對澳大利亞的中國文學學識有所貢獻。例如在紐卡斯爾大學，中國出生的李俠（Li Xia）始終在關注中國的當代詩歌。在新英格蘭大學，另一位來自中國的學者吳存存（Wu Cuncun）多年來為澳大利亞文學界帶來了對性別和古典文學的新理解，她後來去了香港大學。在新西蘭，中國文學研究同樣擴大到一些小型的地區性大學中。在懷卡托大學（Waikato University），出生於英國的瑪麗亞・加利科夫斯基（Maria Galikowski）和出生于中國的林敏（Lin Min）一直在翻譯和評論當代中國的作家。更重要的是，中國文學的研究範圍也開始擴展，不僅包括了中國國內的作品，也包括其他華人社會中湧現出的作品。例如，來自加拿大的哈玫麗（Rosemary Haddon）在任職于梅西大學（Massey University）後，便開始出版有關臺灣地區文學的研究成果。「中國」文學概念的擴展將不斷加強這一領域並使其多樣化，而國際學術研究與澳大利亞大學間的互動無疑將有助於促進這一發展。

當「外來者」不斷擴大澳大利亞從事文學與藝術研究的漢學家學者隊伍時，相當數量的本土培養的學者也成長起來。例如，在澳大利亞國立大學，白傑明繼續對中國的先鋒派文學作品進行翻譯和評論，同時還譯介了現代文學家和藝術家豐子愷；在格里菲斯大學，瑪麗・法誇爾（Mary Farquhar）出版了有關兒童文學的研究成果；而在墨爾本大學，安尼・麥克拉倫（Anne McLaren）的著述集中於對明清小說和早期出版業的詳盡研究。

從20世紀90年代初開始，來自新西蘭的年輕學者也參與並加強了澳大利亞的中國文學研究領域。如在莫納什的米里亞姆・蘭（Miriam Lang）專門研究臺灣作家三毛和瓊瑤。在1998年一份提交給澳大利亞人文學院的有關亞洲語言與文學的報告中，哈裡・埃夫林（Harry Aveling）指出，李木蘭（Louise Edwards，目前在香港大學）以她對清代名著《石頭記》（*Story of the Stone*）的研究，不僅對亞洲研究，也對女性研究作出了貢獻。埃夫林的報告之所以提到李木蘭，其意在於強調，在過去20多年間，澳大利亞學者逐漸改變了他們研究亞洲文學的方式，不再單純地閱讀和翻譯孤立的作品，而是越來越廣泛地與新的人文學科的學術研究相結合。

例如，在拉特羅布大學，裴開瑞（Chris Berry，目前在倫敦大學哥爾德史密斯學院）強調中國電影的重要性，而馬嘉蘭（Fran Martin）不僅研究電影，還研究臺灣作家的酷兒小說。與此同時，雷金慶出版了第一部系統分析中國男性特質的論著。在隨後的一本關於中國和日本男性特質的專著裡，他還與王一燕（Wang Yiyan）、裴西敏（Simon Patton）和吳存存等其他澳大利亞研究者一起，共同從文學和文化的角度探討了中國男性特質的特性。在中國文學領域，特別是表演藝術領域，吳存存等年輕學者正在對傳統中國故事中和舞臺上的嬌柔之風和同性戀特徵進行研究並發表成果。其他人，如王一燕，也把美術結合在他們的文學研究裡。王一燕曾在悉尼大學任教，2011年成為維多利亞大學的教授。這些學者中的大多數，無論來自中國或其他地方，都在澳大利亞完成了他們的研究生培訓。而他們對中國研究的參與也使這一領域超越了其最初的東方學窠臼。他們既對從理論上探討作品感興趣，也樂於為西方的讀者翻譯這些作品。

更為重要的是，這些作品本身不再局限于中國或東亞和東南亞華語地區的創作，自80年代以來，還出現了在澳大利亞創作的作品。作為中國變革的成果之一，特別是1989年天安門事件的影響，數萬「中國學生」

來到澳大利亞，他們中的許多人接受過良好的教育，他們在閱讀的同時也從事寫作。許多出自他們之手的小說和短篇故事得以出版，通常以連載的方式發表在近20年來創辦的報紙和雜誌上。90年代，僅在悉尼就至少有4種中文日報、4份週刊和其他各種中文雜誌出版。還有一些專門的文學刊物，如1996年由歐陽昱等人在墨爾本創辦的《原鄉》，以及由澳大利亞華語作家協會（Australian Chinese Writers' Association）昆士蘭分會在布里斯班創辦的《澳華月刊》（*Chinese Community Monthly*）。

這些刊物大部分是用中文出版，但也有些是雙語，因此，越來越多的作家開始用中英兩種語言寫作文學作品和分析文章。到21世紀初，有些華人作家，如歐陽昱、張思敏和布萊恩・卡斯楚，都已用英文寫出了獲獎文學作品。儘管他們的作品有時並非直接涉及澳大利亞或中國，但絕大多數情況下都是關於中國文化的，無論這種文化是植根於中國大陸，還是香港或馬來西亞等其他地方。因為他們是用英文寫作，他們的影響便超出了中國讀者的範圍。

因此，研究他們作品的人不僅僅只有中國研究系的學者，還包括了皇家墨爾本理工大學的邱琴玲、澳大利亞國立大學的羅美麗（Jacqueline Lo）和新南威爾士大學的邱素玲（Olivia Khoo）等研究者。中國文學研究已經走得很遠，早已不是當初認為只有文學經典才值得翻譯和欣賞的情形了。許多澳大利亞華裔作家仍在追憶他們在中國的生活，但有些人，如布里斯班的桑曄，已經開始記錄他們在澳大利亞的經歷了。此外，來自華語圈「周邊地區」，如新加坡和馬來西亞的創作型作家越來越多，他們中的許多人生長在澳大利亞，成了外貌像華人卻有著西方思維方式的「香蕉人」。以前這些作者僅是從事澳大利亞研究的學者們認真研究的物件，但目前他們更多地吸引了中國學學者的目光。此外，有些作家，如托尼・艾爾斯（Tony Ayres）和布萊恩・卡斯楚，不僅在態度上完全是西方的，而且也只有部分中國血統，經常寫與中國毫無關聯的主題。還有些人有時公開宣稱是同性戀，或專注於不那麼異性戀的素材。

從對唐朝或更早的古詩詞的翻譯開始，中國文學研究在時空兩個方面都取得了相當大的發展。與此同時，研究媒介也發生了相當大的變化。在過去半個世紀中，中文文學作品經歷了戲劇性的變化，從文言文到現代白話文，文學研究者在過去50年中發現，他們閱讀的資料大多已使用標準的中國北方口語（普通話）。隨著中國文學走出中國，並進入澳大利亞，其語言已不僅是中國大陸與東南亞華語的綜合，事實上，已經出現以英文寫作但仍然講述「中國事情」的作品。

當電影等非文字材料也被拿來作為研究的文本時，情況就更為複雜了。現在，不少中文系都有專人研究並開設有關中國大陸、臺灣地區和香港地區電影的課程。如果一部電影是由來自澳大利亞等國家講漢語的製片人和導演製作，演員既講英語也講漢語，那麼這些影片就可作為對中國文化進行分析的恰當資源。有些被研究的文本也得過獎，如澳大利亞拍攝的電影，像來自香港的羅卓瑤和托尼・艾爾斯[4]導演的影片。他們的作品表現了中國移民在澳大利亞所面對的困難，產生了很大影響。

21世紀的發展對中國文學研究的未來提出了許多問題。中國研究是否喪失了它的主要關注點？在這個迅速全球化和語言融合的世界裡，「中心」何在？如果漢語和「中國製造」的標籤不再必不可少，那如何定義中國文學和藝術創作呢？很明顯，對中國文學研究作過於寬泛的限定是不妥當的，這將使中國文學研究的名稱變得毫無意義。目前，一個團結一致的要素，依然是對中國文化諸方面的關心，無論是在中國國內，還是在中國國外所生活的中國文化，也無論是以中國語言，還是其他語言所發聲的中國文化。這種關注與其他學科和區域研究興趣重合在一起，說明了中國學者自身的全球化方式，以及他們對語言學和文化邊界不斷變化的意義的認識。

4 此句原文有誤，因羅卓瑤來自香港，而托尼・艾爾斯則來自澳門——編者注。

就一般的中國文學的概念而言，應該如何評價澳大利亞中國文學研究在國際舞臺上的地位呢？對於一個僅有2000多萬人口的國家，開展嚴肅的中國文學研究剛剛60年，我們做得已經相當不錯。除了中國大陸、臺灣地區、日本和美國，我相信我們取得的成就要遠高於大多數其他國家，包括那些美洲和歐洲的國家。澳大利亞因為有來自亞洲、美洲和歐洲的「外來者」加入其亞洲研究系而獲益匪淺。過去二十多年裡，來自中國的作家數目已有急劇增長，非常明顯地增強了文壇力量。受益于此的並不僅僅是文學研究領域，還包括與中國研究有關的所有其他學科。我們與中國相鄰以及中國對地區文化影響的不斷擴大對澳大利亞具有持久的重要性。

當然，近年來中國經濟繁榮的影響不小，是推動人們對中國事物感興趣的首要力量。澳大利亞大學招收的中國學生人數已有驚人的增長，60年前數量極少，如今已多達數萬人。隨著澳大利亞經濟對中國的依賴程度越來越高，這一數量註定還會增加。在澳大利亞，同樣也有越來越多的學生對學習中國文化感興趣。許多年來，對於傳統與海外中國的研究一直在增長，這同樣也反映在文學圈裡。20世紀90年代初，當歐陽昱完成他關於澳大利亞文學對中國人的塑造的博士論文時，他還是個孤獨的開路人。如今已有其他人加入這個行列，例如劉熙讓，他在高默波（Mobo Gao）的指導下，在塔斯馬尼亞大學完成了博士論文。此後，高擔任了阿德萊德大學孔子學院的院長。除了形勢與機遇外，中國政府及其教育政策也同樣對澳大利亞中國文學研究的現狀給予了極大的推動。孔子學院就是個極好的例子，說明中國文化在澳大利亞的影響越來越大，呈上升趨勢。可以預期的是，未來中國文學研究將在澳大利亞高等教育界不斷得到加強。

第二章 中國文學在澳大利亞的起源、生發、流布和影響[1]

1993年，澳大利亞小說家阿列克斯・米勒的長篇小說《祖先遊戲》（*The Ancestor Game*）獲得澳大利亞最高文學獎邁爾斯・佛蘭克林獎（Miles Franklin Literary Award）。研究這部作品的人都注意到了這部小說對中國的表現，[2]但這位作家在該書創作過程中與中國發生的文學互動關係幾乎不為人知，更沒有進入批評家和研究者的視野。1987年，筆者在上海華東師大攻讀英澳文學碩士學位時，一封來自當時名不見經傳的阿列克斯・米勒從澳大利亞寄來的信，向我講述了他想來華「研究」的意圖。他經時任澳大利亞駐華文化參贊尼古拉斯・周思的介紹，打算請我在他為一本長篇小說進行實地考察期間做他的翻譯。據他解釋，這本書暫時定名為《旅途中的人》（*The Journey Man*）。他到上海後，原定計劃發生了重大變化，其一就是他決定放棄原定去書中一個重要人物家鄉黃山考察，臨陣換「地」，去了杭州，從而把中國發生的人物和故事全部定位在上海和杭州兩地。[3]筆者陪他去杭州考察數日之後回到上海，在他臨別之前，專門去上海一家外文書店買了

---

1 本篇作者系歐陽昱，該文已發表在《華文文學》2011年第2期，第94-104頁。

2 參見黃源深，《澳大利亞文學史》。上海外語教育出版社：1997年，第452頁。另見彼得・彼爾斯（Peter Pierce）文，「The Solitariness of Alex Miller」（寂寞的阿列克斯・米勒），原載*Australian Literary Studies*（澳大利亞文學研究）雜誌，第302頁。

3 值得注意的是，據米勒自述，他小說中的人物基本都以真實人物為藍本。參見簡・沙利文，「The Miller's Tale」（米勒的故事），原載*The Age*（《年代報》）05/11/2005，http://www.theage.com.au/news/books/the-millers-tale/2005/11/03/1130823343002.html 第2頁。

幾本唐詩宋詞的英譯本贈送給了他。作為中國文學的交流材料，這幾本書的影響是我始料未及的。在1993年第一版《祖先遊戲》英文版中，凡在重要的時刻，都會出現中國古典詩歌的引文。蓮第二胎產下死嬰之後，她與丈夫C・H・鳳的關係達到新低，幾乎滑到了要離婚的地步。一場雨後，蓮躺在床上，精疲力竭地望著窗外，傭人一邊替她梳頭，一邊唱著根據司空圖《二十四詩品》中「含蓄」篇所編的小曲，曲中唱道：「不著一字，盡得風流」。[4]在故事接近末尾，浪子聽瞎子說書人講故事，忐忑不安地回想起自己燒掉家譜，背叛家族一事時，黃庭堅的兩句詩歌再次出現：「人生何所似，雪泥野鴻跡」。[5]

米勒去中國純屬個人行為。他的華人朋友艾倫50多歲時自殺，給他留下了難以磨滅的印象。他在《祖先遊戲》中對此作了藝術化的處理，給他取名「浪子」。米勒的這一重大文學專案沒有得到任何政府資助。據他講，他十幾年如一日，年年申請基金，年年未果。[6]他並不氣餒，而是把對文學藝術的不懈追求溶進了浪子這個人物中。米勒本人早年放棄大公司經理的優渥職位，[7]一心一意從藝，但多年被拒斥在主流之外，三部長篇小說均遭退稿。[8]我在上海見到他的1987年，他的事業剛有起色，一部已被出版社接受的長篇大樣放在賓館床頭桌上。[9]正如《祖先遊戲》前期標題所表明的那樣，51歲的他是一個實實在在的「旅途中人」，在他人生和藝術的旅途中跋涉不休。

---

4 歐陽昱譯阿列克斯・米勒，《祖先遊戲》。臺灣：麥田出版社，1996，第36頁。

5 同上，第270頁。這兩句詩為誤引，應為蘇軾原作，原句為：「人生到處知何似，應似飛鴻踏雪泥」，見《古詩庫：宋詩一百首》：http://202.113.21.169/poems/scread/songdai.htm

6 根據筆者記憶中米勒告訴我的情況。

7 同上。

8 根據米勒親口所言。

9 即他第一部長篇*Watching the Climbers on the Mountain*（《觀人爬山》），1988年出版。

從某種意義上講，文學中的個人行為遠遠超出了政府資助和官方主持的文學活動，為一般文學史所忌談，但卻是文學交流中一股湧動不息的主流，其所產生的力量最終形成一片自己的天地。中國文學對澳大利亞文學的穿透，憑藉的就是這種跨國的個人友誼和認准目標、不顧一切的個人行為。長期以來，中國文學就是以這樣一種方式進入澳大利亞，其顯著特點是通過英文途徑，個人化交流，有時甚至是誤傳，「潤物細無聲」地融入澳大利亞文學當中。可以舉出一連串例子來加以佐證。

喬治・莫里循（1862－1920）生於澳大利亞維多利亞州的Geelong（吉朗），原來是學醫的，後來當記者。1893年陰錯陽差地去了中國，[10]成為《泰晤士報》駐京記者，後來又為袁世凱當政治顧問。他的傳世之作，也是他唯一的一部作品，是*An Australian in China: Being the Narrative of a Quiet Journey across China to Burma*（《一個澳大利亞人在中國：關於跨越中國去緬甸的一次安靜行旅之敘述》）（London: H. Cox，1895年出版），[11]詳細講述了他從上海到緬甸的百日之旅，是一部重要的非虛構類文學作品，曾對當代的澳華作家和藝術家產生過一定影響。[12]原籍中國、現居布里斯班的澳大利亞作家桑曄就曾追隨莫里循當年的足跡，遊歷中國，寫下了《你伴我同行》，發在《原鄉》1997年第三期上（pp. 1-26）。原籍中國、現居悉尼的澳大利亞畫家沈嘉蔚是一個莫里循迷，長期以來除繪畫外，專門搜集莫里循當年照的老照片，彙編成集，於2005年在福建教育出版社出版了《莫理循眼裡的近代中國》（全三冊，竇坤等譯）。當年莫里循對中國的影響，從以他姓氏命

10　根據史料，他本來打算去日本，因誤了船期而改道中國。參見馬麗莉《衝突與契合—澳大利亞文學中的中國婦女形象》。河北大學出版社，2005年，第一章的第2頁。

11　參見《牛津澳大利亞文學指南》（第二版）。墨爾本：牛津大學出版社, 1994 [1985]），p. 548。該書已有中文版，參見《一個澳大利亞人在中國》，莫理循著，竇坤譯，福建教育出版社2007年版。

12　筆者長篇小說《東坡紀事》（*The Eastern Slope Chronicle*）原名*A New Australian in China*（《一個新澳大利亞人在中國》），就有這種影響的痕跡。

名的莫里森大街（即今王府井大街）可見一斑。如果這種影響尚帶有殖民痕跡，那麼，以他姓氏命名的學術講座「Morrison Lecture」（莫里森系列講座）就發揮著以他姓氏命名的街道遠遠發揮不出的影響，成為向澳大利亞介紹傳播中國文學文化的一座宏偉橋樑。「莫里循演講會」自1932年發端，由澳大利亞華人贊助，每年在澳大利亞國立大學舉辦一次，至2007年已經是第68屆了。[13]演講者身分達十五種國籍之多，演講涵蓋學科範圍則達到了三十種。[14]68屆演講中，除了與中國文化、藝術，中西文化交流，緬懷莫里循，中國語言學等有關講題之外，[15]有一小部分是中國文學，如1968年的二十九講（關於對中國文學的新看法），1983年的四十四講（關於中國對出版業的控制），1990年的五十一講（關於三國中的曹操），2003年的六十四講（關於陳寅恪的《柳如是別傳》）和2005年的六十六講（關於蒲松齡的《聊齋志異》）。僅作一個簡單的數字勾勒，也可看出中國文學通過這一途徑從無到有（60年代末期第一次出現），從疏到密（80年代至本世紀頭五年）的軌跡，其中，文學講題總共五次，占總數的十三分之一強，六十年代後期起，大約每十年一次。

1968年的第一次文學講座主講者是現為澳大利亞莫道克大學教授的傅樂山（J. D. Frodsham）。他在題為《中國文學的新視角》（「New Perspectives in Chinese Literature」）的講話中指出，中國文學的成就可與歐洲文學相媲美，但幾乎不為現代的批評分析所觸及。[16]他認為中國長期以來的賦、詩、詞、散曲這四種劃分「難以令人滿意」（p3），因為這只能造成中國文學似乎是「獨一無二」的印象（p3）。中國文學要進入

13 中間因第二次世界大戰爆發而中斷數次。第68屆演講2007年9月5日由戴晴主講。可參見ANU網站：http://rspas.anu.edu.au/pah/chinaheritageproject/morrisonlectures/index.php

14 同上，p.3。

15 當年在澳的瑞典學者馬悅然（N. G. D. Malmqvist）曾於1962年第二十四次講座作過一篇題為*Problems and Methods in Chinese Linguistics*（《中國語言學問題及方法》）的演講。

16 傅樂山（J.D. Frodsham），《中國文學的新視角》（*New Perspectives in Chinese Literature*）坎培拉：澳大利亞國立大學出版社，1970，p. 2。

世界文學主流，就應該按當時已被廣泛接受的類別如古典主義、新古典主義、浪漫主義、現實主義、象徵主義、巴羅克等類別來劃分（pp. 3-4）。他相信中國文學總有一天會成為所有大學人文學科學生教育的一個部分（p. 1），而要達致該目標，就必須做到兩點，一是中國重要的劇作家，小說家，散文家和詩人都要有「好的譯作」（p. 2），一是不能沿用傳統的中國式評論，而要用「現代批評語言」（p. 2）。這種提法雖有西化之嫌，但從他那個時代來看，畢竟還是一種頗有見地的看法。儘管直到今天，中國「好的譯作」依然局限在古典作品和政治作品上。[17]

作為中國文學在海外的交流、生發、傳播、展布，澳大利亞佔有特殊的地位。2000年諾貝爾文學獎獲得者法籍華人作家高行健的英文譯者不在英語的重鎮英國或美國，而在「世界的屁股」澳大利亞。[18]這位譯者就是做人、做學問都保持低調，但治學嚴謹的澳籍華人學者陳順妍。據陳順妍自述，她正式進入中國文學是通過閱讀魯迅，從而產生極大興趣，於1982年開始陸續發表有關魯迅的論文。[19]自80年代開始，陸續與不少中國大陸作家接觸，認識並翻譯了楊煉，又於1991年前後通過楊煉在巴黎認識了高行健，從此開始了一段富有成效的文學交往。她回憶第一次閱讀高行健送給她的臺灣版《靈山》時，一下子就被其「語言之美」所吸引，覺得讀起來「宛如詩歌」，彷彿受著「某種神祕力量」的驅使，竟情不自禁地問高行健是否能讓她做他的翻譯。[20]由於陳順妍的不懈努力，使得高行健的重頭作品《靈山》（*Soul Mountain*）和《一個人的聖經》

---

17 關於這點，可參見筆者的「雜誌「篇和「出版「篇。

18 英籍華人作家馬建語。根據筆者與之2004年在悉尼見面後的記憶。

19 參見「J. V. D'Cruz in conversation with Mabel Lee」（《J・V・德克魯茲訪談陳順妍》）一文，原載*Overland*雜誌（179–winter 2005, pp. 65–68）或：http://www.overlandexpress.org/179%20lee.html

20 同上。

（*One Man's Bible*）得以進入英語世界，獲得眾多讀者。[21]一位澳大利亞讀者在評論陳順妍翻譯的高行健文論集《沒有主義》（*The Case for Literature*）時這樣說，「一個我從來都沒見過，情況與我如此不同的人，怎麼能夠那麼準確地道出我的許多隱秘思想呢？」[22]關於這個問題，高行健本人作出了回答：文學「只可能是一個個人的聲音」。[23]

通過陳順妍的譯介，高行健的小說和戲劇作品不僅在澳大利亞廣泛傳播和流行，而且由於高行健全權授予陳順妍在世界範圍內的英語翻譯權（小說和評論類），其作品得以在英語世界流布。這是當代中國文學進入澳大利亞的一個十分成功的範例。其起源也是一種富於個性和創見的非政府行為。

中國文學在澳大利亞的起源、生發和影響，有人、文、地三個關鍵因素，也依這三個關鍵因素而生成三大類受影響的作家。一類作家從未去過中國，僅僅接觸到澳大利亞的華人，如勞森和當年與《公報》雜誌有關的一系列反華作家，[24]而通過自己的作品反映出所受影響，這類作家此處從略。一類作家雖然從未看過中國文學，但去過中國，接觸到中國的人和事，於是在筆端留下了關於中國的印象，如早年的莫里循和A. B.『BanjO' Patterson（A•B•「班卓琴」•派特森），以及近期的克裡斯託福•柯希（Christopher Koch），這類作家此處也從略。還有一類作家（包括翻譯家）在進行創作或翻譯時三者都接觸到了，如阿列克斯•米

21 據2000年一篇關於陳順妍英譯《靈山》的書評稱，截至該書出版之時，「這位引人注目的劇作家和長篇小說家的作品很少以英文出現。」參見*The Review of Contemporary Fiction*（《當代虛構小說評論》）：http://dalkeyarchive.com/review/889/soul-mountain-by-gao-xingjian-trans-mabel-lee-reviewed-by-jeffrey-twitchell-waas

22 參見Roy Williams（羅伊•威廉斯）關於該書的無標題英文書評，原載《澳大利亞人報》（The Australian）（2006年10月28日）。

23 同上。

24 參見歐陽昱，《表現他者：澳大利亞小說中的中國人》。北京：新華出版社，2000年。另外，克裡絲蒂娜•斯台德（Christina Stead）最重要的長篇小說《一個熱愛孩子的男人》（The Man Who Loved Children）中關於新加坡華人的描寫，反映了中國文學對她的間接影響。參見該作的歐陽昱譯本。北京：中國文學出版社，1998。

勒、周思和高博文，以及為數不少的用英文創作的華裔作家，這類作家當屬本章重點。[25]當然，去過中國卻從不寫中國的作家也大有人在，突出的例子是羅德尼・霍爾（Rodney Hall）。他1988年在華東師範大學授課半年之後回澳，至今未寫任何有關中國的文字，[26]但不能像某些學者那樣，僅因不寫中國就錯誤地斥之為犯了東方主義「恪守自己與『他者』之間的距離」的毛病。[27]以其之矛，攻其之盾，如果以這一點來衡量中國作家，那麼，凡是沒有寫過澳大利亞（包括去過澳大利亞但不寫澳大利亞）的人，是不是也犯了什麼「西方主義」的錯誤呢？

第三類作家中有相當大的一批，小說方面除前面談到的阿列克斯・米勒之外，還有周思，高博文和許多華裔作家；[28]戲劇方面有甘德瑞和路易・諾熱（Louis Nowra），將留待專章撰寫；詩歌方面有土著女詩人凱絲・沃克（又名烏傑魯・努那卡爾）等；非小說方面有C・P・費茨傑拉德（C. P. Fitzgerald）等；翻譯方面則有柳存仁A・R・大衛斯，傅樂山，陳順妍，[29]白傑明，[30]閔福德，[31]寇志明，等。

先從翻譯說起。我在中國文學在澳大利亞的出版情況一章中指出，中國文學自1940年代初首次通過英文翻譯進入澳大利亞以來，走過了一段十分艱辛的道路，譯介出版狀況總體來說很不理想，一直處於低潮，只是在1990年代後稍有起色。不過，如以英語世界為整體，從澳大利亞國籍背景者在澳大利亞以外（其中包括

25 能直接閱讀漢語的澳大利亞作家不多，只有周思，賈佩琳和白傑明等，搞漢學的和原籍中國大陸或港臺或新馬一帶的略去不計。

26 據我對他的瞭解，記憶中是如此。今天（2007年9月21號）和他通話，也證實了這一點。他的理由是：我不寫那種「自傳」式的東西。

27 參見王臘寶，《澳大利亞詩人與中國》。原載《外國文學》2001年第一期48頁。

28 有些作家兼有華人和土著血統，如阿列克西絲・賴特，但其筆下根本不觸及中國或華人，這也是一個不能不引起注意的現象。

29 以上已談，從略。

30 另一章已談，從略。

31 儘管閔福德長期居澳，因其持有新西蘭和英國雙重國籍，故不在此書中考慮。

中國大陸，香港和臺灣）發表譯著角度看，情況又另當別論，還是相當可觀的。古典文學方面，早年的悉尼大學教授A・R・大衛斯曾于1962年編輯了*The Penguin Book of Chinese Verse*（《企鵝中國詩歌集》）並為該書作序，[32]在英國出版後大受歡迎，共再版五次（1965，1966，1968，1970，1971），其中從《詩經》以降，幾乎囊括了各朝代的詩歌，一直到1920年代的胡適和冰心，其跨度如大衛斯在《序言》中所指出，超過了2500年。[33]1983年，大衛斯又借英國劍橋出版社之手，出版了兩卷本的陶淵明論著：*T'ao Yüan-ming (AD 365-427): His Works and Their Meaning*（《陶淵明（西元365-427：作品及意義》）。

另一位大力介紹中國文學的學者是柳存仁。他1917年生於北京，是澳大利亞人文科學院首屆院士，曾任澳大利亞國立大學中文講座教授。[34]他獲得英國倫敦大學哲學博士學位的博士論文，就是以中國長篇小說為研究課題，題為*Buddhist and Taoist Influences on Chinese Novels*（《佛道教影響中國小說考》）。[35]柳存仁對中國文學的翻譯研究分三個方面，一是文學研究論著，如他的《佛道教影響中國小說考》和*Chinese Popular Fiction in Two London Libraries*（香港：Longman, 1967），後分別在臺灣和大陸出中文譯本《倫敦所見中國小說書目提要》（臺北：鳳凰出版社，1974；北京：書目文獻出版社，1982）；他與Nathan Mao合著的關於李漁的論著Li Yu（《李漁》）（波士頓：Twayne，1977）；以及他編著的*Chinese Middlebrow Fiction from the Ch'ing and Early Republican Eras*（《中國清代和民國初年的「中流「小說》）（香港：中文大學，1984）。一是文學翻譯，如

---

32 參見A・R・Davis（A・R・大衛斯）（編輯並序言），Robert Kotewall（羅伯特・科特瓦爾）和Norman L. Smith（諾曼・L・史密斯）（翻譯），*The Penguin Book of Chinese Verse*（《企鵝中國詩歌集》）。英國：企鵝出版社，1962。

33 同上，xxxix頁。

34 參見《柳存仁教授簡介》：www.iafcc.org/minlu/liuchunren.htm

35 參見李焯然《學通古今、博極中外－柳存仁教授的學術世界》。用標題進行關鍵字搜索，可在網上查到全文，p. 2。該博士論文後於1962年在德國出版同名英文本。威斯巴登：Otto Harrassowitz出版社。

他和Nathan Mao合譯的*Cold Nights: A Novel by Pa Chin*（《寒夜：巴金的一部長篇小說》）（香港：中文大學，1978）。一是關於道教的研究論集，如他的*Selected Papers from the Hall of Harmonious Wind*（荷蘭萊登：E. J. Brill, 1976）（後在上海出版中文譯本為《和風堂文集》，1991）和*New Excursions from the Hall of Harmonious Wind*（荷蘭萊登：E. J. Brill, 1984）（後在臺北新文豐出版公司出版中文譯本，題為《和風堂新文集》，1997）。柳存仁與大衛斯相比，著眼點也在中國的古典文學，僅翻譯了一位現代作家巴金的《寒夜》。這是澳大利亞老一輩漢文學翻譯家的通病，趣味所在，厚古薄今，屬於「敬老院」一類。稍後屬於這一類的還有傅樂山和寇志明。傅樂山1930年生於英國，現為Murdoch大學客座教授。中國文學是從謝靈運出道，曾於1967年在吉隆玻經由馬來亞大學出版社出版了一部介紹謝靈運的論著，*The Murmuring Stream: the Life and Works of the Chinese Nature Poet Hsieh Ling-yun (385-433), Duke of K'ang-Lo*（《潺潺溪流：康樂公山水詩人謝靈運（385－433）》。後來興趣轉向李賀，於1970年在英國牛津的Clarendon出版社出版過一部譯詩集*The Poems of Li Ho (791-817)*（《李賀詩集》），繼而又於1983年在倫敦的Anvil Press出版過另一部譯詩集，題為*Goddesses, Ghosts, and Demons: the Collected Poems of Li He (790-816)*（《女神及妖怪：李賀詩全集》）。這之間，他還對清代郭嵩燾等人的日記產生過興趣，1970年在英國牛津的Clarendon出版社出版了英譯本*The First Chinese Embassy to the West: the Journals of Kuo Sung-T'ao, Liu Hsi-Hung and Chang Te-yi*（《中國首次出使西方：郭嵩燾，劉錫鴻和張德彝日記選》），但據傅樂山在前言中說，這個興趣與其說是對其日記的文學性的關注，不如說是把它用作十九世紀中國歷史教材的一個部分。[36]

寇志明屬於較年輕一代，原籍美國，後定居澳大利亞，長期從事漢語教學研究。他於1986年在美國三藩

[36] 參見傅樂山*The First Chinese Embassy to the West: the Journals of Kuo Sung-T'ao, Liu Hsi-Hung and Chang Te-yi*（《中國首次出使西方：郭嵩燾，劉錫鴻和張德彝日記選》）。倫敦：Clarendon出版社，1974年，p. vii。另外，此書在題獻中是「獻給柳存仁教授」。見該書扉頁。

市的China Books & Periodicals Inc和北京的Panda Books同時出版了一本譯作，*Wit and Humor from Old Cathay*（《古老契丹的睿智和幽默》）。該書經從宋朝、明朝和清朝的三十多本選集中擷取一系列幽默故事而成，在譯介中國俗文學方面開了一個好頭。惜乎評價該書的書評者並未注意到這一點，而是吹毛求疵地批評它對「漢學家來說價值有限」，對「民俗學家來說用處也很可疑」。[37]其實很多漢學家所做的工作，對中國文學在學院以外的流布幾乎沒有任何影響。寇志明對中國文學採取的通俗化做法應該是可取的，只是難以奏效。若要真正產生影響，尚須通過直接以英語創作的華人作家，這一點稍後待敘。[38]

非漢學家中，澳大利亞前駐華大使（1980年）休・丹（Hugh Dunn）曾也涉足古典文學，撰寫了一本曹植傳，*Ts'ao Chih: The Life of a Princely Chinese Poet*（《曹植：中國王子詩人的一生》）。這類書一般都是給少數喜愛古典中國文學者看的，讀者很少。他本人對曹植的興趣主要有兩點，一是曹植身世的磨難，一是曹植作品中的一些主題「直到今天依然有意義」，[39]即好的執政者採取的正確政策應該「求善或運用道德力量」，方能成功。[40]休・丹後來寫了一本回憶錄，其中多處提到他學中文和在中國當大使的經歷。[41]該書作為Griffith大學「澳大利亞人在亞洲系列」（Australians in Asia Series）的頭一本書，從一個側面反映了澳大利亞

---

37 參見James O.H. Nason（詹姆斯・O・H・納森）的英文書評：http://wwwjstor.org/view/03057410/ap020103/02a00300/0

38 寇志明後來又出版了一本研究魯迅文言詩的專著，*The Lyrical Lu Xun: a Study of His Classical-style Verse*（《抒情的魯迅：魯迅文言詩詞的研究》）。火奴魯魯：夏威夷大學出版社，1996。最近又於2006年出版了一本學術專著，討論清末民初的詩人，題為*The Subtle Revolution: Poets of the*「*Old Schools*」*during Late Qing and Early Republican China*《微妙的革命：清末民初的「舊派「詩人》。Institute of East Asian Studies, University of California at Berkeley Centre for Chinese Studies出版，2005。該書所涉及的詩人有鄧輔綸，王闓運，柳亞子，雷昭性，譚嗣同，章炳麟，樊增祥，易順鼎，陳衍，陳三立等。

39 休・丹（Hugh Dunn），*Ts'ao Chih: The Life of a Princely Chinese Poet*（《曹植：中國王子詩人的一生》）。臺北：China News, 1970?, Preface（《前言》），無頁碼。該書英文版後又於1983年在北京新世界出版社出版了大陸版。

40 同上。

41 參見休・丹*The Shaping of a Sinologue of Sorts*（《一個半吊子漢學家的塑成》）。Griffith大學1980年出版。

開始向亞洲開放的努力。

值得注意的是，上述不少專著或譯本儘管都是英文，但卻都在中港臺三地出版。說明中國文學的西向流動，不能僅靠一小部分西方學者的個人興趣，而要依託借助中國國內和兩岸三地的出版社來運作。隨著中國經濟的更加強大，這很可能是未來中國文學向西流動，發揮影響的一個重要趨勢。

誠如王德威指出，目前英文世界的中國文學研究，早已跨越了傳統疆界，在三方面發生了重大變化，一是研究和批評領域的理論化，一是研究領域延伸到了電影，音樂，知識份子歷史，美學，跨語言實踐，文化生產，俗文學，性別研究，城市研究，殖民研究，政治研究，以及人種學研究等。[42]這種面的擴展，我們在澳大利亞學術界研究中國文學方面也能看到，主要反映在對華人世界中流散文學的研究和教學上。所謂華人流散文學（Chinese diasporic literature），是指具有外籍背景，原籍為中國人或父母（一方或雙方）、祖父母（一方或雙方）具有華人血統者用英文創作的作品。[43]澳大利亞的華人、華裔作家來自範圍廣泛，有來自香港的高博文，來自大陸的歐陽昱、方向曙、王玲、李存信）和李蓓爾，[44]來自馬來西亞的張思敏、洪振玉和貝斯・葉（三人均為女性），來自新加坡的黃貞才和廖秀美，來自印尼、後轉道于荷蘭的理論家洪宜安（女性），以及澳大利亞土生華人潘孜捷（Zijie Pan，又名Ken Poon）和簡・哈欽（Jane Hutcheon）（女性）。中國文學對這些作家的影響遠大於來自其他國家的英語作家，這不僅反映在他們作品的主題，所用的歷史材

---

42 參見王德威（David Der-wei Wang）《關於英語世界中現代中國文學研究的報告》（A Report on Modern Chinese Literary Studies in the English-Speaking World）一文，原載《哈佛亞洲季刊》（Harvard Asia Quarterly），2005年冬／春一二期合刊：http://www.asiaquarterly.com/content/view/154/1/

43 用英文以外文字（包括漢語）創作的不在本章討論之列。

44 大陸的還有桑曄和丁小琦，因其主要用漢語創作，然後翻譯成英文，已在另一章中談到，故此處從略。其他大陸的寫作者可在錢超英撰寫的章節中查到。

料，書寫的物件和文化的傳承上，甚至也通過他們用的英語表現出來。舉一個簡單的例子。很多澳華英語作家著作的標題本來就是中文的直譯，如洪振玉的長篇小說*Wind and Water*（《風水》），黃貞才的長篇小說*Swallowing Cloud*（《吞雲》）（即雲吞），Ling Wang的*Grass Fortune*（《草命》），歐陽昱的*The Eastern Slope Chronicle*（《東坡紀事》）（屬半直譯）。另一些作者的標題則大規模借用毛波普手法，如方向曙與澳大利亞白人特雷佛・黑伊（Trevor Hay）合寫的半自傳體*East Wind West Wind*（《東風，西風》），李存信的自傳*Mao's Last Dancer*（《毛的最後一個舞者》），[45]廖秀美的長篇*Playing Madame Mao*（《扮演江青》），等。

在歷史材料的借用方面，高博文的長篇小說和歐陽昱的詩歌（包括長篇）都作了相當程度的發掘。高博文在他的長篇小說*After China*（《中國之後》）中，[46]反其意而用之，大量提取老子《道德經》中的性愛思想，並將其與莊子的逍遙觀有機地融合在一起，象徵性地給積弱偏狹的澳大利亞文化注入一劑中國文化和文學的強心針。書中多次通過主人翁華人余博文給他生命垂危的澳大利亞作家女友講中國古代情色故事，如魚玄機與溫庭筠相愛，互贈詩文（第114頁）和唐寅繪色情畫（第142頁）等方式，[47]反映了中國文學對高博文的影響。有意思的是，高博文這個集英葡西華四國血統的作家自1983年出道，發表第一部以華人淘金故事為題材的長篇小說*Birds of Passage*（《候鳥》）以來，經歷了偏離中國，最後又回歸中國的心理曲線，筆下越來越多地涉及中國人事。進入2000年後幾乎部部作品不缺中國或中國人物，如他2003年的長篇*Shanghai Dancing*（《上海舞》）用撲朔迷離的手法，卓爾不群的「虛構傳記」方式，再現了他的多族群、多血統的家世。而

45 該書2007年文匯出版社在大陸出版中譯本時更名為《舞遍全球：從鄉村少年到芭蕾巨星的傳奇》。譯者為王曉雨。

46 該書1997年在百花出版社的中譯名為《另一片海灘》，譯者為梁芬，但這部譯作發表時刪去了關於老子性愛思想的第一章，把原文第二章改為第一章，並依次類推改序。

47 參見梁芬譯《另一片海灘》。天津：百花出版社，1997年。原譯文把唐寅錯譯成「唐吟」，第142-3頁。

他2005年的*The Garden Book*（《園林圖書》）[48]幾乎病態地描寫了一個病態的混血華人女詩人在「白澳」陰影下的不幸遭際。歐陽昱的第六部英文詩集*The Kingsbury Tales: a novel*（《金斯伯雷故事集：一部長篇小說》）每首詩長度不超過A4頁一頁，許多故事取材於晚清長篇小說和當代中國短篇小說並在詩尾加上註腳，這在澳大利亞當代詩歌創作中也是不多見的。[49]由於華人作家直接用英文書寫，很多澳大利亞讀者也直接通過他們的作品瞭解中國文化和中國文學，這是導致澳大利亞文學節越來越傾向邀請能用英語交談和寫作的華人作家，而逐漸降低對中國文學譯介之興趣的一個主要原因。這在討論文學節一章會專門提到。

不久前，我有幸拜會了一位隱居在深山老林中的澳大利亞青年詩人蒂姆・梅特卡夫（Tim Metcalf）。幾年前我與他通電話時就知道，他酷愛唐詩，而且擬寫一部以《易經》為題材的詩集。到了他在山中隱居的茅舍後，我才發現他閱讀的英文譯本均來自美國。[50]有意思的是，當我告訴他我來自武漢，他找出一本巨大的英文地圖冊來查尋時，那上面的方位已與當前的地圖很不一樣了，英文地名也不是用的拼音，如漢口是Hankow，而不是現在的Hankou。原來那是1962年英國出版的地圖冊。[51]文化交流和文學交流之間常常有這樣一種時間差。例如，黃源深先生編寫的《澳大利亞文學史》（上海外語教育出版社1997年）出版之時，多元文化政策在澳大利亞已經實施了二十多年，但該書對這一重大歷史現象和由此產生的一大批多元文化作家幾乎隻字不提。造成這種時間差固然有認識不足等原因，個人的偏好和取向也很說明問題，尤其是那

48 該書在做出版前廣告時標題不同，是*You Can Find Me In The Garden If You Want Me*（《如果你要我，你就可以在花園找到我》）。參見網站：http://www.giramondopublishing.com/imprint_titles/shanghai_dancing/brian_castro.html

49 該書全集超過600頁，2012年由原鄉出版社出版，書名是*The Kingsbury Tales: A Complete Collection*（《金斯勃雷故事集全集》）。

50 英文書名是*The Anchor Book of Chinese Poetry: From Ancient to Contemporary, The Full 3000-Year Tradition*（《錨版中國詩集：從古代到當代，整整3000年的傳統》），托尼・巴恩斯托恩（Tony Barnstone）和Chou Ping編譯。Anchor2005年出版。

51 即*The Times Atlas of the World: Comprehensive edition*（《足本泰晤士世界地圖冊》）。

種canonical（經典）意識在作怪，比如中國澳大利亞文學評論界長期以來僅因派翠克・懷特（Patrick White）1973年獲得諾貝爾文學獎，就將其尊為澳大利亞文學之「老大」和「馬首」，這是一種很不正常的現象。如果按照這樣一種唯「諾」論，中國當代文學是不是只能從高行健得諾獎算起呢？相信絕大多數中國作家是不會同意或完全同意的。同樣，澳大利亞作家在接受中國文學時，並不像王臘寶所批評的那樣，「很少與中國文化的現實接觸或碰撞，現實中國在他們筆下被完全擱置起來，中國成了中國古代哲學與詩歌的代名詞。」[52]哪怕隨便碰到的一個細小例子，也可以說明，上述那樣的判斷有多麼武斷。我在最近看到的一本書中發現，一位澳大利亞女詩人在解釋她自己寫的一首詩中，竟然用了「words are sounds of the heart」並解釋說，這是一個「Chinese proverb」（中國諺語）。我暗暗吃驚道：這不是「言為心聲」又是什麼？[53]

澳大利亞作家對中國文學的接受，除了時間差之外，還有一些別的原因。一是大量中國文學英譯本集中在古典文學上，鮮有當代文學文本進入英語，閱讀中國文學只能從古代進入，這與中國解放後和1990年代之前這一段很相似，當時接受的外國文學文本也大都停留在20世紀早期，包括80年代大學英語課堂所用教材內容也僅限於18世紀、19世紀的英美文本。二是蒂姆・梅特卡夫所說的「空間」、「根源」和「忽視」問題，即澳大利亞空間很大，但歷史不長，而且長期以來並不看重來自亞洲（包括中國）的文化和文學。因此對當代澳大利亞作家來說，他們需要到中國古典文學中去「尋根」，以求其文學「空間」的拓展，從而解決過去的「忽視」問題。當然，他也明白歐洲年輕一代作家對「壓迫」人的文學傳統的厭惡，但澳大利亞的問題有

---

52 王臘寶，《澳大利亞詩人與中國》，原載《外國文學》2001年第一期47頁。

53 參見Libby Hart，「Notes」，原載*Notes for the Translators from 142 New Zealand and Australian Poets*, colleted and edited by Christopher（Kit）Kelen. Macau: ASM和Cerberus Press，2013, p. 167.

其特殊性。[54]三是許多澳大利亞作家從來沒有去過中國（有些去過也不想寫中國，如前面提到的霍爾），要求他們去「與中國文化的現實接觸或碰撞」，就跟要求當代中國作家去與歐美文化或澳大利亞文化的現實接觸或碰撞一樣，是很沒有道理的。我們在文學中早就不應提倡要求作家寫什麼的文學霸權主義。四是一個很簡單的道理，此地沒有的，就會視為寶貝，如蒂姆特別喜歡的俳句（haiku）和短歌（tanka），就是日本的舶來品。中國文學的交流和影響，不必分現代古代，只要能予人以養分，就可令其吸收之。

在接受中國文學或受中國文學影響方面，非華裔的澳大利亞作家則有他們特別的做法。主要是通過偽託和改寫等方式。這方面的實踐者有達爾・斯蒂文斯（Dal Stivens）、周思、約翰・特蘭特（John Tranter）、克裡斯託福・克倫（Christopher Kelen）等。有一本書粗看之下可能會讓人誤以為是中國文學的英文譯本。這就是1968年澳大利亞出版的一本奇書，名叫 *Three Persons Make a Tiger*（《三人成虎》）。該書有幾「奇」。「奇」一是譯者竟是不通漢字的澳大利亞人。「奇」二是連譯者也不清楚《三人成虎》原書作者究竟是誰，只知道是一個來自Wu Shih這個地方，名叫Wu Yu的無名作者，《三人成虎》的書名原是Wu Yu之書《南遊記》的副標題。「譯者」達爾・斯蒂文斯還以註腳指出，這個書名與餘象鬥的《南遊記》同名，甚至在全書第一頁注明「無憂子著《三人成虎》」。「奇」三是該書之被發現極其偶然。據達爾・斯蒂文斯在前言中煞有介事地稱，其翻譯合作者是一位名叫Dr Tzu Hsu，在悉尼德信街開店鋪的華人，他在進貨時發現包罎罎罐罐的發黃的宣紙上有該書的文字。[55]

經調查，我發現了這樣幾個問題。一是《三人成虎》的典故原來出自《國語・吳語》。達爾・斯蒂文斯所說的Wu Yu可能是張冠李戴，把那個「吳語」錯成這個Wu Yu了。其次，此《南遊記》應該不是餘象鬥

54 根據筆者2007年9月26號上午在坎培拉與蒂姆・梅特卡夫電話通話記錄。另據蒂姆講，他尤其喜愛日本的俳句（haiku）和短歌（tanka）。

55 參見達爾・斯蒂芬斯（Dal Stivens），*Three Persons Make a Tiger*（《三人成虎》）。墨爾本：F. W. Cheshire，1968，p. xv。

的《南遊記》，因為後者有十八章，前者僅十六章，且內容經筆者對照也無相同之處。但有一點是很顯然的，即整本書根本與翻譯無關，而是斯蒂芬斯的有意「偽作」或「作偽」，一種類似戈爾斯密（Oliver Goldsmith）《世界公民》（*The Citizen of the World*）（1762）和迪金遜（G. Lowes Dickinson）《約翰中國佬來信》（*Letters from John Chinaman*）（1901）之類的「虛構文本」。[56]

這是不是東方主義思想在西方作家筆下的反映？其實不是的。中國當年翻譯西方作家作品時，也有這種類似「偽託」的現象，只是不叫「偽託」，而叫「節譯」或「改譯」。[57]如以後現代的觀點看，那就是「戲擬」了，如中國詩人伊沙通過他的詩集《唐》對唐代詩歌所做的那樣。[58]筆者倒認為，這種「偽託」方式，完全可供想像力有時並不豐富的中國作家和華人作家加以借鑒，給他西方主義一下也未嘗不可。

周思1952年出生在倫敦，在澳大利亞長大。在牛津大學獲得英國文學博士學位後曾在澳大利亞國立大學教學數年，即去中國教書寫作，後在澳大利亞駐華使館當文化參贊（1987－1990）。他雖不是華人血統，但其曾祖父到中國傳教，祖父在中國出生，他本人一生「對中國有癮」，[59]差不多本本小說都與中國有關。他自1984年發表第一部長篇以來，至2005年已出版七部長篇，其中四部與中國或華人有關，如描寫「六四」

56 參見《雙重他者：解構「落花」的中國想像》一文，無作者名，網址在：http://www.xschina.org/show.php?id=2554 另見趙毅衡《迪金遜：英國新儒家》一文，網址在：http://www.xys.org/xys/magazine/GB/2000/articles/000809.txt 澳大利亞國家圖書館收藏了斯蒂芬斯關於該書與其他作家的通信，惜乎沒有其後人的同意，他人不得查取資料。但在介紹收藏檔時，國家圖書館稱，這部著作實際上屬「purported」（假託）。參見「Guides to the Papers of Dal Stivens」（《達爾·斯蒂芬斯檔指南》），網址在：http://www.nla.gov.au/ms/findaids/4713.html

57 參見王建開《五四以來我國英美文學作品譯介史：1919-1949》。上海外教社，2003年。關於伍建光的節譯現象，見p. 125。關於戲劇改譯或東西合併現象，見pp. 233-243。

58 參見伊沙《唐》。墨爾本：原鄉出版社，2004。

59 周思英文原話，轉引自參見馬麗莉《衝突與契合—澳大利亞文學中的中國婦女形象》。河北大學出版社，2005年，第142頁。

的第三部長篇*Avenue of Eternal Peace*《長安大街》（1989），講述中西文化碰撞結合之後產生奇妙結果的第四部長篇*Rose Crossing*（《黑玫瑰》）（1994），[60]把翻譯《浮生六記》與當代生活互相穿插的第五部長篇*The Red Thread*（《紅線》）（2000）和以悉尼兩位著名華人畫家兄弟為題材的第六部長篇犯罪小說*Original Face*（《原裝臉》）（2005）。[61]前面提到人、文、地三個因素，周思的小說《黑玫瑰》就是受中國之「地」的影響，因1990年去福建泉州參加中國澳大利亞研究會而觸發了如湧的文思，[62]虛構了一個十七世紀（1651－1653年）中英兩國人民第一次接觸之後，留下象徵著兩國文化交融交流的永久的雜交玫瑰的故事。周思的小說標題「rose crossing」後來還真成了亞澳藝術交流的一個關鍵字。[63]悉尼的謝爾曼畫廊（Sherman Galleries）曾在1999－2000年用這個詞作為一次亞洲巡迴展的主題詞，得到了澳中理事會兩萬澳元的贊助，展出了十三位元當代澳大利亞畫家的作品，其中有六位元屬亞裔（含前大陸藝術家關偉和陳妍音，前香港藝術家John Young），一位來自中東，使一次本來概念化的虛構演變成了真實，[64]起到了極為重要的交流作用。周思的第三部長篇《長安大街》（1989）寫的是「六四」題材，據馬麗莉考證，也留下中國文學影響的痕跡，如該書第三章「The Way」和第十一章標題「Encountering Trouble」就分別取自《道德經》的「道」和屈原的《離騷》。[65]他還在卷首分別引用了老子、卡夫卡和楊煉的話。老子的話選自《道德經》第六十章，即「非其鬼

60 該標題如直譯，應為《雜交玫瑰》—筆者注。

61 這是本人的譯名，李堯的譯名是《本來面目》。

62 參見李堯《譯後記》，第259頁，原載李堯翻譯的《黑玫瑰》。北京：中國文學出版社，1997年。

63 這次畫展的目錄文章都是歐陽昱翻譯，也是歐陽昱把「rose crossing」譯成「玫瑰異緣」，作為該畫首題的。

64 關於這次畫展，可參見澳中理事會的網上資料：http://www.dfat.gov.au/acc/annual_reports/ar_1998_99/cultural_program.html 另注，筆者本人為是次畫展全套參展目錄的漢譯者。

65 參見馬麗莉《衝突與契合—澳大利亞文學中的中國婦女形象》。保定：河北大學出版社，2005年，第147頁。周思原作出版細節為《長安大街》。紐約：企鵝出版社，1991〔1989〕。

不神，其神不傷人；非其神不傷人，聖人亦不傷人。夫兩不相傷，故德交歸焉」。[66]而楊煉的話則是：「我就應當這樣給孩子們講講故事」。[67]

周思的《紅線》一書則不太成功，雖然也借用了中國文學材料。該作玩起了互文遊戲，[68]編造了一個動人的愛情故事，把當代澳大利亞一位名叫Ruth的藝術家和上海一位姓Shen的畫商撮合在一起，與《浮生六記》中的沈複和其妻芸娘構成疊影和回應，連書中某些凡涉及《浮生六記》佚失兩章的英譯部分都用套紅印刷，但以筆者之愚見，這類出發點很好，也不缺乏想像的小說故事，往往只是在概念化地演繹形象的說教，缺乏有血有肉，真情實感的東西。這本書在亞洲人撰寫的英文評論中較受好評。一家稱其是「一個奇妙的浪漫故事」，[69]另一家稱其「故事寫得很精緻，敏感而且纖麗」。[70]但澳大利亞人就不太客氣，認為雖然「構思仔細，但可能會有人覺得過於機巧，沒有生氣」。[71]英國人就更不講情面，直接說這本書「很怪，純粹是矯揉造作的hokum（胡侃）——一場失去理智的愛情結果成了一場二人愚行……只有絕對相信輪回轉世者才會信奉此類東西。」[72]大陸學者則認為該書「再一次肯定了中國作為西方文化的『他者』地位」，[73]因此，「在感謝周思為傳播中國文化、將中國文化介紹給澳大利亞讀者而做的努力的同時，也不得不為他對中國文

66 參見網版《道德經》：http://www.gb.taoism.org.hk/taoist-scriptures/major-scriptures/pg3-2-1a.htm#60
67 三段英文引言均參見周思《長安大街》。紐約：企鵝出版社，1991〔1989〕。無頁碼。
68 根據張金良，《紅線》中一些取自《浮生六記》的段落是周思自己「演繹杜撰的」。參見其《神祕化、扭曲與誤現——解讀《紅線》中的中國文化》一文注3，原載《當代外國文學》2005年第二期第121頁。
69 參見該書評網址：http://www.thingsasian.com/stories-photos/1761
70 參見該書評網址：http://www.asianreviewofbooks.com/arb/article.php?article=362
71 參見連姆・大衛森（Liam Davison）「Love and Longing in Shanghai and Fiji」（《上海和斐濟之愛情與渴望》）。原載《澳大利亞人報》，2000年10月28日。
72 參見邁克爾・阿帝提（Michael Arditti）「Seconds out-Books」（《只出來幾秒鐘：書籍》）。原載《泰晤士報》，2000年8月12日。
73 參見張金良《神祕化、扭曲與誤現—解讀《紅線》中的中國文化》一文，原載《當代外國文學》2005年第二期第119頁。

化的神祕化和片面化而感到遺憾。」[74]由此看來，中國文學的影響既有正面的，如「玫瑰異緣」，也有負面的，如上述這本書，關鍵還在於作者如何處理。[75]其積極的一面在於，從西方角度切入，對中國古典文學材料進行再造，是中國文學和澳大利亞文學進行雜交的一種大膽嘗試。我們在後面克倫的詩歌中，也會看到這種雜交的努力。

據王臘寶稱，筆下涉及中國或受中國影響的澳大利亞詩人不少，可以開出一個長長的名單來，如A・B・（班卓琴）・派特森，肯尼斯・斯萊塞（Kenneth Slessor），羅斯瑪麗・多布森（Rosemary Dobson），蘭多爾夫・斯托（Randolph Stow），約翰・特蘭特（John Tranter），戴恩・司威特斯（Dane Thwaites）和費・茨維琪（Fay Zwicky）等，[76]其實涉筆中國的澳大利亞大大小小詩人遠不止此數，還有亨利・勞森（Henry Lawson），克裡斯託福・克倫（Christopher Kelen），葉爾奇（Jeltje，全名為Jeltje Fanoy），ΠO和凱絲・沃克（Kath Walker）等。其中，後四位受中國詩歌的影響和對中國詩歌的反應也都是很積極的。拿ΠO來說，他是希臘移民的後裔，他在為筆者翻譯的《砸你的臉：英譯當代中國詩歌選》（*In Your Face: Contemporary Chinese Poetry in English Translation*）所寫書評中就提到他在1970年代讀到許芥昱（Kai-yu Hsu）翻譯的中國「紅色」詩歌對他的影響，說那真是一個「激動人心的時代」，[77]因為他們當時也正在編寫《925》雜誌，一本「由工

---

74 同上，第121頁。

75 但筆者不能苟同張金良對周思寫此書是為了「滿足西方讀者的閱讀期待」或「滿足了西方人在內心深處的獵奇心理」（同上，第117頁）的這種批評。首先，周思寫此書不是為了不懂英文的中國讀者。其次，完全不滿足讀者的閱讀期待，不滿足讀者的獵奇心理，那寫書又有何意義？再者，即便是中國作家為中國讀者寫作，他或她也不得不考慮「滿足東方讀者的閱讀期待」或「滿足了東方人在內心深處的獵奇心理」。

76 參見王臘寶《澳大利亞詩人與中國》一文，原載《外國文學》2001年第一期41-49頁。

77 參見ΠO的書評，原載歐陽昱，《偏見：澳華到令人討厭的地步》（Bias: offensively Chinese/Australian）。墨爾本：原鄉出版社，2007，第270-271頁。

人、為工人、關於工人」的雜誌。[78]他把當時讀到的陳毅詩歌比做「馬雅可夫斯基式俳句」而大加讚賞。[79]葉爾奇是來自荷蘭的移民，她讀了《砸你的臉：英譯當代中國詩歌選》中於奎潮的《背後》（歐陽昱譯作「Behind the Back」）之後，顯然頗受影響，也寫了一首以「Behind the Back」為題的詩，收在她的自選集中。於奎潮的詩如下：【插圖25：歐陽昱2013年5月在南京與詩人黃梵、詩人于奎潮和小說家黃孝陽合影。】

《背後》

村莊在一棵樹的背後
黑夜在白日的背後
魚在水的背後
憂傷在笑臉的背後
聲音在土地的背後
情人在妻子的背後
時間在美麗的背後
一生的空蕩
在忙忙碌碌的背後[80]

78 同上，第270頁。
79 同上，第270-271頁。
80 參見《作家雜誌》網站於奎潮的作品：http://www.writermagazine.cn/2003/7/mls.htm

葉爾奇的英文詩則是這樣的（歐陽昱的中譯在後）：

behind the back of busy（在忙碌的背後
I'd like to be busy,（我倒想忙碌，
but not too much（但不想太忙

behind the back of busy,（在忙碌的背後
I'd like to paint the hills blue（我倒想把山巒繪藍
and the sky green（把天空塗綠
because Hitler hated that（因為希特勒就恨這個）

behind the back of（在忙碌的
busy, we discover（背後，我們發現
forgotten landscapes（忘卻的風景
everywhere（到處都有）

behind the back of（在忙碌的
busy, we travel across them（背後，我們越過它們

like the wind（就像風）[81]

凱絲・沃克是著名的澳大利亞土著女詩人，1920年生於昆士蘭的司特布魯克島（1993年卒於該島），其土著部落姓名是烏傑魯・努那卡爾。她一生為土著權利而戰，寫下了無數富有政治號召力的詩歌。1984年隨代表團去中國之時，已有六年沒有寫詩了。[82]但是次中國之旅使她在詩歌的意義上「懷孕」，[83]在短短三周內（1984年9月12號至10月3號）除了親手繪製了許多幅畫，還寫下了一組總數為16首的組詩。這些詩作以樸素的口語，真切地反映了一個澳大利亞土著詩人在中國的親身感受。她在《中國……女人》中說：

高高的山峰
映襯著天平線。
偉大的長城
兀自繞著山峰越過山峰，

81 根據葉爾奇2007年10月2號給筆者發來的電子郵件。該詩原載其詩集*Poetry Live in the House*（《詩歌住在房裡》）。

82 參見周思「Oodgeroo in China」（《烏傑魯在中國》）一文，原載*Oodgeroo: A Tribute* (A Special Issue of Australian Literary Studies)（《澳大利亞文學研究雜誌烏傑魯紀念特刊》），第十六卷第四期第46頁。一說她有15年沒寫詩了。另見約翰・柯林斯（John Collins）「A Mate in Publishing」（《出版業的一個夥伴》）一文，原載*Oodgeroo: A Tribute* (A Special Issue of Australian Literary Studies)（《澳大利亞文學研究雜誌烏傑魯紀念特刊》），第十六卷第四期第16頁。烏傑魯到中國後，曾親口對隨團同行者歷史學家曼寧・克拉克（Manning Clark）說，「曼寧，我又懷孕了」。參見曼寧・克拉克為《凱瑟・沃克在中國》一書所寫《前言》，第2頁。北京：澳大利亞Jacaranda Press和中國國際文化出版公司共同出版發行，1988年。

83 參見周思「Oodgeroo in China」（《烏傑魯在中國》）一文，原載*Oodgeroo: A Tribute* (A Special Issue of Australian Literary Studies)（《澳大利亞文學研究雜誌烏傑魯紀念特刊》），第十六卷第四期第46頁。

就像我的彩虹蛇，
一路呻吟著
穿過古老的岩石……
中國，女人
高高地站立，
乳房沉甸甸地
垂掛著她勞動的乳汁，
懷著期望之孕。
中國人民
現在是宮殿的守護人。
睿智而年邁的
荷花，
點著腦袋，
表示同意。[84]

這次訪華之旅十分成功，如隨團同行的澳大利亞歷史學家曼寧・克拉克所說，去中國「就像看一件偉大的藝

[84] 此詩轉引自周思「Oodgeroo in China」（《烏傑魯在中國》）一文，原載 *Oodgeroo: A Tribute* (A Special Issue of Australian Literary Studies)（《澳大利亞文學研究雜誌烏傑魯紀念特刊》），第十六卷第四期第46-47頁。

術品，開了我們的眼界。我們都很激動，都像一見鍾情的人。」[85]最重要的是，是次中國之旅促成了烏傑魯・努那卡爾*Kath Walker in China*《凱絲・沃克在中國》這本詩集在中國的出版（1988），是中澳文學互動中一首動人的插曲，也是中國之「地」及其文化對澳大利亞作家直接發揮影響的一個範例。

據周思說，澳大利亞還有一些以中國為題材的詩人，如哈樂德・斯圖爾特（Harold Stewart），尼柯拉斯・哈斯拉克（Nicholas Hasluck）等，但因篇幅關係，此處不另，只想簡要提一下克裡斯託福・克倫和他對中國古詩的改寫和再造。

克裡斯託福・克倫1958年生於悉尼，在西悉尼大學獲得博士學位，現為澳門大學英語創作教授，尤喜進行詩歌和藝術之間的雜交活動，曾於2000年與卡羅爾・阿切（Carol Archer）在香港的萬寶龍藝術廊（Montblanc Gallery）展出了他們的詩畫展「Tai Mo Shan/Big Hat Mountain」（《大帽山》）。次年兩人又在同一畫廊展出了他們的詩畫展「Shui Yi Meng」（《睡以夢》）。[86]他近年來採取「闡釋，翻譯和回應」（gloss, translation and response）三「步」曲的「對談」和「呼應」法，向中國古詩詞發起強攻。[87]他通過與中國學生合作，把中國古代六個詩人和詞人陶淵明，孟郊，李賀，李昱，辛棄疾，納蘭性德的作品任意拆解，然後用創作英詩的方式加以「回應」（response）。例如，孟郊《喜與長文上人宿李秀才小山池亭》這首詩是這樣的：

燈盡語不盡，主人庭砌幽。

---

85 參見曼寧・克拉克為《凱瑟・沃克在中國》一書所寫《前言》，第2頁。北京：澳大利亞Jacaranda Press和中國國際文化出版公司共同出版發行，1988年。

86 該畫展的圖片可在此網站查到：http://www.flickr.com/photos/63271960@N00/47851836

87 參見克裡斯託福・克倫（Christopher Kelen）「Conversation with Tang Poets: some notes on the practice」（《與唐朝詩人對談：關於這種做法的幾種注釋》），原載《夾克衫雜誌》（Jacket Magazine）第32期，2007年4月，第2頁。

柳枝星影曙，蘭葉露華浮。
塊嶺笑群岫，片池輕眾流。
更聞清淨子，逸唱頗難儔。

克倫的「回應」則是這樣的（下面為筆者譯文）：

《晨曲》

燈滅
但我們繼續交談

星靜
但日光揭開柳枝的面紗
顯現了帶露的蘭花

小山
對峰巒大笑

一隻新曲？

這首為黎明而作
我的伴侶已經有了文字
我能看見琴弦
但卻找不到弦音[88]

克倫援引《牛津澳大利亞文學詞典》的話說，他自己的作品「具有典型的創新和睿智」，[89]並自言暫時對他來說，他「習慣以回應的方式來讀詩」，[90]「不需要一門外語」，就可與文學中的佼佼者交談。[91]從文學交流的角度講，這不失為一種新路徑，至少在他的英文詩歌中注入了某種中國古代詩歌的特色，從創作角度看，這甚至很可能是一種有效的後現代方式，儘管「回應」所產生的作品品質如何，那就是另當別論了。對中國作家來說，照此辦理，把莎士比亞等英美大家的作品盡情加以改造，為我所用，也不是不可以的。[92]關鍵是如何解放思想，走出創作的新路子。

88 同上，第3-4頁。英文原文可在這個網址找到：http://jacketmagazine.com/32k-kelen.shtml
89 同上，第16頁。
90 同上，第14頁。
91 同上，第15頁。
92 根據墨爾本《年代報》（The Age）網版一篇文章（2007年10月4號）報導，近期舉辦的邊緣藝術節中，就有藝術家以黑人說唱（rap）方式再現了喬叟的《坎特伯雷故事集》（*The Canterbury Tales*）。參見「It smacks of gimmickry, the idea of translating Chaucer's *The Canterbury Tales* into rap」（《想用說唱方式演繹喬叟的〈坎特伯雷故事集〉，難免有玩弄花招之嫌》一文：http://www.theage.com.au/news/arts-reviews/therap-canterbury/tales/2007/10/04/1191091243627.html

第三章
打破新天：當代中國詩歌的英譯[1]

引子

2007年，筆者在坎培拉國立大學當住校作家期間，曾去坎培拉附近的深山老林間，拜訪過一位隱居山林的澳大利亞青年詩人。此前，我們曾通話數次，他還為我的英文詩集《異物》（*Foreign Matter*）寫過一篇書評。【插圖37：歐陽昱英文詩集《異物》封面。】可能還不為大多數人所知的是，坎培拉雖然市內一馬平川，但一出城，就峰巒疊起，叢林茂密，我獨自驅車兩個小時，在山道上東拐西轉，進入了雲深不知處的境界，跑了不少彎路，通過幾次電話，才找到他的住地。那個地方，用比他大十歲的女友的話來形容，是「放眼望去，方圓幾十裡不見一個人影。」習慣了中國稠密人煙生活的人，住在這種地方，可能未幾就會發瘋，但對於這個放著職業醫生不當，獨挑遠離塵囂，一味寫詩的活法的詩人和女友來說，這可是金不換的人間仙境。可不，出門有四輪驅動的越野跑車，家裡電視、電腦、電冰箱等各種電器設備一應俱全，隨時可以上

1 因在華搜集資料困難，本文寫作過程中，得到黃梵、白鶴林、楊邪、梁余晶和陳穎等人幫助，特此鳴謝。本文發表在《華文文學》2013年第3期，24-36頁。

網，與全球溝通，還每天收到長期訂閱的*New York Times*（《紐約時報》），[2]自己種菜自己吃，自己製作肥皂自己用，自己接天上的雨水自己洗濯，唯一不需要見到的就是人，不似王維，勝似王維。太陽落山前，蒂姆，我的詩人朋友，抓起一把鳥食，撒在房前屋後，立時「嘩啦啦」地飛來一群「嘎啦」（galah）（粉紅鳳頭鸚鵡）。他一邊餵食，一邊對我解釋說：「They are my friends。」（它們都是我的朋友）。面對此情此景，我胸中升騰起一種難以言說的複雜感情。

晚飯後，在他自己親手蓋起的形如廟宇的家中，我聽他彈吉他，他聽我朗誦詩，最後談起了他喜歡的唐詩。他不僅把他搜集的幾本英譯的唐詩選集拿給我看，還告訴我說，平生最喜歡中國古詩。他的這種喜愛，讓我想起接觸到的幾個澳大利亞詩人，對中國古詩都是一往情深，甘之如飴，不僅誦讀不止，而且模仿有加，於是便告訴他，其實中國當代詩歌也頗有可圈可點之處。畢竟一個古老的文化，從古至今是有著連續性的，而且有著新的變化。

最近，他來電告訴我，他已經買了數本當代中國詩歌選，覺得「很有意思」。[3]我也為他的這個新變化而感到高興。

「為中國詩歌帶來好消息的人」

最近，筆者譯了一位來自中國，生於2002年的幼年女詩人（僅11歲）的一組詩，與其他當代中國詩人的

---

[2] 順便提一下，這個報紙的網上版，我在澳洲時經常去看，但回到中國，竟然被封掉了。想「翻牆」也翻不了，因為用在PC電腦上的「翻牆」軟體，在我的蘋果電腦上沒法用。有知道如何「翻牆」者，請來信協助，儘管頗有助紂為「善」之嫌。

[3] 其中有北島和伊沙的英文譯詩。

詩混雜在一起，並未對她的年齡作任何解釋，投稿給一家澳大利亞出版社，很快通過出版社審稿，決定出版，經過幾次篩選之後，該詩人的詩有五首入選，除一位60後詩人的詩（她被選10首），她入選的詩占第二位。我把這個消息告訴推薦她詩的詩人時，用了這樣一句話來形容：「來自為中國詩歌帶來好消息的人。」

我這麼說，可能有些人會覺得刺耳，彷彿我在自我讚美，自我欣賞，自我吹牛，就像這個非常自我的年代中，某些詩人特別喜好做的那樣。但是，我想要說的是，除開別的不說，我的確是「為中國詩歌帶來好消息的人」，因為每有一個當代中國詩人的詩經我翻譯，在澳洲、在新西蘭、在加拿大、在美國、在英國發表後，我就要一一尋找其通聯方式，一一寄去樣刊和稿費。不是「好消息」又是什麼?!我好像還很少看到有人從瑞典文、希臘文、義大利文給我帶來如此好消息的人。[4]如果有，我當然會喜不自勝，我當然會至少說聲「謝謝！」惜乎當代中國，人們（包括詩人、包括學英文的本科生和研究生）早已不會說謝謝了。[5]我本天真地以為，默默無聞地為陌生人做了好事，至少可以交個朋友，但事與願違，譯了詩歌，不僅成不了朋友，倒好像被自動劃入了理所當然的「翻役」行列，成了自唾其面、自取其辱的「僕譯」、「役者」。我之所以有很長一段時間專譯古詩，於2012年在澳門出版《二詞其美：中國古詩英譯集》，[6]究其所以然，不過是因為當年翻譯當代中國詩歌，遇到的就是這些從來不說謝謝也不會說謝謝的中國人，讓我一氣之下，決定再也不譯其詩了。

值此我的第三本英譯當代詩歌集即將出版之際，我這個「為中國詩歌帶來好消息的人」，正處於即將偃

4 多年前，瑞典倒是有一個，帶著發表他譯我詩的雜誌到墨爾本來看我，我還請他和他夫人吃了一餐飯。

5 這個亂象，以學英文的學生為最，通信來往中，從來不說「thank you」，不懂得最起碼的禮貌。意下認為，不能全怪他們。教他們的老師，應該承擔部分責任。

6 入選詩人有陶淵明、杜秋娘、王勃、孟浩然、王維、李白、杜甫、張志和、戴叔倫、張繼、賀知章、白居易、柳宗元、賈島、杜牧、李商隱、李頻、李煜、林逋、蘇軾、揭傒斯、楊維楨、楊基、高攀龍、袁中道、顧媚、袁枚、紀昀、蔣士銓、趙翼和黃遵憲。

旗息鼓的階段，不再準備帶來任何好消息，當然也不會有任何壞消息，很可能就此罷手甘休罷譯，寫我自己的詩、譯我自己的詩，或只譯不需要說謝謝的古人詩了。

緣起

1994年，也就是我的英文博士論文已經交稿，正待審稿結果的那一年的下半年，我在墨爾本與其他兩位朋友丁小琦和孫浩良合作，創辦了《原鄉》文學雜誌，出版了第一期。辦到第二期時，他們自動退出，我一人獨辦，這時，來自中國的稿件頗多，記憶中，來得最多的是一個名叫伊沙的人，既有小說，也有詩歌，我很喜歡，幾乎期期選發。他的詩歌當時獨樹一幟，比較另類，凸顯出一種與當代大陸詩歌迥異不同的詩風，也頗與我的詩風切近。這是我選發乃至選譯的初衷。從他的投稿中，我慢慢開始了翻譯。以我的直覺，他的詩，在澳大利亞這個涉「華」不深，依然沉浸在中國古詩狀態的國家中，是能獨當一面，開出一條新路來的。果不其然，1995年末，我給當時發稿最難，也最挑剔的一家澳洲文學雜誌《燙》（Heat）投稿後，很快就有四首被選中發表（1996年），即《中國朋客》、《美國》、《藍圖》和《野史》，同時配有自己寫的一篇英文序文。[7]值得指出的是，該雜誌主編艾佛・印迪克（Ivor Indyk）本是悉尼大學英文系文學雜誌《南風》（Southerly）副主編，因與主編向有齟齬，一氣之下卸掉該職，自己拉起一杆旗，創辦了《燙》雜誌，後來成為澳大利亞名聲最響的招牌雜誌之一。[8]雜誌初創期間，他是帶著一股氣的。我剛到澳洲不久，

[7] 參見歐陽昱譯伊沙「The Chinese Punk」，「America」，「A Blue Print」and「Wild History」, with an introduction by Ouyang Yu in *Heat* (Sydney), no. 2, 1996, pp. 133-5.

[8] 現已停刊。

由於在這個白人國家親身經歷了很多歧視現象，詩歌中也是帶著一股氣的，故有人稱我為「the angry Chinese poet」（憤怒的中國詩人）。伊沙的詩歌，在當時的中國很受排擠，也是帶著一股氣的。[9]正是這種氣和氣勢，給澳洲詩壇注入了一種新鮮的力量。

隨後，我翻譯的伊沙詩歌連連得手，又在其他一些大雜誌上頻頻發表，1997年共發七首，如新南威爾士文學雜誌*Ulittara*上發的《叛國者》和《我要的讀者》，[10]塔斯馬尼亞文學雜誌《島》（*Island*）上發的《最後一個長安人》，[11]湯斯維爾的文學雜誌《LiNQ》上發的《憤怒的收屍人》[12]和西澳文學雜誌《西風》（*Westerly*）上發的《英雄復活》，《車過黃河》和《假肢工廠》。[13]由於我翻譯的伊沙詩歌頻發，我本人截至1997年已出版一部英文詩集，[14]並在澳大利亞多家英文雜誌發表了74首英文詩，澳大利亞國家廣播電臺ABC的詩歌節目Poetica專門給我做了一個詩歌節目，其中並讓我朗誦了伊沙的《車過黃河》，以及我翻譯的兩位澳洲華人詩人張又公和施小軍的詩（包括我譯三位的英文詩）。[15]

其後，又於1998年在各刊連發7首，這在第一個中國詩人的澳洲發稿史上，是絕無僅有的。其中五首發在英國雜誌《議事日程雜誌》（*Agenda Magazine*）上，[16]還包括他一首最實驗的詩歌《老狐狸》，裡面沒有

---

9 2012年年末，我在海南大學講學，碰到一位來自西安的老師，吃飯喝酒時聽他說，在西安曾有一位詩人朋友，如何如何地對什麼都特別有氣，我已經大致猜到，那人是誰了。講完後我問他是誰，他說：伊沙。我「哦」了一下。

10 參見歐陽昱譯伊沙「The traitor」and「The readers I want」, *Ulittara*, no. 11, 1997, pp. 30-1.

11 參見歐陽昱譯伊沙「The last man from Chang』an」, *Island*（Tasmania）, no. 70, 1997, p. 118.

12 參見歐陽昱譯伊沙「The angry corpse collector」, in *LiNQ*, vol., 24, no. 2, 1997, p. 35.

13 參見歐陽昱譯伊沙「An Hero Resurrected」,『The Train Journey Across the Yellow River』and『The Artificial Limbs Factory』, *Westerly*, no. 2, winter, 1997, pp. 27-9.

14 即*Moon over Melbourne and Other Poems*. Papyrus Press, 1995.

15 有興趣，並懂英文的讀者可到這個網站聽這個錄音節目：http://www.abc.net.au/radionational/programs/poetica/4607072

16 參見歐陽昱譯伊沙「It's so bloody difficult to create the new」原載*Overland*, no., 151, 1998, p. 63,「Connecting the dream」,「Small C the

一字，而是讓人用顯影液來顯現老狐狸的真相。我之所以選中該詩，也因為我本人一直走的是先鋒詩歌和實驗詩歌的道路。請注意，我從一開始翻譯詩歌，就沒有把重點放在任何官方詩人或名聲叫響的詩人身上，除了極少數之外，我對此類詩人從來都不感興趣。不看，更不譯，就是看了也不譯。

我對詩歌的口味，並不僅限於伊沙一種。人在海外，對國內鬧得沸沸揚揚的口語詩和知識份子詩歌之爭，也只是遠觀，而無近趣。我既喜歡伊沙那種野性勃發的詩，也喜歡歐陽江河那種智性洋溢的文字。更由於我長期浸泡在漢英之間，所以特別喜歡他在《漢英之間》那首詩中表現的張力和智慧，因此翻譯了他兩首，另一首是《手槍》，都於1997年發表在布里斯班的文學雜誌《成蟲》（*Imago*）上。[17]

由此，我的英譯漢詩一發不可收拾。接下來翻譯發表的詩人有于堅（1999，2000），王家新（1999），張子選（澳洲1999，英國2001），楊春光（1999），余怒（2000），中島（2000），張曙光（英國，2001），楊邪（澳洲2001，美國2002），於奎潮（2001），西渡（美國，2002），楊鍵（美國、加拿大，2002），侯馬（英國，2002），海上（2002），代薇（2002），沈浩波（加拿大，2002），黎明鵬（美國，2002），馬非（美國，2002），小安（美國，2002），阿堅（美國，愛爾蘭，2002），淩越（美國，2002），車前子（愛爾蘭，2002），牛漢（英國，2003），等。這些人中，後來還有幾個發表在加拿大或美國，如黎明鵬和代薇。

我之所以這麼不厭其詳，如數家珍地敘述這些，目的只有一個，就是說明，我的這項單打獨鬥，從不跟任何人合作的翻譯活動是有意義，也比較成功的。它以2002年我編輯、翻譯、出版《砸你的臉：當代中

---

rapist」,「A tortuous path leads to a secluded place」,「A poetical discovery」and「Bashing up wang wei」, with an introduction by Ouyang Yu, in *Agenda Magazine*（London）, vol., 35, no., 4, no., 36, pp. 244-247, and「The old fox」, in *Blast*, no., 37, 1998, p. 15.

17 參見歐陽昱譯歐陽江河「Between Chinese and English」and「The Hand Gun」, *Imago*（Brisbane）, vol. 9, no. 3, 1997, pp. 112-115.

國詩歌英譯集》一書而告一段落，[18]後面我會在出版問題時專門談談這本書的標題由來。自該書出版，由於前面提到的原因，當代中國詩歌的翻譯再度掀起三個小高潮—在英美加三家大雜誌，即美國的《肯尼翁評論》（*Kenyon Review*），[19]英國的《現代譯詩》（*Modern Poetry in Translation*）[20]和加拿大的《高音部》（*Descant*）[21]—之後，稍微細查一下我的個人翻譯史就不難看到，古代詩人已經切入，自然而然地切斷了我與當代詩人和詩歌的聯繫，實際上，那一期的英國《現代譯詩》中，就夾雜了一首賀知章的譯詩。[22]就我而言，當然也是我的主動離異。

---

18 該詩集入選的詩人（含海外如澳大利亞、日本、美國、比利時等國詩人）共71名，有阿斐、阿堅、柏樺、車前子、陳大超、代薇、海子、韓東、杜家祁、非亞、海上、何小竹、侯馬、胡哲、黃金明、黃翔、吉木狼格、賈薇、晶晶白骨精、李紅旗、黎明鵬、淩越、陸憶敏、呂約、羅門、魯若迪基、馬非、馬世聚、麥城、牛漢、歐陽昱、歐陽江河、秦巴子、盤妙彬、任曉雯、沈浩波、盛興、石光華、施小軍、宋烈毅、宋耀珍、宋曉賢、孫文波、唐欣、田原、王家新、王順健、王小妮、王曉漁、西渡、小安、徐江、嚴力、岩鷹、楊鍵、楊克、楊邪、尹麗川、伊沙、于堅、於奎潮、余怒、臧棣、張洪波、張敏華、章平、張曙光、張又公、張子選、中島和朱劍。

19 入選詩人有代薇、楊鍵、黃金明和盤妙彬，如Dai Wei,「The wind on the window」, p. 227, Yang Jian,「The Spring」and「Love in Life and Death」, p. 203, Huang Jinming,「Sounds of the earth coming back to life」, p. 44, and Pan Miaobin,「Green grass trodden by people coming and going」, p. 227, *Kenyon Review*, Vol. XXV, No. 3/4, 2003.

20 入選詩人有王家新、宋曉賢、非亞和宋耀珍，如「The traveler」by Wang Jiaxin,「The soil and the letter」by Song Xiaoxian,「The waking of insects」by Fei Ya, and「Someone with tooth-ache」by Song Yaozhen, *Modern Poetry in Translation*（London）, No. 21, 2003, pp. 232-235.

21 入選詩人有晶晶白骨精、王曉妮、黎明鵬、宋曉賢和王順健，如「The Nth time」, by Jingjing Baigujing, p. 182,「Work」, by Wang Xiaoni, pp. 180-181,「Tell the nephew」, by Li Mingpeng, pp. 178-179,「The spring night」, by Song Xiaoxian, p. 177, and「Babies in the eyes」, by Wang Shunjian, p. 176, *Descant*（Canada）, 123, Winter 2003, Vol. 34, No. 4.

22 參見歐陽昱譯賀知章《回鄉偶書》，「A casual poem composed after my return to my hometown」, *Modern Poetry in Translation*（London）, No. 21, 2003, p. 231.

古詩英譯

從小我就喜歡古詩，父親是我古詩的第一引路人。有時會在病中床頭一首首地背誦給我聽，也要求我一首首背誦。因此血管中流動著古詩的血液，早年開始寫詩時，也是從古詩入手。還照此辦理，在兒子小的時候，也要求他大量背誦，結果收效甚微，因為他最後生活在了一個英語國家，而且從事的不是文學。

自2003年前後，我開始遠離當代，進入古時，特別是有感於出自當代大陸譯者手中（如許淵沖）的古詩英譯沒有英語語感，英語本身就不好，佶屈聱牙，難以卒讀，就挑了一些他譯過，但我喜歡的原詩，包括我自己本來就能背誦的詩來譯，在投稿和發稿過程中，一下子發現了一個祕密。原來澳大利亞人、美國人、加拿大人都太喜歡中國古詩了。他們一次選發，總是至少3首或3首以上。如加拿大的《國際棱鏡》（*Prism International*）雜誌，2003年的秋季一刊，就發了4首，有賀知章的《回鄉偶書》，張繼的《楓橋夜泊》，李商隱的《夜雨寄北》和李白的《靜夜思》。[23]其中，李白《靜夜思》那首，還在該刊2010年五十周年慶典刊中，被作為優秀詩篇再度入選。[24]又如美國的《雅努斯的頭顱》（*Janus Head*）2004年的7.1期和7.2期，就連

---

23 參見「A Casual Poem Composed after My Return to My Hometown」, by He Zhizhang, p. 53,「Night Mooring at Maple Bridge」, by Zhang Ji, p. 52,「Letter to the North on a Rainy Night」, by Li Shangying, p. 51, and「Thoughts on a quiet night」, by Li Bai, p. 50, *Prism International*（Canada）, 42:1, Fall 2003.

24 參見「Thoughts on a quiet night」, by Li Bai, translated by Ouyang Yu, re-published in the 50th Anniversary Retrospective issue of *Prism International*（Canada）, winter 2010, p. 65.

續選發了蘇軾3首，[25]以及紀昀、高攀龍、顧媚、蔣士銓、林逋和杜牧各一首，共6首詩。[26]再如澳大利亞的《南風》（*Southerly*）雜誌，2004年也是一次選發7首，其中有杜甫、戴叔倫、黃遵憲、袁枚、李頻、李煜和王維。[27]以及澳大利亞雜誌《尤利卡大街》（*Eureka Street*），該刊2005年一次選發7首，有楊維楨、楊基、張志和、李煜、孟浩然、揭傒斯和李白。[28]

與譯當代詩歌相比，翻譯古詩不存在說謝謝的問題。自己喜歡的，自己拿來就譯。不用與他人合作（吾之性格，從來不與人合作翻譯，永遠是地馬行地，獨來獨往，除了為提攜學生合作自譯之外），自己譯了自己算，拿到國際文學市場去闖蕩一番，既測驗了自己的能力，還賺得了不菲的稿費，且不用與前人共用。先人的財富，在自己筆下、鍵下，通過另一種語言而煥發了青春，用一句英諺來說，是「**they would have turned in their graves**」（他們如若有知，早就含笑九泉了），真乃賞心悅目，大快人心之事。我一向不喜侈談光耀中國文化之類的大話廢話蠢話，能做自己喜歡做又能做得好的事，又何樂而不為呢?就像俗話所說的那樣，必須的。這項工作，終於2012年在澳門出版《二詞其美：中國古詩英譯集》一書，而暫時劃上了一個比較令

25 參見歐陽昱譯蘇軾，「Listening to the river」（p. 50），「Singing a poem in a slow walk」（p. 51）and「The creek runs west」（p. 52），published in *Janus Head*（USA），No. 7.1, Summer 2004, pp. 50-52.

26 參見歐陽昱譯6人詩，6 poems,「A sail in the glass」by Ji Yun（p. 429），「On the pillow of stone」by Gao Panlong（p. 430），「Lovebirds」by Gu Mei（p. 431），「Good is everything mohu」by Jiang Shiquan（p. 432），「Banana rain」by Lin Bu（p. 433）and「I love the maple trees at dusk」by Du Mu（p. 434），published in *Janus Head*（USA），No. 7.2, Winter 2004, pp. 429-434.

27 參見歐陽昱譯7人詩，「Year of Return」by Du Fu（26），「Boat Song in Orchid Creek」by Dai Shulun（26），「Mt Fuji」by Huang Zunxian（26），「Pushing the Window Open」（27）by Yuan Mei,「Crossing the Han River」（27）by Li Pin,「No Point Leaning against the Railing Alone」（27）by Li Yu and「Will You Come Back?」（27）by Wang Wei, *Southerly*, Vol., 64, No. 2, 2004, pp. 26-27.

28 參見歐陽昱譯7人詩，「Random thoughts」by Yang Weizhen,「Mountains deep and shallow」by Yang Ji,「Fishing song」by Zhang Zhihe,「Moon like a hook」by Li Yu, all on p. 17, and「Missing my friend」by Meng Haoran,「Cold night」by Jie Xisi and「Drinking alone with the moon」by Li Bai, all on p. 47, in *Eureka Street*（Melbourne）, March 2005.

自我滿意的句號。

選詩和譯詩

2005年後，我開始在墨爾本的澳大利亞翻譯學院講授中英詩歌翻譯，一課英譯漢，一課漢譯英，交相輝映，往復其間。我的這些學生絕大多數屬於80後，越往後越小，漸至90後，都是一些幾乎一年看不了幾本書，而且從不讀詩，被我稱之為「新野人」的人，正如我在《關鍵詞中國》（臺灣秀威2013）中所說的那樣：

> 在三次詩歌翻譯課之後，我的腦中終於產生了一個新詞：新野人。所謂新野人是這樣一種人，他們不看書，只看電視或DVD。他們在路上行走時好像在看什麼，那其實是在看手機。他們不寫字，他們發短信。他們從不寫詩，以為寫詩是一種恥辱或可笑的事。他們中文不好，只能說，不會寫，他們英文更糟。他們的一切都是欲望的表現。以Bjork的話來說：我用B思維。男的也一樣：腦子長在屌上，用屌思維。[29]

話雖這麼說，但我也發現，這些「新野人」並不是沒有思想、沒有趣味、沒有品味的。他們對古詩一致高度讚揚，對現代詩比較欣賞，對當代詩則毀譽參半，尤其是對離他們最近的80後詩人的詩，更是採取不屑一顧

29 我最近在上海接觸到的一個本科生就直陳，他每年的看書紀錄為零，因為他除課本之外，什麼書都不看。當然也有極其例外的，有個女生每年看的中文書過百，英文書也超過了二十本，當場得到了我大大的褒獎。

的態度。有鑑於此，我在每課之前，總是把入選待譯的詩歌，抹去作者姓名，發給他們閱讀並讓他們選出最喜歡的詩來，作為翻譯的對象。現以2011年7月5日的一堂課為例，看看他們是如何選材的。

這次選了7首詩，分別為多多的《在英格蘭》，李笠的《旅行》，張棗的《鏡中》，北島的《鄉音》，雪迪的《7年》，歐陽昱的《假人自述》，張耳的《山西情歌》和王屏的《你還在生氣什麼？》。由於拿掉了姓名，便移除了因姓名而可能帶來的名人效應，包括老師效應（我必須說，有時候即使把我自己的姓名顯露，也有學生不選的情況，我喜歡這種誠實，這是這個時代「新野人」的可愛之處）。

首選結果出來之後，有點令人小感驚訝。得票最多的是雪迪，票數其次的是北島，票數並列第三的是歐陽昱、張耳和王屏。不過，首選（所謂首選，是指大家都願意首選該詩人的詩翻譯成英文）的是雪迪，二選的是歐陽昱，三選的是張棗。多多和李笠，無一人首選和二選。王屏有一人首選。我不想以這個說明任何東西，因為裡面變數很多，除了最簡單的不喜歡之外，還可能有文字翻譯問題等考量，但它至少說明，這些從不看詩的學生，選詩品味並不低。這使我開始考慮這樣一個問題，即詩歌很可能是與生俱來的東西，不用教，也不用看，哪怕死到臨頭，看最後一首或者第一首詩歌，也可能會感動。如果給他／她看詩選詩，他／她也會多多少少說出個所以然，即便說不出任何所以然，也至少能夠說喜歡或不喜歡，就像大多數學生平時經常做的那樣。[30]

[30] 這8首詩分別如下：

《在英格蘭》

多多

當教堂的尖頂與城市的煙囪沉下地平線後

英格蘭的天空，比情人的低語聲還要陰暗
兩個盲人手風琴演奏者，垂首走過

沒有農夫，便不會有晚禱
沒有墓碑，便不會有朗誦者
兩行新栽的蘋果樹，刺痛我的心

是我的翅膀使我出名，是英格蘭
使我到達我被失去的地點
記憶，但不再留下犁溝

恥辱，那是我的地址
整個英格蘭，沒有一個女人不會親嘴
整個英格蘭，容不下我的驕傲

從指甲縫中隱藏的泥土，我
認出我的祖國——母親
已被打進一個小包裏，遠遠寄走……

《旅行》

李笠

比黎明醒得早，我，一列在霧中
轟鳴的火車。變形的臉
用車燈同夜作愛的激情搖晃
一道充血的目光打開空蕩的車站

鳥聲用死囚的母語在窗外塗寫
「我要回家！」的啜泣
在鐘盤的雪地裡爬行，那裡
記憶之狼正噬咬著一個迷路的孩子

《鏡中》

張棗

只要想起一生中後悔的事
梅花便落了下來
比如看她游泳到河的另一岸
比如登上一株松木梯子
危險的事固然美麗
不如看她騎馬歸來
面頰溫暖
羞慚。低下頭，回答著皇帝
一面鏡子永遠等候她
讓她坐到鏡中常坐的地方
望著窗外，只要想起一生中後悔的事
梅花便落滿了南山

《鄉音》

北島

我對著鏡子說中文
一個公園有自己的冬天

我放上音樂
冬天沒有蒼蠅
我悠閒地煮著咖啡
蒼蠅不懂得什麼是祖國
我加了點兒糖
祖國是一種鄉音
我在電話線的另一端
聽見了我的恐懼
於是我們迷上了深淵

《7年》

雪迪

在碎玻璃的碴上走路。
在不說本土語的城市裡居住。
感染的腳，在自己的意志中走。
肉體後面的事物堅持著，讓思想
完成。使手停在
黑暗突出的地方。語言
到達我們仍未到達的那些地方。
不斷勞動。比一個精確的單詞
更孤獨。在本地的人群中：
比一種新的語言更堅強。

《假人自述》

歐陽昱

我姓賈
叫仁
我出生在一個假國家裡
從小學會講假大空話
長大幹過很多假活計
在假肢廠製造假肢
在玩具廠製造假槍
在電影電視上拍攝假像
我還特別喜歡用假嗓子
哼唱革命歌曲
我吃過假藥
我笑過假笑
我用過假錢
文革中我假死過
如今我摸過假乳
還玩過假陽具
我這一輩子最怕的莫過於
真刀實槍地爭權奪利
我一家人都姓賈
上一輩子姓賈
下一輩子還要賈下去
我哥哥叫賈愛國
我妹妹叫賈美麗
我爸爸名字更奇

他叫賈勝利
就連我媽也姓賈
人家都叫她賈媽
我們賈來賈去賈到了一起
如今什麼都能造假
假山假牙假面假寐假模假樣
連猩猩也是假惺惺的
別說漢語好用假設
日語也要用假名
英語動輒搞虛擬
甚至於某些真理
也彷彿弄假成真
搞得我常常懷疑
我這付肉體
是不是假公濟私
生我養我的那個國家
是否本來就是個假冒偽劣商品

《山西情歌》

張耳

你回來了
我不再出門
遍體撫摸
皮膚的記憶盛過心的歎息

黑鳥還會在我的黑頭髮中作窩嗎，親親？
兩種撫摸不是一種撫摸

你來了
我重新描畫眉毛
鏡子落滿塵土
伸手去擦
連影像也擦去
我還能找回那對黑眉毛嗎，親親？
兩種表情不是一種表情

你來了
樹葉竟全落了
於是在室內種花
沒有陽光，草也能長
真是奇跡，親親
兩種緣不是一種緣

你來了
我開始編故事
並唱給枕頭一隻催眠曲
枕頭也會閉上眼睛
甜睡不醒，並且做夢
我也能同樣安睡嗎，親親？
兩種夢不是一種夢

你回來了
我在門口掛出

可這兩種漆不是一種漆，親親！
「油漆未幹」

《妳還在生氣什麼？》

王屏

我想我應該感到幸運。
我沒在胎兒期被打掉
或一出生就被丟進水缸裡。
我沒必要折斷腳趾纏出三吋金蓮
或擠壓我的肝與腎以苗條我的腰身
我應該感到幸運
我沒被塞到鏽跡斑斑的船底，
自以為將前往自由國度，
卻只得到被迫跳海的結局，
或蹲進墨西哥的拘留中心
等著被起訴傳喚。
真幸運我不用擔心被
拷上塑膠手銬遣送出境
頭髮還被噴成棕色。
真幸運我沒被鎖在海灣山脈中發徽的地窖，
晚上被強姦白天做工薪水少到不能再少。
是的，我應該感到幸運
我除了愛情與母性之外還有職業：
我是個詩人，教師。而且正在修博士學位。

選詩的平民化

詩歌最大的特徵是什麼？就是它的兼具貴族及平民性。一首高貴得不為任何人，只為自己寫的詩，寫成之後卻能廣為平民傳頌，打動遙遠到天邊的陌生人，這就是它的最大特徵。任何為了得獎，或為了得到學術界欣賞而有意把詩寫得晦澀難懂的企圖，都是與這個宗旨相違背的。這種貴族性並不表現在詩人在小傳中把自己所得的各種頭銜和獎項堆積起來，向世人昭示炫耀，而是直接通過詩歌語言本身，打動每一個並不認識詩人的人，像那些千年前的古人，打動跟他們毫無關係的澳大利亞人、美國人、加拿大人和英國人一樣。一個詩人就是一頭不為任何人歌唱，也不為得任何獎而歌唱的鳥。你喜歡那是你的事，卻並不是它歌唱的主要原因，甚至不是它要歌唱的根本原因。

但我就是隻討人厭的野獸
因為我總是想用嘶啞的聲音尖叫。
我該如何解釋這無名的怒氣
使我無法
喘息？

每次我朝掛在祠堂牆上的祖先靈位鞠躬時
我就想尖叫。
它記錄了王家五十代的男性祖先
但我的女性祖先的名字
卻像蝌蚪尾巴一樣消失了。
我尖叫，可我發不出聲音。
所以我寫下這母系的族譜。

正因如此，我在挑詩翻譯的過程中，對文學造山運動不感興趣，一向掠過名家，就像「非誠勿擾」節目中那樣，直奔心動女生—對不起，我是說心動詩歌—而去，有名無名完全不是我的考量因素。實際上，那些有名者常常被我有意疏忽，他們自有關心他們的譯者為他們建功立業，用不著我為他們勞神費力。

必須指出，我是一個每日讀詩寫詩的雙語寫詩者和讀詩者。這沒有任何驕傲的地方，這只是一個事實。這使我接觸到來自世界各地（包括中國）的大量詩歌，每每看到出自不知名詩人的好詩，常有一種聽到好鳥鳴囀而不知其名的驚喜之感，就會馬上複印，發給學生共用。我上翻譯課有一個與人不同的做法，會當著學生的面，通過投影儀打在牆上，在電腦上進行現場翻譯，逐字逐句講解每個字詞（包括標點符號），從中文進入英文的過程，完畢之後還讓學生當場指出問題，不避錯誤（因為難免），也不避譯不出的困難（因為難免），其要義就是通過現場翻譯，展示一個譯者的翻譯全貌，通過這種方式，與學生達到真正的教學溝通，而採用此法翻譯的詩歌，隨後便進入投稿過程，如一個我不知其名的伍曉華的詩，就是這樣進入澳洲的，其全文如下：

《一大片野花就圍了過來》

從故鄉往西行，走著走著就有
一大片野花圍了過來
帶上它們的芬芳　帶上
那些幽深莫測的念頭。它們都
手提一小串露珠，和

一顆大大的心跳……
它們擱在路上。它們中的有幾株
還被故鄉吹來的風，刮得
側過了臉去。那一刻
我才真正看見了鄉村的羞澀。但我
怎樣才能繞開它們，輕輕
撥出一條小路，但我不想用城市的皮鞋
傷著任何一株野花
我也不想被任意一株野花絆倒
但是，我的那顆剛剛濯淨的心
還是在某一個微小的細節處
踉蹌了幾下……

該詩現場翻譯之後，回家稍加修改潤飾，投稿出去，不久便被採用，發表在墨爾本有150多年悠久歷史的大報《年代報》（*The Age*）上。這家報紙詩歌編輯是女詩人吉格・萊恩（Gig Ryan），選稿眼光極為挑剔，吾在她那兒退稿眾多，能得她慧眼獨識，也是一大幸事。[31]後來就稿費與作者聯繫過程中發現，伍小華是貴州省務川自治縣一名患有嚴重眼疾的仡佬族詩人。據《中國日報》報導：「該詩是伍小華有感於中國西部大開

[31] 她曾因伊沙詩歌中的大男子主義傾向而拒絕發表他的詩歌。當然後來也有選發。

發中，農民外出務工而作，具有鮮明的時代特色，把山裡的少女夢想南下打工的內心世界抒寫得淋漓盡致。詩作原載《詩刊》（上）2006年8期，同年被收入《中國最佳詩歌》一書。」[32]

選詩的平民化，還體現在翻譯「新野人」[33]上。我在武漢大學教的兩位研究生都寫詩。有一年，我在另一位的「手抄本」上看到他寫的漢詩之後，發現有兩首很不錯。儘管我十分清楚，他從未在國內任何刊物上發表任何詩歌，但這對我完全不構成障礙。當即譯成英文，很快就有一首在新西蘭一家雜誌《新西蘭詩歌》（Poetry NZ）上發表。[34]該詩如下：

《眨》[35]

一眨眼
已經二十五六
於是瞪大雙眼不閉
直到深夜
眼淚兮兮
怕是再一眨
就老了

---

32 參見：http://www.chinadaily.com.cn/dfpd/guizhou_chuang/2011-08-04/content_3403020.html

33 需要指出的是，我用此詞別無惡意。不滿者可以儘管回敬，叫我「老野人」也無妨。事實上。我喜歡「野」這個字。不野不成詩。

34 參見：「Blink」, by Chen Ying, translated into English by Ouyang Yu, *Poetry NZ*, 39, 2009, p. 93.

35 陳穎提供，中文未發表。

再一眨
就該死了

五島出版社已經出版的詩集中，即*Breaking New Sky: Contemporary Poetry from China.* Five Islands Press, 2013，就收入了這首詩。

選詩的澳大利亞化

所謂「澳大利亞化」，是指譯者的國籍國和生活國（在此為澳大利亞），對譯者在選取詩歌翻譯的過程中，所發揮的雖不起眼，但卻強大有力的影響。首先，澳大利亞是一個多黨制的民主國家，其次，她也是一個有著「fair go」（機會均等）傳統的國家，在詩歌上更其如此，大家都一視同仁，平等對待。名聲再大，作品不被選發的例子也比比皆是。直到現在，雖然發表逾千，我還是經常遭到退稿。上海之所以平地而起，搞了一個草台班戲劇創作團體，演出不收費，全靠觀眾自願捐助（一分錢不出而白看也無所謂），後來影響越來越大，屢屢被邀請到亞洲、歐洲和非洲演出，就是因為其創始人趙川是澳大利亞公民，2000後回國，本著從澳大利亞學來的公平求實精神，一手創辦起來的。[36]

我的選稿原則是，不重名人，不重獲獎，只任「詩」唯親。其次，對國內暴得大名，各選家均看重的所謂「名詩」，也是一掠而過，沒有興趣。[37]例如，上面註腳中的許多詩，個人並不看好。只選譯了芒克一

36 《華文文學》2012年第5期有趙川專訪。

37 例如，詩歌雜誌《揚子江》曾搞了一個專家評出的新詩十九首（篇目按發表時間排序）：01.《死水》作者：聞一多發表於1926年4月

首，也收進這本譯詩集中。第三，重在先鋒、重在創新、重在叛逆，對那些濃妝豔抹，華而不實，新時代的「應制奉和」，跟重大節慶或運動綁在一起的詩歌廢品，也絕對不屑一顧。第四，對故作深沉，毫無幽默感的詩歌，也向來嗤之以鼻。這一點，應該說是從澳洲學來的一個特點，也是澳洲詩歌的一大特點。記得1990年代初期，我在墨爾本參加了眾多的詩歌朗誦，發現場場充滿歡聲笑語，究其原因，是因為澳洲詩歌不像中國詩歌那樣普遍缺乏幽默之鹽，而是處處洋溢著機智和語言的欣快之感，聽後或讀後總會放聲大笑或會意地小笑。當年譯伊沙，他詩歌中的幽默也是一大原因。他引用臺灣女詩人葉覓覓的話說，在鹿特丹國際詩歌節上：「Shota和伊沙的詩都很受觀眾歡迎，幾乎每首都可以讓大家發笑，可是那笑點又是非常不一樣的：給Shota的笑聲較輕盈，給伊沙的笑聲則較深沉……。」然後他說：「難道這不是我想要的和我的詩該有的正常效果嗎？」[38]最近我有一首詩《日下的本本》，被選入伊沙的「新詩典」，我被他稱為「《新詩典》第一好玩的詩人」，[39]不是沒有道理的，儘管評論者沒有一人把這一點跟澳大利亞詩風聯繫起來，說明我們這個國家的詩人，對外部世界的瞭解實屬皮毛。

15日《晨報副刊・詩鐫》第3號；02.《雨巷》作者：戴望舒發表於1928年8月10日《小說月報》第19卷第8號；03.《再別康橋》作者：徐志摩發表於1928年12月10日《新月》第1卷第10號；04.《斷章》作者：卞之琳收入詩集《魚目集》，文化生活出版社，1935年12月出版；05.《我愛這片土地》作者：艾青收入詩集《北方》，1939年1月自印06.《金黃的稻束》作者：鄭敏收入《詩集1942-1947》，上海文化生活出版社1949年4月出版；07.《紅玉米》作者：痖弦發表於1958年1月20日《文學雜誌》第3卷第5期；08.《鄉愁》作者：余光中收入詩集《白玉苦瓜》，大地出版社（臺北），1974年7月出版；09.《回答》作者：北島發表於1978年12月23日《今天》第1期；10.《致橡樹》作者：舒婷發表於1978年12月23日《今天》第1期；11.《相信未來》作者：食指發表於1979年2月26日《今天》第2期；12.《懸崖邊的樹》作者：曾卓發表於《詩刊》1979年9月號；13.《邊界望鄉》作者：洛夫作於1979年；14.《陽光中的向日葵》作者：芒克收入詩集《陽光中的向日葵》，1983年自印；15.《鏡中》作者：張棗發表於1985年4月《日日新》詩歌雙月刊；16.《斯人》作者：昌耀發表于《星星》詩刊1985年9月號；17.《阿姆斯特丹的河流》作者：多多發表於《今天》1990年第1期；18.《面朝大海，春暖花開》作者：海子發表於1990年7月《花城》1990年第4期；19.《帕斯捷爾納克》作者：王家新發表於《花城》1991年第2期。

38 參見：http://blog.sina.com.cn/s/blog_4878326660100tu2d.html

39 見此：http://t.163.com/tag/歐陽昱

我在讀詩過程中，讀到一首短詩，至為喜歡。詩人名不見經傳，倒省去了替學生抹掉名字的麻煩，反正誰都不知道他是誰，直接讀詩即可。其詩全文如下：

《死亡像羞澀的門框》

死亡像羞澀的門框
母親只是多扶了它一會兒
它就矮下去、小下去
直到變成一個相框——
緊緊扶住了母親

我在課堂上翻譯了該詩之後，便拿去投稿，庶幾，便在《澳大利亞人報》（*The Australian*）發表。[40]隨後又于當年（2012年），被收錄進《2012年最佳澳大利亞詩歌選》中。[41]把來自外國（中國當然是外國）[42]的詩歌，收入「最佳澳大利亞詩歌選」，這在澳大利亞可說是開天闢地第一回。後來發現，這本*The Best Australian*

40 細節在此：「Death like a shy doorframe」by De Er He, translated into English by Ouyang Yu, *The Weekend Australian Review*, May 19-20, 2012, p. 21.

41 細節在此：『Death like a shy doorframe』by De Er He, translated into English by Ouyang Yu, *The Best Australian Poems 2012*, edited by John Tranter, Black Inc, 2012, p. 140.

42 在澳大利亞，常常發現這樣一種奇特的現象，一些來自大陸的人，站在澳洲的街頭，指手畫腳地把周圍的澳大利亞人叫做「外國人」。其實，他們自己才是真正的外國人！

Poems 2012（《2012年最佳澳大利亞詩歌選》，Black Inc出版社2012年出版）的主編，詩人約翰・特蘭特（John Tranter），竟是一個早年十分熱愛中國古詩的人。據他在最近一次訪談錄中說，「我早年看了很多翻譯的中國詩歌。李白和杜甫棒極了，但人人都是這麼說的。羅伯特・佩恩（Robert Payne）編撰的兩千年中國詩歌集《白馬駒》（1960），給我留下了深刻印象。作品令我喜歡的別的中國詩人還包括王維和蘇東坡，他們的作品有一種可愛的清澈和色彩，把哲學和自然奇妙地聯繫起來，而且沒有許多西方作家那種浪漫的個性特點和喜歡吹噓。但我自然更傾向于閱讀歐美作家，因為他們的作品中具有與我相關的文化問題。」[43]可能正是因為這個原因，他說：「歐陽昱翻譯了幾個非常有趣的現代中國詩人，被收入我剛剛編輯的《2012年最佳澳大利亞詩歌選》中：得兒喝、舒婷和樹才。」[44]【插圖20：歐陽昱2012年7月在墨爾本與詩人樹才合影。】

他指的是舒婷的《好朋友》和樹才的《荒誕》，以及得兒喝的《死亡像羞澀的門框》。最令我欣慰的是，這居然是一個在網上幾乎搜索不到蹤跡的詩人。[45]後來有一個澳洲女詩人因為太愛這首短詩，竟找到我，徵求我同意，把這首譯作放在了她的詩歌博客上。我當然欣然允諾。據我在她博客上看到的他人評論情況，評價是頗高的。惜乎在中國從網上無法進入，這當然是這個比較發達，但仍不自由的國家的一個獨特現象，說了等於白說。遺憾的是本文沒法引用。

長期以來，寫作者總以寫出的作品能夠發表而自傲。這當然無可厚非，寫了就是拿給別人看的，就是要發表的。但是，能夠發表的，並非總是最好的，有時還可能是很糟糕的。筆名「大腿」，據說是居住在上海

---

43 參見「Toby Fitch interviews John Tranter」一文：http://mascarareview.com/toby-fitch-interviews-john-tranter/（中文譯文為歐陽昱譯）

44 同上。

45 後來查到，據說是「貴大的門衛代投」：http://tieba.baidu.com/p/568447055

的80後女詩人的作品，在我看來，其幽默、勇氣和筆力，遠遠超出了很多當代詩人，包括所謂名詩人。她的博客雖一度被封掉，但詩歌已在網上廣為流傳，據說網上有人天天必看。我初次接觸之後，一口氣選譯了二十三首。沒想到的是，在澳洲投稿無一中選，倒是被一個懂西班牙文的澳洲70後詩人看中，正與另一個也懂西班牙文的澳洲詩人合譯成西班牙語，現已全部譯好，拿到西班牙世界投稿去了。同時，我還將其詩投到加拿大，被《國際棱鏡》雜誌選中三首，但因其需要作者授權而「大腿」無處可覓，最後導致發表未果。這次流產事件說明，澳加兩國相比，加國更重版權，但思想較澳大利亞更開放，而澳大利亞雖然版權要求較為寬鬆，但思想卻較為保守。記得今年三月澳大利亞國家廣播電臺ABC對我採訪，其中只讓我介紹了一下「大腿」的詩歌，但主持人說，她的詩是「unbroadcastable」（不能廣播的）。[46]

我選譯的一首詩如下：

《愛情》[47]

我問你愛我嗎
你說
插入的時候
愛

46 在喜歡裝B這一點上，中澳倒很接近。漢上劉歌在評價中國垃圾詩時就曾說過：這些詩「髒得我這裡就沒有辦法引用。」引自張嘉諺，《中國低詩歌》。人民日報出版社，2008年，第111頁。

47 參見：http://blog.sina.com.cn/s/blog_6ce3a3990100un32.html

拔出來的時候
不愛

這首詩，讓我想起另一個女詩人的詩，其中最後三句雲：「他脹滿對她的渴念／可她並不愛他／她要的只是他的身體。」[48]

進入二十一世紀，中國早已步入「多性夥伴」時代，[49]只要身體的時代，中國的詩歌卻捏著鼻子哄眼睛，仍在愛情上扭捏作態，如詩人農夫詩集標題《依然裝逼》一句所道盡的那樣。[50]也如我在正在寫作中的《乾貨》（詩話）中所說的那樣：

Wanton

英文的「wanton」一詞，頗似漢語「餛飩」的音譯「wonton」，但它的意思遠比餛飩淫蕩，因為它的本意就是「淫蕩」。若把這兩詞擺在一起，那就成了「wanton wonton」（淫蕩的餛飩），在漢語中的發音還有差異，但在英文中，發音竟是如此接近。

何謂寫詩寫得好？一字盡言：真，所謂詩言真也。中國人（特別是大陸人）寫的詩，玩弄辭藻的居多，說真話的居少。不著邊際的居多，以誠相見的居少。廢話連天的居多，一語中的的居少。我喜歡奧維德，原因之一是他真。比如，他坦誠他愛寫淫詩：

48 參見莊園《幽靈》，未發表。
49 參見方剛《多性夥伴》一書。北京：群眾出版社，2012年。
50 自行出版，不見經傳。

我的《藝術》一書，是為妓女寫的，它在第一頁上，
就警告說：生而自由的淑女，看見該書要當場丟掉。
然而，用該書大寫淫詩穢句，卻實在不算犯罪。
貞潔者可讀到，很多不讓讀的東西。

……

但是，有人老問：幹嗎我的繆斯，老是荒淫無度，為什麼我的
書，老是鼓勵人人都去做愛？

一個詩人不寫淫詩，他還能算詩人嗎？頂多只能算一個割了雞巴的詩人。多麼偉大而貞潔的詩人
啊，我只能這麼贊道。去死吧，一生一死都萎大的人！

寫到這兒，我不覺想起，曾譯過6首馮夢龍編撰的《掛枝兒》，在澳大利亞發表，[51]那其中來自民間的「淫詩」，真是可喜可愛，生龍活虎，讓人看後欲罷不能，如下麵這首：

[51] 參見：「Stealing a look」，「Impatient」，「Hugging」，「Meeting」，「Flowers open」 and 「Flirting」, six songs from *Hanging Branches*, songs from the Ming Dynasty, *Westerly*, No. 53, 2008, pp. 174-175.

《私窺》[52]

是誰人把奴的窗來舔破。眉兒來眼兒去。暗送秋波。俺怎肯把你的恩情負。欲要摟抱你。只為人眼多。我看我的乖親也。乖親又看著我。

我說的「澳大利亞化」，還涉及二次選稿，即由澳大利亞人來二度「欽定」我已選定的稿子。雖然「大腿」的詩投到哪兒退到哪兒，但最後有四首入選五島出版社，是詩歌選入最多的第三人。[53]這說明，澳大利亞這個國家的詩歌並非鐵板一塊，而是有著頗大伸縮空間的。這四首入選的詩歌是《避孕北京》，《火葬場的工人》，《愛情》和《偶像》。這也說明，五島出版社的老總，墨爾本大學的文學教授兼詩人凱文・布洛菲（Kevin Brophy），對詩歌的理解和欣賞迥異于女詩人編輯吉格・萊恩。頗有幾首後者在《年代報》（*The Age*）上發表過的詩歌，如黃梵的《中年》，白鶴林的《與同一條河流相遇》和伍小華的《一大片野花就圍了過來》等，就都未入選這本詩集，而吉格・萊恩拒絕的所有路也詩歌，卻意外地有10首入選，是該詩集入選最多的詩人。而且，儘管萊恩說「大腿」的詩歌「funny」（好玩），卻也從未選發過一首。可見報紙和書的受眾很不一樣，她的擔憂大約也類似於ABC電臺，因受眾面廣而憂慮頗深。

不過，在澳大利亞這個向來具有強烈種族主義傾向的國家，對來自亞洲、特別是來自中國的文學（包括）詩歌，從來都採取一種排斥和抵制的態度。就在五島出版社接受該詩集之前，我曾將其中一些已被收編

52 參見：http://www.my285.com/gdwx/gdsc/gze/001.htm 英文譯文發表細節在此：「Stealing a look」，「Impatient」，「Hugging」，「Meeting」，「Flowers open」 and 「Flirting」, six songs from *Hanging Branches*, songs from the Ming Dynasty, *Westerly*, No. 53, 2008, pp. 174-175.

53 結果還是因「大腿」無覓處而放棄。

的詩歌，投給一家大雜誌，不僅被悉數退稿，而且，該刊一位知名不具的詩歌編輯，在我並沒有問其原因的情況下，竟然頗帶侮辱性地來信說：「all were terrible」（所有的詩都很糟糕）。好在澳大利亞這個詩歌空間，並不是他一人能夠一手遮天的。

這本詩集入選的最年幼詩人是小女詩人樂宣。她的詩經詩人楊邪推薦，又經我再篩選之後，共有5首入選。據凱文說，她的詩非常「evocative」（引人共鳴）。僅亮一首如下：

《孤獨的馬廄》

馬廄沒有一匹馬
馬兒們都出去吃草了
只剩下孤獨的馬廄
和馬兒丟掉的乾草

又簡單，又簡練，又雋永。讀得我直搖頭，是的，搖頭，那是驚歎的表現。讀了這樣的詩，我向楊邪感歎道，我們應該「向孩子學習！」

出版和資助

雖然小雜誌一向喜歡中國古代詩歌，現在又開始親睞當代中國詩歌，但出版社始終不願出版中國詩歌英譯文集。當年（2002年），我之所以把那本譯詩集命名為《砸你的臉：當代中國詩歌英譯集》，就是有氣而來，因為哪怕地毯式轟炸般地投稿所有出版社，都慘遭退稿，最後只有自費出版。[54]其原因不外乎出版社以牟利為目的，非常清楚對一個向來只重古代詩歌，而輕視當代詩歌的文化來說，此書的出版是無利可圖的。順便說一下，在英語國家，特別是澳大利亞，一向重原創而輕翻譯。不少譯著出版，都有意將譯者姓名從封面封底隱去，給人造成原創假像，[55]以增加銷售盈利。

令人完全沒有想到的是，此書出版之後，竟然導致在遙遠北歐的丹麥，發生了一場盛大的詩歌事件。簡單說來，我突然有一天收到一封來自絲瑟・勞格森（Sidse Laugesen）[56]的電子郵件。我還一直稱他「Mr」（先生），最後才發現原來是位女士。據她說，她在中國學習中文大半年，連一個詩人都沒見著，因此想購買一本《砸你的臉》，以資瞭解。這還不說。到了2003年，她來信說，她申請到一筆款額高達40萬丹麥克朗的基金，擬在丹麥舉辦一場中國詩歌節。此事因2003年的「非典」而暫時擱置，直到2004年4月才正式舉辦，中丹雙方各邀20位詩人，[57]為期二十天。其間在丹麥各地舉行詩歌朗誦會，咖啡館裡人潮如湧，盛況空前。後來我才知道，她是丹麥著名詩人彼得・勞格森之女，但那都是後話了。最主要的是，由於我在《砸你的臉》的英文序言中特別提到了中國的「下半身」詩歌群體，導致沈浩波、盛興和尹麗川被邀，隨後又被邀至荷蘭。

澳大利亞的文學資助機構不少，最有名的是the Australia Council for the Arts（澳大利亞藝術理事會），每

---

54 出版時得到了澳洲詩人John Kinsella和高行健譯者Mabel Lee的資助，特再次鳴謝。

55 這方面最典型的例子有澳洲桑曄（Sang Ye）和丁小琦（Ding Xiaoqi）作品，英國薛欣然（Xinran）和馬建（Ma Jian）作品，等。

56 丹麥文夾在中間的「d」是不發音的。

57 中方被邀的詩人有來自海外的北島、楊煉、京不特和歐陽昱，大陸方面有于堅、沈浩波、盛興、尹麗川、翟永明和西川。

年除資助小說、非小說和詩歌等類別的文學項目，還資助對外翻譯澳大利亞作品，但它僅是單向度的，並不資助把中文作品或其他文字作品翻譯成英文。這就造成翻譯出版業的幾近荒蕪，只能靠個人（如我、賽門・帕頓和陶乃侃、托尼・普林斯〔Tony Prince〕，美國譯者葛蘭・斯托維爾〔Glenn Stowell〕），[58]以及少數有事業心的詩人兼出版商（如邁克爾・布熱南〔Michael Brennan〕和凱文・布洛菲或翻譯兼出版商（如陳順妍等的努力。反正沒有資助，無論你怎麼「砸」它的臉，那些認錢不認詩的出版社，是永遠也不會睬你的。

此處倒是可以給中國政府進一言。在中國長驅直入世界的同時，要想讓中國詩歌以及文學也長驅直入英語世界，可能是要花一兩個子兒的。澳大利亞政府為了讓世界瞭解其文學，每年都會拿出大批基金資助出版和翻譯。中國政府為何不能照此辦理呢？[59]

翻譯資助還有另一個方面，即私人資助。可以直言相告，我翻譯的絕大多數中國當代詩人，是從來沒有收取分文的。不僅不收，還要自掏大量郵費，向世界各地投稿，得了稿費，還要耗費時間尋找作者，張羅著把其中一半支付給他或她。如果聽不到謝謝，也的確聽不到謝謝，那真是吃力不討好。事實是，除了少數詩人之外，在大多數詩人那裡，從來都得不到起碼的尊重。也許，此文是我的封譯之作。但願「譯」長久，自有送來好消息的後來人。

[58] 例如，賽門・帕頓和陶乃侃合作翻譯了伊沙的單本詩集，由英國血斧出版社出版（2009），陶乃侃又與托尼・普林斯合作翻譯了8個中國詩人合集，收集了楊煉、江河、韓東、于堅、翟永明、張真、西川和海子等8位詩人，由高行健譯者陳順妍主持的Peony Press出版（2006）。葛蘭・斯托維爾翻譯的顏峻的單本集《你躍入另一個夢》，由邁克爾・布熱南主持的Vagabond出版社出版（2012）。Vagabond出版社還將於2013年下半年出版歐陽昱翻譯的《樹才、伊沙、楊邪合集》，而陳順妍主持的Peony Press曾于1990年代翻譯出版過數本楊煉的單本集。

[59] 我雖然沒有親見，但據我所知，《人民文學》從2011年起，搞了一個英文版，叫Pathlight。見：http://www.huaxia.com/zhwh/whjl/2689177.html

結語

目前五島出版社已經定稿，[60]但書名尚無，我發去的幾個書名，幾乎都被否定，只剩下這樣兩個，即「A Democracy of Voices: An Anthology of Contemporary Chinese Poetry」（《民主之和聲：當代中國詩歌集》）和「Breaking the New Sky: An Anthology of Contemporary Chinese Poetry」（《打破新天：當代中國詩歌集》）。「打破新天」，根據俗話說的「打破新天地」而來。英文有「breaking the new ground」（打破新地）之說，但缺了一個「天」字。把「地」換「天」，就給英文詞庫平添了一個新的說法，是我特別喜歡做的事。凱文也很中意，一看就說，有「strong possibility」（很有可能）。但2013年3月26日發來的電子郵件第三稿中，卻用了前面一個標題。見我不解，他解釋說：出版社尚需在週三投票，決定最後的標題。

最後投票結果表明，他們一致選用「Breaking New Sky」（打破新天）作為這本書的標題，與我建議的「Breaking the New Sky」相比，僅僅少了一個定冠詞「the」，他們那種深入骨髓的語感，通過少一個「the」字而得到了充分的體現，再一次印證了我的微理論，即英文學到高處和深處，好與不好，全在定冠詞「the」和不定冠詞「a」的把握上，而這種把握，是一個非母語者幾乎難以企及但無論如何也要力圖企及的。

---

[60] 入選的詩人（含臺灣）共42位，有艾蒿、白鶴林、白連春、本少爺、陳克華、陳穎、楚塵、大腿、代薇、耿翔、鬼鬼、何小竹、海子、虹影、侯馬、胡弦、紀弦、雷平陽、溜溜、劉美松、路也、呂約、芒克、魔頭貝貝、莫小邪、祁國、沈利、舒婷、汪峰、魏克、瀟瀟、小招、徐鄉愁、樂宣、臧棣、張維、鄭愁予、鄭小瓊、周所同、中島、朱劍和朱文。

第四章 澳大利亞文學節中的中國[1]

中國雖然是一個有五千多年歷史的文學大國，但在某些方面的發展，如文學節、作家節等，卻遠不如歷史相對較短的澳大利亞。[2]自1953年以來，澳大利亞每年或雙年舉行的名目繁多的文學節（包括作家節、詩歌節、藝術節、文字節、作家周、作家週末等）共有41種。[3]如果說文學雜誌是文學對外開放和交流的一個小視窗，文學節[4]則為文學的交流敞開了大門。進入二十一世紀以來，各大文學節更取得了突飛猛進的發展。幾個數字很可以說明問題。2007年悉尼作家（2007年5月28至6月3號）的節目共有320項，受邀的國內國

1 本篇作者系歐陽昱。

2 據中國《檢察日報》報載，中國內地第一個法定文學節於2007年7月19日至25日在北京召開。該報載，「北京市作協秘書長李青表示，文學節的活動要力爭今後每年都舉辦一次，同時還要積極向國家申請，將9月25日這一天確定為中國法定的『文學節』」。參見萬一《中國內地第一個文學節》，24/7/07：http://www.jcrb.com/n1/jcrb572/ca297355.htm
首屆中國作家節最早也不過是2003年。見《文藝報》2003-8-28報導《首屆中國作家節10月在杭舉行》，網址在：http://www.nbwh.gov.cn/homepage/page01-02-01.php?id=1062117367&theme=2

3 如下：阿德萊德作家周，波波作家節，布里斯班作家節，拜倫海灣作家節，坎培拉讀者暨作家節，C•J•鄧尼斯節，下南方作家節，正在崛起中作家節，葛蘭•艾拉作家節，大丹底農文字節，葛蘭菲爾勞森藝術節，墨爾本邊緣節，墨爾本詩歌聯盟節，墨爾本作家節，米爾杜拉作家節，全國青年作家節，昆士蘭詩歌節，悉尼作家節，塔斯馬尼亞詩歌節，威廉斯作家節等，墨爾本中國文學節。詳見http://www.writers-centre.org/infopage.cfm?MenuID=3&SubMenuID=20&InfoPageID=64

4 此處的「文學節」泛指各種形式的作家節、詩歌節、藝術節、文字節、作家周、作家週末等。

外作家共有420名，聽眾人數超過了85000人。[5] 2007年墨爾本作家節（2007年8月24號至9月2號）規模稍小，但也有250個節目，[6] 邀請了294位作家。兩年一度的阿德萊德作家周雖然規模更小，2006年僅邀請了25位國際作家和42位澳大利亞作家，但聽眾人資料估達到了107,255之眾。[7] 本章擬從文學市場化、中國文學多元化和國際化等角度，以阿德萊德作家周，墨爾本作家節和悉尼作家節等三大作家節為軸心，來探討中國文學如何進入澳大利亞文學節，其地位和影響等問題。

阿德萊德作家周

阿德萊德作家周是澳大利亞最「古老」的作家節。作為阿德萊德藝術節的一個組成部分，該作家周于1960年正式啟動。據露絲・斯塔克（Ruth Starke）說，作家周創始之初，澳大利亞的任何大學都沒有澳大利亞文學教授，專門資助澳大利亞文學創作和發展的澳大利亞理事會（Australia Council）尚未成立，澳大利亞各州也沒有一家作家中心，地方出版商很少，媒體對作家及其作品都無太大興趣。[8] 如果說中國截至1979年改革開放以來一直處於閉關自守狀態，1960年代的澳大利亞從其與亞洲和中國的交流來講，也是相對封閉的：作為國策的「白澳政策」直到六十年代末才解體，與中國建交遲至1972年，持續至今的「多元文化政策」也只是在1973年才正式實行。[9] 在阿德萊德作家周1960年創建之後的28年裡，僅邀請了兩位華裔作家，

5 參見2007年悉尼作家節藝術指導溫蒂・威爾（Wendy Were）的致辭：http://www.swf.org.au/

6 參見墨爾本作家節「媒體辦公室」網站資訊：http://www.mwf.com.au/2007/content/standard.asp?name=MediaOffice

7 參見阿德萊德作家周網站資訊：http://www.adelaidefestival.com.au/

8 露絲・斯塔克（Ruth Starke），《作者、讀者及其反叛者》（Writers, Readers & Rebels）。Adelaide: Wakefield Press, 1998, p. ix.

9 關於「多元文化」可參見Wikipedia中該詞條的釋義：http://en.wikipedia.org/wiki/Multiculturalism

其中一位是身為政治家的新加坡總理李光耀。據稱，他1972年受邀之後「遊移不決」了很久，最後決定「謝絕」參加。[10]另一位是生於馬來西亞，生活在澳大利亞的華裔詩人Ee Tiang Hong（余長豐），[11]他於1978年被邀請參加作家周。1980年，中國實行改革開放一年之後，長期自閉的中國文學終於首次在澳大利亞登陸。這一年，經澳中理事會與中國政府斡旋，阿德萊德作家周除邀請馬來西亞華裔作家Lee Kok Liang之外，還邀請了大陸的翻譯家楊憲益和戴乃迭夫婦以及Yu Lin教授。在是次作家周以及私下，他們都談到了「文革」對文藝創作、特別是瞭解外國文學方面所起的「罪惡」影響。[12]當時阿德萊德的《廣告人報》（*Advertiser*）在報導楊戴夫婦文革期間身陷囹圄的情況時引用戴乃迭的話，描述了她對坐牢的態度，說她表現得「極為平靜」。戴乃迭說：「中國人並不把單獨監禁看成懲罰。他們把這看作是自己有了一間房間。我比一般人要好得多—我丈夫則跟一夥小偷和殺人犯關在一起。」[13]另外一篇報導用詞就比較不那麼客氣了。一是把戴乃迭的身分搞錯，稱三位作家為「three Chinese」（三個中國人）。其次是把他們三人形容成「好像三個聾子義大利水果商人」。[14]從這第一次交流中可以看到，中國文學憑藉文學節這個橋樑的進入，主要是伴隨著對最近政治運動的興趣而生，對中國作家的描述也帶有澳大利亞長期以來固有的偏見。

1982年，作家周又邀請了一位中國作家I Min Chu（憶明珠）和一位美籍華人女作家Maxine Hong Kingston

---

10 露絲・斯塔克（Ruth Starke），《作者、讀者及其反叛者》（Writers, Readers & Rebels）。Adelaide: Wakefield Press, 1998, p. 234。注意，該書犯了一個普遍的常識性錯誤，把李光耀（Lee Kuan Yew）姓名顛倒，姓氏列在「Yew」下，實際成了「耀光李」。

11 關於Ee Tiang Hong的真名，也有譯成易天虹的，此處採用「余長豐」。由這篇網上文章可見一斑。參見《過去的時間，不同的空間——李有成答張錦忠越洋電郵訪談》，網址在：http://msia.twbbs.org/cgi-bin//bbscon?board=BookMagazine&file=M.1177212325.A&num=350

12 參見露絲・斯塔克（Ruth Starke），《作者、讀者及其反叛者》，p. 34。

13 伯納德・布切（Bernard Boucher），原載《廣告人報》（Advertiser），1980年3月14日，轉引自露絲・斯塔克，出處同上，p. 34。

14 伊莉莎白・裡德爾（Elizabeth Riddell），原載《公報》（Bulletin），1982年3月30號，轉引自露絲・斯塔克，出處同上，p. 34。

（湯婷婷）。今已無從知道為何在眾多中國作家中特邀了憶明珠先生，但據當時澳大利亞文學雜誌《澳大利亞書評》（*Australian Book Review*）稱，「憶先生的發言……用的是中文，隨後經過翻譯。根據翻譯情況看，幾乎完全遵循黨的路線，沒有任何意思。」[15]湯婷婷的處女作《女戰士》（*The Woman Warrior*）於1976年出版。1980年邀請她時，應該說名聲還不如現在這樣大，但據報載，她如此受歡迎，以至講話之後，《女戰士》一書全部售罄，「整個阿德萊德市找不到一本」，使她成為「本次作家周令人吃驚的成功作家之一」。[16]中國文學的國際化由此可見一斑。值得指出的是，我們雖然不能簡單地把湯婷婷的英文作品算作中國文學的一個部分，甚至納入「華人文學」或「華文文學」都十分勉強，因為從國籍上講她是美國人，從創作語言來講，她用的是英語，但她父母是中國人，她本人血管裡流動的是漢人血液，[17]她的作品也大量涉及中國文化故事。從某種意義上講，中國文學，包括中國文化，就是通過湯婷婷這樣的第二代土生（她生於美國本土）華裔作家用英文與不通中文的西方人，包括澳大利亞人，進行交流，而且是遠勝於翻譯的一種交流，其中之得即使不大於其失，至少也是相當於其失的。中國文學通過其華裔英語代言人（我本人的說法）向西方傳播，在此之後越來越成為各作家節文學交流的最主要途徑。

從1982年到2001年的二十年間，阿德萊德作家周末再邀請任何與中國或華裔沾邊的作家，儘管此間邀請的國際作家範圍廣泛，其中有日本的大江健三郎（Kenzaburo Oe），南非的納丁・戈迪默（Nadine Gordimer）和尼日利亞的沃爾・索因卡（Wole Soyinka）。大江受邀於1968年，1994年獲得諾貝爾文學獎；納丁受邀於1974年，1991年獲得諾貝爾文學獎；沃爾受邀於1976年，1986年獲得諾貝爾文學獎。這說明該作家

15 喬治婭・薩維奇（Georgia Savage），原載《澳大利亞書評》（*Australian Book Review*），轉引自露絲・斯塔克，出處同上，p. 98。

16 瑪麗・洛德（Mary Lord），原載《澳大利亞書評》（*Australian Book Review*）四月號，轉引自露絲・斯塔克，出處同上，p. 108。

17 提到這一點頗有文學種族主義之嫌。談文學問題，我們畢竟不能以種族來劃分，但作家的種族身分的確是一個不得不正視的問題。

周在邀請作家方面是頗具慧眼的。[18]其他參加作家周的國際作家還有美國的厄普代克，英國的拉什迪，俄國的葉甫圖申科，挪威《蘇菲的世界》作者喬斯坦・賈德，印度的阿蘭達蒂・洛伊（Arundhati Roy）等，以及一大批澳大利亞本土作家。

2002年，阿德萊德作家周邀請了三位澳大利亞華人作家，即高博文、廖秀美和張思敏，說明其重點已經發生了根本的轉移，不再關注中國和中國文學，而更著意于華人作家及其英文作品。高博文有四國血液（葡萄牙、西班牙、中國、英國），早年自香港移民澳大利亞，其筆下作品始終與中國發生著千絲萬縷的糾葛纏繞。廖秀美是來自新加坡的移民，其長篇小說《表演毛夫人》（*Playing Madame Mao*）（2002）以鏡像的表現手法，再現了新加坡政治和藝術之間錯綜複雜的關係。張思敏是一位學者，生於馬來西亞，其處女作《愛的暈眩》（*Love and Vertigo*）（2000）出版前即獲得1999年澳大利亞35歲以下作家獎「澳大利亞人報／伏格爾文學獎」（Australian/Vogel Literary Award）。該書敘述了一個馬來西亞華人之家如何遭受種族迫害，流轉遷徙，移民到澳大利亞後如何紮根創業的故事。張又於2005年推出第二部長篇《在月亮背後》（*Behind the Moon*），把注意力轉移到了講述澳大利亞的少數民族的生活和交錯關係上來。值得指出的是，進入二十一世紀後，越來越多的亞裔作家[19]或華裔作家都用英文講述他們母國或移民國的故事，其中所用「Chinese」一詞，已經很難用「中國」或「中文」來簡單翻譯了。這個「Chinese」，既指「中國」，又指「中文」，既指「華人」，也指「華裔」，如果加以破折號，更帶上了各自接納國的特殊身分，如新加坡-澳大利亞華人（廖秀梅），澳門-香港-葡萄牙-西班牙-英國-澳大利亞華人（高博文），馬來西亞-澳大利亞華人（張思

18 參見露絲・斯塔克，出處同上，p. 142。

19 亞裔作家即Asian writers，在澳大利亞通常指來自亞洲的移民作家或有亞洲血統的作家，所有華人或華裔作家通常都被涵蓋在這個名稱之下。

敏）等。原來的中國人身分被破折號打「破」「折」斷，成了一個融合了多元素質的符「號」。這也是他們作品中的一個顯著特徵：中國文化和中國文學被打「破」「折」斷後呈現了一種新品質和新氣象。2004年的作家周繼續這個新傳統，正式邀請了一位馬來西亞華人作家Catherine Lim（林寶音）並且非正式地邀請了澳大利亞華人作家歐陽昱，因為後者2002年出版的長篇處女作《東坡紀事》（*The Eastern Slope Chronicle*）獲得當年的阿德萊德作家節創新獎。遺憾的是，2006年，阿德萊德作家周沒有邀請任何中國作家或華裔作家，澈底剃了一個光頭。[20]

墨爾本作家節

墨爾本作家節自1986年肇始，對大陸作家也是僅在八十年代末和九十年代初稍微表示了一點興趣，於1987年邀請了中國的Li Soucheng（無法找到對應的中文姓名），1990年邀請了馮驥才，1991年邀請了芒克，便立刻收回關注焦點，把視線轉向海外或澳大利亞國內的「Chinese writers」（華人華裔作家，包括當時的旅澳作家）。由於當年資料難以找到，筆者只能憑記憶追索某些片斷。1991年芒克來墨爾本參加作家節，筆者也被邀請，是我來澳最早一次參加的作家節。在我們一起的座談會上，芒克談到他編輯的一個文學雜誌（肯定不是《今天》，但我已經忘記了名字），說是中國當前「最好」的雜誌。當時給他做翻譯的是澳大利亞美籍作家賈佩琳。節目之後，一位澳大利亞作家朋友（知名不具）向我表示了他對芒克「最好」之說不以為然

[20] 其後的文學節由於沒有及時跟蹤，幾年以後在網上就無法再找到多少相關資料了，尤其是當時邀請的全部作家名單幾乎都不存在了，下同。只有少量資料表明，2012年的阿節邀請了中國作家查建英。參見此網站：http://www.abc.net.au/tv/bigideas/stories/2012/05/07/3494598.htm

的態度，大意是「最好」應該讓別人來說，而不是自己。這大約是中國當代文學進入澳大利亞一個很能說明問題的片斷。

從1989年起，墨爾本作家節除了大量邀請海內外作家參會之外，就開始密集地邀請「Chinese writers」（華人華裔作家），其中有美國的湯婷婷（1989），澳大利亞原籍中國大陸的方向曙（1993），澳大利亞原籍馬來西亞的華人女作家貝思・葉（1994），澳大利亞土生華人楊威廉（1996），馬來西亞華人作家林寶音、加拿大華裔作家Wayson Choy（崔偉森）、馬來西亞華人作家Kee Thuan Chye（不知其中文姓名）（1998），新加坡／美國的Adeline Yen Mah（馬嚴君玲）（1999），澳大利亞的菲律賓澳籍華人作家阿琳・蔡、澳大利亞土生華人曹勵善、洪振玉、廖秀美、歐陽昱（2000），原籍大陸的英籍華人作家薛欣然（一般稱其為Xinran）（2002），高博文（2003），原籍大陸的澳籍華人李存信（2004），原籍大陸、現居美國的吳帆（Fan Wu）和李存信（2006），以及方佳佳、澳大利亞土生混血華人陳志勇和兼有土著華人血統的女作家阿列克西絲・賴特（2007）。

上述作家可分六類。一類是來自海外的華人華裔作家，如湯婷婷。一類是來自大陸的別籍華人，如薛欣然和吳帆。一類是來自大陸的澳籍華人，如方向曙、歐陽昱和李存信。一類是來自東南亞的華人華裔作家，如林寶音、馬嚴君玲、貝思・葉、方佳佳。一類是澳大利亞土生華人曹勵善、楊威廉和陳志勇。最後一類為極少數，那就是父親為馬來西亞華人、母親為澳大利亞人的陳志勇[21]和兼有澳大利亞土著、華人和愛爾蘭人血統的阿列克西絲・賴特。[22]

21 參見《華裔作者無字小說獲得澳大利亞文學獎》一文（8/6/07）：http://www.nihao.com/news/article.phtml?rid=0706082229571038

22 參見《賴特的家園故事獲得邁爾斯・佛蘭克林獎》（Wright wins Miles Franklin for story of homeland），網址在：http://www.abc.net.au/7.30/content/2007/s1958594.htm

很有意思的是，這些作家早期除薛欣然之外（其*The Good Women of China: Hidden Voices*［《中國的好女人：藏起來的聲音》］系中譯英作品）（2003），均以英文寫作，且書寫內容大都與中國相關。以原籍大陸的澳籍華人作家為例，方向曙的*East Wind West Wind*（《東風，西風》）（1992），寫的是他來澳定居前後的經過，書中追述了家庭在文革遭受迫害、他本人來澳過程中遭受的種種挫折等故事。李存信的*Mao's Last Dancer*（《毛的最後一名舞者》）[23]以親身經歷，敘述了作者如何從一名鄉村少年，成長為芭蕾舞蹈演員，在美出訪期間叛逃，後與澳大利亞女芭蕾舞演員結為伉儷，雙雙來到澳大利亞，掛靴之後成為成功的股票交易市場經理的傳奇經歷。從經典文學角度看，該書不能算作一本很有文學價值的作品，但出版之後26次再版，總共銷售16萬多本，並被拍成電影，算是近年來中國人英文書寫作品在海外創造的一個奇跡。[24]另外一類澳大利亞土生華人作家也很有意思。例如楊威廉。他是第三代華人，主要從事攝影。早年因華人受種族歧視，始終不知道自己有華人血統，父母從來也不講。直到有一天澳大利亞同學罵他「Ching Chong Chinaman」（清窮中國佬），他回去問了之後才知道自己的種族身分。此後發誓瞭解中國文化。他的許多作品都集攝影寫作為一體，以攝影、表演和寫作等多種手段，表現了澳籍土生華人、特別是一個華人同性戀藝術家的艱難生境，如*Sadness*（《悲》）（1992），*About My Mother*（《關於我母親》）（2003），等。[25]陳志勇的作品更加創新。2006年他出版的一本繪畫小說*The Arrival*（《抵達》）獲得了2007年度新南威爾士總督文學獎社區關係委會（Community Relations Commission，簡稱CRC）獎。全書不著一字，盡得風流，120頁均為鉛筆

---

23 該書英文版於2003年出版，中文版2007年在大陸出版後易名為《舞遍全球》。

24 參見網上文章《毛的最後一個舞者：李存信》（Mao's Last Dancer: Li Cunxin）（22/5/2005）http://sunday.ninemsn.com.au/sunday/art_profiles/article_1786.asp?s=1

25 參見網上英文文章，《關於我母親》（2003）（About My Mother［相冊］2003）：http://www.qag.qld.gov.au/collection/contemporary_australian_art/william_yang

畫，講述了一個辛酸的移民故事。一位網上部落客稱其「形象留下了無窮的回味」（「images are incredibly evocative」）。[26]亞馬遜網站所有讀過該書的讀者一律給以五分褒獎。[27]他並於2011年獲得獎金（773,244美元）僅次於諾貝爾的瑞典另一文學獎阿斯特麗德・林葛蘭紀念獎（The Astrid Lindgren Memorial Award）。[28]

另一位土著華人混血作家阿列克西絲・賴特出手不凡，第二部長篇小說*Carpentaria*（《卡彭塔利亞灣》）2006年出版後，次年就獲得澳大利亞最高文學獎邁爾斯・佛蘭克林獎。當在一次採訪中被問及她作為一位「兼有澳大利亞土著、華人和愛爾蘭人血統」的作家，如何以她的作品在澳大利亞原住民和其他民族之間達成一種「永久形式的和好狀態」時，她說，「我常常考慮其他國家的精神如何隨著該國人民來到澳大利亞，這些精神如何與屬於此地的祖先精神交好這樣一個問題。」[29]一語暗暗道出了中國「精神」與其他民族「精神」相互「交好」，結出豐碩之果的天機。[30]

2011年8月30日至9月2日，西悉尼大學邀請中國文學代表團，在悉尼召開了一個China Australia Literary Forum（中澳文學論壇），該團由高洪波帶隊，團員有莫言，【插圖16：歐陽昱參加當年3月在京舉行的澳大利亞作家周，與莫言合影。】張煒，胡平，趙玫，紮西達娃，商震，盛可以，等，與澳大利亞的弗蘭克・莫

26 參見該網站：http://www.mechanicalcat.net/richard/log/News/Shaun_Tan_s__The_Arrival

27 參見該網站：http://www.amazon.co.uk/Arrival-Shaun-Tan/dp/0734406940

28 該獎是兒童文學獎項方面的最高獎。參見http://english.cntv.cn/20110331/103381.shtml

29 參見《賴特的家園故事獲得邁爾斯・佛蘭克林獎》（Wright wins Miles Franklin for story of homeland），網址在：http://www.abc.net.au/7.30/content/2007/s1958594.htm

30 墨爾本作家節2008年邀請了方佳佳（Alice Pung），張麗佳和歐陽昱；2009年邀請了Jessica Au，高博文，李存信，Kalyan Ky（柬埔寨華人），方佳佳，陳志勇，2010年邀請了新加坡華裔澳籍詩人梅劍青，馬建，羅旭能，林寶音，歐陽昱，方佳佳，新加坡作家Daren Shiau（蕭維龍），陳志勇，王興霜；2011年邀請了Jessica Au，北島，W. H. Chong，胡平，李洱，莫言，方佳佳，盛可以，陳志勇，Estelle Tang，王興霜，歐陽昱，新加坡作家楊樹宏（Yong Shu Hoong），張煒，趙玫，等。

爾豪斯，尼古拉斯・周思，艾佛・英迪克，茱莉亞・李，歐陽昱，梅劍青，詹姆斯・布蘭得利，等，就文學多元文化主義、跨國主義、寫作的全球市場、文學翻譯等問題，進行了廣泛的交流和接觸，每場談話都是中英文同聲翻譯，參加者甚眾。適逢墨爾本作家節召開，便趁這個代表團來墨爾本訪問期間，也邀請他們出席了該作家節。除其他場次外，由歐陽昱和北島，並與張煒，胡平和趙玫組成的對談小組分別進行對談，全場未經翻譯，直接用中文交談，這在墨爾本作家節應該是開天闢地的一件事。【插圖14：歐陽昱在2011年墨爾本作家節主持節目，參加者有中國作家胡平、趙玫和張煒。】筆者還記得，在問及北島對多年提名諾貝爾文學獎，但最後始終未得獎一事如何看時，北島說：「我認為這是你今天問的最差的一個問題」，對此不予回答，令人遺憾。[31]【插圖10：歐陽昱與北島參加2011年墨爾本作家節上同台簽名售書。】

悉尼作家節

阿德萊德市總人口為1,138,833人口（2006年統計）。墨爾本總人口為384萬（2006年統計）。相比較而言，悉尼人口最多，達428萬。[32]作為澳大利亞首個歐洲殖民地原址（建於1788年）的悉尼是澳大利亞最為國際化和亞洲化的城市。根據2006年澳大利亞人口普查，全澳華人總人口為669,890，占全澳總人口的3.4%，其中三分之一強的華人在悉尼，為292,338人，占全市總人口的7.1%。[33]筆者幾年前去悉尼的帕蒂市場（Paddy's Market）閒逛，著實吃了一驚。那兒的攤販攤主幾乎清一色的華人臉，與多年前的混合臉形成巨大

31 此資料在歐陽昱當場錄製的錄影帶中。

32 參見Wikipedia網站「Sydney」詞條：http://en.wikipedia.org/wiki/Sydney

33 參見Wikipedia網站「Chinese Australian」詞條：http://en.wikipedia.org/wiki/Chinese_Australian

反差，從側面反映了這個城市的急劇變化。直接或間接受其影響，悉尼作家節與阿節和墨節之最大不同，在於它的國際化中一個重要的方面即中國化。儘管悉節到2007年不過區區十年之短，但受邀的大陸或前大陸中國作家遠超過阿節和墨節，自1998年起有趙川、歐陽昱、于堅、余華、遲子建、馬建、楊煉、友友、Helen Liu Qiao [音：劉喬]、北島、貝嶺、薛欣然等。與阿節和墨節的另外一個顯著不同，是悉尼作家節對文學翻譯的重視。在阿節和墨節中，極少有將翻譯作為重點活動節目，對中國文學的瞭解，都比較直接（或曰偷懶）地通過華人華裔作家的英文作品進入，看不到翻譯作品，看不到被翻譯的作家，更看不到翻譯者本人。[34]墨節之所以後來乾脆不邀請港臺或大陸作家，還與其市場操作規則有關。根據筆者記憶，凡參加墨節的作家，必是該年度出書，有書在墨節附屬書店展銷者。[35]好在進入二十一世紀之後，不少大陸作家都有英文作品在澳大利亞出版，于堅和遲子建有其專門的澳大利亞英語翻譯裴西敏，高行健和楊煉有其澳大利亞英語翻譯陳順妍。馬建來澳之前，其作品《紅塵》（英譯本*Red Dust, A Path Through China*）已由其妻Flora Drew翻譯，于2002年出版。楊煉與妻友友 [原名Liu Youhong] 是新西蘭公民，長期居住在倫敦，經常來澳，友友的*River Tide*（《河潮》）在來悉尼作家節之前，已於2001年出版英文版。2007年，悉節更以北島，以及貝嶺和中國文學出版社編輯劉喬（音）和現居美國的Diane Wei Liang的到來而掀起了一個中國文學的熱潮，以至一個很受歡迎的節目被命名為：「未來屬於中國嗎？」（「Does Future Belong to China?」）。該節目介紹如是說：「中國是全球政治和經濟的新因素—過去十年中，該國作為一支風起雲湧的經濟大國而崛起，其肌肉力

---

34 據阿節組織人Wright說，該節僅於2004年邀請了一個法國翻譯，而且是有資助的。此條資訊根據筆者與Wright本人12/8/07電子郵件信件。

35 筆者有幸兩度被邀，是在文學市場化尚未達到白熱化的1990年代之初。第三次被邀，也是為了被他們拿來當「亞裔」作家樣板「說事」，其實是很無聊的。

量敢於挑戰美國這個全球強國。」[36]

與其說悉尼文學節關心的是文學，不如說是以文學政治為中心。這從幾個與中國文學有關的話題中可見一斑。2007年6月1號舉行的一場作者對談被命名為「共產主義都很壞嗎？」（「Is Communism All Bad?」）。其中一位參加者Jocelyn Chey（梅卓琳）曾任澳大利亞駐華使館文化參贊。次日舉行的另一場作者對談有北島參加，對他的介紹稱他為「世界的良心之音」。[37]在悉尼的一次訪談中，北島對西方「中國崛起論」提出了他的看法，特別談到了他對當今中國文化衰落的擔憂並指出，「作為一名作家，我最擔憂的，還是文化問題，一個國家沒有創造性，沒有反省能力，它的富裕和強大就是空的，中國經濟繁榮的表面之下，隱藏著道德和文化危機……從整個文化來看，現在中國的文化處於頹勢，我們能夠留給後人的東西很少，我們在佔有財富的同時，卻在放縱我們的文化……中國知識份子在這個關頭沒有發揮自己的作用，中國社會腐敗，學術界也腐敗，藝術評論被收買，中國沒有真正的藝術批評，這一系列問題，造成了今日中國的文化危機。」[38]

值得指出的是，2007年的悉尼作家節專門邀請了中國文學出版社的外國文學編輯劉喬，這是因為中國文學出版社近幾年來與澳大利亞的哈珀／柯林斯出版公司簽署了長期合同，定期向中國讀者介紹澳大利亞的文學作品。劉喬在以「通向中國的出版之路」（「The Publishing Route to China」）為題的專題講話中與來自英國的文學經紀人、薛欣然之夫托比・伊迪（Toby Eady）、澳大利亞文學經紀人奔尼松・歐德菲爾德（Benython Oldfield）和曾任澳大利亞使館文化參贊、時任阿德萊德大學創作學教授的周思一起，暢談了中澳

36 參見2007年悉尼作家節網站介紹：www.swf.org.au/index.php?option=com_events&task=view_details&agid=111&y 此段為歐陽昱翻譯。
37 參見2007年悉尼作家節網站介紹：www.swf.org.au/index.php?option=com_events&task=view_details&agid=251&y
38 參見《專訪北島：對中國文化危機深切擔憂》：http://bbs.tecn.cn/redirect.php?tid=203554&goto=lastpost

文學交流方面的問題。[39]

由於悉尼作家節的文學政治化，曾在中澳關係中造成緊張。2011年5月，[40]悉尼作家節邀請了中國作家廖亦武，但因政治原因廖未能成行。據報導，作家受邀而不能出席，這在悉尼作家節的歷史上尚屬第一次。[41]為此，在有他出席的那場名為「The Dangers of What We Think We Know」（我們以為我們知道的那些危險）談話中，專門放了一把為他留出的空椅子。[42]主持人Miriam Cosic（米苒姆・科西克）宣讀了廖亦武寫給作家節主席Chip Rolley（奇普・羅利）和廖的出版商Michael Heyward（邁克爾・黑瓦德）的一封信，信中說：「心靈是不可能監禁的。心靈可以打破重重障礙，在空中越飛越高。值此悉尼作家節開幕之際，我的心充滿渴望，已經漂洋過海，在澳大利亞登陸，與來自世界各地的作家濟濟一堂。」[43]

關於澳大利亞的文學節，中國只是近年來才有相關報導，且均出自澳大利亞華人之手。《文學報》就有一篇胡仄佳編發的2005年悉尼作家節報導，其中說，「參加這次作家節的華裔作家不多，澳籍華裔詩人翻譯家歐陽昱和芭蕾舞蹈家作家李存信是這次活動中的亮點之一。」[44]遺憾的是，在此之前每年關於澳大利亞的這些作家節在中國報導相當之少，使這片動人的風景發生了斷裂，[45]文學「交」不起來，也無法「流」動。

39 參見2007年悉尼作家節網站介紹：http://www.swf.org.au/index.php?option=com_events&task=view_detail&agid=67&year=&month=&day=&Itemid=141

40 本文曾於2009年發表在《深圳大學學報》（社科人文版），2009年第二期，pp. 13-19，未對後來的諸屆文學節亦步亦趨地跟蹤，導致2012年5月的現在再查，已無資料可查，只查到2012年的文學節，邀請了W. Chew『Chewie』Chan，羅旭能，方佳佳，盛可以，Annette Shun Wah，Ann Toy等華人作家和大陸作家。

41 參見「Wordsville: Reading Writing Editing」一文：http://www.paulagrunseit.com/sydney-writers-festival-2011-liao-yiwu/

42 同上。

43 轉引自「Wordsville: Reading Writing Editing」一文：http://www.paulagrunseit.com/sydney-writers-festival-2011-liao-yiwu/ [為歐陽昱中譯]。

44 參見胡仄佳《各國作家相聚悉尼作家節》一文（2005-6-2）：http://wenxue.news365.com.cn/tgzg/200506/t20050603_526524.htm

45 目前似乎僅有李長磊在《英語知識》（2003年第7期10-11頁）上發表了一篇關於澳大利亞各藝術節情況的文章。

其他文學節

除了阿節、墨節和悉節之外，布里斯班文學節稍可一提。布里斯班是昆士蘭州首府。該節從1996年開始，至今已有十年歷史，但如果把其前身瓦拉那作家周（Warana Writers Week）也算進來的話，那就有三十多年歷史了。[46]正如作者卡洛爾・大衛森（Carol Davidson）所指出，作家節的出現與作品市場化有著直接關係。「由於圖書出版性質所出現的重大轉變」，「作家不再是幽居獨處者……而成為最有效的視覺銷售工具」。[47]文學節也不再僅僅訴諸于少數「精英」，而是面對普羅大眾。布里斯班作家節的一個重要特點，就是「讓人人都有所得」（offers something for everyone）。[48]此外，文學與旅遊結合，也是布節與其他文學節不同之處，如2001年的布節就得到了昆士蘭旅遊旅行公司（Queensland Tourist and Travel Corporation）的贊助。這樣一種大眾化傾向，導致該節把重點放在國內作家，僅邀請少數歐美作家，而極少邀請亞非作家。2004年布里斯班作家節在中國作家及海外華人作家方面大大地剃了一個光頭。唯一一位受邀的亞裔人士是Lien Yeomans。她系越裔澳大利亞人，是布里斯班很有名的一家餐館老闆，還出版過一本*Green Papaya: New Fruit*（《綠色番木瓜》）的書。[49]根據筆者手頭掌握的2003-2012年的布節情況，這個作家節幾乎年年剃光頭，沒有從中國（包括港澳臺）邀請過一名作家，不能不說是一個重大缺失，只在2003年邀請了澳大利亞

46 參見2001年布里斯班作家節網站介紹：http://www.brisinst.org.au/papers/davidson_carol_writers/print.html

47 同上。

48 同上。

49 參見布節2004年的節目單，全名為：THE WRITERS ARE IN TOWN BRISBANE WRITERS FESTIVAL, 原文點擊，即可查到。

的李存信，2005年和2007年邀請了加拿大華人小提琴家Terence Tam（譚加欣），2006年和2012年邀請了澳大利亞華人女作家方佳佳、英國華人女作家Sun Shuyun[50]和美籍華人作家裘小龍（Qiu Xiaolong），後二位最先均來自中國，2007年邀請了華裔作家陳志勇，2012年邀請了歐陽昱，2013年邀請了羅旭能和新加坡華人作家Kevin Kwan，等。[51]

2012年5月，筆者應邀參加了澳大利亞北方區作家協會舉辦的WordStorm（文字風暴）文學節。根據資料，這個文學節於1998年開始舉辦，重點放在土著作家和東南亞作家方面。[52]2012年就邀請了不少土著作家，以及來自新加坡的劇作家Verena Tay（鄭秀慧）和來自印尼的兩位華人作家（都不會說華語），即女作家Linda Christanty（琳達・克裡斯譚蒂）和80後新秀Yudhi Herwibowo（于迪・赫威博沃）。這個文學節的兩大亮點，就是土著作家和東南亞華裔作家。與他們同台討論，還是筆者來澳大利亞二十多年後的第一次。我雖然曾將土著詩人Lionel Fogarty（利昂賴爾・佛嘎蒂）的詩歌譯成中文，但與他同台還是第一次，這才發現，土著詩人對以白人為主流的澳大利亞社會，充滿了一種由衷的憤怒，會上多次出現他憤怒無邊，難以控制的場面。考慮到土著人的土地在二百多年前被白人剝奪，這是不難理解的。會前，我買了一本他的英文詩集。他在詩中寫道：「我們相信善良之光／我們誠實不欺，直到我們在拘禁中被發現黑死／210年了，我們被白人監禁。／就連我們的家、土地、天空和空氣，你們的法律傷害我們／我們高興的時候讓我們悲傷／給我們酒喝，把我們喝到極限……」。[53]

---

50 出版《萬里無雲》（Ten Thousand Miles without a Cloud）和《長征》（Long March）二書的作者。關於她的中文姓名，網上共有兩種譯法：孫淑芸和孫書雲。

51 由於布里斯班作家節網站雖有（http://bwf.org.au/），但過往資訊相較于其他文學節網站很難查找，本文的資料不太完整。

52 參見：http://www.ntwriters.com.au/index.php?option=com_content&task=view&id=25&Itemid=0

53 參見Lionel Fogarty, *New and Selected Poems*. Hyland House, 1995, p. 20.

前面提到的阿德萊德作家節、墨爾本作家節和悉尼作家節，雖然邀請作家很多，但局限很大，即受邀者基本來自英語世界，或者會說英語的作家。與筆者參加的2011年中國舉行的青海湖詩歌節相比，顯得並不國際化，因為該詩歌節除了英美等英語國家外，還邀請了來自巴基斯坦、希臘、伊朗、以色列、土耳其等國作家，從這一點來講是非常國際化的。我和印尼作家的見面應該是我有生以來第一次，兩位作家都用英文朗誦了他們自己的作品。記得於迪・赫威博沃在朗誦他的一個短篇時，還對美國作家梅爾維爾的《白鯨記》表現出不屑，認為他可以寫出比之更好的作品來。他還跟我提到他利用博客方式，在網上宣傳自己作品的做法。

除了澳大利亞主流社會主辦的各種文學節之外，澳大利亞華人也以同樣的方式，在中澳文學交流方面起到了重要的橋樑作用。墨爾本的楊錦華先生就是一例。他1991年創辦了中華國際藝術節。該節至1994年每年舉行，之後不定期舉行，一直到2006年。由於筆者不僅被邀，而且還參與了1994年中華國際藝術節的組織活動，當時邀請了不少澳大利亞海內外的中國作家、華人作家和臺灣作家，其中包括韓少功，【插圖05：1999年12月29日，歐陽昱在海口參觀《天涯》雜誌編輯部，與該刊主編韓少功和李少君等人晤面。】張賢亮、[54]黃源深、丁小琦、歐陽昱、徐家禎（C. C. Hsu）、賈佩琳、張志璋（James Chang）、夏祖麗（Julie Chang）等。[55]當時韓少功的一篇講話中關於「上帝在中國死得最死」的說法，至今尚有餘音迴響。[56]

它如後起之秀拜倫海灣作家節（Byron Bay Writers' Festival），【插圖11：歐陽昱當年7月參加澳大利亞拜倫海灣作家節簽名售書小照。】以及作為珀斯國際藝術節組成部分的作家周，等，也都發揮了文學節應有的作用，只是在對待中國文學方面，更為趨向保守封閉，無甚可提之處。

---

54 原定邀請王朔，但王朔藉故「很忙」而沒來。

55 張和夏系夫婦，是來自臺灣的作家，夏主要寫兒童文學，張則寫短篇小說和散文。筆者1995年開始翻譯的米勒長篇小說《祖先遊戲》，就是主要通過夏祖麗的協助，在臺灣找到麥田出版社出版的。

56 該說法已無查證，但活在筆者腦中。

據2007年11月1日星期四上網的2008年阿德萊德作家消息報導，已經邀請了26名國際作家和38名澳大利亞本地作家。其中既無來自中國的作家，也無華裔作家，澈底地剃了一個光頭，有愧於其「享譽全球」的美稱。[57]

附錄：澳大利亞三大作家節歷年邀請中國作家／華人、華裔作家一覽表[58]

受邀中國作家或華人華裔作家年代	阿德萊德作家節（1960起）	悉尼作家節（1996起）	墨爾本作家節（1986起）
1960-1971	無	無	無
1972	李光耀（新加坡）[謝絕參加]	無	無
1978	Ee Tiang Hong【余長豐】（馬來西亞）	無	無
1980	Lee Kok Liang（馬來西亞）	無	無
1980	楊憲益、戴乃迭（中國）	無	無
1982	憶明珠[I Min Chu]（中國）、湯婷婷[Maxine Hong Kingston]（美國）	無	無
1986	無	無	無
1987	無	無	Li Soucheng（中國）
1988	無	無	無

57 可參見該網站新聞：http://www.adelaidefestival.com.au/Show/Detail.aspx?p=5&c=9&id=8

58 此表已2007年為限，因後來資料難以獲取，只得中斷，一些片段的資料，已在前述註腳中注明，不另。

1989	無	無	湯婷婷[Maxine Hong Kingston]（美國）
1990	無	無	馮驥才（中國）
1992	無	無	芒克（中國）、歐陽昱（澳大利亞）、方向曙（澳大利亞）
1993	無	無	歐陽昱（澳大利亞）
1994	無	無	貝思・葉（澳大利亞）
1996	無	無	楊威廉（澳大利亞）
1997	無	歐陽昱、Mabel Lee[陳順妍]、趙川[Leslie Zhao]	
1998	無	無	Catherine Lim [林寶音]（新加坡）、Wayson Choy [崔偉森]、Kee Thuan Chye（馬來西亞）
1999	無	無	Adeline Yen Mah [馬嚴君玲]（新加坡／美國）
2000	無	無	阿琳・蔡、娜塔莎・邱（後易名為曹勵善）、洪振玉、廖秀美、黃貞才、歐陽昱
2001	無	於堅（中國）	無
2002	高博文、廖秀美、張思敏		Xinran [薛欣然]（英國）
2003	無	高博文、陳順妍]、Andy Quan [關嘉祥]、戴思傑、余華、遲子建（未成行）、馬健、歐陽昱、Annette Shun Wah [周瑞蘭]、娜塔莎・邱（後易名為曹勵善）、Ying Gilbert、Happy Ho	高博文

2004	Catherine Lim[林寶音]（新加坡）、歐陽昱[非正式邀請]【插圖07：歐陽昱參加2004年阿德萊德作家節，與南澳詩人Stephen Brock晤面。】	高博文、遲子建、周瑞蘭、Lee Lin Chin、William Chen（數學家）	無
2005		馬嚴君玲]（美國）、Andrew Lam、李存信、楊煉、友友、歐陽昱、周瑞蘭、	李存信
2006		Alvin Pang [馮啓明]（新加坡）、Kevin Chong（加拿大）、張思敏	吳帆、李存信
2007		陳志勇、Helen Liu Qiao [音：劉喬]（中國）、薛欣然、貝嶺（美國）、北島（美國）、Diane Wei Liang（英國）、Andy Ko、Jocelyn Chey [梅卓琳]、Cyril Wong（新加坡）、方佳佳、Madeleine Thien [瑪德琳・鄧]（加拿大）	Rebecca Chau、方佳佳、陳志勇、阿列克西絲・賴特

第五章 澳大利亞出版的中國文學英譯作品[1]

中國文學進入澳大利亞，除了通過雜誌、作家節或文學節、以及大中小學教學，主要的途徑還是出版。這大致有幾個方面。一是通過華人報紙直接出版。一是譯成英文，出版書籍或在書報雜誌或網路上發表。一是借助用英文寫作的華人華裔作家作品「二道販子」式地抵達英文讀者手中或借助澳大利亞英文作者作品「三道販子」式地抵達英文讀者手中。本章主要討論中國文學英譯本在澳大利亞的出版狀況，擬查明澳大利亞建國二百年多來有哪些中國文學作品被正式譯介，在澳大利亞出版，以及出版之後的銷售和接受情況。有鑑於此，中國文學經澳大利亞人英譯後在澳大利亞境外出版儘管不少，儘管可以順便提及，但不在本文討論之列。中國文學少量或小量地被翻譯發表在雜誌、文集中的情況，也不在本文討論之列。簡言之，本文僅討論中國文學英譯本由澳大利亞人翻譯、在澳大利亞的成書出版和流布情況。

空白期：1788年至1945年

這是一段相當長的歷史時期，總共有158年。其間，從1850年淘金開始，到1901年「白澳」政策作為正

1 本篇作者系歐陽昱。

式國策確定下來，澳大利亞對中國人有刻骨的感性認識，早已通過《公報》等一系列雜誌把中國人妖魔化並利用「白澳」政策試圖達到把中國人從澳大利亞澈底驅逐出去的險惡目的。澳大利亞文學中醜化中國、醜化中國人的作品也比比皆是。[2]儘管歷年的各種華人報紙很可能直接刊載了來自中國的文學作品，[3]儘管淘金時期曾一度達到四萬人之眾的廣東福建一帶華人很可能直接攜帶了中文文學作品，儘管在兩國之間來往的中國人和澳大利亞人很可能直接攜帶了從古至今的中文文學作品，但是，截至1945年，我們從任何文獻記錄上都看不到在澳大利亞出版的中國文學英譯本。某種意義上講，這個國家對中國文學的介紹與中國對澳大利亞文學的介紹有著類似的經歷。[4]

澳大利亞在中國文學的譯介出版上為什麼會出現如此長的空白呢？原因之一是由於中文和中國文學作為大學課程出現較遲，直到1950年代才逐漸開始授課。[5]許多著名的澳大利亞翻譯家和漢學家都是從六十年代以來接受的漢語語言文學教育，如陳順妍、雷金慶、白傑明（Geremie Barmé）、陶步思（Bruce Gordon Doar）等。其次是因為澳大利亞文化中很少給文學翻譯較高的地位。[6]時至今日，大學中的升遷仍不以文學

---

2 可參見歐陽昱，《表現他者：澳大利亞小說中的中國人：1888-1988》。北京：新華出版社，2000年。

3 根據Yu Lan Poon對早期澳大利亞華文報紙的研究文章，並未提及其是否涉及中國文學的發表情況。參見她的英文文章「The two-way mirror: contemporary issues as seen through the eyes of the Chinese language press, 1901-1911」（《雙向鏡面：華語報社眼睛中的當代問題》），原載*Minorities: cultural diversity in Sydney*（《少數民族：悉尼的文化多元化》）一書。悉尼：新南威爾士州立圖書館出版社，1995，pp. 50-65。

4 據筆者調研，中國對澳大利亞文學的譯介是在1950年代初開始的。參見Ouyang Yu（歐陽昱），*Bias: Offensively Chinese/Australian*（《偏見：澳華到討厭的地步》[墨爾本：原鄉出版社，2007]中「Chinese Reception of Australian Literature」（《澳大利亞文學在中國的接受情況》）一文，pp. 47-60。

5 根據雷金慶（Kam Louie）的調查，澳大利亞國立大學1953年才設立了該國「第一個中文教授職位」。參見其文《澳大利亞中國文學研究50年》（劉霓摘譯），原文英文標題是：「From Orientalists to Bent Bananas: Australasian Research in Chinese Literature in the Last 50 Years」，譯文原載《國外社會科學》2004年第4期，pp. 52-56。

6 我們從澳大利亞諸作家節很少安排翻譯節目就可見一斑。參見筆者關於文學節的一章。

翻譯的發表多寡為重要考慮因素就是一個明證。再次是澳大利亞屬英語國家，讀者可以依賴直接來自英國美國的中國文學譯作舶來品。還有一個原因也很重要，即由於澳大利亞國內翻譯地位的低下，沒有或少有出版機會，導致澳大利亞很多搞漢學者[7]只好把譯本拿到國外去出，如上述學者的譯作或論著很多都是在澳大利亞海外出版的。

孤本難成氣候：1944-1960

1944年，澳大利亞人R. Ormsby Martin（R・歐姆斯比・馬丁），又名白雲天（Bo Yün-tien），[8]在《米安津》（*Meanjin*）雜誌第二期推出了七首英譯的王維詩（pp. 97-8），[9]並於1946年以一本小書的出版，澈底改變了澳大利亞中國文學翻譯出版的空白局面，該書即*Shan Shui: Translations of Chinese Landscape Poems*（《山水：中國風景詩歌翻譯》），于1946年由米安津出版社出版。譯者白雲天曾在《米安津》（*Meanjin*）雜誌1940年第一期發表過關于《金瓶梅》的文章。期間還在該刊發表過一些中國古詩英譯，[10]顯見得是一個有心人，儘管他的名字不見經傳，甚至數年前在最新的澳大利亞文學門戶（Australian Literature Gateway）網站[11]上，

7 我有意不稱「漢學家」是因為，一是很多搞漢學的並到不了成「家」的地步，其次是中國有很多搞了一輩子西方文學的教授學者，從來也沒有在西方被人稱作「西學家」、「美[國]學家」或「英學家」，等。我們沒有必要崇洋到見搞漢學者必稱其為「家」的地步。

8 白雲天只是我的一種翻譯，很可能還有「薄雲天」的意思-筆者注。

9 其中除翟理斯（H. A. Giles）和W・J・B・弗萊徹（W. J. B. Fletcher）各一首外，其餘均為馬丁翻譯。

10 參見筆者關於澳大利亞文學雜誌的一章。

11 簡稱AustLit，在：http://www.austlit.edu.au/ 後來經筆者聯絡，才將他的細節放了上去。

也看不到有關他的片言隻語。整本書雖然只有六頁，是的，僅僅六頁，但包容量卻相當之大，譯介的詩人有陶潛、孟浩然、韋應物、李煜（四首）、溫庭筠、蘇軾、辛棄疾，等其他譯名難以對得上號的詩人，如Fu Hsüan，Weng Güan，Liu Deh-Jen，以及四位無名詩人，其中包括一位「contemporary poet」（當代詩人），總共十四名詩人十七首詩。年代跨度是西元217至十七世紀。

1946年，白雲天翻譯的六頁小書《山水：中國風景詩歌翻譯》出版之後，在十六年內保持了孤本記錄，算得上是澳大利亞中國文學翻譯史上空前絕後的「美」談，直到1960年，J・B・韓森-婁（J. B. Hanson-Lowe），一個來自英國的石油地質學家和文學愛好者，因在荷蘭海牙偶然發現一件散佚的中文手稿，看不到作者署名，後來根據標題猜測出自魯迅之手，又經一位華人朋友確認如此，才開始翻譯，終而在《米安津》1960年第三期發表了譯文《孔已己》（pp. 276-281）。

澳大利亞出版界的痼疾是，長期以來把中國文學譯介擱置一邊，令其成為個人興趣的產物，相比之下大大落後于英美。在學術界表現的特徵是有批評，無文本。最後導致澳大利亞漢學界把中國文學逼良為「材」，退化為文學批評這個「升遷」之道中的「炮灰」，更使之成為跟文學不沾邊的一種特別學科，如漢學或政治學，其典型代表是白傑明。本文下麵將要談到。

該書1946年出版之後，整個澳大利亞國內在1946-1960年的十六年歷史時期內，沒有出版過一本中國文學方面的任何英譯本，詩歌沒有，小說沒有，戲劇沒有，任何方面都沒有，令人齒冷。[12]當然，韓森-婁早在《米安津》1955年第二期就專文介紹了魯迅的生平及其作品《阿Q正傳》，[13]發表了很有見地的看法，認

12 有一本書粗看之下可能會使人以為是中國文學的英文譯本。這就是1968年澳大利亞出版的一本奇書，名叫*Three Persons Make a Tiger*（《三人成虎》）。前面已有介紹，不另。

13 其所依據的譯本是北京外文出版社出版的*The True Story of Ah Q*。同上，第208頁。

為該作不像「馮雪峰同志」（p. 213）所認為的那樣，是「從政治辯論家的角度，揭露宗族制度的陋習」（p. 213），而是一部「具有高度獨創性的文學作品」，根本不是什麼「革命或無產階級實用文學的樣板」（p. 213），完全與共產主義無關（p. 208）。[14]

其間，除了在澳大利亞之外出版了悉尼大學教授A・R・大衛斯1962年編輯的*The Penguin Book of Chinese Verse*（《企鵝中國詩歌集》）之外，澳大利亞國內僅出版過三本半有關中國文學的評論書籍，如1967年Margaret Tudor South（瑪格麗特・都鐸・騷塞）撰寫的關於李賀的一本傳記研究，*Li Ho, A Scholar Official of the Yüan-ho Period (806-817)*（《李賀：元和時期（806-817）的官吏學者》），[15]1979年出版的Richard John Lynn（理查・約翰・林）編撰的*Chinese Literature: A Draft Bibliography in Western European Languages*（《中國文學：歐洲語言編目草案》）和1981年坎培拉出版的Donald Daniel Leslie（唐納德・丹尼爾・勒斯裡）關於中國回族文學的專論，題為*Islamic Literature in Chinese, Late Ming and Early Ch'ing: Books, Authors, and Associates*（《明末清初的漢文伊斯蘭文學：書籍，作者和相關人物》）。[16]據一篇書評稱，該書的「價值在於提供了目錄學和傳記方面的資訊」，與文學文本之翻譯並無關係。[17]還可加上邱垂亮的「半本書」，即他研究「文革」的專著*Maoist in Action: the cultural revolution*（《毛主義在行動：文化革命》），其中有若干章節觸及了解放以來文壇的一些重

---

14 《米安津》倒是在六十年代末以「太平洋指向標」（Pacific Signposts）為總題，發表了一系列探討澳亞關係（包括澳中關係）的政論性文章。可參見1969年第一、二、三、四期的四篇文章和1971年第一期的一篇關於澳中關係的長文。

15 該書頗厚，有495頁，但很不正規，既無正式版權頁，又無書號，甚至都沒有注明由哪家出版社出版，只在封面底部標有「南澳圖書館董事會」字樣，有點像中國當年的「內部發行」資料。細看之下才發現，它其實是作者提交給澳大利亞國立大學的博士論文列印本。

16 該書出版社是坎培拉高等教育學院-筆者注。

17 參見Barbara L. K. Pillsbury（芭芭拉・L・K・皮爾斯伯裡）的書評文章，原載*Journal of Asian Studies*（《亞洲研究雜誌》）第43卷，第1期，p. 136。

大問題，如俞平伯的《紅樓夢研究》，丁玲和馮雪峰等人在「反右」鬥爭，周揚和鄧拓等人在「文革」中受到的衝擊，[18]並提到了鄧拓、吳晗、廖沫沙等人的「反毛」著作，如《海瑞罷官》，《謝瑤環》和《燕山夜話》等。[19]但存在的還是同一個問題，即有批評，無英譯文本。誰也無從知道這些原始漢語文本裡面究竟講的什麼。這是澳大利亞介紹中國文學方面的一個重大缺憾。至今仍無太大改善。

澳大利亞的改革開放：1976-2007

「改革開放」一詞是中國特產，用在澳大利亞似乎不太合適。實際情況是，澳大利亞自1972年以來，也在走「改革開放」之路，其開放主要針對亞洲和中國，而改革則以經濟為主，重點是向中國推出自己的美好形象，如由政府資助，在中國各地成立澳大利亞研究中心，定期舉辦澳大利亞電影周，以及Creative Australia（創造澳大利亞）這樣的文化活動。自1950年代初期開展大學中國語言文學教育以來，澳大利亞也產生了自己的翻譯人才。其中之一是在澳大利亞出生，現在愛丁堡大學當中國文學教授的Bonnie S. McDougall（杜博妮）。她用英文譯介的作家有魯迅、許廣平、北島和王安憶，[20]是最早翻譯當代中國作家的人。1976年，昆士蘭大學領頭在澳大利亞推出了一個「亞太寫作系列」（Asian and Pacific Writing Series）。該系列雄心勃勃，頗有氣勢，具有少見的眼光和願景。正如編者邁克爾・懷爾丁（Michael Wilding）和哈裡・艾弗林（Harry

18 邱垂亮（C. L. Chiou）的「半本書」，即他研究「文革」的專著*Maoist in Action: the cultural revolution*（《毛主義在行動：文化革命》）。昆士蘭大學出版社，1974，pp. 36-7。

19 同上，p. 37。

20 有合譯也有獨譯。參見其個人網站介紹：http://ihome.cuhk.edu.hk/~b110656/

Aveling）在杜博妮翻譯的何其芳詩選前言中所說，出版這個系列的初衷是為了向英語讀者介紹「世界上某些最令人興奮，也最具活力的新文學」，[21]也即那些存在於「歐洲，蘇聯和美國文化圈之外」的文學。[22]這個系列「決心打破妨礙文學交流的語言和其他障礙。」[23]這顯然是一個好兆頭。該系列隨之推出了當代印尼詩歌、新幾內亞黑人詩歌、印度小說，以及何其芳的英譯作品。杜博妮編譯的*Paths in Dreams: Selected Prose and Poetry of Ho Ch'i-fang*（《夢中道路：何其芳詩文選》）原是她的博士論文。她在該書對何其芳的身世和創作經歷有長達25頁的詳細介紹，最後指出，毛澤東1942年的「延座講話」是何其芳的「最後轉捩點」（p. 28），從此他成為一名「黨閥和學閥」（p. 28）。為此，所選詩文僅到1942年為止。有關其後創作生涯的材料均收在書後的文獻書目中。[24]書的末尾，杜博妮專門寫了一篇題為《何其芳的文學成就》的文章，但該篇更多地集中在何其芳創作所受的中外影響及其創作主題的變化，對「成就」幾乎未提一字。[25]

另一位翻譯當代中國文學的是Christine Liao博士[26]。她于1982年在墨爾本大學作完博士論文《卞之琳與艾青》之後，[27]翌年編輯出版了1946年以來澳大利亞第一部中國文學（也是當代中國文學）選集。這部題為*The Fontana Collection of Modern Chinese Writing*（《豐塔納現代中國作品集》）的詩文集，展示了文革之後一些

21 邁克爾・懷爾丁（Michael Wilding）及哈裡・艾弗林（Harry Aveling），原載杜博妮（編譯）*Paths in Dreams: Selected Prose and Poetry of Ho Ch'i-fang*（《夢中道路：何其芳詩文選》）。昆士蘭大學出版社：1976，p. xi。

22 同上，同頁。

23 同上，同頁。

24 杜博妮（編譯）*Paths in Dreams: Selected Prose and Poetry of Ho Ch'i-fang*（《夢中道路：何其芳詩文選》）。昆士蘭大學出版社：1976，p. 28。

25 同上，參見該文，pp. 223-232。

26 有人稱其中文名字是「伊麗絲」。參見周發祥的網上文章《英語世界裡的卞之琳》注6：http://www.literature.org.cn/Article.asp?ID=1480

27 同上，注7。

重要作家的作品，其中有吉學霈、蔣子龍、李惠文、劉富道、馬拉沁夫、諶容、孫玉春、王蒙、張林等的短篇小說和艾青、舒婷和黃永玉等的詩歌。[28]從內容介紹中可以看到，該書出版得到中方大力支持，一是有北京中國文學出版社的協助，一是在選擇文本方面得到了楊憲益和戴乃迭，以及*Chinese Literature*（《中國文學》）雜誌職員的幫助。據有關伊麗絲博士背景的介紹說，她在此前（1983年前）曾三度去中國，在澳中理事會當過口譯員，認識很多中國的大出版商和學者，「逐漸意識到最近的中國作品英譯本很缺乏」。[29]據她本人在前言中透露，她編輯此書之目的主要是因為，「過去五年中，中國的文學出版經歷了一場前所未有的崛起……，但如此豐富的材料卻在很大程度上未向英語世界提供，因為很少譯成英文，更鮮有在海外發表。」[30]她還在前言中提到了周恩來1979年（實際上1961年就已發表）要求放鬆對寫作控制的講話（p. 12）並大段引用了巴金借1979年文學獎頒獎之機關於應讓作家以自己生活為基礎而寫作的話。（p. 11）她還注意到，在中國，「文學和政治密切相關」。（p. 13），但「過去四、五年中出現的各種不同作品相對直言不諱，對社會進行批評和評判，使這個時期成為中國文學一個相當重要的時期」，為將來展示了很好的兆頭。[31]

緊接著，1985年，澳大利亞另一家小出版社[32]Red Rooster Press（紅公雞出版社）出版了一部三位當代中國女作家的短篇小說集，*A Wind Across the Grass*（《吹過草原的風》）。三位作家分別是Han Zi [疑為菡子]

---

28 該書1983年由The Dominion Press-Hedges & Bell出版社在澳大利亞墨爾本出版。譯成英文的作品有：吉學霈《兩個隊長》，蔣子龍《一個工廠秘書的日記》，李惠文《一張佈告》，劉富道《南湖月》，馬拉沁夫《活佛的故事》，諶容《人到中年》，孫玉春《酒後吐真言》，王蒙《說客盈門》，張林《陌生人》，艾青《古羅馬的大鬥技場》，《燒荒》，《死的墓碑》，《回音》，《希望》，《山風》，《酒》，《牆》，舒婷《祖國，啊，我親愛的祖國》，《這也是一切》，《致橡樹》和黃永玉《比味精鮮一百倍》等。

29 同上，參見首頁的編者介紹。

30 同上，p.9。

31 同上，p.14。

32 順便指出一下，在澳大利亞，中國文學的出版基本與大出版社無緣。

（五篇），宗璞（五篇）和王小鷹（四篇）。該書編輯是澳大利亞作家Hugh Anderson（休・安德森）。在此之前，他也去過中國三次，第一次不詳，第二次是1981年，第三次是1983年。這三次訪華使編者加深了對當今中國和中國文學的認識，遂利用澳中理事會等資源邀約了一批譯者（共四名中國人，含一名澳大利亞人）編譯了此書。從安德森的長篇引言中可以看到，他對中國現當代文學頗有瞭解，幾乎所有重要人物都提到了，如魯迅、巴金、郭沫若、老舍、楊沫、趙樹理、周立波，以及批評家胡風等，還提到了毛澤東的延安文藝座談會上的講話及其對文藝的「深刻影響」。[33]他在談到中國文學不為世界所知時，道出了兩個重要原因。一是因為「中國人寫的任何東西都被斥為革命文學，與歷史和思想鬥爭緊密相關」。[34]二是因為中國文學常被人們「貼上錯誤的標籤」，認為「說教性過強，缺乏洞見和深刻的人物性格」。[35]不過，他本人認為當代中國文學對世界的看法「並不一定低劣」，其「文學標準和藝術表現力」也還「尚可」。[36]在引言的結尾，他不無憂慮地提到1978年召開的第三屆全國黨代會和1982年王任重在全國作協上關於文藝家必須以共產黨思想教育人們的講話，指出這實際上是在重複「延座」的基本問題。[37]

這個選本受中國作家的影響是很明顯的。選本打頭的文章就是溫小玉的前言（英譯本）。這是她1982年10月參加澳大利亞婦女藝術節上幾篇發言之一。其中，她介紹了自1976年粉碎「四人幫」以來中國文學取得的「重要進展」，並強調指出，進展最大的是小說，特別是出自女作家筆下的小說。[38]在湧現出的一批新作

33 參見Hugh Anderson（休・安德森）的前言，原載*A Wind Across the Grass*（《吹過草原的風》）。Ascot Vale, Vic: Red Rooster Press, 1985, p. xx。

34 同上，p. xiii。

35 同上。

36 同上。

37 同上，p. xxx。

38 參見溫小玉前言，p. vii。

家中，她提到了老作家謝冰瑩、丁玲、韋君宜、Cao Ming和Han Zi、[39]茹志鵑、劉真、黃宗英和馮宗璞，以及後起之秀諶容、張潔和張抗抗。前言結尾認為，中國的虛構小說「將繼續繁榮」，與安德森的引言形成鮮明對照。[40]

1989年，澳大利亞學者白傑明英文翻譯的楊絳散文集《幹校六記》（英譯標題*Lost in the Crowd*，意為《失落在人眾中》）由墨爾本的McPhee Gribble出版社出版。這代表著澳大利亞漢學界或曰譯壇對當代中國文學另一面的切入。依舊是女性文學，但卻是以非小說形式反映文革時期的文學，標誌著澳大利亞中國文學英譯政治化的初露端倪。為何白傑明在眾多中國文學作品中單挑楊絳？是他獨具慧眼，還是別有用心？看一看他的翻譯簡史，就可略知一二。白傑明是澳大利亞國立大學中國歷史教授，1974年在澳大利亞國立大學拿到學士學位，1978年在遼寧大學拿到一個證書，還曾在復旦大學學過中文，1989年在澳大利亞國立大學拿到博士學位，博士論文是關於豐子愷的，題為*Feng Zikai : a biographical and critical study, 1898-1975*［《豐子愷傳記及批評研究：1898-1975》］。[41]他出道很早，1977年就編譯過Chi Hsin的一本書，名叫*The Case of the Gang of Four*（《四人幫之案例》）（香港天地圖書公司出版）。隨後所翻譯的書均在澳大利亞海外出版，逐個例舉如下：*Lazy Dragon: Chinese Stories from the Ming Dynasty*［《懶龍：明代中國故事》］（楊憲益、戴乃迭譯，白傑明編，香港Joint Publications出版社1981年出版）。Chi Hsin（齊辛）的*The Case of the Gang of Four*［《鄧小平政治傳記》］（編譯，香港天地圖書公司1978年出版）。*Woodblock Prints of War-time China*［《戰時中國木刻》］（香

39 疑為菡子。

40 同上，p.x。

41 白氏2002年在伯克利的加州大學出版社出版的一本書估計是基於其論文，其標題是*An Artistic Exile, a Life of Feng Zikai* (1898-1975)（《藝術的放逐：豐子愷（1898-1975）傳》）。

港天地圖書公司1978年出版）。Qi Xin（齊辛）[42]的*China's New Democracy*［《中國新民主》］（白傑明與Bennett Lee合編，香港天地圖書公司1979年出版）。*The Wounded: Stories from the Cultural Revolution, 1977-78*［《傷痕：文革故事，1977-1978》］（白傑明與Bennett Lee合選合譯，香港Joint Publications出版社1979年出版）。楊絳的*A Cadre School Life: Six Chapters*［《幹校六記》］（香港Joint Publications出版社1982年出版）。*Fragrant Weeds—Chinese short stories once labeled as ⊠poisonous weeds』*［《香草：一度被貼以「毒草」標籤的中國短篇小說》］（白傑明與Bennett Lee合譯，香港Joint Publications出版社1983年出版）。巴金的*Random Thoughts*［《隨想錄》］（香港Joint Publications出版社1984年出版）。吳祖光的*The Three Beatings of Tao Sanchun, or ⊠A Shrew Untamed』*［《三打陶三春或曰悍婦未馴》］（白傑明與Bennett Lee合選合譯，香港Joint Publications出版社1979年出版）。以及上面所談到的1989年墨爾本出版的英譯楊絳散文集《幹校六記》修訂版。

之所以如此不厭其詳地列舉白氏發表軌跡，是想指出一點，即從他的前期出版物（包括他的博士論文）中，不難看出他早期呈現的對中國古代文學和現代文學的愛好，很快就演變成了對當代中國文學中政治旨趣的特殊偏好。這在他其後與人合作編譯的兩本書中表現得尤為突出，一是*Seeds of Fire: Chinese voices of Conscience*（《火種：中國的良心之音》）（與閔福德合編合譯，英國：Bloodaxe Books 1989年出版），一是*New Ghosts, Old Dreams: Chinese Rebel Voices*（《新鬼舊夢：中國反叛者的聲音》）（與賈佩琳合編，紐約Times Books 1992年出版）。兩書均搜集了中國持政治異見者的文本，其中包括方勵之、北島、魏京生、楊煉、江河、崔健（《火種》）、馮驥才、劉曉波、戴晴、柏楊、王朔、何新、劉心武、劉亞洲、柯雲路、阿城、多多（《新鬼舊夢》），等。白傑明在《新鬼舊夢：中國反叛者的聲音》引言中說，該書把重點放在「1980年代後期

[42] Chi Hsin或Qi Xin，都是香港《七十年代》和後期的《九十年代》的主編李怡的筆名。這個資料由白傑明（Geremie Barme）提供，特此鳴謝。

形成中國城市生活眾聲喧嘩的不滿之聲，抗議之聲，以及失望之音」上，其主題之一就是對歷史進行「回收」。[43]一篇關於該書的書評指出，該書最大的短處在於，它「不是下手過重，墮入一種傾向性過強的地步，就是簡單化到令人生疑的地步」。[44]不僅如此，書評者的推薦話語也表現了這類作品非關文學，而只是「學者」研究的材料，如他在該文最後一段話中所說：「《新鬼》是一部重要作品，值得參與當代中國研究的所有學者閱讀。」[45]這與為《新鬼》一書寫前言的Andrew J. Nathan（安德魯・J・南森）不是文學教授，而是哥倫比亞大學政治學系教授一樣，有著異曲同工之妙。[46]當代西方搞漢學的（包括澳大利亞搞漢學的），醉翁之意不在文學而在政治，早已不是什麼祕密了。

對上述這類東西，筆者向以政治火藥味太濃而拒讀，這是寫作此文之前筆者為何知其出版而從未閱讀的主要原因。其次，筆者以為，如果一個國家的文學是以它是否反對執政黨而來決定翻譯與否，其文學價值就頗值得懷疑。若按白氏理論，我們這些向中國讀者譯介澳大利亞文學的翻譯工作者就應該像1950年代中國譯壇所作的那樣，僅翻譯共產黨作家的作品或僅翻譯對澳大利亞現實表現出仇恨或不滿，甚至號召推翻現政府的作品了。無怪乎一位對白傑明有所瞭解的當代中國詩人在看過他主持拍攝的紀錄片《天安門》之後驚歎道：「白傑明對中國的態度是一致的，那就是站在西方文化人的角度，對一個古老而非西方文明系統的國家在今天發生的事情持完全否定的觀點。」[47]平心而論，這應該是一個比較中肯的評價。

43 參見白傑明在該書中的引言，原載白傑明、賈佩琳《新鬼舊夢：中國反叛者的聲音》。紐約：Times Books，1992，p. xvi。

44 參見Philip F. Williams（菲力浦・F・威廉斯）的書評，原載*The Australian Journal of Chinese Affairs*（《澳中》）第30期，p. 174。

45 同上。

46 參見Andrew J. Nathan（安德魯・J・南森）前言，原載白傑明、賈佩琳《新鬼舊夢：中國反叛者的聲音》。紐約：Times Books，1992。

47 參見孫文波《名詞解釋—白傑明》一文：http://sunwenbo.tianyablog.com/blogger/post_show.asp?BlogID=147809&PostID=2172014&idWriter=0&Key=0

不過，澳大利亞翻譯研究中國文學的學者並非都像白傑明這樣政治化到令人厭惡的地步。有一些，像馬克林和雷金慶，他們把研究和翻譯結合在一起。另外一些，如陳順妍，則不僅始終立足于翻譯，而且建立出版社，以傳承中國文學為己任，為中國文學進入澳大利亞，擴大讀者群而進行了不懈的努力。還有一些，如歐陽昱、陶乃侃、托尼・普林斯和裴希敏[48]等，都在翻譯古代或當代詩歌小說方面做出了應有的貢獻。陳順妍最早於1984年與潘孜捷一起成立了Wild Peony（野牡丹）出版社，主要出版中文教科書，最早出版的一本書是*Putonghua: A Practical Course in Spoken Chinese*（《普通話：漢語口語實際教程》）（1984）。自1988年悉尼大學東亞系列創辦之後，野牡丹出版社一直靠有關各國資助，出版該系列的書籍，其中資助國（含地區）有日本、朝鮮、臺灣、挪威，奧地利和新加坡，出版的第一本書是日本詩人Kaneko Mitsuharu（金子光晴）的自傳（1988）。[49] 1990年，該社出版了第一本中文譯詩集，即楊煉的*Masks and Crocodile: a Contemporary Chinese Poet and His Poetry*《面具和鱷魚：一個當代中國詩人及其詩歌》（陳順妍翻譯），開創了澳大利亞華人利用自己力量翻譯出版中國詩人之先河。自此之後便一發不可收拾，陸續出版了其他中國文學翻譯作品，如Anne McLaren（安妮・麥克拉倫）翻譯介紹的明代故事集，*The Chinese Femme Fatale: Short Stories of the Ming Period*（《中國妖女：明代短篇小說集》，1994）；Maria Galikowski（瑪麗婭・嘎黎科斯基）和Lin Min（林敏）翻譯的「*Variations without a Theme*」*and Other Stories by Xu Xing*（《徐星的「無主題變奏」及其他故事》，1997）；陶乃侃和Tony Prince（托尼・普林斯）編譯的*Eight Contemporary Chinese Poets*（《八個當代中國詩人》，2006），全面介紹了楊煉、江河、韓冬、于堅、翟永明、張真、西川和海子等人的詩歌。除此之外，該社

48 他英文翻譯的池子建小說集2004年由悉尼的詹姆斯・喬伊絲出版社出版，標題是*Figments of the Supernatural*（《超自然物》），其中搜集了池子建的六個短篇小說。

49 根據陳順妍與筆者電子郵件通訊（15/8/2007）。

還出版了漢語文學教科書，如A・D・希羅孔姆拉-斯特凡諾斯卡（A. D. Syrokomla-Stefanowska）和畢熙燕合編的*A Classical Chinese Reader*（《古典中國文學讀本》，1996），其中粹集了《孟子》、《韓非子》、《孔子家語》、《大學》、《晏子春秋》、《列子》、《荀子》、《莊子》、《公孫龍子》、《論語》、《老子》和《左傳》等名篇，並配以詳細的英文注解。野牡丹出版社還出版了不少中國文學評論集（英語），如雷金慶探討1978年後當代中國文學的*Between Fact and Fiction*（《事實和虛構之間》，1989），其中涉及的作家有劉心武、李劍、蔣子龍和阿城等，討論了「Exposure Literature」（暴露文學），[50]愛情小說和知青文學等。又如蕭虹的*The Virtue of Yin: Studies on Chinese Women*（《陰本善：中國婦女研究》，1994）等。

值得指出的是，上述課本的出版得到蔣經國基金會贊助，瑪麗婭・嘎黎科斯基和林敏翻譯的書得到新西蘭懷卡托大學的贊助，安妮・麥克拉倫（Anne McLaren）的書得到La Trobe大學出版贊助，蕭虹的書則得到悉尼大學的出版贊助。由此看來，中國文學要想在海外得到更大的拓展，沒有中國政府直接資助是不大可能的。迄今為止，這種資助在澳大利亞尚未見到。不能不說是一大遺憾。[51]

除此之外，野牡丹出版社還出版了澳華藝術家的英文畫冊，以及澳華作家的英文作品，如生於1915年的悉尼大學老學者劉渭平的自傳*Drifting Clouds: Between China and Australia*（《中澳間飄蕩的浮雲》）（2002）；歐陽昱的英文詩集*Songs of the Last Chinese Poet*（《最後一個中國詩人的歌》）（1997）和*Two Hearts, Two Tongues and Rain-colored Eyes*（《雙心，雙舌和雨色的眼睛》）（2002）和澳華詩人潘孜捷的英文散文詩集*Vostock and This Could Have Happened to You*（《沃斯托克而這也可能發生在你身上》）（2002）。

---

50 雷金慶，*Between Fact and Fiction*（《事實和虛構之間》。Sydney: Wild Peony, 1989, Contents。

51 澳大利亞政府在這方面做得不錯，每年通過the Australia Council（澳大利亞理事會），以及其他基金組織，資助國外的出版社發表出版澳大利亞作品的譯文。

特別值得一提的是，陳順妍不僅身體力行地翻譯出版海內外中國文學，還以她出色的譯筆為世界文學輸送了一位文壇巨人：2000年榮獲諾貝爾文學獎的高行健先生。儘管「中國作家協會有關負責人在接受新華社記者採訪時說，中國有許多舉世矚目的優秀文學作品和文學家，諾貝爾文學獎評委會對此並不瞭解。看來，諾貝爾文學獎此舉不是從文學角度評選，而是有其政治標準。這表明，諾貝爾文學獎實質上已被用於政治目的，失去了權威性，」[52]高行健作品的英文翻譯沒有出在世界任何一個其他國家，包括英國，而主要出在香港和澳大利亞，從一個側面說明陳順妍的英譯是過得硬的，得到世界譯壇認可的並值得澳大利亞為之驕傲的。[53]2001年，陳順妍因翻譯高行健的《靈山》而獲得首屆新南威爾士州總督文學翻譯獎，得到社區關係委員會主席Stepan Kerkyasharian（史蒂芬・克卡雅沙利昂）的高度讚揚。他在授獎詞中說，「陳順妍女士在沒有任何資助的情況下，花了七年時間翻譯高行健的《靈山》，因為她相信這位元作者及其作品的價值。其後她又花了兩年時間尋找出版社。原作半年之後獲得諾貝爾文學獎，她的努力終於如願以償，其英文譯作因其自身價值在全世界都很熱門，」「不僅使這位元諾貝爾獎獲得者的作品在整個英語世界流布，而且也讓澳大利亞讀者瞥見了一種文化的『另類性』，這個文化在地理位置和政治上對我們這個國家來說都很重要。」[54]是次評委報告中還說，該書描寫的「大自然、河流、湖泊、森林和山巒、廟宇、寺院和亭閣等妙不可言，回味無窮。這是向英語世界提供的帶有各種不同文化特色的現代中國寫作。」[55]值得注意的是，評委報告中並未提及政治因素，而陳順妍的獲獎，也把澳大利亞的文學翻譯活動提到了議事日程上來。正如克卡雅沙

52 參見「Gao Xingjian Receives 2000 Nobel Prize in Literature」（October 12, 2000）：http://www.isop.ucla.edu/eas/documents/2000Nobel.htm

53 其香港譯者是Gilbert C. F. Fong（方梓勳）-筆者注。

54 參見Media Releases: Translation now an honoured literary skill（May 14, 2001）（《新聞發佈：翻譯現已成為受人一門尊重的文學技藝》）：http://www.crc.nsw.gov.au/press/2001/translationaward.htm

55 同上。

利昂先生所說，「翻譯是我們這個國家最不受重視的職業之一，但從經濟上來講，又是最有價值的職業之一。」[56]當然，主席先生和評委報告中使用諸如「另類」、「政治」、「經濟」等詞，而絕口不提中國作為文化和文學大國的重要性，說明澳大利亞對中國文學的接受還有相當長的路要走。

澳大利亞出版中國文學作品方面有一個重要特點，即比較注意推介原籍中國，現住澳大利亞的澳籍中國作家的作品，至於他們原在中國是否有很高的文學地位則不太計較。上述歐陽昱是一個例子。[57]其他二例是丁小琦和桑曄。丁小琦1990年來澳。來澳前在中國僅有一部短篇小說集出版，即《女兒樓》（作家出版社，1986），1985年的一部同名電影還是根據其中的《女兒樓》文本改編的。剛來澳時尚有動作，連續發表並展演了兩出劇本，《天堂之門》（1991）和《告別昨天》（1992），但後來基本棄文從商，不再見有大的表現。丁的《女兒樓》經裴開瑞）和Cathy Silber（凱西・錫爾伯）英譯之後，英文標題是*Maiden Home*，在1993-1994的短短兩年間，先後在澳大利亞、新西蘭和美國出版了三種版本。還于1996年出版了荷蘭文版。取得了不錯的業績。桑曄1987年去國之前曾與張欣欣合寫過一本名聲很叫響的《北京人：一百個中國人的自述》（上海文藝出版社，1985），首開中國口述筆錄文學之先河，但受美國作家Studs Terkel（斯塔斯・特克爾）影響很深。[58]來澳後，桑曄繼續其口述筆錄的創作方式，二十年內出版了三本書，即*The Finish Line: A Long March by Bicycle through China and Australia*（《終點線：騎自行車跨越中國和澳大利亞的長征》），昆士蘭大學出版社，1994），*The Year the Dragon Came*（《龍來的這一年》，昆士蘭大學出版社，1996）和*China Candid: The People on the People's Republic*（《直白中國：人民談人民共和國》加州大學出版社，2006）。所有這些書籍

---

56 同上。

57 歐陽昱1991年4月去國之時，僅在《飛天》發表過一首詩並有一部譯著由灕江出版社接受出版。

58 參見網上文章：http://www.white-collar.net/wx_hsz/xiandai/dd_99016.htm

均由桑曄用中文書寫，然後由澳大利亞作家如周思、賈佩琳和白傑明等翻譯編寫，但奇怪的是，這些編譯者幾乎無一例外地隱姓埋名，不讓譯者身分暴露在書的封面。[59]其實道理很簡單，其所基於的是西方人不重翻譯作品而重直接用英文寫作作品的市場原則。[60]桑曄與其他澳華作家還有一個重大的區別，即他生活在澳大利亞，但卻「不寫任何澳大利亞人」。[61]暨南大學把桑曄作品放在課程上時介紹說，他「決不認同當地文化」，[62]其實是不對的。桑曄不僅同一位有十六分之一華人血統的澳大利亞女性結婚生女定居在澳大利亞，而且所寫作品均涉及澳中兩國文化和文學，是在澳大利亞宣傳中國文化、在中國宣傳澳大利亞文化的一個中堅分子。[63]

除陳順妍外，集翻譯和出版于一體的還有歐陽昱。自1994年下半年與他人組建澳大利亞首家華文文學雜誌《原鄉》以來，[64]歐陽昱在1995年曾與蒙納希大學中文教授家博合作翻譯了中國兩位元作家的作品，即劉觀德的《我的財富在澳洲》和皇甫君的《澳大利亞：美麗的謊言》，合成一集於1996年出版，題為

59 查遍亞馬遜英文網站關於《中國直白》一書的介紹，也看不到該書編者白傑明和Miriam Lang是否參與翻譯的任何介紹。參見該網站網址：http://www.amazon.com/China-Candid-People-Peoples-Republic/dp/0520245148

60 很多前大陸人所寫的英文作品採取的都是這種方式，如薛欣然的*The Good Women of China: Hidden Voices*（《中國的好女人：隱藏的聲音》，Anchor，2003）也是找不到任何關於譯者的文字介紹。參見該網站網址：http://www.amazon.com/Good-Women-China-Hidden-Voices/dp/1400030803 關於這種現象，還可參見歐陽昱網上文章，《告別漢語——二十一世紀新華人的出路？》：http://www.xys.org/xys/magazine/GB/2003/xys0310.txt

61 參見「暨南大學中國現代文學精品課程」介紹，在該網頁底部：http://jpkc.jnu.edu.cn/2007/zgxdwx/main/jcjs/62.htm

62 同上。

63 可參見其由白傑明翻譯的文章，「Ghost Record, Yappa and His River」（《錄鬼簿、雅帕及其雅帕河》），原載*Writing Home: Chinese Australian Perspectives*（《家信：澳中視角》），Jacqueline Lo（羅美麗）編輯。坎培拉：亞太地區史分部南亞流散華人中心出版，2000年，pp. 8-13。

64 原始組建人為歐陽昱，丁小琦和孫浩良。從第二期起，丁孫二人不再參與，均由歐陽昱一人在其他朋友協助下進行至今筆者注。

Bitter Peaches（《苦桃李》）。這與前面介紹過的現象有類似的地方。也就是無論作品是否有很高的文學價值，作家是否知名度很高，但因其「稀」而「貴」，因此被介紹進來。歐陽昱又於2002年以《原鄉》第八期推出了一期當代中國詩人英譯特刊，題為*In Your Face: Contemporary Chinese Poetry in English Translation*（《砸你的臉：當代中國詩歌英譯》），介紹了71位當代中國詩人共118首詩歌，其中收錄的詩人最早出生的為牛漢（1923），最晚有八十年代出生的，也有生活在海外的，包括臺灣、日本、澳大利亞、比利時等。[65]該詩集不以名聲為重，而以文本品質為髓，第一次向澳大利亞和西方世界亮出了當代中國最新的一塊詩牌：民間詩歌和「下半身」，成為2004年丹麥詩歌節的重要肇端，[66]其中不少詩歌在成集出版之前就已在澳大利亞、英國、美國和加拿大的文學雜誌上發表，有的詩還被選入電影。[67]這一詩集標題之所以帶有濃重的火藥味，也是事出有因。由於澳大利亞長期以來對來自中國的文學進行政治化，導致很多好的作品得不到出版。筆者早在1990年代後期就產生了翻譯出版一本中國當代詩歌選集的想法，找遍澳大利亞的出版社都得不到任何回音，有回音的也以各種理由加以拒絕，無非是沒有市場或沒有興趣。最後只能通過自己掏錢加上朋友贊助

---

65 在此之前，歐陽昱已翻譯並發表了于堅、伊沙和楊邪的詩。該詩集除了這三位之外，還有阿斐、阿堅、柏樺、車前子、陳大超、代薇、海子、韓東、杜家祁、非亞、海上、何小竹、侯馬、胡哲、黃金明、黃翔、吉木朗格、賈薇、晶晶白骨精、李紅旗、黎明鵬、淩越、陸億敏、呂約、羅門、魯若迪基、馬非、馬世聚、麥城、牛漢、歐陽昱（自譯）、歐陽江河、秦巴子、盤妙彬、任曉雯、沈浩波、盛興、石光華、施小軍、宋烈毅、宋耀珍、宋曉賢、孫文波、唐欣、田原、王家新、王順健、王小妮、王曉漁、西渡、小安、徐江、嚴力、岩鷹、楊鍵、楊克、尹麗川、于奎潮、余怒、藏棣、張洪波、張敏華、章平、張曙光、張又公、張子選、中島、朱劍等。

66 該詩歌節原定於2003年舉行，因「非典」而推遲至次年，於2004年4月20至30號在丹麥各地舉行，邀請了6位大陸詩人，即沈浩波，尹麗川，翟永明，盛興，於堅和西川和4位海外華人詩人，北島，楊煉，京不特和歐陽昱。該詩歌節創辦人Sidse Laugesen最早與筆者聯繫，得知當代中國新詩的進展情況。

67 如阿斐一首《交易》就被一部澳大利亞紀錄片收入，該片片名為：*Why Men Pay for It?*（《男人為何買春?》）（2003，導演為Don Parham [唐•帕翰]）。

（如陳順妍和澳大利亞詩人John Kinsella［約翰・金塞拉］就曾給以大力支持），把這本詩集出版。在前言中，筆者把自己比作「詩歌蛇頭」，[68]把向澳大利亞介紹中國詩歌比作好像是向這個國家輸送「非法移民」。[69]同時鮮明地表達了他的觀點，即他要做的不是「搞政治」，用詩歌來宣揚「西方版本的民主和自由」，[70]而是要向澳大利亞引入一個詩歌的「新世界」，[71]以抗衡人欲橫流的金錢世界。

相對當代中國詩歌英譯本在澳大利亞的艱難命運，中國古詩英譯的境遇稍強。筆者近年來翻譯的唐代詩歌積有三四十首，均在澳大利亞（以及英美加新）雜誌上發表，一次選用七八首左右的情況也很常見。[72]說明中國古詩在澳大利亞相當有市場。不過，由於澳大利亞大小出版社普遍不看好詩歌的現狀，中國古詩英譯本很難出版。筆者英譯的唐宋詩歌（中英雙語版），*Loving: the best of both words*（《愛：兩種文字的精粹》，原鄉出版社，2003），在長期找不到出版社出版的情況下，只有採取最極端的方式，不是手抄本，而是手制本，用親手製作的方式出版了數十本。[73]多年來，偌大一個澳大利亞僅僅出版了兩本唐宋詩詞英譯本，即塞爾文・普裡查德（Selwyn Pritchard）的*Lunar Frost: Translations from the Tang and the Song Dynasties*（《月霜：唐宋詩詞翻譯》，布蘭多和斯萊辛傑出版社，2000）和伊恩・約翰斯頓（Ian Johnston）的*Singing of Scented Grass: Verses from the Chinese*（《吟香草：中國詩》，帕達羅蒂出版社，2003）。前一部詩集是在有中國人合作的情況下完

---

68 歐陽昱，*In Your Face: Contemporary Chinese Poetry in English Translation*（《砸你的臉：當代中國詩歌英譯》）。墨爾本：原鄉出版社，2002，p. 1。

69 同上。

70 同上，p. 3。

71 同上，p. 4。

72 如《南風》雜誌2004年第2期（七首），《尤利卡大街》（Eureka Street）雜誌2005年3月號（7首）和《新寫作空間》（Space: New Writing）雜誌2005年第2期（6首）。

73 這本詩集已於2012年在澳門由ASM出版社出版，英文書名維持原名，中文書名為《兩詞其美：中國古詩英譯集》。

成的，合作者為當時為暨南大學研究生，後為該校教師的Zhan Qiao和Liang Rui-Qing，[74]其中唐朝入選者有柳宗元、張繼、溫庭筠、劉長卿、王維、李白、王昌齡、王翰、陳陶、賀知章、杜甫，宋朝入選者有蘇軾、李煜、辛棄疾、葉紹翁、李清照等。為該詩集作序的著名澳大利亞詩人彼得・波特（Peter Porter）稱讚該詩集只可能「增加西方對中國詩歌之愛」，而不會受「文字誤解之累」。[75]最近一位中國學者認為普裡查德翻譯的柳宗元《江雪》「頗得原詩之神韻和精髓」，「令人震動」，而且對張繼的《楓橋夜泊》也「令人擊節稱賞」。[76]雖是一人之見，但也說明其譯筆頗得業內好評。[77]後一部詩集翻譯者是一位神經外科大夫，工作之餘因個人愛好而專修了中文、希臘文和早期哲學等大學課程，退休後在塔斯瑪尼亞的雲灣隱居，開始從事古典中國詩歌的翻譯。[78]他翻譯的《吟香草：中國詩》以雙語方式（一頁中，一頁英）搜集了王維（31首）、白居易（6首）和李商隱（24首）的詩，以及他本人閱讀《論語》的心得。如他所說，翻譯該書的目的是為了向讀者介紹「中國詩歌之美」，其「詩歌傳統，形式和主題之多樣化……是任何其他文學都不可比擬的。」[79]陳順妍在封底稱該詩集「獨一無二」，譯筆「優雅」，標誌著伊恩・約翰斯頓「走向詩歌之旅」。

---

74 參見塞爾文・普裡查德（Selwyn Pritchard），*Lunar Frost: Translations from the Tang and the Song Dynasties*（《月霜：唐宋詩詞翻譯》）。悉尼：布蘭多和斯萊辛傑出版社，2000，p. 15。

75 彼得・波特（Peter Porter）原話，見上，p. 12。

76 參見錢志富，《詩歌的可譯與不可譯新解》，原載《寧波大學學報》（人文科學版）2006年第一期，p. 45。

77 筆者本人並不讚賞其人之過於自由的翻譯，但此處並不想過多插入。本來還想提一下另一位澳大利亞搞「漢學」的人，名叫陶步思（Bruce Gordon Doar），但由於他不願被寫進本章，故尊重其意願而放棄。

78 參見ABC廣播電臺對伊恩的英文採訪：http://www.abc.net.au/stateline/tas/content/2003/s954652.htm

79 參見伊恩・約翰斯頓（Ian Johnston），Preface（前言），*Singing of Scented Grass: Verses from the Chinese*（《吟香草：中國詩》），Pardalote Press（帕達羅蒂出版社），2003，無頁碼。

牆外開花牆內香的澳大利亞出版界

中國文學在澳大利亞的譯介和出版有一個奇特現象，即眾多作品不在澳大利亞大陸而在海外出版。從積極方面講，雖然英美加澳（大利亞）台港（甚至中國[80]）等都是單獨的國家或地區，但英語世界實際上是一個整體，即Benedict Anderson（本尼迪克特・安德森）所說的「想像的社群」，舉凡英譯的中文作品，在這個世界都是暢行無阻的。在這個意義上，澳大利亞譯者的中國文學譯作能夠在海外出版，總是一件好事，可以在更大範圍內進行傳播。早年進行這個工作的主要有悉尼大學的A・R・大衛斯）教授。他於1962年編譯的*The Penguin Book of Chinese Verse*（《企鵝中國詩歌集》）在英國出版後大受歡迎，共再版五次（1965，1966，1968，1970，1971），其中從《詩經》以降，幾乎囊括了其間各朝代的詩歌，一直到1920年代的胡適和冰心。1983年，他又假英國劍橋出版社之手，出版了兩卷本的陶淵明論著：*T'ao Yüan-ming (AD 365-427): His Works and Their Meaning*（《陶淵明（西元365-427：作品及意義》）。直到現在，這種牆外開花牆內香的出版現象一直不絕如縷，近如白傑明翻譯的澳華口述筆錄作家桑曄作品，*China Candid: the People on the People's Republic*（《直白中國：人民談人民共和國》），就是由加利福尼亞大學出版社於2006年出版的。順便提一下，白氏的大批作品幾乎都在澳大利亞以外出版。研究中國戲劇的澳大利亞學者馬克林雖然極少翻譯中國戲劇作品，但出版了許多關於中國戲劇的論著，幾乎所有均在澳大利亞海外出版，包括英美和中國（北京及香港）。這種現象的消極意義不言自明。如果一個國家的中國文學翻譯主要靠在海外出版轉內銷，不僅周轉時

[80] 不少英譯作品都是在上海北京等地出版。

間長，而且會造成國內出版業對這一領域的逐漸失去興趣而退化萎縮，失去很多機會，如《砸你的臉》一案例所顯示的那樣。再者，如果一個國家的學者均以評論中國文學為業，而以翻譯無助于事業提攜為由而拒絕為之，其客觀效果只能是造成該國國民對另一種文化的無知。我們從上面所提到的評委授獎詞中就可略知一二。最危險的莫過於把中國文學政治化，如白傑明長期以來所作的那樣。這只能導致兒科化地處理複雜的文學和文學現象，把一切文學與政治劃等號，把中國作家鎖定在吶喊反抗之音的滯定型中而終身不得自拔。

第六章

澳大利亞英文文學史對中國文學和華人作家的評價[1]

討論這個話題時，有一點必須明確，即澳大利亞文學史不是中國文學史，也不是華人文學史，正如中國文學史或華人文學史不是澳大利亞文學史一樣，因此不能指望澳大利亞文學史中充滿關於中國文學或華人文學的指涉。然而，對於一個僅有200來年白人殖民歷史，但有四萬多年無書寫的土著歷史，華人從最初抵達到現在幾近200年的國家來說，其文學史在多方面與華人和中國文學發生了種種難分難解的關係。這些交流在最初的幾本文學史中還看不出痕跡或路徑，只通過某些作家或作品有簡短或間斷的呈現。隨著時間的推移，封閉、自閉的澳大利亞自冷戰結束後逐漸對外開放，特別是對亞洲和中國開放，澳大利亞文學史中關於中國文學、中國作家、華人文學及其作品的指涉逐漸多了起來。

成果

我手中現有這樣幾部文學史，H・M・格林編寫的1961年版兩卷本*A History of Australian Literature: Pure and*

1 本篇作者系歐陽昱，本文已發表在《華文文學》（2013年第2期，pp. 38-46）。

Applied (1923-1950)（《澳大利亞文學史：純應用本：1923-1950》），[2]勒昂尼・克拉默主編並由他人合著的1981年版*The Oxford History of Australian Literature*（《牛津澳大利亞文學史》），[3]肯・古德溫編寫的1986年版*A History of Australian Literature*，（《澳大利亞文學史》），[4]勞裡・赫根漢主編、他人合著的1988年版*The Penguin New Literary History of Australia*（《企鵝澳大利亞新文學史》），[5]伊莉莎白・威比主編並由他人合著的2000年版*The Cambridge Companion to Australian Literature*（《劍橋文學指南：澳大利亞文學》），[6]尼克拉斯・伯恩斯與呂貝卡・麥克尼爾主編並由他人合著的2007年版*A Companion to Australian Literature since 1900*（《1900年以來的澳大利亞文學指南》），[7]以及彼得・皮爾斯主編並由他人合著的2009年版*The Cambridge History of Australian Literature*（《劍橋澳大利亞文學史》）。[8]

除此之外，還有茨內佳・古列夫等人編撰的*A Bibliography of Australian Multicultural Writers*（《澳大利亞多元文化作家參考書目》）（1992），其中為澳大利亞的多元文化作家，特別是來自華裔背景的作家，提供了很重要的線索。[9]

由此可見，從1961年到2011年的半個世紀中，共出版了七部澳大利亞文學史，從單人獨著，一花獨放（僅二人，即H. M. Green和Ken Goodwin）的個人英雄式撰寫文學史，逐漸過渡到一人主編，多人合著的百花

---

2 H. M. Green, *A History of Australian Literature: Pure and Applied*（1923-1950）. Sydney: Angus and Robertson, 1961.

3 Leonie Kramer, *The Oxford History of Australian Literature*. New York: Oxford University Press, 1981.

4 Ken Goodwin, *A History of Australian Literature*. Macmillan, 1986.

5 Laurie Hergenhan, *The New Penguin New Literary History of Australia*. Ringwood, Vic: Penguin Books, 1988.

6 Elizabeth Webby, *The Cambridge Companion to Australian Literature*. Cambridge, UK: Cambridge University Press, 2000.

7 Nicholas Birns and Rebecca McNeer（eds）, *A Companion to Australian Literature Since 1900*. Rochester, New York: Camden House, 2007.

8 Peter Pierce（ed）, *The Cambridge History of Australian Literature*. Cambridge, UK: Cambridge University Press, 2009.

9 Sneja Gunew, Lolo Houbein, Alexandra Karakostas-Seda and Jan Mahyuddin（compiled）, *A Bibliography of Australian Multicultural Writers*. Geelong: Centre for Studies in Literary Education, Deakin University, 1992.

齊放局面，[10]平均每十年一部文學史還多，這對一個截至2012年5月，人口僅為2370多萬的小國來說，[11]成果不可謂不豐碩。

索引

只要稍微翻一下H・M・格林獨編的1961年版兩卷本《澳大利亞文學史：純應用本：1923-1950》的索引，就可以發現，該書索引中，沒有Asian、China、Chinese等具有標誌性的重要字眼，也無任何華人作家的名字，包括目前最重要的華人作家之一布萊恩・卡斯楚（Brian Castro）。[12]勒昂尼・克拉默主編，他人合著的1981年版《牛津澳大利亞文學史》）和肯・古德溫編寫的1986年版《澳大利亞文學史》情況更加不妙，整部書的索引完全沒有上述術語。也就是說，截至1986年，澳大利亞的三部重頭文學史，是與中國文學和華人文學毫無關係的，至少從索引角度來講是如此，說明著作者和編撰者完全沒有這方面的敏感。

從勞裡・赫根漢主編並由他人合著的1988年版《企鵝澳大利亞新文學史》起，這方面開始有所突破。可以看到，該書索引中出現了Asia（亞洲）、Chinese（中國人）、Chinese poetry（中國詩歌）、Migrant writings（移民寫作）、Migrants（移民）、Multiculturalism（多元文化）等詞彙，以及一位名叫Ee Tiang Hong（余長豐）的來自馬來西亞的華人詩人。

10 必須指出，中國目前文學史的編寫，還處於澳大利亞1960年代一人獨編的「個人英雄主義」時期。

11 人口為23,137,895，消息來源見澳大利亞統計局最新（2013年8月4日星期日）資料：http://www.abs.gov.au/ausstats/abs%40.nsf/94713ad445ff1425ca25682000192af2/1647509ef7e25faaca2568a900154b63?OpenDocument

12 當時1950年出生的高博文年僅11歲。

21世紀頭一年出版，伊莉莎白・威比主編並由他人合著的《劍橋文學指南：澳大利亞文學》則有更大進展。這本書雖是2000年出版，但應該早在幾年前就已開始撰寫，其索引所收入的相關詞條有Asia（亞洲），下含自傳、歷史聯繫、小說、詩歌、戲劇聯繫，等；Asian-Australian writers（亞澳作家）；China（中國），下含歷史聯繫、文學聯繫，等；ethnicity（族性），下含傳記、歷史、文學批評、詩歌、戲劇，等；；immigrants（移民），下含小說、電影、文學批評、詩歌、戲劇，等。所含的華族背景作家更多，有布萊恩・卡斯楚、阿琳・蔡、貝思・葉（Beth Yahp）和歐陽昱，[13]但缺了余長豐。同時還有一個關於澳大利亞首家華文文學雜誌《原鄉》（Otherland）的詞條。

尼克拉斯・伯恩斯與呂貝卡・麥克尼爾主編，並由他人合著的2007年版《1900年以來的澳大利亞文學指南》，加大了亞裔作家的力度和深度，其索引囊括詞條有Asian Australians（亞裔澳大利亞人），下含亞洲男性及同性戀關係、亞澳女性、亞裔澳大利亞人及流散區、亞裔澳大利亞人的家史、澳大利亞的亞洲形象；China and Chineseness（中國及中國特性），以及眾多澳大利亞華裔作家，[14]如高博文、阿琳・蔡、土著華裔戲劇家吉米・奇、小說家曹勵善、[15]廖秀美、黃貞才、歐陽昱、莫妮・賴・斯托茲、陳志勇、張思敏、土著華裔小說家阿列克西絲・賴特，以及貝思・葉。這說明，進入21世紀第一個十年的晚期，澳大利亞文學史對亞裔澳大利亞作家和寫作這一塊，已經有了較深的認識，而這與主編者身在海外（美國），本身不是澳大利亞人有著一定的關係。他們在某種程度上帶來了國際意識。

彼得・皮爾斯主編，並由他人合著的《劍橋澳大利亞文學史》（2009）出版時，21世紀的頭十年已接近

13 歐陽昱錯放在「Y」條下，以為他姓「昱」。

14 請注意，在澳大利亞，用英文寫作的華裔作家，一般統稱「Asian-Australian writers」（澳大利亞亞裔作家）。

15 原名娜塔莎・邱（Natasha Cho）。

尾聲。這部著作是除格林的文學史外，篇幅最大的一本，共有612頁，其索引所覆蓋的相關詞條有：Asia，下含的亞詞條有business opportunity（商機），changing attitudes（變化的態度），colonial sneer（殖民的鄙視），diaspora（流散地），journalist discourse（新聞話語），military engagement in（軍事戰鬥），sexual threat（性威脅），sexualisation（性欲化），spiritual East（精神性的東方），women writers（女性作家），等；Asiaphobia（恐亞症）；高博文（Brian Castor），下含其五部作品，*Birds of Passage*（《候鳥》，一譯《漂泊的鳥》），*Double Wolf*（《雙狼》），*Drift*（《漂》），*Pomeroy*（《波默羅伊》）和*Shanghai Dancing*（《上海舞》）；土著戲劇家Jimmy Chi；Chinese，下含Australian antipathy（澳大利亞的冷漠），autobiography（自傳），degrading epithets（污蔑的語言），immigration（移民），in children's literature（兒童文學中的）[中國人]，newspaper cartoons（報紙漫畫）等亞詞條；李存信，下含其一部作品，*Mao's Last Dancer*（《毛的最後一個舞者》，一譯《舞遍全球：從鄉村少年到芭蕾巨星的傳奇》）；fiction（虛構小說），下含的諸多亞詞條中，有一條是Asian subjects（亞洲主題）；澳華女批評家邱琴玲；*Otherland*（《原鄉》雜誌）；歐陽昱；方佳佳，下含其一本書*Unpolished Gem*（《璞玉未琢》）；原籍馬來西亞的澳華詩人沈強越（Stanley Sim Shen）；原籍馬來西亞的澳華插圖畫作家陳志勇，下含其兩本書：*The Arrival*（《抵達》）和*The Lost Thing*（《失物招領》）；貝思・葉，下含其一本書：*Crocodile Fury*（《鱷魚的憤怒》）；楊威廉（，下含其一本書：*Sadness*（《悲》）；以及沈園芳（Shen Yuanfang），下含其一本書：*Dragon Seed in the Antipodes*（《對蹠地的龍種》）。

早期的評論

我們現在來看看早期幾部文學史，如H・M・格林編寫的1961年版兩卷本《澳大利亞文學史：純應用本：1923-1950》），勒昂尼・克拉默主編、他人合著的1981年版《牛津澳大利亞文學史》），肯・古德溫編寫的1986年版《澳大利亞文學史》）和勞裡・赫根漢主編、他人合著的1988年版《企鵝澳大利亞新文學史》中，關於對中國文學或華人文學等的評價。

在H・M・格林編寫的1961年版兩卷本《澳大利亞文學史：純應用本：1923-1950》）中，索引中只找到一條能與中國掛上鉤的詞條，即Zen philosophy（禪學）。不過，這一條引入了一個重要的澳大利亞詩人，中國文化和文學對其影響要大大超過同時代的很多澳大利亞作家。此人就是哈樂德・斯圖亞特（Harold Stewart，1916-1995），其最重要的詩作是長詩*A Flight of Wild Geese*（《飛鴻》），詩中講述了了吳道子和張志和的故事。

據格林評論，哈樂德・斯圖亞特的同時代人中，也不乏受東方影響者，如詩人弗雷德里克・麥卡特尼（Frederick Macartney，1887-1980），但東方影響只是「一晃而過，他們轉向這種影響，但又離棄而去」。[16]不過，哈樂德・斯圖亞特並非如此。據他給格林的親筆信中說，「古代中國和東方對我的總的影響，相當於希臘從文藝復興時期以來對英國詩人的影響。」[17]格林指出，斯圖亞特詩歌中的「一個要點在於，其詩中的風景都是中國風景……[他]似乎在東方—在中國文學、在禪學、在一般的中國文化，而且最重要的是，在中國風景畫中—找到了某種自然的親和力。他如此浸潤其中，以致他作品的一個重要組成部分……都以古代中國為基礎，」而不像其他澳大利亞作家那樣，以英國、法國、義大利、德國、希臘和羅馬的文化為根基。[18]黃源深撰寫的《澳大利亞文學史》中，關於哈樂德・斯圖亞特曾有兩處提及（268和530頁），惜乎隻字未提

16 H. M. Green, *A History of Australian Literature: Pure and Applied*（1923-1950）. Sydney: Angus and Robertson, 1961, vol. 2, p. 966.
17 同上，p. 966.
18 同上，p. 966.

他與中國文學的這種淵源。[19]

勒昂尼・克拉默主編並由他人合著的《牛津澳大利亞文學史》一書於1981年出版，該書對亞洲和中國的影響一筆帶過，除了哈樂德・斯圖亞特之外，僅提到一個年輕詩人羅伯特・格雷（Robert Gray），說他就像最近那些從亞洲音樂中吸取養料的作曲家彼得・斯卡爾索普（Peter Sculthorpe）和理查・密爾（Richard Meale）一樣，也從「中國和日本文化中找到了同樣的滋潤」。[20]遺憾的是，該書對中國文學和文化的影響均略去不提。肯・古德溫編寫的1986年版《澳大利亞文學史》中，則找不到相關話題的片言隻語。

其實，截止1986年，生於1950年的高博文已於1982年出版了他的獲獎小說《候鳥》。生於1933年，並於1975年來澳的馬來西華華人詩人余長豐也早於1960年出版了第一部詩集，但都未見於古德溫的「文學史」。可見文學史都是遺漏和包容並存，往往遺漏大於包容，且在澳大利亞多元文化實行的第二個十年中（始於1972年），並沒有完全讓那些自負的白人批評家和史學家打開眼界。[21]

中期的評論

我所說的「中期」，是指1980年代末期到2000年這段期間，這時，出版了勞裡・赫根漢主編並由他人合著的1988年版《企鵝澳大利亞新文學史》和伊莉莎白・威比主編並由他人合著的2000年版《劍橋文學指南：

---

19 黃源深，《澳大利亞文學史》。上海：上海外語教育出版社，1997年。

20 Leonie Kramer, *The Oxford History of Australian Literature*. New York: Oxford University Press, 1981, p. 424.

21 豈止如此，1997年黃源深撰寫出版的《澳大利亞文學史》中，也完全沒有「多元文化主義」這一重要詞條，儘管這已經是多元文化實施的第三個十年。

澳大利亞文學》），我之所以未把後者算入近期，是基於這樣一個推斷和認識，即2000年出版的作品，其寫作時間應大大早於出版日期。我們看到，進入80年代和90年代，澳大利亞的文學史寫作，已與前期有了極大不同，即不再單人獨寫，而是多人合寫，從而開始了文學史的多元寫作時代。

勞裡・赫根漢主編的《企鵝澳大利亞新文學史》，儘管是1988年出版，在對華人作家的評論方面，仍看不到對高博文的評價，但卻有關於余長豐的詞條，他也是唯一進入這本史冊的華裔詩人。

1980年代初，澳大利亞文學界開始關注移民文學，出版了兩本移民文學文集，即茨內佳・古列夫編撰的*Displacement, Migrant Story Tellers*（《錯位：移民故事講述者》）（1982）和彼得・斯庫茨內基（Peter Skrzynecki）編撰的*Joseph's Coat: An Anthology of Multicultural Writing*（《約瑟夫的外套：多元文化作品集》）（1985），這雖然開創了多元文學的先河，但其中收錄的作者多為歐洲背景，極少有亞洲和中國背景的作家，僅有來自韓國的長篇小說家Don'o Kim一人。[22]

有意思的是，《企鵝澳大利亞新文學史》在注意到這些文集漏掉了來自義大利背景的羅莎・卡皮耶羅（Rosa Cappiello），來自希臘背景的蒂米特裡・查路馬斯（Dimitris Tsaloumas）和來自馬來西亞的華人詩人余長豐的同時，卻完全沒有提到來自香港的高博文，這顯然是一個重大疏忽。[23]

在把余長豐與上述另外兩個作家進行對比之後，《企鵝澳大利亞新文學史》指出，余長豐的「詩歌聲音更安靜，更斜向，也更帶諷刺意味」，而且，「他作品的內容大多是探索他家鄉馬六甲歷史所特有，含有葡萄牙、荷蘭、英屬華人和馬來人等複雜多變的國際主義與當代的關聯」。[24]同時還注意到，余長豐來澳十年

22 參見Laurie Hergenhan, *The New Penguin New Literary History of Australia*. Ringwood, Vic: Penguin Books, 1988, p. 441.
23 同上，p. 441.
24 同上，p. 442.

後創作的「Coming To」（《蘇醒》）一詩，把澳大利亞比作「一個幾乎把人淹死，又重新恢復神智，找到陸地，找到『新的面孔、澳大利亞同胞』的地方」。[25]該書指出，余長豐和其他移民作家作品中的「主要形象」都是「監獄、沙漠和避難所」。[26]指出這一點是很有意思的，因為在後來的移民作品，包括華人移民的作品中，這些形象依然不斷出現。[27]

詩歌方面，僅有一位女詩人被提到，即羅斯瑪麗・多布森（Rosemary Dobson），說她的詩集*The Three Fates*（《三種命運》）（1983）「具有中國詩歌的輕盈而準確的特質」。[28]

這本書與以前幾部文學史不同之處還在於，它注意到了澳大利亞文學對具有土著背景和移民背景人物的描述，其中就有中國人。文學作品從來不乏對外族人的形象描寫，但此前的澳大利亞文學史對此極少關注，留下了一個空白，直到《企鵝澳大利亞新文學史》1988年出版為止，這大約也是其「新」之所在。不過，在論述相關作品時，編撰者和撰寫者卻沒有深刻反省其中的種族主義和種族中心主義問題，[29]只是很膚淺表像地指稱，對華人的醜化，可能是因白人覺得受到來自「邪惡黃種力量」的威脅，也可能是因他們「暗地裡害怕狡猾的東方人引誘白種女性」。[30]該書注意到這一現象，與塞希爾・哈格拉夫特1986年編輯出版的一本《勞森之前的澳大利亞短篇小說》有關。[31]哈格拉夫特稱，該選集搜集了1830-1893年之間的「最

---

25 同上，p. 442.

26 同上，pp. 442 and 443.

27 歐陽昱在其英文詩集*Songs of the Last Chinese Poet*（《最後一個中國詩人的歌》）中，曾將澳大利亞稱作perfect prison/of freedom（完美無缺的自由/監獄），1997, p. 49.

28 同上，p. 483.

29 關於這個問題，可參見Ouyang Yu, *Chinese in Australian Fiction: 1888-1988*. Cambria Press, 2008.

30 參見Laurie Hergenhan, *The New Penguin New Literary History of Australia*. Ringwood, Vic: Penguin Books, 1988, p. 167.

31 參見Cecil Hadgraft, *The Australian Short Stories Before Lawson*. Oxford University Press, 1986.

佳作品」。[32]其實，其中有多篇小說都涉及華人，以及針對華人的暴力事件，如坎貝爾・麥克拉（Campbell McKellar）的小說《總督的祕密》（「The Premier's Secret」），述說了一夥醉醺醺的剪羊毛工，把一個華人廚師活活捲進羊毛機中打包運走的令人毛骨悚然的故事。[33]這部史書談到這些問題時，只是輕描淡寫地說：故事中「針對華人的暴力，以及暴力的經濟和性基礎等，都是顯而易見的。」[34]

伊莉莎白・威比主編並由他人合著的2000年版《劍橋文學指南：澳大利亞文學》，是一部不太厚的文學史書，僅326頁，但對亞裔、華裔或華人作家，以及相關問題的描述則較前更多，儘管多屬三言兩語式。進入這部史書的，共有四位華裔作家，即高博文、阿琳・蔡、貝思・葉和歐陽昱，但未提及余長豐。德麗絲・伯德注意到，近期出現了一批以亞裔澳大利亞作家為主的「流散作家」，其中最有名望者為高博文，其六部長篇「難以歸類，在過去和現在之間變動，不同的角色有不同的聲音和文化視覺，表明了身分及國家類別的不確定性，以及當代故事敘述的問題化狀態，這都是流散政治的中心問題。」[35]其他一些作家則基本一筆帶過。

歐陽昱是被提到的唯一一位澳大利亞華人詩人。大衛・馬庫伊評述說：「歐陽昱（原先來自中國），他勾勒了在與聲音、流放和語言等方面少數族群所共有的一系列興趣，但他的反詩成語比瓦爾維茨（Walwicz）和派歐（πο）更甚，憤怒對他的詩歌來說也更為核心。」[36]

---

32 原載Laurie Hergenhan, *The New Penguin New Literary History of Australia*. Ringwood, Vic: Penguin Books, 1988, p. 167.

33 參見Laurie Hergenhan, *The New Penguin New Literary History of Australia*. Ringwood, Vic: Penguin Books, 1988, p. 167.

34 同上，p. 167.

35 參見Delys Bird，原載Elizabeth Webby, *The Cambridge Companion to Australian Literature*. Cambridge, UK: Cambridge University Press, 2000, p. 203.

36 參見David McCooey，原載Elizabeth Webby, *The Cambridge Companion to Australian Literature*. Cambridge, UK: Cambridge University Press, 2000, p. 177.

這部文學史還有一個特點，就是對澳大利亞文學與中國的聯繫比較關注。在詩歌方面提到了受中國詩歌影響的一些詩人，如哈樂德・斯圖亞特，其詩歌傳達了他對物質主義的厭惡：「這兒，心靈的房屋，不再受煩憂和債主的／困擾。心中無錢，才得休憩。／我不擁有任何東西，任何東西也不擁有我。」[37]受中國詩歌影響的詩人還有羅伯特・格雷，他渴望回到大自然，回到「那些古老的中國人的（世界）／他們尋找著正確的生活方式」。[38]

儘管1990年代在澳大利亞，曾出現過一系列澳華文學雜誌，如《新金山》（半文學）、《大世界》、《滿江紅》和《原鄉》，但可能因《原鄉》在英文方面進行的大量工作，而最終受到關注，進入了這部文學史。關於該雜誌，書中說：這是澳大利亞的「一本非英語出版物」。[39]事實上，作為該刊主編的我知道，文學史常常沒有希望地落後于現實。《原鄉》雜誌自1994年下半年，由歐陽昱，丁小琦和孫浩良共同創辦之後，辦到第二期時，另外兩位退出，一直由歐陽昱主編至今，共出版了16期，[40]走過了從第一期到第五期全中文，第六期中英文雙語，進入2000年後的第七期起全英文，以及後來以特刊形式出版短篇小說集、譯詩集和長篇小說等的不斷變化的道路。[41]

37 參見Harold Stewart，原載Elizabeth Webby, *The Cambridge Companion to Australian Literature*. Cambridge, UK: Cambridge University Press, 2000, p. 95.

38 參見Robert Gray，原載Elizabeth Webby, *The Cambridge Companion to Australian Literature*. Cambridge, UK: Cambridge University Press, 2000, p. 173.

39 參見David McCooey，原載Elizabeth Webby, *The Cambridge Companion to Australian Literature*. Cambridge, UK: Cambridge University Press, 2000, p. 168. 實際上，該雜誌已於2000年出版了中英文雙語版（2000年第6期），其後又出版了數期全英文版。

40 《原鄉》第16期於2012年9月出版，也是一期特刊，題為《詩歌蹤跡：電子郵件輯錄》，共557頁，由稚夫選編，詳細介紹了旅居美國的華人詩人黃翔及其詩歌。

41 如2010年第12期特刊，John Sheng的《城市之戀》（短篇小說集），2011年第13期特刊，張少揚（譯），Paul Kane（著），《學者的搖滾樂》（譯詩集），2011年第14期特刊，蘭子的《楚歌》（長篇小說），以及2012年第15期特刊，歐陽昱的*The Kingsbury Tales: A Complete Collection*（英文詩集）。

近期的評論

所謂「近期」，是指2000年後至2011年為止所出版的幾部文學史，這主要有尼克拉斯・伯恩斯與呂貝卡・麥克尼爾主編，並由他人合著的2007年版《1900年以來的澳大利亞文學指南》和彼得・皮爾斯主編，並由他人合著的《劍橋澳大利亞文學史》（2009），前者477頁，後者612頁，不長也不短。前者始于1900，止於2005年，跨度為105年，[42]後者起于1788，止於2008，跨度為220年。前者除高博文、歐陽昱之外，還新添了原籍菲律賓的華裔作家阿琳・蔡，土著華裔戲劇家吉米・奇，澳華女批評家邱琴玲，澳大利亞華裔作家曹勵善，原籍中國大陸的學者沈園芳，原籍中國大陸的作家方向曙和桑曄，原籍馬來西的亞華裔作家廖秀美，原籍新加坡的華裔作家黃貞才，原籍馬來西亞的華裔作家莫妮・賴・斯托茲，原籍馬來西亞的華裔作家陳志勇，原籍馬來西亞的華裔作家張思敏，土著華裔小說家阿列克西絲・賴特，原籍馬來西亞的澳華詩人沈強越，以及原籍馬來西亞的華裔作家貝思・葉。後者新添的華人作家則是李存信，原籍柬埔寨的華裔作家方佳佳，以及澳華攝影師兼作家楊威廉。現就這兩本文學史中所出現的新變化，以及這些華人作家之間在創作和思想上的異同討論如下。

尼克拉斯・伯恩斯與呂貝卡・麥克尼爾在他們合作主編的《1900年以來的澳大利亞文學指南》的《前言》中指出，他們不擬把該書做成一本「權威」之著。[43]由於篇幅有限，撰寫人員有限，他們除了請專家撰寫之外，也請了非專家來寫專門領域之外的論文，如請歐陽昱寫澳大利亞小說家桀維爾・赫伯特（Xavier

---

[42] 參見Nicholas Birns and Rebecca McNeer（eds）, *A Companion to Australian Literature since 1900*. New York: Camden House, 2007, p. 12.

[43] 同上，p.9.

Herbert），[44]請瑞士的美國文學專家黛博拉・馬森（Deborah Madsen）寫亞澳寫作專章，請瑞士學者維爾納・森（Werner Senn）寫澳大利亞詩人萊斯・默里（Les Murray）專章，請斯洛伐克的文學專家雅洛斯拉夫・庫斯尼爾（Jaroslav Kusnir）寫澳大利亞後現代小說，還請長期在澳，但國籍為挪威的溫卡・奧門森（Wenche Ommundsen），撰寫澳大利亞文學中的多元文化主義等。[45]這說明，這部由兩個美國人合編的澳大利亞文學史，具有很強的國際視覺，正如他們所說：「澳學專家的文學批評，再也不意味著僅僅是澳大利亞人的文學批評了。」[46]

這個觀點視野開闊，角度新穎，一下子就把它與從前幾本文學史的距離拉開了，特別是在關於亞澳寫作（Asian Australian writing）方面就更其如此，其中有兩章與本文討論有關，一章是《澳大利亞文學中的多元文化主義》，另一章是《亞澳文學》。除此之外，該文學史還有關於澳大利亞土著文學、猶太人文學，以及通俗文學和同性戀文學等的討論。

奧門森對澳大利亞文學中的多元文化主義進行了分析之後指出，在澳大利亞，除了英國和愛爾蘭這個主流之外，還有很多其他的提法，如多元文化寫作、移民寫作、非盎格魯-凱爾特寫作、少數寫作、NESB（非英語背景）寫作、少數民族寫作、流散寫作，等，[47]但都難以盡言。雖然她也沒有提出一個更好的統括性門類，但她注意到，來自歐裔和亞裔背景的作家（未提及非裔），特別是亞裔作家的出現，頗受美國亞裔作家成功的影響，如湯婷婷和譚恩美等人。不過，她指出，有批評家認為，亞裔作家寫作有向西方賣弄異國風

44 這主要是因為，歐陽昱在其英文博士論文中，對Xavier Herbert有專章論述。

45 同上，pp. 9-11.

46 同上，p. 9.

47 同上，p. 75.

情、聳人聽聞之嫌，[48]甚至還有批評家認為，多元文化作品，品質「往往不高」。[49]奧門森舉了幾個例子，如高博文的作品被認為「難懂」，[50]商業上不成功，歐陽昱的作品「生糙、憤怒」，[51]等。加上海倫・德米登科（Helen Demidenko）寫烏克蘭的長篇小說《簽名之手》（*The Hand that Signed the Paper*）1994年獲得澳大利亞最高文學獎邁爾斯・佛蘭克林獎，但被揭露有弄虛作假之嫌，因該作者並非烏克蘭人，而是地道的英國人，導致多元文化寫作進入低谷，頗遭非議。[52]

馬森在討論亞澳寫作的專章中，一上來就把用中文寫作的華人排除出去，自言她只談「Anglophone Asian-Australian writers」（盎格魯亞澳作家），即用英文寫作的亞澳作家，[53]似有偏頗，但因篇幅也不難理解。她引用沈園方，提到了澳大利亞19世紀的一位華人作家譚仕沛，該引文如是說：

> 那些因各種理由留下來的人感到不受歡迎，遭到排斥，一連幾代都保持低調。正如高博文在他的文章《錯位者回憶錄》中所說的那樣，他們「渴望變成隱身人」，撤回到大牆背後，反過來又在自己周圍再圍起大牆。還有進一步的證據表明，這種對沉默的渴望，通過一家家華文報紙的倒閉而表現出來。[54]

---

48 同上，p. 79.
49 羅伯特・德塞（Robert Dessaix）語，原載同上，p. 80.
50 奧門森，同上，p. 78.
51 同上，p. 78.
52 同上，p. 81.
53 Madsen, 原載Nicholas Birns and Rebecca McNeer（eds）, *A Companion to Australian Literature since 1900*. New York: Camden House, 2007, p. 106.
54 沈園方，同上，p. 106.

除了來自亞洲其他國家如斯里蘭卡和越南等地作家外，馬森提到了一系列亞裔作家，其中有一位幾乎從來不與華裔相提並論，名叫杜伊・安格拉尼（Dewi Anggaraeni），原籍印尼的華裔女小說家，以印尼和英語雙語寫作，已出版四部長篇和一部短篇小說集，主題常涉及「亞洲文化遺產與西方生活方式、傳統與現代、西方理性主義與東方神祕主義等之間的衝突」。[55]

貝思・葉屬華裔作家中較年輕的一代，1964年生於馬來西亞，1984年隨家移民澳大利亞，1998年又單獨移居巴黎，在悉尼、吉隆玻和巴黎之間遊動，比較難以定性，其長篇小說《鱷魚的憤怒》（*The Crocodile Fury*）不談澳大利亞，卻獲得維多利亞州總督獎和新南威爾士少數民族委員會獎。該作品把迂回重複的特點，作為一種「反殖民的」姿態，[56]同時非常關注被殖民婦女的地位。[57]

如果貝思・葉屬於60後，張思敏則是70後，這位女作家1970年生於馬來西亞，1977年隨父母移民到悉尼。她的第一部長篇小說《愛的暈眩》（*Love and Vertigo*）討論了「移民、歸屬及身分」等問題。[58]其第二部長篇《月亮的背後》（*Behind the Moon*）則以對三個不合時宜，具有少數民族亞裔背景的人的關注，探討了「當代澳大利亞多元文化社會的複雜性和裂變」。[59]馬森注意到，張思敏筆下的人物不是一般意義上的「移民」，而是範圍廣大的移民，從新加坡到馬來西亞，又從馬來西亞到澳大利亞的悉尼，對他們來說，「中國」已經遙遠到從來不在文中提及的地步，已經不再是其「家園」。[60]

---

55 Madsen, 原載Nicholas Birns and Rebecca McNeer（eds）, *A Companion to Australian Literature since 1900*. New York: Camden House, 2007, p. 110.
56 同上，p. 111.
57 同上，p. 112.
58 同上，p. 115.
59 同上，p. 115.
60 同上，p. 115.

另一位華裔女作家阿琳・蔡屬50後，1955年生於菲律賓馬尼拉，1982年隨家移民澳大利亞，著述雖多，但背景一般都不放在澳大利亞。同期還有一位女作家是黃貞才，原籍新加坡，長期在悉尼當婦產科醫生，著有兩部長篇，但2005年前後回到新加坡居住。[61]她的第一部長篇《銀姐》（*Silver Sister*）以梳頭女的形象，探討了多重移民的主題。其第二部長篇《雲吞》（*Swallowing Cloud*），涉及了八九六四，以很大篇幅描寫了大陸女生與悉尼當地華人的性生活，遭到澳華評論家邱琴玲的猛烈抨擊，譴責她筆下的亞洲女性「消極被動，默認一切，充當性奴，都是傳統上的東方女性特點」。[62]對此，黃貞才作出了回應，說她所寫的都較真實，全系當婦產科醫生時所聽來的故事。[63]

大陸來澳作家中，提到了方向曙、桑曄和歐陽昱。土生土長的澳華作家方面，則提到了曹勵善。關於曹，有一點需要提及，即他約在2000年之前，名叫娜塔莎・曹（Natasha Cho），是女性，但這之後改名曹勵善（Tom Cho），成為男性。關於這一性別的變化是否對她／他作品有任何影響，這本文學史僅有少量討論，[64]認為他／她對「混雜民族和種族身分的可能性進行了探討，並以令人不安的方式把玩性別問題」。[65]更有意思的是，在曹勵善的筆下，譚恩美這樣頗有建樹的美華作家被無情嘲弄和奚落。[66]

由於其他史書提及高博文著墨頗多，此處不擬重複，只想指出，馬森認為高博文與眾多華人作家不同之處在於，他是「戴著面具前進的人」，[67]因此拒絕接受阿琳・蔡、張思敏和黃貞才等人作品所特有的那種

---

61 本人2005年應邀參加新加坡國際文學節，曾與之碰面，得知此消息。

62 Tseen Khoo，原載Nicholas Birns and Rebecca McNeer（eds），*A Companion to Australian Literature since 1900*. New York: Camden House, 2007, p. 116.

63 參見Nicholas Birns and Rebecca McNeer（eds），*A Companion to Australian Literature since 1900*. New York: Camden House, 2007, p. 117.

64 我希望這不是聳人聽聞，因為我曾親眼見到之前的她，也曾親眼見到之後的他，很希望看到有關這個變化在其文字上的反映。

65 Madsen，原載Nicholas Birns and Rebecca McNeer（eds），*A Companion to Australian Literature since 1900*. New York: Camden House, 2007, p. 119.

66 同上，p. 120.

67 高博文，原載Nicholas Birns and Rebecca McNeer（eds），*A Companion to Australian Literature since 1900*. New York: Camden House, 2007, p. 121.

「歷史項目」。[68]

還有一些到目前出書尚不多的作家如原籍馬來西亞的亞澳詩人沈強越，其筆名是Shen，原籍香港的女作家Selina Li Duke和原籍越南的華裔作家David Phu An Chiem，因為作品不多，影響較小，此處按下不提。

這部文學史關注了兩位土著華裔作家，一位是土著華裔戲劇家吉米・奇，另一位是土著華裔女小說家阿列克西絲・賴特。儘管對吉米・奇著筆不多，甚至都未提到他與華人的血統關係，但根據官方的澳大利亞文學門戶網站，生於1948年的吉米・奇母親是土著，兼具蘇格蘭血統，父親則兼有日本和中國血統。[69]他的作品中是否有中華傳統影響和穿透，又是如何與土著文化和其他文化發生融匯，這樣的問題完全沒有加以關注，是該文學史的一大遺漏。另一位土著華裔女小說家阿列克西絲・賴特只在兩處提及，一筆帶過，完全沒有觸及她的華裔身分。即使在澳大利亞文學門戶網站，也沒有提到賴特的華裔身分，但她於2007年以長篇小說《卡彭塔利亞灣》（*Carpentaria*）獲得澳大利亞最高文學獎邁爾斯・佛蘭克林獎，ABC國家電臺對她進行的採訪中，問到她兼具土著、愛爾蘭人和中國人的血統身分，這是否能形成一種「永久的和好形式」時，引用了她曾寫到的一段話說：「我經常在思考，其他國家的精神如何追隨著該國的人，來到澳大利亞，這些精神又如何與歸屬於此地的古代神靈和解和好。我在想，某種永久的和好形式是否能在思維的這個層面在人民之間開始，如果不能，那我們的精神又作如何反應。」[70]賴特的回答是：「我認為，我們已經做出了巨大的努力，試圖和解這種精神，並試圖考慮這些思想，因為我們是相當精神化的人，始終都在處理我們這個國家的精神問題，並試圖為祖先的魂靈增光。」[71]

---

68 Madsen, 原載Nicholas Birns and Rebecca McNeer（eds）, *A Companion to Australian Literature since 1900*. New York: Camden House, 2007, p. 121。

69 參見http://www.austlit.edu.au/run?ex=ShowAgent&agentId=A%23L（

70 參見該訪談錄英文版：http://www.abc.net.au/7.30/content/2007/s1958594.htm

71 同上。

最近，也就是2011年的八月底和九月初，我應邀去西悉尼大學參加中澳作家論壇，在賴特講話時，問了她一個我一直關切的問題，即她與中國文化的淵源。她第一次談到了她來自廣東的中國曾祖父，以及他與土著女性的真正「聯姻」。她特別強調「married」（結婚），因為當初很多華人只是與土著人同居，顯見她很重視這一點。她還提到了她華裔家族在土著集聚區種菜園子的舊事，屢次說那地方「beautiful」（很美）。

本章討論的最後一部文學史，是彼得・皮爾斯主編，並由他人合著的《劍橋澳大利亞文學史》（2009）。該書與尼克拉斯・伯恩斯與呂貝卡・麥克尼爾主編，並由他人合著的2007年版《1900年以來的澳大利亞文學指南》不同之處在於，所有章節撰寫者基本都是澳大利亞學者，既是澳大利亞人，又位在澳大利亞，從某一方面來講，可能更加深入，但從另一方面來講，可能並不開闊。例如，羅賓・格斯特（Robin Gerster）所寫的一章，即《亞洲表現問題》，[72]討論的是澳大利亞文學作品中對亞洲和亞洲人的表現問題，但所論作家幾乎90%以上都是白人，除了高博文一人之外，其他華裔或亞裔作家則一筆帶過。顯而易見，這對其他作品中也表現了亞洲的亞裔澳大利亞人是很不公平的。[73]

如果把這部文學史作為自1961年，H・M・格林編寫的（《澳大利亞文學史：純應用本：1923-1950》）半個世紀以來的一個史學句號，那麼，我們可以從中看看是否對上述談到過的華人、華裔作家有一個結論性的評語。可以看到，關於土著華裔作家，無論是吉米・奇，還是阿列克西絲・賴特，都始終未觸及兩人的華裔身分，好像這種身分與其作品毫不相干，只是輕描淡寫地提到了吉米・奇新作中所揭示的「精神病和種族

72 參見該文，Peter Pierce（ed）, *The Cambridge History of Australian Literature*. Cambridge, UK: Cambridge University Press, 2009, pp. 303-322.

73 尤其不公平的是，格斯特對此前專門討論過這個論題的書隻字不提，如歐陽昱著《澳大利亞小說中的中國人：1888-1988》（Chinese in Australian Fiction: 1888-1988）。Cambria，2008，其中文簡本標題是《表現他者：澳大利亞小說中的中國人：1888-1988》。北京：新華出版社，2000。他倒是提到了華裔批評家Tseen-ling Khoo（邱琴玲）的專著，*Banana Bending: Asian-Australian and Asian-Canadian Literatures*。這種去蔽同時又遮蔽的做法，頗值得這一代研究者加以關注。

侮辱問題」[74]和賴特對「人類互動和居住史所提供的原住民觀點」。[75]

對華裔、華人或亞裔作家的處理過於簡單和浮光掠影，應該是這部史書的主要缺憾，有山頭化之嫌。例如，把高博文提到了很高的地位，逐書討論了他的四部長篇小說，把他比作英國的石黑一雄（Kazuo Ishiguro），稱他能採用「各種文學體裁」，[76]哪怕寫家史和自傳，也能「破壞」讀者對這種文體的「信心」。[77]關於歐陽昱，有批評家指認，他「不斷對澳大利亞的霸權進行挑戰」，是一個「烈馬詩人」，[78]以致有人評說：「如果他不喜歡澳大利亞，那他從一開始就不該到這兒來。」[79]但關於上述提到的其他華人作家，卻幾乎都是簡單膚淺，興趣缺缺，沒有可細讀之處。

漏網之「書」

總的來說，文學史的關注，往往就是它的遺漏。它的最大遺憾，就是它永遠落後於時代。就說自皮爾斯主編的《劍橋澳大利亞文學史》2009年出版以來，又出版了不少華裔作家和作品、羅旭能、王興霜、洪振玉、梅劍青（Boey Kim Cheng）、周永權（Ken Chau）、鐘海蓮（Helene Chung）、Clara Gray、蓮・霍爾、Jane Hutcheon、Willing Hwang、廖秀美、陳順研、羅薇薇（Miriam Wei Wei Lo）、Jennifer Martiniello、關家祥、

74 參見Peter Pierce（ed）, *The Cambridge History of Australian Literature*. Cambridge, UK: Cambridge University Press, 2009, p. 408.
75 同上，p. 562.
76 事實上，高博文除了在長篇小說中塑造過詩人之外，並不見詩歌發表，也未有戲劇作品。
77 同上，p. 512.
78 約翰・金塞拉語，原載Peter Pierce（ed）, *The Cambridge History of Australian Literature*. Cambridge, UK: Cambridge University Press, 2009, p. 474.
79 原載同上，p. 474.

以及剛從新西蘭遷居澳大利亞的女詩人兼小說家黃金蓮，等。作品方面就更多了，有方佳佳《他父親的女兒》（*His Father's Daughter*）[2011]，歐陽昱的兩部長篇《英語班》（*The English Class*）[2008]和《散漫野史》（*Loose: a wild history*）[2011]，高博文的《花園書》（*The Garden Book*）、《巴斯賦格》（*Bath Fugue*）和《大街到大街》（*Street to Street*）（2012），等。所有這些人和書，要正式進入文學史，特別是澳大利亞文學史，還有待於時間的積澱，有待於文學史的撰寫者開闊視野，打通思路，辨明方向。畢竟澳大利亞以盎格魯-撒克遜和凱爾特人形成的主流，正在受到來自土著作家、少數族群作家、來自歐裔背景和亞裔背景的作家不斷挑戰和衝擊，在全球化的今天和繼續開放的未來，是不可能再扮演遮蔽造影的角色了。

第七章 澳大利亞文學雜誌中的中國文學[1]

文學進入一個國家有很多途徑，其中之一就是通過文學雜誌。澳大利亞因為國小、人口少、遠離北半球文化中心，而且向以經濟為主，文學及其他為輔，對文學雜誌的發展除了幾家長期由政府贊助外，一般都令其自生自滅，因此文學雜誌數量遠不如中國多，類似中國《世界文學》和《外國文學》之類的雜誌更是聞所未聞，這為中國文學進入澳大利亞增加了難度。加之澳大利亞與英國同文同種，[2]在文化文學淵源上親英美，近歐洲，而遠離亞洲和中國，這又為中國文學進入澳大利亞增加了另一重難度。而且，澳大利亞遲至1972年才與中國建交，[3]使得官方的文學交流長期以來幾乎根本不存在，交流僅限於個人行為和個人興趣，這為中國文學進入澳大利亞增加了第三重難度。

在這三重難度下，中國文學還是通過雜誌進入了澳大利亞，改頭換面地以英文出現，艱難而又稀疏地進入了另一種文字，在二十世紀九十年代和二十一世紀初澳大利亞向亞洲，特別是中國全面開放的時代裡，更

1 本篇作者系歐陽昱，本文已發表在《華文文學》（2011年第5期，pp. 37-44）。

2 當然，這是指占百分之95以上的原籍為盎格魯—薩克遜族性的白種澳大利亞人，而不是指原住民和來自世界其他各國各地的少數民族移民。

3 相比較之下，英國早於1950年就與中國建交。

借助澳大利亞華人作家之筆，以另一種方式向澳大利亞讀者呈現。本章將以三家雜誌為個案，探討中國文學如何通過澳大利亞文學雜誌進入，是否產生影響，如何為讀者接受，及其演變過程。

澳大利亞的文學雜誌雖不如中國量大面廣，但有些雜誌的歷史卻要比1949年建國以來的任何一家中國文學雜誌悠久。靠反華起家，後來成為主要屬時事性、稍含文學性的雜誌《公報》（*The Bulletin*）於1880年1月31號出版第一期，[4]距今（2007年）已有117年歷史了。以墨爾本大學為依託的《米安津》（*Meanjin*）雜誌首刊於1940年，以悉尼大學為依託的《南風》（*Southerly*）雜誌則更早，首刊於1939年。五十年代後，又出現了一直持續至今的大雜誌如墨爾本的《橫跨大陸》（*Overland*）[1954起]，西澳珀斯的《西風》（*Westerly*）[1959起]，布里斯班的《澳大利亞文學研究》（*Australian Literary Studies*）[1963起]和《赫卡忒》（*Hecate*）[1975年起]，墨爾本的《澳大利亞書評》（*Australian Book Review*）[1978起]，數度易位、轉戰全球、目前暫時棲居臥龍崗的《昆納匹匹》（*Kunapipi*）[1979起]，塔斯馬尼亞的《島》（*Island*）[1979起]，[5]墨爾本的《倒下時也要揮拳一擊》（*Going Down Swinging*）[1980起]，以及多得不計其數，如野花遍地狂放，轉瞬即逝的小雜誌，其中值得一提的是《詩歌澳大利亞》（*Poetry Australia*）[1964-1992共133期]。九十年代後期以來，隨著互聯網的普及，網上網下出現了更多新的雜誌，影響較大的有紙媒的《原鄉》（*Otherland*）[1996起]，[6]《熱》（*Heat*）[1996起]，《箱形風箏》（*Boxkite*）[1999起]和網刊《夾克衫雜誌》（*Jacket Magazine*）[1997起]，《火藥詩歌評論》（*Cordite Poetry*

4 參見西維亞·勞森（Sylvia Lawson）的《阿奇博爾德悖論：一項奇怪的著作案》（The Archibald Paradox: A Strange Case of Authorship），維省林武德，企鵝出版社，1983年，第72頁。

5 該雜誌數度易名，開始是《塔斯馬尼亞評論》（Tasmanian Review），繼而是《島嶼雜誌》（*Island Magazine*），從1991年開始改名為《島》至今。資料來源根據《牛津澳大利亞文學指南》（第二版）（*The Oxford Companion to Australian Literature* [second edition]）。

6 該雜誌在伊莉莎白·威比（Elizabeth Webby）主編的《劍橋澳大利亞文學指南》（*The Cambridge Companion to Australian Literature*）。英國劍橋：劍橋大學出版社，2000年，第168頁。

Review）[1997起]等。本章將集中探討三家雜誌個案，即《詩歌澳大利亞》、《南風》和《米安津》雜誌。

《詩歌澳大利亞》

《詩歌澳大利亞》由格雷斯・佩里（Grace Perry）於1964年創刊，目的旨在扶持澳大利亞詩歌人才，把雜誌辦成一家真正「具有國際性的」雜誌。[7]說是具有國際性，其實只具有半國際性。在其1964年-1992年的133期中，該雜誌舉辦了多次國別特刊，幾乎囊括了歐美所有重要詩歌大國，如英、美、法、德、瑞典、加拿大、義大利、新西蘭、愛爾蘭、蘇格蘭、俄國、奧地利，也譯介了東歐諸國的作品，如捷克（1969年10月），羅馬尼亞和馬其頓（1975年54-55期合刊），南斯拉夫（1976年58-61期合刊），甚至介紹了亞洲若干國家的詩歌作品，如朝鮮（1969年2月），日本（1970年12月），巴新幾內亞（1969年12月）和希伯來詩人（1978年66期），但獨缺中國詩歌。這對於一家以「國際性」為己任的詩歌雜誌來說，不能不說是一個重大的疏忽和缺憾。

是何原因導致如此呢？不外乎這樣幾種原因：主編族性、編輯傾向、中國文學，特別是中國詩歌在澳大利亞的不顯眼地位，以及澳大利亞作為英國文化附庸國對其文學藝術產品的依賴。作為一個國家文學雜誌的編輯，實際上是該國文化文學教育等的一個綜合體和載體。人們不可能期望一個從小接受英式或澳式教育的白種人，把一個目的為了提攜本國詩歌人才的雜誌辦成一個面向亞洲文學、甚至中國文學的視窗，這在自1901年起以「白澳」政策為國策，直至七十年代初該政策才解體的澳大利亞幾乎是不可能的事。在一篇慶祝

---

7 見《牛津澳大利亞文學指南》（第二版）（*The Oxford Companion to Australian Literature* [second edition]）。澳大利亞牛津大學出版社：1994 [1985]，第618頁。

該刊發表一百期的文章中，作者毫不隱瞞自己對外來文化的抵觸情緒，盛讚該刊為了避免讓過多海外作品「危險地佔有雜誌版面」[8]而一期期刊載年輕詩人作品，以取得平衡的做法。儘管華人來澳早至1817年，[9]早年來自英倫三島的愛爾蘭流放犯都模糊地知道「青山那邊是中國」，十九世紀末期又有寫下了《一個澳大利亞人在中國》的喬治・莫理循（George Morrison）和二十世紀初為蔣介石當顧問的威廉・亨利・唐納德（William Henry Donald）這樣兩個著名的「中國通」，但澳大利亞文學界對中國文學的興趣普遍表現遲鈍和麻木。這是與自1850年淘金時代以來長期抑華貶華的制度性行為分不開的，也與澳大利亞國族意識淡薄，始終向「母親祖國」（Mother Country）英國看齊，拾其牙慧有關。既然已有亞瑟・韋利（Arthur Waley, 1888-1966）的中詩英譯，何必還需要自己辛苦翻譯呢？這種依靠舶來品欣賞中國文學的思維定勢即使在今天的澳大利亞仍有很大市場。筆者就親耳聽到過這種澳大利亞無需翻譯，只需閱讀英美出版的中國文學翻譯作品即可的言論。而且，由於中國文學始終未進入澳大利亞大學，只是到了1953年才在澳大利亞國立大學設立第一個中國文學教授職位，[10]中國文學在澳大利亞的進入和傳播就只能在很小範圍內通過少數感興趣的人來進行了。

儘管如此，中國文學還是通過雜誌進入了澳大利亞這片排他的文學風景，借助的是華人之筆，採取了一種迂回曲折的方式。以《詩歌澳大利亞》為例，其創始之初有一期（1965年12月第7期）曾介紹過幾位新加

---

8 湯姆・夏普科特（Tom Shapcott），《詩歌澳大利亞：一百期》（*Poetry Australia: One Hundred Issues*），《詩歌澳大利亞》，1985年第100期，第78頁。

9 第一個於1817年登陸澳大利亞的中國人名叫Mark O Pong（馬克・奧・龐），1823年改名為John Sheying（約翰・賽英），其原名為麥世英。參見Eric Rolls（埃裡克・羅爾斯）*Sojourners: the epic story of China's centuries-old relationship with Australia*（《旅居者：關於中澳幾個世紀關係的英雄史般的故事》）。昆士蘭大學出版社：1992年，第32頁。

10 參見雷金慶（Kam Louie），《澳大利亞中國文學研究50年》（劉霓摘譯），原載《國外社會科學》，2004年第4期，第52頁。據本章作者（2007年7月5日）與雷金慶的電子郵件通訊，雷教授根據記憶也認為1950年之前澳大利亞大學並不講授中國文學。

坡華裔詩人的詩歌，如唐愛文（Edwin Thumboo），[11] Wong May和Raymond Ong Eng Kong。[12] 除了詩人名字上還可依稀識別出斑駁的華人風貌外，這些詩裡的中國痕跡幾乎蕩然無存。此後對華人詩歌的介紹也僅限於一位名不見經傳的澳大利亞華人女詩人Tina Chin（1971年第39期），[13] 美國華裔詩人Stephen Shu Ning Liu（1971年第40期），[14] 澳大利亞華裔詩人周永權（1984年第96期和1986年第103期）和加拿大華裔詩人弗雷德・華（Fred Wah）（1986年105期）。周永權有一首詩以「Chinks」為題，[15] 含蓄地反映了生活在異國的無根狀態，首句上來就是：「連根拔起，栽在陌生人家的後院／凋謝花朵的香氣馥鬱得很不正常。」[16] 周永權在八十年代中期和九十年代初曾一度活躍，雖在《米安津》，《南風》和《西風》等大雜誌上從未露面，但《詩歌澳大利亞》早於1984年就給讀者推薦，為澳大利亞的華人英文詩歌立下了開創之功。[17] 除此之外，該刊始終與中國詩歌無緣。遲至1992年，還刊載了一首充滿中國滯定型的詩歌，題為《辦公室餐具櫃中的中國娃娃》。[18]

我在電子郵件和《夾克衫雜誌》主編約翰・特蘭特（John Tranter）提及《詩歌澳大利亞》為何從不介紹中國詩歌一事時，他是這樣回答的：據他回憶，「六十年代，大多數澳大利亞人都認為共產黨中國是一個遙

11 該詩人多次獲國家詩歌大獎，其父是斯里蘭卡泰米爾族人，其母是中國潮州人。見http://en.wikipedia.org/wiki/Edwin_Thumboo

12 參見《詩歌澳大利亞》1965年12月第7期5-7頁。

13 關於Tina Chin，現已無可考，但很可能是澳大利亞最早以英文寫作的華人詩人之一。

14 美國著名華裔詩人，曾于1982年獲得美國的重要詩歌獎「小推車獎」（Pushcart Prize）。

15 Chink本有「縫隙」的意思，在澳大利亞英文中是因中國人眼睛細長眯縫而專指中國人的罵人話，不能簡單地譯成「清客」。

16 見《詩歌澳大利亞》1986年第103期25頁。中文詩句由歐陽昱翻譯。

17 歐陽昱主編的《原鄉》（Otherland）雜誌也曾於1998年8月第四期介紹了Ken Chau（當時不知其中文姓名，故譯成「肯・趙」）的一組詩，由歐陽昱譯成中文。見該期第73-78頁。

18 參見約翰尼・特萊博特的詩「Chinese Doll on the Office Credenza」，原載《詩歌澳大利亞》1992年第133期70頁。

遠、敵視而又神祕的國家」。[19]正因如此，造成了這種詩歌的隔絕。實際上，中國豈止是在六十年代被看作是「遙遠」的國家。直至2007年，美國的澳大利亞文學專業雜誌《對蹠地》（Antipodes）中仍有文章把中國等同為南非和日本一類「遙遠的國度」。[20]

《南風》雜誌

澳大利亞歷史最悠久的文學雜誌是《南風》雜誌，由英語協會（The English Association）悉尼分會于1939年創立。最初把重點放在英美文學上，但從1944年開始，逐漸把重心轉移到扶持推廣澳大利亞文學上來，重點介紹澳大利亞作家的創作和評論，成為一家十分重要的澳大利亞文學刊物。[21]但這家雜誌在1939-1992年長達53年的歷史中，僅在兩期小量登載了有關中國文學的作品，[22]可以算得上是兩件「重小」事件了。1940年第一期橫空出世地刊載了一篇關於《金瓶梅》的短文（第23-25頁），題為《一部中國長篇小說：金瓶梅》（「A Chinese Novel: The Chin P'ing Mei」），其中節選了英國翻譯家亞瑟・韋利所節譯的《金瓶梅》（1939年出版）。該文作者R・歐姆斯比・馬丁（R. Ormsby Martin）開門見山，指認這部中國長篇小說有兩大特徵，一是就事論事的講故事，不理會情節，也無「心理強度」（p. 23）。二是這部小說從未被學者認

19 根據筆者2007年7月4日與特蘭特的電子郵件通訊並征得其同意。

20 參見納薩內爾・奧賴利（Nathanael O'Reilly）《教「彎管子」英語：美國的澳大利亞文學》（Teaching「English with a Twist」: Australian Literature in the United States）。原載《對蹠地》（Antipodes）2007年六月號第73頁。

21 參見《牛津澳大利亞文學指南》（第二版）（*The Oxford Companion to Australian Literature* [second edition]）。澳大利亞牛津大學出版社：1994 [1985]，第708-709頁。

22 注意，是有關中國文學的作品，而非中國文學作品本身。

為具有任何「文學（或道德）價值」。（p. 23）但馬丁受林語堂影響，引用林的原話，說明該書「可能是一部反映[明代]社會風氣的最佳小說」（pp. 23-24）。他自己則認為，這部小說與其說像人們所說的那樣，是一部中國的《十日談》，不如比作菲爾丁的《湯姆・鐘斯》更佳，因為兩部作品都是「價值極高的歷史文獻」。（p. 24）

時隔30年，在1970年第3期，《南風》雜誌發表了艾利克・歐文（Eric Irvin）以《三首仿中國風格的詩》（「Three Poems After the Chinese」）為總題的三首詩（p. 230）。這個「重小」事件的意義在於，它透露了澳大利亞詩歌也氾濫著一股「中國風」。chinoiserie這個法語詞在中文裡有多種譯法，如中國風、中國熱、中國潮、中國風格、中國東西、漢風等，[23]是指十七世紀以來歐洲繪畫、雕塑、家具、陶瓷等一系列藝術形式中流行的模仿中國藝術風格的時髦風潮，後來逐漸擴展到文學作品和文學語言中，具體通過厄內斯特・布拉馬（Ernest Bramah）的《凱龍》故事系列，巴里・休加特（Barry Hughart）的《主人和十號黃牛》長篇小說系列，以及斯蒂芬・馬利（Stephen Marley）的《茶黑龍》系列（*Chia Black Dragon*）等反映出來。[24]由於亞瑟・韋利和龐德對中國古典詩歌的譯介，對英語詩歌產生了深遠而廣泛的影響。[25]《南風》雜誌1958年第1期登載的澳大利亞詩人布魯斯・比佛（Bruce Beaver）的詩《「曾憶金鑾」……以及白居易》（「『Remembering Golden Bells』…and Po Chu-i」）（p. 30）中就可以看到韋利譯詩的影響。該詩的源頭是白居易《念金鑾子二

23 只要在www.sina.com.cn 或http://tw.yahoo.com/ 鍵入chinoiserie一詞，就可查到這類翻譯字眼。

24 參見Wikipedia的chinoiserie詞條：http://en.wikipedia.org/wiki/Chinoiserie

25 據美國澳大利亞文學研究雜誌《對蹠地》（Antipodes）主編尼古拉斯・伯恩斯（Nicholas Birns）7/7/07與筆者電子郵件通信說，模仿龐德中國風的作家有美國詩人路易・朱可夫斯基（Louis Zukofsky），羅伯特・哈斯（Robert Haas）和羅伯特・布林赫斯特（Robert Bringhurst），以及英國作家弗蘭克・庫普納（Frank Kuppner）。高行健英譯者陳順妍與作者電郵通信（7/7/07）中指出，由於中國在第一次世界大戰和冷戰期間被忽略，許多西方人直接「挪用」中國文化（包括思想和文學），據為己有，海德格就是一個「剽竊」道家思想的顯例。

首》之一，全文如下：

衰病四十身，嬌癡三歲女。
非男猶勝無，慰情時一撫。
一朝舍我去，魂影無處所。
況念夭化時，嘔啞初學語。
始知骨肉愛，乃是憂悲聚。
唯思未有前，以理遣傷苦。
忘懷日已久，三度移寒暑。
今日一傷心，因逢舊乳母。[26]

韋利譯詩比較自由，全文對照如下：

Golden Bells

When I was almost forty
I had a daughter whose name was Golden Bells.

---

26 摘自網址：http://ks.cn.yahoo.com/question/1307060404801.html

Now it is just a year since she was born;
She is learning to sit and cannot yet talk.
Ashamed—to find that I have not a sage's heart:
I cannot resist vulgar thoughts and feelings.
Henceforward I am tied to things outside myself:
My only reward—the pleasure I am getting now.
If I am spared the grief of her dying young,
Then I shall have the trouble of getting her married.
My plan for retiring and going back to the hills
Must now be postponed for fifteen years![27]

布魯斯・比佛一詩的標題顯然取自韋利譯詩，詩中稱白居易為「你」，把中國的常規稱作是一種「前後顛倒的常規」（back-to-front convention）（p. 30）。除了顯示出詩人對中國文學和文化的無知，以及一種拙劣的模仿之外，全詩毫無真情實感，難以卒讀。

艾利克・歐文曾在《悉尼晨鋒報》（*Sydney Morning Herald*）擔任過一段時間的助理編輯（1962-1973），發表作品以詩歌居多，詩歌中又以「中國風」的作品居多，如發表在《公報》的《竹笛》（1943年3月24號），《半球》（*Hemisphere*）雜誌的四首《仿漢詩》（1967年7月號）和該刊1969年7月號的一首仿漢詩，

[27] 摘自網址：http://www.humanistictexts.org/po_chu_i.htm

《二十世紀》（*Twenty Century*）雜誌的兩首仿漢詩（1970年春季號），《公報》的一首仿漢詩（1971年2月6號），以及《象限》（*Quarant*）雜誌（1987年1-2期合刊）的一首仿漢詩，標題就叫《精典四行詩：漢風》（「Quintessential Quatrains: Chinoiserie」）（p. 77）。[28]他1970年第3期發表的三首仿漢詩中，有一首叫《劉徹變奏曲》（「Variation on Liu Ch'e」），是根據韋利所譯漢武帝劉徹悼亡詩而來。中文原詩如下：

羅袂兮無聲，
重塀兮生塵，
虛房冷而寂寞，
落葉依于寧扃，
望彼美之女兮，
安得感餘心之未寧。[29]

韋利譯文把標題改為《李夫人》（「Li Fu-Jen」），總體上忠實于原文，進入英文後也頗有詩味，如下：

Li Fu-Jen

The sound of her silk skirt has stopped.

---

28 資料來源見AusLit網站Eric Irvin詞條：http://www.austlit.edu.au/

29 資料來源見網站：http://book.sina.com.cn/nzt/history/his/diaoluodehongyan/78.shtml

On the marble pavement dust grows.
Her empty room is cold and still,
Fallen leaves are piled against the doors.
Longing for that lovely lady
How can I bring my aching heart to rest?[30]

到了龐德手上，該詩標題又變了一變，成了《劉徹》（「Liu Ch'e」），全文如下：

Liu Ch'e

The rustling of the silk is discontinued,
Dust drifts over the court-yard,
There is no sound of footfall, and the leaves
Scurry into heaps and lie still,
And she the rejoicer of the heart is beneath them:

A wet leaf that clings to the threshold.[31]

---

30 資料來源見網站：http://petersirr.blogspot.com/2006/03/rustling-of-silk.html
31 同上。

把「無聲」譯成「the ruslting···discontinued」（窸窣聲……中斷了），「生塵」處理成「dust drifts」（漂塵），又打亂詩歌語序，把「落葉依于寧扃，」一句搬到詩末，脫離全詩，自成一句，這在龐德來說頗具創意。

艾利克・歐文則是這麼「變奏」的：

Variation on Liu Ch'e

No more her silken steps. No sound.
Dust clogs the Jade Courtyard.
Cold silence keeps her empty room.
Leaves press at the double-barred door.
Where shall I look to find her beauty?
Where find the dream to ease my heart?[32]

譯文生硬而不自然。把「甯扃」處理成「double-barred door」（雙閂門），在「扃」字上固然貼近，但「寧」字的淒清之意蕩然無存。這種不懂中文，從文本到文本的翻譯雖然不失為一種獨特的文學交流，但終究屬於無本之源，不過是一種同義反復的贅述。

32 見《南風》雜誌，1970年第3期第230頁。

據筆者調查發現，《南風》雜誌自創始之初就頗具世界主義傾向，發表了大量海外文學作品，1944年第1期介紹了普希金，1945年第1期介紹了馬雅可夫斯基，1949年第1期介紹了當代新西蘭詩歌，1954年第1期介紹了D・H・勞倫斯在澳大利亞的情況，1958年第1期介紹了於勒・凡爾納（Jules Verne）的作品，1965年第3期介紹了英國作家安東尼・特羅洛普（Anthony Trollop）的澳大利亞小說，但除了兩次「重小」事件之外，始終置偉大的中國文學於不顧，無論是現當代，還是古代，無論是出自本國還是他國華人筆下，都是如此。進入九十年代，情況才逐漸好轉起來。1989年，澳大利亞小說家、前駐華大使館文化參贊，曾在上海華東師大外語系講授澳大利亞文學為時半年的周思，出版了一部關於天安門事件的長篇小說《長安大街》（*Avenue of Eternal Peace*）。其後不久，他於1992年在《南風》雜誌第3期發表了一篇題為《非關漢字：翻譯中國》（「Non-Chinese Characters: Translating China」）的文章（pp. 3-11），[33]提到不少以中國為題材的澳大利亞小說，如喬治・莊士敦（George Johnston）的《一車粘土》（*A Cartload of Clay*, 1971），其中有一個人物是其在中國認識的詩人聞一多；以及中國詩歌對澳大利亞詩人的影響，如羅絲瑪麗・多伯森（Rosemary Dobson），約翰・特蘭特[34]和費・茨維琪（Fay Zwicky）等。至少從《南風》雜誌出版史看，這是第一篇比較深入反映中國文學在澳大利亞流布情況的文章。其中也談到了周思作為一名澳大利亞作家對中國文學的看法。他是這麼說的：「中國敘述文體具有典型的片斷插曲、漫無頭緒、傳奇冒險、以及零敲碎打等特徵。」（p. 8）無論這種看法是否全面，它至少是一種很有意思的切入。[35]此後，《南風》雜誌分別在1995年第2期和2003年

33 該文曾於1991年在澳大利亞國家圖書館的「翻譯：中國和澳大利亞」研討會上作為主題演講發言，當時題目為《中國與作家》。

34 周思提到特蘭特曾受羅伯特・佩恩（Robert Payne）翻譯的中國古詩集《白馬》（*The White Pony*，1947）影響（見該文第10頁），儘管特蘭特本人主編的《夾克衫》雜誌從未刊登過一期中國詩歌特刊。這也是很奇特的事情。

35 《南風》雜誌1992年第3期發表了周思在中國的一組行旅詩歌（pp. 75-78）。作為小說家所寫的詩歌，這一組詩不太出眾。

第1期登出兩期翻譯特刊，發表了包括《大雁塔》在內的六首韓東譯詩（1995, No. 2, pp. 45-52），譯者是陶乃侃和托尼・普林斯（Tony Prince）和歐陽昱英譯的李白（《送孟浩然之廣陵》）、杜甫（《春夜喜雨》）、孟浩然（《春眠》）和王維（《渭城曲》）各一首（2005，No. 1, pp. 53-54）。其間還在1995年第4期發表了裴希敏（Simon Patton）譯的於堅一首《啤酒瓶蓋》（pp. 166-167）。還通過書評方式介紹了陳順妍英譯的楊煉《Yi》詩集（2003, No. 2, pp. 190-193），以及不少澳大利亞華人的文學作品，如Chou Li-ren、Xiao、陶乃侃和歐陽昱的詩，潘孜捷（Zijie Pan）的短篇小說和Selina Li Duke的散文。不能說全面，但至少「零敲碎打」地引入了一些片斷的中國文學風景。值得注意的是譯介當代中國詩歌時譯者的介紹。陶乃侃和托尼・普林斯注意到韓東詩歌中的「非詩語言」，「對個人情感的節制」和「對陳腐詞語的運用」，認為其詩「洞見了城市生活中容易被忽視的情感一面。」（1995, No. 2, p. 45）裴希敏觀察到於堅詩歌中「每日平庸的生活成為新風格的基礎」之特點。（1995, No. 4, p. 166）。評論楊煉《Yi》詩集的克利・裡夫斯（Kerry Leves）稱該作為一部「奇書」（extraordinary book），令西方讀者想起尼采和蘭波。（2003, No. 2, p. 190）其詩「色彩斑斕、生動、浪漫、土氣撲鼻—是一位先知對死亡、再生、苦難和昇華等主題的狂想曲。」（p. 191）

總的來說，《南風》雜誌在九十年代和二十一世紀的頭五年中所經歷的軌跡反映出這家雜誌已逐漸意識到翻譯於文學交流的重要性並身體力行地實踐之。儘管對中國文學的門敞開得尚不夠大，但相較於前五十年，應該說有了長足的進步。據該雜誌現任主編大衛・布魯克斯（David Brooks）說，中國文學介紹得很少主要與缺乏中國「材料的翻譯」和主編偏好有關。他很自謙地說，我們雜誌（對中國文學的瞭解）尚處在「賽珍珠」時代。我在回信中除了提到個人口味、選編原則和關係等原因之外，也提到了時代原因（「白澳」政策、冷戰）等，以及一個十分不可忽視的問題，即中國文學在西方一向不被認為是世界文學的一個部分，而是一個專門領域，需要專家（往往不是文學評論家和批評家）來探討和介紹。[36]高行健英譯作品在澳大利亞出版之後，澳大利亞報界延請所謂「中國專家」（China specialist）而不是文學評論家來寫書評，就很說明問題。說到底，這是西方在把中國政治化的過程中連帶著也把中國文學政治化的一個嚴重傾向。

《米安津》雜誌

《米安津》1940年創刊於布里斯班，第一期僅有8頁紙，逐漸擴展為雙月刊，從1943年起改為季刊至今。據第一任雜誌主編克勒姆·克裡斯特森（Clem Christesen）稱，該刊任務是提供「公正無私的批評，對所有有關的思想都感興趣」，「靈活多變，但誠摯本意不變」，其「原則問題」就是「不附屬於任何原則」。[37]六十七年來，這本在澳大利亞頗有影響的文學雜誌在面向世界的同時，也把重點放在推介澳大利亞本國作家作品上。刊物創始之初的四十年代和五十年代，曾不斷有對中國文學的介紹，大量選譯了古代詩歌作品和少數現代作品。六十年代，中國文學作品的翻譯為有關中國和亞洲的政論性文章所代替，七十年代和八十年代除了個別介紹澳大利亞華人作家作品之外，對中國文學隻字未提。九十年代開始升溫，直到2005年末，幾乎每期都有關於中國文學或華人文學或藝術的介紹，反映了該刊從開放走向封閉，又逐漸走向開放的全過程。

在早期向澳大利亞介紹中國文學的人中，R·歐姆斯比·馬丁是一個重要人物。前面曾提到他在《南風》雜誌1940年首刊介紹了《金瓶梅》。在《米安津》1943年第一期，他以短文介紹了古今中國的文學情

36 與作者電子郵件交流（9/7/07）。

37 參見《牛津澳大利亞文學指南》（第二版）（*The Oxford Companion to Australian Literature* [second edition]），第525頁。

況，認為研究中國的哲學和文化「不僅會豐富我們[澳大利亞人]的國民生活，而且能讓我們在東西方的結合中發揮不可或缺的作用。」[38]在當年有這種見識的人是不可多得的。基於馬丁上述文中的超前認識，他不遺餘力地介紹古代中國詩歌，特別是唐代詩人詩歌。這包括他在該刊1944年第二期推出七首英譯的王維詩（pp. 97-8）；[39] 1946年通過米安津出版社出版一本總計六頁，題為《山水：中國風景詩歌翻譯》（*Shan Shui: Translations of Chinese Landscape Poems*）的中國古詩翻譯集，[40]該詩集曾被譽為澳大利亞第一部中詩英譯集；[41] 1953年第三期推出的王維譯詩四首（pp. 314-5）。[42]馬丁對王維的喜愛來自他對王維詩歌深刻的認識。他說，王維詩歌是詩與畫這「兩種藝術的完美融合」，其「文字圖像具有罕見之美」。[43]他認為王維對大自然留下了深刻印象，並未因其短暫易逝而像李白那樣驚倒，也因意識到自然之美而不像杜甫那樣對社會感到憤懣和不滿。[44]最後，他以一個關鍵字enjoy（欣賞或愉悅）總結了王維的詩歌精髓，即王維的詩歌表現了對山水的欣賞愉悅態度。[45]

38 R·歐姆斯比·馬丁，《過去和現在的中國：澳大利亞的機遇》（China, Past and Present: Australia's Opportunity）。《米安津》，1943年第一期第47頁。

39 其中除翟理斯（H. A. Giles）和W·J·B·弗萊徹（W. J. B. Fletcher）各一首外，其餘均為馬丁翻譯。

40 他署名時在自己英文姓名下用括弧含了一個中文名字Bo Yün-tien，很可能是「白雲天」或「薄雲天」。該詩集搜集的詩人包括陶潛、孟浩然、韋應物、李煜、溫庭筠、蘇軾、辛棄疾，幾位無名詩人（14世紀一名，17世紀兩名），三位在中文中找不到對應的詩人，即Fu Hsüan（A.D. 217-278），Weng Güan（A. D. 618-907）和Liu Deh-Jen（西元九世紀上半葉），以及一位沒有姓名的當代詩人的詩。

41 A·L·塞德勒（A. L. Sadler）關於該詩集的書評請參見《米安津》1947年第一期第61頁。

42 該期還登載了路易·艾黎翻譯的王維詩歌，但關於艾黎的情況，要放在另一章來談了。

43 見《米安津》1944年第二期第95頁。

44 同上，第96頁。

45 同上，第96頁。有意思的是，據馬丁講，他翻譯的這些詩歌根據的不是中文原文，但根據的是什麼，他又語焉不詳。給人印象好像是根據他人英譯的再加工。參見《山水：中國風景詩歌翻譯》。墨爾本：米安津出版社，1946，扉頁。

C・P・費茨吉羅德（C. P. FitzGerald）[1902-1992]（中文姓名是費子智）是澳大利亞歷史學家，21歲去中國，工作生活了二十多年，直至1950年返澳。主要著作有傳記《天子：唐代奠基人李世民》（*Son of Heaven: A Biography of Li Shih-min, Founder of the T'ang Dynasty*）（1933），《中國文化簡史》（*China: A Short Cultural History*）（1935），[46]《中國的革命》（*Revolution in China*）（1952），[47]傳記《女王武則天》（*Empress Wu*）（1955）和《為什麼偏偏是中國？》（*Why China?*）（1985）等。五、六十年代，他在《米安津》發表了一系列文章，介紹中國發生的變化和現狀。他在1950年《米安津》第二期發表的一篇長文《中國的文藝復興運動》中指出，中國自辛亥革命以來，開展了一次文藝復興運動，出現了胡適和陳獨秀這樣的領軍人物，肇始了白話（pai hua）運動。[48]他還指出，白話雖然具有革命意義，但早在六百多年前就出現在明代話本小說中。用白話寫出的《水滸傳》和《紅樓夢》都有一種明顯的「顛覆傾向。」他認為《紅樓夢》反對男權為主宰的社會暴政，捍衛了女性的權利，[49]這在50年代初，可算是一種洞見。他還提到了中國的文字改革，特別是提倡平民教育，推廣「千字運動」的領袖晏陽初（Y. C. James Yen）。[50]在1951年《米安津》第三期上，他又發表了一篇題為《作為顛覆力量的中國長篇小說》（*The Chinese Novel as a Subversive Force*）的長文，以《三國志》、《水滸傳》、《西遊記》和《紅樓夢》四部小說為例，著重指出中國長篇小說是建立在

46 參見王賡武（Wang Gungwu），《C・P・費茨吉羅德1902-1992》（In Memoriam: Professor C. P. FitzGerald 1902-1992）一文，原載《澳中》雜誌（*The Australian Journal of Chinese Affairs*）第29期（1993年1月），p. 161。

47 據說該書是關於中國革命的書中被閱讀得最多的一本。1964年再版時易名為《共產中國之誕生》（The Birth of Communist China）。參見澳大利亞研究理事會亞太地區未來研究網路（ARC Asia Pacific Futures Research Network）集體編撰的《澳大利亞按地區分類的亞洲研究：中國》（Australian Research on Asia by Region: China）：http://www.sueztosuva.org.au/research/china.php

48 參見該文，原載《米安津》1950年第二期第100頁。

49 同上。

50 同上，第108頁。

白話根基之上的這個重要原則，因此導致了這些名篇「當代遭貶，未來輝煌」的不幸之幸。[51]他認為「明人小說」[52]最重要的特點是其使用了「活的語言並描述了人性永恆的弱點」，因此在（共產黨的）新時代與舊時代一樣，也會有讀者並將不斷重印。[53]根據他的注釋，這五部作品中，《三國志》當時已有英文全譯本，譯者是C. H. Brewitt-Taylor，中文姓名是鄧羅（又譯布魯威特─泰勒），1925年由Kelly and Wash出版社在上海出版；《水滸傳》僅有賽珍珠的譯本，為*All Men Are Brothers*；《金瓶梅》有兩種譯本；《西遊記》有亞瑟・韋利的節譯本，名為*Monkey*（《猴子》）；而《紅樓夢》尚無英譯本。[54]在該刊1968年第四期發表的《中國和澳大利亞：一種持續的關係》（*China and Australia: a Continuing Relationship*）一文中，他強調中國是澳大利亞「最偉大的鄰居」（p. 394）並提出，「研究和瞭解當代中國是未來中澳關係之關鍵」，只有通過學校教育和投入更多時間研究中國文明，澳大利亞才能「產生不再認為中國的一切都是陌生神祕的一代人」（p. 397）。雖然費子智沒有通過翻譯介紹中國文學作品，但他的文章在某種意義上向澳大利亞讀者敞開了一道大門，從中透露了中國文明和文學的資訊。

很有意思的是，在《米安津》創刊初期的五十年代，經常會有關於亞洲作家會議的報導見諸於頁面，如1952年在北京召開的亞洲及太平洋區域和平會議，其中提到了中方代表茅盾和Emi Siao（蕭三），但指出了一個令人悲哀的問題，即抵達中國的英文文學都是通過蘇聯的外文出版社，人們能讀到英美作家狄更斯和法斯特（Howard Fast）的作品，卻不見澳大利亞作家的蹤影，如凱撒琳・普裡查德（Katherine Prichard），弗

---

51 參見該文，原載《米安津》1951年第三期第259-266頁。
52 英文是「the Ming novels」，其實有誤，應指明清小說，同上，266頁。
53 同上。
54 同上，266頁。

蘭克・達爾比・大衛森（Frank Dalby Davison）和亨利・勞森（Henry Lawson）等。[55]另如1955年的萬隆會議報導（《米安津》1955年第二期）和1958年亞非作家會議報導（《米安津》1959年第一期），其中長篇引述了中國21人代表團中主要發言人周揚的原話，重點指出，各國的文化交流「無疑會增加國與國之間的瞭解和友誼並推動東西方各國文化的發展。」（p. 110）有一點值得指出的是，這一時期對中國文學的介紹尚未染上後期的政治化毛病，視覺取向是以文為主，有意消解文學中的政治含義。如在關於《亞洲文學寶庫》（*A Treasury of Asian Literature*）（1958）一書的書評中，諾曼・巴特勒特（Norman Bartlett）指出，所收的韓素音的短篇小說《周大狗》（*Big Dog Tsou*）完全「缺乏政治意識」（《米安津》1958年第三期）（p. 361），但這種相對擺脫政治的現象反而「更有力，更能代表亞洲」（p. 362）。[56]

除了上述介紹報導之外，五、六、七十年代《米安津》在中國文學方面基本剃了一個光頭，正兒八經譯介的中國作家僅有一人：魯迅。[57]譯者本人也非科班出身。J・B・韓森-婁（J. B. Hanson-Lowe）是一個來自英國的石油地質學家和文學愛好者，他在荷蘭海牙偶然發現一件散佚的中文手稿，看不到作者署名，後來根據標題猜測出自魯迅之手，又經一位華人朋友確認如此。這就是他始而翻譯，終而在《米安津》1960年第三期發表譯文《孔已己》的來歷（pp. 276-281）。關於魯迅，韓森-婁似乎情有獨鍾，早在《米安津》1955年第二期就專文介紹了魯迅的生平及其作品《阿Q正傳》，[58]發表了很有見地的看法，認為該作不像「馮雪峰同

55 參見海倫・帕默（Helen Palmer）《與中國的文化交流》（「Cultural Exchange with China」）。原載《米安津》1953年第一期第100-101頁。

56 另有一篇文章談到了1962年在馬尼拉召開的亞洲作家大會，除其他國家外，還有羅家倫領隊的臺灣作家代表團和Jack Wong領隊的香港作家代表團。詳見詹姆斯・普勒斯頓（James Preston）《馬尼拉亞洲作家大會》（「Asian Writers' Conference in Manila」）一文，原載《米安津》1963年第四期第406-408頁。

57 除了馬丁翻譯的一首王維詩之外。參見《米安津》1955年第二期第217頁。

58 其所依據的譯本是北京外文出版社出版的*The True Story of Ah Q*。同上，第208頁。

志」（p. 213）所認為的那樣，是「從政治辯論家的角度，揭露宗族制度的陋習」（p. 213），而是一部「具有高度獨創性的文學作品」，根本不是什麼「革命或無產階級實用文學的樣板」（p. 213），完全與共產主義無關（p. 208）。[59]

七十年代末和八、九十年代是中國改革開放的年代，也是澳大利亞面向亞洲和中國開放的時代。自「白澳政策」在六十年代末解體，中澳1972年建交，亞洲移民大批湧入，澳大利亞全面進入多元文化時期，通過《米安津》這個視窗也折射出了新時期的文學變化。八十年代來自中國的文學依然沉寂，僅發表了兩個澳華作家作品，如高博文的一個短篇（1983年第一期）和潘孜捷的一首詩（1984年第二期）。進入九十年代，情況出現了好轉，不僅面寬（涵蓋了澳華作家的英文作品和天安門事件後來澳大陸作家的英譯作品，如丁小琦的《女兒樓》（*Maiden Home*），而且有重點（專門出版了亞洲特輯[1998年第三期]）。

與《南風》雜誌不同之處在於，這十年，《米安津》重點介紹的除澳大利亞作家外，都是澳大利亞土生華人或者獲得了澳大利亞國籍或其他國籍的前大陸作家，如丁小琦（1994年第一期），來自新加坡的余燕珊（Audrey Yue）（1996年第一期），來自香港的高博文（1997年第二期），澳大利亞土生華人作家簡・哈欽、陳順妍、娜塔莎・邱、[60]來自大陸的趙川、桑曄、歐陽昱和獲得新西蘭國籍的楊煉（1998年第三期）。但其優點也是其缺點，即沒有直接來自大陸的古代和現當代作家的英譯作品，僅在1999年第二期發表了歐陽昱譯的一首於堅詩《牆的發現》（p. 20）。

59 《米安津》倒是在六十年代末以「太平洋指向標」（Pacific Signposts）為總題，發表了一系列探討澳亞關係（包括澳中關係）的政論性文章。可參見1969年第一、二、三、四期的四篇文章和1971年第一期的一篇關於澳中關係的長文。

60 澳大利亞華人作家，原名Natasha Cho，現名Tom Cho。據他講，他有中文姓名，但因私人原因不願披露。與作者電子郵件通訊（16/07/07）。不過，今天（2013年8月12日）他來信告知，他的中文姓名是曹勵善。

從2000年開始，《米安津》在保留上述這一傾向的同時，重心向中國當代文學發生了稍許偏移。除介紹澳華作家歐陽昱、沈園芳、Christine Choo、Chong Weng-ho、關嘉祥[61]等外，還發表了陳順妍譯英籍前大陸作家虹影詩歌（2000年第四期），裴希敏譯於堅散文節選《棕皮手記》（2000年第一期），又分別在2004年第二期和2005年第四期各出版了一期「澳大拉西亞」（Australasian?）特輯和「連接舌語」（Connecting Tongues）的翻譯特輯，推出了一大批澳華新人，如鐘海蓮、楊威廉、周瑞蘭、Dean Chan、邱琴玲、[62]Jen Tsen Kwok、林誠質（Chek Ling）、Siew Siang Tay、梅劍青、羅薇薇，還順帶介紹了兩位新西蘭華裔女詩人莫志民（Tze Ming Mok）和黃金蓮（2004年第二期），2005年第四期有阿格列茲卡・斯特凡蘿斯卡（Agnieszka Stefanowska）譯蘇軾詩，Xuelian Zhang譯張承志中篇詩體小說《錯開的花》，歐陽昱譯西川和何小竹的詩等，其密度和密集度是前所未有的。誠如愛麗森・布諾伊諾斯季（Alison Broinowski）所指出，「由『非連字號號』的純澳大利亞人來寫亞洲的集體信心已經下降」（2004年第二期，p. 236），到了該由澳亞作家和澳華作家自我表現的時候了。因此，《米安津》主編伊恩・布裡頓（Ian Britain）借重該期展演了比任何時候都更「多元化和混合化」的一輯，超越了這部雜誌「傳統的黑白範式」（p. 237）。布裡頓在2005年第四期的編者按中更強調了翻譯在文學中的作用，指出時候已到，《米安津》這家「非專業雜誌」該給翻譯從業者和理論家一個「更廣闊的平臺」。惜乎二十一世紀已經過了五年，儘管為時還不算太晚。而且，他在強調翻譯重要性的時候，提到的文本是《聖經》，臣服的物件是荷馬、柏拉圖和奧維德，絕口未提任何一位重要的中國作家。令人甚為遺憾。

通過華人的英文創作或流轉各國的前中國人的創作，而不是直接借助翻譯中國文學來曲折地反映中國和

61 關氏實為加拿大華人，但往來於加、澳和中國三地。

62 據作者講，她只知道自己中文名叫Qiu Qinling（邱琴玲），而不知其意。

中國文化，直到現在仍舊是澳大利亞一些雜誌的經典做法。例如，網刊《夾克衫雜誌》自1997年創刊以來，在國際上享有盛譽，重點推出和介紹了很多國家的重要詩人，也介紹了不少華人、華裔作家作品，如在第八期刊登了斯蒂夫・布拉德伯裡（Steve Bradbury）譯臺灣女詩人夏宇的四首詩，第十四期推出了伊利奧特・威恩伯格（Eliot Weinberger）和Iona Man-Cheong合譯北島的十三首詩，[63]第十五期推出了陳順妍譯楊煉一首，第十六期發表了雅各・愛德蒙德（Jacob Edmond）和布萊恩・霍爾頓（Brian Holton）譯楊煉各一首，第27期介紹了美國華裔詩人白萱華（Mei-mei Berssenbrugge），第29期介紹了澳大利亞華人詩人歐陽昱，僅在第20期集中推出了一期當代大陸詩歌特刊，介紹了車前子、黃梵、Yi Cun、Zhou Yaping和Hong Liu的英譯詩。據該期英文翻譯傑夫・退切爾（Jeff Twitchell）說，這期詩歌的翻譯是由他任教的南京大學學生的合作成果（http://jacketmagazine.com/20/pt-chinese.html），從翻譯角度看，倒不乏新意。

「求新」或者說「承前」，是《夾克衫雜誌》的一個重要特點。例如，該刊在第23期發表了斯蒂夫・布拉德伯裡談美國詩人肯尼斯・雷克斯羅斯（Kenneth Rexroth）改寫杜甫詩篇的嘗試並在第32期刊出了加里・布蘭肯希普（Gary Blankenship）仿王維的詩作，以及澳大利亞詩人克里斯多夫・克倫（Christopher Kelen）與詩人和學生一起，對唐代詩人孟郊詩歌進行刪改、重寫、再造等種種嘗試。因為篇幅關係，此處從略。

其他文學刊物，如西澳的《西風》雜誌，也與上述幾家文學雜誌有諸多相似之處，如介紹現、當、古代中國文學偏稀，過於傾向華裔作家英文作品而不注重翻譯在文學交流中的作用，等。

---

[63] 據英譯者稱，截至2001年，北島作品在中國無傳。參見：http://jacketmagazine.com/14/bei-dao.html 這一說法也為我的一位大陸詩人朋友所證實。電郵（17/7/07）。但從中文維琪百科查找情況看，北島出版的詩集有《陌生的海灘》（1978），《北島詩選》（1986），《在天涯》（1993），《午夜歌手》（1995），《零度以上的風景線》（1996），《開鎖》（1999）等，不過該網站未提其中哪些是在大陸出版的，故存疑。

下編
華裔澳大利亞作家專論

第一章

華裔澳大利亞作家布萊恩・卡斯楚的思想與創作[1]

八百年前，聖維克多的雨果在《世俗百科》中有一段話：「發現世上只有家鄉好的人只是一個未曾長大的雛兒；發現所有地方都像自己的家鄉一樣好的人已經長大；但只有當認識到整個世界都不屬於自己時一個人才最終走向成熟。」八百年後，雨果的這段話在阿拉伯裔後殖民理論家薩義德和華裔澳大利亞作家布賴恩・卡斯楚（Brian Castro，1950—）那兒找到了知音。[2]在這些去國離鄉的作家眼裡，傳統的身分界定已經成為一種負擔，折磨著他們的創作。對不少華裔英語作家而言，「華」字標籤限制了他們的創作，將他們局限于傳統的族裔小圈子內，永遠成為西方主流文學中的他類，因為從歷史上來看，英語世界中的讀者或評論家往往從本質主義這一傳統意義上的刻板印象來看待華裔作家的文學創作。從美國華裔作家湯亭亭的小說《女勇士》到澳大利亞華裔作家布萊恩・卡斯楚的《候鳥》，華裔作家面臨的一個中心問題就是向白人讀者解釋他們的身分。如果種族作家不寫自己的種族問題，那麼在白人讀者的眼裡，他們的作品就很難滿足白人

1 本文作者為上海對外經貿大學外語系教授王光林，原作標題是《「異位移植」：論華裔澳大利亞作家布賴恩・卡斯楚的思想與創作》。

2 愛德華・W・薩義德和卡斯楚都不約而同地引用了這段話，只不過版本似乎有所不同。見Edward Said, *Orientalism*（New York: Vintage Books）第259頁和Brian Castro，*Looking for Estrellita*（University of Queensland Press, 1999）第13頁。

讀者的心理期待。一個文本的種族性往往取決於作者的真實性，而種族文學的成功也取決於作者是否願意向西方讀者貢獻能夠滿足西方幻想的種族材料。

澳大利亞華裔作家卡斯楚顯然不願受此束縛。作為一名出生在香港，擁有中、英、葡血統，後移居澳大利亞的著名作家，卡斯楚創作了7本小說，一本文學評論。在他創作的眾多作品中，他一直想擺脫傳統的華裔定位，不想從祖先文化中汲取會被人看作是本質主義的東西，因為他覺得「民族、民族主義、身分、地方、文化奴卑、自信、神話、文化生產、體裁、理性主義、常識、客體的我們、主體的我們、傳統、後殖民主義、國際主義、移民、多元文化、性別、種族、愛國主義，等等」[3]令人感到窒息。1983年，他發表了他的第一部小說《候鳥》，探討一百多年前華人在澳大利亞的生活。在這篇小說裡，作者打破傳統的傳記形式，從後現代的角度，運用平行和成雙的後現代手段，探討了華人在澳大利亞遭受的「非我」待遇，同時作品更多地探討了族裔散居者的文化身分。但是評論界發表的評論令他感到失望，因為這些評論都將作品裡的內容與他本人等同起來，將他視作華裔少數民族，而這似乎是所有華裔散居作家的命運。華裔美國劇作家黃哲倫（Henry David Hwang）曾經說過，在美國，只有黑人可以寫黑人，只有女人可以寫女人，只有亞裔美國人寫亞裔美國人，而美國白人男子可以寫所有的人。對此華裔美國作家張粲芳（Diana Chang）也有同感，並且感到憤憤不平，因為將華裔美國人放在一個單一的類別裡總是免不了將華裔置於一個他者的地位上，忽視了即使在華裔中也存在著各種差別的事實。她非常欣賞日裔英國作家石黑一雄創作的小說《長日留痕》，一部擺脫日本痕跡，完全用一位上了年紀的英國管家以第一人稱的形式來描述誤解和壓抑的作品。在她看來，「如果小說完全將自己局限在亞裔美國人的主題和人物上，這將是多大的一個損失啊。我們都生活在這個世

[3] 愛德華・W・薩義德和卡斯楚都不約而同地引用了這段話，只不過版本似乎有所不同。見Edward Said, *Orientalism*（New York: Vintage Books）第259頁和Brian Castro，*Looking for Estrellita*（University of Queensland Press, 1999）第13頁。

界上，一個日益全球化的村莊。為什麼不能寫別人呢？為什麼有人要剝奪自己接觸整個人類歷史或經歷的權利呢？人類的一切難道都是相背的嗎？」[4]張粲芳的問題實際上觸及了種族研究的核心問題，因為這種研究繼續著西方文化中的二元對立模式，限制了所有作家的創作自由。出於同樣的道理，卡斯楚對英語世界中的限制性標籤頗有微詞，因為主流評論中將他列為種族作家或華裔作家的做法動搖了他的創作衝動，阻礙他寫出具有純美價值的現代作品，於是他不斷聲明他只是一個作家。在他頭頂上標上一個民族標籤只會阻礙他的想像空間，使他成為「一名局外人之中的局外人」。為了擺脫這種限制性標籤，他開始從現代派流亡作家中汲取靈感，而德勒茲和瓜塔里的論著《卡夫卡：邁向非主流文學》引起了他的注意，因為作者提出的「去領域化」（deterritorialization）現象和非主流文學深入其心。卡斯楚曾對筆者說過，「我討厭『身分』這個詞。記者或評論家或許用這些術語來討論我的作品，但是我總是同『身分』保持距離。一旦一個作家染上了『身分』，那麼他就迷失了。[5]他再也不會跨出那個框架。這就是卡夫卡如此重要的一個原因。他住在布拉格，用德語創作，屬於猶太少數民族。德國人不要他，捷克人不喜歡他的作品，有時候，猶太人也為此惹麻煩。我認為，這就是終極作家。他奉獻的物件是某種更高的層次：一個有思想，受折磨的人類。」[6]跟卡夫卡一樣，卡斯楚被視為澳大利亞的少數民族，給排斥在主流文學圈子之外。卡斯楚特別欣賞德勒茲和瓜塔里書中所提出的「非主流文學」（minor literature）的概念，因為去領域化現象是他的生存現實，而非主流也道出了他希望超越的欲望。在他看來，「非主流文學」的優勢在於它既存在于主流文學之中，同時又專注於界限的

4 Leo Hamilton.「A MELUS Interview: Diana Chang」, *MELUS* 20:4（Winter 1995），p. 37.

5 王光林，「擺脫身分，關注社會：華裔澳大利亞作家布賴恩・卡斯楚訪談錄」，《譯林》，2004年第4期，第210頁。

6 王光林，「擺脫『身分』，關注社會——華裔澳大利亞作家布賴恩・卡斯楚訪談錄」，《譯林》，2004年第4期，第210頁；第210頁。

穿越和開闢新的領地，既與少數族裔的邊緣地位有關，也與邊緣文學有關，因為他們都給分隔在主流文學之外。邊緣作家總是遭到排斥，處於流亡之中，所以說，「一個非主流文學並不是來自非主流語言，而是無論如何，在非主流文學中，語言總是帶上高度的去領域化係數。」[7]對卡斯楚而言，這種去領域化或流亡狀態可以轉化成寫作的動力。真正偉大的作家，如卡夫卡，喬伊絲，貝克特等離開家鄉進行流亡的作家都是他的精神導師，激發他的文學創作。從這點來說，他喜歡『流亡』這一地位，做一名局外人，一名異族人，陌生人。他不希望自己被任何定義或標籤所限制，而「非主流文學」的概念滿足了他的欲望，因為這不受規約限制。當然，「非主流文學」也跟失敗、傷感、毀滅等感覺聯繫在一起。在英語中，非主流（minor）還可以跟音樂中的小調（minor key）彼此相聯，同時又與悲傷、緊張、不完全、不完美等聯繫在一起。在音樂中，小調的對面是大調，但總是實現不了完滿。它總是產生悲哀或感傷的效果。音樂家常常從小調中的某個部分回到相關的大調中來解決音樂中的段落，從而實現一種完美的感覺。卡斯楚的言外之意是他寧願留在小調的模式中，這樣他的作品中的『音樂』就可以保留著某種不完美性。同時作者還有一個暗示，那就是這種小調，外加二到三種語言，可以表現遭到傳統壓抑的東西。

根據研究，[8]20世紀流亡文學的盛行有兩個原因，一為歷史，一為政治。出於政治或意識形態的原因而流亡的藝術家有：斯特拉文斯基，畢卡索，蒙德里安和納博科夫，還有愛因斯坦和菲米這樣著名的科學家。而對另一些人來說，流亡是自我選擇的一種生活方式，他們出走的動機各不相同，但他們有一點是共同的，那就是他們對本國的藝術創作環境感到不滿。隨著19世紀末美國作家亨利・詹姆斯前往歐洲，格特魯德・斯泰因，埃茲拉・龐德和T・S・艾略特等先後離開美國，步其後塵。第一次世界大戰後，海明威，費茲傑拉

---

7 Gilles Deleuze and Felix Guattari. *Kafka: Toward a Minor Literature*. Minneapolis: University of Minnesota Press, 1996, p. 16.

8 John G. Cawelti.「Eliot, Joyce and Exile」, ANQ 14.4（Fall 2001）.

德，多斯・帕索斯也相繼來到巴黎。還有一種形式的流亡來自宗教觀和新科學自然主義觀點之間的衝突。在這種情況下，精神流亡成為一個永恆的條件。20世紀的一些主要藝術家將流亡視作現代精神流亡的一個象徵，這點在喬伊絲的《尤利西斯》和T・S・艾略特的《荒原》中都有所體現。在這些作家的眼裡，流亡並非意味著恥辱，而是一種崇拜物件。在後現代理論框架中，不確定性，錯位，分裂的身分等等得到了族裔散居作家的普遍青睞。對他們而言，流亡「性感、有魅力、有趣」。受現代和後現代的雙重影響，卡斯楚推崇的就是這類流亡型的現代派作家，如貝克特，納博科夫，喬伊絲，卡夫卡，昆德拉，湯瑪斯・曼，並且不遺餘力地加以吹捧。

儘管有研究者區分流亡（其特點是懷舊、現代主義）和族裔散居（混雜、後現代），並將觀點偏向後者。[9]但對許多評論家來說，流亡、移民、難民或混雜都是一回事，無論是愛德華・薩義德，還是加亞特裡・斯皮瓦克，或霍米・芭芭，他們所代表的都是錯位，移居，流亡或跨國現象。為此，德勒茲和瓜塔里甚至提出了一種新的游牧學（nomadology）的觀念，揭示後現代和後殖民世界中所呈現出的游牧式的去領域化和解構方式。對此，華裔澳大利亞評論家洪宜安認為，「游牧學只是為了消解差異的語境，消除差異，彷彿我們已經是而且永遠是後現代宇宙中的遊客，幾乎無一例外，唯一的不同在於我們所走的路線。」[10]如此一來，在後殖民作家的創作中出現了許多文化或政治錯位比喻或游牧比喻。卡斯楚也是興趣甚濃。1994年，在廣州召開的「第四屆澳大利亞研究研討會」上，卡斯楚做了一個演講，「異位移植：創作與定位」。在這篇篇幅不長的短文中，卡斯楚流露出他對福柯的『異位移植』的興趣，因為異位移植可以顛覆一成不變的文學創作學說。在卡斯楚的眼裡，「作家的任務就是要表現悖論。也即異常的想法。不同於公認的觀點。……在

9 Bruce Robbins,「Outlandish: Writing between Exile and Diaspora」, *Modern Language Quarterly*, 63:1 March 2002, pp. 136-9.

10 Ien Ang,「On Not Speaking Chinese: Postmodern Ethnicity and The Politics of Diaspora,」*New Formations* 24, 1994, p. 4.

異位移植中，各種事情可以隨波逐流。舊的等級模式得以拋棄，從側面進行激發，讓想像隨意漫遊。所謂共同就是對這種差異的評估。這已成為共同的價值：一種側面思維，它不是為無政府狀態開的一劑良藥，而是為地區和國際間的聯繫開一副催化劑。不是為錯位開藥方，而是為不熟悉的定一個位。」[11]異位移植帶來的後果是它具有多種不同的價值，可以顛覆單一而占主導地位的價值體系。兩年後，在給澳大利亞軍事學院做的演講「書寫亞洲」中，他重複了這一觀點，認為正是「異位移植說「促使我寫下了我的第一部有關華人在澳大利亞的小說。當然，華裔散居是空前的，而他們的混雜，他們的流亡則剛剛開始被記載下來。我對這些異位移植很感興趣，它們將不同的實體放在不同的地方，這令人感到不安，而這正如福柯所說消解了我們的神話，使我們句法的抒情性失去了作用。」[12]卡斯楚的話有兩點值得我們注意：一，越來越多的華裔散居者出現在世界各地，他們的歷史應該得到承認，加以記載；二，書寫華裔散居者並不表明他就是一個中國人，因為「中華性（Chineseness）」裡含有多重含義。作者曾說過，「中華性有多重含義。澳大利亞的華人與美國的華人或大陸中國的華人現實不同。中華性並不是固定不變的。我並不認為這意味著由散居全球的華人組合起來的「大中華」。例如，我的經歷就是在澳大利亞如何看待中華性。沒有純粹的中華性，就像沒有純粹的英國性一樣。人類基因圖譜顯示沒有「種族」基因。我們從生活的地方來獲取依附，但是對作家而言，所有這一切都是想像中的，這樣一種意識會感覺更好。因此我有一種錯位了的「中華性」的感覺……，就像自淘金熱時就來到維多利亞的那些中國人一樣。許多人實際上已不會講漢語。」[13]在卡斯楚看來，澳大利亞華人不同于美國華人，也不同於中國大陸的華人，因此，書寫澳大利亞的華人只是為了打破西方長期以來對

---

11 Brian Castro,「Heterotopias: Writing and Location，」*Australian Literary Studies*, 17.2, 1995, p. 179.

12 Brian Castro, *Looking for Estrellita*, Queensland: University of Queensland Press, 1999, p. 85-86，p. 157，p. 244，p. 150.

13 王光林，《擺脫『身分』，關注社會——華裔澳大利亞作家布賴恩・卡斯楚訪談錄》，《譯林》，2004年第4期，第210頁。

「非我」所抱有的幻想。

從後殖民的意義上來說，卡斯楚眼中的異位移植呈現的是一個不同場所的實際存在，這種不同的場所既不同於烏托邦，也不同於異托邦，即「一片不可思議的空間，那裡根本就沒有語言描述的可能。」[14]在異托邦的思維模式下，西方人的幻想提供的是「非我」的滿足，與此相反，異位移植具有強大的顛覆功能，因為位置的不同使得人們很難區分差異，進而擺脫西方話語中對東方的幻想，進入一個互為主體的關係之中。

既然異位移植將人們從民族界限這一傳統的本質主義之爭中解放出來，因此它理應成為應對錯位問題的一劑良方，這一點在卡斯楚的文學創作中得到了充分體現。在他創作的六部小說中，《候鳥》（*Birds of Passage*）和《追隨中國》（*After China*）[15]部分以澳大利亞、部分以中國為背景，其中，《候鳥》講述的是一百多年前華人在澳大利亞淘金熱中的經歷。雖然在這部作品裡，卡斯楚對華裔澳大利亞人的生存錯位予以極大的關注，但他的視角並不僅僅局限於此。他關注的是文化的多元化，這是他所有作品的關注焦點。正如有評論家指出，「儘管種族是這種小說中反映錯位的主要外部因素，但是小說的內涵並不僅僅局限於一個因膚色不同而感到錯位的一個男人的尷尬，從某種意義上來說，這只是一個方便的藉口，在此基礎上，卡斯楚對整個人類所經歷的錯位感進行廣泛的分析。作者也沒有指出任何政治答案。他是一個作家，不是改革家。」[16]在《追隨中國》中，中國的概念在很大程度上是種心理聯繫。小說發生在澳大利亞，但是華裔主人公的中國生活始終縈繞在他的腦海裡，促使他去尋求心靈的平靜。正如小說的標題所說，中國是華裔主人公

14 張隆溪，《非我的神話——西方人眼中的中國》。見《文化類同與文化利用》，史景遷著，北京：北京大學出版社，1997年，第189頁。

15 該書標題至少有兩種讀解，《追隨中國》或《中國之後》，譯者可有自己的選擇。

16 Xavier Pons, 「Impossible Coincidence: Narrative Strategy in Brian Castro's *Birds of Passage*,」 *Australian Literary Studies*, 14.4, October 1990, p. 464.

在澳大利亞生活的一個先決因素，而小說涉及的也完全可以說是澳大利亞的經歷。小說篇幅不長，描述的是一個跨文化的愛情故事，但是這種愛情故事只是整個作品的一條線，因為小說實際上編織的是後殖民主義、後現代主義和文化與文化之間的交流要素。它幫助我們應對轉瞬即逝、互為矛盾的生存特性。小說中有兩個主人公，游博文，一個華裔澳大利亞建築師，路易士，一名歐洲裔的澳大利亞女作家，他們在海灘相遇。男主人公在中國的文化大革命時逃到澳大利亞，而女作家則快要死於癌症。他們相互吸引，但又顯得非常謹慎，彼此編織著古代中國，建築史和自身的過去的故事。中國的故事主要取自道家手冊，教導人們如何通過控制性欲來走向永恆，但是隨著女主人公疾病的進展，他們漸漸開始認識到，雖然身體完全受時間制約，但是講故事可以超越時間，就像莎士比亞或濟慈的詩歌所表現的一樣。小說中的故事講起來就像是一座迷宮，給人無數聯想，它糅合了大量後現代意義上的戲仿、拼貼、引文、自我反射和折中主義來挑戰任何尋找身分或話語對等的努力。

卡斯楚的第二部小說《波默羅伊》主要以香港為背景，但是他筆下的香港也可以看作是倫敦或紐約，展示的是一個國際化的視野，正像主人公說的，「神話就像罪惡一樣，具有國際色彩」。而他的第六部小說《斯特普》（*Stepper*）則發生在日本。這部小說中的敘述有力地抵制並且質疑澳大利亞文學中的本質主義標籤。小說中沒有絲毫涉及澳大利亞生活的地方，但也不是日本。小說的敘述講述的是閱讀與寫作，是自傳／傳記，是歷史、虛空和死亡。在這部小說中，卡斯楚感興趣的是「文學的空間」，是「烏有即現有的空間」，是死亡的空間。卡斯楚自己曾經明確說過，「一個人沒有故土和祖國，看到現有的秩序受到一種無法用『真正的澳大利亞人』的標籤來加以消費或推銷的時候，這是一種多麼愉悅的事啊。」[17]小說中，主人公

[17] Brian Castro, *Looking for Estrellita*, Queensland: University of Queensland Press, 1999，p. 85-86，p. 157，p. 244 and p. 150.

斯特普被伶子的日本性所吸引，但是他自己是一個具有異國風味和混雜特性的人物。石伍井阪是一個日本男子，他既要堅持自己的日本傳統，又想追求西方的生活。小說是從存在的意義上來探索身分，而種族只在其中扮演了一個相關的因素。奇怪的是，雖然小說中的故事都發生在東京的街道和酒吧裡，但是東京卻很少出現。它是戰前西方文化在東京的一個全球性混合，沒有獨立的日本文化的出現。再者，澳大利亞的文化也沒有在小說中再現：小說跟澳大利亞的關係十分微妙。從這個意義上來說，《斯特普》很好地再現了福柯意義上的異位移植，不同的地方既清晰可見，又難以確認。

《雙狼》（*Double-Wolf*）和《隨波逐流》（*Drift*）彼此之間似乎並無聯繫。《隨波逐流》似乎是有意在回避跟作者自身種族相聯結的種種問題。小說的結構有點像澳大利亞諾貝爾獎作家派翠克・懷特的小說《沃斯》。作品描寫了一個英國作家拜倫・雪萊・詹森前往澳大利亞土著內地的經歷。這裡，作者運用後現代手段，將真正的英國作家布賴恩・斯坦利・詹森（1933-1973）嫁接到虛擬的主人公身上，目的就是為了消除人們對單一身分的確認。布賴恩・斯坦利・詹森可以說是，也可以說不是已經去世的英國作家。跟《沃斯》小說中的同名主人公一樣，他在一個土著女孩愛瑪・邁克甘幾封迷人的信件的誘惑之下，離開英國和年邁的母親，隻身前往塔斯馬尼亞島。然而，跟《沃斯》不同的是，布賴恩・斯坦利・詹森不是出於超人一樣的欲望去征服或瞭解土著，而是出於一種玄學的旅程需要前往塔斯馬尼亞島去撫慰這個土著女孩，然後死去。《隨波逐流》中的敘述可以說充滿了焦慮，充斥著死亡的欲望。這種敘述關注的是消除痕跡，消除作家的痕跡，消除種族，甚至消除寫作本身的痕跡。這種敘述試圖揭示過去的謊話，告訴人們對於真理的追求是徒勞的，因為真理說穿了只不過是個語言遊戲。對此有澳大利亞評論家指出：

> 《隨波逐流》首先是種文學遊戲：一種掩飾、問題重重的身分、偶然和智慧的遊戲。這種遊戲探詢的

> 是人們心目中的事實與虛構之間的虛擬界限。這種遊戲銘記下了已經死去的作家和已經不在的土著部落，而他們的痕跡幾乎看不到。[18]

《雙狼》是卡斯楚的第三部小說，在這種小說中，卡斯楚更是擺脫種族問題之爭，將焦點放在「狼人」的生活上。狼人是佛洛依德最有名的一個病人的名字，正是這位病人激發了佛洛依德對幼兒性心理的探索。卡斯楚這部小說的靈感來自佛洛依德的《幼兒神經官能症的歷史》，又名「狼人病史」。這是佛洛依德在完成了對診斷物件持續四年的心理治療後，於1914年秋天寫下的。

病史的主要部分是精神分析患者四歲時做的一個夢，夢見一群狼在樹上。佛洛依德認為這個夢是一種幼兒性心理的證明，這種心理對狼人的神經官能症起了關鍵的作用。在佛洛依德的分析中，患者于一歲半的時候碰巧目睹了父母性交的場面，佛洛依德將此解釋為「原始場景」。對佛洛依德而言，夢就是對這一原始場面的再現，只是再現的語境不同，呈現出了病態。簡單來說，病人不是一個瘋狂的壓抑者，而是遭受持續的神經官能症的折磨。這種神經官能症佛洛依德重新構建如下：在病人幼小的時候，比他大兩歲的姐姐給他看童話故事中狼的故事圖片，跟他開玩笑。狼人後來回憶道，他的姐姐曾經想引誘他；也就是說，他們彼此看看對方的生殖器官，而她還玩過他的陰莖。他拒絕了她，將愛轉向奶奶身上。後來他姐姐患了抑鬱症，二十歲出頭就自殺而亡。

吸引卡斯楚注意的是佛洛依德對狼人故事的闡釋。人們應該如何解釋狼人故事？狼人病史是一種爭論，一種歷史，一種敘說，還是三者兼有？通過運用佛洛依德的狼人病歷，卡斯楚將病史與後現代理論中

---

18 Bernadette Brennan,「Drift: Writing and /of Annihilation,」*Southerly*, 60.2, Autumn 2000, p. 39.

的真與偽，尤其是有關種族問題的真與偽聯繫起來。在《雙狼》中，敘述者有兩個：謝爾蓋・維斯珀和虛擬的阿特・卡特科姆。小說的一開始就是一個圓括號，「（一場帶霧的雨正在下著，」這一括弧直到小說結束。「你扯開一頁，將它放在桌上，此時外面的夜色埋葬了所有眼前這一切……一道火花……熱狗……一個戲仿……手，聲音，一道火花：只有在高原上所有這一切才會從森林的黑暗中推進出來……劈啪作響……它呼吸著……一個來源……這些燃燒的東西再也不追求陰影了……如果這就是焦慮，那麼更大的一個事件必然會隨後出現……我……無法分離……許多……一個開始……摩擦……很快……火……還有音樂……等等，等等）。」這種突兀的括弧運用引發讀者去將小說本身看作是一個括弧——從點評，詳細說明，旁白，扯題等來看待狼人的故事。在小說中，「括弧」被賦予了多重聯想。比如主人公謝爾蓋解釋了他心中括弧的含義：括弧不僅替代了他不能說的東西，而且再現了無法言說的東西，真實客體／故事中的東西，「我一直在思考，兩個半括弧總是無法實現一個整體，因為兩者之間總是存在一個縫隙……這種居中被一對括弧所再現：（）如此。一對屁股。給套住了的屁股產生了無限的旁白。如果你進入旁白，你會發現真理的省略符號，裡面是空的。我的問題是……我還沒有學會如何吞噬真理，在它的空虛中生存……胡扯……跟別人一樣。」[19]在這種情況下，括弧成了一個夢幻與現實，存在與非存在，象徵與想像的爭鬥場所。就像博爾赫斯的短篇小說「分岔花園的小徑」一樣，卡斯楚暗示生活的歷史有無數個，就像在短篇小說中，每一個事實或行動前都會出現岔路一樣，因而可以呈現各種不同的解釋。通過再現佛洛依德的狼人故事，卡斯楚想「避免佛洛依德和《雙狼》中的阿特・卡特科姆的話語極權現象，使夢幻完全對等於記憶，虛幻對等於歷史」。[20]

異位移植的概念帶來的是場所的不斷變更和對傳統定位的挑戰，而這一變更的後果則是在各個場所之間

19 Brian Castro, *Double-Wolf*, St. Leonards NSW: Allen & Unwin, 1991, p. 65.

20 Karen Barker,「The artful man: theory and authority in Brian Castro's fiction,」*Australian Literary Studies*, 20.3, May 2002, p. 239.

來來往往的人的文化認同，或者說文化身分。在「文化身分與族裔散居」一文裡，斯圖亞特・霍爾談到，移民的身分形成點很不穩定，因為不可言說的主體性故事遭遇到了歷史與文化的敘述，在此情況下，當前階段的身分特點是邊緣化、碎片化、被剝奪公民身分、處於弱勢地位和四處分散等。霍爾認為，文化身分既是一個存在的問題，也是一個生成的問題，[21]這在幾乎所有的族裔散居作品中都可以見到。例如，當被問到《隨波逐流》中所用的「無源」（*nihil ab origine*）一語時，卡斯楚回答道：「所有的來源和身分都是生成的，他們不是固定的，而是不斷地得到重新發明」。[22]如此一來便要涉及到與原有文化的剝離（disinheritance），因為只有經過文化剝離，甩開禁錮人們的思維模式，才能獲得創作的自由和動力。異位移植的結果便是後殖民意義上的混雜，雖然在給筆者的信中卡斯楚說過他不喜歡「混雜」這個詞，因為這令他想到了種馬，但他也承認，「混雜是一種橋樑和破壞。為了削弱混雜中的種族主義看法，我運用了傳統的文學形式和話語來隱藏反諷和戲仿。我常常感到奇怪，為什麼我會不斷地受到混雜形式和奇怪對位的影響。我的小說大多有兩到三種『聲音』，穿越幾個不同的空間，而不是一張全息圖的形式。」[23]

由於出身的關係，卡斯楚有著較強的語言能力。他會說廣東話，這有助於他瞭解中國文化。在寫作《斯特普》的時候，他似乎花了些時間學習日語。對法語的掌握使他接觸到了歐洲的言語和思想模式，而對葡萄牙語的掌握則使他瞭解到了歐洲和殖民思想的模式。但是更為重要的是，他掌握的多種語言使他結識到了過客和移民的移動世界，同時在身分和居住之間不停地進行變換。卡斯楚認為，這種多語言主義將一個人從本

---

21 Stuart Hall,「Cultural Identity and Diaspora」, in *Identity: Community, Culture, Difference.* Ed. Jonathan Rutherford. London: Lawrence & Wishart, 1990, p. 225.

22 Brian Castro,「Outside the Prison of Logic,」*Island*, 59, Winter 1994，p. 21.

23 Brian Castro, *Looking for Estrellita*, Queensland: University of Queensland Press, 1999, p. 85-86，p. 157，p. 244 and p. 150.

質主義的思想或民族中解放了出來，因為每一種語言都有其自身的敘述方式，通曉的語言越多，人就越自由，可以不受狹窄的思想的限制，喪失自己的想像。而且，通曉的語言越多，人就越可以重新發現自己，擺脫僵化的語言。

雖然卡斯楚表白說他提倡異位移植是在繼承現代派的流亡傳統，而且從某種程度上來說此話不無道理，因為現代派強調的是認知，而後現代注重的是本體生存模式，這兩種模式在他的作品中都可以見到，但是他的創作實踐多少還是帶有後現代虛無主義或懷疑主義的影子。對此著名的英國馬克思主義評論家特裡・伊格爾頓曾有精闢的評價。「後現代性是一種思想風格，它懷疑關於真理、理性、同一性和客觀性的經典概念，懷疑關於普遍進步和解放的概念，懷疑單一體系、大敘事或者解釋的最終根據。與這些啟蒙主義規範相對立，它把世界看作只偶然的、沒有根據的、多樣的、易變的和不確定的，是一系列分離的文化或者釋義，這些文化或者釋義孕育了對於真理、歷史和規範的客觀性，天性的規定性和身分的一致性的一定程度的懷疑。」[24]因此，在閱讀這些作品時，我們應該清醒地認識到，族裔主體應該享有自己的主觀能動性，但是這種能動性應該離不開自己的家園文化與宿主文化，而卡斯楚最新出版的小說《上海的舞蹈》似乎就是明證。

[24] 特裡・伊格爾頓，《後現代主義的幻象》，華明譯，北京：商務印書館，2002年，第1頁。

第二章 華裔澳大利亞作家張思敏的小說創作[1]

華裔澳大利亞評論家洪宜安教授曾經講過這樣一個故事，有一次，實際上也是她唯一的一次，她隨旅行團到深圳和廣州做一日遊。由於是接待西方遊客，飯店方面給旅行團準備了符合西方口味的中餐，而且每人配備了一套西餐餐具，對於這種安排，洪宜安心靈頗受打擊。雖然她覺得自己的筷子用的並不熟練，但是在她的潛意識裡，她覺得她跟這個國家有著千絲萬縷的聯繫，因此，在中國的餐桌上，她期待的是筷子，一個象徵中國文化的東西，也是可以將她跟這個文化聯繫起來的紐帶，但是令她意外的是，她沒有得到她期待的東西，她享受的是西方人一樣的待遇，而她又不會說漢語，無法進行交流。於是，她對中國，這個業已喪失，但卻存在於她的想像之中的家園神話產生了困惑。在她的眼裡，這個家園既給人帶來依附和欲望，使人產生集體記憶，但同時又約束了散居華人的游牧性，使他們產生了一種既非此、又非彼的失落感。[2]

洪宜安講述的故事雖然發生在1990年前後，但在散居華裔作家中有一定的代表性。洪宜安的祖先從中國來到印尼，其親戚也有移民到荷蘭、巴西、香港等地，但無論到哪兒，華人特性始終成為他們牽掛的一個問題，這是散居華裔面臨的共同的文化認同的困惑。1992年，來自馬來西亞的華裔澳大利亞女作家貝思・葉發

1 本文作者為王光林，原作標題是《「從非家幻覺到第三空間：論華裔澳大利亞作家張思敏的小說創作」》。

2 Ien Ang, 「On Not Speaking Chinese: Postmodern Ethnicity and the Politics of Diaspora,」 *New Formations*, 24, 1994.

表了小說《鱷魚的憤怒》（*The Crocodile Fury*），以一個華裔移民後代的身分對中國文化、馬來西亞文化、澳大利亞文化等等對散居作家的影響進行了後殖民意義上的思索。而作為一個新生代作家，同樣來自馬來西亞的年輕小說家張思敏則更是後來居上，先後創作了《愛的暈眩》（*Love and Vertigo*）和《月亮之後》（*Behind the Moon*）兩部小說。

張思敏1970年出生于馬來西亞一個華裔家庭，1977年隨家人移民來到澳大利亞悉尼。1998年在悉尼大學完成以英國女性旅行作家為主題的博士論文，現為澳大利亞麥誇裡大學（Macquarie University）現代歷史系講師，博士後研究員，主編了一本《澳大利亞文化史》（*Cultural Histories in Australia*）。

張思敏曾經說過，她的創作源自她對人際關係、家庭關係、朋友關係等等所出現的機能障礙的探索。作為一個對歷史和文化有著深厚興趣的學者，張思敏的創作並非一般意義上的探索，而是從更深層次上對散居華裔的文化和生存狀況進行文化意義上的探索。作為一個澳大利亞華裔作家，她非常希望這個國家能夠以一種更為寬泛的姿態來看待新型移民。在她的論述裡，她對澳大利亞歷史文化中的白澳政策提出批評，認為澳大利亞的文學創作中過分強調具有陽剛之氣、排斥外來文化的澳大利亞民族神話。她引用歷史學家簡・賴安（Jan Ryan）的話說，「中國人並不在我們的宏偉民族歷史之內，歷史中所包含的象徵性的片段保留的是中國人作為一個同類的『種族』這一使人感到熟悉的刻板印象，這是一個疏遠的實體，身分不同、陌生。這種包括實際上是將他們隔離。」[3]張思敏認為，即使是在英國犯人給流放到澳大利亞的時候，也有百分之五非英國人，其中包括非洲、東南亞和西印度群島的人犯人給流放到澳大利亞。因此，澳大利亞的文化史從一開始就應該是一部多元文化史，而不是純粹的白澳文化。作為一名散居華裔作家，她有權再現華裔在澳大利亞

[3] Hsu-Ming Teo,「Future Fusions and a Taste for the Past: Literature, History and the Imagination of Australianness」, *Australian Historical Studies*, 118, 2002, 第132頁。

文化中應該享有的地位。

I

1999年，張思敏的手稿《愛的暈眩》，獲得《澳大利亞人報》／沃格爾文學大獎，並於次年發表。小說的標題來自捷克作家米蘭・昆德拉的小說《生命中不可承受之輕》第17章中的一段話：「不論誰，如果目標是『上進』，那麼某一天他一定會暈眩。怎麼暈法？是害怕掉下去嗎？當瞭望台有了防暈的扶欄之後，我們為什麼害怕掉下去呢？不，這種暈眩是另一種東西，它是來自我們身下空洞世界的聲音，引誘著我們，逗弄著我們；它是一種要倒下去的欲望。抗拒這種可怕的欲望，我們保護著自己，那些裸體女人圍著游泳池行進，那些棺材裡的屍體為她也是死人面欣喜——這就是她害怕的『底下世界』。她曾經逃離，但這個世界神祕地召喚她回來。這些就是她的暈眩。」從某種意義上來說，昆德拉的話體現的是佛洛德意義上的非家幻覺（uncanny），因為在佛洛德看來，神祕、折磨、陌生等等和溫馨、熟悉、友好等都是相輔相成的，根結就在於對家的認識。也就是說，如果非家幻覺表現的是生存下面的否定過程，那麼這種否定帶來的結果就是重新找會曾經失落的東西。它體現的是現代人對生存的焦慮，[4]隨著遷徙的日益頻繁，家非家，熟悉變得不熟悉，這些都是散居移民在文化認同過程中必須應對的問題，也是《愛的暈眩》所要再現的問題。

《愛的暈眩》出版後，張思敏曾被人視為澳大利亞的譚恩美。和《喜福會》一樣，小說也是以女主人公回敘母親的一生及自己的成長經歷為主線，但卻沒有《喜福會》的那種母系敘述模式。小說開始時，主人公

[4] Sigmund Freud,「The Uncanny」, in *The Norton Anthology of Theory and Criticism*. Ed. Vincent B. Leitch. New York & London: W. W. Norton & Company, 2001, pp. 929-952.

潘朵拉（Pandora）的女兒格雷斯飛回新加坡去參加母親的葬禮，進而開始了她對母親一生的回憶。回到母親出生的地方，格雷斯開始感受到了她母親敘述中的生活與她親眼見到的生活的不同。從格雷斯的敘述中，我們知道主人公潘朵拉（Pandora）出生在新加坡一個華裔中產階級家庭，但是卻沒有得到父親相應的愛，於是為了逃避，同時也是為了獲得補償，她嫁給了一個馬來西亞的華裔種植園主的兒子，齊納泰（Jonah Tay），但這樁婚姻並沒有給她帶來理想中的幸福。1969年，在馬來西亞出現了反華暴亂之後，全家移民來到了澳大利亞。潘朵拉希望這一移民舉動能夠使自己忘卻過去的不幸，將1969年的經歷從記憶中抹去，同時也希望給她的孩子，格雷斯・泰和索尼・泰創造一個美好的未來，因為小兒子索尼出生的時候，正好是1969年反華騷亂開始的時候，所以，潘朵拉非常希望她的兒子能夠過上一個擺脫這種痛苦的生日。在她的內心裡，她始終存著一個念頭，「如果你愛我，那麼你就一定要確保我的兒子生活在一個再也不必擔心這種事情出現的國家。我不在乎我們去哪——英國，美國，澳大利亞。但是你得確保他再也不能過上這種生日。」[5]但是潘朵拉在澳大利亞的新生活並不順暢，這其中有澳大利亞文化對其華人特性的排斥，也有他們對家園難以割捨的思念。

雖然是一個移民國家，但是澳大利亞的文化主要還是為英國文化所主導，移民，尤其是來自亞洲的移民，如果想要在澳大利亞生存下去，就必須走文化歸順之路。但是對於橫跨多種文化的移民來說，談何容易。潘朵拉生活在澳大利亞郊區，無法應對澳大利亞生活的孤獨，也害怕和人交往。一方面是她語言不通，有所限制，另一方面也是她成天忙於家務，習慣了家庭生活，她看到自己的孩子們很快在學習新的生活方式，而她還給困在家庭事務堆裡。而她的丈夫齊納泰則體現了另一個矛盾複合體。他雖然很快就融入到了澳

[5] Hsu-ming Teo, *Love and Vertigo*. NSW: Allen & Unwin, 2000, 第138-9頁。

大利亞社會，但是在骨子裡，中國傳統文化裡的一些東西還在他身上作祟。他雖然讓孩子儘快融入澳大利亞社會，開始新的生活，並聲稱孩子們應該慶倖自己離開了馬來西亞，來到了澳大利亞，「想想1969年5月13日發生的事情，你們應該慶倖你們不是在吉隆玻。要不然我們都會被殺死。如果不是我放棄了我的事業和我在那兒賺的錢，為的就是將你們這些孩子帶出來，享受良好的教育，像所有的華人孩子一樣，你們就會在學校和大學裡遭受馬來人的歧視。因此應該慶倖你們成了澳大利亞人。」[6]但是另一方面，他始終維護著自己傳統的家族權威，在格雷斯的筆下，她的父親簡直就成了一名種族主義者和厭世者。「他的政治保守，他的樂趣就是抱怨：他成了中國的布魯斯・魯克斯頓（Bruce Ruxton）。」[7]

產生錯位的另一個原因是兩代人之間的隔閡。本來潘朵拉嫁給齊納泰後夫妻關係就比較緊張，到了澳大利亞之後，夫妻間的彼此溝通更趨減少，於是孩子們成了他們的文化翻譯者。但是孩子們意識到，要想使生活過得容易一點，就得過澳大利亞式的生活，於是他們儘快裝扮成澳大利亞人的樣子，使自己的家庭西方化。「我們開始仇視我們的聲音和我們父母的聲音。他們喜歡一切英國式的東西，但是他們不會講英語。在多元文化時代到來之前，他們的腔調、他們的句法和他們的詞彙在語言上反映出了我們的文化的不同和我們的社會麻瘋病般的狀態。」[8]

儘管父母之間關係緊張，但他們都希望孩子成功，但具有諷刺意味的是，儘管他們十分努力，但是他們努力的結果也只能做到霍米・巴巴所說的「模仿人」（mimic man）的地步，無法完全獲得認可。他們的小兒子索尼的故事就說明了這點。索尼和父母一樣，從一開始就經歷了錯位。在學校裡，他受到白人同學的欺

6 Hsu-ming Teo, *Love and Vertigo*. NSW: Allen & Unwin, 2000, 第181-2頁。
7 Hsu-ming Teo, *Love and Vertigo*. NSW: Allen & Unwin, 2000, 第181頁。
8 Hsu-ming Teo, *Love and Vertigo*. NSW: Allen & Unwin, 2000, 第178頁。

侮，於是只好退回到泛民族之稱的學校裡，和希臘、黎巴嫩等學生在一起。當越來越多的中國學生加入時，他想把自己的命運和他們連在一起，卻發現他成了一名外來者，語言不通，文化陌生，正如格雷斯所說，「中國文化對他已經很陌生」。[9]經歷了這番挫折之後，他開始退回到爵士音樂之中，和非裔美國文化等同起來。索尼的這種舉動表明了澳大利亞種族融合文化策略的局限性。索尼認為亞洲人和真正的澳大利亞之間存在著一種漸近式的關係，永遠也不會真正融入到理想中的澳大利亞白人社會，因為他們的身體上帶有種族的標誌。而格雷斯覺得，要想進入澳大利亞白人文化圈子裡，最好是將自己漂白。

《愛的痛苦》的主題就是失落，就是期望的破滅。小說再現的就是一個移民家庭，在屢屢遭到挫折之後，依然沒有找到生活的支柱。作為小說中著墨最多的人物，潘朵拉扮演了一個傳統的賢妻良母的形象，打掃家務，做得一口好飯，但是卻遭到了丈夫和婆婆的冷眼與折磨。她也想讓自己的生活過得有意義，於是和當地的牧師發生了關係，但是這種關係並沒有給她帶來幸福，反而使她跌入更深的深淵，最終導致了她的自殺，而且她的自殺也頗具象徵意義，因為她沒有選擇在澳大利亞自殺，而是選擇回到新加坡自殺。就像生命進行了一個輪回之後又回到了起點。

潘朵拉的悲劇帶有新時代的特徵。作為離鄉背井的遊子，移民決定本身就標誌著對某種創傷的忘卻，希望遠離痛苦。但是忘卻和記憶是相輔相成的，兩者無法截然分開，正如有評論指出，「記憶……引發了極大的痛苦，忘卻可以加以緩解。然而，有些東西卻無法忘卻，也不應該忘卻。但是，如何記住他們對現在和對未來都很重要。我們需要理解和牢記我們如何成為現在這種狀況，不是為了將我們已經生成的事物變成真理，而是要為我們將要生成的狀況提供可能的條件。轉變我們目前生存狀況的思想畢竟是各種社會變革運動

---

9 Hsu-ming Teo, *Love and Vertigo*. NSW: Allen & Unwin, 2000, 第179頁。

的必要條件。」[10]因此，在挖掘散居華裔生存的狀況之後，作家要考慮的是：如何突破這種生存模式？

II

張思敏的第二部小說《月亮之後》（*Behind the Moon*）發表於2005年，標題來自美國作家弗蘭克・巴姆（L. Frank Baum）的兒童文學名著《綠野仙蹤》。在《綠野仙蹤》中，桃樂西問圖圖，如果真的「有這麼一個地方沒有任何麻煩的地方，你覺得會有這麼一個地方嗎？圖圖？一定有。不是你借助於輪船或火車可以達到的地方。它十分遙遠——在月亮之後——火車夠不著。」小說再現的就是主人公經歷的那種絕望、混亂、挫折和追尋。在整部小說中，主人公做夢都想逃避，想過上一種超越式的生活。

小說刻畫了三個主人公，札斯廷・鐘（Justin Cheong），田禾（Tien Ho）和奈傑爾・吉勃・吉普森（Nigel Gibbo Gibson）的成長經歷。他們在成長過程經歷了兩個悲劇：一個是1991年8月17日發生在悉尼郊外斯特拉斯菲爾德廣場的大屠殺（Strathfield），另一個是1997年9月6日英國王妃戴安娜的葬禮。三個孩子代表了三種不同的文化：札斯廷・鐘是一個新加坡華裔家庭的寵兒，一個同性戀，生活在悉尼西郊斯特拉斯菲爾德，田禾是越南母親和非裔美國大兵的女兒，而奈傑爾・吉勃・吉普森的父親則是澳大利亞人。

這三個人物的刻畫體現了張思敏對文化認同的動態認識。作為一個移民作家，生活在澳大利亞白人主流社會，如何看待自己，如何看待這個國家的文化始終是擺在她面前的一項任務。她曾經說過，「我們生活在一個這樣一個時代，滿腦子想的都是我們是誰，我們如何知道並書寫我們的過去——各種各樣的過去：個人

[10] Lyn Jacobs,「Remembering Forgetting: Love-stories by Nicholas Jose, Simone Lazaroo and Hsu-Ming Teo」, *Intersections: Gender History & Culture in the Asian Context*, 8, October 2002, at: http:///www.murdoch.edu.au/intersections/issue8/jacobs.html

的、社區的、民族的、地區的和世界史的。在這種追求中，文學扮演著一個重要的角色。」[11]正是這種文學追求使得她嘗試著通過言語來體現後現代語境下混雜的文化身分。三個人物代表的是三種不同的民族，不僅如此，田禾代表的還是一種混血兒身分，而札斯廷的同性戀身分對傳統的性別也提出了挑戰。他們就像是《綠野仙蹤》裡所描述的那樣，生活在月亮背後，躍上了彩虹之上。這種一反傳統觀念的手法目的就是要打破單一的傳統白人文化敘事模式。因為在構建「澳大利亞文化性」的傳統敘事模式中，叢林人、無畏的澳新軍團士兵等等體現了白人陽剛形象，也成為澳大利亞民族身分的象徵和慶祝活動的常規主題，是澳大利亞傳統夥伴關係必不可少的一個光輝形象。而《月亮之後》的用意則是在解構這些民族神話。在傳統的敘述模式中，這三個主人公應該都處在邊緣地位，享受他者的身分。但是在這部小說裡，這三個人物既相互獨立，又彼此相連，他們不斷商榷著自己的個體身分，民族身分，同伴身分，是對傳統敘述話語的極大挑戰。

當代再現政治的焦點之一就是干預。在《月亮之後》，作者刻畫的是這些與社會格格不入的人，他們從上學時候起就被人們認為體質上與他們不同，這種社會上的他者形象促使三個人結成一團，自稱為「三個火槍手」。[12]他們也延續了澳大利亞傳統民族文化中的夥伴關係（mateship），但是維繫這種夥伴關係的不是他們的英雄氣概，而是他們的社會地位。這也從後現代戲仿（parody）的視角對澳大利亞傳統白人文化中的夥伴關係進行了重新審視。他們不斷地反抗社會對他們的排斥。

田禾是在學校裡和吉勃成為好朋友的。他們之所以成為朋友是因為他們有共同之處，吉勃在學校裡是個孤獨的孩子，是別人的出氣筒，而田禾的英語不好，被人疏遠，因此，原來是吉勃被人遺棄，現在，他們兩

---

11 Hsu-Ming Teo,「Future Fusions and a Taste for the Past: Literature, History and the Imagination of Australianness」, *Australian Historical Studies*, 118, 2002, 第128頁。

12 Hsu-Ming Teo, *Behind the Moon*. NSW: Allen & Unwin, 2005, 第54頁。

個一道成為「班上的棄兒」。[13]而札斯廷則是吉勃6歲開始學鋼琴時在班上認識的同學。札斯廷被私立學校開除後，中途加入到田禾與吉勃這個班中。雖然父親是澳大利亞人，但是吉勃面臨的一個問題就是他是否具有陽剛之氣，因為這是衡量他是否是澳大利亞人的標誌。在澳大利亞人的眼裡，他「不像一個正常的男人，一個真正的澳大利亞人」。[14]這種恥辱一直伴隨著他，到了成年，他還在爭取「觀察和學習一般澳大利亞男人約會的習慣」。[15]

田禾的遭遇還要複雜些。她的父親是非裔美國大兵，而母親則是華裔越南人。這種混血兒所帶來的種族差異使她始終將自己的母親看作是一個酒吧女郎，而且也一直懷疑自己的母親究竟認識了多少美國大兵。她沒有見過自己的父親，而自己的母親據說也死在了越南，於是她成了一名沒有國家、沒有父母的孤兒。她生活在國家的邊緣，缺乏了國家的保護，無論是在澳大利亞還是在越南，她都無法安身。作為華裔後代，札斯廷經歷了種種種族侮辱，不斷被人稱為「船民」，因為他身上帶有中國人的標誌，田禾比較幸運，因為她皮膚黑一些。她是越南人，但又不完全像越南人，或者像霍米・巴巴所說，「並非完全白人的模棱兩可狀況」。[16]於是她被人稱為原居民（boong）。由於失去了歸屬感，田禾於是在《綠野仙蹤》中的女主人公桃樂西那兒找到了知音。亞裔人在澳大利亞無論是新來的還是早就在澳大利亞的，他們都像桃樂西一樣，要碰響一下腳上的紅鞋子，然後回家，這也就是洪宜安所說的你來自何處，或者華裔澳大利亞作家高博文《候鳥》（*Birds of Passage*）中所戲仿的候鳥形象。在這裡，張思敏「有意識地轉換了白人男性夥伴的傳統夥伴模

---

13 Hsu-Ming Teo, *Behind the Moon*. NSW: Allen & Unwin, 2005, 第27頁。
14 Hsu-Ming Teo, *Behind the Moon*. NSW: Allen & Unwin, 2005, 第8頁。
15 Hsu-Ming Teo, *Behind the Moon*. NSW: Allen & Unwin, 2005, 第102頁。
16 Homi Bhabha, *The Location of Culture*. London: Routledge, 1994, 第28頁。

式和固定的家庭與異性相愛的模式，不斷轉換郊區的同性與混雜場所。」[17]顛覆傳統澳大利亞白澳文化中的民族神話。

田禾想讓札斯廷做她的男朋友，參加學校的正式活動，但這樣一來等於疏遠了吉勃，造成了三人關係的矛盾。「他對田禾很生氣。她使他和吉勃成了情敵。他們不再是最好的朋友，而是贏家和輸家；被選擇與被拒絕。」[18]作為一個同性戀者，他想和田禾維持一種柏拉圖式的精神戀愛。而田禾一直想尋找一種神祕的《綠野仙蹤》裡所刻畫的奇妙之地，被愛和溫情所包圍。但是她和札斯廷與吉勃的現狀使她感到為難，於是她接受了別人的求婚建議，遠赴美國，但是在美國加州的嬉皮士文化中，她感到孤獨，並且被她丈夫欺騙，因為他另有所歡。伴隨這一事件的是她的逐漸成熟，她開始意識到，「她並沒有到達奇妙之地，因為她沒有看到稻草人、洋鐵匠和膽小的獅子，如果沒有了朋友，那麼這種奇妙之地還有什麼用呢？」[19]《綠野仙蹤》裡刻畫的奇妙之地英語原文是Land of Oz，而澳大利亞的英文別稱也叫Oz，因此，兩者之間的聯繫與對比是顯而異見的。田禾覺得她應該去尋找這個奇妙之地，因為這給予她力量與愛，但是真正的愛來自她的朋友，於是她與丈夫斯坦離婚，回到澳大利亞。

田禾的經歷使她意識到，身分的獲得是一個逐漸調整和適應的過程，需要不斷調整自己。同樣，作為一個同性戀和華裔後代，札斯廷也得學會調整自己，找到自己新的身分。起先，他想改變自己，他在自己的臥室裡貼上了美國著名演員梅爾・吉布森主演、代表了白人陽剛形象的電影海報《加里波利》（*Gallipoli*），

---

17 Robyn Morris,「『Growing up an Australian』: Renegotiating Mateship, Masculinity and『Australianness』 in Hsu-Ming Teo's *Behind the Moon*」, *Journal of Intercultural Studies*, 27.1-2, February-May, 2006, 第156頁。

18 Hsu-Ming Teo, *Behind the Moon*. NSW: Allen & Unwin, 2005, 第75頁

19 Hsu-Ming Teo, *Behind the Moon*. NSW: Allen & Unwin, 2005, 第323頁

將它看作澳大利亞人的標誌。這種追求與田禾的追求有著某種異曲同工之處，那就是想擺脫內心的困擾。但是他們幾經磨難，最後，在札斯廷遭到攻擊之後，田禾、吉勃和他們的家庭在札斯廷住院的地方重新團圓，而這種團圓也是三個主人公對亞裔人在澳大利亞如何看待自己的文化身分的一種思索，同時也吸引讀者重新審視澳大利亞民族神話中固定不變的夥伴關係和陽剛形象，以一種更加動態的觀念來看待多元的澳大利亞文化，從而構建出澳大利亞文化語境中的一個新的民族文化，這種文化應該是打破了傳統意義上的非此非彼的排斥性做法，而是體現在兩者相容的第三空間。實際上，小說所要體現的是，沒有哪一種文化是可以完全排斥其他文化而得以單一存在的純粹文化，這一點我們從小說的扉頁和每一章節的開始就可以看出。在《月亮之後》這部小說裡，小說的扉頁和每一個章節的開始都以十八世紀越南作家阮攸（Nguyen Du, 1766-1820）的古典長篇敘事詩《金雲翹傳》（*The Tale of Kieu*）選段開始，這個取材應該說是有很深意義的，因為這部長篇敘事詩本身也是文化雜糅的產物。十八世紀，越南詩人阮攸多次出使中國，對中國文化十分熟悉和傾心，於是根據中國清初青心才人的章回小說《金雲翹傳》創作出了六八體長篇敘述詩，從文化翻譯的角度來說，這一雜糅性的翻譯使得《金雲翹傳》的生命得以延續，並且是青出於藍而生於藍，至今仍為越南文學名著。這一文學雜糅所產生的卓越成效說明，在文化交往過程中確實存在著一個第三空間，既熟悉，又陌生，這裡面涉及到文化翻譯和文化商榷，在這個空間，散居華裔可以從單一的文化走向多元的雜糅文化，而這一走向是他們賴以生存和發展的動力所在，通過探索第三空間，我們可以逃避兩級政治，作為你中有我我中有你的形象出現。這是一個帶有創造性的第三空間，使人進入到一個新的世界，顛覆主流話語的權威，正如洪宜安所說，「『族裔』主體突顯了這樣一個事實，即她／他並不完全屬於這個『宿主國』，或者至少說她／他的定位就是如此。人們一提到族裔，也就是華裔這個名字，那麼這個名字就已經將她或他移植到了另一個具有象徵意義的歸屬場所，並將接受到的記憶也幻想到了這個場所。從這個意義上來說，閾界（liminality）就是無法消除的居中空間，結構性的兩可區域，從這裡，散居主體被迫將自己構建成一個匯合型的文化存在。換句話說，正是這種『既非此又非彼』的混雜型兩可區域才使得散居主體既感到迫切，又擁有資源來將自己轉化成一個『彼此都含一點』的匯合主體」。[20]

[20] Ien Ang,「On Not Speaking Chinese: Postmodern Ethnicity and the Politics of Diaspora」, *New Formations*, 24, 1994, 第17頁。

第三章 尼古拉斯·周思，中澳文化交流的使者[1]

尼古拉斯·周思是當代澳大利亞著名作家，也是中澳文化交流的使者。他生於倫敦，在澳大利亞珀斯和阿德萊德長大，畢業于牛津大學和澳大利亞國立大學。此後在坎培拉、悉尼、英格蘭、義大利和中國工作，現在是澳大利亞西悉尼大學的教授。

尼古拉斯·周思熟悉中國，喜歡中國，在他已經出版的七部長篇小說中，四部與中國文化、歷史、現實生活有關。這四部書分別是《長安大街》（*Avenue of Eternal Peace*, 1989）、《黑玫瑰》（*The Rose Crossing*, 1994）、《紅線》（*The Red Thread*, 2000），《本來面目》（*Original Face*, 2007）。尼古拉斯·周思之所以把自己的興趣、熱情、目光和筆觸投向中國，是因為他與中國有著深刻的歷史淵源。「周思的曾祖父，用周思的話說，「也姓周，名叫周守恩（George Herbert Jose 1868—1956），1891年與妻子一起從悉尼來中國傳教。他們在浙江紹興、寧波和台州等地工作、生活了近十年，足跡遍佈江浙一帶。這位老先生不僅是傳教的牧師，還是攝影藝術家，會說漢語也認識漢字」。[2]周思的長篇小說《長安大街》中有相當篇幅就是根據那位元老

1 本文發表於2013年5月24日《文藝報》，作者為李堯。

2 引自*The Finish Line: A Long March by Bicycle through China And Australia* by Sang Ye, with Nicholas Jose and Sue Trevaskes, University of Queensland Press, 1994.

人的日記、書信創作的。周思的祖父Ivan Bede Jose于1893年生於中國，在江南水鄉度過了童年。

所有這一切都對周思產生了很大的影響。1983年，周思來到中國，開始了「求學旅行」。從1986年到1987年，周思在北京外國語大學和華東師範大學工作了十八個月。1987年到1990年任澳大利亞駐華大使館文化參贊。他熟讀中國歷史，喜歡魯迅、老舍、沈從文、郁達夫等現當代作家的作品，對唐詩、宋詞元曲等中國古典文學也都有涉獵。丁玲、吳祖光、王蒙、楊憲益、戴乃迭、馮宗璞、諶容、葉辛等許多中國作家、藝術家都與他有過交往。周思真誠熱情，充滿活力，幾十年來為中澳文化交流做出了重要貢獻。提起周思，認識他的中國學者無不交口稱讚。1990年7月，我翻譯他的《長安大街》之後，到廈門大學參加「第二屆澳大利亞研究國際學術討論會」。會議期間，和周思一起參觀了泉州久負盛名的開元寺以及中國最古老的清真寺遺址，還參觀了泉州博物館。在博物館裡，周思仔細觀看每一件文物、每一張照片、每一份圖表，及至走到建于明朝末年的巨大帆船殘骸前面時，他驚訝地停下腳步，向講解員瞭解每一個細節。那時候，我只覺得身為作家的周思十分注意觀察生活，全然沒有想到這竟是他創作《黑玫瑰》的契機。

《黑玫瑰》由我翻成中文後，周思專門寫了序言。文中說：「訪問泉州之後，這座位於中國南方福建省的城市的悠久歷史給我留下難以忘懷的印象。特別是許多世紀以前，它就和西方世界有了較為密切的聯繫。像馬可・波羅這樣著名的旅行家曾來這裡造訪。阿拉伯人也來這裡做生意，甚至定居。我對泉州感興趣，還因為中國旅行家就是從這裡出發，探索世界，並且展示了他們高超的航海技術。此外，這一地區還流傳著南明王朝許多有趣的故事，包括波及到臺灣的複明運動。這種大海造成的影響——文化交叉是其中一部分——在許多方面都對現代生活發生著影響。

「特別是在我——一個澳大利亞人看來，東半球不同民族的成員和他們創造的文化的相互影響，已經成了巨大的原動力和創造力。離開泉州，我就想，如果利用這些材料，把歷史和想像結合起來，或許可以寫一本當代讀者感興趣的小說。」

周思說：「我創作的靈感起始于一位朋友講述的關於中國玫瑰和歐洲玫瑰第一次雜交的故事……早在1789年，人們在印度洋的一座小島發現了一種玫瑰。這種玫瑰的顏色、形狀和香味都包含了歐洲玫瑰和中國玫瑰的特徵……但是誰都不知道這種雜交玫瑰怎麼會到了那座遠在天涯的海島？我決定完成這個故事。我把故事的背景放到17世紀晚期，明朝末年。這一段歷史在中國和歐洲都頗具戲劇性。許多年前，我在牛津大學讀書的時候，就仔細研究過這段歷史。1649年，英國國王查理一世被處以死刑，從而結束了他的統治。幾乎同一時期，1644年，明朝最後一位皇帝上吊自盡，清王朝開始統治，這是一個有趣的巧合。」

「我的這部小說不僅僅寫了玫瑰的雜交還寫了人與人的匯合。一個跨文化的愛情故事在明親王和一位英國姑娘之間展開。這兩位年輕人十分巧妙地相互吸引，使一個新的生命得以誕生。」[3]

《黑玫瑰》出版之後，在西方世界引起很大反響，在澳大利亞很快銷售一空。倫敦在1995年初就印了第二版。此後，這本書還被翻譯成德文、法文出版。

如果說《黑玫瑰》是為了表現不同文化衝突和融合而創作的話，《紅線》對於周思，對於中國讀者來說都更為重要。周思說：「這本書使我償還了對我一生都具有特別意義的一部文學作品的『欠債』。這部作品就是200多年前中國作家沈複撰寫的《浮生六記》」。

作為小說家，周思像創作《黑玫瑰》一樣，對《浮生六記》這部經典之作也進行了想像，賦予它新的內涵，使它成為供今天新一代讀者欣賞的、與《浮生六記》全然不同的故事。

從某種意義上講，《紅線》脫胎於《浮生六記》。周思以佛教轉世輪回的思想作為其創作的「理論根

---

3 《黑玫瑰》「中文版序言」，1995年，中國文學出版社。

據」，利用沈複原著遺失的兩卷提供的想像空間，間以現代派跨越時空的創作手法，使《浮生六記》的主人公沈複和芸在《紅線》中轉生為博學正直的文物專家沈複靈和澳大利亞才華橫溢的女畫家魯絲。這對前世的恩愛夫妻，歷經磨難和坎坷，今生再續前緣，演繹出一段淒婉動人的愛情故事。特別是他們與歌星韓（《浮生六記》中的歌妓憨園）的感情糾葛，更使得這部小說起伏跌宕，扣人心弦。作者將一個古典的美麗故事和現實生活中充滿時代精神的人物結合的無懈可擊，渾然天成，更顯示出他爐火純青的創作技巧。就這樣，《紅線》在過去與現代、事實與推測之間遊弋，在一個充滿各種可能性的、已經變化了的世界形成。周思認為：「歷史的幽靈可以再回來，浪漫的愛情故事可以再重演。人們著手新的變革，包括東方與西方之間的變革，下一章永遠是個迷。」[4]

《紅線》出版後引起廣泛的注意和好評，至今許多英語國家的書店和圖書館仍然把它放在顯著位置向讀者推薦。《周日時報》認為《紅線》是「由一位一流的澳大利亞小說家創作的一個難忘的愛情故事」，「是一部充滿微妙對比和優美筆觸的小說」。

尼古拉斯・周思就是這樣一個對中國文化懷有深厚感情的澳大利亞作家。他在為我翻譯的《紅線》寫的序言中說：「在對沈複的著作表示敬意的同時，我也希望能夠對跨越時空界限行走其間的其他著作表示敬意。我想對中國作家表示敬意。他們像沈複一樣，用自己的作品從一個世界到另一個世界感染我們。我特別感謝中國文學傳統和它在當代世界產生的、持續不斷的影響。」

為了擴大中國文學在當代世界的影響，尼古拉斯・周思一直關心、支援把中國文學作品介紹到世界的事業，他自己也翻譯過中國作家的作品。作為中澳文化交流的使者，尼古拉斯・周思當之無愧。

[4] 《紅線》「中文版序言」，2006年，人民文學出版社。

第四章　克莉絲蒂娜・斯台德和中國[1]

迄今為止，還沒有學者對澳大利亞著名作家克莉斯蒂娜・斯台德（Christina Stead）的作品中有關中國的表述進行過研究。[2]旅澳華人作家、《熱愛孩子的男人》的中文譯者歐陽昱博士在致筆者的一封信中曾承認斯台德的作品中有關中國的表述在他的長篇博士論文以及後來出版的書中都沒有論及，並說這一點本身很有意思。[3]然而在斯台德的作品中卻有著大量關於中國的表述，至少在她的《悉尼的七個窮人》和《熱愛孩子的男人》兩部長篇小說中是這樣。

斯台德從來沒有到過中國，沒有資料顯示她曾閱讀過有關中國的任何書籍或者有任何中文能力。[4]但是

1 本文作者是北京外國語大學英文系講師李建軍。

2 唯一的例外是Shirley Walker。她在「Language, Art and Ideas in *The Man Who Loved Children*」這篇文章中，曾提到孔子的詩。見*The Magic Phrase: Critical Essays on Christina Stead*. Ed. Margaret Harris. St Lucia: University of Queensland, 2000, pp. 117-32.

3 見歐陽昱博士2002年10月11日致作者的一封電子郵件。歐陽博士的碩士論文是有關斯台德的《熱愛孩子的男人》，他翻譯的《熱愛孩子的男人》1999年由中國文學出版社出版，他的博士論文的中文本《表現他者：澳大利亞小說中的中國人》（*Representing the Other: Chinese in Australian Fiction 1888-1988*）2000年由新華出版社出版。

4 在《悉尼的七個窮人》中，中文被認為是很難的語言，見*Seven Poor Men of Sydney*, Sirius, 1981, p. 164：早期的澳大利亞人已經瞭解中文有不同方言，如在小說《生活即如此》中，主人公柯林斯曾說純粹是由於無知才使得一個人不能用中文的好幾種方言進行流利而明瞭的交談，見*Such is Life*, Joseph Furphy, Sydney: Halstead, 1999, p. 32.

她對中國懷有的情結無論在她現實生活中還是在她的作品中都有所反映。據友人回憶斯台德「喜歡談論任何東西，從東德的魚子醬到中國的藝術」。[5]她特別喜歡中餐。1974年返回悉尼定居後，她和她的弟弟大衛一起大約每週都要光顧一次悉尼中國城的碧玉餐館。[6]

斯台德第一部出版的長篇小說是《悉尼的七個窮人》（出版於1934年）。1928年她到達倫敦不久後即開始創作這部小說。小說的背景是二十世紀二十年代的悉尼。有關當時悉尼對中國事務的關注情況還有待於進一步考察。Shirley Fitzgerald認為，「頻繁的旅遊、希望看到一個衰落的在國際上受侮辱的中國恢復其大國地位的願望以及澳中兩國之間良好的通訊往來都使得悉尼當地的政治活動常常與中國有關」。[7]小說的創作時期正值中國歷史的動盪年代。值得注意的是書中曾提到中國的國民黨，並指出其在中國的作用是「阻礙革命的道路」。[8]作為一個中國讀者，我不免疑問斯台德是如何瞭解國民黨的。斯台德極有可能聽說過悉尼的國民黨的活動。大約在1920年，國民黨在全球各地建立了分支機構。同年，來自澳大利亞、新西蘭、斐濟和中國等地的國民黨成員在悉尼召開了為期一周的代表大會。《悉尼晨報》（*Sydney Morning Herald*）對此次會議每天跟蹤報導。1921年，悉尼的國民黨成員正式註冊了國民黨組織，並在第二年的五月啟用新的總部。[9]也許和小說中的人物凱薩琳一樣，斯台德對政治活動很熱心，由此瞭解了世界政治形勢。

---

5 轉引自*Christina Stead: A Biography*, Hazel Rowley, Melbourne: William Heinemann Australia, 1993, p. 551.

6 同上，p515；澳大利亞作家Nicholas Jose和Michael Wilding在和作者2002年9月4日和6日的分別談話中，都認為斯台德應該瞭解悉尼的中國城。20世紀20年代，斯台德為了攢夠去英國的路費，曾每天步行從悉尼港沿著George Street穿過Haymarket（即中國城地區）來到她在中央車站附近工作的制帽廠。

7 *Red Tape, Gold Scissors: the Story of Sydney's Chinese*, Shirley Fitzgerald, Sydney: State Library of NSW, 1997, pp. 111-2.

8 *Seven Poor Men of Sydney*, p. 150.

9 *Red Tape, Gold Scissors*, p. 113, p. 114.

1927年四月，國民黨在蔣介石的領導下開始迫害共產黨員。即使斯台德離開澳大利亞之前對此一無所知，1928年她到達倫敦並結識威廉・布來克（一個馬克思主義者，她的未來的丈夫）後，她有更多的機會來瞭解共產主義運動。布來克是《悉尼的七個窮人》中孟德爾松的原型，對世界局勢非常熟悉。1928年倫敦一家著名的出版社George Allen & Unwin出版了一本瞭解國民黨歷史的重要參考書《國民黨和中國革命的前途》（*The Kuomintang and the Future of the Chinese Revolution*）。該書作者T. C. Woo，是前國民黨政府官員，因不滿1927年國民黨的分裂，不久即離開中國。作者向英語讀者及時公正地介紹了國民黨的歷史、孫中山領導的改組、國共合作、國民黨分裂以及國民黨對共產黨員的迫害。但究竟是布萊克還是斯台德讀過此書，我們不得而知。

在普遍認為是斯台德的代表作《熱愛孩子的男人》（出版於1940年）一書中，也有關於國民黨的表述。來萬和，一個新加坡出生的華人，在書中被描述為一個國民黨革命者的形象。[10]眾所周知，書中主人公薩姆的原型是斯台德的父親大衛・斯台德，他曾於1922年以特種漁業專員的身分在英屬馬來亞呆過一年。她父親從新加坡寫回家的信幾乎一字不改的被用在小說中。[11]1922年的國民黨是革命黨，這一點不僅在中國國內廣為人知，在海外華人中，尤其是大力支持孫中山革命的東南亞地區也是如此。

在英屬馬來亞，薩姆「完全被中國的東西迷住了，中國人的規矩，中國的才子，中國人的講究修飾，中國人在炎熱氣候下的工作和生活能力」。[12]他喜歡中國人，結交了華人好朋友，並說他從未有這麼好的朋友，「誰都沒有智慧、善良和古老的中國人那樣理解友誼」。薩姆還說「中國人身上集智慧、含蓄、工藝和

---

10 *The Man Who Loved Children*, Penguin, 1970, p. 249.
11 *Christina Stead: A Biography*, p. 48.
12 *The Man Who Loved Children*, p. 242.《熱愛孩子的男人》，歐陽昱譯，第224頁。

勞動精神之大成，而這一切正是我們國家所希望得到的」。[13]還有，中國人是「世界上最了不起的人」，「中國人大部分幾乎算得上白人」。[14]

另外，兩書中都提到了孔子。《悉尼的七個窮人》中，凱薩琳手裡拿著一本孔子的詩集，顯然這裡指的是由孔子編纂的《詩經》。[15]《熱愛孩子的男人》中，當薩姆正在展示從馬來亞帶回的中國貨時，他的女兒路易朗誦了一首據她說是孔子的詩。[16]熟悉《詩經》的讀者一下子就能辨認出路易所背誦的詩源自《詩經》中《衛風》裡的「木瓜」。原詩是：

投我以木瓜，報之以瓊琚。
匪報也，永以為好也。
投我以木桃，報之以瓊瑤。
匪報也，永以為好也。
投我以木李，報之以瓊玖。
匪報也，永以為好也。

---

13 同上，p. 248.《熱愛孩子的男人》，歐陽昱譯，第230-1頁。
14 同上，p. 248, p. 241.
15 *The Seven Poor Men of Sydney*, p. 58.
16 *The Man Who Loved Children*, p. 290-1.

理雅格（James Legge）是最早將《詩經》翻譯成英文的譯者之一。他翻譯的五卷本中國典籍（*The Chinese Classics*），包括《詩經》，於1861-72年出齊。斯台德應該不會有困難讀到理雅格的譯本。1937年，亞瑟・威利（Arthur Waley）的《詩經》英語譯本在倫敦出版。斯台德也極有可能讀過威利的譯本。我們有理由相信斯台德對《詩經》不是僅僅讀過而已，而是相當熟悉。從一本三百多首的外國詩集中選用一首非常貼切地用在自己的小說創作中本身就說明了這一點。比較賴格、威利和斯台德對「木瓜」一詩的處理可以看出，斯台德的譯文更清晰，更準確，更接近原詩的精神，也更像一首中國詩。

涉及中國的表述在《悉尼的七個窮人》中還有二十多處。有的談到上海及其當時在世界上的地位，有的是關於中國的漂亮的工藝品的描寫，還有的和中國歷史有關。這些也許值得更深入的探討。希望更多的研究者進一步深入考察斯台德在其作品中對中國的表述。

第五章

流放即歸家：論阿列克斯・米勒的《祖先遊戲》[1]

阿列克斯・米勒出生於英國，16歲移民澳洲，畢業于墨爾本大學英文和歷史系。《祖先遊戲》是米勒的第三部小說，是作者四年辛苦勞作的結晶。此書獲1993年邁爾斯・佛蘭克林獎；聯邦作家獎以及芭芭拉・拉姆斯登最佳小說獎。

故事的起因來自一個老朋友浪子的自殺。敘述者史蒂文・繆爾是一個居住在澳大利亞的蘇格蘭作家，在英國安葬完父親，回到墨爾本後，深深為一名澳大利亞華裔美術教師浪子錯綜複雜的出身所吸引；同時，他也正為自己父母的疏遠而困惑。這種情形下，史蒂文開始了為朋友浪子尋找身分和祖先之旅。小說的結尾似乎給這位自殺的藝術家朋友提供了一個暗示：完全地屬於某個地方即是失去了個人的自由；要想獲得絕對的自由，就不要隸屬於任何地方。這與米勒自身的經歷息息相關。他也是從英國移民澳洲，最終對自己身處異鄉的境遇處之泰然的（Carbines 9）。故事取材于作者本人的真實經歷，因此，這部探討種族身分歸屬的小說充滿現實意義。

小說打破傳統的對亞洲「滯定型」的刻畫，運用「超出亞洲形象之手法，把澳洲和中國的歷史進行連

---

[1] 本章作者是馬麗莉，曾發表于《外國文學研究》，2009年第2期，pp. 150-154。Alex Miller, *The Ancestor Game*. Ringwood, Vic: Penguin, 1992。文中引用原文部分，均為筆者翻譯。關於此文的部分觀點，可以參見本書上編第六章。

接」（Whitlock 25）。米勒為流放的人群提供了積極正面的選擇而非將他們刻畫成缺乏的和處於劣勢的群體。小說是有關背井離鄉的人在複雜紛紜的世界上尋找自己地位和身分的主題。並且，由於小說涉及兩個國家、多重文化、祖先後輩，必然涉及雙重視角這一主題。

本文借用賽義德關於放逐的論述，探討《祖先遊戲》中有關流放的主題。通過解讀小說的主要人物及其流放的生存狀態、心理等方面的錯位後指出：對於雙重文化下的生活，米勒的觀點是積極樂觀的。他認為，這種「二態」性的生活，是一種神聖的禮物，而非生活的障礙，正如他在書中所指出的那樣，「對有些人而言，流放是唯一可以忍受的境地。對他們來說，流放即歸家」（264）。

浪子的「流放」與迷失

《祖先遊戲》中故事與故事層疊。主要線索為馮氏和黃氏家族。浪子是連接這兩個家族的人物，也是本書的起始和終止。因此，先從浪子談起。

從一出生，浪子就過著雙重的生活。一方面，他的學者畫家外祖父希望向他灌輸中國的傳統；另一方面，他的崇洋反古的父親決意要把他按西方的方式養大。在他身上，承載著兩代人的、兩種截然不同的希望。因此，他在杭州，講國語，著漢服；而到了上海卻講英文，穿西裝。這對於孩提的浪子來說，無疑是一種撕裂，一種身分的無所適從，地域的無所歸屬。恐怕那個時候，已經種下了浪子後來無法擺脫的放逐感。

浪子往返于杭州上海，卻不屬於任何一個城市。孩提的浪子開始尋求自我身分。他首先毀掉祖先牌位，祛除先輩影響。六歲時，他把外祖父的經書焚燒，把他的古鏡拋到河裡。那是一面伴隨著整個家族數世紀的一面鏡子，上面雕刻著兩隻鳳凰，象徵著和諧，代表著一種超自然的力量。

也許正是這一拋棄祖先的舉動，才使得後來的浪子，于異鄉中一直缺乏安全感，精神上無根無基，無所抓靠，最終走向自殺。浪子和他的朋友史蒂文・繆一直有一種美好的期許：那就是浪子回到中國，與他的祖國母親團聚。這一願望最終沒有得以實現，也許正因為此，浪子才客死他鄉。

的確，兩個地方同時作用於一個人身上，會讓人產生一種錯位的感覺。原因即斯圖亞特・霍爾所說的「相似和連續以及差異和斷裂（的同時作用）」（Hall 113）。對於浪子來說，穿梭於兩個城市之間，使得他產生「差異和斷裂」，從而感覺到不屬於其中的任何一個。只有在和母親獨處的第三空間裡，他才有家的感覺，覺得是屬於母親的。「在上海和杭州之間的上百次旅行，惟有和母親一起呆在包厢裡，他才感到溫暖安全，這是一個他唯一可以在所謂自己的地方享受家的感覺的時刻」。（193）

這種安全感浪子在澳大利亞39年從未經歷過。這可能源于浪子試圖擺脫祖先的桎梏。從童年到成人，從古老的杭州到現代的墨爾本，這種擺脫祖先、拋棄傳統的心理始終伴隨著他，也使他付出了代價：那就是無所不在的無根狀態，心理錯位。透過浪子最終自殺的結局，米勒似乎在暗示：一個脫離祖先的人是不可能有健全的異域生活的。換言之，流放的生活不是以棄絕祖先、失去故土而存在的；積極的二態生活應該是祖先與後輩並置，傳統與現代結合的。

蓮的二態生活

小說中的女性試圖在新的環境下發現自我，確立身分；但並不完全與過去隔絕。新的環境不僅帶給她們錯位感，更能使她們產生新的「混雜」身分。女性角色既重現祖先的歷史，又變為後輩的祖先。她們在承上啟下，連接歷史上的積極作用是不可忽視的。這一部分我們探討以蓮為代表的女性人物的二態生活及其歷史使命。

身為浪子的母親，蓮在中間也過著二態的生活。她是聯結兒子浪子與父親黃玉華的紐帶。她以自己的錯位為代價在兩個世界之間達成妥協與和解，她的命運分成兩部分。一方面，她是一個反抗父權機制的具有現代意識的女性；另一方面，她也是一個遊弋在傳統中國與西方工業文明之間的個體。

上海和杭州兩個地方對於蓮和浪子母子都具有雙重意義。傳統的杭州是母子精神之避難所，能帶給二人安全溫暖；而上海則代表了無生氣，甚至令人失去生育能力。因此上海的大都市生活反而扼殺新的生命：蓮的兩個兒子生下就死亡這樣的事實也說明上海之新生活離不開祖先杭州的養育；新興的現代化不能替代古老的、有根基的中華文明。

蓮是女兒又是母親，是新舊世界的聯結。她的父親唯恐失去她：父親希望父女倆的世界不受任何打擾，甚至不想在這個世界中加入浪子。因為他覺得浪子的眼光代表其父親「在嘲諷我們中國式的生活方式，等著看我們的毀滅」，他去祭拜祖先時欲拋開浪子，蓮因此感到進退兩難：既不願違背父命，又不想「背叛」兒子（182）。

與浪子不同的是：蓮對這種二態的生活運用得較好。她在父輩與晚輩之間，傳統與現代之間，能夠自由穿梭來往，並產生新的創造力。蓮覺得活在自己身上的不是一個，而是兩個人。對於這兩個人，最終蓮都能接受（85）。

蓮的故事似乎在暗示：雖然掙扎、遊移，新舊兩個世界是不可切割的。就像蘇菲・梅森所說：我們的過去造就我們的今日，形成我們的行為或思想（Masson 5）。如史碧斯大夫所說：新生命來自老生命。兩個生命合二為一。兩者既分開又聯合，由一個肉體分離而來。她的紐帶作用之所以重要，是因為她女性的身分。一個女性，在上個世紀的中國，要想反傳統，並非易事。雖然困難，她還是傳承了傳統，展望了未來。在一個中間地帶構建了自己的身分和歸屬感。

小說中的另外兩位女性維多利亞・馮以及格特魯德也是父輩文化的聯結者和繼承者，從她們身上，人們似乎可以看到「充滿生氣的晚輩，不負父望，擔負起祖先的重任，重新將逝者的空間填續。這樣一來，她們不但了卻先輩遺願，也同時成就了自己」。（299）

以蓮為代表的女性們在續寫父輩的歷史中，發現自己，瞭解祖先；既傳承了歷史，也完成了個人的成長。這不能不說是對女性承載歷史使命的肯定和期望。她們沒有像浪子一樣面對異域生活無所適從，因而選擇自殺；她們的選擇是積極的、具有開創和建設意義的。對於我們現實社會的中國移民們，仍然具有非常正面的啟示意義。

祖先與後輩　錯位與傳承

《祖先遊戲》中，父輩的生活也有所描述。作為祖先，他們與後輩的關係，他們以及晚輩所經歷的錯位，他們自己給與後輩的遺留，都在小說中起了至關重要的作用。對於他們作用的描寫，更加深化了小說的有關流放與二態生活的主題。

史蒂文和浪子與其父輩的不和在小說的前三分之一非常明顯。但是當史蒂文意識到格特魯德將她父親，維多利亞將她父輩的生命融入自己的生命時，他似乎比從前更能理解自己的父輩。浪子被父親邀請到屋頂眺望台的時刻，兩代人之間似乎達成了和解。這一點在浪子來到澳大利亞之前更加明顯。父子倆站在樓上的屋頂可以瞭望到很遠。似乎可以穿越牆壁，越過地平線，看到此身之外。

浪子與曾祖父認同這一點也許在暗示：他來到澳洲正是完成生命旅程而非與之隔絕。換言之，他來到澳洲即是「歸家」。正應了史碧斯大夫所言：浪子的意思是遠行的兒子。他有一天會踏上尋根之旅。如果他幸運，他會如我一樣，在奔向終點時永遠地奔向起點（116）。遺憾的是：浪子始終未能巧妙地利用自己的二態身分，未能在兩種文化中達到和解而最終走向自殺。在他身上，人們更多地看到錯位，沒有發現傳承。

現代社會，流放的感覺不獨產生於遠離故土，它同樣可以產生於家庭內部。米勒書中使用了眺望台這個概念。這個能指的所指為「進入其他世界的通道」（158）。從裡面出來後，浪子感覺到：在眺望台內，經歷過獨處的冥思後發現獨處的魅力：這些眺望台裡面的人可以站在一個比普通人高的角度，產出更好的「文學作品」（157）。賽義德關於背井離鄉（流放）的論述可以幫助我們更好地理解小說中的人物：

> 事實是：對於大多數背井離鄉的人來講，難題不僅僅是被迫離開家鄉居住；而且還有更多的內容。生活在現今的世界上，有太多的提示物告訴你你是一個背井離鄉者，你的家事實上就在不遠的地方，當代生活的每天的正常交往都不斷地讓你離老家既近，卻又觸摸不到，徒然著急。因此，流放的人處於一種中間境地：既不完全屬於新的環境，又沒有完全擺脫舊的，在半捲入、半超然的狀態下徘徊；一方面既懷舊又感傷，另一方面卻既是表面上嫻熟的模仿者，在私下裡確是被遺棄的人。[2]

事實上，遠離人群（祖先），遠離熟稔的文化（祖國）能使人暫時地沉靜思索從前從未思索的東西。這恰恰是『流放』的優勢：距離感和與他人的疏離關係可以使人炮製出具有混雜特徵的作品。就像米勒所理解的：

---

2 Edward Said, *Representations of the Intellectual: the 1993 Reith Lectures*. London: Vintage, 1994, 36. 引文為筆者翻譯。

「出世和離家正是文藝創作的開始。這也是文明的開始。歷史的開始」。（157）同樣地，薩特丹・南丹也曾說過：距離和抽離是非常重要的——抽身遠離是使人產生超凡脫俗的觀點的先決條件之一（Nandan 61）。對米勒而言，澳大利亞正是這樣一個可以經歷不同文化和混雜的眺望台。

《祖先遊戲》中，敘述方面的錯位與其他錯位比肩而存。米勒使用了許多的敘事技巧：意識流、日記體、信件、翻譯和畫作。這些敘事形式表明：一個人的身分也像語言一樣需要超越和翻譯。同樣，對於語言的理解，要加上說者和聽者雙方的共同參與。因此，對於小說的理解，讀者身上的擔子也很重。小說表面上的鬆散結構，也促使讀者不得不重新安排故事情節。這一點又反過來強化了時空的錯置感。如果重塑得好，才會領略到：故事之間是有機結合，構成整體的。正像黃源深所說：小說中的祖先情結具有三個方面的含義：普世的，本土的以及象徵的……[3]

結語

海倫・丹尼爾認為：《祖先遊戲》是一個具有雙重凝視的雙面神般的小說。它的內裡總會映出外部時空的全部風景（Daniel 9）。賽義德也認為此種「雙重凝視」是優勢。對他而言，流亡是一種模式（單57）。它的積極意義在於可以從「雙重」的而非「孤立」的角度看待事物。從這一點上，米勒和賽義德是不謀而合的。他們都認為：「流放的知識份子不必應合傳統的邏輯而可以大膽前行，他們代表變化，代表前進而非原地踏步」。（Said, 47）

3 Huang Yuanshen,「The Ancestor Complex: A Reading of *The Ancestor Game*」, *Meridian* 15, 1, May 1996, p. 91.

同樣地，法裔澳大利亞作家蘇菲・梅森也把移民境地描寫為「祝福」。她指出：在自己的祖國和宿主國居住都令人不安的確是一種詛咒，但它可以轉化為「祝福」。她認為：移民們應該感到「強壯」「無懼」，「移民完全可以堅定大膽地讓現實進入他們的生活，但要有所質疑，在瞭解之後進行選擇」。（Masson 5）

總之，移民或曰流放，是遠離熟悉的事物。這就要求人們不但有膽量還要有能力：有膽量承受孤獨寂寞，以及無所適從感；有能力適應新生活，接受差異性。不一定要棄絕某種舊的觀念，而要裝入新的內容。在這種承受和接受中進步。將詛咒變為祝福，就像米勒筆下所引用的鳳凰涅磐一樣，獲得新生，獲得生命和創造力。

在《祖先遊戲》中，米勒將現在的時間置於歷史的旁側，從世界不同的地方收集資料，敘述流放生活積極的意義。在現代社會，我們都在追尋。然而我們繼承的和我們經歷的或許同樣重要。它們共同作用於我們的生活。必須承認：我們的祖先對於我們現代的生活是有正面的影響的。從某種意義上講，我們的生存方式多多少少都有某種被流放的印記。如何巧妙地運用這種生存方式而非為它所囿；如何變詛咒為祝福，也許是小說的主人公以及我們每個現代人要學習的功課。

引用作品【Works Cited】

Australian Book Review, 157, Dec 1993-Jan 1994, p. 25.

Carbines, Louise.「A Book of Freedom and Belonging」, *Age*（Saturday Extra）, 15 Aug, 1992, p. 9.

Daniel, Helen.「Drawing a Literary Map of Asia」*Age*（Saturday Extra）, 6 Mar, 1993, p. 9.

Hall, Stuart.「Cultural Identity and Diaspora」, *Contemporary Postcolonial Theory: A eader*. Ed. Pamini Mongia. London: Arnold, 1996, pp. 111-121.

Huang, Yuanshen,「The Ancestor Complex: A Reading of *The Ancestor Game*」, *eridian* 15, 1, May 1996, pp. 90-99.

Masson, Sophie.「Where are you from really?」 *Australian Book Review* 143, August 992, pp. 4-5.

Nandan, Satendra.「Nationalism and Literature」, *Westerly*, 1, Autumn 1992, pp. 59-63.

Said, Edward. *Representations of the Intellectual: the 1993 Reith Lectures.* London: intage, 1994， 36-47.

Witlock, Gillian.「How to Judge a Commonwealth（and return home to tell the tale）?」

單德興（譯），《知識份子論》（*Representations of the Intellectual*），Edward Said著，麥田出版，1997。

第六章 三部澳華長篇小說的後多元文化解讀[1]

歸屬（belonging）是渴望（longing），一種渴望。對於那些生活在自己所選國土的移民來說，有否歸屬感，這是一個關鍵問題。這取決於他們渴望什麼：他們渴望的是享受短暫福利之後，就打點行裝，啟程回家的一個臨時居留之地？還是一個能在那兒獲得真正歸屬感，長期居住下去的永久飛地，或（第二）故鄉？本章擬通過討論澳大利亞華人作家的三本中文長篇小說，即汪紅的《極樂鸚鵡》，沈志敏的《動感寶藏》和趙川的攝影小說《和你去歐洲》，對後多元文化的澳大利亞語境下，第一代和第二代中國大陸移民的歸屬問題進行探討，在這個語境下，多元文化（multiculturalism）的思想越來越顯得過時，幾乎變「mal」掉了，[2]就像「malfunctioning」（出故障）一字所顯示的那樣。[3]

1 此文作者是歐陽昱，原文為英文，曾於2007年12月，在阿德萊德市弗林德斯大學的「Moving Cultures, Shifting Identities Conference held at Flinders University」大會上提交，並於2010年5月在澳大利亞文學雜誌Mascara（第7期）發表，網址在：http://mascarareview.com/ouyang-yu-to-belong-or-not-to-belong-issues-of-belonging-in-a-post-multicultural-australia/ 由作者自譯成中文後，發表在《華文文學》上，No. 5, 2012, pp. 56-61。

2 英文的「多元文化」一詞，是multiculturalism，筆者把它變了一下，生造了一個英文詞，即「malticulturalism」，即「出了毛病或故障的多元文化」。

3 英歌在其長篇小說《出國為什麼──來自大洋彼岸的報告》中說，「與美國、加拿大、日本和歐洲一些先進國家相比」，「澳洲推行多元文化，但卻沒有找到具體方法，所以現在反而是沒有文化。」參見其《出國為什麼──來自大洋彼岸的報告》。北京：作家出版

「我不應該來到澳大利亞，不應該離開我的國家」[4]

汪紅1962年生於上海，是一位中國女作家，她從1990至1992年，在澳大利亞生活和學習，並於1993年回到中國。[5]除此之外，她那部2002年9月出版的長篇小說《極樂鸚鵡》的書套上，幾乎沒有什麼關於她的個人資料，只在小說末尾有一個附注。附注上說：「第六稿於2000/12/8」。[6]根據這一點，她至少花了七年，六易其稿，才寫完該書，而且很可能還花了兩年左右的時間，也就是在她回國的九年後，才找到出版社出版。這樣猜測也許並不為過，即這部小說在某些方面與她本人生活互成平行：主人公馬藍[7]先與義大利人假結婚不成，後與一個名叫瑪律夫的國籍不明人士假結婚又不成，假結婚努力未遂之後而回到中國。該小說封底的描述中有這樣一句話，說它具有「非凡的詩意」。我個人則認為，它對中國學生生活的形象描繪，有餘音繞梁之絕響，彷彿將之用「時間翹曲」方式而捕捉，形成一種真空。這種真空既是因為他們盲目固執地想留下來，也是因為澳大利亞對他們的命運漠不關心，更是因為澳大利亞通過奧列佛及其家人等角色，不惜通過騙取錢財的市儈行為而造成的。

《極樂鸚鵡》是一本讀起來讓人心酸的小說。小說追述了馬藍在澳大利亞的短期旅居生活，她在南澳

社，1997，p. 255。

4 汪紅，《極樂鸚鵡》。廣州：花城出版社，2002，p. 284。

5 同上，扉頁，帶其照片。

6 同上，p. 288。

7 馬藍的名字英文直譯就是「Horse Blue」，有點讓人想起德國畫家Franz Marc于1911年創作的作品《藍馬》。參見：http://www.artchive.com/artchive/M/marc/blue_horse.jpg.html

和維多利亞州邊境地區的紅懸崖，以及悉尼的西田等地，做各種各樣的零活雜活，如摘葡萄、摘桔子、摘檸檬，當清掃工，在臨終醫院當看護，等。在中國，這位大學畢業生「傾全力學習英語，為的是有一天出國」。（p. 23）她結束在澳的學習後，不得不延長簽證，但又沒錢交簽證費，於是不得不借錢，付給奧利佛，以便為她找個伴侶假結婚。此事未成之後，就由人撮合，跟瑪律夫結婚，以便留在澳大利亞，但把孩子流產之後，決定離澳回國。她離開的那一天，瑪律夫對她說：

> 你是對的，為什麼一定要在南半球這個國家生活呢？沒有理由，我看不出什麼理由。我很理解你，我和你一樣，患了思鄉病。……我已經離開家鄉太久了，我感到我內心已喪失了這麼一種力量。生活只是一種習慣，過去被割斷了，也就不可能了。我不是在生活，我只是活著，希望有一天活得好一些。如果我是你，也許，我也會這麼做。只要你相信回國能使你快樂，你應該回國。（p. 281）

馬藍置身於一種極端的環境，無論對自己在國內的那個家，還是對奧利佛，都欠了一屁股債，因此不得不做苦工，摘水果，摘十公斤葡萄，僅得39澳分。（p. 6）她跟瑪律夫結婚時，賬上僅有10塊澳元。（p. 98）最後只有靠迷信來自我安慰。例如，奧利佛母親去世，準備用船把她的遺骨運回故土時，馬藍心裡就在想：

> 一個人離開澳大利亞，
> 一個人進澳大利亞。
> 世界物質不滅，這個進來的人就是她！
> 她此舉終將成功，這就是奧列佛母親在這一刻死亡的真意！（p. 14）

她始終執拗地抱住一個迷信的想法，認為她可能是猶太後裔，「和漢人有明顯的差異」，（p. 20）而且，正是因為她來自「無可考證的祖宗—猶太人，或者是突厥族商人」，她才「為了幾個世紀前的未了姻緣，在這個世紀末，萬里迢迢到南半球，與一個從那兒來的人締結婚姻」。（p. 187）這個人就是瑪律夫。

不過，正如馬藍所說，她在澳大利亞只做到了一點，那就是「我苟且地活著—為了一張綠卡」，（p. 175）一種「已經結束，已經死亡」的生活，（p. 176）「如果不總結，將到來的只是死亡的延續」。（p. 176）寫到這兒，不能不讓人想起歐陽昱一首英文詩中所說的話：「living in australia is living after death」（活在澳洲，就是活在死後」。[8]

書中的其他中國學生活過得不比馬藍好多少：揚帆不會說英文，因此一到澳洲，就「變成了聾子啞巴，不但失去了個性，還倫為[原文如此]弱智。」；（p. 94）老閻在寫一封家信，裡面夾寄了一張100澳元的鈔票，「他到達澳大利亞第一次拿到的報酬」，但這是一封「妻子永遠也未能收到的信」。（p. 27）這個細節後來重複多次，達到了讓人痛心的程度；還有一個秦月，她傻乎乎地幻想，只要通過刻苦學習，就能改變自己的命運。她對馬藍說：「馬藍，你還是應該讀書，這是改變身分的唯一出路。」（p. 71）這些人物的名字，無一不帶有諷刺和恐怖的象徵意味。揚帆表示「揚帆遠航」，說明這是一個抱著遠大志向的人。老閻則暗示著老閻王。秦月讓人想起「秦時明月漢時關」的詩句，那是能夠一個能在歷史淵源上，讓人回溯到秦朝的女性。書中的地名也都灌注了一種令人毛骨悚然的感覺，墨累河被音譯成「麥淚河」，再不就是在馬藍寫的一首英文詩中，有意錯拼成「Marry River」。（p. 85）[9]

---

8 歐陽昱，「After Death, After Orgasm」, *Moon over Melbourne and Other Poems*. London: Shearsman Books, 2005, pp. 46–7。英歌小說《出國為什麼》中，死亡具有中心作用。書中，很多中國學生都死於非命，如一個上海女生被一個患有精神病的澳洲人殺死（69頁和73頁）。另一個中國學生江小帆則死於工作過度勞累和癌症（235頁），類似的死亡事件在澳洲還有很多。

9 墨累河的英文是Murray River，但Marry River雖然音似，意思卻是「婚姻河」。

除此之外，還有很多其他人物，這些人大多都是移民，其國籍身分不明，有欺詐成性的奧列佛一家，該家十天死了兩人，讓馬藍和秦月空喜歡了一場；有僅僅通過暗示，表明身分可能是猶太人或土耳其人，也覺得自己不該到澳大利亞來的瑪律夫；（p. 284）還有在澳洲出生的匈牙利人史蒂文，他在一齣戲裡演了一個中國人的角色，但該出戲卻不許任何真正的中國人出演，（p. 225）他還是唯一一個回到匈牙利，卻完全沒有歸屬感的人。他說：「幾年前，我去匈牙利，但我沒有一點歸屬感。我看他們，完全是看外國人，我甚至暗暗認為那裡的人長相很醜。」（p. 225）有意思的是，馬藍對此並不認同。「馬藍望著他，沒有好奇，沒有禮貌的關懷。……她的沉默襯出他的表訴相當做作，他跟馬藍喝完最後一口咖啡，只等她開口離開。」（p. 225）

全書沒有一處使用「種族主義」或「多元文化主義」這種詞彙，只在一段描述中，一個名叫麗茲的澳大利亞病人，厲聲對馬藍和太平洋島人肖說：「你，你們亞洲人滾出去！……滾出我們的國家！」接下來，當「穿著質地考究的西裝」的麗茲的兒子稱讚馬藍「英語相當不錯」，並問她「在哪裡學的」時候，馬藍對快樂的理解，來了一段非同尋常的沉思：

> 馬藍聲音淡漠，出了房間。她厭倦了別人眼中的目光。一切，不會因交談改變。他穿了考究的西裝，以為他可以憐憫她。因為她說一口英國口音的英語，她是來自古老野蠻之地的文明人。她傾畢生之力學習英語，可這兒，它是人人都會呼吸的空氣。假如她學的是另一樣，她是跨國公司的高級職員，她的生命就會更有價值？她在國內大公司任職時，也穿考究的套裝，那時，她沒感到自己高人一等，也沒覺得快樂。
>
> **快樂如此罕有，它只能來自內心。**（p. 276）

馬藍在澳大利亞的歸屬何在？這只能通過她本人與澳大利亞的關係看出。在悉尼，「她感覺自己正行走在這個城市的邊緣，而這個城市在海洋的邊緣，這個城市隸屬的大陸被蔚藍的海水包圍，在誕生他們的星球邊緣旋轉。」（p. 258）對她來說，澳大利亞不算什麼，至多不過是一個從中「穿行，沒有留下痕跡」的地方。（p. 278）汪紅後來的出家修行，可能早通過這些詞句而暗藏了伏筆。她的一個高中兼大學同學就曾這樣評論她道：「汪紅給我的印象就是一個獨來獨往，不苟言笑，聽課認真，蠻有魅力的高傲的女生。走路就像一陣風，來無蹤，去無影。」而且，據他摘引的文字說，這本書一出版，汪紅就出家了：「00年她在我辦公室列印長篇小說『極樂鸚鵡』，02年5月花城出版，夏天出家去了甘肅青海交界的最大的佛學院，法號圓陀。」[10]

有趣的是，托尼・艾雅思的故事片《意》（*Home Song Stories, 2007*）中的主角Rose，就曾說過類似馬藍所說的話，她說：「我真不該到澳洲來。」[11]

三原色[12]

澳華藝術家沈嘉蔚英文名Jiawei Shen。他給墨爾本前市長蘇震西（John So）畫肖像時，用了三種主要元素：用油畫這種源自西方，也就是白人的繪畫方式，描繪蘇震西的中國臉和他身穿的土著衣著。[13]與之形成

10 參見：http://blog.sina.com.cn/s/blog_5e8c0ff00100t7dv.html

11 記憶中，電影字幕把這句話譯作「I should never have come here」（我永遠也不該到這兒來），其實，Rose的原話是「我真不該到澳洲來」。我是在2007年八月中旬在坎培拉的Dendy's Cinema看這部片子的。在英歌的《出國為什麼》中，跟這一樣，當中國女生程小藝親眼看見另一個女生被澳洲精神病患者捅死的慘狀時，不斷地重複這句話：「我不該來澳洲，我不該來澳洲。」（69頁）

12 所謂三原色，在英文中指的是紅黃藍，但在此指的是黑黃白。

13 根據畫評家所言，蘇震西的衣服是一位土著長老送給他，用負鼠皮做的披風。參見John MacDonald,『Portrait of the Prize』（30/4/2005）at: http://www.smh.com.au/news/Arts/Portrait-of-the-prize/2005/04/29/1114635739247.html

有趣對照的是，十多年前，亦即1990年代早期，澳大利亞作家阿列克斯・米勒的《祖先遊戲》出版時，該書封面的一張油畫，通過華人鳳、愛爾蘭人努南和澳洲土著多塞特打尤克牌戲，表現了他們之間的和諧關係。該畫作者是約瑟夫・詹森，他以該畫描寫了淘金時期這三大民族之間和平共處的和諧關係，這之後，種族主義濾起，產生了極大破壞，並在澳大利亞投下了長長的陰影。[14]對三原色（三族色）的這種關注，也許會讓其他民族或種族背景的人產生受排斥感，但長期以來一直都存在，如蘇格蘭人（休姆・尼斯貝特），匈牙利人（大衛・馬丁）和白種澳大利亞人（紮維爾・赫伯特），在他們的作品中，華人發揮了黑白兩色人種的連結作用。[15]沈志敏的《動感寶藏》一書中，就以這種三原色為該書奠定了基礎，一個華人男孩，一個土著男孩，以及一個白人男孩，為了尋找澳大利亞的土著起源，而一起攜手同行，來到其象徵之地的「傷心之地」，那是200年前曾發生一起大屠殺，導致很多土著人喪生的地方，[16]同時在此過程中也發現了他們自己。從這個意義上講，這本小說比標題很帶諷刺意味的《極樂鸚鵡》要積極，因為三個孩子選擇了漂泊人生，在全澳周遊，把歸屬問題交給了八面來風。

三個孩子浪跡天涯，尋找寶藏，無論是精神方面，還是其他方面的寶藏，其中的種種故事，都不如該書結構之後暗藏的思想重要。這個思想反映了作者的一個重大認識，儘管是有限的認識，即澳大利亞的種族和

14 這幅畫的英文標題是*Euchre in the Bush*，其作者是Joseph Johnson（1848–1904）。據Alex Miller說，在他發現這幅畫時，該畫長期被冷落，這也說明長期以來，作為少數民族的華族是不被歌頌的。

15 尼斯貝特以新西蘭為背景的小說中，華人總是被理想化，如他總是把主人翁Wung-Ti與毛利女性雙雙置放在一起。在馬丁的小說*Hero of Too*中，華人放逐者Lam Yut Soon跟土著混血兒Snowy Barker總是在一起合住，而在赫伯特的《卡普里柯尼亞》一書中，Ket這個半華人、半土著的混血兒，總是拿來與半白人、半土著的Norman Shillingsworth相比，而且總是在各方面都不如他。參見歐陽昱的博士論文*Representing the Other: Chinese in Australian Fiction: 1888–1988*。該書後在美國出版，書名是*Chinese in Australian Fiction: 1888–1988*, by Cambria Press, 2008。成龍主演的《尖峰時刻》在黃白配對問題上，也是一個極好的例證。我2007年9月29日看的《尖峰時刻》（3）就足以說明此點。

16 沈志敏，《動感寶藏》。上海人民出版社，2006，p. 227.

諧和文化和諧之關鍵，就是這種三原色的融合，正是基於這種認識，沈志敏給三個孩子安排了三種不同的角色來扮演。更耐人尋味的是，其中兩個孩子來自有問題的家庭。湯姆斯是私生子，其父是保守黨議員，因桃色事件敗露而自殺身死。高強父親是一家中國公司經理，有腐化墮落問題。他們兩家發生了悲劇之後，湯姆斯和高強無家可歸，流浪到悉尼紅坊，與土著孩子土谷結識，並在紅坊種族暴動中並肩作戰，與員警對抗。[17]顯而易見，通過湯姆斯和高強的家庭背景，已經暗示了對澳大利亞流犯往昔的某種回應，因他們都來自丟人現眼的家庭，他們對象徵著國家控制和權力的澳大利亞員警的不服，也通過參加暴動，與員警打鬥而表現出來。三個孩子的表現雖頗帶滯定型特徵，如土著孩子土谷不在乎錢（p. 89），對永遠流浪的行者格蘭特的漂流精神特別認同（p. 125），華人孩子高強最看重錢（p. 89, p. 129），而白人孩子湯姆斯卻「最有腦子」，充滿了智慧的想法，等等，（p. 135）但這部小說還是揭示了一個比較黑暗的真理，即澳大利亞是一個不適合中國人的久留之地。他們在冒險經歷中與流氓斯蒂姆戰鬥，他們的音樂小組到處巡遊，尋找黃金等之後，高強還是「回中國去」了。（p. 318）小說結束時，高強回答土谷和湯姆斯問他為何回國的問題時說：「你們忘記了，我不是說過以後我要開一家貿易公司，到澳大利亞來做生意，掙了錢，發了財，請你們去中國玩。」（p. 318）

值得指出的是，與汪紅相比，沈志敏關於三個虛構孩子的資訊是積極向上的，如曾一度當過銀行經理，後來放棄工作，選擇浪跡天涯，一浪遊就是25年，不要家庭，也不要孩子的格蘭特所說。他說，他一旦上路，就「越來越不想回家」，（p. 125）只有在路上，才「又變成了一個整體」，（p. 127）而且「我有一個無處不在的家，這就是在一條條的路邊」。（p. 128）這個故事讓我想起了臺灣旅澳作家張至璋，在1994年

[17] 參見《紅坊區暴亂》一章，pp. 18–36。

墨爾本的中華藝術節上講的一個故事。據他說，一個老華僑告訴他，他只有在飛機座位上坐下來時，才感到好像回到了家一樣。

沈志敏的《動感寶藏》與他早年的一部作品遙相呼應。這就是他在我主編的《原鄉》雜誌（1996年第2期）上，發表的中篇小說《變色湖》。該小說敘述了中國學生初到澳洲，遇到種種困難時，幫助他們的不是白人，而是土著人。事實上，白人都是可怕的種族主義者。小說中的主角江華在一個小鎮拉二胡時，一個「身材高大的白種女人撞將進來」，讓他滾開，「像吆喝牲口似的」，[18]罵江華是個「東方來的乞丐……邪教徒」。[19]江華不得不離開，儘管他覺得，「他們的這種行為不合乎上帝的精神」。[20]江華後被移民官拘留時，是一個名叫「鳥」的土著長老，帶著手下的人來搭救了他，還把移民官和員警訓了一頓，說：「我們生活在這裡幾百年幾千年幾萬年，我們才是這片土地的主人，應該由我們說了算。那個中國人是我的朋友，他想呆多久就呆多久，和你們沒關係。如果你們看不慣，可以滾回悉尼或者其他什麼地方，也可以滾回你們的老家歐羅巴洲去。」（p. 46）

沈志敏的這部中篇小說中，幾乎有一種清晰可見的決心，決不讓白人當道，而堅決主張一劑健康的種族混合劑。他筆下的主要人物，無論男女，都沒有白人。維多利亞（請注意，這也是墨爾本所在的一個州的州名）父親是英國花花公子，母親則是吉普賽人，她本人也是一個街頭藝術家，跟江華成了好朋友。土著長老鳥則是土著人和華人的混血兒，因為其祖父是華人淘金工，為了逃脫「白人的迫害」，而與土著人在一起生活，後來娶了一個土著老婆，也就是鳥的祖母。（p. 43）就連兩個一心想把江華捉拿歸案的移民官，本人也

18 沈志敏，《變色湖》，《原鄉》（1996年第2期），p. 42。
19 同上，p. 42。
20 同上，p. 43。

都是移民，一個是來自英格蘭的猶太人，其父于第二次世界大戰從波蘭逃往英格蘭，另一個原來曾是來自南斯拉夫的非法移民。（p. 50）這些意識形態上的人物處理，使得沈志敏的長篇和中篇讀起來更像政治寓言，而不像真正實現的虛構小說。

「大概跟很多年生活在澳大利亞有關」[21]

《和你去歐洲》不是一本關於澳大利亞的小說，其作者是打破折號的澳大利亞人。趙川（從前是Leslie Zhao，現在叫Zhao Chuan）1988年抵澳，拿到澳大利亞國籍身分後，一直住到2000年前後，才打道回府，回到上海。據他說，每年回一次澳洲，為的是報稅。這本浪跡天下的小說中，文字穿插了照片，敘述了他從馬德里到塞維爾、巴賽隆納、那不勒斯、西西里、羅馬、佛羅倫斯、威尼斯、日內瓦、巴黎、阿維農和倫敦等地的經歷，故事通過一系列電子郵件交往和內心獨白，在「你」和「我」之間展開，澳大利亞在其間根本不存在。唯一的一個澳大利亞少女名叫達芙妮，是「我在上海一個畫展上認識的」。（p. 61）她在墨爾本的一個海濱小鎮上長大，「身上有澳大利亞質樸和自然的氣息」。（p. 66）他們在巴賽隆納見面時，達芙妮問「我」：「你一個人出來遠行，是要逃避嗎？你要走多遠？」（p. 66）「我」沒有姓名，說起話來就像《動感寶藏》中的格蘭特。他說：「旅行似乎讓我更多了機會，抓到幾乎已從身外流逝的東西。」（p. 67）

一本空白小說，其中澳大利亞並不存在，作者是澳籍華人，卻寧願在上海這個「中國最西化的城市」（p. 19）安家，這可能比任何東西都更說明問題，也比不澳大利亞而更澳大利亞，或者可否這樣說，在不澳

21 趙川，《和你去歐洲》，上海：上海人民出版社，2006，p. 230。

大利亞的時候更澳大利亞。該書虛構部分沒有表述的，卻在非虛構部分，即趙川講述自己為何寫作此書的「後記」中表述出來。「我有那種寫作願望，大概跟很多年生活在澳大利亞有關。那裡是個移民社會，來自不同城市、不同文化經歷的人要一起共處。我們彼此新奇，相互間的溝通總在進行，實際上又總是不到位。我們貼近地生活：在一處工作，隔幾棟房子或一層牆壁，或正擦肩而過，或甚至已睡到一張床上。但彼此的記憶，可能相距遙遠，難以拉近。（p. 230）

英歌自1989年來澳，一直在墨爾本生活，他最近的一部長篇《紅塵劫》比趙川的小說更甚，敘述中隻字不提澳大利亞，其會五門外語的主人公林文祿，放棄了美國一家報酬豐厚的公司，選擇回到北京居住。[22]他的這種歸心傾向早在第一部長篇《出國為什麼—來自大洋彼岸的報告》中，就買下了伏筆，該書中，一位中國老人對海外華人的意義如此評述道：

> 我無論走到哪，在別人眼裡，我還是中國人。中國人，是一個很沉重的民族啊！……但我覺得，無論哪種處境的中國人，都有隨著心臟跳動而同時存在的一種意念，這就是我出生在黃土地，我是一個中國人，我應該為我的祖國做些什麼？我應該為我的民族做些什麼？（p. 341）[23]

當然，這太過於說教了，不過，也還說教得有點意思。如果多元文化主義的目的，就是為了讓各個民族分離，因此「俄羅斯的芭蕾不能在土著的樂器伴奏下起舞，歐洲的西洋唱法不能和亞洲的民調合拍」，（p. 255）那華人把祖國看成唯一的出路，也是不得已的事。正如英歌在這部小說的封底所說：「走得再遠，他

22 英歌，《紅塵劫》。呼和浩特：遠方出版社，2001。
23 英歌，《出國為什麼？》北京：作家出版社，1997。

們也是黃土地上哺育長大的炎黃子孫。」

其實是無家可歸的，即便有家可歸，那個家也只在趙川創作的小說之中，在那兒，人「常預備了要走丟，遭遇陌生人群，三言兩語，就可能帶去另一向度。」（p. 231）家，就像歐陽昱在一首詩中表達的那樣：

《家》[24]

家在哪兒？
就在這兒：喏
說「家」的這張嘴巴

家在哪兒？
就在這兒：喏
寫「家」的這幾根指頭

家在哪兒？
就在這兒：喏
檳榔島的源源餐館

[24] 此詩於2012年4月寫於馬來西亞，發表于《劍南文學》，2013年第1期，29頁。

說華語的嘴巴
吃鹹魚飯的嘴巴
走到哪兒都找中餐吃飯的家

在墨爾本的《華夏週報》慶祝中秋節的一篇編者按中，有一句非常辛辣之語。編者把澳大利亞形容成一個聚集了來自世界各地移民的「移民國」之後說：「你要是以為這個國家像中國那樣，有『五十六個民族，五十六個星座，五十六朵花和五十六個兄弟姐妹同屬一家人』，那你就大錯特錯了。互相把對方像客人一樣尊重，那都是膚淺表面，客客氣氣，保持距離，彼此陌生，很不親密，就像油和水一樣很難融合。」[25]

[25] Yang Yu，《異國的中秋節》，原載《華夏週報》，2007年9月12日，第一頁。

附錄

附錄I 訪談錄

黃源深訪談錄[1]

歐陽昱（以下簡稱歐）：您是怎麼對澳大利亞文學發生興趣的？什麼時候？您學習英語語言文學的時候，中國有澳大利亞文學相關材料可以利用嗎？

黃源深（以下簡稱黃）：幾乎沒有。二十世紀六十年代，《外交官》（1949，作者詹姆斯・阿爾德里奇）的中文版出版，是因為作品的主題符合當時無產階級政府的需要，而不是因為與澳大利亞相關，或者有很高的文學價值。作者是澳大利亞人，但這對政治宣傳沒有用處，所以漸漸在中國也就被淡忘了。1979年，我在悉尼大學攻讀碩士，導師是利昂尼・克拉默教授。她讓我們閱讀亨利・勞森的《趕牲畜人的妻子》，這引起了我對澳大利亞文學的興趣，覺得這位作家很了不起，這個民族的文學值得去花功夫研究，甚至可以花畢生精力去研究。就這樣，年輕時看來遙不可及的澳大利亞文學，後來竟成了我學術關

1 本訪談是歐陽昱對上海對外經貿大學黃源深教授的英文訪談，由該院周小進教授譯成中文。該文的英文原文發表在美國的澳大利亞文學雜誌*Antipodes*, No. 1, June, 2011, pp. 72.75.

注的重點。

歐：您1979年到澳大利亞，是一個人，還是和其他人一起？

黃：和其他人一起。實際上是個團隊，有九名學者，後來都為中國語言教學與文學研究做出了很大的貢獻，被大家稱作「澳洲九人幫」。

歐：你們到澳洲是想學習英語語言和文學嗎？這是他們資助你們留學的目的？

黃：是的，那是個交換教師培訓專案，就是說，同時也有九名澳大利亞學生派到中國，是中國政府資助的。

歐：您當時肯定接觸過不少澳大利亞作家吧。為什麼對亨利・勞森印象特別深刻呢？

黃：偉大作家所寫的經歷，既有某一具體環境下的特殊性，而又有常人所能感受到的普遍性，就情感而言，對有類似經歷的人尤其如此。《趕牲畜人的妻子》裡描寫的叢林生活，我此前並不熟悉，但女主人公獨自謀生，處境艱難，讓我想起留在中國的妻子兒女。後來我在碩士論文裡對勞森作品做了全面的分析，並且決定將這位有國際聲望的澳大利亞作家介紹給中國讀者，還打算在中國長期教授澳大利亞文學，當然也要把勞森包括進去。我的碩士論文是利昂尼・克拉默和布萊恩・基爾南兩位教授指導的。

歐：除了亨利・勞森之外，您還對哪些澳大利亞作家感興趣呢？

黃：派翠克・懷特、彼得・凱裡、莫利斯・盧裡、朱達・沃頓、約翰・莫里森、邁爾斯・弗蘭克林、艾倫・馬歇爾、藍道夫・斯托、亨利・漢德爾・理查森、湯瑪斯・基尼利，還有後來的阿曆克斯・米勒和蒂姆・溫頓，其中有些人的作品，我已經翻譯成中文。

歐：說些題外話。現在很多人從中國來到澳大利亞，是為了獲得永久居留權，不再回國，因此成了現在所謂的澳大利亞華人群體。您留學的時候，有沒有想過留在澳大利亞，繼續從事文學研究？

黃：有趣的是，我們這個年齡段、這種學術身分的人，幾乎從沒想過要留在澳洲。就我個人來講，的確有位好心的朋友，要給我一份工作，待遇不錯，免費住宿。我們都覺得，我們的前途在中國，在這裡我們語言和文學上的專長能得到重視，但在澳洲這些可能算不上什麼優勢。而且，潛在的種族歧視還是相當普遍的，書上讀到過，我在澳洲的時候也親眼見過、親身感受過，所以就更加堅定了回國的決心，至少在種族上講，在中國不會受到歧視。

歐：您個人經歷過的種族歧視，能舉一兩個例子嗎？那時候您讀過的澳大利亞作品，哪些地方能看出種族歧視？

黃：我有一個現成的例子。一年夏天的一個早晨，我外出散步，離邦迪區不遠，鄰居家的狗在後面悄悄跟著，我還不知道。那條狗脾性很好，遇見誰都要表示一下熱情，不知道怎麼回事，沖著一個跑步鍛鍊的人叫了起來。那人停下腳步，憤怒地問：「這是誰的狗？」我知道這種事一不留神就會釀成口角，所以還是小心為妙，就向他解釋說：「這是我鄰居家的狗，不是我的。我是從中國來的。」我以為這麼一說，事情也就了啦。不想那人卻不依不饒，惡狠狠地撂下一句話，像一把刀子：「這要是你的狗，我就把它宰了。」

至於書裡面的種族歧視嘛，早期的作品裡面很容易找到，比如亨利•勞森、邁爾斯•弗蘭克林，以及其他一些作家的作品。

歐：您從悉尼大學學成回國，馬上就開始教澳大利亞文學了嗎？教的什麼內容呢？

黃：我當然希望這樣，但實際上不是。從澳洲回國後不久，我提議開設澳大利亞文學課程，卻被系主任否定了，說那是小國文學，不如其他國家文學重要。我多次建議，加上個人的學術影響力，兩年後終於得到允許，開始教授澳大利亞文學了。那是一門閱讀課，選的是澳大利亞文學作品，按時間順序，從殖民時代，一直到當代，基本上涵蓋了澳大利亞所有主要作家。

那應該是1983年吧，開始時只有區區14個人，後來感興趣的同學逐年增加，最後教室裡都坐不下了。現在還記得，人數最多的時候有120個學生。

歐：與此同時，您在翻譯和介紹澳大利亞文學嗎？翻譯了哪些人的作品呢？當時市場接受的情況怎麼樣？

黃：是的。開始翻譯的是短篇小說，比如亨利・勞森、萬斯・帕爾默、哈爾・波特、朱達・沃頓、約翰・莫里森、彼得・凱裡、莫利斯・盧裡、蒂姆・溫頓等，還有其他一些作家。然後開始翻譯長篇，先後出版了《我的光輝生涯》、《我能跳過水窪》、《驚醒》、《露辛達・佈雷福特》、《歸宿》、《淺灘》等小說的中文譯本。當時中國的澳大利亞長篇幾乎沒什麼市場，現在還是這樣。

歐：是怎麼出版的呢？每部作品的發行量怎麼樣，能舉幾個例子嗎？那時候的短篇和長篇，普通讀者和評論界的反響怎麼樣？你翻譯的長篇小說，明顯傾向於現實主義作品，為什麼呢？

黃：要弄清楚為什麼沒有市場的書在中國仍然能夠出版，你得搞懂中國特殊的出版體制。所有的出版社都是國有的，不過經濟上它們必須自負盈虧，印刷量小的圖書，可以申請政府資助，當然發行量和其他圖書是不能比的。《我的光輝生涯》印了1000冊（沒有獲得政府資助），出版社給了我一半書，作為翻譯的稿酬。《我能跳過水窪》要好一點，因為出版社沒有讓我去銷售圖書。除了《荊棘鳥》之外，澳大利亞的長篇小說在中國都賣得不好。我翻譯過的那些長篇小說，評論界也幾乎沒有什麼反應。我選擇的現實主義小說比較多，主要是因為個人的喜好，也考慮到了讀者的一般需求。

歐：學生們對於澳大利亞長篇小說反應怎麼樣？有沒有他們特別喜歡的作家或者作品？

黃：我的學生們喜歡亨利・勞森的《趕牲畜人的妻子》，因為內中對艱難的叢林環境有很生動的描寫，還通過聖經指涉表達了普世意義，尤其是蛇的意象，還有與聖經相關的一些詞句。懷特的作品，學生們也喜歡，原因很多，比如他的語言很獨特，需要動很多腦筋才能理解其中的含義；發現平凡背後的不平凡，也是個獨到的觀點，讓他的小說常具有詩歌的意蘊；還有他對主要人物的「反英雄」式的處理等等。

歐：您指導過多少碩士研究生？他們都研究澳大利亞文學的哪些領域呢？

黃：這個記不清啦。1987年開始帶研究生，一年一兩個，到2009年才停招。他們的畢業論文涉及很多作家，比如派翠克・懷特、馬丁・博伊德、蘇珊娜・普理查、克莉絲蒂娜・斯特德、邁爾斯・弗蘭克林、亨利・勞森、湯瑪斯・基尼利、藍道夫・斯托、彼得・凱裡、伊莉莎白・喬利等等。

歐：您什麼時候開始指導博士生的？他們主要研究什麼？

黃：1998年開始的。研究範圍各不相同，比如懷特小說中的性、懷特小說的怪異性、懷特作品的悲劇色彩、基尼利作品中的民族身分問題、海倫・加納作品中的女性主義、彼得・凱裡與後殖民主義、布賴恩・卡斯楚與流散文學、喬利作品的符號學解讀等。

歐：您個人，還有您的碩士生和博士生，對亞裔澳大利亞文學感興趣嗎？

黃：亞裔澳大利亞文學在澳洲影響越來越大。但在中國，要在澳大利亞文學研究領域產生較大影響，恐怕還要等一段時日，迄今為止國內關注的主要是主流作家和流派，這也是很自然的事情。不過我想這一天不會太久吧，實際上我個人已經開始關注了，1997年我的《澳大利亞文學史》裡就專門提到過你的作品。

歐：您目前從事的各項工作，比如教學、翻譯和研究，獲取資助的情況怎麼樣？在中國推介澳大利亞文學，資助對您很重要嗎？

黃：澳方提供的資助，對推動中國的澳大利亞研究很有幫助。舉我自己的例子吧。我的翻譯和研究多次獲得過資助。我的《露辛達・佈雷福特》獲得了澳中理事會的資助之後，出版商才肯出版。我的幾位博士研究生也是獲得了澳方資助之後，才能到澳大利亞去搜集研究資料的。

歐：目前中國的經濟環境，對文學的發展似乎並不太有利，具體情況怎麼樣？您認為怎樣才能更有力地推介澳大利亞文學？

黃：我覺得當前世界範圍內的經濟衰退，並沒有影響中國的澳大利亞研究，因為中國的澳研靠的不是經濟資助，而是一部分人對「小國文學」的學術熱忱。當前，我們需要更多致力於澳研的學者，需要更多年輕人繼續我們在這一領域開闢的工作，需要一些不會輕易被各種物質誘惑所干擾的學者。正是出於這方面的考慮，我才花了很多精力去推動博士生的培養，很高興，到目前為止，還是很有成效的。

歐：中國基本上以英國文學、美國文學為主，在這種情況下，在招生、圖書市場份額及未來發展等方面，澳大利亞文學是必敗無疑呢，還是會逐步擴大影響？

黃：都不是吧。這件事要客觀地看，如果考慮到澳大利亞文學目前在世界文學中的地位，那麼當前中國的澳研情況，還是很樂觀的，這一定程度上也是我們這些學者持續努力的結果。澳大利亞文學要在澳大利亞之外，成為學術界主流的關注，或者獲得重大商業成功，是不太可能的。

歐：全中國範圍內，目前澳大利亞文學的教學、研究和出版情況怎麼樣？

黃：在這三個領域，還是四十多歲或者有博士學位的一些學者們比較活躍。大學裡如果擁有這樣的學者，這方面就會比較出色，甚至要超過澳研歷史更長的一些學校。要論過去五年內對推介澳大利亞文學的貢獻，比如教學、研究、出版方面的具體工作，我想要首推上海對外貿易學院吧，他們有五位學者都是澳大利亞研究方面的博士，除了發表多篇澳大利亞文學研究論文外，還一次性推出了十本一套的《當代澳大利亞小說譯叢》，目前又正逐步出版《澳大利亞文學研究叢書》（共十本）。其次要數蘇州大學、華東師範大學、安徽大學和北京外國語大學。考慮到澳大利亞文學在國際文壇上的地位，中國的澳大利亞研究還是相當不錯的。

歐：和過去十年、二十年或者三十年相比，目前澳大利亞文學作品翻譯出版以及學術論文發表的情況怎麼樣？

黃：翻譯作品和學術論文的發表，很大程度上取決於譯作、著作、論文本身的品質。舉個例子，我的八位博士當中，有六位都在《外國文學評論》上發表了文章，一共七篇，而《外國文學評論》是中國外國文學研究領域內最好的雜誌。此外，有一期《當代外國文學》，五篇關於澳大利亞文學研究的文章都是我的博士生寫的。我覺得當前澳研圖書出版和文章發表，比幾十年前要好得多了，這要感謝幾代學者這麼多年的努力。

歐：您曾擔任過華東師範大學澳大利亞研究中心主任、中國澳大利亞研究會會長。您認為中國澳大利亞研究會在推介澳大利亞文學方面的作用重要嗎？

黃：中國澳大利亞研究會在推介澳大利亞文學方面，的確起過重要作用，但現在有所減弱。一個原因是，研究會的注意力分散到了很多學科，關注重點轉移到了經濟、金融、貿易、產業、農業等等，文學研究的領域多少被忽略了；另一個原因，從總體上看，研究會需要肯付出、有魄力的領導，以重組、振興研究力量，在會議、論壇、專欄、學術出版等方面發揮更大作用，而不僅僅是搞宣傳、拉贊助。

歐：中澳學術交流方面，目前的情況怎麼樣？您在悉尼大學研究生畢業之後，後來還去過澳大利亞嗎？

黃：學術交流方面，我想現在情況要好得多了，你看年輕學者，有些是我的學生，頻繁往來於中澳兩國之間，從兩國文化交流的角度來看，這可是非常好的現象。我們那時候，這樣的事情是無法想像的，中國在國際上沒什麼聲音，很多人覺得澳大利亞難以企及，有些高人一等的架勢。我是1981年從悉尼大學碩士畢業的，後來還去過幾次，不過好像沒看到澳大利亞有什麼了不起的變化。和中國不一樣，澳大利亞這個國家前進的步伐顯得緩慢而穩重，滿足于平靜、自足的生活，好像不願意被外界打擾一樣。

歐：關於如何推進中國的澳大利亞文學研究，您還有什麼建議需要補充嗎？

黃：這方面我也沒什麼多說的。中國的澳大利亞文學研究，單個學者的作用很重要。總體看來，也許該想想辦法，推動中國那麼多的澳大利亞研究中心的發展，實際上其中有很多不太活躍。澳方資助應該向優秀的澳研中心傾斜，而不是像撒胡椒粉一樣搞平均主義。

歐：我發現像您這樣用英文寫作並在澳洲發表的中國學者很少。中國學者發表在英語世界的澳大利亞文學研究文章，我好像很少看到。您認為主要原因是什麼？

黃：原因可以從很多方面去說，但主要的，可以這麼說吧，不少中國學者在理論和語言上還不足以與澳洲同行交流獨立的批評見解。在這方面，我們也許該多花一些功夫。

陳順妍訪談錄[2]

歐陽：先問一個很簡單的問題。你的英文名字是Mabel Lee，但據說你的中文名字是陳順妍。能問一下為什麼嗎？

Mabel：我是澳大利亞出生的，父親陳欣也是澳大利亞出生的。他一、兩歲的時候就跟父母一起回去廣東中山馬山村。但離澳之前移民人員認為這小孩名字既然是陳欣，那麼「欣」就應該是姓，並且按照廣東話的發音聽起來很像「Hunt」。之後我父親的姓就是Hunt，而我出生之後的名字就是Mabel Hunt。

我前丈夫姓李。按照60年代的習慣女人結婚就跟丈夫的姓。之後我就是Mabel Lee，也用這名字發表學術方面的論文，因此也懶得再改。

出生的時候父母也給我取了個中文名字，即順妍，但我一直住澳大利亞，根本不需要用。最近

---

2 本訪談錄系通過電子郵件進行，從2013年2月25日星期一晚上9點02分始於墨爾本，2013年8月29日星期四下午2.41分止於悉尼機場）。本訪談錄後發表於《華文文學》（2014年第1期），pp. 65-67。

幾年我多次參與主要使用漢語的國際會議，寫的論文、報告與在會的介紹講話等等無不使用漢語。這回我才意識到我的中文名字是必要的。之後我就開始中、英名字同時並用。

歐陽：太有意思了，這種名字裡深藏的意蘊！你在澳洲出生的那個地方和年代，像你這樣的華人多嗎？

Mabel：父親在鄉村長大，第一次世界大戰後才回澳大利亞，在Parramatta城市的中山老前輩開辦的水果店裡打工。工資雖少但分為匯鄉下養活父母與積累船票的錢以便每兩、三年回去鄉下。他從十三歲的時候就這樣過日子。

當時「骯髒中國人」的形像在澳白種人中流行，但我父親的特點是愛乾淨，還總穿的一身乾淨整齊的衣服，人也長得比較英俊。本地白種人看到這無家長愛護的小夥子無不很樂意教導他、教他英語、並且在各方面支持鼓勵他。

父親首次回家就跟我母親訂了婚，再過10年才能在石岐鎮租房結婚。到了30年代母親已生了我的兩個哥哥和一個姐姐，但這時澳大利亞經濟情況突然間轉壞了，而父親無法按時匯錢給石岐四口子的小家，因此他就漂流到新南威爾斯州鄉下的小鎮找個賺錢的辦法，最後在小鎮Warialda租了一個小雜貨店借此謀生。30年代後期日本飛機在中山和附近海岸地區不時放炸彈。這會兒我母親把家中的東西買了或送給親戚，而四口子的小家就到了香港辦手續去澳大利亞。等船位等了幾乎一年，收不到父親的錢，母親就靠打麻將的技術贏錢付床位租和買菜。

父親1939年一月份在悉尼迎接了妻子小孩之後，全家就乘火車到Warialda去。小鎮居民首次看到一家有夫有妻有小孩的華人家庭，當時我大哥十三歲，二哥十歲，大姐三歲，我十二月聖誕前夕就出生了。

歐陽：這麼看來，你家裡都是說廣東話的，你從小也會講廣東話嗎？

Mabel：我似乎從小就說廣東話和英語，但從來不會把兩種語言弄渾了。

歐陽：但普通話是怎麼學的呢？學校教嗎？

Mabel：普通話可以說是自己學來的。上中學時根本沒有中文課，等到上大學選讀中文科（頭一年我還選讀經濟科、心理科、法文科），我們的老師認為教普通話太花時間並且對他們來說確實太費勁、太無聊。讀了4年多不少中國古代文學最優秀的作品後，我還是不敢開口講普通話。另外個一問題是當時在悉尼想找也的確無法找到能說普通話的人。突然間來了一位原來住北京來的法師。他讓我背書。背了十幾個星期，我就此慢慢的開始敢說普通話。之後我需要準備年底最後一次的考試、論文也需要寫完。那位法師不久，也到美國去了。

歐陽：那你背的是什麼書呢？看的古代文學又是些什麼書呢？哪些對你印象最深？

Mabel：那位法師好厲害。不管我帶給他看什麼書，他似乎翻開一頁就能背。我雖然沒有背書的習慣，但最後也能背梁啟超的幾篇論文，大概是他在日本辦的《新民從報》發表的文章。之後全忘了，包括文章的命題。在大學讀的都是從《孟子》、《論語》、《莊子》、《韓非子》、《史記》、《資治通鑑》、《古詩十九首》、《古文觀止》、《三國演義》、《水滸傳》、《紅樓夢》等書選出來的。還讀了朱熹、張載、程頤、程顥等宋代理學家的文章和不少唐詩、宋詞和特別多陶淵明、蘇軾的詩和散文。我的老師熱愛古代文學，而我閱讀中文的能力還不能讓我欣賞所讀的優秀作品。印象最深的可能只有張載的《蓮頌》吧。

歐陽：這麼說來，你從古文開始，打下了良好的基礎。你又是如何喜歡上了當代中國文學呢？中間是否還研習了過渡段，即從古代到現代的過程呢？

Mabel：其實我一直對文學不感興趣，不過當研究生的三年時間，我竟把主要的五四作家的作品都閱讀了一遍。為的是想把現代漢語閱讀能力提高和多瞭解五四時期知識份子的心理。那個時候我還看了不少近、現代史的書。博士論文的題目是《晚清的「重商」運動》，所看的資料無不是古漢語寫的。我是1966年的博士畢業生，同年留在母校當中文老師。之後我就一個人負責給悉尼大學打下現代漢語課程的基礎。當時沒有適合的教材，因此要想辦法自己編寫，還讓學生直接閱讀五四時期的小說和詩歌。這樣的做法，讓我同時也打下近、現代文學和歷史的基礎。但是我只把文學當歷史教材，沒有考慮作品本身的文學價值。70年代我初讀魯迅的《野草》詩集，才意識到文學（尤其是詩歌）在另一方面的價值。

中國文革的浪潮也把悉尼大學中文系的學生卷了進去。學生領導認為「孔夫子還活在悉尼大學中文系，」被學生報狠狠攻擊的課文都偏向古代文學，現代文學課文則偏向多年前的五四時期文學。他們要求我們拋棄那些古老的書，要求老師在教室裡拋棄落後的翻譯文學作品的教學方法，還要求中文系選用中國當時的報紙，作為主要的教學資料。我們系的老師當然沒有投降。文革開始的時候，因為圖書館沒有訂購《光明日報》和《人民日報》兩報，我就自己出錢買報，瞭解情況，還提出安排「選讀報紙」的一課，讓學生享受享受。學生「享受了」一個學期以後，竟放棄了這個要求。

歐陽：你在研習中國文學期間，似乎有一個叫Ormsby的澳大利亞人教過你的中國古詩，請簡要談一下中國古詩進入澳洲、進入英語的過程。

Mabel：那位老師並不是教中國文學的。他的名字是Robert Ormsby Martin。他在悉尼大學教的是從秦始皇到清朝初期為止的歷史。他當歷史老師的時候，我們完全不知道他卻懂中文，並且早在1946年出版了澳大利亞最早的中國古詩集的英譯本。那本六頁的小冊就是《山水：中國山水詩的翻譯集》（Shan

Shui：Translations of Chinese Landscape Poems），由文藝界名氣博大的米安津出版社（Meanjin Press）出版。那一代的澳大利亞詩人估計當時都看了這本小冊子。

歐陽：另外，還有一個比較重要的人物，名叫劉渭平，好像也曾在悉尼大學教過中文和文學。請介紹一下。

Mabel：劉渭平教授是我的老師。他完全看不起中國現、當代文學，但是對中國古代文學似乎什麼都知道。他並不是一般的老師，常常會帶最優秀的學生去吃中飯（幸而包括我在內）。他出版的主要書籍有《清朝詩歌的發展》（臺北，1970），華人在澳大利亞的歷史（香港，1992）和華人在太平洋各處的歷史（香港，2000）等書。我和同學（後來是同事）的斯特番奧斯卡博士（Agniezska Stefanowska）合作編輯了他以英文寫的自傳：《浮雲：位於中國與澳大利亞之間》（悉尼，2002）。

歐陽：除此之外，還有一個很重要的人物，名叫Lo Hui-min，不知他的中文名字是什麼，也不知他在中澳之間起到了什麼樣的文化橋樑作用。

Mabel：Lo Hui-min就是駱惠敏教授。他多年在澳大利亞國立大學的太平洋與亞洲研究院當研究員，一直整理澳籍的莫里循（G. E. Morrison）的檔案。1897年至1912年莫里循是英國《時報》影響力很大的記者，後於1912年至1916年間充當袁世凱的顧問。他留下的文件很豐富。駱惠敏《莫里循信件，1895袁世凱的顧》（劍橋，1974）出版之後，駱惠敏繼續在新南威爾斯周圖書館工作。據他對我說，他看檔案資料看迷了，曾幾次被鎖在圖書館裡面。

歐陽：你對高行健的作品是何時開始感興趣的？

Mabel：我是1991年在巴黎認識高行健的。頭一次見面是詩人楊煉帶我去他家拜訪。我們聊天、喝酒、吃點心時，他竟拿出他剛出版的《靈山》送了我一本。之後我一面聊天，一面隨便翻看這本長篇。立刻吸引我的就是《靈山》的語言，讀起來很有詩意的感覺。走之前我問他《靈山》有沒有英譯者，他願不願意讓我給他翻譯。

歐陽：你似乎還很喜歡魯迅。為什麼？

Mabel：我讀魯迅的《野草》裡的詩好像能聽到他心裡最深處的聲音。之後我也讀了他的舊體詩，以及他20年代、30年代不少文章。他的文筆，就是我所喜愛的。

歐陽：你翻譯過魯迅的作品嗎？

魯迅的《野草》的散文詩和他的舊體詩我都翻譯過，但沒有出版也沒有留下。80年代出頭起我寫了不少關於魯迅的文章，都發表了。

歐陽：除此之外，你還翻譯了哪些當代中國作家的作品？這些作品在西方的接受情況怎樣？

Mabel：我翻譯了楊煉的三部詩：《面具與鱷魚》（悉尼，1990），《流亡的死者》（坎培拉，1990）和《YI》（洛杉磯，2002）。2000年左右我還翻譯了虹影的一些詩，都在澳美文藝刊物（包括詩人歐陽昱主編的《原鄉》）上發表了。如今正好翻譯了一百多首虹影的詩。

歐陽：你常去中國嗎？

Mabel：差不多每年有一、兩次吧。

歐陽：是否仍然關注當代中國文學？

Mabel：最近似乎太忙了，並且想要看的書太多了。

歐陽：你對顧彬關於中國當代文學都是「垃圾」有何看法？

Mabel：中國當代文學作品我看的很有限。每個國家都有「垃圾」作品。不看，就是了。

歐陽：你對莫言獲得諾貝爾文學獎怎麼看？

Mabel：我祝賀他。

歐陽：請問你目前手中是否還在做有關當代中國文學的專案？

Mabel：有高行健的詩集。另外還正在主編英譯本《中國詩人：虹影、翟永明、楊煉》；翟、楊的詩是以前的同事翻譯的。

歐陽：謝謝你的精彩回答。

趙川訪談錄[3]

歐陽昱（以下簡稱歐）：趙川，作為一個具有澳大利亞國籍的人，你已選擇離開澳大利亞，回中國常住，甚至很可能一去而不復返，這對你的生活，你的創作，你的思想方式、感情方式、行為方式，等，是否產生微妙的影響？能否舉例說明。

趙川（以下簡稱趙）：變化是自然的，也當然的。這些影響：來到澳洲時的中國烙印，回到中國時的澳洲印跡，有些自己能把握到，很多可能都不自覺。我在近年的一篇文章裡談過：關於我現在的劇場創作，「我不止一次被問及：這種投身當下中國社會環境，介於社會工作和藝術實驗的活動，與我之前在澳大利亞十幾年的生活有何關係嗎？／是的，我必須講，其間不僅有相關，而且關係重大。我所從事的這類劇場工作，著力於將人與周遭環境的關係，進行公開的討論、反省和批評，宣導人與人之間的平等交流和表達之權。這正是我在廿歲才出頭，就跑到墨爾本和悉尼生活，在這個社會中學到關於「公正」和「平等」（Fairness, Fair Go）的理想。我並不因此想說澳大利亞就是那樣一個社會。但我的確是從周

3 採訪者為歐陽昱，採訪時間是2012年6月4日，通過電子郵件採訪，後發表在《華文文學》2012年第5期第65-68頁。

園普通人那裡，從他們日常生活的言語和行動中，瞭解並接受了這種精神。這種與澳大利亞的聯繫，在我目前的劇場工作中或許並不顯而易見，但卻極為重要，它在一定程度上決定了我應該做什麼。」（Strange Flowers--Australia-China Encounters in Writing and Art, Wakefield Press, 2011）

歐：你原來是寫散文、雜文和短篇小說的，後來怎麼突然搞起戲劇創作了？

趙：我也發表過中篇小說，出版過長篇小說。我在臺灣《聯合文學》得的獎就是中篇小說的大獎。2002年我在臺北創作並導演了我的第一部劇場作品，被劇場所具有的公共性和集體工作方式所吸引，併發現在文學中所探討的社會性想法，可以在劇場裡身體力行，進行預演。這是個逐漸轉變的過程。2005年我的戲劇團隊「草台班」成立，到2008年我還發表過中篇小說，之後小說的寫作就基本被戲劇的工作取代了。

歐：我之所以問這個問題是因為，我是寫詩的，但如果讓我中途放棄寫詩，改行搞另一種樣式的文學或藝術，我覺得除非有非常特殊的原因，否則是很難做到的。金錢（例如下海）絕對不會是一個令我改變的原因。搞任何別的藝術，估計也不會。那麼，導致你從小說轉向戲劇，有這種關鍵性的原因嗎？如果有，那是什麼？我甚至覺得很神祕。

趙：我沒有改行的感覺，我年輕時科班學習繪畫和攝影，後來寫過多年小說，做過電影編劇，也寫藝術批評和做一些藝術史研究，只是劇場創作更具行動性……這裡沒有一種很硬的轉向。如果要找種關鍵性的東西，除了命運，我可能要說那是出於意識形態需要，出於對社會實踐的嚮往。這也決定了我做的劇場，不是一般的劇場。

歐：如果今後有人寫一部澳大利亞文學史，你作為一個在澳洲長期生活（至少有10年），放棄中國國籍，拿到澳洲國籍，又選擇回到中國的前小說家，後戲劇家，是否認為你在該文學史中，應該佔有一席之地？理由何在。

趙：這取決於那部文學史的作者，取決於他／她對以國別為限定的文學史的看法，以及對文學的根本看法。我不是那樣的歷史寫作者，無法回答這個問題。

歐：如果把你的戲劇活動放大到全球範圍，你認為你與澳洲的關係，在其中占多大比重？為什麼？

趙：澳洲是有少數朋友關心我的工作，比如你和Ivor Indyk等。我們在中國受到較大關注，東亞及歐美藝術領域也有不少關心並傳播我的工作，但很少來自澳洲業界、文化機構或傳媒。

歐：想不想以後把在中國的影響擴大到澳洲來？

趙：我等待那樣的契機。

歐：澳大利亞國籍對你很重要嗎？如果你到其他國家表演，你對自己的介紹是中國作家，還是澳華作家，還是別的什麼標稱？

趙：多數時候會被介紹為是「來自中國的……」，因為我這些年的劇場作品，確是主要關於當下中國的狀況。有時也會談及我個人在澳洲生活多年。但國籍，歐陽，我真的不太喜歡談及這個，並在那上面發掘意義。這跟世界觀有關，我們是迫不得已被框在那個東西上，那是暫時的，那本身是種阻隔。你知道二戰期間有三四萬猶太人從奧地利逃亡到上海，因為那是當時世上少數不要簽證的地方，那些人因此得以倖存。

歐：你搞草台班，頗有些與眾不同的地方，能不能稍微把這個歷史梳理一下，並說明一下，你作為澳大利亞戲劇家（我們不說澳華戲劇家）的身分與之是什麼關係。

趙：2005年我受邀參加韓國亞洲Madang戲劇節，春天的幾個月裡，為戲劇節籌備和創作新戲《38線遊戲》，我們一些人因此逐漸形成了草台班這個戲劇團體。至今，它以自己獨特的面貌，在中國獨特的社會環境中，持續地進行著獨立的戲劇排演和文化活動，成為近十年裡中國最重要和受關注的戲劇新生力量之一，並已具有一定國際影響。我也一直是草台班創作和活動的核心推動者。在中國這個公共自主空間不足的環境裡，草台班強調戲劇活動的社會性和政治討論價值。我們的劇場，因此成為了不同人群參與的公共聚會場所。草台班不拘一格地利用各種場地，進行排演、討論和舉辦「文化站」活動時，不斷塑造出臨時和流動的公共空間。目前草台班直接製作演出的劇場作品已在中國大陸十多個城市、臺灣、香港、澳門地區和韓國、日本、德國等進行了演出，並參加多個國內外戲劇節和藝術節。

所有的這些工作，它關乎我對人的理解和因此秉承的立場，而不是受制於那些我不得不進出攜帶的紙片——這種想法，它同時來源於我在中國及澳大利亞所得到的教育和經驗。

歐：中國文化是否有一種力量，能把你在海外（澳大利亞）的經歷一洗而空，以致你對國籍國的感覺，僅僅只是前生後世的感覺。如果有這種力量，那是什麼力量？

趙：這種描述並不準確。

歐：對不起。這個問題跟我個人有關。每次去中國（我不說「回國」），我感覺都不一樣。1999年去時，頭幾天還用英文寫詩，之後就完全用中文寫了，好像在中國住得越久，澳洲的東西就越少，到了後來，不過四個月的時間，就連墨爾本一些地方的名字都記不清楚了。後來，情況又有所不同，在中國住久了，就不想再住下去，而想早回澳洲（我不說「去」，而說「回」），在中國有種異鄉人的感覺，畢竟那兒已經沒家了。我想知道你是怎麼想的？

趙：這麼說吧，我不喜歡國界……家是另一回事，對於我，它跟成長和親人有關。成長是離家。與親人在一起是回家。

歐：你去國十年多，名字似乎從澳大利亞消失，你對此如何看？

趙：如果我回來，又會出現……然後我總會死掉，這很正常。

歐：你曾有一個英文名字，叫Leslie Zhao，但你似乎已將其放棄，而仍舊稱自己為Zhao Chuan。這種再命名，是否有別的意義在？

趙：生活在變化，在不同地域和語言中名字使用方式的變化也自然。生活太具體，很多變化跟那些具體的日子有關，說出來很瑣碎。用Leslie Zhao 或是Zhao Chuan都是想讓人容易記得住我是誰。現在生活在上海，最常用的是中文名字趙川，若要用英文，才是我護照上的英文名字。

歐：據我所知，你目前的戲劇作品，已經與澳大利亞兩清了。是這樣嗎？如果是這樣，有什麼理由？

趙：在第一個問題中已有回答。

歐：不是，我是說，你難道不想用戲劇這個形式，反映一下你曾有過的海外（包括澳大利亞）的經歷嗎？

趙：我目前所做的戲劇，所尋找的〝劇〞和〝場〞之間的張力關係，不是用來反映我個人經歷的。或許我有段時間寫的小說是。

歐：如果我還有沒問到的地方，請你提醒我問。

趙：我補充一下。我想我們的文學和藝術，跟很多東西有著重大關聯，比如信仰、經歷、政治立場和文化背景等，國籍大約是我能理解的某種較遠的關聯。

歐：最近有否回澳洲？關於這個國家有何新的想法或看法？

趙：一年多前回過一次。離開十年多，不想妄加評說。

關偉訪談錄[4]

歐陽昱（以下簡稱歐）：關偉你好，我好像曾採訪過你，那是你在墨爾本做駐地畫家的時候，對不對？

關偉（以下簡稱關）：對對對。

歐：你現在回到北京了，現在你好像有個重大的戰略轉移，為什麼這樣呢？

關：這個有很多原因，我就說幾個主要的吧。一個主要的原因，就是過去跟我合作多年的謝曼（Sherman）畫廊從08年開始變成了基金會，從這之後它便不代理藝術家了。我和它一起合作了差不多有十五六年吧。它不代理藝術家，我就沒有畫廊合作了，所以相對來說就比較自由。謝曼和我解除了這種畫廊合作的關係，正好我也想開闢一個新的空間，所以決定回中國，這是其中的一個原因。

歐：這個地方打斷一下，據我所知，澳洲有些華人畫家都有好幾個畫廊，你可以留在澳洲，再轉一個畫廊。為什麼一定要回中國呢？

關：是可以轉好幾個畫廊，但是由於我跟謝曼畫廊的關係太深了，像是一個家庭，關係特別好。即使再找別的畫廊，也不可能達到那種關係。我跟謝曼畫廊之間能夠互相信任，合作多年，有種很深的感情。當它變成了基金會，不代理藝術家之後，我一方面是有點失落，另一方面，也感到了某種自由，可以去找另外的空間。後來我也找了一個，在悉尼，叫卡利曼（Kaliman）畫廊，去年做了一次個展。所以，這是最重要的原因。再有一個原因，就是中國這幾年的當代藝術發展得非常快，而且朝氣蓬勃，受世界關注

---

4 歐陽昱作為澳大利亞臥龍崗大學「Globalizing Australian Literature」（澳大利亞文學全球化）專案博士後研究員，曾為該專案而於2010年3月18日在北京天倫王朝飯店，以中文採訪了關偉，後譯成英文，此為梁余晶的中文回譯。

的程度要遠高於澳大利亞，並且很多藝術家的作品很有意思。市場各方面也都比較好，這也是一個吸引我回來的原因。因為我每年都回來，每年都看到一些朋友有很大的變化，這就是我回來的部分原因。還有一點，就是有朋友給我推薦了一個很大的工作室，有四五百平方米，而且很便宜，這也特別吸引我回來用這麼大一個空間，因為在澳洲不可能有這麼大的空間。中國還有吸引我的地方，就是各種材料都比較便宜。再有，就是我太太的父母比較老了，她也需要回來照顧幾年。再就是希望小孩學點漢語，讓他回來上學。我在澳洲已經20年了，各方面也取得了一些成績，挪個地方也是理所當然的。諸多因素考慮起來，就決定08年回來。

歐：08年什麼時候？

關：08年三月，開闢一個新的空間，新的市場，新的機遇，也有很大的挑戰。

歐：什麼樣的挑戰？

關：挑戰就是，因為我離開中國20年了，有好幾代新人藝術家都起來了，所以你回來，你就變成了一個新人。好像是白手起家，但不完全是白手起家，因為畢竟在澳洲有一定基礎了。所以，你到這兒來是為了尋找新的商機，還有新的刺激創作的源泉。畢竟，我在澳洲待了很長時間，所以對中國各方面的發展很關注，覺得很有意思，想尋找新的創作元素和刺激。

歐：這是不是意味著你的創作題材與過去在澳洲相比要有所變化了？

關：對，這也是我特別渴望的，這也是一種挑戰，因為我畢竟在澳洲那麼多年了，形成了很固定的一個風格。如果沒有很大的刺激和變化，可能還會沿著那個走，我覺得也不具有挑戰性。所以，我回來以後，變了新的空間，一種未知的東西，可能會帶給我新的東西，在我的創作中有些新的變化，這也是我渴望的。

歐：你在澳洲創作了很多和移民有關的，以及澳中兩國歷史互相交錯的作品。我知道，這些作品在澳洲有展出，有收藏，那麼這些作品原來或是你這次回來之後在中國有沒有展出？

關：在中國有部分展出。我當時到中國來，還有一個主要原因，就是在奧運會的時候，有個展覽公司看中了我在06年和07年在動力博物館做的關於鄭和的「另一種歷史」，他們特別喜歡這個。

歐：Secret Histories?

關：不是，叫Other Histories。他們想把我這個變成奧運的一個項目，當時就給我定在六七月份做一個大型展覽。

歐：他們對這個理解嗎？

關：因為是中國人。他們當時想借助文化來弘揚中國的國力強盛，也想借助文化來作為促進。鄭和正好又是一個中國人走向世界，開放世界，和平崛起（的象徵），他們是為了配合這個。所以他們希望我搞這個展覽。我回來的時候，就帶著我的全套助手。

歐：是重新幹還是把那個拿過來？

關：重新幹。

歐：按照他們的思路搞一個？

關：對，因為那個是針對澳大利亞的，主要是鄭和發現澳洲。回來幹的這個，我野心更大，不光是發現澳洲，還發現南美，發現了非洲世界。

歐：所以這是一個更大的項目。

關：對。但由於種種原因，這個項目由於經費問題，由於行政管理的官僚問題，也由於（我）對中國不瞭解，最後七扯八扯，展覽沒有做成。

歐：本來是應該由中國出資讓你做的？

關：本來他們公司要出資的，我自己出一部分資，然後再找些贊助什麼的。
歐：但是沒到位？
關：最後都沒有到位，這是其中一個因素。再一個因素就是他們在宣傳等各方面都很滯後，比如畫冊，最後都沒有落實。種種原因，最後這個展覽就沒有做，作品我都做出來了。部分作品在別的聯展裡展覽過一些，但大型的這個最後沒有實施成。
歐：這是不是也屬於你剛才說的挑戰，回到中國這個文化裡，也是一種挑戰，對吧？
關：這是沒有料到的一種挑戰。回來後的兩年時間裡，我遇到的挑戰非常大，其中有幾個挑戰特別有意思。我08年回來，正好趕上奧運會。奧運過了以後，到九十月份時，馬上就是經濟危機。受影響非常大，不光是我個人，而且整個藝術界的作品市場各方面一落千丈。
歐：所謂「一落千丈」就是沒什麼買家了？
關：對。所以，我回來後的第一個挑戰就是大型展覽沒有做成。第二個挑戰就是經濟危機。
歐：對不起，這裡打斷一下。你說的買家是指中國買家還是海外的？主要是海外的嗎？
關：主要是海外的，也包括中國的。
歐：中外買家雙方在比例上各占多少？
關：三七開吧，差不多。70%是國外的，30%是中國的。
歐：那中國的比例還是比較大的。
關：是的，中國現在也開始有些買家了。
歐：受影響是兩方都影響，還是只影響國外的？
關：雙方都有影響。然後，經濟危機完了以後，我在工作室剛幹了一年半，現在就面臨著整個的拆遷。到目前為止，我已經投入了很多的錢。現在，等於那些錢都打水漂了。

歐：哦，你投錢是做什麼？

關：建工作室啊，你得裝修啊，蓋房子啊之類的。

歐：耗資大嗎？

關：耗資當然很大了。哪怕是便宜，也有不少耗資。現在那邊已經變成一片廢墟了，我又找了一個新地方。

歐：那就是說之前白搞了。

關：對，那個就白搞了，也沒有賠償。我又搞了個新地方。

歐：是什麼原因？經濟原因還是政治原因？

關：這是國家政策的問題，有點政治因素，因為朝陽區有個統一政策，要消滅農村，把整個朝陽區都變成一個公園什麼的。朝陽區包含部分農村和城鄉結合部。我們的地方就在城鄉結合部，因為便宜。當時我們不太瞭解，那些農民占的地都是些非法的地。現在國家要收回，雖然我們和房東簽了十年合同，但等於就是一張廢紙。當時我們不知道這些。現在國家要把這地收回，它要賠償一些，但不賠償我們這些客戶，而是賠償房東。所以最後我們什麼錢都損失了，顆粒無收。這個事不光是我個人，而是牽涉到上千個藝術家。這些藝術家還在抗爭，在絕食。最大的事是，已經上長安街遊行了。在兩會之前，有幾個人跑長安街去了。這事已經鬧得很大了。但我們屬於比較不願意找麻煩的，說不行，就自動退出了，因為你也沒有精力時間去跟它去耗去鬧。接著，由於經濟危機的原因，跟我合作的一家新的畫廊最後也因為拆遷的問題而倒閉了，就是不再做了。

歐：是個澳洲畫廊？

關：是韓國的一個畫廊，它退守韓國，把北京的畫廊放棄了。我和它有合作，有安排展覽，因為這個事，也沒有了。所以，自從我回來以後，面臨了很多挑戰。

歐：這些挑戰都是沒有想到的。

關：都沒有預見，都沒有想到。都是很大的挑戰。但我從這些挑戰中學到了很多東西，覺得也很有意思，就是說，你不知道在中國會發生什麼事情。正是因為在中國不知道發生什麼事情，才覺得它有意思，才好玩。因為你經歷了這種種磨難，比如自己找地方，自己蓋房子，找什麼建築隊，跟人怎麼訂這些東西，能學到很多東西，這和澳洲那種一成不變的、很安逸的狀態完全是兩回事。

歐：但是你不覺得這樣的耗費會影響你的創作嗎？

關：當然會有一些影響，但從中也學到了很多新的經驗，可能會帶到我下一步創作之中去。儘管有諸多挑戰和不便，但也有很多方便的地方。好的地方，一是材料便宜，做作品也相對比較便宜，人工也便宜。比如雇人、雇助手都比較便宜，包括我用工作室也比在澳洲便宜。在澳洲，用這些錢不可能租一個像現在這麼大的工作室。所以，還是有好的因素。另外，我有一幫過去的老朋友，經常在一塊聚。我們互相切磋，互相展覽，互相提攜。

歐：這種情況在澳洲沒有嗎？

關：在澳洲也有，但我覺得在澳洲沒有這麼頻繁，我們一星期都聚幾次，一塊游泳，吃飯，聊天，切磋，等等。在那邊，基本上都是自己幹自己的，然後定期展覽。這邊的話，只要你願意，每天都能參加活動。所以我特別忙。

歐：你實際上情況是，你的全家都已經搬遷回來了。

關：嗯。

歐：你現在在澳洲和在中國的時間大概是怎樣分配的？是每年都不回去了，還是？

關：我每年都回去。現在，我在那邊仍然保持著工作室，還有家，還有車，全套的東西。

歐：但是個空巢。

關：對，都空了。助手在那住。

歐：哦，你還有助手。

關：對，助手現在住我那兒看房。我把車給他，他住我的房子裡。我差不多一年回去三次吧。

歐：每次待多長時間？

關：回去待的時間都比較短，差不多是二比十吧，兩個月在那邊，十個月在這邊。因為我仍然沒有放棄在澳洲的展覽機會、市場等等，我在那邊已經比較根深蒂固了。所以在那邊我每年定期做兩次或一次個展，然後參加一些聯展，一些活動，還有什麼講座啊，出版啊，等等，仍然很頻繁的。

歐：雖然你剛才說的那個大項目後來流產，但你原來在澳洲的那些作品在這邊辦過個展沒有？我是說，拿回來辦。

關：我07年辦過一個，在北京辦的，那時我還沒回來。

歐：用的什麼作品？

關：是我在澳洲做的作品。回來以後，沒在中國辦過個展，但我在澳洲辦了一次個展，在香港辦了一次。可能明年吧，要辦一次比較大型的個展。

歐：2007年的個展是第一次，是吧？

關：不是，之前有過三四次了吧。

歐：你這些以澳洲題材為主的作品在國內賣得怎麼樣？反映怎麼樣？他們看得懂嗎？

關：他們現在基本上把我看成一個澳洲背景的藝術家，因為我作品裡有很強的澳洲符號和資訊，比如像難民啊，移民啊，水啊，星座啊，地圖啊，完全是澳洲的那一套。

歐：還有土著啊，還有——

關：對。他們對我的作品怎麼看，我也瞭解了一下。他們把我看成是比較另類的作品，比較新奇，沒見過，中國藝術家圈子裡沒有人搞過像我這類的作品，也算是比較獨特吧，但不屬於他們主流。主流裡是流行另一種符號。雖然我的畫和澳洲相關，但也包含中國元素，表現出某種另類的特色。

歐：他們主流裡的「另一種符號」是指什麼？就是這裡為主流的東西。

關：比如說，就像F4（該詞指四位藝術家：張曉剛、嶽敏君、王廣義和方力鈞——歐陽昱注），就是大頭啊，張著嘴笑啊，有種政治波普的性質。這是前幾年比較流行的，現在可能就很多樣了，因為跟國際上聯繫很密切，這幾年中國藝術的發展也很快。有很多你也看不出有特別強的中國符號特色。現在也在轉變，跟世界接軌，等等。但我的作品還是比較獨特和另類的。

歐：雖然你說你比較獨特，但據我所知，還有一批到美國、到歐洲，比如美國的徐冰、蔡國強等等，這些人擺在一起，他們（中國觀眾）怎麼看？因為這是「六四」以後出去的一大批，散居在世界各地。

關：把我放在海外集團裡面看，我仍然算比較另類的。為什麼另類？因為徐冰也好，谷文達也好，蔡國強也好，這些藝術家仍然還是用中國元素在做。比如，徐冰始終在用文字的東西，現在還是用。他在國外時，不管他做假英文書也好，天書也好，基本還是用中國文化裡面很強的元素，如書法、文字等等。蔡國強用炸藥來炸，谷文達用燈籠，用中國燈籠做的裝置，等等。基本上，他們還是沿著中國符號在走。但我完全變成了一種澳洲化的東西，脫離了中國，雖然還有中國元素。一眼看去，還是中國藝術家的東西。我特別想強調的是，當時在澳洲，我就想讓澳洲觀眾瞭解我，我關注的也是在澳洲周邊發生的事情。非常澳化。所以，在「澳洲幫」藝術家裡面，我也是澳化程度最高的，因為我表現的是他們周邊發生的事情。回到中國以後，感覺上仍然是比較另類和獨特的。

歐：那麼，你這樣一種另類和獨特是否會影響你的銷售情況？是銷售更好，還是使它受到影響？

關：我發現，在澳洲的時候，因為我的作品不是很市場化和大眾化的，有很深的文化背景，涉及歷史、文化和政治因素，所以我的作品始終在小眾裡面比較流行，就是精英層面和知識份子層面。收藏我作品的人都是有點修養、有點知識背景的人，這些人對我比較關注，不是那種大眾化的，如炸藥「嘩」的爆炸效果。你必須得有一定的深度，有一定文化背景，才能夠瞭解我的東西。

歐：那麼，這個是針對西方所謂的白人精英，以及少數的華人精英。當這個被搬到中國語境下面後，中國的知識層面、精英層面能夠接受嗎？除了覺得你獨特以外。包括中國這些有錢買畫的人，他們是怎麼看待這個東西？我還是在問銷售問題，是會讓他望而卻步，還是獨特到讓他購買欲望很強？

關：基本上，這裡跟澳洲有點類似。就是，喜歡的人特別喜歡，不喜歡的就覺得有距離，比較難接受，很多人看不懂。所以，還是在一種小眾的範圍。喜歡的人就覺得好得不得了，追著你要收藏你的作品。但大眾看來，還是有一定難度，你必須給他們解釋。我覺得，受眾得有一個培養的過程。比如，我剛到澳洲的時候，他們對我的作品也是有種距離感，不太理解，但經過我十年、二十年的培養，逐漸就形成了一個群體，慢慢就比較瞭解了。所以我想，我在中國的轉身，估計也需要五年到十年的一個過程。

歐：對，得有個鋪墊。

關：也得有個鋪墊，慢慢讓大家能夠接受。

歐：據我所知，你在澳洲的培養和成長，還有一個方面，即藝術評論。

關：對。

歐：在這邊有沒有這個東西？

關：在這邊，現在開始有一些了。

歐：以中文寫的藝評？

關：但相對還是沒有在澳洲那邊多，因為我畢竟才剛回來，2008年4月回來，還不到兩年，差不多兩年吧。這兩年之間，我還要去一些其他地方，等等。

歐：我聽說，但我沒看到。當時中央台給你做了個專訪是吧？

關：對。

歐：是多長時間？半個小時？

關：對，半個小時，放在10台的人物介紹裡面。

歐：是什麼時候做的？

關：正好是在我回國前後做的。是這樣的，中央電視臺駐悉尼的一個記者——他們三年一換——這個記者，通過朋友介紹認識了我，對我的作品很感興趣，他本人也是個文化人。後來，追著我三年，就是連著拍了我三年的時間，有了很多素材。

歐：是在這邊和那邊都拍，還是只在澳洲拍？

關：主要是在澳洲拍。他好像是05、06和07這三年駐悉尼。所以包括了我一些大型活動，包括「另一種歷史」，還有給墨爾本做的那些大型壁畫——

歐：氣象局的那個。

關：對，對。還有些講座等等。他都抓拍了。

歐：錄影還是攝影？

關：電視。正好他結束了在澳洲的三年，就換崗了。他回來後，就把這些素材剪成了一個片子，剪成了個名人的欄目，在10台播出了。10台放了後，4台又把它裁成兩集，他們有個欄目叫「世界華人」，又在那裡面放了。所以，這正好在我回國前後，是個很好的鋪墊。很多人就知道了有這樣一個藝術家。

歐：好像我記得，去年還是前年，大使館搞了個「還鄉團」。那是個展覽，對嗎？

關：對對對。

歐：具體情況我不太清楚，你能不能講一下？你是在裡面？

關：是的，我在裡面，而且還起了一定的作用。有個澳洲的女策展人，叫凱薩琳（Catherine Croll——歐陽昱注），她通過申請得到了一筆錢，最早是在悉尼做了個展覽，叫「從毛到現在」（From Mao to Now）。

歐：是90年還是91年？

關：不不不，是2008年。

歐：這麼晚？

關：對，就這兩年的事。

歐：哦，原來有個「毛走向波普」（Mao Goes Pop）。

關：不是那個，那個是93年的。

歐：那就很早了。

關：對。這個是2008年的。

歐：你也在其中？

關：我沒在，因為我已經回來了。她找了我，但沒找到。很多人都參加了她的展覽。然後，去年，她經過重新安排，裁掉一些人，又找了些人，把這展覽又給弄回來了。

歐：她是個獨立策展人嗎？

關：獨立策展人。我幫了她，給她推薦了很多藝術家，像肖魯，就是開槍的那個。
歐：哦，就是原來的那個星星（畫展）的。
關：不是，她是中國第一次當代大展裡面的。
歐：哦，那個女的，對著電話亭開槍的那個。
關：對對，她也在澳洲。她在澳洲待了八九年吧，但很早就回來了。她現在還是澳洲公民。她和唐宋是兩口子，但現在已經分開了。
歐：而且她本人也不搞了。
關：還搞，她現在還搞。
歐：還搞行為藝術嗎？
關：對，她搞了好多行為藝術等等。所以，我把她也推薦到這個展覽裡了。還有我的幾個助手，像熹發（楊熹發——歐陽昱注）、金沙——
歐：金沙是策展人吧？
關：對，他不是這個展覽的策展人，而是「中間」（Midway）的，在臥龍崗。把這些人也給她介紹了，還給了她一些意見。所以，去年，搞了個「還鄉」的展覽。
歐：一共有多少人？
關：一共好像有40個人吧，差不多37個人。
歐：都是跟澳洲有關的？
關：基本上都是，像王志遠、熹發、金沙、郭健、鄧忠等等很多。
歐：鄧忠？他跟澳洲有關係嗎？

關：他現在還在澳洲，住在古爾本（Goulbourne）。他最早是搞繪畫的。後來退出了，搞動畫去了，然後又回國了，現在又搞當代雕塑。我把他也推薦了。

歐：「中間」好像有他？

關：「中間」沒有他。

歐：「中間」有幾個名字我很生疏。

關：沈少民。

歐：沈少民我知道。這次他也來了嗎？

關：對，「還鄉」裡面有他。幾乎這些人都網羅進來了。

歐：你剛才提到，你繪畫的題材涉及文化、歷史，甚至涉及天文地理。但是，你唯獨一點沒有提到，比如說文學，一點沒提到。文學，你的繪畫題材裡面有涉及嗎？

關：其實，我那些繪畫裡面有很重的文學色彩。有很多澳洲評論把我的作品稱為「敘事」（narrative），就是有情節的繪畫。

歐：敘事的。

關：是的，敘事的。我的繪畫裡基本上都有故事。有故事，有情節，這就跟文學比較接近了。這是第一點。再有一點就是，我創作的來源和動機，有很多都是從文學裡吸取營養。

歐：比如說？

關：比如說「另一種歷史」。在02年時，我偶爾看到了一篇文章，講的是席孟斯，英國的那個艦長，《1421》的作者。當時他的那本書還沒出來。

歐：孟席斯，Menzies。

關：對，孟席斯，Menzies。後來那本書出來了。我就找到了那本，讀了一遍。

歐：英文的？

關：對，先是英文的。後來又出了中文版翻譯。

歐：你把英文和中文版都看了？

關：對，都看了，後來主要是看中文版，當然我還讀了很多中國人寫的關於鄭和的資料。其中我記得有個作者叫祝勇，跟咱們年齡差不多，寫過很多其他的東西，像故宮等等。

歐：也就是你參考了這些相關的東西。

關：對，我就讀了他們這些，不能算文學小說，應該是歷史方面的東西。這就是個比較特殊的例子。其中，我還讀了很多其他東西，因為我比較喜歡看書，看書比較雜。

歐：你看的書主要是哪些方面的？

關：有政治的，有歷史的，有文化方面的，等等。

歐：在你閱讀的種類裡，小說、詩歌、散文、戲劇，你觸不觸及？

關：觸及啊，觸及。

歐：占的比重多少？

關：小說差不多能占百分之三四十吧。比如，最近我讀了很多，讀了《項塔蘭》（*Shantaram*），講一個罪犯逃跑的，一本很大眾化的流行小說。

歐：你看的是英文還是中文？

關：我看的都是中文的。

歐：這些都有中文譯本了？

關：都有。這是我最近讀的，很厚，這麼厚，寫的是印度的一些傳奇，挺好玩的。去年年底，還看了一本小說，叫《傳信人》（*The Messenger*）。

歐：噢。*The Messenger, by Zusak, Markus Zusak*（《傳信人》，作者馬克斯・蘇薩克）。

關：對對對。那本也不錯，結構什麼的都不錯。挺有意思的。

歐：你看的好像都屬於暢銷書類。那麼，嚴肅的文學你觸不觸及？比如說，亞曆克西斯・賴特（Alexis Wright）的書，得了大獎的那本。

關：得獎的那本現在沒有翻譯。

歐：我是說，以前的。

關：基本上，我讀書的範圍都是翻譯的，因為我讀英文比較費勁。

歐：以前的有翻譯過，比如得大獎的《祖先遊戲》這些。

關：那本我翻過，但沒有完全細讀。好像你給過我一本。

歐：對，我給過你一本，是臺灣版的。

關：我一般比較關注澳洲人寫的東西。我讀了《傳信人》，還讀了一本叫《香料傳奇》（*Spice: The History of a Temptation,* 作者Jack Turner——歐陽昱注），是本歷史書，講的是發現香料，大航海，找胡椒之類的。

歐：我也翻譯過一本，是英國人寫的。

關：哦，是嗎？

歐：也是關於香料，香料的歷史。

關：我始終對航海和文化交流、互相交融比較感興趣。這些都是跟澳洲有關係的。所以我讀的書比較雜。

歐：詩歌方面呢？

關：詩歌方面相對讀得比較少，真讀得不多。我主要是讀一些歷史、文化方面的，還有小說。我覺得，流行小說也能給你一些新的啟發，如當代發生什麼事情，或流行一種什麼樣式，或大眾關注、喜歡什麼，對我的創作都有些幫助。我還讀過一本，我的朋友夏兒寫的《望鶴蘭》。

歐：哦，那個，寫藝術家的。你覺得那本怎麼樣？

關：我覺得文筆還行。我覺得還行，還能讀，讀著還挺順，一下就讀完了。而且裡面寫的都是我（在現實中）知道的事。

歐：這麼說，華人關於澳洲的作品你也看。

關：因為都是他們送給我的，我沒事就隨手翻一翻。夏兒送我的這本書，我隨手一翻，就整個兒讀下來了。

歐：夏兒這個人你認識？

關：她就是我們街坊嘛。

歐：北京人？

關：她不是北京人，在悉尼我們住一起。她先生是那個叫什麼Simon的，中國人，名字叫史雙元，經常搞些文化交流專案。

歐：你是說墨爾本的那個？

關：不不，悉尼的，史雙元，在SBS老講些關於中國文化或其他東西的講座。史雙元和黃惟群，等等。

歐：哦，是他們一批的，文人。

關：我跟他們這些人關係都挺好。他們有些東西，我也讀一讀。還包括什麼海鷗。

歐：劉海鷗。

關：對，劉海鷗，她不是出過一本叫——

歐：《她們沒有愛情》？

關：不，不是那個，她自己單本的，標題好像叫《海鷗飛翔》，就是些小雜文之類的。我讀了，也還行，都是我周邊，就是這段歷史發生的事。我就順著也都看下來了。而且，從今年六月開始，是中澳文化年，哦不，是澳中文化年。

歐：是中國定的還是澳洲定的？

關：澳洲定的。今年是澳中文化年，明年是中澳文化年。但它是從六月開始。今年六月到明年六月是澳中，後年的六月到再後年六月是中澳。我現在回來後，使館文化處，包括大使，就把我吸收到他們那個committee（委員會）裡面了，算是個顧問吧，各個活動我都參與。我也積極地給他們提些建議什麼的。我還特意把中國駐澳洲的文學家的email（電郵）都給了咱們的文化參贊，讓他們關注這個弱勢群體，因為他們畢竟寫的都是澳洲，但卻以中文的面目出現，在國內出版的。他很感興趣，想看看是否能做些事情，包括趙川之類的作家。澳中文化年分成幾大塊，其中有世界藝術。我前兩天剛開會，就這星期一，在使館搞了個簽字儀式，互換文本。坎培拉的museum（博物館），國家博物館，今年6月10號要舉行一個大型的原住民展覽，攬括了92件作品，這算是一個開幕項目的展覽。還有表演戲劇方面是一大塊，包括賈佩琳的《潘金蓮》。現在不叫《潘金蓮》，因為中國不同意，就改名叫《情怨》了，這名字不好。

歐：為什麼不同意？這是她用英文寫的一個劇本是吧？

關：對，她用英文寫的，別人翻譯成了中文。也算是文化節的一個項目。

歐：為什麼中國政府要把這題目刪掉？有什麼原因嗎？

關：這我不太清楚。我只聽賈佩琳講，「潘金蓮」可能是太敏感了，容易讓人想到色情方面。所以改得稍微文雅一點，叫《情怨》。還有一些項目，比如舞蹈、表演和文學等等，還有個電影節。

歐：他們投入了多少？從錢的方面來說。

關：錢投入不是很多，可能一兩百萬吧。還得拉贊助，因為這是個很大的活動。有很多展覽，包括一個攝影展，牽涉到多媒體方面。但我主要在視覺藝術領域這塊給他們提建議，比如選一些藝術家，土著的陳設方式等等。回來以後，我的角色很自覺就變成了個跟澳洲關係密切的聯絡人，中澳文化之間的一個搭橋人。

歐：或者協調員，coordinator。

關：對。我就是這麼個角色。他們一有展覽就來找我，給他們一點意見之類的。

歐：剛才談到閱讀，再補充一點。你的閱讀包不包括藝評，包不包括藝術理論方面的東西？

關：藝術理論方面，我基本上就是讀一些雜誌，中國的幾個比較重要的雜誌，比如《藝術當代》，一個比較嚴肅、學術性的雜誌，經常有些對中國當代藝術的批評和評價，還有對具體藝術家，對世界潮流、亞洲身分之類的討論，都是比較嚴肅的。

歐：你覺得對你有幫助嗎？

關：當然還是有些幫助的。回來以後，我讀得比較雜。我最近讀的包括亞曆克西斯・賴特寫我的一篇文章，關於鄭和的。其實我跟她認識。這次來一見面，有本雜誌翻譯了她新的那本書，叫什麼什麼海灣（*Carpentaria*，中文名《卡彭塔利亞灣》——歐陽昱注），翻譯是李什麼。

歐：李堯，他送了我一本，那裡面有個節選。

關：對，我看的就是節選，有點像史詩、寓言。她給我寫的那篇文章也是這種風格的。

歐：從你閱讀中國的藝評雜誌來看，你覺得他們對澳洲的藝術關注嗎？還是著眼點主要放在歐美？

關：主要還是歐美。在整個世界大的藝術與文學格局裡面，澳洲相對還是比較弱勢的一個角色。但是，中國人對澳洲的藝術、文化不是很瞭解，可能是澳洲地理、政治各方面的因素，它的位置感覺還是比較遙遠。而且（澳洲）經濟、國力各方面不像美國、歐洲那麼強大，所以文藝跟這些角色都是相輔相成的。畢竟，澳洲很年輕，才200多年歷史，它的文化藝術方面還沒有一個獨特的、很清晰的面貌，不像美國，有什麼「垮掉的一代」，在藝術領域有什麼波普，抽象表現主義等等，已經形成了美國獨特的一些東西，中國比較容易接受。而你要說個澳洲的什麼東西，幾乎沒有，不管是在文學還是在藝術裡面，澳洲都沒有一個獨特的畫派或文學流派。但可能有幾個人，個別的人，像懷特，得過諾貝爾獎之後才開始受人關注。在視覺藝術領域，可能也就那麼一兩個人，參加過國際大展後，中國人開始關注了。但整體來說，還是比較弱。但這裡面有一點好，就是中國人對澳洲的感情，與歐美相比，相對近一些，這是我這些年觀察和體會到的。當我和朋友談到澳洲的時候，他們都有種友好的感覺，這可能和澳洲的角色有關。在中國還沒有和歐美建立良好關係時，澳洲彷彿是中間的一座橋樑。因為它既有西方的社會體制，給人的感覺又比較隨和。尤其是在霍克－基廷（Hawke-Keating）時期，我們和澳洲的關係很近。當時在澳洲有所謂的三年展，在昆士蘭，亞太當代藝術三年展（Asia-Pacific Triennial），影響很大。

歐：今年又有一個。

關：對，今年是第六屆了。

歐：今年你參加了嗎？

關：今年我沒參加。我參加過第二屆和第三屆。在90年代和2000年的前半段，影響比較大。但隨著事情的發展，現在亞洲的雙年展和三年展特別多，像什麼光州啊，光中國就有好幾個，像上海、北京和廣州。然後，韓國還有好幾個。

歐：打斷一下，在光州，你是作為澳洲藝術家還是中國藝術家？

關：我是代表澳洲。一直代表澳洲。現在又有了很多雙年展和三年展，APT相比之下就比較弱了，但它一開始起到的帶頭作用還是很重要的。中國藝術界的圈子裡對澳洲還是有種友好感情的。不是特別重視，但也不煩，就是覺得還挺好。就是這麼一種狀態。

歐：你剛才談到了韓國的光州，我記得你最近又去了一趟古巴。你能否談談古巴是怎麼回事？

關：古巴這個也比較有意思，我仍然是代表澳洲。

歐：是政府之間的行為嗎？

關：對，是政府之間的行為。我是代表澳大利亞去參加古巴的雙年展。

歐：哦，古巴也有雙年展？

關：對，古巴也有。而且是加勒比海很重要的一個展覽。

歐：已經持續多久了？

關：這是第十屆了。

歐：這是你第一次去參加，代表澳洲政府。

關：對。

歐：你一個人去還是帶了一批助手？

關：我帶了兩個助手，楊熹發和金沙。澳洲選中的藝術家可能有四個吧。

歐：華人只有你一個。

關：對。

歐：做什麼呢？

關：我給他們做了個大型的繪畫裝置。

歐：叫什麼名字？

關：叫《升起的海平線》，關注溫室效應，大氣變化，海島被淹等等，因為古巴本身就是個海島，面臨被淹沒的危險。所以是個帶有寓言和想像性的作品，包括影像、裝置和繪畫，一個綜合性的展示。

歐：你是做好了帶去還是直接現場做？

關：我2007年在坎貝爾頓（Campbelltown）美術館做了這樣一個。

歐：是不是我們那次在新南威爾士畫廊裡，有茄子、沙之類的？

關：不，不是那個。那個是99年，這個是07年。

歐：是同樣的題目？

關：是同樣的題目，但作了些更改。因為環境不一樣，內容有些小的變化，但大的方面沒有變化。他們正好選中了我的作品，讓我重新再呈現一遍。

歐：這個再呈現是拿到那邊去再呈現？

關：到那邊現場畫。畫完，展覽完，就除掉了。

歐：你實際上現在根本就不動手畫了。你有兩個助手，等你有了方案，他們就照你的方案去做，是吧？你也參與其中。

關：我當然得參與其中。我現在是發展成一個團隊了。

歐：這個團隊多大？可以大到多大？

關：大可以有六個人。

歐：哦，平時常用的就是兩個。

關：對。沒有大項目的時候，就我一個人搞些方案設計。我接了一個大專案後，先是自己設計，把整個東西都想好了。然後，在實施的時候，我讓助手來幫我，因為太大了，我自己沒法做，沒那麼多精力。

歐：好像你搞大專案是從氣象局開始的。

關：對，那是03年。

歐：從04年開始？

關：不是04年，準確說是從03年，我參加了一個柏林的澳大利亞當代藝術展，是澳洲和德國的一個文化互動交流項目。他們選中了我，那是第一次，我給他們做了個壁畫，在牆上畫。我做了一個《澳洲之行》，畫的是很多難民船，很多人游泳，沖向澳大利亞，當時正好發生了那個丹麥船的事件。

歐：「坦帕」（Tampa）號，挪威的那個。

關：對，是挪威的。是根據那個事件創作的一個專案。但我直到03年才開始做，當時有兩個助手幫我完成了那個項目。

歐：誰？

關：其中一個是我太太。

歐：哦，你太太也是藝術家。

關：是的。她是跟著我一塊去做的，在當地還找了一兩個助手。當時還不是很專業，想法還比較朦朧。但從04年氣象局的這個開始，我就固定了。當時我用了四個助手。從這開始就有助手了。04年和05年我做了好多大型壁畫。在墨爾本當代藝術中心（MOCA），就是有鐵皮的那地方，我做了個大型壁畫，叫《伊甸園》，和國內的有點像。緊接著在悉尼做了兩個，一個叫《大鼠國》，另一個好像叫《通緝令》。後來每年都會做兩三個，接著就是《另一種歷史》。我帶著四個助手，做了一個月，但之前的設計花了兩年多時間。

歐：古巴那個搞了多久？

關：前後十天吧。

歐：只有十天？那很緊張嘛。

關：對。

歐：那就是你去了以後馬上就幹活了。

關：對，到了就幹，讓他們事先都作好了準備，牆都蓋好了，底色也塗好了，我們三人到了就開始畫，畫了差不多一個多星期。

歐：古巴你全部跑了一趟還是怎樣？只在哈瓦那？

關：只在哈瓦那。

歐：其他地方都沒去？

關：沒有，時間太緊了，因為要幹活。

歐：但你完了後還可以繼續待下去嘛。

關：對，但我們還有別的事情。

歐：哦，還有別的事。說句題外話，古巴是現在碩果僅存的第二個共產主義國家。古巴和中國現在對比怎麼樣？

關：古巴有點像咱們中國的70年代末80年代初，非常窮。商店裡的貨架幾乎都是空的，看不見有什麼商品。

歐：這是什麼時候？

關：去年的三月，一年之前。特別的窮，餐館都很少。古巴人過得很窮。但他們人的狀態還不錯，很樸實，有點像咱們六七十年代。

歐：還是比較happy（快樂）。

關：是的，當然也有對政府不滿的人。總之，屬於比較滯後的社會狀況。

歐：電信的發展呢？比如說，你要發email（電郵）怎麼樣呢？

關：也有，但很慢很不方便。手機也不太靈。哈哈哈哈哈。

歐：哈哈哈哈哈。

關：跟北韓差不多。

歐：但你沒去過北韓。

關：我沒去，但我通過讀書和想像，可能差不多。

歐：你是89年還是90年到的澳洲？

關：我89年先去了一趟。

歐：哦對，到塔斯馬尼亞。

關：是的。

歐：現在從89到99，哦不，到2009，已經有二十年了。那麼這二十年的移民歷程，實際上你是有點再移民的感覺，因為你又回來了。回來後，你和澳洲的關係基本上是10比2這樣的比例，兩個月在那，十個月在這。這二十年，從你作為藝術家的角度，能不能作一個概括？

關：我給自己也總結了一個說法。我在澳洲二十年，是我認識澳洲和澳洲人認識我這樣一個雙向的過程。在我的創作方面和被澳洲人認可的方面，大約分成四個階段。第一階段是中國階段。因為我這樣中國背景的人去了以後，不可能馬上變成澳洲人，要有個過程。這就是中國階段。第二階段是關注生態的階段。我94年回來後，感覺到一個大的對比，澳洲空氣很乾淨，中國就是個大工地，亂哄哄的，所以我很自覺就關注生態。第三階段就是關注難民和移民的階段。第四階段就是關注澳洲的政治和歷史方面的階段。同時，在這四個階段，我有不同的命名。剛開始我去的時候，澳洲人管我叫中國藝術家。過了一段時間，在第二階段，給我取名是中國-澳大利亞藝術家。第三階段，是澳大利亞-中國藝術家。到了我臨回來之前的那會兒，基本都把我看成是澳洲藝術家了。這四個名稱正好吻合我四個階段的創作，第一時期是帶有中國背景的，第二時期關注生態，這有點澳洲特色了，逐漸在演變，然後關注移民和難民，這是個澳洲-中國的時期。最後，關注澳洲歷史等等，索性就以澳洲藝術家的身分參加很多國際大展，都把我看成是澳洲藝術家了。那天在使館的時候，中國美術館館長范迪安和咱們的大使在聊。范迪安就說，關偉在那邊取得了很大的成績，我們把他看成是澳大利亞藝術家，但又是中國藝術家，結果大使說，我們把他看成是我們澳洲的藝術家。所以這裡有種很微妙的關係在裡頭。

歐：在這整個過程中，你跟美國的徐冰他們有點不同，他們這麼多年一直都使用中國的材料，中國的主題，中國藝術主流的東西。但你是有意想與其脫節還是怎樣？因為你整個的走向是越來越澳化，越來越深入它那個文化裡去。

關：對。

歐：在中間，你的題材上好像極少與中國發生聯繫。是有意的嗎？

關：可以說是在有意和無意之間吧，也有這麼個過程，涉及到我認識澳洲和如何認識澳洲。我剛到澳洲時，帶著我最早在中國的這批作品，如人體穴位、中國文字，中國符號很強的這些東西。我發現澳洲人接受起來比較難，雖然他們也很喜歡。畢竟，人性還是共通的。但還是覺得有些距離。作品有太強的中國文化背景，他們接受起來就有一定的難度。我當時就作了一個大的戰略判斷，我在澳洲能做什麼。當時我一個人在塔斯馬尼亞，就在思考這個問題。我作了一個分析，我把澳洲看成一個大的實驗地。第一，澳洲跨兩大文化之間，亞洲和西方，你同時能看到兩大文化的面貌。然後，在兩者之間你能做什麼呢？你能找到一個點，有個橫軸和一個縱軸。落到澳洲本土上，可以借鑒這兩大文化中有特色的、優點的東西。然後，（當你認識到之後）歸到表現澳洲的一些特色。當時我做了這樣一大判斷，這是我的角色，要往這個方向去發展。同時，我又結合自己的一些因素，給自己作了定位，即我的繪畫要追求三要素，第一是幽默，第二是要有知識背景，第三是智慧。這三點是我給自己找的一個創作框架。所謂幽默，我是指自己本人有滿族背景；包括老舍、王朔都有這個背景。

歐：王朔也是滿人？

關：對。他有個綽號叫完顏王，或完顏朔。對，他也是滿人。滿人從血液裡講是八旗子弟，有種遊手好閒的傳統，喜歡玩。包括我，受父親的影響很大。他喜歡唱京戲，對事情看得開，有種遊樂人生的感覺。這是結合我本人。再有，我發現澳洲人也有種幽默性，對幽默的東西很感興趣，很容易接受。所以我想應該強調這一點。知識性這點和我喜歡看書，喜歡思考有關。我針對的觀眾是知識份子，受過高等教育的這些人，所以要有一定深度。除了看上去好看之外，還得有些知識資訊在裡頭。這是我考慮的第二點。第三點，所謂的智慧性，當時處在後現代、後殖民這樣一個資訊爆炸的時代，你瞭解的資訊非常多，有時完全就在於你怎樣去選擇這些資訊。比如，你要選一個伊斯蘭的圖像，你在電腦上或各種雜誌畫冊上都能看到。但你怎樣把這些東西巧妙的組織起來，這就需要很高的智慧。你在選擇和表現的時候需要很強的智慧。知識、幽默和智慧：這三者是互相關聯的。我把自己定位以後，分析了澳洲的地理位置，我能做什麼，又給自己定了這樣的三要素，後來——

歐：你說的定位，是你現在的總結，還是真的原來你就已經意識到了？

關：我原來就定下了。

歐：是什麼時候？

關：是92年左右定的。

歐：哦，92年時你就想好了這個，然後就按照制定的路線走下去了？

關：對，非常清晰地往下走。當時我第二次去澳洲的時候，是我一個人去的。

歐：你說一個人，就是沒帶家人？

關：不是這意思。第一次我們去的時候，是通過周思的展覽介紹。

歐：是有政府資助的？

關：是的。是三個人去的。

歐：哪三個人？

關：我、林春岩和阿仙。我們一起到塔斯馬尼亞作了個短期的訪問，兩個月。

歐：兩個月就回來了？

關：對。我一回來就趕上六四了。兩個月訪問回來後，等到第二次的時候，因為我在那邊做得比較成功，教授比較賞識我。當時他給我的評語是，你是中國超現實主義第一人，評價非常高了。他在一篇文章裡面寫到，我是「十億中的一個」，佼佼者。

歐：誰寫的？

關：傑夫・帕爾（Geoff Parr），當時塔斯馬尼亞藝術學院的校長和教授。我比較幸運的是，在六四之後，他又給我發了個邀請，給我申請到了一筆錢，有一萬塊。當時有三個人，一個是當代藝術館的副館長伯妮斯・墨菲（Bernice Murphy），還有尼古拉斯・周思。他們給澳大利亞藝術委員會寫了封信，特批了一萬塊錢，邀請我再度回到塔斯馬尼亞，錢就放在塔斯馬尼亞。所以我第二次回去的時候，就是我一個人，那兩個藝術家沒有去了。家屬也沒去，隻身一人去的。作為單個的藝術家，只有一個人，不像三個人在的時候，還可以互相交流。

歐：當時你去的時候，像你這樣身分的中國藝術家很少吧？

關：很少。據我所知，以訪問藝術家身分去的，比較純粹點的，可以拿錢的，可能就我一人。其他可能有名義上這樣，實際上不是的。

歐：街頭賣藝的？

關：對，但官方邀請的、拿錢的就我一個。到了那兒後，就我一個人，要在那待一年。當時也沒想過要留在那兒。後來發生了六四，當時也是比較失落，就想到留在那兒。

歐：你是六四以後去的嗎？

關：對，六四以後再去的。

歐：那已經發生過了。

關：對，發生過了。

歐：對你沒有任何影響。

關：沒有。我本身不是難民或政治身分，我的身分是訪問學者。但在情緒上面，我想到，當時中國的環境很差，我很失落，對它各個方面很失望，所以我也有點想逃避，有一種流放的心態。

歐：你也有這樣的心態。

關：當然了，這是整個大環境的影響。所以，雖然不是實際上的難民，但卻是一種精神上的流放。

歐：正好我想起了一個詞。我們這一批，無論是文人還是藝術家，現在西方有個術語，叫做「天安門一代人」，或者「後天安門一代人」。

關：對，對。

歐：你對這個怎麼看？你把自己歸入這一術語的範圍嗎？

關：其實我覺得，西方人認識中國，必須要有一個明確的標籤，其實實際個案都不太一樣。但他們認識中國，尤其是剛開放以後，即六四之後，西方認識中國，都是通過政治層面去認識的。比如說，最清晰的就是「毛走向波普」那個展覽，就是中國的政治波普、新的流行、通過毛來消費的政治符號等等，所以它起的名字也叫「從毛到波普」。雖然我參加了那個展覽，但我的作品在裡面就跟政治沒什麼關係。我當時解構的是西方的那套文化體系，我把西方的一些icon（偶像——歐陽注），像維納斯、杜尚的便壺，加以解構和嘲笑，玩弄幽默，跟「從毛到波普」沒什麼關係。但他們這樣認識我，把我劃為「天安門一代」，我也沒辦法。其實也挺無奈的，他們總是從政治角度來認識你。這是他們的第一步。到了第二步，才發現你的作品裡面還有很多其他的因素，這是後話。但他們認識你的時候，必須把你放到一個大的框架之下，先整體有個面貌，再去一點一點認識你。過去，我接受了很多採訪，全是先問我天安門的事情。包括現在，還在問我天安門。其實，我跟那個沒什麼——當然有關係，我是說，像我剛才談到的，一種精神上的流放，但實際上，又不一樣，有發展有變化。我昨天還接到SBS給我發的一個邀請，要做一個。

歐：是電視臺還是電臺？

關：電視臺。在92年給我做過一個採訪，和難民有關的，他們還把我劃入難民這一塊，其實我又不是難民。現在二十多年後，他們想重新做這麼個項目，做三個人，唐宋、肖魯和我。他們給我發邀請，說若干年後，想把這節目再做一遍，看看這些人現在有些什麼變化。他們想派個人過來做這事。所以他們還是有這個概念在那裡。我在這方面就比較隨意吧。你這麼認識的話，也可以，但我會給你解釋清楚，我有一種自己的認識，我有自己的特點。我跟那個有些關係，但又不是特別相關。

歐：我現在手上拿著你2010年澳大利亞文學周的東西。據你說，你去過兩次，雖然不是受邀，因為它是文學周。你作為一個藝術家，對文學還是很關注的，對吧？你去的時候，看到那裡有其他的澳洲華人藝術家嗎？

關：有一些，因為現在我們回到澳洲以後（我認為他是想說中國——歐陽昱注），使館起到了一種聯絡的作用，成了和澳洲發生關係的平臺。所以，基本上使館有什麼文化活動，它都會把有澳洲背景的藝術家和其他相關的人請過去，參加它的活動。尤其是我，我和大使關係不錯，因為他喜歡藝術。我和文化參贊關係也很好。

歐：現在的文化參贊是誰？

關：是個女的，叫喬（Jo）。

歐：是華人嗎？

關：不是。

歐：原來的那個是華人。

關：現在不是了，現在這個是澳洲人。

歐：喬（Jo）是吧？

關：不是，是吉爾（Jill），她中文講得很好，老公是個西安人。她也去過我那兒玩。很多中國藝術家都參與了，澳洲使館就像是個紐帶，把這些藝術家都聯絡在一起。只要有聚會或活動，大家都會去。像08年的時候，還有一個展覽，叫什麼來著，是澳洲一個女的策劃的，叫歐美林。

歐：她是？

關：周思的前妻。

歐：我見過這個人。

關：英文名叫Madeline（瑪德琳）什麼的。她其實不是策展人，但也在做這個事。她是為陸克文（Kevin Rudd）策劃的這麼個展覽，陸給她開幕，是在08年。

歐：不是「還鄉團」那個？

關：不，在「還鄉團」之前，這個叫做「意縱天高」。

歐：這是誰取的名字？很怪嘛。

關：陶步思（Bruce Doar）起的名字。老陶。

歐：哦，Bruce Doar，Bruce Doar。

關：這個展覽就在使館裡面舉辦的。

歐：我好像去過這個。

關：我這都有圖片，如果你明天去我那，我可以給你看，包括「還鄉」、「意縱天高」和「中間」，我都可以給你看看。

歐：「中間」我有。我到臥龍崗去看的時候買了一本。你覺得它這個文學節舉辦得怎樣？受眾多嗎？

關：範圍還是挺小的。但它舉辦了很多活動，因為它和大學有些交流。然後那兒還有個點，叫書蟲，那裡有很多講座，主要是一幫老外在那，而且賣好多英文書。

歐：它不是面向中國的大眾。

關：對，主要是賣英文書。除非是那些外語學院的，或是對英文有一定瞭解的中國人才會去。

歐：有什麼影響嗎？媒體怎麼樣？

關：還是在圈子裡面有一定影響，小圈子裡面，對大眾的影響比較小。

歐：媒體呢？比如說各大報、電視臺、廣播電臺？有報導嗎？

關：有些報導，但不是大眾性質的，也是比較小眾的。他們還去了成都，和成都那邊有些交流什麼的。

歐：哦，成都也有個書蟲。還有蘇州，三地都有。

關：不過，我問艾弗（Ivor Indyk），他們接觸了很多出版商，給他們推薦翻譯一些書。也有些接觸。但現在平面媒體，包括文學，普遍都已很邊緣化了，被電視、互聯網擠壓。讀書的人很少。詩歌就更邊緣了。你是搞這個的，肯定很熟悉，是不是？甭說文學，現在連報紙，都已經比較邊緣化了。現在大家基本都在互聯網上看，資訊很快，節奏也快。

歐：你說的是中國的情況還是澳洲的？

關：這可能是一普遍現象。我有個朋友是搞平面媒體的，在報社工作。他覺得，現在平面廣告和平面報紙的發行量在逐漸縮減，不像過去那幾年影響大了，現在幾乎都被互聯網、手機短信這些所取代了。所以，現在討論文學，不光是澳洲，中國文學界也是面臨著很嚴峻的被邊緣化的問題。那天，在寫作節上，中國還去了一個作家，叫閻連科。我和他聊了幾句，他的感慨也是，真的嚴肅文學讀者很少。而且現在中國又很浮躁，很少有人能靜下心來踏踏實實地搞這個，幾乎都被商業所衝擊，去掙錢。哪有那種踏踏實實做學問的人？現在的人都浮躁得不得了。

歐：尤其是中國。

關：尤其是中國。關鍵是，在中國商業浪潮這個大背景的衝擊下，哪怕你是做學問的人，也會多少受到影響。因為你在和朋友聊天的話題裡面，都是誰掙了多少錢，比如誰拍賣拍了多少錢，又在哪裡買了一棟別墅。

歐：哈哈哈！

關：又換了什麼車。幾乎都是跟經濟方面有關的事情。

歐：從這一方面來講，這20年，你應該還是不錯的吧？

關：哈哈哈，起碼還算中等吧，還能過。

歐：中產階級，中等偏上。

關：差不多是這麼個狀況。

歐：20年來，你是澳華藝術家中的佼佼者，或是佼佼者之一。這20年中發生了一個大變遷，大轉移，一個文化大轉移。那麼你對整個澳華藝術界怎麼看？

關：這是個挺大的項目。我覺得，還是不要把它放在澳華的框架裡，而是把它放在個人的框架裡，因為我突出的，還是我個人的東西。但是，要是從整體上看，像剛才你提到的，「天安門一代」也好，「天安門前」、「天安門後」也好，別人給你定位的時候可能會把你放在澳華的圈子裡，但我想突顯的還是我個人的東西。我在澳洲待了二十年，然後回到中國，我有意無意地想承擔一個角色。什麼角色呢？就是有點像你說的澳華這樣一個角色，即作為一個使者，這是我獨有的背景。比如說，我是中國出生，在北京土生土長，在澳洲待了20年，現在又回中國了。有這種背景的人不是很多。我正想利用這種背景，在我的藝術中創造出比較獨特的東西來。前些日子，我看到一篇文章，其中提到一個詞，叫「多元互化」。這好像是個新詞。

歐：多元互換？

關：多元互化。

歐：什麼意思？

關：我的理解，它意思是，我們現在是多元文化，比如說在澳洲，有華人群體，有伊斯蘭群體，有不同國家的混合群體，大家都住在一起，互相之間有種文化融合。

歐：不是「多元文化」，而是「多元互化」。

關：對，強調的是後面那一點。

歐：是中國人提出的，還是西方人提出的？

關：我好像記得，作者是個英國學者（後來關偉通過電郵告我，是費爾南多・奧提斯〔Fernando Ortiz〕，經本人查證，奧提斯提出了所謂的「transculturation」，這也許就是關偉所說的「多元互化」——歐陽昱注）。20多年前提出了這麼個觀點，但被大家忽略了。

歐：英文是怎麼說的？

關：我忘了。他寫過一本書，我記在另外一個本子上了。

歐：這個英國作者叫什麼名字？

關：想不起來了，但「多元互化」強調的是後一點。互化之後，產生了新東西，創造了新東西，這個新東西在互化之中成長，形成了新的文化。過去，可能有兩種互化，比如基督教文明和佛教文明。現在，這圈子越來越小，互化越來越大，可能會產生很多的網狀性的東西，打破後殖民的觀念，即中心－邊緣的結構，成為一種多元互化的狀態。

歐：無所謂誰是中心，誰是邊緣了。

關：對，和後殖民那種結構不同。我對這個很感興趣。加上我的角色具有兩種文化背景，就很自覺地去找這個，去研究這個，去表現這個。我最近在研究這種歷史。比如，我很關注傳教士。他們最早來到中國，通過基督教來影響中國人。他們通過詭計影響中國高層，試圖滲透中國老百姓，使基督教得以發展。

歐：這不僅限於澳洲了。

關：對，不僅是澳洲，包括整個西方文明。在中國，通過像利瑪竇（Matteo Ricci）這樣的傳教士，把中國的資訊帶回西方。像布萊尼斯（無法找到此人，後來關偉說是普尼哥，一個在中國的波蘭傳教士，但無法找到他的英文名或波蘭文名。——歐陽昱注），像伏爾泰（Voltaire）都對中國特別感興趣。他們沒有來過中國，但他們把想像裡中國的東西變成了法蘭西文化一部分，當時洛可哥（Rococo）的一部分。反過來，洛可哥又從法國回到了中國清代，變成了圓明園的一種精神。通過互化，產生出了很不一樣的東西。我現在就是對這種互化的東西特別感興趣。比如說，我研究地圖的演變，一開始他們想像東方怎樣，西方怎樣。現在，我自覺把自己的角色站在移民藝術家的背景上，不是狹義的中國到澳洲的移民。我把這種移民看成了城市和鄉村的移民。比如說，很多人跑到城市裡來，這也是一種移民。當然你去海外，這是一種移民。包括在本國互相走動，這本身就是一種流動的影響。而且現在這種藝術家很多。如果你到中國某個藝術家群落裡一看，不是這個拿了澳洲綠卡，就是那個持有美國護照或英國護照，現在有很多。因為這20年中國發展比較快，大部分海龜幾乎都回來了。還有一些像我這樣，兩邊來回跑。

歐：你剛才說的，大部分海龜回來了。長期生活在國外，那裡政治氣候相對是比較寬容的。你回來以後，作為一個藝術家，會不會覺得在政治上有壓力或限制？比如說，剛才談到的，《潘金蓮》這個書名就被換掉了。會不會觸及這方面的東西？

關：相比20多年前，現在還是寬鬆、開放了很多。那個時期真是很壓抑，很緊張的。現在，只要你不威脅到這個政治體制，幾乎什麼都可以做。在我整個發展過程中，雖然我關心一些政治，但我表現出的東西又是人文性質的，根本不會觸及到它的底線。其實說穿了，藝術的東西能跟政治抗衡嗎？根本不可能。它只能是一種慢慢的滲透。

歐：除非是那種搞口號的，根本就是為了推翻政府的。

關：其實說穿了，從根本上，文學藝術這些都不重要，只是一種生活方式，一種人生的思考，是這類東西，精神方面的東西。所以我覺得，現在我在中國相對來說還是比較自由，愛做什麼就做什麼。當然，這裡有種底線，比如像這次拆遷，你要是真讓我去天安門遊行，我可能不會去。因為如果你去了，可能今後你的簽證會有問題。

歐：你現在的簽證是一年一次，還是？

關：一年多次往返。

歐：每年還要續簽一次，是吧？

關：對，就是說我每三個月要出去一趟。

歐：現在要求是這樣的？

關：對啊。你只能待90天。當然對我來說，我基本90天就得出去一次了，不一定去澳洲。比如去年，我去了臺灣、古巴等等。今年我又得去美國、波蘭等等。反正我出去一趟再回來就行了。

歐：不能申請一個中國的永久居留嗎（PR）？

關：沒有。現在中國好像還沒有。你指的是「特殊貢獻」那種是吧，即在中國待了若干年以後，對中國有特殊貢獻的？那樣可以申請，但卡得很嚴。

歐：哦，還有個技術上的問題。

關：對，沒有像澳洲那麼自由。

歐：你現在回來以後有什麼打算？藝術方面的。

關：一個打算就是我剛才跟你談的，關於「多元互化」。

歐：我是說具體的，比如你要搞大的裝置或繪畫，藝術上的。

關：具體的嘛，我可能明年在深圳的當代藝術中心會做一個大型的展覽。

歐：這是有資助的，還是自己幹？

關：有些資助，但可能不會很多。

歐：來自澳洲？

關：本地美術館會有些資助。但都是非商業性的。這是我比較大的一個項目。今年嘛，我的發展會是一種多樣性的，不光是平面，我已經做了很多雕塑了。我還可能會做一些其他材料，比如說多媒體、照片，不光是純繪畫，還有一些裝置。這可能是今後我要發展的一個方向。

歐：多向度的。

關：對。

歐：那麼，我的訪談基本上要結束了。最後一個問題。你剛才談到文學，因為多媒體、網路的出現，使它處於一種萎縮、邊緣化的狀態。我們現在在做一個澳大利亞全球化的項目，它如何在中國、日本、印度這幾個國家推廣。就你個人作為藝術家的角度來看，你在這方面有什麼建議和意見？即澳洲政府需要做什麼工作，能夠促使它繁榮，尤其是在中國這片土地上？

關：我覺得，像文化這種東西，該做必須還得做，做的方式有兩種。一種就是大眾化的，比如出版流行小說。另一種就是比較學術性的，像現在（中國）每年一次的作家節。我的意思是，這兩方面都需要去做，一個是大眾的，翻譯澳洲流行小說，等等，讓大眾都來瞭解澳洲當代文學。另一方面，學術性的也要做，提升它本身的檔次。其實我覺得，這種影響還是會有的，不管形勢怎樣，哪怕當代中國很浮躁，哪怕澳洲在世界文化中處於弱勢地位。但慢慢地發展，事情還是（會好的）。比如說，與20多年前相比，澳洲的特徵就更不清楚，更模糊了。當時，我個人來說，我可能就知道一個人：懷特，根本不知道其他人。但是，通過一個懷特，哪怕只影響到一個人，這個人就會對澳洲產生很不一樣的想法。如果你影響到了一個比較重要的人，或是一個知識份子群體的話，就有可能帶動很多其他的人。從這些人開始慢慢地影響，有一個滲透的過程。需要時間，而且需要機遇，比如世界有個大的轉變。現在中國和澳洲的經濟又非常密切，像鐵礦石等等，澳洲在中國的貿易往來中占的比重越來越大。有很多人也更加關注澳洲的文學藝術。所以我建議，雙向都要去做。而且，我還有一個建議，要多關注一些中國在澳洲的作家，像夏兒、趙川，還有你，因為你沒有語言障礙，比較容易進入他們的領域，你可以用英文寫作。但是，大部分移民作家，他們不能用英文寫作，進入不了。能不能組織一些人，把他們在澳洲20年的經歷譯成英文，回到澳洲去，讓澳洲人瞭解這個群體發生的一些事情，我覺得這也挺有意義的。這等於是一塊未開墾的處女地。他們的影響都是在中國，因為他們的作品是在中國出版，讓中國人看的，沒有回饋到澳洲去。當時我還給他們介紹過，像黃惟群和艾弗，我把他倆約過來，讓他們見面。他不是有個叫《燙》（*Heat*）的雜誌嗎？我想讓他們發表些東西。但後來，可能是翻譯的問題，最後也沒成。但我想，這個弱勢群體應該可以建議政府和他們坐下來談談，可能對澳洲文學也是比較有意義的一種影響。

歐：好，非常感謝你抽出寶貴時間到這來接受採訪。

關：我很高興。

歐：關偉，這篇採訪已經距今大約3年了，從那時到現在，你有一些什麼新的動向和發展，能大致談一下嗎？

關：現在已經適應了悉尼，北京兩邊住的生活方式，除了在藝術表現形式上拓展了雕塑，陶瓷，多媒體，壁畫裝置，等等。還更多的參與了各種中澳文化交流活動。我覺得現在的身分不只是單單一個藝術家了，還肩負著中澳文化交流使者的使命了。

歐陽昱訪談錄（一）[5]

楊邪（以下簡稱楊）：【插圖21：歐陽昱2012年10月在浙江溫嶺與詩人楊邪合影。】你最早的作品是詩歌嗎？你在國內公開刊物發表第一首詩，是在《飛天》雜誌，能回憶一下當時的情景嗎？

歐陽昱（以下簡稱歐）：我在武漢上大學期間（1979～1983），讀的是英美文學，但愛寫詩，還參加了同學自組的「湖邊詩社」，因為學校就在風景優美的東湖湖濱，當時頗受英國湖畔詩派詩人華斯沃斯（William Wordsworth），以及濟慈、拜倫、騷塞等的影響，寫了大量中文詩歌，也有少量英文詩和雙語詩，同時大量投稿，給《飛天》應該是投得最多的，但基本百分之百遭到退稿，只在1983年5月前後才收到來信，說選用了一首，是我有史以來在中國發表的第一首《無題》，開頭一句就是「我恨春天」，也是我1991年4月出國之前在國內發表的第一首和唯一一首詩歌。

楊：那麼就是說，幾乎從一開始，你的寫作風格就是比較「劍走偏鋒」的？要不然，那些詩歌的發表不會如此艱難。

歐：那是一個思想活躍，精力充沛的年代。我學英語期間，又自學了法語和德語。我現在在墨爾本的家中翻舊稿時，驚奇地發現了一個德語小說的譯稿。大學四年，我寫了一千多首中文詩，一部長篇，二十多個短篇，翻譯了不少英文詩歌和短篇小說，以及毛姆的一個長篇，當時都沒有發表，但是很好的操練。那時候我除了讀英國詩外，還看了大量的「五四」時期的新詩，剛出手的詩還頗有古風，比如這首作於1981年1月28日的《即景》：「野鴿在深山鳴叫／木葉隨夏風飄搖／烏鴉抖翅飛向西天／紅光忽地燒著

5 此篇是楊邪就歐陽昱的中文創作，對其進行的訪談錄，以《詩就是一條自己的河》為題，發表在《華文文學》，2012年第2期，第34-40頁。

羽毛」。很有意思的是，我到澳洲後，用英語把這首詩譯成了英文，在昆士蘭的一家詩歌雜誌「Social Alternatives」發表，很得澳洲詩人賞識。更有意思的是，我1999年在北大駐校時，【插圖04：1999年12月21日，歐陽昱在北京大學擔任Asialink駐校作家時，與北京大學英文系兼澳大利亞研究中心主任胡壯麟教授舉行圖書交換儀式上。】收到了《人民文學》發表的我幾首短詩，都是七十年代末和八十年代初寫的東西，時代發展了嗎？還是詩歌不用發展？

那時我寫的東西，例如這首《雪松》，2005年發在《詩潮》上：「銀雨伸出千萬條細長的手臂／摟住你綠色的孔雀翅膀／展開／卻不飛／因為／銀雨的千萬條細長的手臂／摟住你綠色的孔雀翅膀」（寫於1983年8月5日）。當時這首詩連同很多小詩寄給《青春》雜誌，被該雜誌編輯駁回說：「詩讀過，有一定基礎，也還通順，但新意不多，不選用了。」

我找到1982年一個編輯退稿時的評語：「仍屬一般性斷想，缺乏有特色的內容和精細的構思。」其實他哪知道，我們（主要是我）最厭惡的就是所謂的「精細的構思」，對北島他們搞的朦朧詩極為厭惡，可以說，我一直抵觸這種「朦朧」的東西，根本就看不上眼，覺得太做作，不是我心裡想要說的話，因此對我絲毫沒有影響。我詩中關注的東西，是當時的詩壇根本不感興趣的東西，比如對大自然的污染。我有一首寫於八十年代初期，題為《可悲呀，我的大自然》，開頭幾句是：「漁人釣去你明亮眸子裡新鮮的活力和光彩／樵夫砍去你魅力頭顱上濃密的秀髮和黑髩／農人把你的酥胸犁得犬牙交錯、傷痕累累／工人把你的玉體鑽得大洞小洞、腸穿肚爛」。

用當時的話來說，我寫的東西也許表現了不健康或灰暗的情緒，比如1982年寫的這首短詩《當今世界（速寫）》：「地軸業已折斷／萬物各自旋轉／猶如宇宙星羣／雖密毫不相干／／強者發號施令／弱者可以不聽／人人都有權利／尋求自己的福星」（寫於1982年1月17日淩晨）。我詩的風格，是不可能見容於那個時代的，比如這首《恨極》：「太陽在肆無忌憚地拉尿／蒼天在恬不知恥地屙屎／虧得你們這些自由的小鳥／在屎尿中還歡快地鳴啼／／哎，不管我如何詛咒你／都達不到一個目的：／不可能有人能夠理解／我心中罪惡的痛苦」（記憶中應寫于1983年大學畢業前，具體日期只有月日，沒有年份）。而那時候，我寫了相當多的長詩，其中一首歷經三十多年，才於最近發在《作品》上，即《大學生活寫照》（最初寫時，用的是英文標題，叫「Candid Camera of University Life」）。要在當時，是不可能發表的。我當時寫了一首很長的詩，題為《尋找自我》，開頭如此寫到：「我的手拎著重甸甸的網袋裝著冰凍魚冰凍肉自由／市場買的雞蛋腳魚摟著情人的腰肢抱著／兩三本新書《世界知識》和《百科全書》／打著半自動克羅米鋼杆花傘罩住偷偷／接吻的弄花了的臉打開臨窗的街／放進滿街的笛笛吧吧和冰棒呀！／冰棒呀！轉動方向盤把不認識的／手扯進又倒出」。

我邊回答你的問題，邊翻我當年的通訊記錄，發現我給某編輯寫的一封信，其中有這樣一段，摘抄如下：「諒你不敢發表此詩。目的是為了表明，除了統治著當今中國詩壇的那些行將就木的人如艾青等一類已毫無生命力、創造力、想像力的人，以及那些只想歌德以便做官的投機詩人如高伐林之類以外，中國詩壇上還有著一批為數不少的異軍，他們不與時尚同流合污，不追求徒有其表的文學獎、詩歌獎，不做傳統的馴服奴隸，正鍥而不捨，百折不撓地探索著靈魂，自我和人類的意義，開闢新的道路，尋找新的形式，表現新的、不是由政策定出來的內容。他們過去默默無聞，現在默默無聞，將來可能仍然默默無聞，但他們的作品，我相信，終有一天會像稀世的珍奇一樣被後世發掘出來而煥發出燦爛的異彩。幾個編輯的僵化保守和傲慢任性，一些大眾的目光短淺和東方嫉妒，是不會把他們扼殺永遠的。」

（1985年6月2日）

楊：不好意思，剛才我用了「劍走偏鋒」一詞，這詞顯得太輕佻了。我相信，時至今日，作為詩歌的閱讀者，他們並沒有進步多少，也因此，你的詩歌依然將少有知音，是不是這樣呢？

歐：我不需要知音，也不需要讀者，這從來都不是我的初衷。我寫詩從來都不沖著這些人去。詩就是自己的一條河，出來就出來了，一瀉千里，不是決堤，就是氾濫，還滋潤良田。有人喜歡，很好。沒人喜歡，無所謂。這就是為什麼會在看古巴詩選或希臘詩選或南非詩選（均是英文，不是漢譯）時，會看到很喜歡的詩人，而且並不總是很有名的，他們肯定不是為我寫的。詩歌就是那種卓爾不群，不為任何人生長的花。我寧可我的詩寫到此生完全不可發表的地步，我現在越來越這麼看。

有趣的是，還真有根本不認識的人，向我表達對我詩歌的喜愛，包括英語這邊。

楊：《大學生活寫照》這首長詩，我前不久在《作品》雜誌上看到，並仔細讀過。說實話，當時它使我馬上聯想到了李亞偉那首著名的《中文系》，但我認為，在某種意義上說，它比《中文系》不知要好多少倍。《中文系》寫於1984年11月，而你的《大學生活寫照》寫于大學時代，即在1984年之前，這一點更讓人揪心——《中文系》已然紅得過氣，可《大學生活寫照》在三十年後的今天才得以發表！我想說，即便在今天看來，這首詩依然傑出，而它在國內的發表，還有賴於選稿編輯的膽魄。不知你自己怎麼看？

歐：所有「紅」的東西，在我眼中基本一錢不值。為什麼說紅極一時？也就是說，紅的東西是沒有持久生命力的。我看詩有我自己的審美標準和審醜標準，那就是看是否能夠感動我自己這顆還在跳動的心。不是看誰名氣大，看誰會寫。一個會寫的人，就像一個會說話的人一樣，是很可疑，甚至很可恥的。我從來都不會寫詩。我甚至不想認為自己是個詩人，因為我看到讓人厭惡的詩人嘴臉實在太多了，不想躋身其中，只想寫寫自己想寫的東西。我無法評價自己當年的東西，還是由別人去說，但我想說的是，歷史永遠需要改寫，因為材料尚未露頭。有一些人當空壓著，但那幾片紅雲也不過壓那麼二三十年，是不可能永久的。歷史要比這久遠得多。

楊：「詩歌就是那種卓爾不群，不為任何人生長的花。」說得真好！我也一直這麼認為，但卻沒有你的決絕。而你說到「審美標準和審醜標準」讓我深受啟發——是啊，還有「審醜」。這些天我在重讀你的長篇小說《憤怒的吳自立》，根據你的自序可知，它寫於讓人懷念的上世紀八十年代。今天，當我重新審視「吳自立」，我有了另一種震驚：歷史會不斷重演，因此，文學作品中的人物形象常讀常新！

歐：準確來說，《憤怒的吳自立》的寫作時間，是在1989年的6月4日晚上。那天夜裡，所有的人都到外面去了，我是說上海華東師大的所有學生，而我一個人拿著稿紙，躲進階梯教室，就在那兒開始寫作。記得當時這個階梯教室還有兩三個人，其中好像還有趴著睡覺的，但我覺得，在外面的世界鬧騰得鼎盛沸騰之時，這兒的靜真適合創作。後來我到澳洲，與一個澳洲作家朋友交談，發現他對世界大事毫不關心，只關心自己創作的故事和人物，當時還很不理解，現在卻發現跟我那時的情況是一致的，即作家不必攪在事物的核心，對他來說最重要的事，就是他的創作，就是他創作中的人和事。小說是什麼？小說就是把那個曾經活著的人，變成一個永遠活著的人，儘管只是以紙和鉛字的形式。

楊：我明白了，也進一步理解了「吳自立」。對了，你是1991年出國的，介不介意談談為什麼出國，或者它的契機？

歐：我是1991年4月出國的，當時是因為拿到了墨爾本La Trobe（拉特羅布）大學的澳大利亞文學博士獎學金。本來這筆獎學金1990年就拿到了，但當時剛去武漢大學工作（1989年畢業後去的），學校不放人，要工作五年後才行，除非是臺胞。幸好我就是，因為我的十外公在臺灣。所以通過這個過程，就於1991年4月來澳，並不是因為「六四」或別的什麼原因。這裡有點需要說明。在英美澳的文學評論界，喜歡用一個「post-Tiananmen generation」（後天安門一代），說什麼我們這批人都跟那個有關，把什麼都跟政治掛鉤，這是西方「政治掛帥」的巨大問題，這其實是不對的，至少我是與之無關的。我是要把文學讀到底，從而也註定了我的最終失敗。

楊：「世界上沒一顆種子有權選擇它的土地，同樣的，也沒有一個人有權選擇他的膚色。」這是臺灣小說家黃春明說的。而我想說，世界上沒有一個人有權選擇他的膚色，但他有權選擇他的國籍。在你創辦的《原鄉》雜誌封面上，「原鄉」一詞被你譯作「Otherland」，而「Otherland」卻是中文的「異鄉」，這一點意味深長。我猜想，你也許是個希望忘卻原鄉的人，甚至，你是個憎恨原鄉的人，但實質上這不可能，即便是憎恨，它還是一種痛苦的愛，一種更為深切的愛，是嗎？

歐：我讀博士的三年半中，一次也沒有回國，但自1995年起，幾乎年年回國，2011年打破記錄，自5月到10月，總共回去三次。儘管我1998年拿到澳洲公民身分，我依然很自然地在用「回國」一詞，而不是「去中國」。就這一個「回」字，似乎還包含著「家」的意思。誠如我當時一首題為《雙性人》的詩中所說：「我的姓名／是兩種文化的結晶／我姓中國／我叫澳大利亞／我把它直譯成英文／我就姓澳大利亞／我就叫中國」。其實，事情遠非如此簡單。「原鄉」這個字來自臺灣，我們幾個——我、丁小琦、孫浩良1994年第一次辦這個雜誌時，就是我想到用這個詞，也是我把它譯成英文的，取的是「motherland」不要「m」，於是就成了「otherland」（異鄉），出於一個很簡單的道理：華人在澳大利亞時遙望中國，覺得那兒是故鄉，但一旦回到中國，就發現一切都變了，物是人非，反倒更像異鄉，因此住了一段時間之後，又匆匆返回澳大利亞這個本來是異鄉的地方，卻覺得更故鄉了。這就是為什麼我在2011年出版的《詩非詩》的詩集中，《春天在成長》一詩的末尾說：「春天在成長／在八月上旬／在異故國／在異故鄉」。結尾的「異故國」和「異故鄉」，既指代澳洲，同樣也可以用來指代中國。

實際上，這種變化並不僅僅發生在我自己身上，也發生在中國人如何看我們這些持有外國國籍的人。當年一個我以前還以為是朋友的詩人無端地罵我，說我在外國混不下去，跑到中國去「混」，我正好借此機會告訴他：第一，我從來不混，總是認認真真地過日子。第二：我早就決定不到中國去混，因為我的家就在澳大利亞。我2005～2008年到武漢大學當講座教授，也是還願，因為我出國時曾向武大保證，將來學成回國，要到該校教書並成立一個澳大利亞研究中心，這兩件事我都辦到了。第三：我自2000年母親去世、2003年弟弟去世，在中國已經沒有家了，無家可歸了，每次回去都住旅店，像到任何一個其他的國家一樣，儘管我還是習慣地說「回國」，好像沒辦法改口。

楊：我們的話題太沉重了，然而，這是生命中無法回避的「重」。還記得許多年前的一個晚上，我收到你轉發來的一則關於青年教師歐陽明慘死的新聞，後來才發現郵件的主題是這樣四個字「是我弟弟」！唉！另外，你提到「還願」一說，你是認真的，其實現在，我感覺，「認真」在中文裡差不多成貶義詞了！當然我深信，唯有「認真」的人，值得信賴，唯有「認真」的民族，才有希望。

歐：在澳洲這個地方，不認真還真不行，尤其我賴以謀生的翻譯工作，在涉及法律方面，是出不得錯的。父親在世時，常愛說這句話：中國人是最不認真的。來澳洲後，至少學會了認真，特別是在翻譯和寫作方面，一部英文長篇，經常六易其稿。詩歌則地馬行空（我可不想自詡為天馬），一揮而就，英文詩歌七次入選澳大利亞最佳詩選，全部都是不改一字，一稿就成。詩歌也需要認真，但那是另一種認真。

楊：近年來，中國大陸的出版社出版你的中文譯著頗多，但據我所知，它們出版你的中文著作，似乎頗有禁忌，我看到的也僅只是上海文藝出版社最近出版的你的中文詩集《詩非詩》。你有沒有統計過至今大約一共創作了多少首中文詩歌？而中文小說大約有多少？它們在中國出版社的出版以及在中國官方文學刊物的發表幾乎鮮少，你能透露其中的一些緣由和苦衷嗎？

歐：我至今創作的中文詩歌真還沒統計過，但1991年出國之前，我寫的中文詩長長短短，至少應該有一千五百多首（包括下放、大學和研究生時代，以及中間當翻譯的三年期間），可能還不止此數，因為我沒有經過清點的詩歌少說也有一大箱，而在澳洲一直到現在所寫的中文詩，按我寫詩的速度，基本每年兩三百首，今年到12月26日為止，已經寫了七八百首，在二十年的期間，按每年二百首的保守統計，應該也有四千多首了。短篇小說發了十篇，中篇一個，長篇一個，如此而已，雖還寫了若干短篇，但都沒有發表。詩歌在中國的官方雜誌上發表的有《飛天》、《人民文學》、《詩刊》、《青春》、《天涯》、《萌芽》、《北京文學》、《中國青年》、《中國文化報》、《延河》、《山西文學》、《台港文學選刊》等，不少民刊如《詩參考》，並收入很多選本，如《2002年中國最佳詩歌》。從全球角度看，我的中文詩歌更多發在台港、澳大利亞、馬來西亞，以及美國的文學雜誌和報紙上，如《一行》等。

在海外的這些年來，我不大喜歡往中國投稿，一是經常石沉大海，二是即使偶有發表，既拿不到樣刊，也收不到稿費，這兩樣東西到手，不知要費多少周折。三是我寫的東西無論是主題、風格還是想法，都不為官方雜誌見容。在大陸的主流話語中，一個華人只配寫寫思鄉的東西，假如他不思鄉呢？假如他對原籍國既恨又愛呢？假如他寫了一首《不思鄉》的詩，表達了詩人真實的想法呢？那他當然不能被接受。還不說在詩歌上走先鋒的路，你想想我寫的《B系列》，在嚴力的《一行》首發了十一首，這種事能在中國官方的東西上出現嗎？當然不可能。我這個系列的詩最初寫是在1997年，要比「下半身」早很多年。後來又出現了垃圾詩，但我寫的垃圾詩早在八十年代初就開始了，例如1985年4月5日寫的一首題為《糞便》，全詩如下：「你／養活／稻穀、甘蔗、麵包、白糖／為什麼／要被我拋棄？／而今／作為生命的養料／請你／進入我詩／你必須如此！」那一年，我還寫過一首長詩，題為《醜惡頌》。反正老實說，當年全中國的詩人，沒有一個是我看得重、看得中的，因為沒有一個在先鋒實驗性質上有我走得遠，寫到了那個時代完全不可發表的程度，而不可發表，就是我一生衝擊的制高點。

總起來說，我當年（截止1991年出國前）寫的詩大致可以歸於這樣幾類：英語詩和英漢雙語詩（這都是無處可發的）；環保詩，如這首《無題》的首句：「黃河水為什麼這樣黃／長江水為什麼這樣長／你們太多唾沫／你們鼻涕太長／／打倒唾沫！／打倒鼻涕！」（寫於1986年11月26日）；愛情詩和性愛詩，如這句「把精液的瀑布向陌生女人的幻影傾瀉」（寫於1985年10月2日）；髒話詩，如下面這首《「我把」》（還算比較乾淨的）：「我把／牛背上／駕駛樓裡／英語現代小說中／學來的／五顏六色的髒話／銘記不忘／為的是／把不守時的公共汽車／無所作為的大腹便便／窒息靈魂的厚灰濃煙／狠狠地痛罵！」（1983年12月20日）。當然還有政治諷刺詩和錯誤詩（即一種有意讓錯誤入詩的詩，如八十年代初寫的《我說錯了》）等，就不一一介紹了。總之，我的先鋒實踐（不是先鋒姿態，這是大陸很多詩人特愛裝出來的，實際上，我認識的不少詩人年輕時先鋒到了先瘋的地步，步入四十歲後只關心一件事：置地購物，生兒育女，與詩歌勢不兩立）。

楊：暫且換一個話題吧。你對澳洲的大學和大學生應該很瞭解，這些年你經常來國內的大學，你覺得中國的大學，它最大的問題在哪裡？中國現在的大學生呢？

歐：我自1995年博士畢業，跟大學的關係基本上是研究方面的，教學方面就不多了，除了講座和朗誦之外。【插圖08：歐陽昱2004年3月23日在悉尼大學舉行的*New and Selected Poems*（《歐陽昱新詩選》）的發佈會上朗誦英文詩。】之前接觸的博士生不少，但覺得他們比較慢，看書也不太多，總的來說不夠勤奮。我做博士，把學校圖書館澳大利亞文學書櫃從A到Z的所有圖書都掃了一遍，花了半年時間，找到了第一手資料。要知道，在我之前，關於我的選題，只有別人少量文章發表，卻完全沒有專論，也沒有博士論文。拿獎學金，一般時間為三年半，我是期限內做完的，但那些人八年抗戰的還真不少。2005年起，我在武漢大學連續教了三個半年（自己選擇的，不想教整年），教的都是研究生，總的感覺是研究生的英語水準還不如我們那個年代的本科生，改起作業來，都是一些很基本的、甚至不應該出現的語法錯誤，這方面不太有意思，但教英語創作還不錯，至少現在有個已經畢業的研究生在英美發了不少直接用英文寫的詩，以及英譯的中國古詩，包括當代詩。雖然只有一個，就已經很滿足了。

楊：多年前看到施蟄存先生說的一段話，大意是說中國作家應該學習外語，然後直接讀外國文學原著。無獨有偶，近年來，德國漢學家顧彬也反復拿中國作家不懂外語因而不能讀外國文學原著這一事實來說事。對於這種論調，我一直是很不以為然的，因為我總覺得這是一個「偽命題」。我相信一個作家懂外語是好事，至少能開闊視野，甚至能吸收外語中的有益元素，但是，一個作家如果想通過學習外語去讀外國文學原著，卻是個「笨賊」——他為什麼不找一些相對可靠的譯本呢？我不懂外語，但我相信外語並不是能夠如此功利地學好的，同時我相信任何一門外語都是博大精深的。關於這一點，我想聽到你的高論。

歐：1999年有人採訪我時我就說過，我覺得漢語和英語對我來說同樣好，同樣重要。我不認為中國作家一定非要學外語不可，我多年的接觸中，西班牙作家很多都不會說英語。今年9月份參加墨爾本作家節，和一個西班牙詩人同台朗誦，結束後跟他聊天，他幾乎說不了幾句英文，搞得很痛苦。後來想想也是，人家西班牙語決不低於英文，幹嗎浪費那個時間去學！找個翻譯就行。實際上，他當時就有個翻譯陪在一旁。我去法國、德國和西班牙，感覺很不方便，就是因為那兒的人大都不會說英語，或者會說也不願意說。那些外國人應該好好學習中文，而不要像顧彬那樣，很無聊地拿英語說事，板起面孔教訓這個那個。這個人應該首先把他的中文說好（我聽過的，口音太重，難聽得很），然後再談別的。

長期以來，日不落帝國四百年在全球橫行霸道，形成了英語帝國，現在日落了，就靠賣英語、用英語打人來推行其霸權。一個真正有良知的中國作家，應該抵禦這個東西，不要害怕沒人翻譯你的東西。如果東西真正好，總會有人注意到的。再說了，根據我看到的情況，很多被譯成英文的東西，實際上都被翻譯「強姦」了，簡直慘不忍睹。在澳大利亞，英語一向被白人用做棍棒打人，英語不好，就什麼都不行，哪怕你智力再高，再有技術。我稱之為英語種族主義。

不過，話又說回來，一個搞寫作的如果有餘勇、餘力、餘智、餘趣，學一點英文或其他文字只有好沒有壞。當年就是因為學了英語，才擺脫了國內那一點點小趣味、小東西，看得更開更遠了。那麼人們要問，不是可以通過翻譯來嗎？不行。因為翻譯有幾個非常明顯的問題，一是譯得不好，二是稍微敏感點的東西進入中文後就看不到全貌，會被刪節。三是還有些東西根本就不可能被譯成中文向中國讀者介紹。當年我在上海為什麼編譯《西方性愛詩選》，就是因為在圖書館有了最新發現，卻又痛感在國內條件下無處可以出版而採取了行動。後來果然不出意料之外，初被選用，後被退稿，直到十幾年後，才在澳洲自己出版。說絕點，學會了外語，任何一門外語，人就自由了，相對自由了，也不會簡單地相信那些「憾謔家」（漢學家）的言論了（因為他們的一知半解是讓人遺憾的，也令人感到好笑的）。

楊：還是顧彬，前些年他的「垃圾論」曾一石激起千層浪。說實話，對所謂漢學家，我是抱懷疑態度的，他們的許多論調，也是不值一哂，但中國當代作家或者說中國當代文學所存在的問題，確實是巨大的。我想，對於這個問題，你也許會有更深刻的體會，那麼能不能言說一二？

歐：我向來不稱這些人為「漢學家」，漢語無論說還是寫，都是個半吊子，算得上「家」嗎？這些人也好意思沉溺在中國人給他的陽光之中，享受並不屬於自己的稱號。要知道，他們可從來沒有給在中國大學教英文的人一個類似的「英學家」稱號。這些搞漢學的人（是的，我向來就是這麼稱呼他們的）其實就是在大學教漢語的。教的是否真的好，只有他們自己知道。他們來自德國、英國、美國等等國家，於是就覺得高中國一等，高中國人一等，這個是垃圾，那個是渣滓，要不要把他們自己的東西亮一亮，是個什麼東西！還是殖民主義的殘渣餘孽。在自己國家不敢為所欲為，就跑到中國說三道四。對於這些人，我的態度就是不予理睬，除非他真說到點子上。

話又說回來，有垃圾也很正常，正如人走到哪兒，就把垃圾帶到哪兒，人活一生，垃圾就伴隨一生。關鍵看你什麼態度。它德國的東西就那麼好？一點垃圾都沒有？我相信一定不少。關鍵是要保持正常心態，不要因為一個老德說了垃圾，就當回事。要我看只當沒說。

楊：我在電視裡聽過顧彬講漢語，當時就想，憑那水準，他怎麼能很好地體會漢語的奧妙？問題是，別說媒體，即便是中國的文學界，許多人還是拿著雞毛當令箭的，這不能怪雞毛，應該怪拿著雞毛的人。說到這裡，有個問題不吐不快：閱讀許多炙手可熱的外國文學作品的時候，我經常是沮喪的，因為我總是覺得翻譯得不好，覺得原著根本不可能是這樣的水準。許多年前我同時讀到林語堂的一篇散文（原著為英文）的兩個版本的譯文，它們的差異是那麼巨大，我頓時目瞪口呆，於是也明白了翻譯是多麼的艱難。可是眼下的中國，我的感覺是，翻譯外國文學作品幾乎成了翻譯某產品的說明書一樣可以一蹴而就。我想像中理想的文學作品的翻譯是：翻譯家自己必須首先是一個優秀的作家，然後他非常精通外語，然後他看到了一篇或一部自己非常欣賞的作品，他感覺自己與作者的心靈、趣味是相通的，有一種非翻譯它不可的感覺，於是他殫精竭慮翻譯了它。這樣的翻譯是不是有可能存在呢？

歐：有一個人所不知的情況是，很多所謂的「漢學家」（稱「汗顏家」還差不多，因為他們應該為自己的垃圾漢語汗顏）根本讀不懂古代的中國典籍。需要研究時，就請在海外拿到古典文學博士的華人逐字逐句地翻譯，反正付錢就是了。我曾親耳聽一個博士朋友告訴我的。其實這也沒關係，人謙虛一點就行，但事實卻並非如此。

另一方面，也不能完全怪這些「汗顏家」，因為他們是被中國一些別有用心的人寵起來的，無非是想通過他們把自己的東西譯介到國外，還可以到國外開會拿獎等等。

我一直在澳洲這邊的翻譯學院教翻譯，都是準備拿澳洲國家翻譯證書的學生。我上課與別人不同之處在於，每次都把國內翻譯出版的書與英文原著對照，發給學生看，讓他們從中挑錯，這一來，事情一目了然。前面說過的不認真而造成的誤譯、贅譯、用字不準確和隨意顛倒語序的現象比比皆是，難以卒讀，基本上很少有譯文能通過我和我教的學生的火眼金睛檢驗的。我只能開玩笑說：你們現在應該有信心了，因為這麼糟糕的譯文都能出版。不過，我建議他們，應該去做出版社校對，把那些混帳譯文一一揪出來，同時也提醒他們，要仔細認真，提高自己的翻譯水準和譯文品質，否則將來出書後，不定會被某地某老師和學生揪出來呢。

至於說我自己，翻譯，尤其是詩歌翻譯，一向的原則就是：如果感動了我，我的第一個衝動，就是把它翻譯過去，無論是中文，還是英文。我從來不管其人的名聲有多高。相反，我還有意不譯那些名人的東西。比如我2002年英譯《砸你的臉》，收集了七十多個大陸詩人的詩，但就把一些所謂的「名人」給略去了。我最喜歡的就是那種沒有多大名氣，但東西卻寫得非常出色的作品。我甚至想編一本詩集，把所有詩人的名字和小傳都拿掉，封存起來，就像打開收音機聽音樂一樣，聽到一首好聽的東西，就只覺得好聽，並沒有去想是誰創作的。現在提到某個詩人，一定要在前面加上「著名」二字，還要例舉其所獲得的各種獎項，這真是令人作嘔。最近買了一本波蘭諾獎獲得者詩人辛博斯卡的詩集。本來我還是比較喜歡這個人的東西的，但是我吃驚地看到，她那本書後竟然堆滿了讚美話，英文叫「blurb」（勃辣霸），不覺心想：何苦呢！東西如果真的好，就不必請人在背後說好話。搞到最後，還不是為了錢，想讓更多人買唄！

楊：關於翻譯的問題，也許我有點鑽牛角尖了。說點輕鬆的：你的日常生活中，朋友多嗎？你與朋友們是否能就許多文學問題進行交流？

歐：《原鄉》（1994年下半年起）創始初期，還屬於老一輩的大陸人剛到澳洲不久，身上還背著比較沉重的文化和文學包袱，喜歡舞文弄墨的人不少。隨著時間的推移，大家逐漸意識到，人生在世，還是搞錢第一。於是買房的買房，開店的開店，做生意的做生意，而澳洲又給他們提供了最好的空間。過去一起寫作的墨爾本三詩人，現在沒有一個寫詩，碰到一起也絕對不再談詩，甚至忙生意到根本就不再碰到一起。從某種意義上講，海外比中國更考驗人，因為在這兒搞不搞文化和文學全在你自己，跟任何人都無關。你搞不出錢來，你就只好乾脆自我消亡掉。當然，朋友之間偶爾也會碰面，所談的話題也不僅僅是文學了。

楊：一個作家，他的童年生活往往對他的寫作起到非常重要的影響。這差不多已經成了一個共識。那麼，你能否介紹一下你的童年生活大體是一個怎麼樣的狀況？

歐：現在回想起來，還能記得大約二十歲左右吧（或許比這更早），有天跟父親在路上走，問了父親一個問題：爸爸，我想將來寫作，不知道行不行。父親說：那要看你是否養得活自己。沒想到，這倒成了一個關鍵問題。老實講，我還沒有好到完全靠寫作生活的地步，也不想把寫作弄成一個「生意」。如果那樣，與搞房地產開發或開小店又有何差別？

我童年經歷的主要動盪，就是文革和武鬥，親眼看到了死亡，一板車一板車的屍體，又在母親在三線工作時，親眼看到了一卡車一卡車運回老家的工人屍體。我在中學時，作文成績一向領先，有幾次由老師在班上當眾朗誦。現在回頭看，寫作還是與那時有關，其實也沒有要當作家的清楚想法。

楊：最後一個問題，或許在別人眼裡有點無稽：晚上，你是否做一些讓自己印象深刻的夢，它們大多涉及哪些方面？

歐：我來澳大利亞二十年，做的夢幾乎無一例外只跟中國有關，現在開始有澳洲的東西跑進來了。我認識的一個華人女畫家也有同感。據她說，她在海外一二十年，做的夢沒有一個不跟中國有關。其實也不奇怪，我在中國連續生活了三十五年才去澳洲，而在澳洲的這二十年也不是連續地居住，總是到處跑來跑去，在澳洲也是跟華人打交道比跟西人多，大約這就是澳洲很少進入夢境的原因之一吧。我的夢跟家鄉、童年時的朋友、我當老師的學校、甚至包括上過的課等都有關係，我覺得，恐怕夢裡的故鄉才是最真實的故鄉。我有很多寫夢的英文詩，後來收在英文詩集*Reality Dreams*（《真實夢》，2008, Picaro Press）裡。

歐陽昱訪談錄（II）[6]

梁余晶（以下簡稱梁）：去澳大利亞之前，你已經寫了不少中文詩。用英文寫作是你去時就已想好的，還是後來環境使然？你什麼時候開始打定主意要用英文寫作？

歐陽昱（以下簡稱歐）：我1973年下放農村，1975年回城工作，1979年考上大學專攻英美文學，期間開始大量寫詩，主要是中文，間或也寫漢英雙語詩和英文詩。1986年到上海華師大讀研究生期間，又寫了大量中文詩和少量英文詩。這些英文詩如果搜集起來，應該有一定數量，但那個時期的英文不一定很好。我1991年去澳大利亞讀博士，並沒有計畫用英文寫作，這些都是在特定的環境之下逐漸生發的。讀博期間（1991-1994），用英文寫了兩部詩集，同時仍以漢語寫作，並把漢語寫的詩自譯成英文投稿，有些發表但大量遭退稿。其實我從未打定主意一定要以英文創作，期間曾經為此而相當困惑和遲疑，最後選定不以犧牲漢語，同時兩條腿走路，但漢語主要寫詩的雙語創作「方針」。

---

6 此篇為梁余晶就歐陽昱的英文作品，對其進行的訪談錄，以《關於反學院、「憤怒」與雙語》為題，發表在《華文文學》2002年第2期，第28-33頁。

梁：你在用英文寫作的開始階段，遇到的最大困難是什麼？後來又是如何解決的呢？

歐：英文創作其實沒有太大問題，有了想法寫就行了。再說讀博期間，要大量閱讀英文作品，人的思想基本上浸潤在英文之中，人也活在澳大利亞這個英語語言空間中。不僅沒有太大困難，而且英文給了人一種從未有過的自由與活力，不像原來用漢語創作時，有很多條條框框。

梁：你最初去澳大利亞是為了讀博，後來創作了大量文學作品。你覺得你做學術研究的經歷對你的創作有什麼影響？你覺得這兩者之間有什麼聯繫呢？

歐：學術研究主要是讓我熟悉瞭解了各種理論流派和澳大利亞的歷史，特別是關於文學中華人形象的問題。這使我在詩歌和小說寫作中能較深地觸及歷史，即使寫當代生活，也會有意拓展其歷史空間或打下歷史的伏筆。

梁：我注意到，你的作品帶有很強的反學院派特徵，有種不加修飾的粗礪感，這和你文學博士的頭銜似乎有點風格不符，你怎樣看待這種差異？

歐：是的。有一種關於澳大利亞、乃至西方的神話必須破滅，就是到那兒去讀文學博士，特別是英語文學的博士，拿到學位後就鍍了金，有了前途。實際情況遠非如此。可以說，在澳大利亞讀了澳大利亞文學博士，就等於從天堂下了地獄，是根本不可能再在學院找到工作的。我三年半一次呵成，順利拿到博士學位，在接下去找工作過程當中，十多次應聘入圍，但最終都沒有進入，最後一氣之下，再也不去鑽那個死胡同，乾脆進行創作，走最艱難的道路。在澳大利亞這個原英國殖民地，殖民思想依然極為濃厚，其幾十所大學的英文系到目前為止，只有極少數（大約兩個）亞裔人士之外，根本沒有亞裔人士在其中教書，更沒有原籍大陸的人，哪怕像我們這樣在任何地方都不差過、甚至勝過他們的人，也絕對不讓進入，理由無非很簡單：英文還不夠好！正是這種我稱之為語言種族主義的東西，導致澳大利亞英文系白人一統天下，連華人華裔吐氣的空間都沒有，原來學英文出身的人，後來都逼到中文系或其他行業去了。現在回頭來看，當時讀博的一套東西，純粹是西方牢籠自己的一套不可能有任何實用價值的東西，甚至是騙人的東西。如果說我讀博期間是純理論化，到了我離開院校，走上創作之途，我就純然是走非理論化道路，而且是有意為之，決意打碎那些西方的桎梏和毫無用處的勞什子，走出一條自己的路來。

梁：你怎麼看待你詩歌、小說中比較直白的性描寫或性詞彙？

歐：我詩歌和小說中對性是有比較「直白」的描寫，但這實屬正常。性與食一樣，都是生活中必不可少的一個部分。1991年前在中國，所生活的35年，基本上都屬於性壓抑，到澳洲後，才發現這是一個相對開放的國度，尤其是在性的方面，也通過直接的英文閱讀，接觸到了Henry Miller等的作品和大量涉性的俗文化。在實際寫作過程中，我就發現談性時，用中文和用英文很不一樣。我在英文中可以自由自在地使用「fuck」一詞，但自己把自己的詩譯成中文時，卻把同一個字改成了「幹」。這當然是中國文化長期浸潤造成的自審和自我閹割。我在文學翻譯中一般堅持直譯，通過直譯進行創譯，但我發現也有同樣的問題，比如我2007年在上海文藝出版社出版的《殺人》一書的翻譯，其中所有的「fuck」一字，被我譯成「操」或「日」之後，在出版的時候都被出版社改成了「做愛」。我之所以用這些字，也是有意要對文化中的禁錮因素進行對抗和顛覆，其實就是對文化的虛偽性進行顛覆，特別是中國文化中那種做得說不得，說得寫不得，寫得發表不得的虛偽性。

梁：我最近看了一位美國印度裔詩人的文章，他提到在他寫第一本詩集的過程中，有個成名詩人對他說：「如果你不寫移民題材，我會更加尊敬你。」因此，他在寫詩時就刻意回避了移民題材。你的作品有很大部分都是關於移民題材，你怎麼看待這個觀點呢？

歐：我很懷疑這個所謂的「成名詩人」一定是個白人。他的「更加尊敬」讓我嗤之以鼻。我不需要這種人的

「尊敬」。我很可憐那個印度裔詩人居然會聽取這種不明智的意見。什麼是移民？是個人都是移民，都要移民的。沒有一個人會像樹一樣，生下來就紮根在一個地方，誰都是生下來就要移要動的，有的移得近，有的移得遠。就是身體不移，思想和感情也會移。人類從奧德修斯起就在移民。孔子也一天到晚在移在動在遊歷。這種經歷、這種經歷中發生的思想和感情巨變，遠遠沒有寫夠寫透，不讓人寫，讓人寫什麼呢？寫那種放之四海而皆準，超乎移民，超乎膚色，像白人一樣白的東西嗎?!就算說那句話的是個華人，我也能理解，那也就是說，那人明白，只寫移民是沒有出路的，只有寫點別的什麼討白人喜歡的東西，才會成功，才能受人「尊敬」。其實，我的作品並非完全都是關於移民的，就算百分之百是的，我也不覺得有啥。我就是個移民，我在中國時，從來沒有感到我是個中國人。我只是到澳大利亞後，才被人逼得感覺到非是中國人不可。

梁：請你解釋一下《雙心，雙舌，雨色的眼睛》這個標題的含義，你是怎麼想到這個標題的？

歐：「雨色的眼睛」一語，出自該集中一首英文詩中的一句，那是寫悉尼紅燈區國王十字街的。這本書原來並不是這個標題，而叫「Lines Long and Short」（《長短句》），被南澳一個詩人看中，很想出，但終因沒錢而放棄。這時，高行健的英文翻譯Mabel Lee（陳順妍）教授看了稿子後，決定用她的Wild Peony Press（野牡丹出版社）出版，但建議採用一個別的標題。於是就有了上述標題，意思應該是比較清楚的，其語出自其中一首詩，《二度漂流》，即i used to have two tongues/one chinese and the other english/i used to have two hearts/one east and the other west/but i have nothing left now/only this instinct to wander again。（我曾經有兩隻舌頭／一隻中文一隻英文／我曾經有兩顆心臟／一個東方一個西方／而如今我一無所有／唯有再度去流亡）順便說一下，這首詩用中文寫成，自譯成英語後發表，最後收入此詩集。

梁：《金斯勃雷故事集》從標題上看很像喬叟的《坎特伯雷故事集》，你是怎麼想到要寫這樣一本書的？為什麼副標題叫「一部小說」呢？

歐：這本集子的確是有意在標題上想產生歷史的呼應，即與喬叟那部詩集隔洋隔空地遙相呼應，但Kingsbury（金斯勃雷）是我從1992年起一直居住生活的地方，其間發生了很多故事，有我自己的，更多是朋友和客戶之間口口相傳的故事。這些故事串接起來，形成一首首詩。我在創作中有意不看喬叟的詩，只在記憶中保持著原來在中國讀到該書時的一種模糊印象，主要是為了不影響自己的創作。這本書有幾個層面，一是語言的，一是文化的，一是歷史的。從歷史講，它涉及了早年華人在澳的經歷，這與我的博士閱讀有很大關係。從文化上講，它主要探討「first contact」（第一次接觸）的問題，尤其是華人與白人發生第一次接觸的問題，這個問題很少有人觸及。再次，它生造也創造了很多英文中沒有的詞，為英文的再生而輸送了新血。是的，再生，因為英語這個語言是個很有限的語言，需要其他語言啟動它半僵的屍體。之所以叫它「小說」，只是當年的一種想法，想讓它跳出詩歌的窠臼，同時又保留詩歌的風貌。這部集子我寫了600多首，準備出一個拳擊（我是說全集，但既然打了多次，電腦硬把「拳擊」塞給我，我也覺得十分到位），這時，我就會拿掉「小說」二字。寫詩就是最大的自由，我想叫它啥都行。

梁：你在別處提到，在開車時經常用錄音設備進行口頭即興創作，我很好奇你一般是在說中文還是說英文？以及如何具體操作？

歐：這是個個人祕密，但由於我現在已經不做了，講出來也無所謂。我在生活中常有這種感受，在火車車窗旁坐著，看著窗外一閃而過的風景時，會突然詩興大發，卻既無筆，又無紙。半夜上床即將入睡前，燈已關掉，詩卻紛至遝來，也沒法寫詩。還有上了高速公路，車開到每小時100公里的速度，也是詩如泉湧，卻也無法解決寫的問題。90年代中期回國時，到免稅店買了一個袖珍答錄機，就把這個問題澈底地解決了，發現無論用英語還是用中文，效果都非常漂亮，有一種不同於用筆寫的質感。

梁：請說三位你最喜歡的英語詩人。

歐：我一般不喜歡說我喜歡誰，因為這樣一來，就會把這幾個人釘死在我身上。世界上我喜歡的詩人很多，有的只喜歡幾首，有的只喜歡某個時期的。比較喜歡（不是最喜歡，因為沒有最喜歡，我從不崇拜任何人）的是米沃什（不是全部），南非的Ingrid Jonker和美國的John Ashbery。其實，我特別喜歡的就是沒有一點名氣，但詩卻寫得很好的人，比如，我就是在讀一本南非詩集的時候，發現Ingrid Jonker的。我討厭在詩人的名字前面冠以「著名」什麼什麼的，一看見這種稱呼，我立刻不看。對了，我還很喜歡Cavafy，是個希臘同性戀詩人，生前幾乎沒有發表。

梁：你被評論界稱為「憤怒的中國詩人」，這個頭銜的來歷何在？是誰第一個這樣稱呼你的？你自己認可這個頭銜嗎？

歐：我的確被澳大利亞文學界稱為「the angry Chinese poet」，對此我並沒有調查，但覺得好像是臥龍崗大學的Wenche Ommendsen教授說的。我想應該是因為我寫了「Fuck you, Australia」（《操你，澳大利亞》）和《最後一個中國詩人的歌》而導致他們如此稱我，因為該詩集大量並集中地表現了憤怒的情緒。對這個頭銜，剛開始我還覺得比較好玩，讓我想起英國約翰・奧斯本的劇本《憤怒的回顧》，但越到後來就越覺得不好玩，因為他們基本把這個當一個標籤，見到我的作品就往上貼。直到2008年我的「On the Smell of an Oily Rag」出來，對我進行採訪時，還在問我有關「憤怒」的問題，這就相當無聊了。澳洲評論界有個短視問題和腦壞死問題，不願意對種種複雜的文化語言現象進行探究，而喜歡粗暴簡單地採取貼標籤方式，一棍子把人打死，這倒有點像中國的文革時期。我自己根本不認可這個所謂的「頭銜」，因為它並不準確，它只說明這個國家的理論界十分懶惰，乏善可陳，沒有新鮮的東西。

梁：你早年曾撰文談到澳大利亞最佳詩選中的「缺亞」現象，而如今你的詩已經連續七年入選最佳詩選。你覺得現在亞裔作家的地位是否有了改觀？

歐：時至今日，「缺亞」現象依然嚴重，但我覺得這個問題有兩個方面，過去是排斥，現在應該好多了，僅就目前嶄露頭角的亞裔作家來說，就有相當不少，如Alice Pung, Benjamin Law, Shaun Tan, Gabrielle Wang, Tom Cho, Kim Cheng Boey, Eileen Chang（詩人），等，包括我自己，這些人中，除我之外，沒有一個來自大陸。這就是這個問題的另一個方面了，因為這麼多年來，主動進入文學創作的亞裔不多，大陸人就更少，大約是這裡面無錢可賺吧。這麼多年來，我在詩歌翻譯課中，教了很多學生，不乏有些有才能的，但幾乎沒看到任何從事這個行業工作的人。只能希望今後會有才人出，不是輩出。

梁：你在創作的同時也翻譯了很多書，你覺得做翻譯的經歷對你的創作有什麼影響？

歐：翻譯主要是對文字的磨礪。一個人生活在海外，要想保持語言的鋒利，就要把它當成一把利劍，不斷打磨，而翻譯正好是磨劍的磨刀石。同時，生活在英語國家中翻譯英文書，有著比之大陸更好的優勢。這就是我常說的，將來搞翻譯比較的，應該把在大陸的非英語環境下譯的書，與在英語環境下翻譯的書進行互讀互比。我特別強調澳洲書一定要在澳洲翻譯，這才有原汁原味，不僅是英文的，也是中文的。

梁：到目前為止，你已經出版了60本書，出書的速度令人吃驚。你的三部長篇小說都比較厚，我想問問它們分別花了多長時間寫作？

歐：我的每本書基本要花三到四年時間創作，並數易其稿，最多時達到7稿，這三部小說基本上都是如此。我出書的速度其實不快，是表面上看起來快。比如「Loose」早就在2004年寫好，但花了7年時間才出書，在「The English Class」之前寫好，卻在該書出版的第二年也出版了，給人一種印象，好像這傢伙出書太快了點，大約是粗製濫造吧。其實我不怕別人怎麼產生錯誤印象，因為那是很難免的。誰比我更瞭解我自己？沒有。

梁：你三部小說的故事背景都是發生在中國和澳大利亞，主人公都是華人，你有沒有打算寫一部以澳洲白人為主角的小說？或者故事發生在其他地方的小說？

歐：你的這個問題我有考慮，但目前還沒有這種計畫。

梁：你覺得用英文寫詩和寫小說，兩者的根本不同在哪裡？

歐：打個簡單比喻，寫詩是做愛，一步到位，射出為止。我稱這個為「大腦射精」。長篇小說就不同了，那是馬拉松，是要講耐力的。我稱這個為「精神長跑。」

梁：《東坡紀事》，據我所知，曾遭28家出版社退稿，你自己覺得這本書很難出版的原因何在？

歐：不知道，大約批評了他們吧。要知道，白人跟中國人一樣，也喜歡別人吹捧讚揚，對來自第三世界的移民批評尤其不能接受。你們比我們差，怎麼夠格批評我們，應該讚揚才成，但我看到的很多情況並不很好，就批評了。你不出也無所謂。一個更重要的原因是，我每部小說都帶有強烈的實驗性，在語言上，在結構上，在人物的處理上等。在整個澳洲出版界都全面市場化的情況下，對他們來說，出這樣的書風險很大。比如「On the Smell of an Oily Rag」。那本書原來的書名是「On the Smell of an Oily Rag: notes in the margins」（《油抹布的氣味：天頭地腳筆記》），一個我直到現在還很喜歡的書名，但出版社害怕「margins」這個字，因為它的另一個意思是「邊緣」。誰願意掏錢出一本位於邊緣的書呢？還有一個原因，就是我作為寫小說的，在澳洲並沒有名氣地位，任何出版社都不敢在我身上下注，怕虧本。幸虧Alex Miller的推薦，那家先退稿的出版社最後在我第二次投稿時終於接受。有意思的是，我所有三部長篇都經過了這種大量退稿的情況，而頭兩部一出來，就吃驚地得了大獎或多次入圍大獎，儘管得獎從來就不是我的初衷。

梁：《東坡紀事》中描寫了中國人的種種陋習和道德墮落的現象。有國內學者認為你是在醜化中國人，你如何回應這種觀點？

歐：有的學者這樣看，有的那樣看，這是他們的事，但像王臘寶那樣的東西，本人絕對不能苟同。我那本書裡面的主人翁，對中國的感情是複雜的，有恨也有愛，否則就會與中國一刀兩斷。如果真恨，他還回去幹嗎?!中國有些學者，如王，分析批評喜歡搞新的上綱上線，拿來一套西方的理論，再加上傳統的中國愛國主義的化妝品，就把你拍下去。我覺得那種東西完全不值得回應，立刻忘掉不提拉倒。再加一句，有些學者以為自己霸佔了話語權，就可以任意強姦作者，隨意闡釋其作品的意義，來達到某種誰也弄不清楚，只有他自己知道的目的，這是很無聊的。好在人還活著，否則不知道那些人還要胡說八道些什麼。順便說一下，我曾親耳聽見一位澳大利亞研究亞裔文學的專家說，王那篇東西裡的觀點是錯誤的。

梁：《英語班》中的主角基恩去澳大利亞後得了一種精神病，書中稱之為「中英語言文化心理衝突」。我想問，現實中有這樣的病例嗎？如果有的話，具體症狀是什麼？

歐：其實他的名字不是「基恩」，而是「京」，一個不大多見的姓。他患的病是我杜撰出來的，後來查了一下，倒還真的有，就叫「linguistic schizophrenia」。你只要把這個字穀歌一下，就知道其意思了。我在翻譯教學中，有一個自產自銷的理論，叫英半漢全，即漢語說全的話，英文只說一半就行了，例子很多，如漢語說水深火熱，英語只說水深，漢語說銅牆鐵壁，英語只說鐵壁，漢語說人山人海，英語只說人海，漢語說滄海桑田，英語只說海變，即原來是桑田的地方，現在變成了大海。一個語言講究四平八穩的人，進入英文之後，卻被一刀劈成兩半。更有甚者，漢語和英語很多時候完全是倒著來的，比如，漢語說爸爸媽媽，英語說「Mum and Dad」（媽媽爸爸），漢語大便叫「拉」，英語大便叫「推」。我跟學生開玩笑說，賈島起家的「推敲」可以休矣，如今咱們斟酌啥事，就叫「推拉」好了。可口可樂一詞，漢語取其後，英語取其前，漢語說喝可樂，英語說喝「coke」（可口）。一個長期生活在英文中的漢人，又想把英語學到好上加好，又想保留漢語的原狀，如果不得精神病，是很難想像的。我當翻譯期間，接觸了很多來自大陸的精神病人，當然原因並非僅僅此種。我的筆下人物京是為了揭示這樣一個在兩種文化和語言中糾結不休的人，藉以探討生活在英語文化和語言下所產生的種種矛盾和難堪。

梁：《散漫野史》中的敘述者本人也叫「歐陽昱」，給人感覺是在寫真人真事。在寫這本小說的時候，你是怎樣平衡虛構與真實之間的關係呢？

歐：其實不叫「歐陽昱」，而叫「Ouyang Yu」，這是關鍵，因為你把他譯了。這本東西原來申請資助時，用了「documentary novel」（紀錄小說）這個詞，就像「紀錄片」一樣，是真實的，也是虛構的，真真假假，互相摻雜。你說它是真的，它就是真的，你說它是假的，它就是假的。說到底，它還是小說，只是寫法的不一樣而已。而且，它裡面的一個人物是從第一部長篇《東坡紀事》中來的。

梁：你的《油抹布的味道：說英語，想中文，過澳大利亞生活》用獨特的視角談論了中英兩種語言的差異，非常有趣。我很想知道「油抹布」的典故以及你是如何構思這本書的。

歐：應該是「油抹布的氣味」。該語出自英語成語：「on the smell of an oily rag」，跟早期華人有關，是說華人吝嗇節約到不吃不喝，僅憑聞油抹布的氣味就可以活下去的地步。這本書簡單來說，來自一個成語的翻譯，即「三思而後行」。過去，至少在本人之前，所有的資料都把它譯成「look before you leap」（跳躍之前先看看）。不知扯到哪兒去了。在澳洲生活期間，我發現英文就有「三思」之說，只不過是「on second thoughts」（二思），還可說成「think twice」或「double thinking」等，很接近孔子的「再思可矣」。我進而發現，英語和漢語對比之後，有很多奇特的現象，比如英語在數字上總要小一個數字。我們說三思，他們說二思，我們說事不過三，他們說事不過二（如no second chance），我們說一加一等於二還不懂，他們則說「put two and two together」（二加二等於四，這麼簡單還不懂），我們說亂七八糟，英文說「亂六七糟」，等等。我把「三思而後行」創譯成「take action on third thoughts」之後，就一發不可收拾，一路寫了下去。其實，這本書動筆是在1999年，那時，我從Asialink那兒拿到一筆資助，在北京大學當駐校作家，在京期間四個月，一直都寫這本書，從1998年開始，前後寫了三年多，也是花了五六年才出版。

梁：請簡要介紹一下你的原鄉出版社的發展歷程。

歐：《原鄉》雜誌是我、丁小琪和孫浩良1994年下半年共同主編的澳大利亞首家文學雜誌，其中英文名字均是我起，英文是「Otherland」，即把「motherland」前面的「m」拿掉，成為「異鄉」，也就是從另一片國土看來的原鄉。很悖論，但很真實。開始是雙月刊。到第二期時，另外兩位退出，我就一直一個人幹，其間還約請了趙川做小說編輯，施小軍、馬世聚做詩歌編輯，王經文做散文編輯等。後來漸次變成半年刊、年刊和不定期刊。進入二十一世紀後，我又辦了原鄉出版社，這幾年出版了好幾本澳洲華人作家的書，如John Sheng的短篇小說集《城市之戀》和蘭子的長篇小說《楚歌》，沒有收他們一分錢。還準備出更多的書，因為我想通過這個出版社，為出書困難的海外華人作家提供最大的方便。

梁：你有些書是在原鄉出版社出版的，我感覺自己出自己的書，好像不太符合國外出版界的規矩，雖然我個人很欣賞這種做法，像惠特曼印《草葉集》一樣，對自己充分自信。你在出書時有哪些考慮呢，比如哪些書向別的出版社投稿，哪些書自己出版？

歐：自己出自己的書，一向以來被所謂正宗的人視為不齒，被貶稱為「自費出版」。但是，只要看看出版史，後來的很多名作，當年都遭出版社退稿，如惠特曼自費出版的《草葉集》，那本書據我所知，直到他死都沒有被正式出版。後來正式出版，又把原來自費出版的細節全部隱去，這個世界真是虛偽。當你寫了書，又是很有意義的書，卻沒有一家出版社接受出版，理由不外乎沒有錢賺會賠本，你只有兩個選擇：1、把稿子放在箱底，寄希望於死後有人出版，儘管這種可能性幾乎等於零。2、自費出版，哪怕像你感覺那樣，「好像不太符合」什麼什麼的，哪怕像很多人那樣，帶著懷疑和鄙夷的眼光。自費就是自救，自救才能自活，否則只有死路一條。還有，「好像不太符合國外出版界的規矩」也不太對。最近在西方自費出書已經有了很多成功範例，往往是作者開始遭到「國外出版界的」拒絕，但自己出書獲得巨大成功後，那些只愛金錢的出版社又回頭來求他們，反遭兩位女作者的拒絕。Kim McCosker和Rachel Bermingham的*Four Ingredients*一書原來計畫僅出2000冊，出版一年後賣了75萬冊，出版兩年後銷售額超過了180萬澳元。自從電子書流行以來，更有很多作者通過電子書的方式出版自己的作品。過去所謂正宗出版社一統天下的局面正日益被打破，讓寫作者有了更多的自由。

梁：請你概括一下這麼多年來，作為一個非母語寫作者的最大感受。

歐：話不能這麼說。我不是什麼「非母語寫作者」，我只是兩種語言的寫作者和創造者。如果真要講什麼父母的話，那漢語是我的母語，英語則是我的父語，反之亦然，真是你中有我，我中有你，你即是我，我即是你。兩者互補互增，任何一方都是如虎添翼。

梁：最後，問個當英語教師的職業問題，你對中國人學英語有什麼建議？

歐：英語學習的關鍵字就是一個：通。要打通所有關節。具體說來是八出八進，能聽懂也說得出來，這是一出一進。能看懂也說得出來，這是二出二進。能聽懂也口譯得出來，這是三出三進。能看懂也筆譯得出來，這是四出四進。能聽懂也口譯得過去（中譯英），這是五出五進。能看懂也筆譯得過去（中譯英），這是六出六進。能聽懂也能用英文寫出來（特別是創作出來），這是七出七進。能看懂也能用英文寫出來（特別是創作出來），這是八出八進。至於怎麼學，相信每人都有一套辦法。

附錄II 中國與澳大利亞文學交流史大事記

（1895-2013）

1895年

喬治・莫里循（1862-1920）的唯一一部作品，即*An Australian in China: Being the Narrative of a Quiet Journey across China to Burma*（《一個澳大利亞人在中國：關於跨越中國去緬甸的一次安靜行旅之敘述》），在倫敦出版，該書中譯本《一個澳大利亞人在中國》（莫理循著，竇坤譯）於2007年由福建教育出版社出版。

1906年

《月月小說》從從1906年11月1日到1907年3月28日，以《巴黎五大奇案》為總題，發表了澳大利亞作家蓋伊・紐厄爾・布斯比（Guy Newell Boothby）的五個短篇小說。

1907年

澳大利亞作家弗格斯福爾斯・休姆（Fergus Hume）的小說《紫絨冠》[1]於1907年5月12日[2]第一次發表在小說月刊《新新小說》上。

1921年

茅盾選譯了瑪麗・吉爾摩（Mary Gilmore），休・麥克雷（Hugh McCrae）和羅德里克・奎因（Roderic Quinn）所寫的四首詩歌，發表在一家中國雜誌上。

1925年

澳洲華人譚仕沛（Taam Sze Pui）寫作了《閱歷遺訓》（My Life and Work）。

1932年

「莫里循演講會」自1932年發端，由澳大利亞華人贊助，每年在澳大利亞國立大學舉辦一次，至2007年已經是第68屆了。

1940年

《南風》（*Southerly*）雜誌第一期刊載了一篇關於《金瓶梅》的短文（第23-25頁），題為《一部中國長

1 在Austlit網站上沒找到相應的英文標題。作者注。

2 楊凱，《中國近代報刊中的翻譯小說研究》，華東師範大學未發表的中文博士論文，2006年提交，第34頁。

篇小說：金瓶梅》（「A Chinese Novel: The Chin P'ing Mei」），其中節選了英國翻譯家亞瑟・韋利所節譯的《金瓶梅》（1939年出版），該文作者是R・歐姆斯比・馬丁（R. Ormsby Martin），又名白雲天。

1946年

澳大利亞人白雲天（Bo Yün-tien），其英文姓名是R. Ormsby Martin（R・歐姆斯比・馬丁），翻譯的*Shan Shui: Translations of Chinese Landscape Poems*（《山水：中國風景詩歌翻譯》）一書，由米安津出版社出版，為澳大利亞出版的第一部英譯中國文學作品。

1953年

俄國作家C. A. 托卡列夫（C.A. ToKapeB）的《澳大利亞聯邦》一書在中國出版，專章（65-71頁）介紹澳大利亞文學，提到了許多澳大利亞作家。

1957年

澳大利亞女作家摩納・布蘭德（Mona Brand）的劇本《寧可拴著磨石》（*Better a Millstone*）[3]在京由中國戲劇出版社出版。

---

[3] 參見馮金辛（譯者）《譯後記》。摩納・布蘭德：《寧可拴著磨石》，

1960年

澳大利亞人J・B・韓森-婁（J. B. Hanson-Lowe）翻譯的魯迅的《孔已己》，在澳大利亞文學雜誌《米安津》第三期發表（pp. 276-281），應為魯迅在澳大利亞的第一篇譯文。

1962年

悉尼大學教授A・R・大衛斯編輯出版了*The Penguin Book of Chinese Verse*（《企鵝中國詩歌集》）並為該書作序。

1976年

澳大利亞亞洲研究協會（ASAA）在澳成立。

1979年

安徽大學澳大利亞研究中心成立。

柯林・梯爾（Colin Thiele）的《風暴男孩》（*Storm Boy*）[中譯《小風雨》]在中國出版。

1980年

1980年，中國實行改革開放一年之後，長期自閉的中國文學首次在澳大利亞登陸。這一年，經澳中理事會與中國政府斡旋，阿德萊德作家周除邀請馬來西亞華裔作家Lee Kok Liang之外，還邀請了大陸的翻譯家楊憲益和戴乃迭夫婦以及Yu Lin教授。

1983年

Christine Liao博士在墨爾本編輯出版了1946年以來澳大利亞第一部中國文學（也是當代中國文學）選集，題為*The Fontana Collection of Modern Chinese Writing*（《豐塔納現代中國作品集》），展示了文革之後一些重要作家的作品。

考琳・麥卡洛（Colleen McCollough）《荊棘鳥》（*The Thorn Birds*）出版第一個中譯本。

大衛・馬丁（David Martin）的《淘金淚》（*The Chinese Boy*）中譯本出版。

1985年

艾倫・馬歇爾（Alan Marshall）的《我能跳過水窪》（*I Can Jump Puddles*）出版中譯本。

1986年

派特利特・懷特的《風暴眼》（*The Eye of the Storm*）首次譯成中文出版，印數為195,000冊。

知識出版社出版了兩卷本的《清末明初政情內幕：「泰晤士報」駐北京記者袁世凱政治顧問喬・厄・莫理循書信集》（上集：1895-1912）和（下集：1912-1920）（駱惠敏、劉桂梁等譯）。

1987年

澳大利亞中國研究協會（CSAA）在澳成立，悉尼大學教師、現代文學專家陳順妍當選為協會首任主席。

1988年

來自北京的留學生李瑋所寫的《留學生日記》在悉尼連載。

從勞裡·赫根漢主編並由他人合著的1988年版《企鵝澳大利亞新文學史》起，可以看到，該書索引中出現了Asia（亞洲）、Chinese（中國人）、Chinese poetry（中國詩歌）、Migrant writings（移民寫作）、Migrants（移民）、Multiculturalism（多元文化）等詞彙，以及一位名叫Ee Tiang Hong（余長豐）的來自馬來西亞的華人詩人。

土著作家凱絲·沃克（又名Oodgeroo Noonuccal，即烏吉魯·奴納柯爾）的中英對照雙語詩集《凱絲·沃克在中國》（*Kath Walker in China*）在中國出版。

1991年

高博文《漂泊的鳥》（*Birds of Passage*）由吉林人民出版社出版中譯本，譯者李堯，並將於2014年由上海99文化出版公司出版再版。此書應為澳大利亞華人作家作品首次在中國出版。

1992年

《澳大利亞名詩一百首》（浙江文藝出版社）和《澳大利亞抒情詩選》（河北教育出版社）在中國出版。

1993年

《澳新當代詩選》（作家出版社）在中國出版。

1994年

胡文仲的《澳大利亞文學論集》（文字中英兼有）由外語教學與研究出版社出版。

1995年

八位大陸男性「留學生」作者在悉尼聯合出版了題為《悉尼八怪》的雜文集。

澳大利亞小說家阿列克斯・米勒的長篇小說《祖先遊戲》（*The Ancestor Game*）於1993年獲得澳大利亞最高文學獎邁爾斯・佛蘭克林獎（Miles Franklin Literary Award）之後，1995年在中國出版中譯本，書名為《浪子》，譯者是李堯。該書又於1996年在臺灣出版，譯名為《祖先遊戲》，譯者為歐陽昱。

黃源深的《澳大利亞文學論》（文字中英兼有）由重慶出版社出版。

1996年

這一年的上半年，居於墨爾本的歐陽昱博士等創辦了純文學雜誌《原鄉》（*Otherland*），這份極具主編者兼主要作者個人風格的雜誌存續至今。

桑曄的長篇紀實作品《龍來的這一年》(*The Year the Dragon Came*) 由昆士蘭大學出版社用英語出版。

楊舜和王一燕（Robyn Ianssen & Yiyan Wang）所編輯的《紙上的腳印——澳大利亞中英文雙語詩歌散文集》（*Footprints on Paper: An Anthology of Australian Writing in Engilsh and Chinese*）在澳出版。

在澳大利亞留學打工數年複又返回中國的作家劉觀德創作的中篇小說《我的財富在澳洲》由上海文藝出版社1991年出版單行本後，1996年由歐陽昱和家博合譯成英文，與皇甫君的《澳大利亞：美麗的謊言》合成一體，在墨爾本出版，英文書名為《苦桃李》（*Bitter Peaches and Plums*）。

1997年

臺灣《中外文學》雜誌第301期推出了由歐陽昱特約編輯的《航向未知的南國：當代澳洲文學的多元文化閱讀》。

黃源深的《澳大利亞文學史》由上海外語教育出版社在滬出版。

黃源深的《澳大利亞文學選讀》（英文選本，中文注釋）由上海外語教育出版社在滬出版。

1998年

九位元大陸「留學生」女小說家的作品合集《她們沒有愛情》在悉尼出版。

2000年

錢超英《「詩人」之「死」：一個時代的隱喻——澳大利亞新華人文學中的身分焦慮》在京出版。

歐陽昱的專著《表現他者：澳大利亞小說中的中國人1888-1988》出版。此書應為中國出版的第一本討論澳大利亞小說中的中國人形象的論著。

2002年

歐陽昱譯《砸你的臉：英譯當代中國詩歌選》（*In Your Face: Contemporary Chinese Poetry in English Translation*）由原鄉出版社在墨爾本出版，入選詩人（含海外如澳大利亞、日本、美國、比利時等國詩人）共71名，118首詩歌。

2004年

《羅伯特・格雷詩選》在中國由譯林出版社出版，此書應為中國出版的第一本澳大利亞白人詩人的單本集。

2007年

《當代澳大利亞詩歌選》（約翰・金塞拉[John Kinsella]與歐陽昱合編，歐陽昱單譯成漢語）在中國出版。

上海對外貿易學院（2013年初更名為上海對外經貿大學）啟動「澳大利亞文學名著翻譯項目」，並於2010年出版十部澳大利亞著名長篇小說。

2011年

歐陽昱應邀參加青海湖詩歌節，為首個被邀的澳大利亞華裔詩人。【插圖12：歐陽昱當年8月參加中國青海湖詩歌節與日本詩人谷川俊太郎和田原合影。】【插圖13：歐陽昱當年8月參加中國青海湖詩歌節與中國詩人伊沙合影。】

2012年

歐陽昱英譯的三首中文詩歌，被選入《2013年澳大利亞最佳詩歌選》，這幾首詩分別為得兒喝的《死亡像羞澀的門框》，樹才的《荒誕》和舒婷的《好朋友》，這在澳大利亞詩歌史上是開天闢地的一件「重小」事件。

2013年

第六屆澳大利亞文學周於3月18日在京開幕，其主題是兒童文學。[4] 4月2日至3日，由中國作協主辦的第二次「中國—澳大利亞文學論壇」在北京中國現代文學館舉行，論壇主題是「文學與包容」，參加者有徐小斌、布萊恩・卡斯楚、莫言、J. M. 庫切、李洱、大衛・沃克、劉震雲、尼古拉斯・周思、葉辛、伊沃・印迪克等。[5]【插圖17：歐陽昱參加當年2012年3月在京舉行的澳大利亞作家周，與李堯合影。】

第六屆墨爾本華人作家節于2013年8月31日在墨爾本召開，與會者有來自大陸的趙麗宏、劉一達和邱華棟，來自澳大利亞的歐陽昱和黃惠元等。

歐陽昱英譯的當代中國詩歌集《打破新天：當代中國詩歌英譯集》（*Breaking New Sky: Contemporary Chinese Poetry in English*）由墨爾本的5島出版社於該年10月出版，該詩集共收入42位詩人，最小的詩人2002年出生。【插圖40：歐陽昱譯，墨爾本五島出版2013年出版的《打破新天：當代中國詩歌英譯集》封面。】

歐陽昱英譯的當代中國詩歌集《中國三詩人集》（Three Chinese Poets: Shu Cai, Yi Sha and Yang Xie）由悉尼的Vagabond（漂泊）出版社於該年10月出版，該詩集收入了樹才、伊沙和楊邪三位詩人的詩。【插圖39：樹才、伊沙、楊邪三詩人英譯詩集封面（歐陽昱譯，Vagabond Press出版，2013年）。】

---

4 詳見：http://world.people.com.cn/n/2013/0319/c1002-20836300.html

5 詳見：http://wenxue.news365.com.cn/wxb/html/2013-04/11/content_158314.htm

附錄III 參考書目

阿裡・阿裡紮德（Ali Alizadeh），《澳大利亞》（「Australia」），《戰爭時代的眼睛》（*Eyes in Times of War*），Cambridge, UK: Salt，2006年。

唐・安德森主編（Don Anderson），《越界：當代澳大利亞寫作》（*Transgressions: Australian Writing Now*），Ringwood, Vic: Penguin Australia，1986年。

Anderson, Hugh (ed), *A Wind Across the Grass: Modern Chinese Writing with Fourteen Stories.* Ascot Vale, Vic: Red Rooster Press, 1985.

洪宜安（Ien Ang），*On Not Speaking Chinese: living between Asia and the West*（《論不會說中文：在亞洲和西方之間生活》）。Routledge，2001。

Ang, Chin Geok, *Wind and Water.* Milsons Point, NSW: Minerva, 1997.

Barmé, Geremie, and Linda Jaivin (eds), *New Ghosts, Old Dreams: Chinese Rebel Voices.* New York: Times Books, 1992.

托尼・巴恩斯托恩（Tony Barnstone）和Chou Ping（編譯），*The Anchor Book of Chinese Poetry: From Ancient to Contemporary, The Full 3000-Year Tradition*（《錨版中國詩集：從古代到當代，整整3000年的傳統》）。Anchor，2005年。

傑佛瑞・佈雷尼（Geoffrey Blainey），*The Rush that Never Ended*（《永無止境的淘金熱》）。墨爾本大學出版社：2003（第五版）[1963]。

Birns, Nicholas, and Rebecca McNeer (eds), *A Companion to Australian Literature since 1900*. Rochester, New York: Camden House, 2007.

博澤奇（Sreten Bozi）、馬歇爾（Alan Marshall）（合著），《澳大利亞神話與傳說》（Aboriginal Myths），李更新譯。北京：北京語言學院出版社，1987年。

摩納・布蘭德（Mona Brand），《寧可拴著磨石》（Better a Millstone），北京：中國戲劇出版社，1957年。

Broinowski, Alison, *The Yellow Lady: Australian Impressions of Asia*. 1992.

Castro, Brian, *Double-Wolf*. St. Leonards NSW: Allen & Unwin, 1991.

Castro, Brian, *Looking for Estrellita*. St Lucia: University of Queensland, 1999.

布萊恩・卡斯楚（Brian Castro），《另一片海灘》（After China），梁芬譯。天津：百花出版社，1997年。

陳翰笙（合編），《華工出國史料彙編》，商務印書館，北京，1984年。

Chai, Arlene, *On the Goddess Rock*. Milsons Point, NSW: Random House, 1998.

遲子建，*Figments of the Supernatural*（《超自然物》），Simon Patton英譯，其中搜集了六個短篇小說。悉尼：詹姆斯・喬伊絲出版社，2004。

邱垂亮（C. L. Chiou），*Maoist in Action: the cultural revolution*（《毛主義在行動：文化革命》）。昆士蘭大學出版社，1974。

C・Y・蔡（C. Y. Choy），《中國人在澳大利亞的移植和定居》（Chinese Migration and Settlement in Australia），悉尼大學出版社，1975年。

鐘海蓮（Helene Chung），《來自中國的呼喊》(*Shouting from China*)一書，林武德，企鵝出版社，1988年。

曼寧・克拉克（Manning Clark），《澳大利亞簡史》（上冊）。廣東人民出版社：1973年。

愛德麗安・克拉克森（Adrienne Clarkson），《境由心生》（*Heart Matters*），Toronto: Penguin Canada，2006年，第41-42頁。

Cooper, Charles, *West in the East*. South Melbourne, Popular Publications, 1941.

Kathryn Cronin, *Colonial Attitudes: Chinese in Early Victoria*. Melbourne: Melbourne University Press, 1982.

大陸（阿忠、高甯、袁瑋、釣鼇客、超一[趙川]、楚雷、蓮花一詠等著），《悉尼八怪》，墨盈創作室，悉尼，1995年。

大衛・達伊（David Day），*Claiming a Continent*（《強佔一座大陸》）。悉尼：Harper Perennial，2005[1996]。

A.・R.・大衛斯（A. R. Davis）（編輯並序言），Robert Kotewall（羅伯特・科特瓦爾）和Norman L. Smith（諾曼・L・史密斯）（翻譯），*The Penguin Book of Chinese Verse*（《企鵝中國詩歌集》）。英國：企鵝出版社，1962。

蜜雪兒・德・克雷澤（Michelle De Kretser），《漢密爾頓案》（*The Hamilton Case*），Milsons Point, NSW: Knopf，2003年。

Deleuze, Gilles, and Felix Guattari. *Kafka: Toward a Minor Literature*. Minneapolis: University of Minnesota Press, 1996.

Derrida, Jacques, *Given Time: I Counterfeit Money*. Trans. Peggy Kamuf. Chicago: U of Chicago P, 1992.

Derrida, Jacques, *Of Hospitality: Anne Dufourmantelle invites Jacques Derrida to respond*. Trans. Rachel Bowlby. Stanford: Stanford University Press, 2000.

休・丹（Hugh Dunn），*Ts'ao Chih: The Life of a Princely Chinese Poet*（《曹植：中國王子詩人的一生》）。臺北：China News, 1970?

休・丹（Hugh Dunn），*The Shaping of a Sinologue of Sorts*（《一個半吊子漢學家的塑成》）。Griffith大學，1980年。

Edwards, Penny, and Shen Yuanfang. *Lost in the Whitewash*. ANU: Humanities Research Centre, 2003.

方剛，《多性夥伴》。北京：群眾出版社，2012年。

方佳佳（主編），《作為亞裔在澳大利亞長大》（*Growing Up Asian in Australia*），Melbourne: Black Inc.，2008年。

方洲（主編），《世界文學名著導讀：德國、奧地利、西班牙、義大利、捷克、丹麥、挪威、澳大利亞、拉丁美洲、亞洲及其他歐洲地區》，臺北縣：華文網公司第三出版事業部，2000年。

馮友蘭，《中國哲學簡史》，塗又光譯。北京：北京大學出版社，1996。

Fitzgerald, Shirley, *Red Tape, Gold Scissors: the Story of Sydney's Chinese.* Sydney: State Library of NSW, 1997.

傅樂山（J. D. Frodsham），《中國文學的新視角》（*New Perspectives in Chinese Literature*）。坎培拉：澳大利亞國立大學出版社，1970。

傅樂山（J. D. Frodsham），*The First Chinese Embassy to the West: the Journals of Kuo Sung-T'ao, Liu Hsi-Hung and Chang Te-yi*（《中國首次出使西方：郭嵩燾，

劉錫鴻和張德彝日記選》）。倫敦：Clarendon出版社，1974年。

Furphy, Joseph, *Such is Life*. Sydney: Halstead, 1999.

Ganter, Regina, *Mixed Relations*. Crawley, WA: U of Western Australia P, 2006.

吉恩・格廷斯（Jean Gittins），*The Diggers from China: the Story of Chinese on the Goldfields*（《來自中國的淘金工：金礦地的中國故事》）。墨爾本：誇忒特出版社，1981。

Gilbert, Helen, Tseen Khoo and Jacqueline Lo (eds), *Diaspora: Negotiating Asian- Australian*. St Lucia: UQP and API Network, 2000.

Goodwin, Ken, *A History of Australian Literature*. Macmillan, 1986.

Goodwin, Ken, & Alan Lawson (eds)，《麥克米蘭澳大利亞文學選》（*The Macmillan Anthology of Australian Literature*），South Melbourne: Macmillan，1990年。

Green, H. M., *A History of Australian Literature: Pure and Applied*（1923-1950）. Sydney: Angus and Robertson, 1961.

戈登・格林伍德（Gordon Greenwood），《澳大利亞社會政治史》（*Australia: a Social and Political History*），北京編譯社翻譯，北京：商務印書館，1960年，根據Angus and Robertson出版社1955年出版英文本譯出。

廣東省政協文史資料研究研究委員會（編），《新西蘭華僑史》。廣東人民出版社，2001年。

Gunew, Sneja, and, Lolo Houbein, Alexandra Karakostas-Seda and Jan Mahyuddin (compiled), *A Bibliography of Australian Multicultural Writers*. Geelong: Centre for Studies in Literary Education, Deakin University, 1992.

Hadgraft, Cecil, *The Australian Short Stories Before Lawson*. Oxford University Press, 1986.

寒易、傅立編《非洲澳大利亞神話故事》，西安：陝西師範大學出版社，1992年。

Harasym, Sarah (ed), *The Post-colonial Critic: Interviews, Strategies, Dialogues*. New York: Routledge, 1990.

Harris, Margaret (ed), *The Magic Phrase: Critical Essays on Christina Stead*. St Lucia: University of Queensland, 2000.

Hay, Trevor, and Fang Xiangshu, *Black Ice: A Story of Modern China*. North Victoria: Indra Publishing, 1997.

約翰・赫斯特（John Hirst）（編選），*The Chinese on the Australian Goldfields*（《澳大利亞金礦地的中國人》）。拉特羅布大學歷史系1991年出版。

Hergenhan, Laurie, *The New Penguin New Literary History of Australia*. Ringwood, Vic: Penguin Books, 1988.

Leitch, Vincent B. (ed), *The Norton Anthology of Theory and Criticism*. New York & London: W. W. Norton & Company, 2001.

Hope, A. D.，《澳大利亞》（「Australia」），《1930-1970年詩集》（*Collected Poems 1930-1970*），Sydney: Angus and Robertson，1972年。

侯敏躍，《中澳關係史》，外語教學與研究出版社，1999年。

胡文仲，《澳大利亞文學論集》。外語教學與研究出版社：1994。

黃鴻釗、張秋生，《澳大利亞簡史》，臺北：書林出版有限公司，1998[1996]。

黃昆章，《澳大利亞華人華僑史》，廣東高等教育出版社，1998年。

黃源深《澳大利亞文學論》，重慶：重慶出版社，1995年。

黃源深《澳大利亞文學史》，上海：上海外語教育出版社，1997年。

伊恩・約翰斯頓（Ian Johnston）（譯），*Singing of Scented Grass: Verses from the Chinese*（《吟香草：中國詩》，Pardalote

Press（帕達羅蒂出版社），2003。
蓋爾・鐘斯（Gail Jones），《夢想說話》（*Dreams of Speaking*），Sydney: Random House Australia，2006年。
Jose, Nicholas, *Avenue of Eternal Peace*. New York: Penguin, 1991〔1989〕.
Jose, Nicholas, *Chinese Whispers*. Wakefield Press, 1995.
尼古拉斯・周思（Nicholas Jose），《黑玫瑰》（Rose Crossing），李堯譯。北京：中國文學出版社，1997年。
抗凝，《女人天空》。中國文聯出版社，2004年。
Kelen, Christopher (Kit) (ed), *Notes for the Translators from 142 New Zealand and Australian Poets*. Macau: ASM和Cerberus Press, 2013.
寇志明（Jon Kowallis），*The Lyrical Lu Xun: a Study of His Classical-style Verse*（《抒情的魯迅：魯迅文言詩詞的研究》）。火奴魯魯：夏威夷大學出版社，1996。
寇志明（Jon Kowallis），*The Subtle Revolution: Poets of the「Old Schools」during Late Qing and Early Republican China*《微妙的革命：清末民初的「舊派「詩人》。
Institute of East Asian Studies, University of California at Berkeley Centre for Chinese Studies出版，2005。
Kramer, Leonie, *The Oxford History of Australian Literature*. New York: Oxford University Press, 1981.
傑克・朗（Jack Lang）「White Australia Saved Australia」（《白澳拯救了澳大利亞》）一文，原載其著作*I Remember*（《我還記得》）第六章「White Australia Saved Australia」（《白澳拯救了澳大利亞》），1956年第一版。此文網址在：http://members.ozemail.com.au/~nationfo/lang-wa.htm
西維亞・勞森(Sylvia Lawson)，《阿奇博爾德悖論：一項奇怪的著作案》（*The Archibald Paradox: A Strange Case of Authorship*）。維省林武德，企鵝出版社，1983年。
李存信，《舞遍全球：從鄉村少年到芭蕾巨星的傳奇》，王曉雨譯。上海：文匯出版社，2007年。
李金龍（主編），《國家地理百科：肯雅、剛果（布）、剛果（金）、尚比亞、辛巴威、馬達加斯加、南非、塞舌耳、非洲其他國家、澳大利亞、巴布亞新幾內亞》，呼和浩特：遠方出版社，2005年。

賴伯彊，《海外華文文學概觀》。花城出版社，1991年。

劉熙讓，*Chinese-Australian Fiction: A Hybrid Narrative of the Chinese Diaspora in Australia*☒澳大利亞塔斯馬尼亞大學，博士論文，2006年。

羅美麗（Jacqueline Lo）（編輯），*Writing Home: Chinese Australian Perspectives*（《家信：澳中視角》）。坎培拉：亞太地區史分部南亞流散華人中心出版，2000年。

魯珀特・洛克伍德（Rupert Lockwood），《美國入侵澳大利亞》（*America Invades Australia*），杜江譯，北京：世界知識出版社，1955年。

羅旭能（Benjamin Law），《歡亞：酷兒東方冒險記》（Gaysia: Adventures in the Queer East）。墨爾本Black Inc出版，2013年。

莫拉格・羅（Morag Loh），*Dinky-Di: The Contribution of Chinese Immigrants and Australians of Chinese Descent to Australia's Defence Forces and War Efforts 1899- 1988*（《正直而真誠：中國移民和華裔澳大利亞人對澳大利亞防禦力量和戰爭努力的貢獻 1899—1988》）。坎培拉：AGPS出版社，1989年。

雷金慶（Kam Louie），*Between Fact and Fiction*（《事實和虛構之間》。Sydney: Wild Peony, 1989。

艾倫・馬歇爾（Alan Marshall），《我能跳過水窪》（I Can Jump Puddles），黃源深、陳士龍譯。北京：人民文學出版社，2004年。

馬麗莉，《衝突與契合—澳大利亞文學中的中國婦女形象》。河北大學出版社，2005年。

大衛・馬丁（David Martin），《淘金淚》（The Chinese Boy），李志良譯。北京：中國文聯出版社，1984年。

羅伯特・麥克拉姆（Robert McCrum et al）等著，歐陽昱譯，《英語的故事》。天津：百花文藝出版社，2005年。

科林・麥卡洛（Colleen McCullough），《荊棘鳥》（The Thorn Birds），侯勇注釋，北京：外語教學與研究出版社，1994年。
考琳・麥卡洛（Colleen McCullough），《荊棘鳥》（The Thorn Birds）（十周年典藏紀念版），曾胡譯，南京：譯林出版社，2008年。
杜博妮（Bonnie McDougall）（編譯），*Paths in Dreams: Selected Prose and Poetry of Ho Ch'i-fang*（《夢中道路：何其芳詩文選》）。昆士蘭大學出版社：1976。
麥克達夫（Phyllis McDuff），《畢卡索密碼》（A Story Dreamt Long Ago），周鷹譯。汕頭：汕頭大學出版社，2008年。
韓弗理・麥昆（Humphrey McQueen），《越界的黑天鵝》（*The Black Swan of Trespass*），Sydney: Alternative Publishing Cooperative Ltd，1979年。
McDougall, Russell, and Gillian Whitlock (eds), *Australian/ Canadian Literatures in English: Comparative Perspectives*. North Ryde, NSW: Methuen Australia, 1987.
加文・孟席斯（Gavin Menzies），*1421: the Year China Discovered the World*（《1421年：中國發現世界》），Bantam Press: 2002 [2003]。
Alex Miller, *The Ancestor Game*. Ringwood, Vic: Penguin, 1992.
阿列克斯・米勒（Alex Miller），《祖先遊戲》（*The Ancestor Game*）。歐陽昱譯。臺灣：麥田出版社，1996。
閔安琪，《成為毛夫人》（*Becoming Madame Mao*）。Houghton Mifflin Harcourt, 2001。
莫理循（G. E. Morrison），《一個澳大利亞人在中國》（*An Australian in China*），竇坤譯，福建教育出版社2007年版。
Walter Murdoch，*A Book of Australasian Verse*）。London: Oxford UP，1918.
倪衛紅，沈江帆（編著），《澳大利亞歷史：1788-1942》（一），北京出版社，1992年。
倪衛紅《偶然的稻草：論懷特和他的小說》（「The Circumstantial Straw: on Patrick White and his fiction」），北京外

國語大學英語語言文學與澳大利亞研究博士論文，1994年提交。

溫卡・奧門森（Wenche Ommundsen）和黑澤爾・饒莉（Hazel Rowley）（合編），*From a Distance Australian Writers and Cultural Displacement*（《來自遠方：澳大利亞作家及其文化錯位》。迪金大學出版社：1996年。

Wenche Ommundsen (ed), *Bastard Moon: Essays on Chinese-Australian Writing, Otherland*, No. 7, 2001。

R・歐姆斯比・馬丁（R. Ormsby Martin），*Shan Shui: Translations of Chinese Landscape Poems*（《山水：中國風景詩歌翻譯》）。墨爾本：米安津出版社，1946。

歐陽昱（Ouyang Yu），《墨爾本上空的月亮及其他詩》（*Moon over Melbourne and other poems*），Melbourne: Papyrus Publishing，1995年。

歐陽昱（Ouyang Yu），*Songs of the Last Chinese Poet*（《最後一個中國詩人的歌》）。悉尼：Wild Peony（野牡丹出版社），1997。

Ouyang, Yu (trans), *In Your Face: Contemporary Chinese Poetry in English Translation*. Kingsbury, VIC: Otherland Publishing, 2002.

歐陽昱，《表現他者：澳大利亞小說中的中國人》。北京：新華出版社，2000。

歐陽昱，《限度》。原鄉出版社，2004。

Ouyang, Yu, *Bias: Offensively Chinese/Australian*. Kingsbury, Vic: Otherland Publishing, 2007.

Ouyang, Yu，*Chinese in Australian Fiction: 1888-1988*. Cambria: 2008.

Ouyang, Yu, *The Kingsbury Tales: A Complete Collection*（《金斯勃雷故事集全集》）。Kingsbury, Vic: Otherland Publishing, 2012.

歐陽昱（譯），*Best of Both Words: Classical Chinese Poetry in English Translation*（《兩詞其美：中國古詩英譯集》）。澳門：ASM出版社，2012。

Pe-pua, Rogelia, and Michael Morrissey, *Content Analysis of Australian Non-English Newspapers, (Stage 1)*, Centre for Multiculture Studies , University of Wollongong, 1994。

Pierce, Peter (ed), *The Cambridge History of Australian Literature*. Cambridge, UK: Cambridge University Press, 2009.

塞爾文・普裡查德（Selwyn Pritchard），*Lunar Frost: Translations from the Tang and the Song Dynasties*（《月霜：唐宋詩詞翻譯》）。悉尼：布蘭多和斯萊辛傑出版社，2000。

千波（小雨、王世彥、西貝、林達、施國英、莫夢、淩之、畢熙燕等合著），《她們沒有愛情——悉尼華文女作家小說集》。悉尼：墨盈創作室，1998年。

錢超英，《「詩人」之「死」：一個時代的隱喻——1988至1998年間澳大利亞新華人文學中的身分焦慮》。中國社會科學出版社，2000年版。

錢超英（編），《澳大利亞新華人文學及文化研究資料選》中國美術學院出版社2002年）。

雷利（Matthew Reilly），《冰站》（Ice Station），吳南松、劉曉麗、金兵譯。南京：譯林出版社，2001年。

埃裡克・羅爾斯（Eric Rolls），*Sojourners: the epic story of China's centuries-old relationship with Australia*（《旅居者：關於中澳幾個世紀關係的英雄史般的故事》）。昆士蘭大學出版社：1992年。

埃裡克・羅爾斯（Eric Rolls）*Citizens: Flowers and the Wide Sea*（《公民：鮮花與大海》）。昆士蘭大學出版社：1996年。

諾爾・饒爾（Noel Rowe），（衛維恩・史密斯（Vivian Smith）（合編），*Windchimes: Asia in Australian Poetry*（《風鈴：澳大利亞詩歌中的亞洲》）。坎培拉：露兜樹出版社，2006年。

Rowley, Hazel, *Christina Stead: A Biography*. Melbourne: William Heinemann Australia, 1993.

Rutherford, Jonathan (ed), *Identity: Community, Culture, Difference*. London: Lawrence & Wishart, 1990.

Said, Edward W., *Representations of the Intellectual: the 1993 Reith Lectures*. London: Vintage, 1994.

Sang, Ye, *The Finish Line: A Long March by Bicycle through China And Australia* by Sang Ye, with Nicholas Jose and Sue Trevaskes, University of Queensland Press, 1994.

Shen Yuanfang, *Dragon Seeds in the Antipodes*. Melbourne University Press, 2001.

盛躍華，《城市之戀》，花城出版社，2012年。

沈志敏，《動感寶藏》。上海人民出版社，2006.

宋炳輝，《弱小民族文學的譯介與20世紀中國文學的民族意識》，復旦大學未發表的中文博士論文，2004年提交。

史景遷（Jonathan D. Spence），《文化類同與文化利用——世界文化總體中對話中的中國形象（北大講演錄）》，北京大學出版社，1990年。

露絲・斯塔克（Ruth Starke），《作者、讀者及其反叛者》（Writers, Readers & Rebels）。Adelaide: Wakefield Press, 1998.

Stead, Christina, *Seven Poor Men of Sydney*, Sirius, 1981.

克裡絲蒂娜・斯台德（Christina Stead），《熱愛孩子的男人》（The Man Who Loved Children）歐陽昱譯。北京：中國文學出版社，1998。

參見達爾・斯蒂芬斯（Dal Stivens），*Three Persons Make a Tiger*（《三人成虎》）。墨爾本：F. W. Cheshire，1968。

Storz, Moni Lai, *Heaven Has Eyes*. Monash Asia Institute, 1997.

孫紹振（主編），《世界百部文學名著速讀：荊棘鳥》。福州：海峽文藝出版社，2002年。

Teo, Hsu-Ming, *Love and Vertigo*. NSW: Allen & Unwin, 2000.

Teo, Hsu-Ming, *Behind the Moon*. NSW: Allen & Unwin, 2005.

柯林・梯勒（Colin Thiele），《小風雨》（Storm Boy）。北京：人民文學出版社，1979年。

C.A. 托卡列夫《澳大利亞聯邦》，黨鳳德、丁文安、羅婉華譯，北京：人民出版社，1953年。

Tranter, John (ed), *The Best Australian Poems 2012*. Black Inc, 2012.

伊瑟爾・特納（Ethel Turner），《七個小淘氣》（Seven Little Australians），李軼群譯。北京：中國文學出版社，1996年。

汪紅，《極樂鸚鵡》。廣州：花城出版社，2002。

王建開，《五四以來我國英美文學作品譯介史：1919-1949》。上海外教社，2003年。

衛聚賢，《中國人發現澳大利亞》，香港，說文社中興叢書，1950年。

Webby, Elizabeth, *The Cambridge Companion to Australian Literature*. Cambridge, UK: Cambridge University Press, 2000.

派翠克・懷特（Patrick White）《風暴眼》（The Eye of the Storm），朱炯強、徐 人望等譯。桂林：灕江出版社，1986年。

Wild, William H., Joy Hooton and Barry Andrews, *The Oxford Companion to Australian Literature*. Melbourne: MUP, 1994 [1985].

雅妮絲・威爾頓（Janis Wilton），*Golden Threads: The Chinese in Regional New South Wales 1850-1950*（《紅線：新南威爾士州鄉村地區的中國人：1850-1950》）。新英格蘭地區藝術博物館，2004。

吳言生，賴品超，王曉朝主編，《佛教與基督教對話》。北京：中華書局：2005。

阿列克西絲・賴特（Alexis Wright）(著)，李堯（譯），《卡彭塔利亞灣》(Carpentaria)。北京：人民文學出版社，2012年。

Wright, Alexis, *Carpentaria*. Sydney: Giramondo，2006.

無名氏，《澳大利亞共產黨反華言論》（譯者未標出），北京：世界知識出版社，1965年。

弗格斯福爾斯・休姆（Fergus Hume），《雙輪馬車的祕密》（*The Mystery of a Hansom Cab*），趙文偉譯。新星出版社，2006年。

英歌，《出國為什麼—來自大洋彼岸的報告》。北京：作家出版社，1997。

英歌，《紅塵劫》。呼和浩特：遠方出版社，2001。

薛欣然（Xue Xinran），*The Good Women of China: Hidden Voices*（《中國的好女人：隱藏的聲音》。Anchor，2003。

楊凱，《中國近代報刊中的翻譯小說研究》，華東師範大學未發表的中文博士論文，2006年提交。

A・T・雅伍德（A. T. Yarwood）和M・J・諾林（M. J. Knowling）的《澳大利亞種族關系史》(Race Relations in Australia: A History)。新南威爾士，美修恩，1982年。

伊沙《唐》。墨爾本：原鄉出版社，2004。

特裡・伊格爾頓，《後現代主義的幻象》，華明譯，北京：商務印書館，2002年。

張嘉諺，《中國低詩歌》。人民日報出版社，2008年。

張秋生，《澳大利亞華人華僑史》，外語教學與研究出版社，1998年。

張天，《澳大利亞史》。北京：社會科學文獻出版社出版，1996。

趙川，《和你去歐洲》，上海：上海人民出版社，2006。

趙健，《晚清翻譯小說文體新變及其影響》，復旦大學未發表的博士論文，2007年。

稚夫（編），《詩歌蹤跡：電子郵件輯錄》，《原鄉》第16期，2012年9月出版。

朱大可，《流氓的盛宴》。新星出版社，2006年。

莊偉傑，《尋夢與鏡像——多元語境中澳大利亞華文文學當代性解說》，福建師範大學，有關澳華文學的博士學位論著，2003。

莊炎林（主編），《世界華人精英傳略：大洋洲與非洲卷》。南昌：百花洲文藝出版社，1995年。

附錄IV

澳大利亞華人作家中英文姓名對照表（含有中文姓名的澳大利亞作家和澳大利亞的重要華人歷史人物）

Alice Pung：方佳佳
Alison Wong：黃金蓮
Andy Quan：關嘉祥
Ang Chin Geok：洪振玉
Annette Shaun Wah：周瑞蘭
Audrey Yue：余燕珊
Bella Li：李蓓爾
Benjamin Law：羅旭能
Bill O'Chee：劉威廉
Bo Yün-tien：白雲天
Brian Castro：高博文
Bruce Doar：陶步思
Bruce Jacobs：家博
Carrillo Gantner：甘德瑞

白傑明：Geremie Barmé
白雲天：Bo Yün-tien
曹勵善：Tom Cho
陳順妍：Mabel Lee
陳天福：Harry Chan
陳志勇：Shaun Tan
杜可風：Christopher Doyle
高博文：Brian Castro
郜若素：Ross Garnaut
關嘉祥：Andy Quan
費約翰：John Fitzgerald
方佳佳：Alice Pung
費子智：C. P. Fitzgerald
傅樂山：J. D. Frodsham

C. C. Hsu：徐家禎
Chek Ling：林誠質
Chiu-yee Cheung：張釗貽
Chris Berry：裴開瑞
Christopher Doyle：杜可風
Clara Law：羅卓瑤
C. L. Chiou：邱垂亮
Colin Mackerras：馬克林
C. P. Fitzgerald：費子智
David Holm：賀大衛
Fran Martin：馬嘉蘭
Gabrielle Wang：王興霜
Geoff Raby：芮捷銳
Geremie Barmé：白傑明
Graham Tsetong：謝棠
Harry Chan：陳天福
Helene Chung Martin：鍾海蓮
Hsu-Ming Teo：張思敏
Huy Huynh：黃惠元
Ien Ang：洪宜安
J. D. Frodsham：傅樂山
Jacqueline Lo：羅美麗
James Chang：張至璋
John Fitzgerald：費約翰
John Minford：閔福德

甘德瑞：Carrillo Gantner
高默波：Mobo Gao
賀大衛：David Holm
何睿斯：Stuart Harris
洪宜安：Ien Ang
洪振玉：Ang Chin Geok
黃惠元：Huy Huynh
黃金蓮：Alison Wong
黃玉液：Lawrence Wong
黃貞才：Lilian Ng
家博：Bruce Jacobs
賈佩琳：Linda Jaivin
寇志明：Jon Eugene Von Kowallis
李蓓爾：Bella Li
李春英：Li Chun-ying
李存信：Li Cunxin
李木蘭：Louise Edwards
李光照：Kwong Lee Dow
李俠：Li Xia
林誠質：Chek Ling
雷金慶：Kam Louie
雷揚名：Russell Jack
廖秀美：Lau Siew Mei
柳存仁：Liu Ts』un-yan
劉光福：William Liu

John Sheng：盛躍華
John Sheying：麥世英
John So：蘇震西
Jocelyn Chey：梅卓琳
Jon Eugene Von Kowallis：寇志明
Joseph Zhang：張又公
Julian Yu：於京軍
Julie Chang：夏祖麗
Kam Louie：雷金慶
Ken Chau：周永權
Ken Poon（又名：Pan Zijie）：潘孜捷
Kim Cheng Boey：梅劍青
Kwong Lee Dow：李光照
Lau Siew Mei：廖秀美
Lawrence Wong：黃玉液
Leslie Zhao：趙川
Li Chun-ying：李春英（音譯）
Li Cunxin：李存信
Li Xia：李俠
Lilian Ng：黃貞才
Lily Xiao Hong Lee：蕭虹
Linda Jaivin：賈佩琳
Ling Wang：王玲【音譯】
Liu Ts」un-yan：柳存仁
Liu Weiping：劉渭平

劉威廉：Bill O'Chee
劉渭平：Liu Weiping
羅美麗：Jacqueline Lo
羅旭能：Benjamin Law
羅卓瑤：Clara Law
馬克林：Colin Mackerras
馬嘉蘭：Fran Martin
馬世聚：Mark Ma
麥世英：John Sheying
麥錫祥：William Ah Ket
梅光達：Quong Tart
梅劍青：Kim Cheng Boey
梅卓琳：Jocelyn Chey：
閔福德：John Minford
潘孜捷：Ken Poon（又名：Pan Zijie）
裴開瑞：Chris Berry
裴西敏：Simon Patton
邱垂亮：C. L. Chiou
邱琴鈴：Tseen Ling Khoo
邱素鈴：Olivia Khoo
芮捷銳：Geoff Raby
盛躍華：John Sheng
沈強越：Stanley Sim Shen
施小軍：Simon Cee
蘇震西：John So：

Louise Edwards：李木蘭	譚仕沛：Taam Sze Pui
Lucy Wang：王曉菁	陶步思：Bruce Doar
Mabel Lee：陳順妍	王玲【音譯】：Ling Wang
Mark Elvin：伊懋可	王曉菁：Lucy Wang
Mark Ma：馬世聚	王興霜：Gabrielle Wang
Mobo Gao：高默波	王一燕：Yiyan Wang
Nicholas Jose：周思	西貝：Siby Jia
Olivia Khoo：邱素鈴	夏祖麗：Julie Chang
Quong Tart：梅光達	蕭虹：Lily Xiao Hong Lee
Ross Garnaut：郜若素	謝棠：Graham Tsetong
Russell Jack：雷揚名	徐家禎：C. C. Hsu
Shaun Tan：陳志勇	楊威廉：William Yang
Simon Cee：施小軍	伊懋可：Mark Elvin
Simon Patton：裴西敏	於京君：Julian Yu
Stanely Sim Shen：沈強越	余燕珊：Audrey Yue
Stuart Harris：何睿斯	張任謙：Victor Chang
Siby Jia：西貝	張思敏：Hsu-Ming Teo
Taam Sze Pui：譚仕沛	張釗貽：Chiu-yee Cheung
Tom Cho：曹勵善	張又公：Joseph Zhang
Tseen Ling Khoo：邱琴鈴	張志璋：James Chang
Victor Chang：張任謙	趙川：Leslie Zhao
William Ah Ket：麥錫祥	鐘海蓮：Helene Chung Martin
William Liu：劉光福	周瑞蘭：Annette Shaun Wah
William Yang：楊威廉	周思：Nicholas Jose
Yiyan Wang：王一燕	周永權：Ken Chau

1999年

插圖01、02、03：1999年12月9日，在澳大利亞大使館舉行歐陽昱翻譯，中國文學出版社出版的克莉絲蒂娜·斯台德《熱愛孩子的男人》中譯本發佈會上，歐陽昱與時任澳大利亞駐華文化參贊Andrew Taylor在一起。

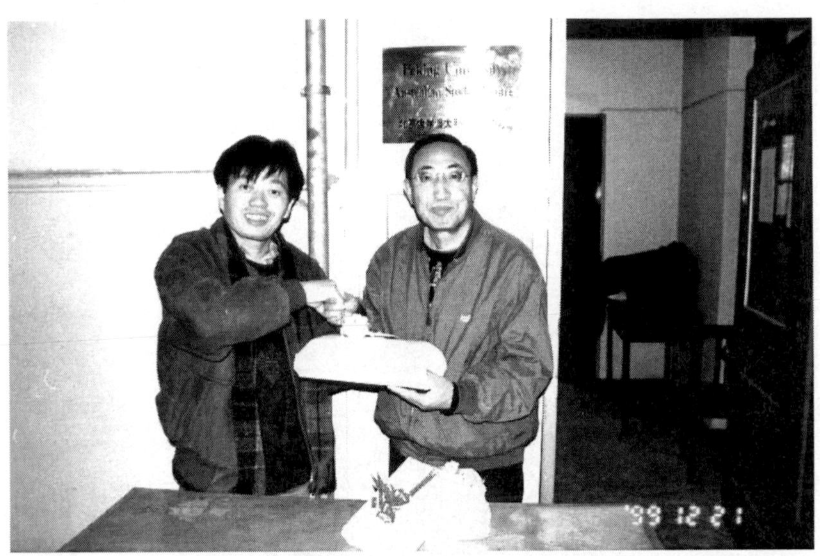

插圖04：1999年12月21日，歐陽昱與北京大學英文系兼澳大利亞研究中心主任胡壯麟教授舉行圖書交換儀式上。

插圖05：1999年12月29日，歐陽昱在海口參觀《天涯》雜誌編輯部，與該刊主編韓少功和李少君等人晤面。

2002年

插圖06：歐陽昱在三藩市參加加州伯克利大學召開的「開花結果在海外：海外華人文學研討會」

2004年

插圖07：歐陽昱參加2004年阿德萊德作家節，與南澳詩人Stephen Brock晤面

插圖08：歐陽昱2004年3月23日在悉尼大學舉行的*New and Selected Poems*（《歐陽昱新詩選》）的發佈會上朗誦英文詩。

2005年

插圖09：歐陽昱參加2005年新加坡國際作家節上的講話小影。

2011年

插圖10：歐陽昱與北島參加2011年墨爾本作家節上同台簽名售書。

插圖11：歐陽昱當年7月參加澳大利亞拜倫海灣作家節簽名售書小照。

插圖12：歐陽昱當年8月參加中國青海湖詩歌節與日本詩人谷川俊太郎和田原合影。

插圖13：歐陽昱當年8月參加中國青海湖詩歌節與中國詩人伊沙合影。

插圖14：歐陽昱在2011年墨爾本作家節主持節目，參加者有中國作家胡平、趙玫和張煒。

插圖15：歐陽昱受香港城市大學之邀，參加該校座談會，與該校教授Kingsley Bolton合影，其書《中國式英語》已由歐陽昱譯成中文，2011年在中國出版。

2012年

插圖16：歐陽昱參加當年3月在京舉行的澳大利亞作家周，與莫言合影。

插圖17：歐陽昱參加當年3月在京舉行的澳大利亞作家周，與李堯合影。

插圖18：當年3月在京舉行的澳大利亞作家周上，莫言為李堯翻譯的阿列克西斯的長篇譯本《卡彭塔里亞灣》發表首發式講話。

插圖19：歐陽昱參加當年3月在京舉行的澳大利亞作家周，與作家鐵凝合影。

插圖20：歐陽昱當年7月在墨爾本與詩人樹才合影。

插圖21：歐陽昱當年10月在浙江溫嶺與詩人楊邪合影。

插圖22：歐陽昱當年12月在海口與韓少功、李少君和蔣浩合影。

2013年

插圖23：歐陽昱當年2月在澳洲的Castlemaine與Alex Miller在他家門口合影。

插圖24：歐陽昱當年4月在上海松江與黃源深教授、王光林教授等人合影。

插圖25：歐陽昱當年5月在南京與詩人黃梵、詩人于奎潮和小說家黃孝陽合影。

插圖26：歐陽昱當年6月在四川阿壩師專友情講學。

插圖27：歐陽昱當年8月在悉尼與陳順妍教授合影。

插圖28：《原鄉》第一期封面。

插圖29：《原鄉》第一期封底。

插圖30：《原鄉》第二期封面。

插圖31：《原鄉》第三期封面。

插圖32：《原鄉》第七期封面。

插圖33：歐陽昱與家博合譯《苦桃李》封面。

插圖34：歐陽昱第一本英文詩集《墨爾本上空的月亮及其他詩》（1995）封面。

插圖35：歐陽昱中譯米勒長篇小說《祖先遊戲》（1996年臺灣出版）封面。

插圖36：歐陽昱中譯格里爾《完整的女人》封面。

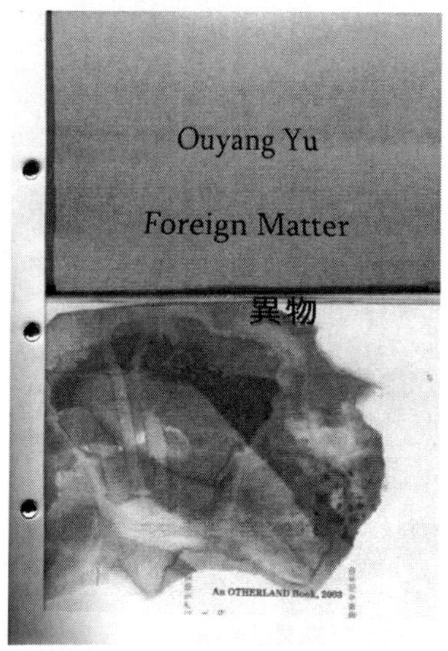

插圖37：歐陽昱英文詩集《異物》封面。

插圖38：歐陽昱英譯*Laoshe and His Beijing*（《老舍在北京》）（上海文藝出版社出版）封面。

插圖39：樹才、伊沙、楊邪三詩人英譯詩集封面（歐陽昱譯，Vagabond Press出版，2013年）。

插圖40：歐陽昱譯，墨爾本五島出版2013年出版的《打破新天：當代中國詩歌英譯集》封面。

後記

一本文學交流史的寫成，本身也是一本文學交流史。從2007年我接手這個項目，到2013年8月我完成這個項目，僅僅五年期間，我用中英文雙語創作、翻譯的詩歌、小說、非小說和文藝評論作品，就已達三十八本，連我自己都感到吃驚，覺得匪夷所思，甚至不可思議。我無意在此自炫其績，而是想借此說明，這其間兩國在文學交流方面所發生的事件和所產生的業績，無論給多大篇幅，也恐難以盡述。

一部文學史，既是寫入（inclusion），也是寫出（exclusion）。例如，從古至今（其實也不過二百年），來澳的華人寫作者多如牛毛，即使編一份長長的名單，也無法盡囊其中，但從文學史的角度看，這樣做並無必要。一部文學史的寫作，往往跟著者和編者的學養、趣味、眼光，以及站位有很大關係，也與收入本書的其他專家學者的看法和歷史取景有關。在這部交流史中，對於中（中國大陸）澳（澳洲、澳大利亞）之間的文學交流的關注，相對於港澳臺和東南亞華人在澳的寫作，就佔有壓倒的優勢，這顯然會忽視一些人，例如來自越南的心水[1]和來自柬埔寨的黃惠元。[2]希望後有來者、學者對之進行更深入的研討。

1 真名是黃玉液，英文名是Lawrence Wong。他1994年在澳發表了中文長篇小說《怒海驚魂》，講述了越南華人難民逃難澳洲的驚險經歷。

2 其英文名是Huy Huynh。他1985年用黎澍這個筆名，在澳發表了中文長篇小說《苦海情鴛：血淚浸濕的高棉農村》，揭露了紅色高棉我用中英文雙語，寫過小說、非小說、詩歌和文學評論，但撰寫文學交流史，在我來說，這還是頭一次。從著述之初，我就擯棄了獨家發言的機會，因為一個人不可能做到面面俱到，包容一切，而決定採取約請各方面的專家，就同一個文學交流的主題，從他們各自的領域，談他們各自的研究話題。這是我的初衷，也是我的鵠的。如有任何遺漏或疏忽，責任當在做編者的我。

特簡記於此並藉此機會，向所有參與本書的寫作者表示誠摯的謝意並感謝上海對外經貿大學的部分資助。

執政期間的暴行。參見塗文暉，《青山遮不住，畢竟東流去—評東埔寨域外華文作家黃惠元》：http://sgcls.zhongwenlink.com/blog_read.asp?id=99&blogid=10865 該書又於2013年再版，同時附有英文譯文，英文譯者為余華民（Hua Min Yee）。

獵海人

澳中文學交流史

編著者　歐陽昱
圖文排版　楊家齊
封面設計　蔡瑋筠
出版策劃　獵海人
製作發行　獵海人
114 台北市內湖區瑞光路76巷69號2樓
電話：+886-2-2518-0207
傳真：+886-2-2518-0778
服務信箱：s.seahunter@gmail.com

展售門市　國家書店【松江門市】
10485 台北市中山區松江路209號1樓
電話：+886-2-2518-0207
三民書局【復北門市】
10476 台北市復興北路386號
電話：+886-2-2500-6600
三民書局【重南門市】
10045 台北市重慶南路一段61號
電話：+886-2-2361-7511

網路訂購　博客來網路書店：http://www.books.com.tw
三民網路書店：http://www.m.sanmin.com.tw
金石堂網路書店：http://www.kingstone.com.tw
學思行網路書店：http://www.taaze.tw

法律顧問　毛國樑　律師

出版日期：2016年5月
定　　價：550元

國家圖書館出版品預行編目

澳中文學交流史 / 歐陽昱編著. -- 臺北市：獵海人,
2016.05
面； 公分
ISBN 978-986-92693-3-9(平裝)

1. 中國文學 2. 澳洲文學 3. 學術交流 4. 文學史

820.7 105004608